KB151969

산에
스며든
초롱 3

산에
스며든
초롱

1판 1쇄 찍음 2021년 7월 20일
1판 1쇄 펴냄 2021년 7월 29일

지은이 | 스파클라
펴낸이 | 정 필
펴낸곳 | (주)뿔미디어

기획·편집 | 박경희 권지영 김산혜
표지 디자인 | 우 물

출판등록 | 2002년 9월 11일 (제1081-1-132호)
주소 | 경기도 부천시 소향로 17, 303(두성프라자)
전화 | 032)651-6513 팩스 | 032)651-6094
E-mail | scarlets2012@hanmail.net
블로그 | http://blog.naver.com/dahyangs
비북스 | http://b-books.co.kr

값 11,000원

ISBN 979-11-6713-360-1 04810
ISBN 979-11-6713-357-1 04810(세트)

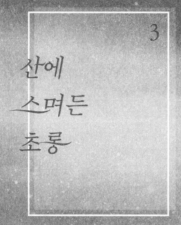

3

산에
스며든
초롱

스파클라
장편 소설

ARLET ROMANCE STORY

목
차

1

산은 전화를 끊고서 잠시 소파에 기대앉아 휴대폰 문자를 한 번 더 확인해 보았다.

「형수가 피아니스트였다니. 계약 축하. 그런데 문제가 좀 생겼어. 사촌이라는 사람이 사고를 쳤나 봐. 오 이사가 알아서 조치하겠지만 형도 알고는 있는 게 좋을 것 같아서. 아, 벌써 알고 있으려나? 일어나면 연락해.」

동생이 보낸 문자를 보며 씁쓸한 한숨이 새어 나왔다.

출장을 온 첫날을 제외하고는 하루에도 몇 번씩 초롱과 통화나 문자를 주고받는데 왜 그녀에게서 아무런 말도 들을 수 없었을까. 계약했다는 건 차치하고서라도 사촌의 일은 제법 마음고생을 했을 듯한데 왜 자신에게 아무 말도 하지 않았을까.

산은 마음을 너그럽게 가져야지 하면서도 여전히 어려운 일이 닥쳐도 자신한테 털어놓지 못하는 초롱에게 서운한 마음이 비집고 나왔다. 그렇게 잠시 자리에 앉아 생각에 잠겨 있던 산은 이내 한숨을 내쉬며 자리를 털고 일어나 빠듯한 일정이 기다리는 하루를 분주하게 열었다.

　　　　　　✽　✽　✽

　혼자 식탁에 앉아 저녁을 먹는 초롱에게 짙은 그리움이 내려앉았다. 그와 떨어진 시간이라고 해 봐야 불과 5일 남짓인데 마치 아주 오랜 시간 떨어져 지낸 것처럼 못 견디게 그가 보고 싶었다.

　오늘따라 통화했던 그의 목소리가 가라앉은 듯한 기분에 걱정이 되어서일까, 아니면 내일이면 볼 수 있다는 기대감 때문일까. 이상하게 더디 흘러가는 듯한 시간을 탓하며 결국 저녁은 먹는 둥 마는 둥 하고서 치워 버리고, 밀려드는 잡생각에 차라리 오늘은 일찍 자는 게 나을 듯싶어 샤워를 서둘렀다.

　개운하게 씻고 나와 드라이어로 머리를 말리던 초롱은 희미하게 귓가를 파고드는 소리에 드라이어를 잠시 껐다. 그제야 선명하게 들리는 휴대폰 벨 소리에 서둘러 소파 테이블에 둔 휴대폰을 찾았다. 이름만 보고도 미소 짓게 만드는 발신자를 확인하고서 기쁘게 전화를 받았다.

　"네. 저예요."

　— 지금 어디? 집 아니야?

　"맞아요. 집이에요."

　— 그런데 왜 문을 안 열어 줘? 벨 소리 못 들었어?

　"네?"

　초롱은 자신이 잘못 들은 게 아닌가 싶어 얼른 다시 물었다.

　— 문 좀 열어 달라고. 보고 싶어 죽을 것 같아.

　분명 그는 내일 도착하는 일정이었는데…… 초롱은 반신반의하며 서둘러 현관으로 향했다. 기대감에 부푼 가슴이 사정없이 두근거렸다. 초롱은 설마 하면서도 제발 농담이 아니기를 바라며 떨리는 마음으로 벌컥 문을 열었다. 너무나 보고 싶었던 얼굴을 눈앞에 마주하며 기쁜 마음에 망설임 없이 발끝을 세워 그에게 덥석 안겨 버렸다.

산은 문을 열자마자 활짝 웃으며 제 목을 끌어안는 초롱을 기쁘게 마주 안았다. 그녀를 보기 전까지 그녀에게 서운함을 안고 있던 산은 그 어떤 말보다 더 큰 환영 인사를 건네는 초롱을 온몸으로 느끼며 언제 서운했나 싶게 밝게 웃고 말았다.

상큼하고 달콤한 향기를 잔뜩 머금은 초롱의 그리운 향기를 듬뿍 들이켜며, 키 차이로 인해 조금 벌어진 서로의 틈마저 용납할 수가 없어 그녀의 허리를 힘주어 번쩍 안아 올리고서 신을 벗고 집 안으로 성큼 들어섰다.

초롱은 부끄러움도 잊고서 너무나 자연스럽게 두 다리를 그의 허리에 감았다. 뜨거운 그의 열기를 온몸으로 느끼며, 그만의 시원한 향기를 맡고서야 그가 왔다는 게 실감 났다. 행복으로 만개한 듯 피어오른 입매는 자연스레 하늘을 향했고 여간해서는 끌어 내려질 것 같지가 않았다.

"이초롱, 얼굴 안 보여 줄 거야?"

꿀처럼 귓가로 흘러드는 그윽한 음성에도 왠지 몸이 더워지는 듯한 느낌이었다. 산의 목을 꼭 안은 팔을 느슨하게 풀고서 그를 바라보았다.

자신을 뚫어져라 바라보는 짙은 눈빛과 오똑한 콧날, 미소가 서서히 걷히는 그의 도톰하고 섹시한 입술을 거쳐 다시 그의 뜨거운 눈빛을 마주했다. 초롱은 저도 모르게 침을 꿀꺽 삼키고서 그의 목을 감고 있는 한 손을 가져와 그의 얼굴에 갖다 댔다.

그가 턱을 앞으로 살짝 내밀었다. 자연스레 스르르 벌어진 그의 입술을 보며 천천히 다가가 부드러운 입술을 살며시 머금었다.

그의 뜨거운 숨결에 용기가 더해져 겁도 없이 그의 입술을 파고들었다. 너무나 자연스레 얽히고설키는 부드러운 결을 느끼며, 주고받는 서로의 뜨거운 호흡에 저도 모르게 엷은 신음이 목을 열고 새어 나왔다. 초롱은 자신의 야한 소리에 화들짝 놀라 입술을 떨어뜨리고 말았다.

순간 찾아온 이성에 가뜩이나 열기가 번진 얼굴은 더할 수 없이 붉어져 버렸고 온몸이 화끈거리는 듯했다. 부끄러움에 차마 그의 눈을 바라보지 못하고 그의 허리에 걸쳐진 다리를 슬금슬금 내리려는데 잔뜩 낮아진 그의 목소리가 흘러나왔다.

"그대로 있어."

"무거울 거예요. 내려 줘요."

"하나도 안 무거우니까 그대로 있어. 그리고 나 좀 봐."

그의 목소리에 온몸이 반응하고 있다는 것이 피부로 느껴졌다. 제 통제를 벗어난 심장은 그의 가슴을 두드리듯 요란하게 울려 왔고 한껏 예민해진 가슴은 아릿했다. 뜨거워진 열기에 녹아 버린 몸은 힘이 들어가지 않았고 그 열기를 밖으로 내보내기 위해서인지 가빠진 호흡도 좀처럼 평소대로 돌아오지 않아 초롱을 당황하게 했다.

제 엉덩이와 허리를 든든하게 받치고 있는 그의 건강한 힘을 몸소 느끼며 이따금 피부에 스치는 그의 감촉에 그제야 자신이 무엇을 입고 있는지, 어떤 차림으로 그에게 뛰어들었는지 인지했다.

"나 좀 보라고."

다시 들려오는 음성에 주춤주춤 시선이 그의 눈으로 향하는데 흔들림 없이 주시하는 그의 뜨거운 눈빛에 사로잡히고 말았다.

산은 이미 한계를 벗어난 정염에 굴복당하고 있었다. 지난 며칠 동안 이 순간을 그리고 바라며 견디기는 했으나 만나자마자 서둘러 욕정을 풀어 놓을 생각은 없었다. 그녀를 볼 때마다 욕망은 주체할 수 없이 넘쳐흘렀지만 인내하고 다스리며 잘 참아 왔다고 자부했다.

하지만 이렇게 문득문득 사랑스러운 그녀의 모습을 발견하게 될 때면 군은 배려와 다짐은 어느새 저만치 사라져 버리고 오직 당장 그녀를 차지하고 싶다는 욕구만 가득 차올랐다. 저를 보고 환하게 웃던 사랑스러운 얼굴이 다시금 떠오르며, 금세 타오를 듯 붉어진 얼굴이 저 때문이라는 사실이 말할 수 없이 충만한 기쁨을 안겨 주었다.

여전히 후각을 자극하는 달콤한 그녀의 향기와 채 마르지 않은 촉촉한 머리카락, 부끄러워 이리저리 흔들리는 눈망울과 귀여운 콧방울, 제 인내를 끊임없이 자극하는…… 관능적인 입술. 모든 것이 미치도록 자극적이고 섹시하게 느껴졌다. 게다가 그녀는 면으로 된 짧은 원피스를 입고 있었고 그마저도 저에게 안기며 허벅지는 다 드러난 상태였다.

산은 제 허리를 단단하게 옭아맨 그녀를 사랑스럽게 바라보며 한 손으로 그녀의 매끈한 다리를 천천히 쓸어 올렸다. 그녀가 제 넘치는 혈기에 놀라지 않기를 바라며 열정으로 꽉 잠긴 목을 열어 속삭이듯 말을 흘려보냈다.

"키스해 줘. 아까처럼."

흔들리는 그녀의 눈빛이 다시 제 입술에 내리꽂혔다. 산은 조심스레 제 입술로 향해 오는 그녀의 모습을 보는 것만으로도 흥분이 주체할 수 없이 가득 차오르고 있었다. 꽃잎같이 가벼운 입술이 촉촉하게 와 닿자 산은 그 달콤한 촉감에 신음하며 본능이 이성을 누르도록 마음을 풀어 헤쳤다. 부드럽게 다가서야지 먹은 마음과 달리 몸은 다급하기만 했다.

다리가 알아서 그녀가 잠드는 방으로 향하고 있었다. 어둠이 내려앉은 방에 들어서 초롱을 내려놓자마자 단숨에 그녀의 옷을 벗겨 버렸다. 잠시 떨어진 입술을 갈급하듯 다시 찾으며 제 옷을 거침없이 벗어 버리고 실크처럼 부드럽게 와 닿는 그녀의 따스한 체온을 포근하게 감싸며 침대로 향했다.

서로의 힘찬 고동과 뜨거운 호흡, 친밀하고 농밀한 키스 소리가 귓가에 음악처럼 스며들었다. 제 등을 어루만지는 그녀의 여린 손길은 가뜩이나 제어하기 힘든 산의 욕망을 부추겼고, 참지 못해 새어 나오는 그녀의 신음에 짜릿한 희열은 본능을 더욱더 자극했다.

커튼 사이를 뚫고 들어온 희미한 불빛에 의지해 그녀를 침대에 뉘었다. 천천히 그녀를 눈에 새길 만큼 마음에 여유가 없어 곧장 그녀의 위로 몸을 겹치며 키스를 퍼부었다. 흥분이 고스란히 새어 나오는 달큰한 입술에서 가늘고 긴 목으로, 다시 귓가로 다가가 사랑의 말을 속삭이며 큼직한 손으로 그녀의 부드러운 몸을 정신없이 배회했다.

오직 제 눈만을 바라보며 수줍게 목을 끌어안는 그녀의 입술을 기쁘게 머금고서 반기듯 얽히는 혀를 은밀하게 휘어 감았다. 가쁘게 오가는 숨과 함께 그녀의 가슴이 쉼 없이 오르내렸고, 산은 그 예쁜 가슴을 부드럽게 때로는 강하게 움켜쥐며 초롱의 흥분을 계속해서 고조시켰다. 잔뜩 부풀어 올라 터질 듯한 흥분을 참지 못한 초롱이 그만 안아 달라 애원하듯 속삭이자 초롱의 사랑스러운 얼굴을 바라보던 산이 낮은 목소리로 말을 보냈다.

"아직이야. 지금부터가 진짜 시작이라고."

말을 마친 산은 초롱의 입술을 시작으로 지금까지 손으로 부드럽게 어루만지던 모든 곳을 입술로 대신하고 있었다. 가는 목을 스칠 때면 그녀의 호흡이 흐트러졌고, 가슴을 부드럽게 어루만지며 단번에 베어 물었을 땐 신음이 터져 나왔다. 부드러운 배로, 매끈한 다리로 차례로 스치며 지나가는 입술에는 피부의 떨림이 고스란히 전해졌다.

자꾸만 안으로 휘어지는 다리 사이를 부드럽게 파고들어 사랑이 샘물같이 흐르는 곳으로 향하다 말고 초롱의 여린 손에 이끌려 다시금 얼굴을 마주하게 된 두 사람이다.

산은 새카만 어둠 속에서도 부끄러워 이따금 몸을 움츠리는 초롱을 보며 분명 밝은 곳에서 보면 온몸이 발갛게 달아올랐을 거라 충분히 짐작하고도 남았다. 둘이 함께 사랑을 나누는 것이 처음도 아닌데 여전히 부끄러워하며 몸을 숨기려 하는 초롱이 왜 이렇게 사랑스러운지.

다시 아래로 내려가지 못하게 하려는 듯 초롱이 목을 강하게 끌어당겼다. 자신을 갈망하며 흥분으로 잠식된 잔뜩 흐려진 눈과 달뜬 입술이 얼마나 관능적인지, 얼마나 사람을 미치게 만드는지 그녀는 알기나 할까?

그녀의 모습이 너무 사랑스러워 하나도 놓치지 않으려 유심히 살피며 부러 느릿느릿 그녀의 다리를 쓸어 올렸다. 천천히 도달한 목적지에서 부드럽게 그녀를 어루만지며 시시각각 표정이 바뀌는 모습을 빠짐없이 눈에 담았다.

산은 눈을 질끈 감고서 온몸으로 저를 느끼는 초롱의 모습을 보는 것만으로도 아찔한 쾌감이 빠르게 퍼져 나가며 절정을 맞이할 것 같은 기분이 들었다. 열정이 뒤엉킨 그녀의 눈이 다시 보고 싶어 조용히 그녀의 이름을 속삭이듯 불렀다.

"초롱아."

"……네."

"사랑해."

감은 눈을 뜬 그녀의 눈동자가 촉촉이 반짝였다.

"저도…… 사랑해요."

더 이상 참는 것은 불가능했다. 산은 뜨거운 숨이 새어 나오는 관능적인 초롱의 입술을 삼킬 듯 베어 물며 천천히 그녀를 파고들었다. 입으로 쏟아져 들어오는 신음을 달게 삼키며, 뜨거운 그녀를 온몸으로 느끼며 미칠 듯 짜릿한 쾌감에 정신없이 빠져들었다. 그렇게 두 사람은 몸으로 먼저 재회의 기쁨을 만끽했다.

온몸으로 그리운 마음을 다 쏟아부으며 사랑을 나눈 산과 초롱은 한동안 꼼짝없이 자리에 누워 거친 숨을 가라앉혀야 했다. 기분 좋은 나른함에 취해 있던 산이 초롱을 향해 고개를 옆으로 돌렸다. 기력이 다한 듯 여전히 숨 고르기에 여념이 없는 초롱의 볼을 가만히 어루만지자 초롱이 감은 눈을 뜨며 마찬가지로 산을 향해 고개를 돌렸다.

산은 싱긋 웃는 초롱의 목 아래로 팔을 넣어 제 품으로 당겨 안았다. 부드럽게 제 몸에 와 닿는 초롱의 감촉을 온몸으로 느끼며 너무 좋아 신음이 나오려는 걸 겨우 참고서 대화를 시작했다.

"나 없는 동안 별일 없었어?"

대답이 아닌 피식 바람이 새는 듯한 웃음소리에 산이 다시 입을 열었다.

"왜? 뭐가 그렇게 웃긴데?"

"너무 빨리 물어보는 것 같아서요."

오자마자 몸의 대화부터 먼저 서두른 자신을 꼬집는 듯한 말에 산 역시 웃음이 나왔다.

"너무 급했어. 몸도 마음도. 나처럼 너도 내가 미친 듯이 보고 싶었을까, 나처럼 하루에도 몇 번씩 그리움에 몸부림쳤을까, 궁금했나 봐."

제 가슴 위에 놓인 초롱의 손이 꼼지락거리나 싶더니 대답이 들려왔다.

"보고 싶었어요. 많이. 몸부림……쳤어요. 그리워서."

"알아. 이미 몸으로 다 들은 것 같은데? 이초롱 엄청 좋아하더라. 이 집 방음은 잘 되나 몰라."

부끄러운지 얼굴을 감추려 애쓰며 앓는 소리를 내는 초롱이 너무 귀여워 다시 크게 웃었다.

"행복하다. 정말. 이초롱 신음 소리가 얼마나 듣고 싶었나 몰라. 큰일이네? 말하다 보니 다시 흥분되는데?"

주먹을 쥐고서 아프지 않게 제 가슴을 한 대 치던 초롱이 갑자기 함께 덮고 있던 얇은 이불을 슬그머니 들추었다. 가끔 이렇게 엉뚱한 모습의 초롱을 발견할 때면 얼마나 귀엽고 사랑스러운지. 이런 모습은 보고 또 봐도 늘 새로웠다.

급히 숨을 들이켜는 소리에 지금 그녀의 두 눈이 어디를 향하고 있는지 보지 않아도 알 것 같아 산이 미친 듯 웃어 댔다. 이내 얇은 이불을 다시 덮어 주고서 슬그머니 등을 돌리는 초롱을 보며 웃음은 멈출 생각을 하지 않고 오히려 소리를 높이며 사방으로 메아리처럼 울렸다. 한참을 웃어 대던 산이 겨우 웃음을 멈추고서 초롱의 등을 끌어안으며 말했다.

"등 돌려도 할 수 있는데?"

순간 긴장하는 초롱이 느껴져 또다시 끅끅거리며 웃어 버렸다.

"순진하네. 사랑을 나누는 건 네가 어느 자세로 있어도 다 가능할 거야. 그러니까 괜한 데 힘 빼지 말고 다시 돌아누워. 오늘은 여기까지만 할게. 이초롱 놀라서 도망가면 곤란하니까 말이야."

산은 바람 빠지는 소리를 내더니 못 이긴 척 돌아눕는 초롱을 품에 꼭 끌어안으며 다시 물었다.

"나 없는 동안 별일 없었냐고."

"있었어요. 음. 굿 엔터와 계약도 했고, 약간의 문제도 있었고."

산은 의외로 순순히 말해 주는 초롱에게 놀랐지만 내색하지 않고서 자연스레 말을 꺼냈다.

"계약은 나 오고 나서 하면 좋았을걸. 내가 도움이 됐을지도 모르는데."

"그게 사정이 좀 있어요."

"사정?"

"네. 초원이한테 기회를 주고 싶었어요. 사실 초원이는 존재만으로도 내게 아주 큰 힘이 되어 주는 녀석인데, 정작 초원이는 그렇게 생각하지 않는 것 같아서요. 나에게 늘 도움을 받기만 하는 존재라 생각하면서 항상 마음의 짐을 안고 있는 것 같아서…… 알게 해 주고 싶었어요. 내가 이렇게 너를 많이 믿고 의지하고 있다고. 내가 너의 보호자인 것처럼, 너 역시 나의 보호자라고."

산은 초롱이 무슨 마음으로 중요한 계약서를 작성하는 자리에 초원을 동석시켰는지 이제야 알 것 같았다. 동생을 아끼고 배려하는 그녀의 마음이 오롯이 전해지며 산의 입가에 흐뭇한 미소가 번져 갔다.

"잘했네. 초원이가 아주 뿌듯했겠어. 누나에게 꼭 필요한 존재로 인정받은 기분일 거야."

"네. 그렇게 느꼈으면 좋겠어요. 정말 얼마나 듬직했는지 몰라요. 계약서를 어찌나 꼼꼼하고 야무지게 잘 챙겨 보던지."

"그래. 보지 않아도 알 것 같아. 이초롱 동생이라 그런지 워낙 총명하고 단단한 녀석이라 뭐든 잘했을 거야. 다행이다. 네 옆에 그런 야무진 동생이 있어서 말이야. 그러면 회사는 이제 정리해야겠네."

"네……. 다행히 마무리할 수 있는 기한을 넉넉하게 주셨어요. 후임자 정해질 때까지는 일할 수 있을 거예요. 미안해요. 이건 먼저 의논을 해야 했던 건데."

"아니야. 이미 충분히 예상한 일이고, 또 어차피 봄에 채용을 더 할 생각이기도 했고. 인원 충원은 문제없을 거야. 다만 이제 회사에서는 널 볼 수 없다는 게 많이 아쉽다."

"그러게요."

그건 초롱도 마찬가지였다. 회사에 이미 정을 붙인 데다 일도 적성에 잘 맞는 편이라 흥미를 느끼고 있었는데 곧 그만둬야 한다니 아쉬웠다. 물론, 그를 지금처럼 자주 볼 수 없다는 게 가장 아쉬운 건 더 말할 필요도 없었다.

"그건 그렇고, 계약 말고도 약간의 문제가 있다고 하지 않았어?"

"아, 그게."

"왜? 무슨 일인데?"

산은 과연 초롱이 말하기 껄끄러운 일까지 제게 말해 줄까 궁금했다. 부디 흉금을 털어놓을 수 있을 만큼 저를 믿고 의지하고 있다고, 동생에게 했던 것처럼 자신의 마음 또한 알아주기를 바라며 그녀의 입에서 나올 말을 기다렸다.

"너무 창피하고 속상한 일이라 사실 말하고 싶지는 않은데……."

"난 괜찮아. 그러니까 말해 봐. 응?"

"그게…… 이기주, 왜 그때 휴게소에서 마주쳤던 사촌 오빠요. 기억나요?"

"그럼. 기억나고말고."

"사고를 쳤어요. 우리 초원이 이름으로 홍보를 한 것도 모자라……."

산은 제 품에 폭 안긴 채 속상했던 일을 빠짐없이 상세히 말해 주는 초롱의 담담한 음성을 들으며, 불쾌한 내용과는 상관없이 이상하게 뿌듯하게 차오르는 마음에 미소를 짓지 않기 위해 애써야 했다. 넌지시 떠보듯 물어보기는 했지만 설마 내용을 말해 줄 거라고는 기대하지 않았다. 이미 끝난 일이라 그저 별일 아니라며 괜찮다고 얼버무릴 줄 알았지 이렇게 솔직하게 말해 줄 거라고는.

아침부터 무겁게 가슴을 누르던 서운했던 감정이 마치 썰물처럼 빠져나가는 듯했다. 이제 정말 믿고 있구나. 이제 정말 마음으로 나를 받아들이고 있구나. 라는 생각에 당장이라도 초롱을 안고 행복한 마음을 나누고 싶었지만, 자신의 사정을 알 리 없는 초롱의 가라앉은 목소리를 들으며 잠시 일렁이는 마음을 다 잡아야 할 듯했다.

"오 이사님 덕분에 이번 일은 수월하게 넘어갈 것 같아요."

초롱이 말을 맺었다.

"그런 일이 있었으면 나하고 통화할 때 바로 말해 주지 않고, 너 걱정하는 시간을 조금이라도 줄일 수 있었을 텐데."

"옆에 있었으면 창피하긴 하지만 바로 말했을 거예요. 이런 문제는 따로 의논할 상대도 없고, 또 믿고 얘기할 수 있는 사람이 이산 씨 말고는 없으니까. 하지만 출장 중이었잖아요. 중요한 일 하러 간 건데 방해하고 싶지 않았어요. 당장 시급을 다투는 일도 아니었고."

초롱의 솔직한 마음을 듣고 나니 그간 알게 모르게 마음 한편을 차지하고 있던 불안이 완전히 사그라지는 기분이었다. 산은 팔꿈치로 몸을 지탱하며 자세를 바꾸어 비스듬히 초롱을 내려다보았다. 이 뿌듯한 마음을 어떻게 표현해야 할까, 이 행복한 기분을 어떻게 전해야 할까.

"그래도 다음에는 무슨 일이든 꼭 말해 줄래? 뭐든 너 혼자 애쓰고 마음고생하는 거 정말 싫다, 초롱아. 당장 오지는 못하더라도 내가 연락만 하면 너를 도울 수 있는 사람은 널렸어. 그러니까 다음에는 혼자 마음고생 말고 곧바로 말해 줄래?"

초롱은 부드러운 미소를 머금고서 제 얼굴을 따스하게 어루만지며 말하는 그를 향해 가만히 고개를 끄덕였다. 손 내밀면 당장이라도 도울 준비가 되어 있는, 너무나 믿음직스럽고 든든한 그를 뚫어져라 바라보며 누군가에게 보호를 받는 느낌에 마음이 더없이 풍족하게 채워지는 듯했다.

산은 고운 미소를 그리는 초롱을 보며 할까 말까 망설였던 말을 조심스레 꺼냈다.

"초롱아. 고마워."

"뭐가요?"

"숨기지 않고 나에게 다 말해 줘서. 사실은 알고 있었어. 혹시 이운이라고 기억할까 모르겠네. 아주 유명한 배우면서 굿 엔터에서는 제법 높은 직위를 가지고 있고 아마도 내 동생일걸?"

"아, 맞다."

초롱은 전혀 생각지도 못했던 사람을 떠올리며 아차 싶었다. 이미 그에게 들어 너무나 잘 알고 있는 그의 동생을, 심지어 초원이 촬영장에서 유일하게 마음을 의지하며 믿고 따른다는 그 배우를 모를 리 없었다.

이운이라는 배우가 굿 엔터에서 어느 정도의 위치에 있는지 알 수 없지만, 그가 하는 말의 뉘앙스를 듣자 하니 회사 내부 사정은 훤히 들여다볼 수 있을 정도의 직위에 있음은 분명해 보였다. 이미 자신의 동생을 통해 제 소식을 들어 알고 있었다는 것을 넌지시 알리는 말에 괜히 미안한 생각이 들었다.

그저 출장 중인 그의 마음을 어지럽히고 싶지 않은 마음에 잠시 미루어 뒀던 것뿐인데. 그렇게 듣게 될 줄 알았다면 자신이 먼저 말해 주었을 것을.

자신이 그의 입장이었다면 기분이 어땠을까. 그에게 일어나고 있는 중요한 일들을 그가 아닌 다른 사람을 통해 듣게 된다면 설사 그게 제 동생을 통해서 일지라도 기분이 썩 좋을 것 같지는 않았다.

"너와 매일 통화하다시피 하면서도 정작 중요한 내용은 듣지 못하고 네 소식을 운이 통해서 듣다 보니 솔직히 조금 서운했어. 여전히 나에게 손을 내밀 정도는 아닌가, 아직도 나에 대한 믿음이 부족한 건 아닌가 하는 걱정도 됐고."

산의 말을 듣던 초롱이 급히 말을 꺼냈다.

"그건 정말 아니에요. 단지…… 멀리 있으니까. 괜히 걱정만 더 할까 봐."

"알아. 충분히 이해해. 그래서 말해 주는 거야. 이제라도 말해 줘서 고맙다고. 오늘 네가 말하지 않았다면 정말 서운해서 힘이 빠졌을 텐데 숨김없이 다 털어놓아 줘서 기쁘다고. 뭐랄까…… 나 역시 초원이처럼 인정받은 기분이야. 완벽한 네 사람으로 인정받은 그런 기분. 알아?"

초롱은 속마음을 다 꺼내 보여 주는 그의 모습이 감격스러워 속으로 울컥하고 말았다. 내가 대체 뭐라고 그는 이렇게 마음을 쓰고 사랑을 퍼붓는지, 초롱은 늘 부족한 자신을 걱정하며 마음으로 위하는 그의 진실한 사랑을 가슴에 오롯이 새겼다.

그러다 가만히 손을 들어 사랑스러운 그의 얼굴을 살포시 감쌌다. 넘쳐흘러 주체가 안 되는 마음이 와르르 쏟아져 나왔다.

"사랑해요. 사랑해요. 정말. 사랑해요. 하이산 씨."

한 마디 한 마디에 그의 입매가 점점 하늘로 치솟더니 이내 함빡 벌어졌다. 칠흑 같은 밤에 쏟아지는 별처럼 반짝이는 그의 눈빛을 마주하며 살며시 내려앉은 입술을 기쁘게 반겼다.

사랑이 물결처럼 넘실거리는 아름다운 밤이 흘러갔다.

초롱은 통근 버스에서 내리며 벌써 출근해서 현장을 둘러보는 산을 발견하고선 저도 모르게 씩 웃고 말았다. 지난밤, 자고 가면 안 되겠냐며 너무 야박하다 투덜거리던 그를 집으로 돌려보내고 미안한 마음이 없지 않았는데, 아침부터 피로가 말끔하게 가신 모습으로 바쁘게 오가는 그를 보니 역시나 돌려보내기를 잘했다 싶었다.

홀로 뿌듯해하며 사무실로 가 그의 집무실에 갈 준비를 했다. 마침 집무실로 들어가는 그를 발견하고서 시간차를 두고 그의 뒤를 따랐다. 여느 때처럼 보고를 마친 초롱의 시선이 산에게로 향하자 그 모습을 한동안 말없이 바라보던 산이 엷은 한숨을 내쉬었다.

"이제 아침마다 너 보고 싶으면 어떻게 해야 하지? 매일 아침 눈뜨면 가장

고대하며 기다린 시간이었는데. 더는 이런 행복한 아침을 맞이할 수 없다고 생각하니 눈물이 앞을 가리네."

"재밌네요. 그만두게 만든 일등 공신이 할 말은 아닌 것 같은데요?"

"그러게. 그냥 조금 섭섭하네. 너 없이 여는 아침은 조금 쓸쓸할 것 같아. 네가 오지 않는 아침은 많이 허전할 것 같고. 하지만 우리 초롱이를 위한 일이니까 견뎌 내야지. 씩씩하게."

"미안하고…… 또 고마워요."

초롱 역시 서운하기는 마찬가지였다. 아침이면 그를 만난다는 생각에 출근하는 하루하루가 행복했는데, 그런 일상의 기쁨을 누릴 수 있는 시간이라고 해봐야 이제 고작 한 달 정도밖에 남지 않았다고 생각하니 그렇게 아쉬울 수가 없었다.

"그래. 당장 그만두는 것도 아닌데 아직은 조금 더 누릴 수 있겠지? 그건 그렇고, 초롱아."

"네."

"이젠 부모님을 찾아뵙는 게 예의가 아닐까?"

"네?"

"네 부모님 말이야. 우리 가볍게 만나는 거 아니잖아. 나 사실 요즘 엄청나게 찔려. 이초롱이랑 키스하고 사랑도 나누고 심지어 집까지 드나드는데, 아직 인사조차 드리지 못했잖아. 이건 도리가 아닌 것 같아. 부모님, 우리 사이 알고 계시지?"

"……네. 엄만 알고 계세요. 분명 아빠한테도 말씀하셨을 거예요."

"그럼 더더욱 찾아봬야지. 남의 집 귀한 딸, 이렇게 도둑고양이처럼 몰래 만나고 싶지 않아. 인사드리고 좀 더 당당하게 만나고 싶다. 지금 당장 결혼 날짜 잡자는 거 아니야. 그건 네가 준비될 때까지 기다려 줄 수 있어."

"알아요."

초롱은 벌써 찾아뵙고 싶다는 걸 몇 번이나 만류한 데다, 부모님도 이미 만나는 사람이 있다는 걸 알고 계신 상황에 더는 거절할 이유를 찾을 수가 없었다.

"언제가 좋겠어요?"

산의 입이 순간 활짝 열렸다. 이번에도 거절하면 혼자 가서라도 인사를 드릴 참이었기에, 흔쾌히 들려오는 허락의 말이 더없이 반가웠다.

"난 오늘이라도 상관없으니까 부모님 편한 시간만 알려 줘. 두 분을 한 번에 뵈려면 병원으로 찾아가는 게 좋겠지?"

"오늘. 오늘이라."

부모님이야 늘 병원에 계시니 언제 가도 상관없었다. 다만 부모님께 미리 귀띔이라도 해 드려야 하나, 아니면 그냥 찾아가도 될까, 잠시 고민스러웠다.

분명 찾아간다고 하면 온종일 속 태우고 서성이며 차림이나 형편 따위를 걱정하실 듯했고, 초롱은 가뜩이나 피곤하실 부모님께 괜한 걱정거리까지 보태고 싶지 않았다. 게다가 이미 제 사정을 훤히 알고 있는 그에게 굳이 꾸민 모습을 보이고 싶지 않았다. 힘겨운 시간을 지나는 두 분을 그대로 보여 드린다고 한들 그런 부모님의 모습이 부끄럽게 느껴지지도 않았기에, 인사드리기로 마음먹은 이상 다음으로 미룰 이유는 없을 듯했다.

"인사드리러 간다고 부모님께 말씀드리면 걱정이 많으실 것 같아서 그냥 찾아뵙는 게 좋을 것 같아요. 이산 씨만 괜찮다면 이따 마치고 병원으로 바로 갔으면 해요. 잠시 놀라긴 하시겠지만…… 반겨 주실 거예요."

"그래. 난 병원으로 가도 상관없어. 미리 말씀드리지 못하고 가서 죄송하긴 하지만, 가뜩이나 두 분 힘드실 텐데 나 때문에 신경 쓰고 걱정하시는 건 나도 바라지 않아. 마치고 잠시 찾아뵙자."

"네. 아무래도 병원이다 보니 조금 정신없을 거예요. 차림도…… 평상시와 같을 거고요."

"너도 그런 건 신경 쓰지 마. 두 분이 어떤 모습으로 계셔도 난 아무 상관 없으니까."

"이해해 줘서 고마워요."

산은 부모님을 마음으로 걱정하고 위하는 초롱이 너무 예뻐 보여서 자리에 가만히 앉아 있을 수가 없었다. 벌떡 일어서 초롱의 옆으로 자리를 옮겨 얌전히 두 손을 모으고 있는 그녀를 서둘러 품에 꼭 안아 보았다.

많지 않은 나이에도 어떻게 이렇게 속이 깊고 꽉 차 있을까. 보면 볼수록, 겪으면 겪을수록 어느 하나 예쁘지 않은 곳 없는 사랑스러운 제 연인을 마주하며 너무 좋아서 주체할 수 없는 마음을 키스로 대신했다.

주말 당직 근무자였던 초롱은 평일보다 퇴근 시간이 빨랐다. 어느덧 오후 3시를 향해 가는 시계를 보고 책상을 정리하며 퇴근을 서두르는데 때마침 휴대폰 알림이 울렸다. 얼른 확인해 보니 그에게서 온 문자였다.

「초롱아, 일이 좀 생겨서 한 시간은 더 있어야 할 것 같아. 먼저 병원에 가 있어. 출발할 때 전화할게.」

그에게 알겠다고 문자를 보내고서 차라리 다행이다 싶었다. 온종일 걱정하며 기다리지 않게 하려고 부모님께는 미리 말하지 않는 쪽으로 마음을 정했지만, 이게 정말 부모님을 위한 일인지.

부모님이 제 생각보다 더 많이 놀라시면 어쩌나 우려가 없지 않았는데, 이렇게 잠시라도 시간이 주어진다면 그가 병원에 도착하기 전에 부모님께 말씀드릴 수 있을 듯했다. 그 시간이면 부모님도 충분히 마음의 준비를 하실 수 있을 것 같아 안심이었다.

제주도에서 온 카라반 오너를 맞이하느라 산의 퇴근 시간이 조금 지체되었

다. 원래라면 독일 출장 후 곧장 제주 출장이 예정되어 있었는데 오너가 직접 방문을 했으니 수고는 덜게 되었다. 하지만 방문 이유가 오너의 사정으로 인한 출고 시기 조율을 위한 것이었기에 산과 수완은 갑자기 바빠졌다.

3월 말경에 제주로 출고 예정이었던 10대의 카라반 출고와 관련하여 이미 모든 준비를 마친 사측의 입장에서는 충분히 난감한 상황이었지만 산과 수완은 당황한 기색 없이 침착하게 일정 변경으로 인해 생기는 문제를 빠르게 파악하고 그에 따른 조치를 취하고 있었다.

한동안 산의 집무실에서 세 사람이 함께 추후 일정과 관련하여 의견을 주고받으며 원만하게 대화를 마쳤다.

"아이고, 이거 여러모로 번거롭게 해 드려 정말 죄송하고, 또 이렇게 빨리 조치를 취해 주시니 정말 감사합니다. 다음에 제주에 오시면 제가 멋진 곳에서 식사 대접 한번 하겠습니다."

카라반 오너가 손을 내밀며 고마움을 전했다.

"아닙니다. 멀리서 이렇게 직접 찾아와 말씀해 주시니 정말 감사합니다. 오히려 제가 식사 대접을 해 드려야 하는데 공교롭게도 오늘 중요한 선약이 있어서요. 대신 출고할 때 제주에 가면 제가 좋은 곳으로 모시겠습니다."

산이 그의 손을 맞잡으며 함께 식사하지 못하게 되어 미안한 마음을 전했다.

"아닙니다. 무슨 그런 말씀을. 대표님께서 제주로 오시면 무조건 제가 사겠습니다."

"하하하. 네. 말씀만 들어도 감사합니다."

문제를 순조롭게 해결한 카라반 오너가 기분 좋게 집무실을 떠나고 산과 수완이 남았다. 수완은 비번임에도 불구하고 회사에 나와 신속하게 일을 처리해 나가는 산을 보며 과연 어제 출장에서 돌아온 사람이 맞나 싶어 고개를 내저었다. 그러다 왠지 모르게 초조한 듯 손목시계를 확인하는 산의 모습이 평소와 달라 보여 슬쩍 물었다.

"오늘 무슨 중요한 선약이 있다고 하지 않았어?"

"어. 안 그래도 지금 가 봐야 할 것 같아. 더 할 일 없지?"

"그래. 네 덕분에 급한 일 마무리 잘했다. 그런데 무슨 일이야?"

급하게 테이블에 놓인 제 물건을 정리하던 산이 상기된 얼굴로 수완을 향해 말했다.

"초롱이 부모님 뵈러 가기로 했어."

"뭐? 잘될 거라고 생각은 했지만 생각보다 진도가 빠른데? 와, 축하한다."

"축하는 무슨, 아직 결혼 날짜 잡은 것도 아닌데. 우리도 이제 그만 퇴근하자. 마음이 바쁘네."

"그래. 그런 줄 알았으면 너 먼저 보낼 걸 그랬다. 나 혼자 해도 충분했을 텐데 말이야."

"아니야. 시간은 지금 딱 적당해. 다만 인사하러 가는 것뿐인데 조금 긴장이 되네."

수완은 좀처럼 긴장하거나 당황하지 않는 산이 서두르는 모습을 보며 피식 웃었다. 녀석에게서 이런 모습을 보는 날이 오게 될 줄이야.

"야. 나한테 딸이 있으면 무조건 너 사위 삼았을 거다. 그러니 긴장 풀어. 모르긴 몰라도 엄청나게 좋아하실 거야."

"풋. 아주 힘이 난다. 고마워, 형. 나 먼저 갈게."

고개를 끄덕이는 수완을 뒤로하고 산은 바쁘게 집무실을 벗어나며 초롱에게 문자를 보냈다.

「지금 출발, 이따 보자.」

병원에 막 도착한 초롱은 왠지 모르게 두근거리는 가슴을 쉽사리 진정시키지 못한 채 지금 출발한다는 그의 문자를 보며 병실 문을 열었다. 조심스레 부모님을 향해 다가가자 자신을 발견한 엄마의 눈이 놀라 커지는 게 보였다.

"초롱아, 너 오늘 당직이라며. 얘가 정말. 집에서 쉬라니까 또 왜 왔어?"

초롱은 한결같은 엄마의 모습에 피식 웃고 말았다.

"엄마, 아빠. 실은 오늘…… 나 만나는 사람…… 여기로 인사 오기로 했어요."

무슨 말을 하는지 영문을 모르겠다는 듯 멍하게 바라보는 부모님을 향해 초롱이 다시 말을 꺼냈다.

"나 지금 만나고 있는 사람. 하이산 씨가 여기 오기로 했다고요."

"뭐?"

"뭐야?"

은호와 수영의 놀란 음성이 병실에 쩡하게 울렸다. 초롱이 서둘러 주위를 둘러보며 죄송하다 사과하자 수영도 뒤늦게 어색한 미소와 함께 사과를 전하고서 급히 초롱의 팔을 잡아 다시 물었다.

"얘가 지금 무슨 말을 하는 거야, 엄마가 제대로 들은 거 맞아? 그 사람이 여기로 온다고?"

"네."

초롱은 놀라 입을 벌린 채 쉽게 말을 잇지 못하며 헛웃음을 치는 엄마와 마찬가지로 저를 뚫어져라 쳐다보는 아빠의 모습에 죄송한 생각이 들어 얼른 말을 덧붙였다.

"이럴까 봐. 미리 말씀 못 드렸어요."

"얘가 미쳤나 봐. 여기가 어디라고 여기로 온대? 지금 우리 꼴이, 우리 꼴이 말이 아닌데 왜 하필 병원으로 와?!"

수영과 은호가 동시에 자신들의 차림을 눈으로 살폈다. 수영은 입으로는 초롱을 야단치면서도 상황이 다급하여 부지런히 주변 정리를 서두르고 있었다. 초롱은 허둥거리는 엄마의 손을 그러잡고서 부모님을 번갈아 보며 다시 말을 꺼냈다.

"엄마, 아빠가 이렇게 당황할까 봐 미리 말씀 못 드렸다고요. 그 사람 우리 사정 다 알아. 너무 훤히 잘 알고 있어요. 나는 엄마도 아빠도…… 전혀 부끄럽지 않아. 이렇게 지내는 모습 보인다고 해도 부끄럽지가 않다고. 오히려 이렇게 잘 이겨 내고 있는 게 자랑스럽지, 이런 모습에 부끄럽거나 기죽지 않는다고."

"애는…… 아무리 그래도 그렇지. 옷이라도…… 깨끗한 거로…… 하."

수영은 더는 말을 이을 수가 없었다. 자신들이 부끄럽지 않다고, 오히려 잘 이겨 내고 있는 모습이 자랑스럽다고 말해 주는 딸의 진심이 순간 가슴을 파고들어 울컥하고 말았다. 그 사람이 언제 들이닥칠지도 모르는데, 바보같이 이렇게 울고 있으면 안 되는 건데, 수영은 눈물이 차올라 아무것도 할 수가 없었다.

사는 모습도 변변찮은 데다 가뜩이나 기우는 처지의 딸아이가 남자 앞에서 기죽어 지내지 않을까 늘 노심초사 걱정이 이만저만 아니었는데, 어쩜 딸은 그런 자신들을 두고 자랑스럽다고 말할 수 있을까. 수영은 제 속으로 낳은 제 딸이지만 놀랍고 고맙지 않을 수 없었다.

"뭘 또 울어. 미리 말 못 해서 죄송해요. 사실 몇 번이나 인사드리고 싶다는 걸 내가 번번이 거절했어요. 너무 미안해서…… 그래서 이번에는 거절 못 했어."

"미리 알았더라면 옷이라도 깨끗한 거로 갈아입고 머리라도 깔끔하게 손질했을 거 아냐."

초롱은 고개를 돌린 채 울먹이며 말하는 엄마의 목소리에 덩달아 마음이 덜커덩거렸지만 꾹 참고서 엄마의 얼굴을 감싸고 맑게 웃으며 말했다.

"우리 엄마, 아빠는 안 꾸며도 아름답고 멋있어. 그러니까 정 여사님! 쓸데없는 걱정 하지 마시고 세수나 좀 하고 오세요. 이렇게 울고 있으면 그 사람 놀랄 거야. 그 사람 싫어서 우는 줄 알 거라고. 가뜩이나 나 때문에 마음고생 많이 한 사람이에요. 엄마, 아빠가 웃으면서 그 사람 맞아 주면 좋겠어."

의연한 딸을 보며 수영이 정신을 퍼뜩 차렸다. 바보같이 흘러내린 눈물을 서둘러 닦고서 먼저 남편의 머리를 부지런히 만져 주었다. 그러고선 작은 옷장을 열어 물건을 챙겨 들고서 초롱에게 몇 가지 당부를 하더니 쏜살같이 병실에서 사라져 버렸다.

초롱은 전에 없이 행동이 재빠른 엄마를 놀란 눈으로 바라보다 아빠와 눈을 마주하며 피식 웃어 버렸다.

"우리 엄마 이렇게 빠른 건 또 처음 보네. 안 그래요, 아빠?"

"그러게."

은호는 아내가 시킨 일들을 하나씩 해 나가는 딸아이를 눈으로 부지런히 좇았다. 이불을 단정하게 펼치고 테이블에 놓인 물건을 정돈하며 바삐 움직이는 딸아이의 모습이 왜 이렇게 안쓰럽기만 한지.

못난 부모도 부모라고 부끄럽지 않다고 말하는 딸의 예쁜 얼굴을 한동안 눈으로 좇으며, 부디 만나는 사람이 딸아이의 외면보다 이런 예쁜 마음을 귀하게 여길 줄 아는 진실한 사람이기를 마음으로 바라고 또 바라는 은호였다.

그렇게 10분이나 지났을까, 어느새 말끔하게 씻고서 옷까지 갈아입은 수영이 병실에 들어섰다. 초롱은 깔끔한 외출용 원피스를 단정하게 차려입고 다가오는 엄마의 모습에 고개를 내저으며 방긋 웃었다.

"하여간 엄마도 참. 그냥 있어도 된다니까."

"엄마도 체면이 있어. 나름 첫인상인데 후줄근한 모습을 보이긴 싫어."

딸에게 말하며 차림을 한 번 더 살피더니 이번에는 어깨까지 내려오는 머리를 단정히 손질하는 수영이었다. 초롱은 조금이라도 더 좋은 모습을 보이기 위해 애쓰는 엄마를 보며 넌지시 고마운 마음을 전했다.

"고마워요. 엄마."

"됐어. 넌 아무 말 마. 엄마 괜히 눈물 나. 갱년긴가 봐."

수영은 별것 아닌 말에도 코가 찡하게 울리는 듯했다. 그게 정말 딸아이의 고마운 말 때문인지 아니면 다가올 시간에 대한 무게와 떨림 때문인지 알 수 없지만, 지금은 다른 생각을 떠올려서는 안 될 것 같았다. 지금은 다가올 시간에 집중하며 딸아이의 체면이 손상되지 않도록 노력하는 일에 온 신경을 기울여야 할 듯해 약해지는 마음을 다잡았다.

초롱은 또다시 눈물을 글썽이는 엄마를 보며 말하지 않아도 그 마음을 알 것 같아 가만히 다가가 꼭 안아 주었다. 그런 가족의 모습을 물끄러미 지켜보던 병실 안의 몇몇 사람이 그들을 향해 한마디씩 말을 건넸다.

"초롱 엄마는 참 좋겠어. 어떻게 저렇게 예쁜 딸이 다 있데?"

"딸만 예뻐? 아들은 또 어떻고. 초롱 엄만 전생에 무슨 덕을 그리 많이 쌓았을까?"

"그러게 말이야. 얘가 얼굴만 참한 게 아니라 마음은 더 예뻐."

"누가 아니래. 밥 안 먹어도 배가 부르겠어. 애들을 어쩜 이렇게 잘 키웠을까?!"

"아깝다. 우리 아들이 조금만 더 컸으면 며느리 삼을 텐데."

"이 사람도 참. 지금 만나는 사람이 온다는데 그런 말은 좀 아니지 않아?"

초롱은 아무리 들어도 적응하기 쉽지 않은 칭찬에 얼굴을 붉혔다. 여섯 명 수용 가능한 병실에 입원 환자는 네 명이었고, 비슷한 증상의 사람들이 함께 모여 있는 데다 병실을 한 번씩 옮기더라도 장기로 입원해 있었기에, 말하지 않아도 서로의 사정을 잘 알고 있었다.

그래서일까, 가끔 병원에 오면 칭찬을 건네며 부러움 섞인 말을 종종 했기에 그러려니 했는데 오늘따라 왜 더 민망한 마음이 드는지 모르겠다. 왠지 그가 오면 부모님뿐만 아니라 병실 안에 있는 모두에게 관찰당할 것 같아 잠시 아찔한 생각이 들었지만 이미 엎어진 물이었다.

산은 병원 가는 길에 있는 백화점에 잠시 들러 오전에 특별히 주문한 과일 바구니를 받아 들고 부지런히 걸음을 옮기다 말고, 자신을 향해 다가오는 누군 가를 발견하고서 그대로 멈추어 섰다. 눈빛을 반짝이며 신나게 다가오는 할머 니를 향해 다가가 먼저 인사를 건넸다.

"할머니. 잘 지내셨어요?"

"오냐. 그래. 우리 손자를 여기서 딱 마주치네. 그래 너는 여기 어쩐 일이야?"

"아, 잠시 볼일이 좀 있어서요."

"그래?"

금옥은 커다란 과일 바구니를 들고서 어색한 미소를 짓는 손자를 유심히 살펴보았다. 평소에도 멀끔하게 잘난 녀석이었지만, 오늘따라 더 훤하게 광이 나는 듯한 손자를 보며 잠자던 촉이 꿈틀거렸다.

"어디 가는 거야?"

"네. 병문안 좀 가려고요."

산은 입꼬리를 움찔거리며 자신을 뚫을 듯 쳐다보는 할머니의 모습에 괜스레 목이 갑갑해지는 기분이 들어 빨리 할머니의 시선에서 벗어나고 싶었다.

"할머니, 저는 약속이 있어 먼저 가 봐야겠습니다. 할머니는요?"

"응. 나는 여기서 약속이 있어. 어서 가 봐. 다음 가족 모임에 늦지 않게 오고."

"네. 할머니. 모임 날 뵙겠습니다."

"그래그래. 인사 잘 드리고 와."

"네. 먼저 갑니다."

산은 서둘러 인사하고 할머니를 스쳐 지나 성큼성큼 걸음을 옮겼다. 그러다 갑자기 등골이 서늘해졌다.

'응? 인사 잘 드리고 와? ……분명 병문안하러 간다고 말한 것 같은데?'

산은 절대 눈치채셨을 리 없다 생각하며 설마 하는 마음으로 뒤돌아보는데, 할머니는 미동도 없이 그 자리에 선 채 흐뭇한 미소를 머금고서 어서 가라 손짓하고 있었다.

말 한마디 하지 않았는데 도대체 어떻게 알아채셨을까. 벌써 다음 모임에서 들들 볶일 생각을 하니 뒷머리가 쭈뼛쭈뼛 솟아올랐지만, 당장은 닥친 일이 시급해 다시 힘차게 걸음을 옮겼다.

금옥은 그저 병문안을 하러 가는 것치고는 조금 과한 듯한 과일 바구니를 보며 혹시나 하는 마음에 슬쩍 떠본 것뿐인데, 냉큼 대답하는 녀석을 보고 쾌재를 외쳤다. 드디어 녀석이 누군가를 만나는 모양이었다. 더구나 인사를 하러 간다는 건, 곧 집안에 경사가 있을 거라는 말인가?

"자, 그럼 누가 될지 모르겠지만, 우리 손자며느리 선물이나 한번 골라 볼까?"

금옥은 20분이나 남은 약속 시각을 확인하며 명품관으로 발걸음을 돌렸다. 아직 무엇 하나 정해진 것도, 정확한 사실관계를 확인한 것도 아닌데 마음으로는 벌써 손자며느리를 맞이하고 있었다.

산은 과일 바구니와 출장 다녀오며 준비한 선물을 들고 병실로 향하며 초롱에게 전화를 걸었다. 신호가 가자마자 들려오는 목소리에 싱긋 웃었다.

"많이 기다렸어?"

— 아니에요. 지금 어디예요?

"다 왔어. 병실 찾고 있는 중이야."

— 제가 나갈게요.

초롱이 급히 병실 문을 나서고 보니 저쪽에서 병실 호수를 확인하며 걸어오고 있는 그가 보였다. 양손에 무언가를 들고서, 긴 다리로 성큼성큼 다가오는 그를 기쁘게 바라보며 서둘러 마중하러 갔다.

이윽고 초롱을 발견한 산의 얼굴이 환하게 밝아졌다. 초롱은 미소를 지으며 그에게 다가가 한 손에 든 큼직한 쇼핑백을 받아 들었다.

"뭘 이런 걸 다……. 그냥 와도 되는데."

"별거 아니니까 신경 쓰지 마. 그것보다 나 좀 봐. 어때? 괜찮아?"

초롱은 느긋하고 점잖은 평소의 모습과는 달리 크게 숨을 내쉬며 긴장한 그를 보고 피식 웃었다. 전에 없던 생소한 경험에 초롱 역시 그 못지않게 긴장하고 있었지만, 지금은 그에게 부담이 아닌 힘을 실어 주고 싶었다.

"네. 괜찮아요. 아니, 괜찮은 정도가 아니에요. 잘생기고, 훤칠하고, 듬직하고, 정말…… 멋있어요. 그러니까 우리 부모님 아닌 다른 사람에게는 웃어 주지 말아요. 반하면 곤란하니까."

산은 귀에 쏙쏙 박히는 초롱의 차분한 음성을 들으며 소리 없이 활짝 웃고 말았다. 인사를 드리는 김에 아예 데려간다고 말해 버릴까 보다. 지금 당장 안아 주고 싶은 걸 아는지 모르는지, 예쁜 미소를 그리는 초롱의 등을 부드럽게 감싸며 병실로 향했다.

병실 안으로 들어서자 모두의 눈길이 동시에 자신에게 향했지만, 산은 말하지 않아도 그녀의 부모님이 누구인지 찾을 수 있을 듯했다. 창가 자리에 한 분이 침대에 등을 기대앉아 있었고, 옆에는 차분한 원피스를 차려입은 중년 여성이 자리에서 일어서 자신을 주시하고 있었다.

산은 망설임 없이 그곳으로 향했고, 초롱 역시 옆에서 말없이 발을 맞추고 있었다. 몇 걸음 가지 않아 초롱의 부모님을 마주한 산이 과일 바구니를 옆에 내려놓고서 허리를 숙여 깍듯하게 인사를 올렸다.

"처음 뵙겠습니다. 아버님, 어머님. 하이산이라고 합니다."

"어서 와요. 초롱이 엄마예요."

"반가워요. 나는…… 초롱이 아비 되는 사람이오."

산은 침대 등받이를 올려 비스듬히 침대에 기댄 초롱의 아버님을 바라보며 어딘지 모르게 불편해 보이는 모습에 자리에 누워 계시도록 권하고 싶었으나 혹여 불쾌해하실까 봐 말을 삼갔다.

아버님은 오랜 병원 생활로 많이 여위고 지친 듯 보였으나 선한 외모와 중후한 인상을 풍기는 모습이 젊은 시절에는 제법 멋진 분이었겠다 싶었고, 인자한 미소를 머금은 보통 체격의 어머님은 초롱이 나이를 먹으면 저런 모습이지 않을까 싶을 만큼 외모와 분위기가 닮았다.

짧은 시간 재빨리 두 분을 파악하기 여념 없는 산에게 초롱이 의자를 권했다.

"앉으세요."

"어, 그래. 어머님도 앉으시지요. 초롱아, 너도."

산은 어머님과 초롱이 앉는 모습을 보고서야 자리에 앉으며 조심스레 말을 꺼냈다.

"먼저, 미리 말씀드리지 않고 이렇게 불쑥 찾아뵙게 되어 죄송합니다. 초롱이를 만난 지도 제법 되는데 두 분을 찾아뵙지 않는 건 예의가 아닌 듯해서 이렇게 급히 찾아뵙게 되었습니다."

"그래요. 여기까지 찾아와 줘서 고마워요. 내가 미리 알았다면 따로 자리를 마련했을 텐데, 미처 그럴 여유가 없어서 병실에서…… 미안해요. 의자도 불편할 텐데."

산은 근심 어린 표정으로 말을 건네는 어머님을 보며 서둘러 마음을 전했다.

"아닙니다. 전혀 불편하지 않습니다, 어머님. 그런 문제라면 신경 쓰지 않으셔도 됩니다."

"이해해 줘서 고마워요. 그리고…… 전에 초롱이 통해 보내 준 음식. 너무 맛있게 잘 먹었어요. 만나면 꼭 인사하고 싶었어요."

"맛있게 드셨다니 다행입니다. 어머님 입맛에 맞지 않을까 걱정했습니다."

"어휴. 음식 솜씨가 나보다 낫던데요 뭘."

"하하하. 과찬이십니다. 그리고 어머님. 말씀 편하게 해 주십시오."

"그래요. 그건 차차 그렇게 하기로 해요."

은호는 아내와 대화를 나누는 의젓하고 신중한 태도의 남자에게서 눈을 뗄 수가 없었다. 병실에 들어서는 순간부터 인사를 건네고 자리에 앉아 대화를 나누는 모습까지 빠짐없이 유심히 지켜보았다.

훤칠하고 잘생긴 외모는 말할 것도 없이, 품행이나 언행 무엇 하나 눈에 거

슬리는 것도 마음에 차지 않는 것도 없었다. 하는 말과 행동 모두 고상하고 품격이 느껴지며 절로 마음에 흐뭇한 미소가 새겨지는 듯했다.

그런 남자의 옆에 앉아 행복한 미소를 예쁘게도 그리는 딸아이의 모습을 보니 선남선녀가 따로 없었다.

은호는 남자에게 묻고 싶은 말도, 하고 싶은 말도 많았지만, 하필 오늘따라 컨디션이 받쳐 주지 않아 불안했다. 남자가 들어서는 순간부터 발끝이 바늘로 찌르는 것처럼 따끔따끔하더니 그 부위가 점점 위로 뻗어 왔고, 좀 전부터는 등으로 식은땀이 흐르고 있었다.

많고 많은 날 중에 하필 오늘 같은 날 이래야 할까. 생전 처음 딸아이가 남자 친구라고 데려온 이 중요한 날, 왜 하필 오늘. 은호는 부디 남자가 있을 때만이라도 무사하기를, 부디 이 시간이 잘 넘어가기를 마음으로 간절히 바라며 이를 악물고 버티고 있었다.

산은 인사를 건넨 이후로 줄곧 어머님과 대화를 나누며 이따금 아버님에게로 시선이 향하는데, 부드러운 미소를 짓고 있지만 긴장한 듯한 모습에 계속 마음이 쓰였다.

혹시 자신이 마음에 들지 않는 것은 아닐까, 그도 아니면 컨디션이 좋지 못한 건 아닐까. 생각하며 안 되겠다 싶어 여쭤보려는데 갑자기 아버님의 인상이 찌푸려지는 모습에 무언가 좋지 않은 상황임을 직감했다. 산이 입을 열기도 전에 은호가 고통스레 신음하며 몸을 비틀었고 다리는 경련이 일었는지 떨리고 있었다.

"어머, 여보!"

"아빠!"

뒤늦게 상황을 알아챈 수영과 초롱이 당황한 사이 산은 머뭇거리지 않고 자리에서 벌떡 일어나 곧장 비상벨을 눌렀다.

"이은호 환자 다리 경련입니다. 바로 와 주세요."

호출하자마자 이번에는 초롱을 보며 짧게 지시했다.

"초롱아, 침대 등받이 내리고 옆에 물건 좀 치워 줄래?"

말을 하면서도 산은 분주하게 움직였다. 경련으로 혹시 낙상하지 않을까 싶어 잠시 내려 두었던 침대 팔걸이를 당장 들어 올리고, 은호의 다리 쪽으로 가 이불을 걷어 망설임 없이 떨리는 다리를 잡고서 경련 시 할 수 있는 응급조치를 했다.

산은 서서히 내려가는 침대에 누우면서도 다리에서 손을 떼지 못하고 신음하는 은호를 걱정스레 바라보며 말을 건넸다.

"경련이 잦아들고 있습니다. 곧 괜찮아질 겁니다, 아버님."

다행히 경련이 길지 않으려는지 만져지는 근육의 떨림이 서서히 잦아드는 것이 곧 멈출 듯했다. 그제야 간호사가 수액을 들고 병실에 들어서며 급히 말했다.

"죄송해요. 주말이라 주치의 선생님께서 안 계셔서요. 환자분 이런 적이 처음이라 전화로 여쭤보고 오는 바람에 좀 늦었습니다."

"네. 알겠습니다. 증상 말씀드릴 테니 주사 놓고 한 번 더 주치의 선생님께 여쭤봐 주십시오."

"네."

산이 더운지 입고 있던 슈트 상의를 벗으며 침착하게 좀 전의 상황을 설명했다.

"침대 등받이에 기대앉아 계시다가 갑작스러운 경련이 있었습니다. 혹시 자세가 불편해서 그런가 싶어 등받이는 바로 내렸고 경련은 3분 정도 했습니다. 2분 동안은 다리의 떨림이 강했고 이후로 서서히 잦아드는 느낌이었습니다. 그리고 아버님, 혹시 다른 증상은 없으십니까? 있으면 말씀해 주십시오."

간호사에게 자신이 본 증상을 설명하던 산이 다른 증상이 더 없는지 은호에게 확인차 물었다.

"아…… 그게. 아직은 잘……."

왠지 머뭇거림이 느껴지는 아버님을 보자 그의 눈이 어딘가로 향해 있었다.

그 시선을 따라가 보니 초롱이 눈물을 글썽이며 서 있었고 그 옆에 선 어머님이라고 별반 다르지 않은 모습이었다. 산은 아마도 딸이 보는 앞에서 아픈 모습이나 증상을 말하기 꺼리시는 건 아닐까 짐작하며 초롱에게 다가가 부탁했다.

"초롱아, 아버님 땀을 많이 흘리신 것 같은데 침대 시트 하나만 가져다줄래? 아버님 갈아입으실 옷도 같이."

고개를 끄덕이며 초롱이 병실을 나서자 그제야 은호가 간호사에게 증상을 말하기 시작했다.

"그게. 아까부터 발이 따끔하더니 증상이 점점 위로 올라왔어요. 그러다 경련이 왔고. 근래 들어 가끔 따끔하거나 저린 증상은 있었는데 이렇게 강한 통증은 오늘이 처음입니다."

"네. 선생님께 그렇게 말씀 전해 드릴게요. 주사 놓았으니 통증은 금방 좋아지실 거예요. 또 불편하시면 바로 호출해 주시고요."

"그래요. 고마워요."

간호사가 나가자 수영이 얼른 남편에게 다가가 다른 곳은 불편하지 않은지 물었다. 은호가 당황한 듯 보이는 수영을 달래며 산을 보고 말했다.

"정말 고마워요. 그리고 초면에 이런 모습 보여서 미안해요."

"아닙니다, 아버님. 무슨 그런 말씀을. 제 걱정은 하지 않으셔도 됩니다. 오히려 제가 이렇게 불쑥 찾아와 아버님을 힘들게 해 드린 건 아닌지."

"절대 그런 건 아니니 신경 쓰지 말아요. 근래 들어 몸이 조금······."

은호가 산에게 무언가 더 말하려는데 마침 초롱이 휠체어를 밀며 병실로 들어서고 있었기에 하던 말을 멈추었다.

초롱은 침대 시트와 환자복이 놓인 휠체어를 침대 옆에 두고서 아빠를 유심히 살폈다. 지금껏 많은 위기 상황을 겪으며 그때마다 고비를 잘 넘겼지만, 오늘과 같이 다리가 눈에 띄게 떨리는 증상을 보이는 건 처음이었기에 당혹스러웠다.

짧은 순간 얼마나 고통스러웠기에 이렇게 많은 땀을 흘리셨을까. 여전히 땀으로 번들거리는 아빠의 얼굴을 보며 시트를 빨리 교체해야 할 것 같아 산을 향해 입을 열었다.

"이산 씨, 잠시 병실 밖에서 기다려 줄래요?"

"내가 도와줄게."

"네? 아니……."

당황으로 물든 초롱은 아랑곳하지 않고 이산은 휠체어 위에 놓인 시트와 환자복을 옆에 놓인 의자로 옮기고 자신이 들고 있던 슈트 상의를 초롱에게 건네며 곧장 은호에게 다가갔다.

"아버님. 괜찮으시다면 제가 휠체어에 앉으실 수 있도록 도와드려도 되겠습니까?"

산이 말을 꺼내기가 무섭게 수영이 서둘러 다가와 손을 내저으며 만류했다.

"아니에요. 늘 하던 일이라 내가 천천히 하면 돼. 그러지 말고 초롱이랑 같이 밖에 잠시만 나가 있어요. 응?"

"아닙니다. 제가 없을 땐 모르겠지만 지금은 제가 하게 해 주십시오."

"아니. 이게 생각만큼 쉽지 않은 일이라……."

"주위에 운동하는 친구들이 많아서 그런지 병원 드나들 일이 제법 많았습니다. 경험이 없지 않으니 걱정하지 않으셔도 됩니다, 어머님."

산은 말 그대로 주위에 운동하는 친구들이 많아서 그런지 다쳐서 입원하는 경우를 수도 없이 많이 봐 왔었다. 병문안하러 가서 도와준 일이 어디 한두 번일까.

물론 다들 덩치가 있는 데다 다치더라도 신체 일부만 다치는 경우가 많았기에 그저 옆에서 부축해 주는 정도가 다였지만 문제 될 건 없었다. 자신은 오랜 기간 운동으로 단련된 몸이었기에 약해질 대로 약해진 아버님 정도야 거뜬히 들 수 있을 듯했다.

"아니. 우리 그이가 문제가 아니라, 혹시 대표님이 다칠까 봐……."

"그럴 일 없으니 잠시만 기다려 주세요, 어머님."

자신을 걱정하는 마음에 수영과 초롱이 극구 만류하는데도 불구하고 산은 이미 팔을 걷어붙이며 은호를 휠체어에 옮기려 준비를 하고 있었다.

이불을 한쪽으로 치우고, 링거대에 수액을 옮겨 달아 줄이 꼬이지 않도록 조치하며 은호에게 다가갔다. 난처한 기색이 역력한 은호를 향해 부드러운 미소를 지으며 단번에 그를 안아 올려 휠체어에 조심스레 내려놓는 모습은 수영과 초롱의 걱정이 무색할 만큼 가뿐하기만 했다.

머뭇거림 없이 침대 시트를 걷어 내며 새로운 시트로 교체하는 모습 또한 한두 번 해 본 솜씨 같지 않게 능숙하기만 했다.

다시 휠체어에 앉아 있는 은호에게 다가가 단숨에 번쩍 안아 올려 침대에 가뿐하게 옮기는 모습에 수영과 초롱은 놀라지 않을 수 없었다. 자신들은 수 분간 땀을 뻘뻘 흘리며 해야 하는 힘든 일이 그에게는 너무 쉽게만 보였다.

초롱은 미안하고 고마운 마음과 놀라운 마음이 한데 뒤엉켜 혼란스럽기만 했고, 수영 또한 초면에 너무 많은 실례를 한 것 같아 안절부절못했다.

"어머님. 이제 아버님 옷 갈아입으시면 될 듯싶습니다."

"그, 그래요. 그건 내가 할게요."

"그래요. 이산 씨, 그건 엄마한테 맡기고 우린 잠시 나가요."

초롱은 그가 아빠 옷까지 갈아입혀 드리겠다 할까 봐 얼른 산의 팔을 잡아끌었다.

"네. 그럼 이따 다시 뵙겠습니다."

산과 초롱이 잠시 병실을 나가고 수영이 커튼을 치고서 남편의 옷을 갈아입히려는데, 놀랍게도 남편의 입에서 웃음이 새어 나왔고 수영 역시 웃음을 피식 흘리고 말았다.

서로가 너무나 당황스럽고 난감한 상황에서 불편해하는 기색 하나 없이 오히려 앞장서서 거침없이 상황을 주도하며 문제를 해결해 나가는 남자의 모습이 두 사람의 뇌리에 깊숙이 박혀 쉽게 사라지지 않았다.

만난 지 한 시간도 채 지나지 않았지만, 남자의 성품이나 인성이 얼마나 훌류한 사람인지 파악하고도 남았다. 옷을 갈아입는 동안 은호와 수영은 이산의 행동과 마음 씀씀이를 칭찬하며 흐뭇한 마음을 감추지 못했다.

병실 밖으로 잠시 나온 산은 어두운 표정을 한 채 생각에 잠긴 초롱이 걱정스러워 조심스레 초롱의 등을 쓸어내리며 물었다.

"괜찮아?"

무언가 마음에 걸리는 게 있어 잠시 생각에 빠져 있던 초롱은 머릿속을 파고드는 상념을 털어 내려 애쓰며 어색한 미소로 그에게 말했다.

"……네. 오늘 정말 미안해요. 한 번씩 갑자기 컨디션이 나빠지는 경우는 있었어도 오늘처럼 경련까지 하는 경우는 없었는데……."

"그런데 말이야. 아버님…… 하반신 마비라고 하지 않았어?"

"……네. 맞아요."

"하반신 마비 환자가 통증을 자각할 수도 있나?"

"그게 저도 잘……. 처음이에요. 하반신 마비 판정을 받은 이후로 아빠가 다리 통증을 느끼는 걸 본 적은…… 오늘이 처음이에요."

"그래?"

산은 마음이 복잡한 듯 그늘진 얼굴로 고개를 끄덕이는 초롱을 위로하듯 천천히 머리를 쓸어 주다 불현듯 누군가 떠올랐다.

아주 오랜 시간이 지나긴 했으나 사촌 형인 승주 역시 한때 하반신 마비 증상으로 장기간 입원을 했던 적이 있었다. 불굴의 의지로 이겨 내기는 했으나 그 과정은 참담했다. 지금도 그때만 생각하면 모골이 송연한데, 그 당시 승주 역시 아버님과 같은 증상을 호소하며 고통으로 몸부림치던 모습이 섬광처럼 머리를 스쳤다.

산은 여전히 걱정스러운 마음을 거두지 못한 채 불안해 보이는 초롱을 보며 바지 주머니에 넣어 뒀던 휴대폰을 꺼내 전화를 걸었다. 짧은 신호음 끝에 수화기를 타고 반가운 목소리가 들려왔다.

─산, 출장은 잘 다녀왔어?

"어. 형은 별일 없지?"

— 없어. 좀이 쑤신 것 빼고는.

"그러게. 이제 그만 일선에 복귀하라니까, 그것보다 형. 급히 물어볼 게 있어 전화했는데."

— 말해.

산은 승주가 그때의 일은 떠올리는 자체를 꺼린다는 걸 너무나 잘 알고 있었기에 조심스레 말을 꺼냈다.

"형…… 예전에 하반신 마비였다가 다리에 감각 돌아왔을 때 말이야."

— ……한판 뜰까? 한동안 운동이 좀 뜸했지? 나와라. 상대해 줄게.

"미안. 싫어하는 얘기라는 거 아는데, 좀 급해. 하반신 마비 환자가 갑자기 발이 따끔하면서 증상이 점점 다리를 타고 올라가. 게다가 경련을 했어. 어딘지 모르게 좀 비슷하지 않아? 형도 그랬던 거로 기억하는데."

승주가 내뱉는 한숨 소리가 수화기를 통해 여과 없이 전달되고 있었다. 그때까지도 아빠 걱정으로 번민하던 초롱의 얼굴이 번쩍 들리며 그에게로 시선이 옮겨졌다.

— 그랬지. 누군데?

"그건 나중에. 그래서 어땠어? 증상이 비슷한 거 맞지?"

— 어. 처음 감각이 돌아올 때 그랬어. 극심한 통증을 동반한 경련이 있었지. 그런데 증상이 비슷하다고 해서 일반화하기에는 무리가 있지 않을까? 분명 말하지만 내 경우는 오진이었음이 틀림없어. 그러지 않고서야 설명이 안 돼.

"왜 설명이 안 되는데? 형의 괴물 같은 의지가 만들어 낸 기적이지. 그때 형은 정말이지…… 미친놈이었어."

초롱이 옆에 없었다면 분명 더한 말이 나왔을 것이다. 당시의 승주를 표현하기에 미친놈은 너무 순화된 표현이었다.

— 하하하. 이산. 죽고 싶지?

"고맙다고, 기적을 몸소 보여 줘서. 그만 끊어. 조만간 연락할게, 밥 한번 먹자."

— 그래.

산은 기대와 희망, 걱정과 두려움이 뒤섞인 초롱의 표정을 바라보며 조심스럽게 입을 열었다.

"승주 형이야. 알지? 그때, 네 호신술 가르쳐 줬던."

"네. 알아요."

"형도 오래전에 하반신 마비 판정을 받았었어."

말하기가 무섭게 초롱이 놀라 벌어지는 입을 급히 막고 있었다. 산은 지극히 당연한 반응에 피식 웃으며 하던 말을 이었다.

"형은 그 사실을 인정하지 않았고, 받아들이기 힘들어서 반항하는 거라고 하기에는 너무 이성적이었고 냉정해 보였어. 형은 자신을 향한 굳은 확신이 있었던 것 같아. 다시 일어설 수 있다고, 반드시 일어서는 모습을 보이고 말겠다 다짐에 다짐을 하더라고."

산은 간절한 눈빛으로 자신의 말을 경청하는 초롱을 보며 서둘러 말을 이었다.

"아마 병원에서 움직여도 된다는 허락이 떨어지는 순간부터였을 거야. 먹고 자고 잠시 휴식을 취하는 시간 빼고는 정말 미친 듯이 재활 운동에 매진했어. 오죽하면 주위에서 모두 말릴 정도였으니⋯⋯. 그렇게 3개월 정도 했을까? 발에 감각이 돌아왔어. 그때의 증상이 오늘 아버님의 증상과 비슷한 것 같아."

승주 본인은 당연한 결과로 받아들였을지 몰라도 주위에서는 기함하지 않을 수 없었다. 그의 불굴의 의지와 피나는 노력이 빚어낸 기적이라고밖에는 따로 설명할 수 있는 의학적 용어도 없었다.

하지만 그때의 승주는 젊었고, 누구보다 의지가 강한 사람이었다. 초롱의 아버님과는 기질적으로 다른 사람이었다. 같은 하반신 마비라 해도 그 원인은 무수히 많을 터. 승주의 말처럼 일반화하기에는 어려움이 있었기에 말을 전하는 산은 조심에 조심을 더할 수밖에 없었다.

"하지만 형과는 사정이 많이 다를 수도 있어. 아버님의 경우 걷지 못하는 다른 문제가 있을 수도 있고."

초롱은 괜한 기대를 하지 않으려 해도 움츠린 마음에 희망이 조금씩 파고드는 듯한 기분에 쉽게 진정이 되지 않았다.

"아빠도 아무 문제 없어요. 사고 후에 진행됐던 모든 수술은 다 잘 됐다고 했어요. 병원에서도 걷지 못하는 이유를 찾을 수 없다고 했거든요."

"그게…… 정말이야?"

힘차게 고개를 끄덕이는 초롱을 보며 산 역시 희망이 보이는 듯한 기분이었다. 감각이라고는 없는 다리에 통증이 느껴지는 건, 감각이 돌아왔다는 신호로밖에는 보이지 않았다. 주치의가 있다면 당장 물어도 볼 텐데. 산은 급한 대로 초롱에게 물었다.

"아버님 말이야. 평소 몸 상태에 변화가 있거나 컨디션이 나빠지거나 하면 잘 말씀하시는 편이야?"

"아니요. 주로 혼자 참아 넘기시거나, 도저히 참지 못할 지경이 되면 말씀하세요. 그마저도 엄마에게만."

자식이 걱정할까 봐 마음이 쓰여 그렇겠지만 초롱은 그럴 때마다 말할 수 없이 속이 쓰라렸다.

"그래. 초롱아, 오늘은 부모님께서도 많이 놀라셨을 테니 편히 쉬도록 해 드리자. 너도 얼굴 좀 펴. 너 그렇게 걱정하면 두 분 마음이 무거울 거야."

"네. 그럴게요. 그래야죠."

"그리고 아버님 오늘 발현한 증상은 내가 따로 좀 알아봐도 될까?"

"네? 그게 무슨……."

"아버님 주치의 내가 따로 만나 봐도 되겠냐고, 아무래도 아버지와 관련한 일이다 보니 너는 나만큼 냉정해질 수 없을 것 같아서. 내가 한번 만나 볼게. 괜찮지?"

"아니에요. 내가 만날게요. 이산 씨 회사 일만 해도 눈코 뜰 새 없이 바쁜데 이런 일까지 신경 쓰게 하고 싶지 않아요."

"그런 거라면 아무 걱정 하지 마. 겨우 이 정도로 일하는 데 아무 지장 없고, 네 생각 이상으로 능력 출중해. 믿어도 좋아. 게다가 네 부모님이면, 이제 내 부모님도 되는 거야. 맞지?"

초롱은 흔들림 없는 눈빛으로 저를 주시하는 너무나 믿음직스러운 그의 모습을 바라보며 가슴이 뭉클했다. 불안과 두려움으로 가득 찼던 마음은 어느새 그가 주는 안정감과 평온으로 바뀌고 있었다.

대체 무슨 복을 타고 태어나 이런 남자를 만났을까, 제 손을 가만히 그러잡는 그의 따뜻한 마음을 온몸으로 흡수하며 초롱은 가만히 고개를 끄덕였다.

두 사람을 부르는 소리에 산과 초롱이 다시 병실로 들어섰다. 어느 정도 안정을 되찾은 은호와 수영을 보고 산이 자연스레 대화를 유도하며 화기애애하게 분위기를 주도해 갔다. 틈틈이 은호의 컨디션까지 세심히 살피는 산의 자상한 모습에 부부는 마음이 열리지 않을 수 없었다.

산과 초롱을 번갈아 바라보며 흐뭇한 미소를 짓던 수영이 무심코 벽에 걸린 시계를 확인하다 깜짝 놀라고 말았다. 과일도 음료도 괜찮다며 마다했기에 무엇 하나 대접한 것도 없이 다가온 저녁 시간에 출출하지 않을까 걱정하며 산에게 말을 건넸다.

"일하고 와서 피곤할 텐데, 이제 그만 가 봐요."

"아닙니다. 오히려 저 때문에 두 분이 편히 쉬지 못한 건 아닌지 걱정됩니다."

"아휴, 무슨 그런 말을. 덕분에 모처럼 즐거웠어요. 귀한 손님인데 대접도 제대로 못 하고, 힘든 일까지 시켰으니. 오늘 정말 너무 미안하고, 또 많이 고마웠어요."

"손님은요 무슨. 앞으로는 아들처럼 편히 대해 주십시오. 두 분만 괜찮으시다면 가끔 이렇게 찾아봬도 되겠습니까?"

"많이 바쁘다던데. 말만 들어도 정말 고마워요. 초롱아, 너도 피곤할 텐데 얼른 들어가. 응?"

두 사람을 번갈아 보며 수영이 말을 건넸다. 은호 역시 아내와 뜻을 같이하며 얼른 두 사람을 보내려 했다.

결국 부모님의 성화에 못 이긴 산과 초롱이 인사를 건네고 병실 밖으로 나왔다. 수영은 그런 두 사람을 배웅하기 위해 따라 나왔다.

"그만 들어가 보십시오, 어머님."

"엄마. 혹시 무슨 일 있으면 바로 전화 줘요."

"일은 무슨, 괜찮을 거야. 우리 걱정은 하지 않아도 돼. 그리고…… 대표님."

"어머님. 그냥 편하게 불러 주십시오. 이름을 부르셔도 좋고, 자네라도 하셔도 좋습니다. 이도 저도 다 불편하시면 그냥 하 서방이라고 해 주십시오."

누가 모녀 아니랄까 봐, 동시에 숨을 들이켜며 놀란 표정으로 자신을 바라보는 모습이 재밌어 산이 싱긋 웃었다.

수영은 병원까지 인사를 올 때는 당연히 딸아이를 향한 마음에 확신이 있고 그만큼 견고하기에 찾은 것이겠지만, 이미 결혼을 하는 것이 기정사실로 된 듯 자연스레 하 서방이라고 해 달라는 말에는 당황하지 않을 수 없었다.

"아. 그, 그래요. 다음에. 다음에는 편하게 부르도록 해 볼게요. 그리고…… 우리 초롱이 예뻐해 주고 잘 챙겨 줘서 너무…… 너무 고마워요. 앞으로도 잘 부탁할게요."

"네. 어머님. 초롱이는 걱정하지 않으셔도 됩니다. 제가 더 잘하겠습니다. 그리고 저도 잘 부탁드립니다. 또 찾아뵙겠습니다."

수영은 정중하게 인사를 건네고서 딸과 함께 걸어가는 산의 모습을 보며 가만히 속으로 불러 보았다. '하 서방. 하 서방.' 왠지 그 단어가 주는 먹먹함에 서운한 마음이 클 줄 알았는데, 생각보다 담담하게 뱉어지는 말이었다.

그림처럼 잘 어울리는 둘의 모습을 바라보며, 정말 사위처럼 느껴지는 듬직한 모습에 어느새 입가에 미소가 그려지고 있었다.

산은 초롱과 함께 저녁을 먹고서 집에 데려다준 후 자신의 승용차에 앉아 어딘가로 급히 전화를 걸었다. 신호 연결음이 한동안 이어지는 걸 보니 받을 상황이 아닌가 싶어 전화를 끊으려는데 마침 기다리던 목소리가 들려왔다.

— 이산, 오랜만이네. 자네가 이 시간에 어쩐 일인가?

"안녕하십니까, 교수님. 아니, 이제 병원장님이라고 해야겠습니다. 좋은 소식에 인사가 늦었습니다."

— 하하하. 늦기는 무슨. 그렇게 훌륭한 분재를 보내 주고선. 오히려 내가 인사가 늦었구먼. 아주 마음에 쏙 들어. 신경 써 줘서 고맙네.

"마음에 드신다니 다행입니다. 그나저나 지금 통화는 괜찮으십니까? 바쁘신데 제가 전화를 드린 건 아닌지 모르겠습니다."

며칠 전 대학병원의 병원장이 된 아버지의 친우이자 가족의 오랜 주치의인 김연우 교수와 통화하며, 가까운 지인이라 해도 한창 바쁠 시기에 전화를 드린 것이 마음에 걸리지 않을 수 없었다.

— 괜찮네. 오늘은 나도 일찍 들어와 쉬고 있다네. 그래. 무슨 일인가?

"쉬시는데 말씀드리기가 죄송스럽습니다만, 혹시 원장님 병원이 올해 진료 정보 교류 사업 거점 의료기관으로 선정되었다던데 맞습니까?"

— 그렇다네. 자네가 어떻게 그런 것까지 다 알고 있어.

"원장님 병원과 진료 협력 주최가 되는 병원에 아는 분께서 입원해 계신 터라, 관련 소식에 절로 귀 기울여지던데요. 혹시 언제 시간이 되신다면 한번 찾아봬도 되겠습니까?"

— 자네라면 언제든 환영이네만, 연락은 꼭 주고 오게. 괜히 헛걸음하지 않도록 말이야.

"네, 알겠습니다. 조만간 찾아뵙겠습니다. 다시 한번 축하드립니다. 원장님, 편안한 밤 보내십시오."

전화를 끊고서 핸들을 툭툭 두드리며 잠시 생각에 잠겼다. 방금 통화를 끝낸 김연우 원장은 아시아 최초로 목뼈 인공 디스크 수술을 도입한 척추 전문의로서 국내에서는 이미 관련 분야 명의로 이름이 알려져 있었다.

산은 왠지 희망이 보이는 듯한 초롱의 아버지를 상급 의료기관으로 옮겨 좀 더 나은 의료 시설과 환경에서 최상의 진료를 받게 하고 싶었다. 과연 어떻게 해야 초롱의 가족이 마음의 부담을 느끼지 않고 병원을 옮기게 할 수 있을까, 고민이 깊어졌다.

월요일 오전, 회의를 마치고 사무실로 돌아온 로라는 부재중 남겨진 메모를 확인하다 반가운 이름을 발견하고서 곧장 전화를 걸었다.

"안녕하세요. 이사장님, 오로라예요. 회의 중이라 전화를 받지 못했네요."

— 어, 그래. 로라야. 다름이 아니라 초롱이가 너와 계약했다던데.

"네. 이사장님. 초롱 씨한테 연락받으셨어요?"

— 연락이야 진작 받았지. 그 때문에 잠시 만났으면 하는데 언제가 시간이 괜찮겠어?

"저는 오늘 언제라도 괜찮습니다. 제가 재단으로 가겠습니다."

— 아니야. 내가 볼일이 있어 나가야 하는데, 가는 길에 잠시 들러도 될까 해서 전화했던 거야. 혹시 지금도 시간이 괜찮아? 마침 일이 끝나서, 지금 네 회사 근처라 바로 갈 수 있을 것 같은데.

"네. 저는 괜찮아요. 기다릴게요. 이따 뵙겠습니다."

로라는 통화를 하며 입가에 맴돌던 미소가 조금씩 더해져 어느새 환하게 웃고 말았다. 그저 아끼던 제자를 만났다는 것만으로도 삶의 활력을 되찾으신 듯, 늘 점잖고 기품이 느껴지는 목소리로 조용조용 말을 전하던 분의 목소리가 전에 없이 밝게 들려 반가웠다.

로라는 기쁜 마음으로 다과를 준비하며 선미를 기다리고 있었다. 10여 분 남짓 지났을까, 기다리던 호출에 반갑게 집무실 문을 열어 선미를 맞이했다.

"어서 오세요, 이사장님. 전보다 얼굴이 더 좋아 보이세요."

"좋아 보이기는, 너야말로 나날이 예뻐져. 좋은 소식이라도 있어?"

"좋은 소식은요 무슨. 어서 앉으세요. 이사장님 허브티 좋아하시는 것 같아서 준비하긴 했는데, 따로 드시고 싶으신 차 있으세요?"

"아니야. 허브티 좋아."

선미가 소파에 편하게 앉자 로라는 잘 우려진 차를 따라 선미에게 건네고서 맞은편에 앉아 먼저 말을 꺼냈다.

"그런데 무슨 일로 오셨어요?"

"초롱이 때문에 왔어. 초롱이가 광고 촬영을 해야 할지도 모른다고, 너한테 폐를 끼칠까 싶어 걱정을 이만저만 하는 게 아니야."

"초롱 씨가 이사장님을 정말 많이 의지하고 따랐나 봐요. 본인 얘기를 잘 하지 않는 성격으로 알고 있는데 그 오랜 세월을 떨어져 지냈음에도 이사장님께는 뭐든 편히 잘 말하나 보네요."

로라는 가정 형편은 조금 어려웠을지 몰라도 주위에 자신을 진심으로 걱정해 주고 위하는 사람이 많은 초롱에게 은근히 부러운 마음이 들었다. 하물며 자신조차도 그런 초롱을 돕고 싶었고, 곁에 두고 친하게 지내고 싶은 마음이 드는 걸 보면 그녀가 얼마나 특별한 사람인지 새삼 느끼게 되었다.

"그래야지. 속내를 말할 수 있는 사람이 있어야 초롱이도 숨통이 트이지. 나와는 그만큼 각별하기도 했고. 해서 말인데, 지금 혹시 준비 중인 광고가 있어?"

"추리는 중이에요. 신기하게도 그 어떤 홍보도 없었는데 알음알음 계속 광고 섭외가 들어와요. 그중 초롱 씨가 할 수 있을 만한 광고를 고르는 중이고요."

"피아노 광고면 어때?"

"피아노…… 광고요? 그런 광고가 있다면 생각하고 말고 할 것도 없이 무조건 해야죠. 하지만 피아노 광고는 사라진 지 오래죠. 저는 기억도 나지 않는걸요?"

"그럼 초롱이 한번 시켜 봐. 아마 오늘 오후쯤 영원 피아노에서 연락이 올 거야. 사라진 피아노 광고, 다시 한번 부활시켜 보자고. 초롱이처럼 말이야."

"맙소사. 이사장님, 초롱 씨 때문에 직접 알아보신 거예요?"

로라는 놀라지 않을 수 없었다. 국내 피아니스트 수준은 나날이 발전해 가고 있으나 피아노만큼은 그러지 못했다.

기술력의 차이를 떠나 주택에서 아파트로 달라진 주거 환경과 학원으로 향하는 생활의 변화 때문인지 수요가 많이 꺾인 상태였고, 그마저도 층간 소음과 관련한 문제와 기능적인 문제들로 디지털 피아노로 대세는 기울어진 듯했다.

그래서일까, 피아노 광고는 역사의 뒤안길로 사라졌다고 봐도 무방했는데, 어떻게 그 피아노 광고를 다시 가능하게 하셨을까. 좀처럼 놀라운 마음을 숨기지 못하고 경외의 눈빛으로 선미를 바라보게 되는데 그런 자신의 모습을 보고도 아랑곳하지 않던 그녀에게서 다시 말이 흘러나왔다.

"초롱이 때문이라기보다, 이제 시기가 도래했다는 표현이 더 어울리지 않을까? 국내 피아니스트 수준이 높아진 만큼 그에 따른 관심도 그 어느 때보다 높을 터. 난 그저 국내 브랜드의 소외와 침체가 안타까워서 살짝 부추겨 봤을 뿐이야."

"와. 우리 이사장님 정말 멋지세요. 이사장님이시니까 가능케 하셨겠죠. 초롱 씨 아주 좋아하겠는데요?"

"초롱이에게는 내 얘기 하지 마. 빚지고는 못 사는 성격이라 어떻게든 또 갚으려고 애쓸 거야. 딱히 도와줄 것도 없는데 마음의 부담은 주지 말아야지."

"저는 요즘처럼 누군가가 부러웠던 적이 없어요. 이사장님, 초롱 씨는 인덕이 참 많은 사람 같아요."

"너도 마찬가지지 뭐. 네 주위에 좋은 인맥이 좀 많아?"

"이래서 옛말에 그런 말이 있나 봐요. 남의 떡이 커 보인다나 어쩐다나."

"하하하, 뭐가 어째?"

능청스러운 표정으로 눈을 굴리며 말하는 로라가 귀여워 보여 선미가 크게 웃었다.

"말이 그렇다고요. 이사장님 바쁘지 않으시면 오늘 저한테 시간 좀 주세요. 오랜만에 드라이브 삼아 좋은 곳으로 가서 식사해요. 네?"

"그래. 오랜만에 그럴까?"

흔쾌한 승낙에 로라가 함빡 웃었다. 잠시 양해를 구하고서 외출 준비를 서두르는 로라를 바라보는 선미의 입가에도 기분 좋은 미소가 덧그려지고 있었다.

2

초롱은 출근하자마자 외근을 나갔다는 산을 기다리며 작성이 끝난 사직서를 결재 파일에 조심스레 끼워 두었다. 길지 않은 시간 즐겁게 근무하며 정을 붙인 곳이라 그런지 홀가분한 마음에 앞서 서운하고 섭섭한 마음만 가득했다.

일하며 그를 기다리는 설렘도, 이따금 손끝을 스치고 지나는 짓궂은 그의 장난도, 그의 집무실에서 나누었던 밀회, 남몰래 주고받던 은밀한 눈빛. 그 모든 추억을 뒤로하고 머지않아 이곳을 떠나야 한다는 사실이 마음을 한없이 무겁게 만들고 있었다.

그렇게 생각에 잠긴 사이 그가 외근에서 돌아왔는지 직원들과 인사를 나누는 소리가 들려 고개를 들어 보았다. 때마침 마주친 눈빛에 초롱이 먼저 싱긋 미소를 짓는데 그가 대뜸 윙크를 날렸다.

깜짝 놀라 주위를 둘러보던 초롱의 얼굴이 슬그머니 파티션 아래로 내려가고, 산은 그런 귀여운 모습의 초롱을 태연히 스쳐 지나며 터져 나오려는 웃음을 누르느라 애써야 했다.

잠시 당황스러웠던 마음을 다스린 초롱이 결재 파일을 들고서 그의 집무실로 향했다. 짧은 노크 소리와 함께 그의 집무실로 들어서자 능글맞은 표정으로 책상에 엉덩이를 기댄 채 서 있는 그가 보였다.

"지금은 공적인 업무보다는 개인 용무에 가깝겠지? 곧 지원 부서 회의 시간 아닌가?"

직원들이 출근하기 전에 외근을 나가는 바람에 회의를 잠시 뒤로 미루었다. 이제 곧 회의할 시간인데 그 전에 초롱이 집무실에 들렀다면 그건 개인적인 용무가 있다는 말이었다.

"맞습니다. 대표님."

산은 대표님이라 깍듯이 칭하는 초롱을 보고 피식 웃었다. 이 통명한 호칭도 그녀에게서 들을 날이 얼마 남지 않았다 생각하니 아쉬운 마음이 들었다. 천천히 다가오는 초롱을 향해 팔을 펼쳤고, 웬일인지 말없이 다가와 힘껏 안기는 초롱이었다.

"와. 이제 한 달이면 끝이라고 인심이 후하네."

"그러게요. 분명 기뻐야 하는데…… 생각만큼 기쁘지는 않아요. 막상 여기를 떠날 때가 되면 눈물 날 것 같아요."

"그 말이 되레 기쁜 걸 보면 나는 나쁜 놈인가? 마냥 좋다고 뒤도 안 보고 갈 줄 알았더니 말이야."

"떠나서도 계속 생각날까 봐 그게 오히려 걱정이에요. 정말…… 좋은 직장이에요. 물론 이산 씨가 있어서 그런 거겠지만."

"회의하러 가기 힘들게 만드네? 흥분해 버렸는데 어쩔 거야?"

그가 군이 말하지 않아도 이미 몸으로 느껴 알고 있는 초롱이 그의 가슴을 아프지 않게 투정하듯 때리며 품에서 벗어났다.

"결재 하나 해 주세요. 그럼 원래대로 돌아올지도 몰라요."

산은 초롱이 내미는 결재 파일을 열어 보며 그녀의 말처럼 뻗친 기운이 가라앉는 듯한 기분이었다. 그녀가 그만둬야 한다는 걸 알지만 서면으로 직접 받은 사직서는 생각했던 이상으로 시리게 와닿는 듯했다.

"그러네. 갑자기 기운이 쭉 빠졌어. 아쉽지만 할 수 없지 뭐, 널 위한 일인데. 대신 이젠 매일 볼 수 있는 방법을 빨리 실행에 옮기도록 노력해야겠어."

산은 눈을 크게 뜨는 초롱을 보고 어깨를 으쓱하며 결재 파일을 책상에 내려두고서 말을 꺼냈다.

"가자. 회의하러. 먼저 갈래? 아님 같이 나갈까?"

"먼저 갈게요. 아직 10분 남았어요. 천천히 오세요."

"아직 조심해야 해? 곧 그만두는데?"

"퇴사하는 날 말해요, 우리. 직원들이 놀라긴 하겠지만 지금보다 조금 덜 부담스럽지 않을까요?"

산은 조심성이 많은 초롱을 보며 못 말린다는 듯 고개를 설레설레 내저었다.

"좋아. 퇴사하는 날은 봐주지 않을 거야. 각오하라고."

초롱은 제법 매서운 눈매로 말하는 그를 보고 싱긋 웃으며 크게 고개를 끄덕였다.

초롱은 회의실로 자리를 옮겨 회의 준비를 서둘렀다. 오늘은 지원 부서 팀원들만 모이는 자리였기에 준비할 게 많지 않은 데다, 이미 숙련된 초롱에게 이정도 준비쯤은 이제 일도 아니었다.

속속 회의실로 들어서는 팀원들과 자연스레 인사를 나누며 자리에 앉아 미리 우려 둔 차로 목을 축이다 보니 그와 수완이 회의실로 들어서는 모습이 보였다.

"반갑습니다."

경쾌한 목소리로 인사를 하던 산과 수완이 자리에 앉자마자 바로 회의가 시작되었다. 산이 열 명의 직원을 두루 둘러보며 말을 꺼냈다.

"오너스 정기 모임이 코앞으로 다가왔네요. 이제 준비는 다 되었겠죠?"

"네. 모든 준비를 다 마쳤습니다."

산의 물음에 지원 부서 팀원들이 돌아가며 담당 업무와 관련한 사항을 보고하기 시작했고 이윽고 초롱의 차례가 다가왔다. 초롱은 드러나지 않게 심호흡하며 차분하게 맡은 일에 대한 결과 보고를 시작했다.

"참석 팀이나 협찬 물품 관련해서는 현재 변동 사항 없습니다. 그 외 회사로고 들어간 텀블러는 지난주에 배송받아 검수 다 마쳤고, 텀블러와 함께 더치백에 넣을 기념품 역시 포장까지 마친 상태입니다. 단체 티셔츠는 오늘 발송했다고 하니 모레까지는 도착할 겁니다. 그 외 푸드 트럭과 체험 부스 운영하실 분들도 모두 섭외 끝났습니다. 이상입니다."

산은 초롱의 보고까지 듣고서 흡족한 듯 미소 지으며 고개를 끄덕였다.

"자, 이제 그럼 모든 준비는 끝난 거네요?"

"네. 대표님."

"모두 다른 일로도 바쁠 텐데 행사 준비 한다고 수고 많았어요."

산의 인사를 듣던 정훈이 입을 열었다.

"이번 일은 초롱 씨의 역할이 아주 컸습니다. 캠핑장 사장님과 의견 조율하는 것부터 시작해 협찬사 물품 챙기는 거, 기념품 일일이 조사해서 알아보고 가능한지 컨택하고 받아서 포장하는 것까지 초롱 씨 손을 거치지 않은 일이 없습니다. 초롱 씨 없었으면 아주 큰일 날 뻔했습니다."

지원 부서 팀원 모두 정훈의 말에 동의하며 막내인 초롱을 추켜세워 주었고, 초롱은 갑작스러운 칭찬 세례에 민망해하며 얼굴을 붉히고 말았다.

"초롱 씨가 지원 부서에서의 역할이 아주 컸나 봅니다. 그런데 어쩌죠? 초롱 씨가 개인 사정으로 인해 한 달여 뒤에 회사를 그만둬야 하는데 말입니다."

이 자리에서 퇴사를 말하게 될 줄은 몰랐던 초롱은 갑작스러운 그의 말에 당황했다. 같은 부서원들의 놀란 눈이 동시에 쏟아지며 여기저기서 사실 여부를 묻는 말들이 들려와 초롱을 난처하게 만들었다.

"다들 아쉬운 마음이야 십분 이해가 갑니다만, 어려운 결정을 내린 초롱 씨에게 여러분의 많은 응원이 필요할 것 같습니다."

산은 진심으로 아쉬워하는 지원 부서 팀원들의 마음을 충분히 이해하고도 남았다. 입사하면서부터 자신이 맡은 일은 물론 팀원들의 일까지 말없이 도와가며 누구보다 열심히 일했던 초롱이었고, 또 그만큼 업무 수행 능력도 좋았기에 다시 만나기 쉽지 않은 팀원을 떠나보내야 하는 직원들의 기분이 좋지 않을 것은 당연한 일이었다.

하지만 무엇 때문에 회사를 그만두게 되는지 잘 알고 있는 입장으로서는 팀원들의 원망 아닌 원망을 들으며 나가기보다 응원과 격려를 받으며 떠나기를 바랐다.

"아쉽겠지만 이초롱 씨를 위한 일이니만큼 많은 도움과 격려 부탁합니다. 고 이사님? 직원 채용 공고문은 발송되었나요?"

"네, 대표님. 초롱 씨도 초롱 씨지만, 같이 입사한 직원들도 다들 일을 잘해서 해당 학교로 우선 발송했습니다."

"네, 알겠습니다. 이초롱 씨? 오후에 특별한 일 있습니까?"

"아니요. 급한 일은 다 마무리되었습니다, 대표님."

"잘됐네요. 오후에 그 학교에 가 보려는데 초롱 씨가 대표로 같이 좀 갑시다."

"네. 알겠습니다. 준비하겠습니다, 대표님."

"자, 오늘 회의는 여기까지 하고 마무리할까요?"

회의를 마치고 나오며 초롱은 도대체 갑자기 그만두는 이유가 뭐냐, 언제까지 하게 되는 것이냐, 스카우트 제의라도 받았냐 등등 무수히 많은 질문을 받으며 정신이 하나도 없었다.

게다가 회의실을 나옴과 동시에 웅성거리는 소리에 이상한 낌새를 눈치챈 타 부서 직원들까지 가세해 소문은 삽시간에 회사 전체로 번졌다. 덕분에 초롱은 점심시간 직전까지도 직원들의 회유와 귀여운 협박과 원망 어린 잔소리에 시달려야만 했다.

어차피 한 번은 겪어야 할 일이었으나, 이렇게 많은 직원으로부터 관심이 집중될 줄 몰랐던 초롱으로서는 당황을 넘어 정신이 혼미해지는 듯했다.

어떻게 이 혼란에서 벗어날 수 있을까 고민하는데, 아이러니하게도 혼돈의 카오스에 밀어 넣은 장본인에 의해 간신히 구출될 수 있었다. 요란하게 울리는 회사 전화벨 소리에 초롱은 급히 전화를 받았다.

"네. 이산 코리아 운영지원본부 이초롱입니다."

— 초롱 씨, 미안한데 지금 바로 나갈 수 있겠어요? 지금 나가면 오후 늦게나 회사에 돌아올 수 있을 것 같은데.

"네. 대표님. 지금 바로 준비하겠습니다."

옆에 바싹 붙어 앉아 초롱을 들들 볶던 직원들은 통화를 마치고 머쓱하게 웃으며 일어나 외근 나갈 준비를 하는 모습을 보며, 굳이 묻지 않아도 들려온 통화 소리에 그만 초롱을 보내 줘야 할 듯싶어 한숨을 내쉬었다.

전화를 끊은 지 몇 분 지나지 않아 산이 집무실을 나와 누군가와 통화를 하며 성큼성큼 사무실을 벗어나자, 초롱은 서둘러 가방을 들고서 그의 뒤를 따라나섰다. 주차장에 도착해서야 산이 전화를 끊고서 운전석에 앉으며 초롱을 살펴보았고, 힘없이 조수석에 오르는 초롱의 모습에 싱긋 웃고 말았다.

"혼이 반쯤 나간 얼굴인데?"

"하……. 어떻게 그렇게 갑자기 터트릴 수가 있어요?"

"많이 당황했어?"

"아니. 당황했다기보다…… 직원들이 저런 반응을 보일 줄 몰랐다는 게 더 어울리는 말이겠죠. 마치 내가 피라냐 연못에 던져진 물고기가 된 기분이었어요."

"뭐? 하하하. 그만큼 괴롭혔단 말이야?"

"그걸 괴롭혔다고 하기에는…… 아무튼 좀 그랬어요. 지금도 귓가에 목소리가 쟁쟁거리는 기분이라고요."

산이 알 만하다는 듯 고개를 내저으며 차를 천천히 출발시켰다.

"그만큼 네가 일을 잘했다는 소리야. 얼마나 보내기 싫으면 그럴 거야? 입장 바꿔 생각해 봐. 정말 일 잘하는 후배가 들어와서 이제 좀 편해졌다 싶은데 다시 나간다고 하면 어떨 것 같아?"

"가뜩이나 미안해 죽겠는데…… 양심을 더 세차게 찌르시네요. 피 나겠어요."

"하하하하하."

산은 미간을 살짝 찌푸리더니 볼멘소리를 하는 초롱의 귀여운 모습에 고개를 설레설레하며 다시 말을 이었다.

"너무 마음 쓰지는 말고. 나중에 네가 왜 나갔는지 알게 되면 다들 아~ 할 거야. 아님 지금이라도 이유를 말하든지."

"아니에요. 그건 좀. 뭐 대단한 일 한다고. 솔직히 어떻게 될지도 모르는데요. 그나저나 지금 어디 가요? 정말 학교에 가요?"

"어. 예전에 임 교수님께 말씀드렸었거든. 너랑 잘되면 같이 찾아뵙겠다고 말이야. 그런데 지금은 아니야. 다른 분을 먼저 만나 뵙고 임 교수님은 오후에 찾아뵈려고."

초롱은 이렇게 갑작스레 그와 함께 교수님을 만나러 가게 되는 것도 민망한데, 또 다른 분을 만나 봬야 한다니 혼란스러웠다.

평소의 그라면 누구를 만나든 미리 말을 해 주어 마음의 준비라도 할 수 있게 배려하는 편이었다. 오늘처럼 갑자기, 그것도 출발하고서 말하는 경우는 극히 드물었기에 왠지 서두르는 듯한 그가 낯설게 느껴지기까지 했다.

"그럼 지금은 누굴 만나러 가는 거예요?"

"걱정하지 마. 지금 만나러 가는 분은 시간 내기가 쉽지 않은 분인 데다, 조금이라도 빨리 만나 뵙는 게 좋을 것 같아서 본의 아니게 서두르게 됐어. 미리 말하지 못해서 미안. 사실 나도 오전에 급하게 약속 잡았어."

산은 오전에 밖에서 업무를 보는 중에 김 원장에게서 걸려 온 전화를 받았다. 갑자기 일이 생겨 당분간 바빠질 듯하다며, 혹시 급히 만나야 할 일이 있다면 오늘 점심때가 괜찮다는 말에 서둘러 약속을 잡게 되었다.

외근을 다녀와서는 곧장 회의에, 업무에 말할 틈도 없었지만, 그럴 시간이 있었다 해도 군이 먼저 말해 괜한 걱정거리를 안기고 싶은 마음도 없었다. 김 원장과 약속한 한정식집 앞에 다다라서야 산은 초롱에게 말을 해 주었다.

"김연우 교수님이라고 얼마 전에 ○○대학병원의 병원장이 되셨어. 우리 가족과는 잘 아는 분이고, 동시에 유명한 척추 전문의야. 아버님이 계신 병원이 마침 김 원장님 병원과 진료 정보 교류를 협력한 병원이더라고. 아버님 증상에 대해 자세히 알고 싶어서 부탁 좀 드렸어. 아버님 주치의에게 들을 수 있는 말은 왠지 한정적일 것 같아서 말이야."

산은 아버님이 입원한 병원 주치의의 실력을 믿기 힘들어서가 아닌, 일반 사람은 알 수 없는 의학적 용어나 그에 따른 판단을 좀 더 객관적인 눈으로 들여다보고, 또 듣고 싶었다.

아무래도 가능성이 보인다면 일반인인 자신보다 전문의가 보고 판단하는 것이 훨씬 더 정확할 듯싶었고, 그 사람이 관련 분야의 명의로 알려진 분이라면 더 말할 필요도 없었다.

"아……."

초롱은 이렇게까지 자기 일에 신경 써 주고 걱정해 주는 그가 너무 고마우면서도 그에게 자꾸 부담을 지우게 되는 것 같아 마음 한편이 무거웠다. 자신 또한 그에게 힘이 되는 사람이면 얼마나 좋을까. 조금이라도 보탬이 되는 사람이라면 얼마나 기쁠까. 과연 그에게 무언가 해 줄 만한 사람은 될 수 있을까.

그에게서 받은 사랑의 반의반이라도 되돌려 줄 수 있을까. 예고 없이 파고드는 생각에 잠시 우울함이 스치는데 어느새 주차를 마치고 자신의 손을 따뜻하게 감싸 쥐는 그였다.

"초롱아, 아무 걱정 하지 마. 무슨 말을 듣게 된다 하더라도 실망하지도 말고. 다 잘될 거야. 내가 그렇게 되게 할 거야. 나 믿지?"

산은 초롱이 이렇게 말없이 생각에 잠겨 있을 때가 가장 걱정스러웠다. 무슨 생각을 하는지, 어떤 걱정과 고민을 하는지 말해 주면 좋으련만, 그러면 같이 머리를 맞대고 함께 문제를 해결해 나갈 수 있을 텐데. 여전히 말없이 자신을 물끄러미 바라보는 초롱을 보며 애가 탔다.

"초롱아, 왜 그래. 응? 걱정돼서 그래?"

"네. 걱정돼요. 어떤 말을 듣게 될지. 그리고 결과에 따라 또 이산 씨한테 짐을 지우게 될까 봐 너무 걱정돼요."

예상하지 못했던 초롱의 말에 산은 잠시 숨을 참았다. 초롱이 이렇게 부담을 느끼게 될까 봐 그동안 조심하고 또 조심했는데, 여전히 부담스러워할 줄이야.

"이초롱! 네 일이 곧 내 일이야. 너 똑똑하잖아. 아직도 이해가 안 돼? 더 쉽게 풀어서 설명해 줘? 하…… 네가 아프면 나도 아파. 네가 슬프고 힘들면 나도 똑같이 슬프고 힘들다고. 이건 나도 어쩔 수 있는 게 아니야. 널 너무 사랑하니까! 그냥…… 네가 나라고 생각해."

산은 입술을 앙다문 채 말이 없는 초롱을 뚫어져라 바라보며 말을 덧붙였다.

"나는 이제 너 없이는 아무것도 할 수가 없다고. 네가 웃어야 나도 웃을 수 있고, 네가 행복해야 나도 행복해. 그러니까 지금 내가 하는 모든 일은 이기적이지만 다 나를 위한 일이야. 너와 함께 웃고 싶으니까. 너와 함께 사랑하며 행복하게 잘 살고 싶으니까. 결국 다 나를 위한 일이라고. 더 말해?"

그제야 초롱이 열없이 입술을 열며 희미하게 미소를 보였다. 산은 한 번씩 제 마음을 불안하게 휘젓는 초롱을 엄하게 바라보다 말을 꺼냈다.

"만약 너와 나의 입장이 바뀌었다면 너는 어떨 것 같아? 내가 힘들어하는 거 뻔히 알면서, 뭐 때문에 힘든지 훤히 다 알면서 그냥 뒷짐 지고 구경만 할 수 있을 것 같아?"

초롱은 그가 하는 말도 안 되는 소리에 고개를 설레설레 흔들다 말고, 모순투성이인 자신을 발견하며 민망해 고개를 푹 숙였다. 산이 그런 초롱의 모습에 미소 지으며 말을 이었다.

"솔직히 지금 나한테 조금 미안하지?"

이번에는 말없이 고개를 끄덕이는 초롱이었다.

"그럼 사과할 시간을 줄게. 참고로 시간 많지 않아. 짧고 굵게 가자."

"미안해요. 정말. 마음은 안 그래야지, 정말 안 그래야지 하면서도 자꾸."

"이초롱!"

"네."

"짧고 굵게!"

초롱은 자신 쪽으로 완전히 몸을 틀어 보란 듯 팔짱을 끼고서 눈을 감는, 저변에 깔린 의도를 숨기지 않는 사랑스러운 그의 모습에 웃지 않을 수 없었다. 한없이 진지하다가도 이렇게 순식간에 분위기를 반전시키는 그의 놀라운 능력에 감탄하며 재빨리 주위를 휘휘 둘러보았다.

드문드문 차에서 내리는 사람이 보이긴 했지만 주차 공간이 넓은 데다 구석에 주차한 자신들을 눈여겨볼 사람은 없을 듯해 흩어진 용기를 끌어모으는데, 그에게서 퉁명한 말이 흘러나왔다.

"시간이 많지 않아. 사과는 늦지 않게 해야 하는 거고, 상대방이 받아 줄 준비."

산은 말을 맺을 수가 없었다. 제 얼굴을 감싸고서 거침없이 입술을 파고드는 초롱을 느끼며 재빨리 팔을 풀어 그녀의 허리를 감싸 안았다.

적극적인 자세로 입 속을 탐색하는 바람직한 초롱의 모습에 흐뭇한 미소가 피어오르는 찰나 너무나 짧았던 키스가 끝이 나고 말았다. 마음을 휘젓던 요사스러운 입술을 냉정하게 거둬 가는 초롱에게서 짧은 말이 흘러나왔다.

"짧고 굵게. 끝."

"뭐야? 하. 하하하. 와……. 이초롱."

산은 제 입술에 남은 그녀의 흔적을 뒤늦게 음미하며 아무 일도 없었다는 듯 새초롬하게 앉은 초롱의 모습에 웃음을 터트렸다. 사람을 들었다 났다 하는 솜씨가 제법이었다.

"다음에는 가늘고 길게 부탁할게. 아니, 굵고 길게. 그래. 그게 좋겠어."

"픕."

야릇한 미소를 그리며 하는 산의 말에 초롱이 입술을 터트렸다.

"시간 다 됐다. 이제 그만 들어갈까?"

"네."

초롱은 조용한 분위기에 고급스러움이 물씬 풍기는 한정식집에 들어서며 절로 긴장이 배가되는 듯한 기분에 큰 숨을 조용히 내쉬었다. 한 손으로 자신의 허리를 따듯하게 감싸 안으며 보폭을 맞추어 걸음을 옮기는 그의 듬직함에 기대어 파고드는 긴장감을 떨쳐 냈다.

직원의 안내를 받아 예약해 둔 룸으로 들어선 두 사람은 원형 테이블에 나란히 앉았다.

산은 처음 와 보는 한정식집을 눈으로 대강 훑었다. 공간이 답답하지 않게 넓으면서도 완벽하게 프라이빗한 룸은 고급스러운 분위기가 물씬 풍겼다. 은은한 클래식 음악이 흘러나오는 조용한 공간은 비즈니스 모임을 하기에 더없이 훌륭해 보여 만족스러운 미소를 그렸다.

"여기는 나도 처음 와 보는 곳인데, 괜찮네. 분위기 어때?"

"네. 조용하고 고급스럽고 좋아요. 굉장히 격식을 차려야 할 것 같은 분위기라 조금 부담스러운 것만 빼면 완벽해요."

산은 솔직한 표현으로 저를 웃게 만드는 초롱을 지그시 바라보았다. 단정하게 하나로 묶은 긴 생머리에 너무 잘 어울리는 깔끔한 블랙 투피스를 입은 그녀는 무릎 위로 올라간 치마를 매만지고 있었다. 서 있을 땐 무릎까지 오던 치마가 자리에 앉으며 위로 끌어 올려진 모양이었다.

그래 봐야 테이블 아래로 감춰진 다리를 누가 본다고 신경을 쓰는지. 잠시 그렇게 치마를 끌어 내리더니 만족스러운지 이내 미소를 지으며 고개 들고서 허리를 꼿꼿하게 세워 앉았다. 산은 단아한 모습의 초롱을 사랑스레 지켜보다 참지 못하고 말을 흘렸다.

"누구 애인인지 참. 예쁘네."

초롱의 꼿꼿하던 허리가 힘없이 무너지며 싱거운 웃음이 가볍게 흘러나왔다. 입은 미소를 그리면서도 눈으로는 산을 흘겨보았다.

"흘겨보는 눈빛마저 사랑스러우면 반칙인데. 하……. 너무 예뻐도 탈이야."

못 말린다는 듯 고개를 절레절레 흔드는 초롱의 입가에 미소가 덧그려지며 가지런한 치아가 드러났다. 그때 짧은 노크 소리와 함께 문이 열리자 산과 초롱이 자리에서 벌떡 일어섰다. 레스토랑 직원과 함께 김 원장이 시원스레 인사를 건네며 성큼 들어서고 있었다.

"이산, 오랜만이네."

"안녕하십니까, 원장님. 정말 오랜만에 뵙습니다."

산이 반갑게 다가오며 손을 내미는 김 원장의 손을 덥석 잡고서 기쁘게 악수를 했다.

"그래. 이게 몇 달 만인가? 못 본 사이 인물이 더 훤해졌구먼."

"하하하. 원장님도 얼굴이 더 좋아지셨습니다. 마지막으로 뵀을 때보다 몇 년은 더 젊어 보이십니다."

"하. 나 이거 참. 하하하."

산의 너스레에 너털웃음을 짓던 김 원장의 눈길이 한쪽에서 다소곳이 서 있는 초롱에게 잠시 향하는 모습을 보고 산이 초롱을 소개했다.

"이초롱 씨입니다. 제가 만나는 사람이고, 오전에 말씀드린 그분의 딸이기도 하고요."

"아하."

김 원장에게서 외마디 감탄사가 흘러나왔다. 지금껏 자신에게 아쉬운 소리 한번 한 적이 없던 산이 처음으로 부탁을 했다.

진료 정보 교류 중인 병원의 입원 환자 중 한 사람의 정확한 현재 증상과 호전 가능성, 향후 치료의 방향을 두루 알고 싶다는 말에 보호자의 동의가 필요하다 했더니, 이미 그 보호자의 허락을 받아 조치를 다 취해 두었다는 산이었다.

게다가 이제는 자신이 그 보호자나 다름없으니 알아봐 줄 수 있는 건 다 알아봐 달라던 말에 도대체 무슨 연유로 보호자를 자청할까 싶었는데, 지금 만나는 사람의 아버지라고 하니 그제야 납득이 되었다.

"처음 뵙겠습니다. 이초롱입니다."

"그래요, 반가워요. 나는 김연우요. 이 녀석은 내 아들과도 같으니 잘 부탁합니다."

김 원장은 인사를 전하는 여자에게 마주 인사를 건네며, 마치 며느릿감을 보듯 좀 더 주의 깊게 살펴보았다.

예의를 갖추어 정중하게 인사를 하는 여자는 단정한 용모에 꾸미지 않은 맑고 깨끗한 이미지가 돋보이는 사람으로, 남자라면 누구나 탐낼 만큼 고아하고도 예쁜 사람이었다.

김 원장은 아들같이 생각하는 산의 높은 안목에 고개를 끄덕이며 산을 보고 흡족한 미소를 지어 보였다. 산은 그런 김 원장을 보고 마주 미소 지으며 자리를 권했다.

"일단 앉으시지요, 원장님."

"그래, 그래. 같이 앉지."

"원장님. 일이 있어 아직 집에는 인사시키지 못했으니, 당분간은 좀 참아 주십시오."

진중한 산이 자신에게 여자를 소개할 정도면 이미 결혼까지 생각하고 있다는 말이었다. 객관적인 조건이나 배경을 생각하자면 여자 쪽이 너무 기우는 건 아닌가 우려스러웠으나, 다른 집도 아닌 산의 집안 어른이나 친우의 인품을 생각해 볼 때, 그런 조건 따위야 전혀 문제 될 것이 없을 듯했다.

김 원장은 자녀들이 결혼할 생각을 않는다고 푸념하던 친우의 모습을 떠올리며, 곧 경사를 맞이하게 될 친우를 생각하는 것만으로도 절로 입가에 웃음이 머물렀다.

"그래. 그러지. 자네 부친한테 가능한 한 빨리 인사를 시켜. 많이 기다릴 텐데."

"네. 그래야죠. 우선 주문부터 하고 다시 말씀 나누시죠."

산은 이미 집안 사정을 훤히 다 알고 있는 김 원장의 말에 씩 웃으며, 차림표를 김 원장에게 건네고서 자신도 초롱과 함께 메뉴를 정하고 직원을 불렀다. 주문을 마친 후 산이 김 원장을 보며 다시 말을 꺼냈다.

"많이 바쁘실 텐데 오늘 이렇게 시간 내주셔서 정말 감사합니다. 원장님."

"아니야. 다른 사람도 아니고 자네 일인데 당연히 시간을 내야지. 그래, 이 아가씨가 그분 따님이라고?"

"네. 원장님, 제가 부탁드린 일은 어떻게."

"다행히 그분 주치의가 내 후배더구먼. 보호자 동의도 얻었기에 진료 내역이나 진단 내역 다 받아 보았네."

산은 김 원장의 말에 잔뜩 긴장하는 초롱의 모습을 재빨리 살피며 서둘러 김 원장을 향해 물었다.

"어떻던가요? 하반신 마비라고 하기에는 감각을 너무 뚜렷하게 느끼는 것 같았거든요."

"그래. 뭔가 석연치 않지. 내가 살펴본바 환자의 수술 결과로 볼 때, 예후가 보편적인 상황에서 벗어났네. 그 당시 수술은 문제없었어. 주치의도 차차 감각이 돌아와 걸을 수 있을 거로 기대했다더군. 의학적인 소견으로는 문제 될 게 더는 없었으니. 한데 무슨 이유에서인지 일어나지를 못했어. 그 상태로 벌써 몇 년이 지났는데 이제 와 감각이 돌아온 것도 뭐라 설명할 방법은 없네만, 희망적인 상황임에는 틀림없는 것 같아."

김 원장은 귀를 쫑긋 세우고서 제 말을 하나도 놓치지 않으려 주의를 기울이는 두 사람을 바라보며 하던 말을 이었다.

"환자가 지난 금요일, 주치의에게 상담을 신청했어. 감각이 느껴지기 시작한 지 한 달 정도 된 것 같은데, 자극이 일정하지 않고 오락가락했던 모양이야. 그래서 섣불리 예단할 수 없어서 망설였다더군. 감각이 돌아왔을 때 바로 검사를 해 봤으면 더 좋았겠지만 지금도 늦지 않았어. 환자도 다시 검사를 받아 보고 싶다고 요청했고, 다음 주에 정밀검사 해 보기로 했다더군."

초롱은 자신이 전혀 알지 못했던 사실을 전해 들으며, 부모님은 자신이 걱정할 걸 우려해 말하지 않았겠지만, 이런 중요한 소식을 부모님이 아닌 제삼자의 입을 통해 듣게 되어 마음이 심란했다.

산은 왠지 침울해 보이는 초롱을 보며 걱정스러운 눈길을 보내다 김 원장을 향해 가장 궁금했던 점을 물었다.

"원장님이 보시기에 어떻습니까? 다시 일어설 수 있을까요?"

"흠…… 아직 정밀검사 전이라 확신할 수는 없네만, 내 후배의 말로는 충분히 가능성이 보인다더군. 다리 근육이 많이 소실된 상태라 다시 서기까지 제법 시일이 걸릴지는 몰라도 그렇게 될 거라 고대하고 있어. 물론, 다른 이상이 발견되지 않는다면 말일세. 정밀검사 후에 다시 연락하기로 했으니 기다려 보자고."

너무나 기다리고 또 기다렸던 반가운 소식에 감정이 북받친 듯 초롱의 눈에서 기쁨의 눈물이 흘러내렸다. 산은 서둘러 고개 숙여 눈물을 닦는 초롱에게 티슈를 전해 주며 가만히 등을 다독였다.

소리 없이 눈물을 흘리는 여자를 보며 후배의 말이 뇌리를 스치는 김 원장이었다. 가족이 얼마나 서로를 위하고 아끼는지 병원에서는 이미 소문이 자자하다고, 이렇게 마음이 쓰이는 환자는 처음이라며 자신 역시 애착을 가지고 노력을 기울이게 되는 상황이라고 했었다.

의사에게 모든 환자는 동등해야 하지만, 의사도 사람인지라 유독 신경이 쓰이는 환자가 생기는 것은 어쩔 수 없는 일이다. 김 원장은 이미 오랜 기간 의사로 살아온, 타성에 젖은 후배에게 들었다고 하기에는 쉽게 수긍이 가지 않는 말에 환자와 그 가족에 대한 순수한 궁금증이 일었던 걸 기억해 내고서는 다시 입을 열었다.

"주치의가 아가씨 칭찬을 특히 많이 하더군요. 그 오랜 기간 지치지 않고 환자를 돌본다는 게 쉬운 일이 아닐 텐데, 살뜰하게 아버지를 잘 보살폈다고."

"아닙니다. 모두 어머니께서 하신 일이에요. 그리고 초면에 이런 모습 보여 드려서 죄송합니다."

"아니에요. 그런 거라면 전혀 신경 쓰지 말아요. 날마다 환자와 보호자를 보며 지내는데 이런 일쯤이야 뭐."

김 원장은 참하게 말하는 여자를 보며 싱긋 웃었다. 평생을 수많은 환자와 보호자를 대면하며 살아왔다. 좋은 소식과 나쁜 소식을 전할 때, 보호자에 따라 그 반응은 천차만별이었고, 수없이 많은 경우의 수를 맞이하며 온갖 상황을 겪어 내고 헤쳐 가야 하는 것이 의사의 숙명이었다.

하루에도 비일비재하게 일어나는 일, 자신에게는 그다지 특별할 것도 없는 일이었지만 마음으로, 그리고 진심으로 여자의 아버지가 일어서기를 바라게 되었다.

식사를 마치고, 김 원장과 다음을 기약하며 헤어졌다. 산의 차에 올라 긴장이 풀려 버린 초롱이 등을 기대앉으며 한숨을 내쉬었다. 운전석에 앉던 산은 기운이 다 빠져 버린 초롱이 안쓰러워 그녀의 볼을 어루만지며 말을 건넸다.

"많이 힘들었어?"

"아니에요. 힘들긴. 그냥 긴장이 풀려서 그런가 봐요."

"이리 와."

기운이 없어 보이는 초롱이 안돼 보였는지, 산이 팔을 벌려 다가오는 그녀를 품에 꼭 안고서 등을 부드럽게 어루만지며 다독였다.

"아버님, 너 걱정할까 봐. 그래서 말씀 못 하셨을 거야. 혹시라도 서운해 말고, 답답하겠지만 검사 끝날 때까지 기다려 드려. 그때까지도 말씀이 없으시면 네가 여쭤보고. 그리고 검사 결과 나오면 아버님, 김 원장님 병원으로 옮겼으면 하는데 네 생각은 어때?"

뜻밖의 제안에 초롱이 포옹을 풀어 그를 바라보며 물었다.

"병원……을 옮기자고요?"

"어. 전부터 생각했었는데 말할 기회를 찾지 못했어. 이번 검사 끝나고, 결과가 어떻게 나오든 병원 옮기자. 김 원장님, 척추 명의로 우리나라에서는 따라올 사람이 없을 만큼 유명하신 분이야. 그 병원 재활 센터 역시 마찬가지고. 난 아버님이 최고의 시설에서 최고의 진료를 받으셨으면 해."

초롱은 늘 제 의사를 먼저 물어보고 생각할 시간과 여유를 주던 모습과 달리, 전에 없이 단호한 그의 말투와 표정이 조금은 당황스러웠다. 아마 다른 상황이었다면 미련하게 고민하고 망설였겠으나 아빠의 일이었다.

내 자존심과 열등감을 한 번만 굽히면, 그저 눈 한 번 질끈 감으면, 최고의 의료 시설에서 말 그대로 최고의 진료를 받을 수 있었다. 초롱은 짧은 상념에서 벗어나 결심한 듯 그를 보며 말을 꺼냈다.

"검사 끝나고 나면 그때 한번 여쭤볼게요. 아마…… 쉽지는 않을 거예요. 그래도 설득해 볼게요."

"잘 생각했어. 고맙다. 고마워, 초롱아."

신세 지는 걸 꺼리는 초롱의 성격에 자신의 제안을 받아들이기가 쉽지만은 않았을 텐데, 생각보다 빠른 결단에 환한 미소로 반기며 다시 초롱을 품 안으로 끌어들였다.

"왜 항상 내가 해야 할 말을 먼저 하는 거예요? 고마워요. 이렇게 많이 신경 써 주고, 생각해 줘서 항상 너무 고마워요."

"나 요즘 너무 좋다. 행복해."

초롱은 숨 쉴 틈 없이 강하게 끌어안는 그의 품에서 말없이 싱긋 웃었다. 또 자신이 먼저 하고 싶었던 말을 그에게 뺏겨 버렸지만 하나도 아깝지 않았다.

"저도 너무…… 너무 행복해요."

산은 주체할 수 없는 행복에 빠져 헤어 나올 수가 없었다. 사람이 얼마나 더 좋아질 수 있을까, 얼마나 더 사랑스러워질 수 있을까. 매일 그 한계를 넘어서는 듯한 기분에 품에서 그녀를 꺼내어 예뻐 죽을 것 같은 얼굴을 뚫어져라 바라보며 가장 예쁜 그녀의 오늘을 눈에 고이 눌러 담았다.

살며시 미소를 그리는 입술을 바라보며 참지 못해 다가가는데, 때마침 눈치 없이 분위기를 깨는 벨 소리가 들려왔다.

초롱이 화들짝 놀라며 고개를 돌려 버렸고, 산은 진동으로 해 두지 않은 휴대폰을 꺼내 노려보았다. 지금으로서는 누구라도 반갑지 않아 시큰둥한 표정으로 발신자를 확인하는데 다름 아닌 '하이강'이었다. 무시할 수 없는 형의 전화에 속으로 타박하며 가라앉은 목소리로 전화를 받았다.

"어. 형."

— 산, 어디야? 목소리가 안 좋은데?

"좋을 리가 없지. 무슨 일인데?"

— 픔. 지금 회사 아니야? 왜, 혹시 내가 눈치 없이 전화한 건가?

"그 눈치가 전화하기 전에 있었으면 더 좋았을 텐데 말이야."

— 하하하, 젠장. 이제 전화도 마음대로 못 하는 거야? 문자를 할 걸 그랬나?

"농담이야. 지금 차 안이라, 어디 좀 가 볼 곳이 있어서."

진담이 반 이상 섞였지만 곧이곧대로 말할 수 없었다.

— 그래? 그럼 빨리 말할게. 오늘 저녁에 별일 없으면 나와. 승주하고 술 한잔 하기로 했어.

"어. 나중에 보고 전화할게."

전화를 끊고서 초롱을 보니, 어느새 붉은 꽃잎처럼 달아올랐던 얼굴이 말갛게 돌아와 있었다. 저를 보고 배시시 웃는 모습도 너무 사랑스럽게 느껴져 눈을 떼기가 어려웠다.

이런 제 마음을 아는지 모르는지, 이제 그만 가자고 재촉하는 초롱이 얄미워 볼을 아프지 않게 꼬집고서야 차를 출발시켰다.

모교에 도착해 교정을 바라보던 두 사람은 서로를 마주 보며 싱긋 웃었다. 늘 혼자 드나들던 교정을 함께 들어서는 기분이 묘했다.

산이 초롱을 바라보며 손을 내밀었고, 초롱이 아무 생각 없이 그 손을 살포시 맞잡았다. 그와 함께 이런저런 얘기를 주고받으며 교수실로 향해 가는데, 누군가 그를 알아보았는지 대여섯 명 정도 되는 학생이 무리 지어 다가오고 있었다.

그가 학교에서는 제법 유명 인사라는 사실을 잠시 망각했던 초롱이 슬그머니 손을 놓으려는데, 낌새를 눈치챈 산이 더 강하게 그녀의 손을 움켜잡았다.

"좀 놓고 가죠? 저기 학생들 오는데."

"죄지었어? 이 손 놓으면 나한테 혼나."

끙. 민망함에 얼굴이 더워지는 초롱이었다. 그런 둘의 사정을 알 리 없는 학생들이 해맑게 다가와 말을 꺼냈다.

"저 혹시, 이원 누나 맞으시죠?"

당연히 그를 향해 온 줄 알았던 학생이 하는 전혀 뜻밖의 물음에 초롱이 멍하게 되물었다.

"네?"

"이원이요. 이원 누나 맞죠?"

"아. 네. 제가 이원 누난데."

"저 사인 좀 해 주세요."

흰색 티셔츠와 회색 티셔츠를 입은 남학생 두 명이 네임 펜을 건네주더니, 동시에 등을 내보이며 사인을 해 달라는 바람에 초롱이 난감한 눈으로 산을 쳐다보았고, 산은 그저 피식 웃으며 고개를 끄덕일 뿐이었다.

"저 연예인 아닌데요."

"알아요. 그래도 사인 하나만 해 주세요. 팬입니다. TV에 나오신 거 보고 첫

눈에 반했어요."

순간 초롱의 손을 잡고 있는 그의 손아귀에 힘이 잔뜩 들어가는가 싶더니 좀처럼 들을 수 없는 딱딱한 그의 음성이 들려왔다.

"그건 좀 곤란한데. 이 여자 내 여자야."

여전히 등을 돌린 채 사인을 기다리는 학생 둘이 쿡쿡 웃더니 장난 가득한 목소리로 답을 했다.

"압니다. 아까부터 계속 손잡고 계시잖아요. 그냥 순수하게 팬인데요. 안 해 주실 거예요? 허리 아픈데."

"아. 네. 그런데 티셔츠에 사인해 본 적이 없는데, 이거 버려도 되는 거예요?"

뭐가 그리 우스운지 학생들의 등이 들썩거렸다.

"초롱아, 그냥 해 줘. 상관없으니까 등판을 내밀었겠지?"

대수롭지 않게 말하는 산을 보며, 초롱은 자신이 연예인도 아닌데 무슨 사인을 어떻게 해야 할지. 예전에 병원에서 만난 간호사는 종이를 내밀었기에 큰 부담 없이 빨리 해 주고 말았는데, 티셔츠에는 또 어떻게 사인해야 하나 난처하기만 했다.

이들의 모습이 관심을 끌기에 충분한지 학생들이 하나둘 모여들고 있었기에 쫓기듯 급한 마음으로 초롱이 서둘러 사인을 끄적였다.

사인을 마치자마자 옆에 서 있던 여학생들 역시 종이를 불쑥 내밀었다. 분명 눈길은 그를 향해 있는데 왜 사인은 저한테 해 달라고 하는 건지. 초롱은 난감한 분위기에서 한시바삐 벗어나고 싶어 에라, 모르겠다는 심정으로 서둘러 사인을 해 주고 말았다.

또 다른 학생들이 멀리서 다가오는 모습에 산이 초롱의 손을 꼭 잡은 채로 성큼성큼 걸음을 옮겼다. 초롱 역시 그의 옆에서 종종걸음으로 보폭을 맞추려 노력했다. 다행히 얼마 지나지 않아 그들의 관심에서 벗어났고 다시 그의 걸음에 여유가 찾아왔다.

초롱은 조금 전 보았던 그의 딱딱했던 말투와 다급한 발걸음이 떠올라 피식 웃었다. 소리를 들었는지 산이 그녀를 보며 왜 웃냐고 묻는데 초롱은 그저 고개만 가로저을 뿐 말이 없었다.

"말 안 하면 지금 여기서 키스할 건데?"

"질투하는 모습이 너무 귀여워서요."

열심히 걸음을 옮기던 산의 발이 갈 곳을 잃고 우뚝 멈추어 섰다.

"귀여워?"

이 나이에 귀엽다는 말이 가당키나 할까. 멋있다는 말이야 귀에 딱지가 앉도록 들었건만, 귀엽다는 말을 들은 지는 언제인지 기억조차 나지 않았다.

질투, 하기는 했다. 아주 잠시였지만, 내 애인에게 첫눈에 반했다는데 질투하지 않을 남자가 몇이나 될까. 자신은 속이 부글거려 죽겠는데 생글생글 웃으며 귀엽다고 말하는 연인이라니.

데뷔도 하지 않은 일반인 신분으로, 그것도 겨우 한 번의 TV 노출로 벌써 반했다는 말을 듣는데, 피아니스트로 얼굴이 알려지면 그땐 어떻게 될까.

혼자만 보고 싶고, 혼자만 알고 싶은 이기적인 마음을 과연 얼마나 잘 다스릴 수 있을까. 산은 자신도 알지 못했던 강한 소유욕에 펼쳐질 앞날이 암울하게 느껴졌다.

"애인은 속이 타는데, 너는 아주 즐거운가 봐?"

"그러니까. 속을 태우기는 왜 태워요? 저런 말 백 번 천 번 들어도 나는 아무 감흥도 없는데."

"감흥이 없어?"

"네. 전혀."

"지금이야 몇 명이지만 앞으로 너 얼굴 더 알려지면 그때는 수없이 많을지도 몰라. 저런 학생뿐만 아니라…… 아니다, 됐다. 가자."

말을 하면 할수록 제 속에 똬리 튼 불안만 드러내며 유치해질 것 같아 신중히 말을 아끼고서 초롱의 손을 잡아끄는데, 웬일인지 그녀가 움직이지 않고 있었다.

"왜, 안 가?"

"왜 말을 하다 말아요?"

"하고 후회할 말이라면, 차라리 하지 않는 편이 더 나을 것 같아서."

"학생뿐만 아니라 다른 남자도 있을 수 있다. 뭐 그런 뜻인가?"

"알면서 왜 물어?"

"기분 나빠요."

"뭐?"

단 한 번도 초롱이 이런 식으로 감정을 드러낸 적이 없었기에 당황스럽기도 하고, 또 토라진 듯한 모습이 귀엽기도 했다. 산은 기분 나쁘다 하면서도 꼭 잡은 제 손을 놓지 않는 모순적인 그녀의 손등을 엄지손가락으로 가만히 문지르며 그녀의 말을 기다렸다.

"저 못 믿어요? 누구 덕분에 눈 엄청 높아졌는데? 아까처럼 어린 학생은 눈에 들어오지도 않을뿐더러, 누구 아닌 다른 사람은 이제 남자로 보이지도 않거든요?!"

"누구가 누군데?"

알면서도 예쁜 입을 통해 다시 확인하고 싶은 유치한 마음과, 뻔한 답을 듣겠다고 물어보는 남자의 사랑스러움을 더 보고 싶은 마음이, 마주친 눈빛에서 격렬하게 맞붙었다.

"그만 가요. 기분 나빠서 말 안 해 줄 거예요."

"나도 말 안 해 주면 안 가."

잔뜩 기대 어린 눈빛으로 저를 뚫어져라 바라보는 그의 모습에 초롱은 싱거운 웃음을 터트리고 말았다.

초롱이 그를 향해 다가오라는 듯 손짓하자 산이 기쁘게 머리를 숙여 초롱의 입가에 귀를 갖다 대 주었다. 초롱은 열기가 느껴지는 그의 귓가에 대고 잠시 시간을 끌더니 얄밉게 속삭였다.

"이초원이요."

열에 들뜬 그의 얼굴이 순간 싸늘하게 식어 가는 모습에 초롱이 웃음을 꾹 참으며 힘이 빠진 그의 손을 놓고서 얼른 도망가 버렸다. 머리끈이 풀렸는지 긴 머리를 휘날리며 날듯이 도망가는 초롱을 멍하니 바라보던 산의 입가에 맹수의 미소가 작열했다.

산은 당연히 제 이름이 흘러나올 거라 믿어 의심치 않았는데, 배신도 이런 배신이 없었다. 잔뜩 약 올려 놓고서 도망가는 모습조차 사랑스러우니 잡으러 갈 수밖에. 운동화도 아닌 플랫슈즈를 신은 그녀가 달려 봐야 얼마나 잘 달릴까. 열심히 뛰어가는 노력이 가상해 부러 한참이나 거리가 벌어진 후에 산이 폭발적인 에너지로 총알처럼 달려 나갔다.

최선을 다해 달려가던 초롱은 굳이 뒤돌아보지 않아도 그가 얼마나 빠른 속도로 달려오는지 알 것 같았다. 어느새 그의 향기가 바람결에 날아오나 싶더니 순간 허리를 덥석 잡히고 말았다.

"꺅! 항복. 항복! 농담이에요. 농담이라고."

뒤에서 허리를 안고서 번쩍 들어 올려 버린 그의 강한 힘을 느끼며 항복을 외쳐 봐야 소용없었다.

"다시 말해 봐. 누구라고?"

산의 재촉에 제 안에 숨어 있던 좀 전의 짓궂은 자아는 다시 그를 놀리기를 바랐고, 신중해진 지금의 자아는 자중을 바라고 있었다. 뜻하지 않게 다시 학생들의 눈길이 쏠리는 느낌을 받으며 뒤늦게 냉정을 되찾은 초롱이 급히 허리를 안고 있는 그의 팔을 두드리며 서둘러 말을 꺼냈다.

"하이산! 하이산이요. 하이산이라고! 놔줘요, 얼른. 부끄러워 죽겠어요."

산은 흡족한 대답을 듣고서야 못 이긴 척, 초롱을 바닥에 내려 주었다. 민망한 듯 두 손으로 얼굴을 가리며 종종걸음으로 빠르게 걸어가는 초롱을 보고 파안대소하며 서둘러 다가가 그녀의 어깨를 감싸 안고서 성큼성큼 걸음을 옮겼다.

교수실이 위치한 건물에 발을 들여놓으며 산이 우습다는 듯 말을 흘렸다.

"이초롱 잘 뛰네."

"잘 뛰면 뭐 해요? 삼장법사의 손바닥 안인걸."

"알긴 아네. 앞으로 또 그렇게 도망가 봐. 재밌더라. 맹수가 사냥할 때 이런 기분일까, 했다니까?"

"풉."

초롱이 고개를 절레절레하며 웃었다.

"눈 높은 이초롱 씨. 이제 그만 교수님 뵈러 가 볼까요?"

장난스러운 말투와 함께 미소를 감추지 못하는 그를 보고 초롱이 피식 웃으며 고개를 끄덕였다.

대호의 교수실 앞에 선 산과 초롱이 눈을 마주하며 미소를 지었다. 산이 망설임 없이 노크하고선 들어오라는 말에 문을 열며 동시에 초롱의 손을 덥석 잡았다.

"앗. 이산 씨. 하이산 씨!"

당황한 초롱이 손을 놓으려 해도 산은 꿈쩍도 하지 않았다. 결국 초롱은 화르르 달아오른 얼굴로 교수실에 발을 들여놓았다.

"아니 이게…… 어서 오게. 어서 와. 안 그래도 언제쯤 와 주려나 했는데. 하하하."

"안녕하셨습니까. 교수님?"

"안녕하세요. 교수님."

대호는 환한 얼굴로 들어와 시원스레 웃으며 인사를 하는 산과, 수줍은지 얼굴을 붉히는 초롱을 번갈아 바라보며 기쁜 마음을 감추지 않았다. 언젠가 이산이 다음에 올 때는 좋은 소식을 가져오도록 최선을 다하겠다. 말하더니 그의 말처럼 너무나 좋은 소식이 되어 들어선 두 사람이 그저 반가웠다.

당당하게 초롱의 손을 잡고 선 이산과, 부끄러워 몸 둘 바를 모르는 초롱의 모습에 알 만하다는 듯 껄껄 웃으며 자리를 권했다.

"보기 좋구먼. 얼른 앉아. 맛있는 차 한잔 줄게."

"감사합니다, 교수님."

대호가 차를 준비하러 가고서야 산이 초롱의 손을 슬그머니 놓아 주었다. 초롱은 그런 산을 얄밉다는 듯 노려보며 소리 없이 티격태격했다.

곧이어 대호가 다가와 두 사람 앞에 차를 차례로 놓고서 맞은편에 앉아 보고도 믿기지 않는 그림 같은 커플을 보고 또 보았다.

"교수님, 그래서야 어디 얼굴에 구멍이 날까요?"

조용한 가운데 흘러나온 초롱의 말에 대호와 산이 크게 웃었다.

대호는 전에 없이 생기 있고 밝아 보이는 초롱의 모습에 감회가 새로웠다. 애교 많고 특유의 위트와 재치가 넘치던, 사랑스러웠던 초롱의 예전 모습을 다시 보는 듯한 기분에 뿌듯한 마음과 함께, 그동안 저 밝은 빛을 감추고 살았을 녀석이 안쓰러워 콧잔등이 찡해 오는 듯했다.

"이산 자네는 사업 수완만 좋은 게 아니라, 사람 보는 눈도 뛰어나구먼. 보석 같은 아이를 아주 잘 잡았어."

"말도 마십시오. 그 보석 놓칠까 봐 얼마나 전전긍긍했나 모릅니다."

"아니라고 믿고 싶지만, 그 보석이 저를 지칭하는 거라면 전 지금 나갈래요. 손발이 다 닳아 없어지기 전에."

주먹을 쥐고서 부르르 떨며 하는 초롱의 말에 다시금 교수실에 웃음소리가 퍼졌다. 한참 웃던 대호가 목소리를 가다듬으며 초롱을 향해 말했다.

"이산 역시 너만큼이나 멋진 사람이야. 그러니 괜한 마음고생 시키지 말고, 하자는 대로 잘 따라 줘. 알았어?"

사실 초롱의 짝으로 산을 진작 눈도장 찍었던 대호였다. 그 회사에 입사해서 산의 눈에 들면 좋겠다 싶었는데, 이렇게 이어지는 걸 보면 인연은 인연인가 보다. 대호는 부디 두 사람이 사랑의 결실을 잘 맺기를 마음으로 바라고, 또 바랄 뿐이었다.

한정식집 입구에서 마주친 승주와 강이 반갑게 마주 웃으며 함께 안으로 들어섰다. 예약된 룸으로 향해 가며 승주가 물었다.

"산은?"

"곧 도착한대. 들어가서 기다리자."

룸으로 들어선 두 사람이 메뉴를 보고 주문을 하자마자 산이 문을 열고 안으로 들어섰다.

"오랜만이야, 형. 많이 기다렸어?"

산이 만면에 미소를 담고서 밝게 인사를 건네며 원형 테이블의 비워진 자리에 앉았다.

"우리도 이제 왔어. 코스 요리로 내가 알아서 주문했어. 음식은 곧 나올 거야."

고개를 끄덕이는 산을 보며 강이 물었다.

"출장 갔던 일은 잘됐어?"

자신감 넘치는 산의 미소를 보니 구태여 답을 듣지 않아도 알 듯했다. 그렇게 대화를 나누다 보니 노크 소리와 함께 직원이 트레이를 밀며 룸으로 들어섰다. 테이블 위에 음식을 내려놓은 직원이 물러가고, 식사를 즐기며 대화를 이어가던 중에 승주가 불현듯 무언가 떠올랐는지 산을 향해 물었다.

"너, 그때 전화로 말했던 사람이 누구야? 하반신 마비라는 사람 말이야."

"아, 미래의 내 장인어른."

열심히 음식을 먹던 강과 승주의 젓가락이 순간 공중에서 멈칫했다.

"네가 지금 만나는 사람 아버님이 하반신 마비라고?"

강이 젓가락을 내려놓고 질문하고선 급히 물을 마셨다.

"어. 벌써 몇 년 되셨고, 지금은 승주 형 다시 일어섰을 때와 비슷한 증상이 발현해서 정밀검사를 앞두고 있어. 안 그래도 그 때문에 김 교수님도 뵀고."

강은 동생이 만나는 사람이 있다는 건 알고 있었지만 그녀가 산의 회사에 다니는 직원이라는 것 외에 아는 게 전혀 없다는 사실을 이제야 깨달았다. 과연 산이 언제쯤 그녀를 가족에게 소개해 줄까 기다리고 있었는데, 소개에 앞선 반갑지 않은 소식에 형으로서 걱정스러운 마음이 드는 건 어쩔 수 없는 일이었다.

아버지가 편찮으시다면 집안 분위기 또한 밝지만은 않을 터. 하물며 1~2년도 아닌 몇 년이나 그 상태로 계셨다면 가족의 마음이 그만큼 많이 지치고 힘든 상태는 아닐까.

산의 성격에 그걸 가만히 두고 보지는 못할 테고, 그 상황이 행여 오래 지속되기라도 하면…… 강은 동생의 마음고생이 왠지 머릿속으로 그려지는 것 같아 마음이 무거웠다.

사람 보는 눈이 까다롭고 진중한 녀석이 어련히 알아서 잘 선택했을까, 싶으면서도 기왕이면 저처럼 밝은 성품의 활기찬 여성을 만났으면 좋았을 텐데. 아쉬운 마음을 감추며 무거운 입을 열었다.

"만나는 사람은 어떤 사람이야? 가족은 누가 있어? 음…… 성품은? 어둡거나,"

강의 말을 가만히 듣고 있던 산이 형의 말을 자르며 곧장 말을 꺼냈다.

"이초롱이야. 내가 만나는 여자. 가족은 부모님, 그리고 남동생 하나 있어. 아주 맑고 깨끗한 사람이야. 겉으로 보이는 모습보다 마음이 더 예쁘고 선한 사람이고, 전혀 어둡지 않다고는 말 못 해. 하지만 지금은 많이 밝아졌고, 앞으로는 더 밝아질 거야. 내가 그렇게 만들 거니까. 형이 뭘 걱정하는지 알겠는데, 아무 걱정 하지 않아도 돼. 그보다 더 좋은 여자는 찾을 수 없어."

이미 사랑의 콩깍지가 씐 눈을 장착한 녀석에게 뭘 바란 건지. 강은 제 사람을 감싸고돌다 급기야 다른 의견은 용납할 수 없다는 듯, 더 좋은 여자는 찾을 수 없다는 말로 쐐기를 박아 버리는 산의 모습에 피식 웃지 않을 수 없었다.

"좋겠다. 미친놈. 빠져도 단단히 빠졌네. 그래서, 네 장인어른 되실 분은 김 원장님 병원에 있는 거야? 김 원장님은 뭐래? 승주처럼 일어설 수 있대?"

"확신할 수 없지만 기대하고 있어. 곧 정밀검사 앞두고 있고, 아직은 김 원장님 병원은 아니야."

"당장 그리로 옮겨. VIP 병동으로 모시고 그 병원에서 검사받아 볼 수 있게 해야지."

"풋."

조금 전까지만 해도 만나는 사람에 대해 걱정하던 강이, 어느새 태세를 전환해 직접 개입하는 모습을 보며 산의 입에서 싱거운 웃음이 흘러나왔다. 그러자 옆에서 지켜보고만 있던 승주의 입에서도 산과 같은 웃음소리가 나왔다.

"강! 그냥 산에게 맡겨. 제 장인어른 되실 분인데 어련히 알아서 할까."

"그래. 알았다. 대신 뭐든 도움이 필요하면,"

"알았어. 알았다고. 걱정하지 마. 형들은 내가 연락하면 튀어나올 준비나 하라고. 알겠어?"

산의 넉살 좋은 말에 강과 승주가 웃음을 터트리자, 산 역시 그들을 보며 함께 웃었다. 가끔 귀찮기는 해도 형들의 이런 간섭이 싫지만은 않았다.

초롱은 업체로부터 배송받은 단체 티셔츠를 확인하느라 오전부터 일찌감치 비품실에 자리를 잡았다. 비품실 구석에서 세 개의 박스를 앞에 놓고 사이즈별 수량을 파악하며 부서별로 분류하는 데만 신경이 온통 집중되어 있었다.

그때, 바스락거리는 비닐봉지 소리가 요란한 비품실로 산이 들어섰다.

산은 비품실에 들어서자마자 누군가 있다는 걸 알 수 있었다. 비품실 끝 코

너에서 어른거리는 스커트 자락이 아침에 본 초롱의 옷이라는 걸 단번에 알아차렸다. 여느 때 같으면 먼저 인사를 해 상대가 놀라지 않게 제 존재를 알렸을 텐데, 그 사람이 이초롱이라면 얘기는 달랐다.

산은 화이트 블라우스에 몸에 잘 맞는 산뜻한 소라색 스커트를 입은 초롱을 향해 조심스레 발걸음을 옮겼다. 단체 티셔츠를 분류하고 있는지, 자신이 온 것을 전혀 눈치채지 못한 채 열심히 허리를 숙였다 펴며 일에 열중한 모습을 저도 모르게 홀린 듯 바라보았다.

그녀가 허리를 숙일 때마다 무릎 근처에 머물던 스커트가 스르륵 올라가 예쁜 다리가 드러났고, 스커트가 팽팽해진 탓에 몸의 굴곡 역시 고스란히 그려지고 있었다.

산은 갑자기 하체의 어딘가가 빠르게 팽창하는 것을 느끼며 속으로 신음을 삼켰다. 아무리 제 애인이라고는 하나 직원이었고, 더구나 회사 비품실이었다. 흥분하기에 너무나 부적절한 장소와 적당한 때를 구분하지 못하는 쓸데없이 왕성한 자신의 욕구를 탓하며 초롱에게 좀 더 가까이 다가서는데, 그제야 인기척을 느꼈는지 뒤를 돌아보던 초롱에게서 외마디 비명이 흘러나왔다.

초롱의 모습에 오히려 당황한 산이 급히 초롱의 입을 막으며 빙글 돌아 입구가 보이지 않는 곳으로 그녀를 이끌었다.

"쉿!"

긴장이 풀렸는지 어깨가 축 처지며 제 품에 등을 기대는 초롱을 느끼고서야 그녀의 입에 머물던 손을 내렸다. 초롱은 그가 손을 떼자마자 뒤돌아서 마주 보며 볼멘소리를 했다.

"깜짝 놀랐잖아요!"

아직도 놀라 파닥거리는 심장이 좀처럼 진정되지 않았고, 그 때문에 가슴이 쉼 없이 오르내렸다.

"뭘 하기에 사람이 들어오는지도 몰라? 나였기에 망정이지 다른 사람이었으면 어쩔 뻔했어?"

'그래, 나였기에 망정이지 다른 사람이 나와 같은 눈으로 너를 바라보면 어쩔 뻔했어?'

산은 상상하는 것만으로도 기분이 언짢았다.

"다른 사람은 이렇게 가까이 와서 사람 놀라게 하지 않거든요?"

산은 여전히 씩씩거리며 숨을 고르는 초롱의 허리를 말없이 당겨 안았다. 제 가슴 위에 두 손을 짚은 채 놀란 눈을 하고 비품실을 빠르게 훑어보던 초롱의 시선이 다시 돌아왔다. 당황으로 붉게 물든 얼굴로 큰 눈을 깜빡이며 가쁜 숨이 뒤엉킨 모습이 너무 사랑스러워 산은 잠시 본분을 망각하고 말았다.

초롱은 점점 가까이 다가오는 그의 얼굴을 바라보며 놀란 마음을 진정시킬 수가 없었다. 오가며 스치듯 손끝을 마주한 적은 있었다. 직원들의 눈을 피해 팔을 스치거나 빠르게 등을 쓸고 지나는 등, 둘만이 알아챌 수 있을 법한 간지러운 스킨십은 몇 번이나 있었다.

하지만 이렇게 갑작스레, 그것도 그의 집무실이 아닌 언제라도 사람들이 드나들 수 있는 곳에서 성급하게 다가온 적이 없던 그였기에 당황하지 않을 수 없었다. 혹시 장난치는 건 아닐까, 그의 눈을 슬쩍 바라보는데 그 눈에 장난기라고는 하나도 담겨 있지 않았다.

'어떡해. 누가 들어오기라도 하면…….'

생각은 더 이어질 수가 없었다. 그의 입술이 부드럽게 내려앉았다. 당장이라도 밀어 내야 하는데, 장난 그만하라고 따끔하게 일침을 놓아야 하는데, 아무 소리도 꺼낼 수 없었다.

달래듯 부드럽게 입술을 머금는 그의 촉촉한 감촉과 그만의 향긋한 호흡, 은근히 하체를 밀착하며 등을 어루만지는 감각적인 손길, 이윽고 미끄러지듯 입술을 가르고 들어오는 뜨겁고도 농밀한 촉감에 정신이 혼미해지며 놀랍게도 그의 유혹에 굴복당하고 말았다.

하나 남은 이성은 지금이라도 그만둬야 한다고, 정신 차리라고 쉼 없이 쏘아붙이는데, 약해질 대로 약해진 감성은 현실과 타협하고 있었다. 누가 들어온들

선반 뒤에 가려진 이곳을 얼마나 유심히 살펴볼까, 설마 들키기야 할까…….
어느새 제 다리를 쓸어 올리는 그의 관능적인 몸짓에 하나 남은 이성도 자취를
감춰 버렸다.

그와 자신의 가슴을 막고 있던 손을 들어 그의 목을 감싸 안으며 아낌없이
마음을 흘려보냈다. 그렇게 정신없이 서로에게 취해 있다 갑작스레 들려오는
인기척에 누가 먼저랄 것도 없이 서둘러 서로에게서 떨어졌다.

재빨리 정신을 수습한 산이 초롱에게 가만히 있으라 입 모양으로 전한 뒤 사
람이 보이는 곳으로 한 발 나서자, 익숙한 목소리가 들려왔다.

"산, 뭐 찾아?"

비품실에 들어선 사람은 수완이었다. 산은 저도 모르게 안도의 한숨을 가만
히 내쉬며 잔뜩 탁해진 목소리를 흘려보냈다.

"마우스. 떨어뜨렸는데 작동이 안 돼서."

"그래?"

"어."

수완은 마우스를 찾으러 왔다면서 A4용지와 토너가 쌓여 있는 선반에 팔을
걸친 채 자신을 바라보는, 아니, 노려보는 듯한 산의 모습이 왠지 모르게 평소
와 달라 보여 고개를 갸웃했다. 그러다 가려진 선반 뒤 오른쪽으로 하얀색의
블라우스가 어렴풋이 보이는 걸 보고서야 때를 잘못 맞춘 자신을 한탄하며 어
색하게 말을 꺼냈다.

"어. 나는 A4용지 가지러 왔지. 먼저 간다. 볼일 봐. 참고로 마우스는 저쪽
선반이야."

산이 짧게 고개를 끄덕이자 A4용지를 가지러 왔다던 수완이 빈손으로 비품
실을 먼저 나섰다. 산은 굳이 확인하지 않아도 *그*가 눈치챘다는 사실을 짐작하
고도 남았다. 그런데도 여전히 욕망으로 단단해진 몸을 느끼며 속으로 신음을
삼켰다.

'젠장.'

초롱은 수완이 나가는 소리를 듣고서야 한시름 놓았다. 흐트러진 차림을 정돈하는 손이 긴장으로 덜덜 떨려 왔다.

맙소사. 도대체 어쩌자고 아무나 드나들 수 있는 비품실에서 그에게 정신없이 빠져들었을까. 도무지 자신이 한 행동이라고는 믿기지 않는 사실에 아연실색하는데, 무거운 음성과 함께 그의 모습이 다시 나타났다.

"수완 형 갔어. 많이 놀랐지."

산은 그녀의 가녀린 목에서 강하게 뛰고 있는 혈관만 봐도 알 것 같았다. 조용히 고개를 끄덕이는 초롱의 머리를 가만히 쓸어 넘겨 주며 말을 이었다.

"미안. 내가 잠깐 정신이 나갔었나 봐. 괜찮아?"

"네. 이제 괜찮아요. 그러니까 이산 씨, 얼른 필요한 거 가지고 가요."

"그래야겠지?"

"네. 오늘 못해도 수명이 10년은 단축됐을 것 같아요. 사랑 두 번 했다가는 명줄이 남아나지 않겠어요. 아직도 다리가 떨려서 제대로 서 있을 수가 없어요. 그러니까 얼른 나가 줘요."

초롱의 숨김없는 솔직한 대답에 웃음이 비집고 나오는 걸 막을 수가 없었다. 당장이라도 다시 안고 싶어 온몸이 아렸지만 이제라도 정신을 차려야 했다.

"알았어. 이따 전화할게."

산은 아쉬운 마음을 뒤로한 채 서둘러 한 발 떼다 말고, 얼른 초롱의 입술을 훔치고서야 유유히 빈손으로 비품실을 벗어났다.

그가 나가는 모습을 직접 눈으로 확인하고서 초롱은 크게 한숨을 내쉬며 자리에 힘없이 주저앉았다. 얼마나 많이 놀랐는지, 아직도 다리에 힘이라고는 들어가지 않았고 심장은 여전히 세차게 뛰고 있었다.

얼른 정신을 차려야 하는데 좀처럼 머리가 명료해지지 않았다. 그가 남기고 간 입술의 감촉과 그의 관능적이었던 눈빛, 뜨거웠던 손의 움직임, 몸으로 느껴지던 그의 단단한 남성. 세세한 부분 하나하나가 남김없이 생생하게 머릿속을 떠돌아다니며 초롱을 괴롭히고 있었다.

다시 그가 보고 싶었다.

'이초롱 미쳤구나. 아주 제대로 미쳤어.'

어디선가 제 의지를 배반한 감성을 나무라는 날이 선 이성의 소리가 들려오는 듯했다. 몸이 너무 더웠다. 지금 처리해야 할 일이 없다면 당장이라도 그에게 달려가고 싶었다. 도무지 자신 같지 않은 생각을 하는 낯선 모습에 초롱은 세차게 머리를 흔들며 정신을 차리기 위해 애써야 했다.

같은 시간, 제 집무실로 향하던 산은 문 앞에서 자신을 기다리던 수완을 마주하며 코웃음을 쳤다.

"마우스는?"

빈손으로 오는 산의 모습에 수완이 짧게 물었다.

"A4용지는?"

산이 콧방귀를 뀌며 가볍게 응수했다. 누가 먼저랄 것도 없이 고개를 내저으며 웃음을 터트렸다. 그들의 파안대소는 사무실까지 들릴 정도였다. 본의 아니게 애정 행각을 방해하게 된 미안한 마음과 본의 아니게 들키게 된 민망한 마음 모두 웃음과 함께 날려 버렸다.

한참을 웃던 수완이 먼저 입을 열었다.

"지금 다시 가지러 가도 될까?"

"초롱이 기절할지도 몰라. 티셔츠 분류하느라 아직 거기 있을 텐데, 급한 게 아니라면 조금만 이따가 가 줘."

고개를 끄덕이던 수완이 껄껄 웃으며 의미심장한 시선을 던졌다.

"스릴도 좋지만 다음에는 집무실을 십분 활용하는 게 어때? 괜히 애먼 사람 심장 떨어지게 만들지 말고. 하긴, 그나마도 얼마 남지 않았겠지만."

"하! 믿기 어렵겠지만 이런 일탈은 오늘이 처음이었어. 하필 첫 불장난을 형한테 들킨 거고 말이야."

"하필 나였기에 천만다행인 줄 알아. 다른 직원이었으면 놀라 까무러쳤을 거야."

"아니지. 형이니까 눈치챘지, 다른 직원 같았으면 전혀 몰랐을 거야."

"그렇게 되나? 풋. 아무튼 조심해. 차라리 깔끔하게 밝히든지."

"그래. 그날도 머지않았어. 조금만 기다려. 속 시원히 터트려 줄 테니까."

"기대할게."

산은 피식 웃으며 수완이 사라지는 모습을 보고서야 집무실로 들어서며 깊은 한숨을 내쉬었다. 어쩌자고 제 욕구 하나 다스리지 못해 이렇게 못난 모습을 들키고 말았는지.

'가지가지 한다. 가지가지 해.'

3

오너스 정기 모임의 날이 밝았다. 초롱은 출근하자마자 캠핑장으로 이동해 차에서 내리는 순간부터 점심시간이 될 때까지, 앉아 쉴 생각은 하지도 못한 채 분주하게 움직여야 했다.

수완이 지휘하기도 전에 이미 경험이 많은 지원 부서 직원들이 알아서 움직였다. 초롱 역시 부서 팀원들과 함께 현수막을 설치하고, 이벤트 무대 위에 각종 협찬품과 기념품, 이벤트 상품을 가져다 두었다. 물품이 얼마나 많은지 가져다 놓고 정리하는 데도 한 시간 가까이 걸렸다.

그 외에도 출장 뷔페 음식이 차려질 테이블을 준비하고, 간식 푸드 트럭과 통돼지 바비큐 업체의 자리를 알맞은 곳으로 지정하는 것 또한 직원들이 해야 할 일이었다.

선배들이 마지막으로 행사 진행 준비를 하는 동안 가장 중요한 임무를 맡은 초롱이 신중한 표정으로 캠핑장 구석구석을 살피며 돌아다녔다.

아이들을 위한 이벤트 중 하나로 보물찾기가 있었는데 무려 오십 개의 쪽지를 고루 분산시켜 숨겨야 했다. 참여 가능한 연령대가 미취학 아동부터 초등학생까지였기에 찾기 어렵지 않으면서도 너무 쉽지 않은 기발한 장소가 필요했다.

'대체 어디에 숨겨야 아이들이 재미있어할까?'

선배들의 말에 따르면 아이들에게 가장 인기 있는 이벤트라고 했기에 신중하게 장소를 물색하며, 아이들이 쪽지를 발견하고서 행복해하는 모습을 떠올려 보는 것만으로도 초롱의 입가에 미소가 그려지고 있었다.

일이 생겨 직원들과 함께 가지 못하고 뒤늦게 출발하게 된 산이 부랴부랴 캠핑장 입구에 다다랐다. 회사 캠핑카가 자리 잡은 곳에 주차해야 했기에 천천히 차를 몰아 캠핑장을 한 바퀴 돌아보는데 보기만 해도 반가운 누군가가 분주하게 움직이는 모습이 포착되었다. 이미 줄인 속도를 더 줄이며 그녀를 지켜보았다.

평소 단아하고 깔끔한 오피스룩을 보여 주던 그녀가, 오늘은 몸에 잘 맞는 검은색 트레이닝 바지에 보라색 회사 단체 티셔츠를 입고 있었다. 머리카락 역시 평소 단정하게 아래로 묶던 모습과 달리 정수리 쪽으로 올려 묶어 사과처럼 동글하게 말려 있었다. 가뜩이나 앳돼 보이는 사람이 머리를 저렇게 올리고 있으니 얼굴이 더 작고 귀여워 보였다.

"너무 어려 보이잖아?! 곤란하네……."

차가 천천히 따라가도 그녀는 전혀 산의 존재를 알아채지 못하고, 그저 분주히 움직이기 바빠 보였다.

'대체 뭘 하는 거야?'

수풀을 뒤적이는가 하면 데크 아래쪽도 유심히 살펴보는 듯했고, 배전반을 열었다 닫는가 싶더니 또 그 작은 얼굴을 이리저리 돌리며 무언가를 유심히 찾고 있었다. 뭐가 그리 즐거운지 얼굴에는 미소가 가득했고 발걸음도 더없이 경쾌해 보였다. 그제야 산의 눈에 그녀가 들고 있는 흰색 종이가 보였다.

'아하, 보물찾기 쪽지 숨기는 거였어? 누가 보면 숨기는 게 아니라 찾는 사람인 줄 알겠어.'

그녀의 해맑은 미소는 보는 사람으로 하여금 덩달아 미소 짓게 만들었고, 산은 이대로 한 시간이고 두 시간이고 그녀의 꽁무니를 따라다니며 구경하고 싶은 마음에 싱거운 웃음을 터트렸다.

'귀엽다. 귀여워.'

이쯤에서 클랙슨을 한번 눌러 볼까? 하는 찰나 그녀가 뒤를 돌아보았다. 동시에 그녀의 미소가 새싹을 비추는 태양만큼이나 환하게 밝아졌고, 그 모습에 산은 이루 말할 수 없는 행복을 느끼며 온몸에 짜릿한 전율이 일었다. 그저 자신을 바라보며 환하게 웃어 주는 그녀를 보는 것만으로도…….

'정말 대단한 여자야.'

속으로 말하며 차창을 열었다. 주위를 빠르게 쓱 훑어보던 그녀가 서둘러 다가왔다.

"왔어요?"

초롱이 허리를 숙여 눈높이를 맞추며 해맑게 인사를 건넸다.

"고생 많았지? 힘들지 않아?"

"네. 생각보다 힘들지 않아요. 실은, 재미있어요."

이미 표정에서 힘든 기색은 엿보이지 않았다. 산은 웃으며 코를 찡긋하는 그녀가 귀여워 만져 보고 싶은 충동이 마구 일었다.

"차에 탈래?"

"아니에요. 얼른 가 보세요. 다들 기다릴 거예요. 전 이것 좀 마저 숨기고 갈게요."

말을 하자마자 허리를 세우는 초롱을 보며 아쉬운 마음은 고이 접어야 할 듯했다.

"그래. 그럼 이따 보자."

"네."

"초롱아."

"네?"

"사랑해."

조그만 얼굴에 홍조가 예쁘게 피어오르나 싶더니 그녀의 입에서도 같은 말이 흘러나와 산의 마음을 기쁨으로 가득 넘치게 했다.

정오를 기점으로 캠핑카와 카라반이 쉴 새 없이 들이닥치고 있었다. 부서 팀원들은 도착하는 순서대로 자리를 배정하고 이벤트 쿠폰과 간식 쿠폰을 나눠 주느라 정신이 없었고, 초롱은 음식 준비가 차질 없이 되고 있는지 확인하며 이리저리 뛰어다녀야 했다.

산은 산 나름대로 수완과 함께 차례로 참가 팀을 방문하며 인사를 나누느라 정신없는 시간을 보내고 있었다. 오후 2시가 되자 대부분의 참가 팀이 자리를 잡았고, 본격적인 파티의 막이 열렸다.

― 캠핑장 중앙으로 오시면 뷔페와 바비큐가 준비되어 있습니다. 곳곳에 아이들을 위한 간식 푸드 트럭도 준비되어 있으니 쿠폰 지참하시어 다들 맛있게 즐겨 주세요.

식사가 다 준비되었다는 말이 방송에서 흘러나오자 어디서 그 많은 사람이 쏟아져 나오는지, 차례로 줄을 서는 사람들을 보며 초롱은 놀라 벌어진 입을 다물지 못했다. 그 모습을 옆에서 지켜보던 정훈이 웃으며 말을 건넸다.

"이제 시작이네요. 아마 저녁때쯤 되면 혼이 쏙 빠질 거예요."

"그러게요. 우와……."

참가 인원을 이미 알고 있음에도 놀라운 건 마찬가지였다. 저마다 질서 정연하게 줄을 서 음식을 받아 자신들의 아지트로 돌아가는가 하면 삼삼오오 함께 모여 먹는 사람도 있었다.

산을 비롯한 바쁜 직원들은 식사할 엄두도 내지 못하고, 참가 팀들의 불편 사항이 없는지 살피기에 여념이 없었다. 그렇게 30분이 지났을까, 웬 남자 한 명이 초롱에게 다가와 말을 걸었다.

"안녕하세요."

"네. 안녕하세요. 뭐 필요한 게 있으신가요?"

"아닙니다. 그게 아니라, 혹시 저 기억하실지 모르겠네요. 캠핑카 출고하던 날 잠시 뵀었는데."

남자는 이십 대 후반의 건장한 청년으로, 캠핑카 출고하러 왔던 날 교육장에 서 잠시 본 기억이 있었다.

교육을 받고 나가던 남자와 교육장 내부를 정리하기 위해 들어서던 초롱이 부딪치는 바람에 남자가 들고 있던 물을 쏟았고, 그 물은 고스란히 초롱의 바 지에 스며들었다. 연신 미안하다 사과하는 남자에게 괜찮다고 몇 번을 말했는 지.

그날, 미안해하며 덩치에 어울리지 않게 낯을 붉히던 남자의 얼굴과 헬스장 을 운영한다고 자신을 소개하며 센터에 한번 들러 달라던, PT를 무료로 해 주 겠다며 명함을 건네던 모습이 스치듯 떠올랐다.

"네. 그럼요. 기억나요. 그런데 무슨 일로."

"아, 별건 아닌데, 이것 좀 드세요. 아직 식사 못 하신 것 같아서요."

"네?"

남자가 불쑥 내미는 커다란 종이 가방을 얼떨결에 받아 들었다. 언뜻 봐도 음식의 양이 적지 않은 듯해 당황스러운 초롱이 받은 종이 가방을 다시 건네며 급히 말을 꺼냈다.

"아니에요. 직원들도 좀 있으면 다 같이 먹을 거예요. 도시락이 따로 나오거 든요. 마음만 감사하게 받겠습니다."

"돌려주시면 섭섭할 겁니다. 안 그래도 그때 옷 버려서 얼마나 죄송했는 데요. 센터 근처에 있다고 한번 오시라고 했는데 오지도 않으시고, 이거라도 받아 주세요."

"옷이야 물이라 금방 말랐었는데."

얼굴이 상기된 채 어쩔 줄 몰라 하는 초롱의 모습에 남자가 싱긋 미소를 지었다.

"저, 그리고 혹시 지금 만나는 사람이……"

"이초롱 씨,"

남자의 말이 채 끝나기도 전에 남자의 뒤편에 있던 수완이 초롱을 찾는 소리가 들렸다.

"얼른 가 보세요."

남자의 말에 초롱은 받은 음식을 다시 돌려주기도, 그렇다고 가져가기도 불편해 잠시 머뭇거리다 다시 저를 부르는 소리에 하는 수 없이 남자에게 잘 먹겠다 인사하고서 수완을 향해 뛰어갔다.

"부르셨어요. 이사님?"

"어, 그게 방금……."

무슨 말인가 하려다 말고 어딘가로 시선을 힐긋 보내는 수완을 보고만 있는데 다시 말이 흘러나왔다.

"흠. 우리도 이제 식사하러 갑시다."

"네? 아. 네."

수완은 의아함을 감추지 못한 초롱의 어정쩡한 대답을 들으며 속 시원히 무언가 말해 주고 싶지만, 무대 근처에서 이쪽을 노려보는 산의 모습에 정작 하려던 말은 꺼내지도 못했다.

아까 남자가 접근하던 모습을 산이 처음부터 지켜보고 있었다고. 모르긴 몰라도 지금 산의 속이 부글부글 끓고 있을 테니 조심하라고 귀띔이라도 해 주고 싶었는데, 그저 말갛게 바라보는 이 순한 양이라니.

수완은 그저 산이 제 이름값을 하기를, 이름처럼 넓고 높은 마음으로, 보고도 못 본 척 이해하고 잘 넘어가기를 바랄 수밖에 없었다. 하지만 왠지 초롱과 관련한 일에서만큼은 산이 이름값을 하지 못할 거라는 우려가 슬그머니 고개를 내밀었다.

그도 그럴 것이 시종일관 부드러운 미소를 머금고서 행사장을 두루 살피던 사람이 방금 잠시 목격한 장면으로 인해 인상이 차갑게 굳어 버리는 모습을 봤으니,

'사랑싸움에 애꿎은 새우 등 터지는 일은 없겠지? 에라, 모르겠다. 오랜만에 싸움 구경이나 하지 뭐.'

행사를 진행하게 될 무대 근처에서 캠핑장을 두루 살피는 산의 레이더에 계속해서 초롱이 잡혔다.

상반기와 하반기로 나누어 일 년에 두 번 정도 기획하게 되는 정기 모임은 회사 입장에서 볼 때 가장 큰 행사에 속했다. 그랬기에 산이 가장 많은 신경을 쓰는 이벤트였고, 크고 작은 사고가 일어나지 않도록 촉각을 곤두세우며 집중하게 되는 행사이기도 했다.

오늘같이 행사를 진행하는 과정에서 혹시 부족함은 없는지, 실수는 없는지, 그런 부분이 있다면 차후 행사를 기획, 진행할 때 수정 보완을 하기 위해서라도 세세한 부분까지 유심히 지켜보게 되는데, 왜 자꾸 그녀의 작은 얼굴이 눈에 걸리는지.

좀처럼 행사 내용에 집중하지 못하고 자꾸만 신경이 분산되며, 그녀의 뒤꽁무니만 쫓는 자신의 나약함을 나무라지 않을 수 없었다. 남몰래 깊은 한숨을 내쉬며 이제 그만 그녀에게서 눈길을 돌리려는데, 하필 그때 누군가 초롱에게 접근하는 모습이 보였다.

누가 봐도 헬스를 꾸준히 하고 있다는 걸 알 수 있을 만큼 우람한 남자는 선한 인상의 호감이 가는 얼굴이었고, 회사에서 나누어 준 티셔츠를 입고 있었

다. 그 티셔츠는 근육질의 건장한 그의 몸을 더욱 돋보이게 했고, 만면에 미소를 장착한 그가 초롱에게 다가가 말을 걸고 있었다.

무슨 얘기를 나누는지, 남자는 얼굴이 조금 붉어지는 듯했고 이내 큼직한 종이 가방을 초롱에게 건네는 모습이 보였다. 그 종이 가방을 받아 들다 말고 다시 남자에게 내미는 모습에 도대체 뭘 하는 건지, 당장이라도 달려가고 싶어 몸이 들썩이는 찰나, 수완이 그녀를 부르는 소리가 들렸다.

그때까지도 남자의 뒤편에 수완이 있는지도 몰랐던 산은 그녀가 수완을 향해 달려가는 모습을 보고서야 불안으로 흩어지던 마음을 다잡았다.

'지금 뭐 하냐, 하이산? 정말 한심해서 못 봐 주겠네.'

평소 자신하던 자제력과 침착은 어디로 가 버렸는지, 속으로 부족한 자신을 꾸짖으며 굳어진 표정을 평상시로 되돌리는데, 트레이닝 바지 주머니에 넣어 둔 휴대폰에 짧은 진동이 느껴졌다. 서둘러 휴대폰을 꺼내 보니 문자가 와 있었다.

「밥 먹자. 본부로 와라.」

수완이 보낸 짧은 문자를 확인하며, 언짢은 기분 탓인지 오전부터 바쁘게 움직였음에도 식욕이 느껴지지 않아 무시할까 싶다가, 초롱이 남자와 무슨 얘기를 나누었는지, 도대체 뭘 받은 건지 알 수 없는 답답함에 본부로 발길을 돌렸다.

임시로 설치한 행사지원본부석에 가니 수완이 손을 들어 산을 반겼다. 수완의 옆자리에 앉으며 맞은편에 앉아 있는 초롱을 슬쩍 바라보았다. 보일 듯 말듯 엷은 미소가 어린 그녀의 얼굴이 저를 향하다 말고 재빨리 자취를 감추었다.

그녀의 표정에서 아무런 힌트도 얻지 못해 답답하기만 한데, 수완이 뷔페 업체에서 가져다준 도시락을 산에게 전해 주며 초롱에게 말을 건넸다.

"초롱 씨, 그 종이 가방은 뭐예요?"

"아, 이거…… 어떤 고객님이 직원들하고 같이 먹으라고 주셨어요."

초롱은 지은 죄도 없이 왠지 모르게 마음이 불편해 산을 똑바로 바라볼 수가 없었다. 그에게 어색한 표정을 들키게 될까, 서둘러 테이블 위에 올려 둔 종이 가방을 열어 음식이 담긴 투명 용기를 부지런히 꺼내기 시작했다. 용기에 붙어 있던 포스트잇 한 장이 나풀거리며 그를 향해 날아가는 것을 볼 정신은 어디에도 없었다.

그저 용기를 꺼내 테이블에 하나둘 내려놓으며 많은 양에 한 번, 투명 용기 속으로 비치는 내용물에 두 번 놀라고 말았다. 2인분 정도는 족히 될 것 같은 용기가 여섯 개나 들어 있었고, 그 내용물은 과일샐러드부터 찹스테이크, 샌드위치, 닭가슴살말이, 게다가 후식으로 보이는 과일이 두 종류가 들어 있었다.

"우와, 완전 맛있겠는데? 뷔페 도시락보다 더 맛있어 보여."

"그러게. 어떤 고객이야? 점심을 뷔페로 제공하는데도 이걸 다 만들었단 말이야?"

"누가 준 거야? 혹시 미혼남? 초롱 씨한테 관심 있는 거 아냐?"

"아니에요. 그런 거."

직원들의 농담에도 초롱은 쉽게 웃을 수가 없었다.

"그래? 뭐…… 하긴. 워낙 음식들을 많이 나눠 주시기는 하지."

"저도 받아 왔어요. 얼마나 부지런들 하신지 닭볶음탕을 한 솥 끓여 주시던데요?"

"저도요. 직원들 고생 많다고 나눠 먹으라며 떡을 주시더라고요."

"저는 김치전이랑 부추전이요."

초롱은 저뿐만 아니라 다른 분들도 음식을 제법 많이 받은 걸 보며, 자연을 사랑하는 사람들답게 몸도 마음도 여유가 넘치고 정이 많아 그런가 보다 하며 잠시 불편하게 생각했던 마음의 부담을 덜었다.

어느새 테이블을 가득 메운 진수성찬을 보며 입맛을 다시는 초롱과 달리 산의 입은 껄끄럽기만 했다. 산은 제 손에 떨어진 포스트잇에 쓰인 글씨를 다시 한번 천천히 정독했다.

「저는 차정우라고 합니다. 사실 그날, 첫눈에 반했습니다. 괜찮으시다면 따로 한번 뵐 수 있을까요? 연락 기다리겠습니다.」

투박한 글씨 아래 유독 선명하게 적힌 연락처를 노려보며 산은 속에서 불이 나는 듯했다.

'이게 지금 누구한테 작업이야?! 하, 첫눈에 반해?'

다시 봐도 짜증이 솟구치는 포스트잇을 한 손으로 와락 구기고서도 좀처럼 화가 가라앉지 않았다.

'그날. 그날이라……'

도대체 그날이 뜻하는 날이 언제인지, 무슨 의미인지 알 수가 없어 속을 태우며 초롱을 바라보았다. 뭐가 그리 즐거운지 옆에 앉은 동료와 희희낙락 얘기를 나누며 그놈이 준 도시락을 맛있게도 먹고 있는 모습이 곱게 보일 리 없었다.

"맛있습니까?"

결국 퉁명스러운 말이 흘러나왔고, 다행히 초롱이 아닌 다른 사람은 말투에서 특이점을 발견하지 못했다. 하지만 초롱은 그의 말투가 평소의 느낌과 다르다는 걸 분명하게 감지하고서 조심스레 말을 건넸다.

"어…… 네. 맛있는데…… 대표님도 어서 드셔 보세요."

"그래요. 초롱 씨…… 많이 먹어요."

일단 대답은 했으나 뷔페에서 제공된 도시락 외에는 손도 대지 않았다. 초롱은 왠지 모르게 신경이 곤두선 듯한 그의 모습에 큰 행사라 신경 쓸 일이 많아 그런가 보다 생각하며 그에게 집중된 시선과 어깨에 짊어진 책임감을 안쓰러워하다 보니 맛있게 먹던 음식이 갑자기 껄끄럽게 느껴졌다.

그런 초롱의 마음을 알 리 없는 산은 그저 둘의 관계를 밝혀 버리면 이런 쓸데없는 감정 소모를 하지 않아도 될 텐데, 바쁜 중에 신경 쓸 일이 늘어난 데에 대한 불만이 저도 모르게 쌓이고 있었다. 그런데 그런 산의 불만은 뜻밖의 사건으로 인해 단시간에 말끔히 해소가 되었다.

직원들까지 식사를 모두 마치고 곧이어 행사의 메인이벤트가 시작되었다. 이산 코리아의 공식 사회자인 정훈이 마이크를 잡았고, 행사는 지루할 틈 없이 빠르게 진행되었다.

보물찾기 타임에 이르러 캠핑장을 정신없이 돌아다니며 이 잡듯 샅샅이 주변을 뒤지는 아이들의 웃음소리는 끊이지 않았고, 쪽지가 하나씩 발견될 때마다 환호성이 터지는 모습에 초롱은 웃지 않을 수 없었다.

대부분의 쪽지가 발견되었으나 아직 세 개의 쪽지가 남아 있었고, 아이들이 쪽지를 숨긴 사람이라는 걸 어떻게 알았는지 서둘러 초롱에게 다가와 힌트라도 달라며 졸라 댔다.

아이들의 귀여운 모습에 못 이긴 척 힌트를 흘리자 아이들이 득달같이 달려갔다. 개구쟁이 같은 깜찍한 모습에 초롱의 웃음이 메아리처럼 주위에 울려 퍼졌다. 그 모습을 넋 놓고 바라보던 산은 사랑스러운 초롱의 웃음소리에 쌓여 가던 불만도 잊고서 피식 웃고 말았다.

어느새 쪽지 오십 개가 모두 발각되었고, 산이 쪽지를 찾은 아이들에게 기쁘게 선물을 나눠 주었다. 선물을 받아 기분 좋아진 아이들이 잠시 정신이 팔린 사이 정훈이 다른 게임의 시작을 알렸다.

— 자, 지금부터는 어른들을 위한 게임을 시작해 보도록 하겠습니다. 나는 체력이 좋다. 나는 균형 감각이 뛰어나다. 나는 부부 또는 커플이다. 나는 우리 아내, 또는 애인을 안고 종일이라도 버틸 수 있다. 이 조건 모두 충족하시는 분들은 주저하지 마시고 짝과 함께 무대 위로 올라와 주시기 바랍니다. 선착순

10팀 받겠습니다.

주저주저하던 사람들이 눈치를 보더니 이내 하나둘 무대 위로 올라섰다. 그 중에는 아까 초롱에게 도시락을 전해 준 남자도 있었다. 산은 무대로 올라가는 사람 중 예상 밖의 얼굴을 발견하고서, 어처구니가 없어 헛웃음이 터지고 말았다.

'그러니까, 제 짝이 버젓이 있는데도 그딴 쪽지를 전했단 말이야? 저 새끼가 돌았나.'

역겨운 마음에 속으로 욕을 퍼부으며, 그녀에게 쪽지를 전하지 않은 일말의 죄책감을 머릿속에서 곧장 몰아내 버렸다. 그 불쾌한 쪽지를 초롱에게 전해 주지 않은 게 얼마나 다행인지.

산이 불쾌한 기분으로 이를 아득 깨무는 사이, 순식간에 참여를 희망하는 10팀이 채워졌다. 정훈은 줄을 선 순서대로 커플들을 향해 다가가며 자기소개를 부탁했다. 참가자들이 얼마나 유쾌한 사람들인지, 들뜬 마음으로 자신을 소개하는 끼가 넘치는 사람들을 보며 모두 웃고 즐기기 바빴다.

마지막 순서가 헬스장을 운영한다는 그 남자. 차정우의 순서였다. 정훈은 인터뷰를 하려다 말고, 그의 주위를 둘러보며 눈 씻고 찾아봐도 짝 없이 홀로 선 남자를 보고 의아해하며 물었다.

— 조건을 충족하지 못한 것 같습니다만, 짝은 어디에 있을까요?

정훈의 당연한 물음에 차정우가 큰 소리로 능청스럽게 대답을 했다.

— 당장은 짝 없는 솔로지만 커플이 되고 싶다는 열망 하나로 이 자리에 올라왔습니다!

이십 대 후반으로 보이는 건장한 남자의 패기에 우레와 같은 박수와 함성이 터져 나왔다. 산은 어설프게 넘겨짚은 제 짐작과는 달리 남자가 솔로라는 말에 신경이 곤두서며 날을 세웠다. 느낌이 좋지 않았다.

— 아! 안타깝습니다. 이 게임은 커플들을 위한 게임이라서요. 혼자서는 참가 자체가 불가능합니다. 패기 넘치는 남성분께 다시 한번 응원의 박수 부탁드

리며, 아쉽지만 다음 기회에,

정훈이 말을 끝내기도 전에 남자가 그를 향해 큰 소리로 급히 말했다.

— 커플이 되고 싶은 사람이 있습니다. 혹시 지금 고백해서 받아들여지면 게임 참가 가능합니까?

너무나 당당한 남자의 말에 모두 응원을 보내며 남자 편을 들었다. 정훈은 어느 때보다 호응이 높은 사람들을 바라보며 유쾌한 기분에 다시 인터뷰를 진행했다.

— 흥미롭네요. 대부분이 가족 단위인데 과연 누구에게 고백한다는 말씀이신가요? 지금 아주 많은 눈이 쏠려 있습니다. 신중하셔야 하고, 진심이어야 할 텐데요. 고백받을 당사자는 당연히…… 미혼이겠죠?

정훈의 합리적인 질문에 모두의 호기심 어린 시선이 남자를 향했다.

— 네. 그렇게 알고 있습니다.

— 휴. 다행이네요.

사회를 보는 정훈의 안도하는 표정과 가슴을 쓸어내리는 익살스럽고도 능청스러운 제스처에 여기저기서 웃음이 쏟아져 나오는 가운데 산은 좀처럼 굳은 표정을 펼 수 없었고, 초롱은 설마설마하는 마음으로 지켜보게 되었다.

관객의 관심이 최고조로 이른 때에 정훈이 다시 말을 이었다.

— 지금 이곳에 있는 미혼 여성분들 기대해 주세요. 이렇게 멋진 분의 고백이 시작됩니다. 자! 그럼 해당 여성분의 성함을 크게 말씀해 주실까요?

— 네. 이산 코리아 직원인 이초롱 씨입니다.

남자의 거침없는 지목에 일순 정적이 흐르는가 싶더니 그 전과는 비교가 되지 않는 함성이 터져 나왔다. 순간 산의 표정이 사납게 일그러졌고, 초롱은 도무지 믿기지 않는 상황에 말문이 턱 막히고 말았다.

— 지금…… 이초롱 씨라고 하셨습니까?

— 네. 그렇습니다. 초롱 씨께서 응해 주신다면 게임에 당장 참가하고 싶습니다.

전혀 예상하지 못한 상황을 맞이한 정훈이 당황한 사이 뜻밖의 구원투수가 등장했다. 게임에 참가한 사람 중 누군가가 외쳤다.

"하, 저 친구 큰일 날 친구네. 애인이 저기 두 눈 시퍼렇게 뜨고 있는데 말이야. 번지수를 잘못 찾아도 한참 잘못 찾았어. 그 고백은 다시 고이 넣어 둡시다."

산은 정확히 저를 보고 말하는 남자를 유심히 바라보다 순간 스치는 기억에 씩 웃었다. 방금 헬스맨을 향해 일침을 가했던 사람은 언젠가 초롱이 친구들 앞에서 피아노를 연주했던 그 레스토랑의 오너 셰프였다.

분명 초롱이 입사하기 전에 캠핑카를 구입했던 고객이었기에 그녀를 모르고 있을 거라 확신했는데, 용케도 그는 오늘 초롱을 알아본 모양이었다.

캠핑장에 속속 도착하는 고객들을 두루 살피며 인사하러 다닐 때 그를 본 기억이 없는 걸 보니, 조금 늦게 도착한 듯했다. 뜻밖의 구원투수 등장에 산의 굳었던 표정이 스르르 풀리는데 흥분으로 한 톤 올라간 정훈의 목소리가 뒤를 이었다.

— 잠시만요. 지금까지 이산 코리아에 근무하면서 수없이 많은 사회를 봐 왔지만 오늘같이 흥미진진하고 버라이어티한 상황이 펼쳐진 적이 없는 것 같습니다. 사장님, 혹시 다른 사람과 착각한 게 아닐까요? 초롱 씨는 제가 알기로도 아직 솔로로 알고 있습니다만.

"솔로? 그럴 리가 없는데……."

레스토랑의 오너 셰프인 우현은 고개를 갸웃했다. 캠핑장에 늦게 도착해 미처 대표와 인사를 나누지 못했지만 그의 연인, 자신의 레스토랑에서 멋지게 피아노를 연주했던 그녀를 발견하게 되어 놀란 참이었다.

혹시 벌써 결혼을 했나? 그래서 같이 온 건가? 싶었는데, 얼마 지나지 않아 옆 사이트에 자리 잡은 캠퍼로부터 그녀가 회사 직원임을 알게 되었다. 그녀는 쉽사리 잊힐 만큼 평범한 얼굴이 아닌 데다, 한 며칠 이원이라는 배우와 함께 인터넷을 뜨겁게 달군 인물이었기에 정확하게 기억하고 있었다.

다시금 고개를 갸웃하던 우현의 예리한 눈빛이 단상 아래쪽 우편에 자리한 산을 찾아 날아들었다. 자신의 눈을 피하지도 않고 당황한 기색 하나 없이 여유로운 그의 모습은 분명 자기 생각이 맞다고 말하는 듯했으나 혹시 다른 사정이 있는 건 아닐까, 자신이 실수하는 것은 아닐까 싶어 셰프가 급히 말을 덧붙였다.

"아, 제가 뭔가 착각을 한 것 같습니다. 큰 실례를 범했네요. 죄송……."

"아닙니다."

사과의 말이 끝나기도 전에 산이 웃으며 자리에서 벌떡 일어나 우현의 말을 막았다. 산은 일이 돌아가는 양상이 흥미로워 사실 조금 더 지켜보고 싶었다. 생각 같아서는 정훈이 초롱을 불렀으면, 그래서 그녀가 단상에 올랐으면 했다.

이런 상황에서도 자신과의 관계를 숨기려 들까, 아니면 떳떳하게 밝힐까. 확인해 보고 싶은 속 좁은 마음이 없지 않았는데, 자신의 이기적인 욕심에 다른 사람을 난처하게 만들 수는 없어 아쉬운 마음을 접고 자리에서 일어섰다.

이벤트를 위해 단상 앞에 모여 준비된 자리를 빈틈없이 메운 사람들을 두루 둘러보던 산이 당당하고 시원시원한 걸음으로 단상으로 향했다.

초롱은 마치 격랑에 휩쓸린 배를 타고 있는 듯 정신없이 휘몰아치는 상황을 보며 머릿속이 아득했다. 도무지 무슨 일이 어떻게 흘러가고 있는 것인지, 분명 자신의 일인데 나설 수도 그렇다고 멍청하게 있을 수도 없어 속을 태웠다.

저마다 맡은 일에 열중하던 직원들도 하나둘 초롱에게 다가와 어떻게 된 일이냐고 물으며 혼란을 가중하는 가운데 갑자기 그가 나섰다. 단상 위로 향하는 그를 보며 초롱은 더는 숨길 수 없는 사실에 속으로 남몰래 한숨을 삼켰다.

사람들은 그저 패기 넘치는 젊은 남자의 사랑을 응원하고 있었는데, 갑자기 이게 무슨 난리인지. 마치 탁구 경기 결승전을 바라보듯 바쁘게 헬스맨과 이산 코리아 대표, 그리고 당황으로 물든 초롱의 얼굴을 바쁘게 오가며 흥미진진하다 못해 짜릿함이 번지는 알 수 없는 긴장감에 저마다 숨을 죽였다.

이윽고 단상 위에 오른 산이 정훈으로부터 마이크를 건네받으며 레스토랑 오너 셰프와 눈인사를 주고받았다. 태연하게 앞을 향해 돌아서는 산의 입가에 감추지 못한 미소가 피어올랐다.

― 우선, 용감하게 이 자리에 올라와 주신 고객님께 죄송하다는 말씀을 먼저 드려야겠습니다. 뒤에 계신 사장님께서 말씀하신 것처럼 이초롱 씨는 이미 만나는 사람이 있습니다. 그뿐만 아니라 그녀의 애인이 지금 이곳에서 두 눈 시퍼렇게 뜨고 있는 것도 맞고요.

시원시원하게 말하는 산을 보며 옆에 서 있던 정훈이 의아한 표정을 하고서 고개가 산과 단상 아래에 있는 초롱을 정신없이 오가더니 조심스레 물었다.

"대표님께서 그걸 어떻게 아시는지……."

― 두 눈 시퍼렇게 뜨고 있는 이초롱 씨 애인이…… 바로 접니다.

혼돈의 카오스가 따로 없었다. 초롱은 그의 말이 마이크를 통해 흘러나옴과 동시에 흥분으로 가득 찬 새된 비명과 환호성, 동료 직원들의 앓는 소리와 해맑은 아이들의 함성까지 더해진, 고막까지 물결치는 소음의 홍수 속에서 혼미해지는 정신을 부여잡기 위해 애써야 했다.

이렇게 밝혀질 거였다면 진작 말했을 텐데, 일이 이렇게 진행될 거라고는 꿈에서도 생각지 못했던 초롱이기에 이 혼란을 어떻게 헤쳐 나가야 하나 도무지 감이 잡히지 않았다. 수많은 시선이 자신을 향해 바쁘게 오가는 모습을 바라볼 엄두도 내지 못하고, 속에서 불길이 치솟는 듯 홧홧하게 달아오른 얼굴을 식히기에 여념이 없는 중에 그의 말이 다시 흘러나왔다.

― 초롱 씨가 워낙 조심성이 많은 데다 직원들이 불편해할 거라는 생각에 부득이 회사에 알리지 못했는데, 이렇게 좋은 기회가 주어져서 감사할 따름입니다. 그리고 미리 알리지 못해 오늘 이런 해프닝을 초래하게 되어 다시 한번 참가해 주신 분께 죄송하다는 말씀 전해 드립니다.

산의 정중한 사과에 차정우가 머쓱한 듯 어색한 미소를 짓다 머리를 쓸어 올리며 말했다.

"죄송합니다. 만나는 사람이 없는 줄 알고, 실례했습니다. 그럼 가슴 아픈 솔로는 조용히 물러나겠습니다."

산은 기분 나쁘게 생각했던 첫인상과는 달리 쿨하게 사실을 받아들이고 물러나려는 남자를 다시 보게 되었다.

"아닙니다. 이따 밤에 술 한잔 하시죠. 제가 찾아가겠습니다."

"감사합니다. 상처받은 영혼을 이슬로 다스려 주신다면 저야 감사하죠. 대표님, 그럼 기다리겠습니다."

"하하하. 네. 그럼."

정우가 단상을 내려가자 그와 함께 온 지인들이 장난스럽게 야유하며 떠들썩하게 그를 반기는 소리가 들려왔다. 다행히 어색할 뻔했던 해프닝도 잘 마무리되었기에 산은 고객들을 향해 고개 숙여 인사하고 마이크를 정훈에게 건네며 단상을 내려가려는데, 고이 보내 줄 사람들이 아니었다.

흥 부자가 어찌나 많은지 단상 위에 있는 사람이나 단상 아래에서 구경하는 사람이나, 누가 먼저랄 것도 없이 대표님도 게임에 참여해야 한다며 한목소리로 산과 초롱을 외쳐 불렀다.

"하이산! 이초롱! 하이산! 이초롱!"

그때까지 잠시 넋을 놓고 있던 정훈이 퍼뜩 정신을 차렸다. 제법 오랜 기간 같은 부서에서 그녀를 직속 후배로 두었던 정훈이었다. 회사에서는 누구보다 초롱을 가장 많이 대하며 겪은 사람이 바로 자신이었는데, 대표님과 연인 관계였다니. 전혀 눈치채지 못했던, 직접 듣고도 좀처럼 믿기지 않는 사실에 어안이 벙벙했다.

사실 회사 내에 알게 모르게 초롱을 흠모하는 미혼 남성이 제법 많았고, 자신 또한 그에 속하지 않는다고 할 수 없었다. 상대가 웬만해야 그녀에게 말도 꺼내 보지 못한 아쉬움이 클 텐데, 절대 웬만하지 않은 대표님이라니, 절로 수긍하게 되면서도 남모를 상실감에 속이 쓰렸다.

하지만 이미 잡을 수 없는 곳으로 떠난 그녀였고, 언제까지 바보 같은 상실감에 신세 한탄을 하고 있을 수는 없는 노릇이었다. 정훈은 헛헛한 마음을 다

잡았다. 대표님이 미소를 머금은 채 고개를 설레설레하며 단상을 내려가고 있었다. 정훈은 그런 대표님을 잡기 위해 급히 마이크를 들었다.

— 잠시만요, 대표님? 이대로 가시면 안 될 것 같습니다. 열띤 호응이 아니라 해도, 대표님 덕분에 지금 한 팀의 공석이 생겼습니다. 이 자리 대표님께서 채워 주시는 게 어떨까요?

말이 끝나기가 무섭게 다시 온 캠핑장이 그를 부르는 환호로 뒤덮였다.

산은 난감했다. 오늘 행사의 주인공은 이산 코리아의 고객들이었다. 본의 아니게 주목을 받게 되긴 했으나 그들의 이벤트를 가로채고 싶은 마음은 없었는데, 결국 직접 다가와 무대 위로 이끄는 정훈에 의해 다시 단상의 가운데 자리하게 되었다.

산은 정훈에게 마이크를 빌려 웃으며 입을 열었다.

— 오늘은 여러분의 날입니다. 가뜩이나 제가 너무 많은 시간을 뺏은 것 같아 죄송한데 이러시면 곤란합니다.

"아닙니다. 대표님도 당연히 참가해야죠."

"네. 같이 합시다. 대표님도 이산 코리아 오너스 아닙니까!"

"함께해요!"

"하이산! 하이산!"

열화와 같은 성원에 웃음이 터져 버렸다. 원래가 도전을 피하는 성격도 아닐뿐더러, 회피하는 것 역시 체질에 맞지 않았다. 더 이상의 겸손은 오히려 분위기를 해칠 듯해 의미심장한 미소를 지으며 다시 말을 꺼냈다.

— 제가 이래 봬도 체력이 좋습니다. 끈기나 열정으로도 따라올 사람이 없을 텐데, 후회하지 않으시겠습니까?

자신감이 차오르다 못해 흘러넘치는 이산의 발언에 박수와 함성이 터져 나왔고, 뒤편에서 게임이 진행되기를 기다리던 참가자들 역시 열띤 호응으로 산의 승부욕을 부추겼다. 이미 결심을 굳힌 산이 마이크를 통해 제 연인을 불렀다.

— 이초롱 씨, 앞으로 나와 주시겠습니까?

"꺄!"

"대박!"

"이초롱 씨래."

"어머, 너무 스윗하다."

"이게 웬일이야?!"

난리 법석도 이런 난리 법석이 또 있을까 싶었다. 겨우 그녀의 이름을 불렀을 뿐인데 온갖 부러움이 뒤섞인 여자들의 소리가 공간을 뒤흔들었고, 남자들은 엄지를 치켜든 손을 아래로 내려 장난스럽게 야유하며 산을 견제하기 바빴다.

초롱은 쥐구멍이 어디 없나 찾고 있었는데, 갑자기 호명되는 이름에 가슴이 철렁 내려앉는 듯했다. 더할 수 없이 붉어진 얼굴을 차마 바로 들 수가 없어 고개 숙이며 외면하려는데, 야박하게 등을 떠미는 동료와 상사의 성화에 못 이겨 자리에서 일어섰다.

대체 어쩌다 일이 이 지경까지 되고 말았는지. 단상으로 한 걸음 한 걸음 옮길 때마다, 마치 결혼식장에서 신랑을 향해 가는 신부를 대하듯 기뻐하며 축하의 말을 전하는 사람들의 모습에 울어야 할지 웃어야 할지 통 감을 잡을 수 없었다.

무슨 정신으로 단상으로 향했는지, 무슨 생각으로 단상 위로 오르는지도 알 수 없었다. 그런 초롱에게서 눈을 떼지 않던 산이 웃으며 다가와 손을 내밀었고, 약속이나 한 듯이 큰 환호 소리가 그 뒤를 이었다.

산은 제 손 위에 올려진, 떨림이 느껴지는 초롱의 손을 꼭 붙잡으며 그녀만 들을 수 있는 목소리로 조용히 읊조리듯 말했다.

"괜찮아? 많이 놀랐어?"

"모르겠어요. 지금 떨려서 아무 생각이 없어요."

"풉. 그러게 뭘 이렇게 떨어? 내가 바로 옆에 있는데. 나 믿지?"

"몰라요. 지금 무슨 말을 해도 귀에 하나도 안 들어와요."

"다 자업자득이야. 그러게 진작 말했으면 이런 일도 없었을 텐데."

"설마 이런 일이 생길 거라고는 꿈에서도 생각하지 못했거든요?!"

정훈은 둘이서 무슨 얘기를 그렇게 나누는지, 티격태격하는 모습을 직접 눈으로 보면서도 좀처럼 익숙해지지 않아 두 사람을 넋 놓고 보게 되었다. 그러다 퍼뜩 정신을 차리고서 잠시 지체되었던 이벤트를 다시 시작하기 위해 두 사람을 향해 다가갔다.

— 두 분, 사랑싸움은 나중에 하시고 우선 집중 바랍니다.

정훈의 말에 가뜩이나 긴장하던 초롱의 호흡이 뒤엉켰다. 급히 기침하는 초롱의 등을 너무나 자연스레 두드려 주며 그녀를 보살피는 산의 모습에 여기저기서 앓는 소리가 들려오는 듯했다.

더는 당황하지 말자 먹었던 마음은 어디로 가고 정훈은 또다시 흐트러지는 정신을 붙잡아야 했다. 자신뿐만 아니라 여기 있는 사람 모두의 눈이 두 사람에게 쏠린 이상, 정신을 바짝 차리고 있어야 행사 진행에 차질이 없을 듯했다.

— 자, 지금부터 게임 규칙을 말씀드리겠습니다. 아마 매체를 통해 많이 접해 보셨을 줄로 압니다. 바닥을 보시면 신문이 한 장씩 준비되어 있습니다. 게임을 한 번 진행할 때마다 신문은 반씩 접어 주시면 되고, 신문 위에서 제한 시간을 버티는 커플이 우승하는 단순한 게임입니다. 다들 이해하셨나요?

"네!"

정훈은 기세등등한 참가자들의 시원스러운 대답에 만족스러운 미소를 지었다.

참가한 팀은 모르긴 몰라도 대부분이 삼십 대 중반에서 사십 대 후반 정도의 부부인 듯 보였고, 미혼 커플은 산과 초롱이 유일한 듯했다. 남은 빈자리로 향하는 사랑스러운 커플에게서 사람들은 눈을 떼지 못하고 있었다.

드디어 게임이 시작되었다. 산은 초롱과 함께 비어 있는 곳으로 가 자리를 잡았다.

게임이 진행된 지 얼마 지나지 않아 벌써 신문은 A4 크기의 반만큼 줄어 있었다. 지금껏 모두 양발로 지탱할 수 있어서인지 가장 연장자였던 한 팀을 제외한 전원이 생존해 있었다.

― 게임은 막바지를 향해 가는데 아직 9팀이나 남았습니다. 우리 이산 코리아 오너스 분들이 이렇게 체력이 좋을지 몰랐습니다만, 지금까지는 두 발로 서 있었기에 가능한 게 아니었을까 싶습니다. 이제부터는 한 발만 허용되는 만큼 승자는 금방 가려질 거라고 예상하며, 좀 더 빠른 진행을 위해서 어부바 제외하겠습니다. 지금부터 아내 또는 애인을 앞으로 안는 것만 허용됩니다. 다들 준비해 주시고, 게임 다시 진행하도록 하겠습니다.

산은 처음부터 계속 초롱을 앞으로 안아 올렸기에 이번에도 가볍게 초롱을 공주님처럼 고이 안아 들었다.

"이러다 몸살 나겠어요. 고생하지 말고 그냥 빨리 내려놔요. 네?"

게임 시작 후 초반부터 계속 그만하자, 명색이 대표님인데 이건 좀 아니지 않나. 너그러운 마음으로 다른 분들에게 양보하라며 애처롭게 사정하는 초롱의 모습에 산은 웃음을 참는 게 점점 힘들어지고 있었다. 차라리 시작하지 않았으면 모를까, 이미 발을 담근 이상 산에게 대충은 있을 수 없는 일이었다.

다시 게임의 시작을 알리는 정훈의 신호가 떨어졌다. 아내를 앞으로 안고 있던 참가자들 모두 일제히 한 발을 들어 올리고서, 남은 한 발로 사랑의 무게를 기꺼이 감수하며 버티기 시작했다. 하지만 한 다리로 균형을 잡고서 사랑의 무게까지 감당하기에는 힘들었는지, 가을 끝자락 낙엽처럼 참가자들이 우수수 떨어져 나갔다.

결국 최종으로 남은 커플은 공교롭게도 레스토랑 오너 셰프인 우현 부부와 산과 초롱 커플 단 두 팀이었다. 두 커플을 지켜보던 사람들은 아낌없는 박수로 응원을 보냈고, 정훈은 두 커플을 무대 가운데로 이끌었다.

― 자, 이제 이렇게 두 커플이 남았습니다. 우와, 이게 무슨 운명의 장난인가요. 우리 레스토랑 사장님, 지금쯤 속으로 엄청나게 후회하실 것 같습니다. 아

까 그냥 계셨다면 지금 우승을 거머쥐지 않았을까요? 하필 가장 막강한 커플과 경쟁을 하게 되셨습니다. 소감 한마디 부탁드려도 될까요?

— 하하하. 후회는 터럭만큼도 없습니다. 저야 이산 코리아 대표님과 겨룰 수 있으니 그저 영광입니다. 그러니 고객이라고 봐주지 마시고 정정당당하게 게임에 임해 주시기를 바랍니다.

— 네. 모범 답안 대단히 감사드립니다. 그럼 우리 대표님께도 소감 한마디 부탁드릴까요?

익살스러운 표정으로 크게 인사를 하는 사회자를 보며 모두 웃음을 터트렸다. 정훈은 우현에게 건넸던 마이크를 산에게 돌렸다.

— 저 역시 사장님과 겨룰 수 있어 영광입니다. 사장님께서 이렇게 말씀해 주시니 저 또한 최선을 다하는 모습으로 보답하겠습니다.

우현과 악수하며 산은 빠르게 그를 살펴보았다. 나이는 삼십 대 후반에서 사십 대 초반 정도, 자신보다 키는 한 뼘 이상 모자랐지만 작은 키는 아니었고, 덩치는 오히려 자신보다 조금 더 컸다.

그의 아내는 초롱보다 작은 키에 체구 또한 아담했다. 다행히 비슷한 조건의 사람이 결승전에 남아 공정하게 게임을 즐길 수 있을 듯했다. 상대에 대한 파악을 모두 마친 산은 여유로운 미소를 띠며 자세를 바로 했다.

정훈은 다시 게임을 준비하는 두 커플을 바라보며 이미 작아진 종이는 치워 버리고서 객석을 향해 바뀐 결승 게임과 룰을 설명했다. 각자의 짝을 팔에 안고서 구령에 맞춰 앉았다 일어서야 하는 게임은 누구라도 먼저 포기하면 끝나는 게임으로, 룰은 간단할지 모르나 많은 힘을 필요로 했다.

게임 설명을 듣던 초롱에게서 깊은 한숨이 뿜어져 나왔다. 이럴 줄 알았으면 차라리 점심을 먹지 말 걸 그랬나 후회를 하는데 정훈의 목소리가 다시금 마이크를 타고 흘러나왔다.

— 자, 결승에 앞서 사장님 사모님과 이초롱 씨의 응원을 듣지 않을 수가 없네요. 각자의 남편과 연인을 위해 응원 한마디씩 부탁드리겠습니다. 먼저, 사

모님?

정훈이 말을 끝내자마자 우현의 아내가 남편의 얼굴을 잡고서 과감하게 그의 입술에 자신의 입술을 꾹 눌렀다. 말보다 화끈하게 보여 주는 응원에 행사장 열기는 더할 수 없이 고조되고 있었다.

그 모습을 지켜보던 초롱은 말없이 놀란 숨을 들이켰다. 아무리 당황한 표정을 감추려 노력해 봐도 얼굴로 뻗치는 뜨거운 기운과 놀라 벌어지는 입까지 막을 수는 없었다.

— 사모님, 존경합니다. 힘이 되는 응원은 바로 이런 것이다! 라는 걸 직접 보여 주신 우리 사모님께 큰 박수 부탁드립니다.

산은 아낌없는 박수 소리에 저 역시 미소로 박수를 보태며 옆에 선 초롱을 바라보았다. 발그스름하게 상기된 얼굴에 엷은 미소가 스쳤지만 수심이 가득하다는 것쯤은 굳이 묻지 않아도 충분히 알 수 있었다.

저 조그만 머릿속이 지금 얼마나 복잡하고 정신없을까, 생각하며 초롱을 호명하는 정훈의 마이크를 빌렸다.

— 저는 체력이면 체력, 지구력이면 지구력. 부족한 것이 없기에 응원을 받지 않아도 충분히 힘이 납니다만, 제 옆에 선 초롱 씨는 그렇지 않은 것 같아서요. 오늘 많이 당황하기도 했고, 지금도 많이 떨고 있는 것 같아서 응원은 제가 초롱 씨에게 해 주고 싶은데 괜찮겠습니까?

"꺅~!"

"어머! 웬일이야!"

"돼요. 돼! 다 돼!"

"멋있다!"

"역시 하이산!"

"하고 싶은 거 다 해요!"

박수는 말할 것도 없이, 산의 박력에 반해 버린 모두가 그에게 응원의 함성을 보내고 있었다. 그들의 호응에 힘입어 산이 초롱을 향해 몸을 돌렸다. 가득이나 앳된 얼굴이 발그레하게 달아올라 더 어리고 여리게만 보였다.

"괜찮아?"

"네. 괜찮아요. 허리 다치지 않게 조심해요. 괜히 무리하지 말고."

"풋. 내 걱정은 안 해도 돼. 너나 꼭 잘 안고 있어. 떨어지지 않게. 알았어?"

산은 재빨리 말을 마치며 고개를 끄덕이는 초롱의 얼굴을 감싸고 그녀의 둥근 이마에 입술을 눌렀다. 다시금 까마귀 떼가 머리 위에서 맴도는 듯한 깍깍대는 소리가 울려 퍼졌다. 산은 부끄러운 듯 수줍은 미소를 보이는 초롱의 모습을 만족스럽게 바라보며 환하게 웃었다.

다시 게임이 진행되었다. 정훈의 구령에 맞춰 두 커플이 앉았다 일어서기를 반복하고 있었다. 초반 호기롭게 시작한, 우열을 가리기 힘들었던 두 커플은 일곱 개를 넘어서면서부터 조금씩 모습이 달라지기 시작했다.

초롱을 안고서도 흔들림 없이 앉았다 일어서는, 아직도 미소를 보일 만큼 체력적인 여유가 남은 듯한 산과 달리 우현의 얼굴에서 미소는 사라진 지 오래요, 턱까지 차오른 호흡은 흐트러졌다. 일어설 때마다 용을 쓰는 듯 앓는 소리가 들려오더니 급기야 아내와 협상하는 목소리까지 들려오고 있었다.

산과 초롱은 앉았다 일어날 때마다 옆에서 들려오는 대화 내용에 저도 모르게 귀를 기울이게 되었다.

"여보, 그만하자. 이만하면 나도 할 만큼 했다."

우현이 앉으며 한마디를 하면,

"안 돼. 지금 당신 너무 잘하고 있어. 그러니까 조금만 더 버텨. 안 그럼 재미없을 줄 알아!"

그의 아내가 당근과 채찍을 들이밀었다.

"끙차. 여보. 나, 셰프야. 내 팔과 손이 생명인데, 그깟 상품이 뭐라고. 그냥 포기해."

우현이 젖 먹던 힘까지 끌어모아 힘겹게 일어나며 애처롭게 하는 말에도,

"포기가 뭐야?! 당신은 할 수 있어. 우리가 이길 거야. 촉이 온다고."

그의 아내는 좀처럼 희망의 끈을 손에서 놓지 못하고 남편을 응원했다.

"허억. 나 죽어. 나 죽는다고. 다리가 봄날 개나리처럼 흔들려. 됐고, 다음번에는 당신 던질지도 몰라."

급기야 우현이 애걸복걸하며 협박도 서슴지 않았으나,

"던지기만 해?! 개나리가 얼마나 생명력이 강한데! 한 번만 더 해 보자. 대표님도 곧 힘이 빠질 거야."

그의 아내를 설득하기에는 역부족인 듯했다. 단상 아래에서 구경하고 있는 사람들은 절대 들을 수 없는, 하지만 바로 옆에서 함께 게임에 참여하고 있는 자신들로서는 듣지 않으려야 듣지 않을 수 없는 부부의 대화에 웃지 않기 위해 안간힘을 써야 했다.

다시 구령에 따라 자리에 앉는데, 아니나 다를까 또다시 그들의 대화가 귓가로 날아들었다.

"으억. 대표님 힘 빠질 때까지 기다려? 지금도 저렇게 쌩쌩한데? 말도 안 되는 소리. 뜨헉. 그 전에 내 팔이나 내 똥꼬가 먼저 빠질 것 같아. 살려 줘."

"푸하하하하하."

"큭하하하하하."

결국 산은 참고 참았던 웃음이 터지며 초롱을 안은 채 자리에 주저앉아 버리고 말았다.

방금까지 고통스레 신음하며 용을 쓰던 우현과 그의 아내가 벌떡 일어나 승리의 기쁨을 만끽하는 사이, 산과 초롱은 자리에서 일어날 생각도 하지 못하고 서로를 끌어안은 채 미친 듯이 웃어 댔다.

산의 우승을 당연하게 생각했던 사람들은, 힘이 남아도는 듯 여유 만만하던 사람이 갑자기 왜 저렇게 주저앉아 정신없이 웃고 있는지 알 수가 없었다. 그저 산과 초롱이 정신없이 웃는 모습을 바라보며, 사랑스레 어우러진 호탕하고 맑은 웃음소리를 듣는 것만으로 행복 바이러스가 전파되는지 모두 따라서 박장대소했다.

겨우 웃음을 진정시킨 산이 자리에서 일어나며 초롱의 손을 잡아 일으켜 세웠다. 이쯤 되면 사회자가 다가와 상황 정리를 해 줘야 하는데, 지금까지 계속해서 주위에 맴돌며 구령을 하던 사회자가 나타나지 않았다.

산이 의아해하며 주위를 빠르게 훑어보는데, 바로 제 뒤편에서 고개를 숙인 채 말없이 등을 들썩거리고 있는 모습으로 보아, 그 역시 우현과 그의 아내가 티격태격하는 소리를 듣고 있었음을 알 수 있었다. 그런 정훈의 모습에 다시금 웃음이 비집고 나오는 산과 초롱이었다.

간신히 웃음을 진정시킨 정훈이 마이크를 잡았다.

— 풉. 흠. 하…… 우선 우승하신 사장님 부부를 향해 큰 박수 부탁드립니다. 아울러 뜻하지 않게 웃음을 유발하게 된 사장님 부부에 대항해 끝까지 최선을 다해 주신 대표님 커플에도 힘찬 박수 부탁드립니다.

정훈의 말에 비로소 우현은 자신들의 대화를 대표님 커플과 사회자가 다 들었음을 눈치채고서 면구스러움에 얼굴을 붉혔다.

단상에서 내려오자마자 우현이 산에게 다가와 본의 아니게 죄송하게 되었다 사과를 했고, 산은 더없이 정당한 게임이었다며 손사래를 쳤다. 오히려 덕분에 즐거운 시간을 보낼 수 있었다 겸손하게 말하는 산에게 고맙다며 레스토랑으로 이산 커플을 초대하고서야 홀가분한 마음으로 자신의 캠핑카로 향하는 우현이었다.

모든 이벤트를 마친 후 저녁 시간이 되어 이산 코리아 지원본부 직원들이 한자리에 모여 앉았다.

"대표님, 초롱 씨하고 대체 언제부터 사귄 거예요?"

"어떻게 이렇게 감쪽같이 속일 수가 있어요?!"

"그러게, 너무했어요."

"초롱 씨, 우리가 뭐 실수한 건 없지?"

"야, 초롱 씨 그런 사람 아니야. 이제 와 말이지만 초롱 씨는 대표님 얘기만 나와도 은근슬쩍 대화에서 빠져나갔던 것 같아. 안 그래?"

"하긴, 갑자기 자리를 뜰 때가 있었지."

십여 명의 직원과 둘러앉아 함께 식사하며 직원들이 산과 초롱을 향해 불평을 쏟아 내는 소리에 산이 웃으며 장단을 맞춰 주었다.

"듣다 보니 뒤에서 내 욕을 그렇게 많이 했나 보네요?"

"욕은요, 무슨. 늘 칭찬했을걸요. 아마도? 어쨌든 대표님이 화두에 오를 때면 당연히 대표님을 가장 많이 대면하는 초롱 씨 생각이 났고, 그래서 초롱 씨한테 뭘 물어보려고 하면 이상하게 자리를 비우고 없더라고요. 그때는 초롱 씨가 대표님 때문에 힘든 일이 있나? 그래서 자리를 피하나 싶었는데, 이제 보니 전혀 다른 스토리라 당황스러워서 그러죠."

산이 알 만하다는 듯 고개를 끄덕이며 말을 꺼냈다.

"우리 초롱이가 워낙 조심성이 많아서."

"우리 초롱이래. 어우, 적응 안 돼."

산이 말을 마치기도 전에 부러움이 뒤섞인 야유가 흘러나왔다. 초롱은 민망함에 고개를 설레설레하며 그의 말을 정정하기 위해 입을 열었다.

"조심성이 많다기보다, 나중에…… 대표님과 만나는 걸 알게 됐을 때, 저에게 대표님에 관한 얘기를 꺼낸 걸 후회하거나 불편하게 생각할 수도 있을 것 같아서 일부러 대표님 얘기가 나올 때는 빠져 드린 거예요. 그리고 혹시나 해서 말씀드려요. 대표님 앞에서 회사나 직원들에 관한 얘기는 단 한 번도 한 적 없어요."

"그건 맞습니다. 초롱이 생각이 깊은 사람이라 그런 경솔한 행동은 하지 않습니다."

거들지 않아도 될 말을 거들고 나서는 그를 향해 초롱이 매서운 시선을 던졌고, 그런 사소한 모습조차 빠짐없이 지켜보며 호들갑스러운 반응을 보이는 직원들의 모습에 초롱은 밥이 코로 들어가는지 입으로 들어가는지도 알 수 없었다.

산은 식사를 마치고 한동안 직원들에게 붙들려 있다 마침 저를 찾아온 고객들에 이끌려 초롱에게 미안한 시선을 보내며 자리를 벗어나게 되었다. 덕분에 그 자리를 대신한 초롱은 끊이지 않는 질문에 시달려야 했다.

그나마도 수완이 적당히 조절해 주었기에 망정이지 그마저 없었다면 더 오래 시달려야 할지도 모를 일이었다. 그저 평이하고 안전 지향적인 초롱의 대답이 심심했던지 직원들의 호기심도 점차 시들해졌고, 그제야 초롱은 무리에서 벗어나 혼자만의 시간을 가질 수 있었다.

산과 수완은 레스토랑 오너 셰프를 비롯해 헬스맨과 고객들의 초대에 마다하지 않고 가능한 많은 고객을 만나 대화를 나누며 다양한 의견을 교환하고 있었다. 고객과 함께하는 정기 모임은 감사 이벤트를 겸한, 비슷한 취미를 가진 사람들이 모여 친목을 도모하는 것에 가장 큰 의미가 있었다.

그 외에도 자신의 회사에서 캠핑카나 카라반을 구매한 소유주가 한자리에 모인 만큼 차량을 사용하거나 회사에 드나들면서 불편한 점은 없었는지, 있다면 개선 또는 보완할 사항에 대해 파악하기에 더없이 좋은 기회였다.

산은 점점 피로감이 몰려왔지만 가능한 많은 내용을 듣기 위해 대화에 집중하려 노력했다. 잠시 후 멀리서 캠핑장 에티켓 관련 내용과 소등 안내 방송이 들리는 걸 보니 벌써 밤 10시를 훌쩍 넘긴 모양이었다.

산은 비록 캠핑장을 전세 내기는 했으나, 캠핑 에티켓을 누구보다 중요시하는 데다 많은 사람이 모인 만큼 타인을 위한 배려가 필수였기에 대화를 조용히 마무리 지었다.

"벌써 시간이 이렇게 됐습니다. 이제 주무시는 분도 있을 듯하니 오늘은 여기까지 해야겠습니다."

"그럽시다. 오늘 하 대표 덕분에 즐거웠습니다."

"저야말로 사장님 덕분에 즐거운 시간 보냈습니다. 그럼 편안한 밤 보내십시오."

산은 마지막으로 대화를 나눈 고객과 인사를 하고서 수완과 함께 캠핑장을 한 바퀴 둘러보며 긴 하루를 마무리하고 있었다.

"너 오늘 술 좀 하더라. 소주는 즐기지도 않으면서 얼마나 마신 거야?"

"축하주라는데 마다할 수가 있나. 평소보다 배는 더 마신 것 같아."

원래 소주는 즐기지 않는 편이었다. 보통 때였다면 분위기를 맞춰 주는 정도에서 그쳤을 텐데, 오늘은 기쁜 소식이 있어서인지 짓궂은 고객들의 성화에 기분이 좋아 평소보다 많이 마시기는 했다.

"그런데도 말짱하다 아주. 오늘은 정말 너 취한 모습 한번 보나 싶었는데, 아깝다 아까워."

"가만 보면 형도 참 싱거워. 내가 지금 겉보기에는 멀쩡해 보여도 사실 취기가 많이 오르기는 했어. 이렇게 정신이 흐렸던 적이 또 있었나 싶거든."

수완은 연신 맑은 공기를 들이켰다 일시에 내뿜으며 술기운을 몰아내려는 산의 모습에 피식 웃었다.

"네 간이 부럽다."

"뭐?"

"튼튼하고 건강한 너의 간이 부럽다고. 해독을 잘하니까 이렇게 멀쩡한 거 아니겠어?"

"그러니까 형도 평소에 간한테 잘해. 나 봐. 평소에 잘 보여 두니까 이렇게 무리를 해도 거뜬히 버텨 주잖아?"

"아. 네. 그러세요. 재미없는 자식. 그나저나 초롱 씨한테 전화 안 해도 돼? 아까 너 먼저 나가고 많이 시달렸는데. 연락 없었어?"

산은 보지 않아도 얼마나 들들 볶였는지 알 것 같아 씩 웃었다. 그렇게 시달렸으면 모임을 끝낸 후에라도 전화나 문자로 불평 한마디 할 법도 한데, 아무 런 연락도 없었다.

"어. 없어."

"초롱 씨도 참. 사람이 무던하다고 해야 하나?"

"워낙 생각이 많아서 그렇지 뭐. 나 바쁜 거 아니까 신경 쓸까 봐 아무 말도 안 했을 거야."

그저 그녀의 얘기를 하는 것만으로도 만면에 빛이 드는 듯 환하게 밝아지는 산을 보며 수완이 못 말린다는 듯 고개를 설레설레 흔들었다.

"다들 마무리하는 분위기네. 우리도 이제 들어가서 좀 쉬자."

"형 먼저 들어가. 나는 술 좀 깨고 들어갈게."

"그래. 너무 오래 있지는 말고, 바람 좀 쐬고 와라."

산은 수완이 카라반으로 가는 모습을 보고서 캠핑장 끝 쪽에 있는 산책로로 발길을 돌렸다. 늦은 시간이라 그런지 산책로에는 아무도 없었다. 드문드문 가 로등이 비추는 산책로는 길가에 이름 모를 수풀이 우거지고 색색의 예쁜 꽃들 이 듬성듬성 피어 있었다.

산은 산책로 입구에 멈춰 선 채 잠시 망설이다 휴대폰을 들어 초롱에게 짧은 문자를 보냈다.

「자?」

그녀가 잠들었기를 바라며 그 자리에서 서성이는데 이내 문자 알림음이 들 렸다.

「아니요.」

차라리 답 문자가 오지 않았다면 이렇게 망설일 일도 없었을 텐데. 정신이 멀쩡하다고 해도 취기가 올라 몸이 뜨거웠고, 입을 열어 호흡할 때마다 강한 알코올 향이 맑은 공기 사이로 흩어졌다.

술에 취해 흐트러진 모습을 보여 주고 싶지 않지만 알코올이 정신을 잔뜩 흐 리게 만드는 듯 이성적인 사고보다 감성이 앞섰고, 산은 지금 당장 초롱이 보고 싶은 마음을 누르지 못해 다시 문자를 보냈다.

「잠시 나올 수 있겠어? 산책로에 있어.」

「네.」

너무나 간결한 답변에 피식 웃음이 새어 나왔다.

「올 때 생수 한 병만 가지고 와 줄래? 술을 많이 마셨더니 목이 말라.」

「네.」

변함없는 단답형에 웃음이 터졌다. 문자에서 그녀가 보이는 듯했다. 어찌나 군더더기 하나 없이 깔끔한지.

산책로에서 초롱이 걸어올 방향을 향해 왔다 갔다 서성이는데 심장이 두근두근 마중 나오고 있었다. 아직 그녀의 머리카락 한 올, 옷자락 하나 보이지 않는데, 단지 그녀가 곧 나타날 거라는 기대만으로도 심장이 먼저 반응을 보이고 있었다.

얼마 지나지 않아 작은 생수 한 병을 가슴에 꼭 안고서, 머리를 동그랗게 말아 올린 깜찍한 모습으로 주위를 두리번거리며 다가오는 그녀의 모습이 산의 눈에 가득 들어왔다.

'너는 왜 이렇게 예쁘고 사랑스러울까, 왜 이렇게 사람을 꼼작도 할 수 없게 만들까.'

당장 달려가 안고 싶은 걸 참느라 애써야 했다.

산책로 입구에서 서성이는 그를 발견한 초롱의 입이 활짝 열렸다. 살금살금 다가가 깜짝 놀라게 해 줄까, 잠시 했던 고민이 무색하게 이내 뒤로 돌아선 그에게 들키고 말았다.

이쪽을 향해 돌아선 그는 양손을 바지 주머니에 찔러 넣은 채 미동도 없이 가만히 서 있었다. 여느 때 같으면 장난스레 팔을 펼칠 만도 한데, 무심한 듯 표정 없는 얼굴로 자신을 뚫어져라 쳐다보는 그에게 향해 가며 혹시 무슨 좋지 않은 일이라도 있었나, 걱정되는 마음에 초롱의 발걸음이 빨라졌다.

그에게 가까이 다가갈수록 강한 알코올 향이 바람결에 날아와 후각을 자극했다. 술을 많이 마신 탓인지 가로등 불빛 때문인지, 그의 얼굴에 열기가 피어올라 있었다.

"술 많이 마셨어요?"

한 걸음 앞까지 성큼 다가서도 말없이 자신을 내려다보기만 하는 그의 모습이 생경하게 느껴졌다. 초롱은 가만히 고개를 끄덕이는 그를 보며 얼른 가슴에 품고 있던 생수 뚜껑을 열어 그에게 건넸다.

"많이 힘들었겠다. 얼른 물부터 좀 마셔요."

걱정스레 하는 말에 산의 입가에 엷은 미소가 스치나 싶더니 이내 생수를 받아 든 그가 천천히 물을 삼켰다. 얼굴에 뭐가 묻기라도 했을까, 초롱은 물을 마시면서도 자신에게서 눈을 떼지 않는 그의 짙은 눈빛을 마주하며 이상하게 입술이 바짝 말라 왔다.

생수를 반 이상 마시고서 마지막으로 한 모금을 머금어 느릿느릿 우물거리면서도 그 눈길은 여전히 그녀에게 고정되어 있었다. 초롱은 영문도 모른 채 그의 눈을 마주하다 딴청을 피우다, 또다시 그의 눈을 마주하며 결국 궁금함을 참지 못해 물었다.

"제 얼굴에 뭐 묻었어요?"

머금었던 물을 꿀꺽 삼키는 그에게서 탁한 목소리가 들려왔다.

"아니……. 우리 잠시 걸을까?"

"네."

확실히 평소의 그와 많이 달랐다. 술에 취하면 말수가 줄어드는 편인가 보다. 생각하며 천천히 앞서가는 그의 뒤에서 속도를 맞추는데 주머니에 있던 그의 한 손이 말없이 불쑥 뒤로 내밀어졌다.

초롱이 빙그레 미소 지으며 그의 손을 살포시 마주 잡았고, 강한 힘에 이끌려 어느새 그의 옆에 바짝 다가가 있었다. 한참이나 아무런 말 없이 앞만 주시하며 걷기만 하는 그가 어색했지만, 엄지손가락으로 제 손등을 계속해서 어루만지는 손길에 어색함은 바람과 함께 날려 보냈다.

사람들로부터 들려오는 소음이 멀어져 가는 조용한 산책로에는 사스락거리는 풀 바람 소리와 맑고 고운 새소리만이 은은하게 울려 퍼지고 있었다. 온몸을 부드럽게 어루만지는 신선한 공기, 바람에 스치는 자연의 향기와 더불어 그만의 체향이 코끝으로 전해 오며 초롱의 마음에 잔잔한 파동이 일었다. 이따금 크게 숨을 내쉬는 그에게서 뿜어져 나오는 강한 알코올 향마저 아찔하게 느껴져 난감했다.

산은 뜨거운 기운과 함께 치솟는 욕구를 억제하기 위해 내면과 치열한 전쟁을 벌이고 있었다. 그리 멀지 않은 곳에 수많은 고객과 직원들이 머물고 있다는 사실과 이곳이 누구나 드나들 수 있는 산책로라는 것을 끊임없이 머릿속에 주입했다.

그런데도 제 손을 꼭 잡은 부드럽고 여린 그녀의 감촉과 함께 바람에 넘나드는 그녀만의 은은한 향기에 도취되어 저도 모르게 쾌락을 향해 가는 상상의 나래를 좀처럼 접을 수가 없었다.

그녀의 입술이 얼마나 달콤한지, 그녀의 몸이 얼마나 부드러운지, 사랑을 나눌 때 흘러나오는 신음은 얼마나 감미롭고 그녀의 조심스러운 손길은 또 얼마나 사랑스러운지. 머릿속에 어지러이 그려지는 모습들을 몰아내려 애쓰는데 그녀의 음성이 혼미한 정신을 파고들었다.

"이산 씨, 피곤할 텐데 그만 들어가서 좀 쉬는 게 어때요? 내일이면 숙취로 고생하게 될까 봐 걱정돼요."

달콤하게 귓가로 흘러들어 이성을 마비시키는 그녀의 음성에 당장이라도 그녀를 안고 싶어 온몸이 아려 오는데 때마침 거짓말처럼 산책로 가로등이 소등되었고, 동시에 산의 자제력 또한 어둠 속으로 빨려 들어가고 말았다.

산은 잡고 있던 그녀의 손을 놓고서 초롱의 허리를 한쪽 팔로 강하게 끌어안으며 놀랐는지 숨을 급히 들이켜는 그녀의 입술을 다급하게 찾았다. 섣불리 물러서지 못하도록 그녀의 가녀린 목을 한 손으로 감쌌다. 떨리는 호흡이 흩어지는 그녀의 붉은 입술을 삼키며 거침없이 파고들어 부드러운 촉감을 마음껏 탐

닉했다.

어둠이 짙게 깔린 고요한 공간, 두 사람이 만들어 내는 농밀한 사랑의 화음이 촉촉하게 귓가를 적시며 온몸으로 빠르게 번져 가는 짜릿한 쾌감에 신음이 절로 나왔다. 머릿속으로는 그만 멈춰야지, 이제 멈춰야지 이성을 다그치는데, 그녀만의 온기와 향기에 흠뻑 취해 도무지 손을 뗄 수도, 그녀에게서 떨어질 수도 없어 미칠 것 같았다.

제 등을 따스하게 감싸 오는 여린 손의 움직임, 자신에게 뒤지지 않을 열정으로 키스를 되돌리는 달콤한 입술, 뜨겁게 흩어지는 호흡, 가쁘게 오르내리는 가슴의 감촉. 어느 것 하나 사랑스럽지 않은 구석이 없어 끊임없이 산의 절제력을 시험에 들게 했다.

조금만 더, 조금만 더.

어느새 뜨거운 입술은 달콤한 향이 은은하게 번지는 초롱의 가늘고 긴 목으로 향했다. 칠흑 같은 어둠도 희고 고운 초롱의 목을 가리지 못했다. 부드러운 목선을 따라 거침없이 입술을 스쳐 내렸고, 희미한 신음과 함께 뒤로 젖혀지는 초롱의 목을 정신없이 배회하며 향기를 흠뻑 빨아들였다.

그녀의 허리를 더 강하게 끌어안아 몸을 밀착시키며, 저도 모르게 허리를 안고 있던 손이 초롱의 상의를 파고들었다. 실크처럼 부드러운 피부의 촉감에 미처 감추지 못한 짐승 같은 거친 신음이 새어 나오는 순간 정신이 번쩍 들었다.

실낱같은 자제력을 간신히 끌어모아 겨우 초롱의 몸에서 입술을 떨어트리고서 그녀의 이마에 제 이마를 갖다 대며 격정으로 흐트러진 호흡을 가다듬었다.

"하. 하……. 이럴까 봐. 이렇게 미친놈처럼 정신 못 차릴까 봐. 부르지 않으려고 했는데."

초롱은 자책이 짙게 깔린 그의 음성에 안타까워하며 욕망으로 단단해진 그의 품을 파고들어 꼭 끌어안았다.

"난 괜찮아요. 그러니까 그렇게 자책하지 않아도 돼요. 여기 아무도 없는데 뭘. 그럴 수 있지. 나도, 나도 그러고 싶은데 뭐. 그러니까."

가만히 초롱의 말을 듣던 산이 앓는 소리를 내더니 다시 초롱의 입술을 찾았다. 많이 당황스러울 텐데 다 이해한다고, 그러니까 괜찮다고. 마치 달래듯 등을 어루만져 주는 여린 손길에 넘치는 마음을 주체할 수 없었다. 초롱의 사랑을 갈급하는 입술은 쉼 없이 그녀의 호흡을 삼키고 또 삼켰다.

산책로 끝자락에 위치한 정자에 산과 초롱이 나란히 앉았다. 칠흑같이 어두운, 불빛 하나 없는 곳도 그와 함께 있으니 하나도 무섭게 느껴지지 않았다. 어느새 어둠에 적응된 눈에 그의 모습이 선명하게 들어왔다.

초롱은 가만히 제 어깨를 감싸 안아 주는 그를 향해 싱긋 웃어 보이고선 그의 어깨에 살포시 머리를 기댔다. 천천히 팔을 쓰다듬던 그에게서 듣기 좋은 부드러운 음성이 흘러나왔다.

"오늘 힘들지 않았어?"

"제가 힘들 게 뭐가 있어요? 조금 민망했던 것 빼고는 괜찮았어요. 아니…… 꽤. 즐거웠어요. 그나저나 몸은 괜찮아요? 오늘 너무 무리한 거 아니에요?"

"겨우 그 정도로? 끄떡없어. 아까 그렇게 웃음이 터지지 않았다면 무조건 내가 이겼을 텐데."

"못 말려. 이겨서 뭐 해요? 어차피 상품도 다른 사람 줄 거였으면서."

2등 상품이었던 릴랙스 체어 세트는 3등에게 고스란히 돌아갔다. 애당초 받을 생각조차 없었다는 건 굳이 묻지 않아도 알 수 있었다.

"서운해?"

"전혀요. 당연히 그렇게 할 거라 예상했어요. 만약 그러지 않았다면 나라도 상품을 넘겼을 거예요. 아무리 공정하게 게임을 한다 해도, 회사 대표가 상품을 받아 가는 건 모양새가 좀 예쁘지 않은 것 같아요."

초롱의 말에 산이 낮은 웃음을 터트렸다. 말하지 않아도 이해해 주는 초롱이 예뻤다.

"속은 좀 어때요? 오늘 술 많이 마신 것 같은데?"

"평소보다 많이 마시긴 했지. 기분이 너무 좋아서 술이 물처럼 술술 들어가더라고. 이초롱 혼삿길 막고 보니 그렇게 기쁠 수가 없더라."

"은근히 심보 고약해. 그런데요. 참 세상 물정에 어두우시네. 요즘 세상에 누가 이 정도로 혼삿길이 막힌대요?"

예상치 못한 초롱의 반응에 산의 입이 떡 벌어졌다.

"뭐야?! 이초롱 안 되겠네. 남자 하나를 이렇게 바보로 만들어 놨으면 책임져야지. 벌써 도망갈 궁리 하는 거야?"

"에이. 또 무슨 말을 그렇게 받아요? 그리고 누가 바보라는 거예요? 살다 살다 이렇게 박식한 바보는 처음 봐요."

"바보지. 이초롱밖에 모르는 바보. 이초롱이 웃으면 같이 헤벌쭉 웃고, 이초롱이 울면 덩달아 슬프고, 시종일관 이초롱만 찾고, 이초롱만 보고. 이거 완전 바보 아냐?"

"······."

듣고 보니 바보도 이런 바보가 없었다. 그런데 그의 말에 따르면 자신 또한 그와 한 치도 다를 바 없는 바보였다. 초롱은 너무나 사랑스러운 바보의 옆얼굴을 물끄러미 바라보다 가만히 다가가 볼에 입을 맞추며 조용히 말을 꺼냈다.

"그럼 우리 둘 다 바보네. 고마워요. 천하에 둘도 없는 이런 바보도 예쁘다고 사랑해 줘서."

앞을 보던 산이 천천히 얼굴을 초롱에게로 돌렸다. 자신과 눈을 마주하는 반짝반짝 빛나는 예쁜 눈을 들여다보며 그녀의 얼굴을 두 손으로 소중히 감싸고서 싱긋 미소 지었다. 양손에 쏙 들어오는 조막만 한 얼굴을 엄지로 연신 어루만지며 사랑스러운 얼굴을 보고 또 보고 눈에 꾹꾹 눌러 담았다. 정신을 흐리게 만들던 알코올 기운이 다 날아갔는지 시간이 갈수록 의식이 맑아지고 있었다.

산은 술에 취했다는 그럴듯한 핑계로 취중 아닌 취중 진담을 시작했다.

"초롱아."

"네."

"빨리 와라. 시집."

"……."

"빨리 와. 내가 다 알아서 할 테니까 주변 상황 신경 쓰지 말고, 그냥 빨리 와 줘."

"……."

"아침에 눈떴을 때 해가 아닌 네가 하루를 먼저 밝혀 줬으면 좋겠어. 네가 내 태양 해라."

아니. 이미 태양인가 보다. 몸도 마음도 온통 너를 중심으로 내 세계가 돌아가는 걸 보면 말이야. 너를 떠올리면 한없이 마음이 따뜻해지고 너그러워져. 네가 내 옆에 없다는 건 상상만으로도 온몸이 얼어붙을 것 같아. 그러니 이미 넌 나에게 있어 태양이었던 거야.

"결혼. 빨리 하자. 하루라도 더 빨리, 한시라도 더 많이 사랑할 수 있게. 빨리 하자. 결혼. 응?"

십사리 대답이 들려오지 않는 초롱의 얼굴을 초조하게 어루만지며, 간절한 진심을 눈빛에 가득 담아 조용히 건넸다.

"……바보 맞네. 나에게는 이산 씨가 태양인데. 같은 하늘 아래 태양이 두 개일 수는 없어요. 그러니까 이산 씨는…… 우주 해요."

"……."

"왜 말이 없어요? 그사이 벌써 마음 바뀐 거예요?"

그의 입가에 가만히 번지던 미소가 더 커지며 가지런한 치아가 고루 드러났다. 누가 내 태양 아니랄까 봐 어쩜 이렇게나 밝은지. 눈부신 찰나의 모습을 영원히 간직하고 싶은데 웬일인지 그의 얼굴이 물결치듯 어른거렸다. 초롱은 얼른 눈을 감았다 다시 떴다. 눈에 고여 있던 눈물이 사라지자 그제야 그의 눈부신 얼굴이 선명하게 시야에 담겼다.

"너를 처음 마음에 담은 그 순간부터 지금까지 단 한 번도 내 마음은 바뀐 적 없어."

"혹시 지금 취한 거예요?"

그럴 리 없겠지만 초롱은 확인이 필요했고,

"아니…… 어. 취하긴 했지, 너한테. 다시 말해 줄래? 정확하게."

그럴 리 없겠지만 산은 확답이 필요했다.

"……해요. 결혼. 이산 씨가 원하는 만큼…… 빨리."

그의 표정이 다채로웠다. 입술이 물결치듯 움직이는가 하면, 눈빛은 심각해 보였고, 무슨 확신이 더 필요해서인지 눈동자는 집요하게 자신에게 고정되어 있었다. 미간에 주름이 그려지다가도 이내 다시 활짝 펴졌고, 깨물었던 입술을 튕겨 내더니 말할 수 없이 환한 표정으로 웃어 보였다.

수많은 감정이 스쳐 가는 그의 사랑스러운 얼굴을 하나도 빠짐없이 마음에 새기며 참다못한 초롱이 먼저 다가가 그의 입술을 훔쳤다. 마치 기다렸다는 듯 그의 입술이 따듯하게 초롱을 반겼다.

새털처럼 가볍고 부드럽게 시작된 입맞춤은 얼마 지나지 않아 누가 먼저랄 것도 없이 서로의 뜨거운 입을 열어 파고드는 농밀한 키스로 바뀌어 있었다. 마음을 주고받는 친밀한 키스의 농도는 우열을 가릴 수 없을 만큼 열렬했고, 두 사람 중 누구도 빠르게 흘러가는 시간을 생각할 여유는 없었다.

산과 초롱은 한참이 지난 후에야 정자를 벗어나 캠핑장으로 돌아왔다. 당당하게 손을 마주 잡고서 모두 잠든 캠핑장을 유유히 돌아다니는 두 사람의 얼굴에 개구쟁이 같은 미소가 떠올랐다.

"잘 자."

"잘 자요."

여태 붙어 있었음에도 멀어지는 손끝에 아쉬움이 주렁주렁 매달렸다.

4

다음 날. 이산 코리아 직원들은 행사 마지막 날을 아름답게 마무리하기 위해 각자 맡은 일을 시작하며 분주한 아침을 열었다. 일부 직원들은 아이들이 즐길 수 있는 다양한 체험 부스를, 또 일부 직원들은 캠핑 요리 열전을 위한 준비를 하고 있었다.

산은 해가 뜨기도 전에 일어나 산책을 하고서 캠핑장을 돌아다니며 사람들과 인사를 주고받았다. 각자 맡은 업무에 충실한 직원들을 바라보며 순조롭게 진행되는 행사 내용에 흡족한 미소를 띠는데 어디선가 청명한 웃음소리와 함께 향기로운 꽃 내음이 날아들었다.

무심코 시선을 돌린 곳에 초롱이 있었고, 눈과 입이 절로 부드럽게 휘어 버렸다. 산은 마치 자석에 이끌리듯 그곳으로 발걸음을 옮겼다.

총 다섯 개의 체험 부스 중 네 개는 이산 코리아의 오너스이면서 각 분야의 전문가이기도 한 고객들의 재능 기부로 마련된 체험 부스였고, 마지막 한 개는 초롱이 맡아 하게 된 부스였다.

고객들이 많은 체험 부스에서는 부채 만들기나 스트링 아트, 캘리그래피, 페이스페인팅 등 아이들이 흥미를 느끼고 즐겁게 참여할 만한 내용으로 가득했으나, 웬일인지 아이들은 초롱이 맡은 향초를 만드는 부스로 가장 많이 모여들었고, 뭐가 그리 즐거운지 웃음이 끊이지 않고 있었다.

산이 체험 부스에 다다르자 해맑은 아이들이 까르르 웃으며 한마디씩 했다.

"누나 남자 친구 왔어요!"

"올~ 대박."

"킥킥킥."

아이들이 되레 더 흥분한 모습으로 두 사람을 바쁘게 번갈아 바라보며 웃음을 멈추지 않았다. 산은 그런 귀여운 아이들의 머리를 개구쟁이같이 흩트려 놓고는 허리 숙여 체험 부스 테이블에 손을 짚고서 초롱을 향해 은근한 눈길을 보냈다.

"여기가 제일 인기가 많은데?"

"그러게요. 아이들이 초 만드는 데 이렇게 관심이 많을 줄 몰랐네요."

초롱과 겨우 한마디 주고받는데 호기심 어린 아이들의 질문이 날아들었다.

"사장님, 누나가 왜 좋아요?"

"야! 너는 그런 걸 질문이라고 하냐? 당연히 예쁘니까 좋아하지."

"쳇, 웃기고 있네. 얼굴 뜯어먹고 사냐?"

"우하하하하하."

"우리 아빠가 그러는데 여자는 얼굴만 예쁘면 되고, 남자는 키만 크면 된다고 했어."

"헐~ 그럼 우리 엄마 아빠는 어떻게 결혼했대? 얼굴도 뭐, 키도. 음……."

그때까지도 숨죽여 웃으며 아이들의 대화를 듣던 산과 초롱이 결국 참지 못하고 크게 웃음을 터트렸다. 아이들도 따라서 깔깔거리며 웃느라 어느새 체험 부스 안은 웃음바다가 되고 말았다.

한참을 웃던 산이 아이들을 향해 물었다.

"그런데 말이야.'초롱이한테 누나라고 부르면서 나는 왜 사장님이야? 형이라고 불러."

"헉. 형은 너무 갔어요. 삼촌이면 또 모를까."

꾸밈없는 아이의 말에 산이 고개를 절레절레하는데, 아까 했던 질문을 다시 하는 아이들이었다.

"누나가 왜 좋으냐고요."

"누나 어디가 좋아요?"

"진짜 예뻐서 좋아하는 거예요?"

"에이, 시시하네."

여전히 테이블에 손을 짚은 채 아이들의 질문을 담담하게 듣던 산이 초롱에게 시선을 고정하며 입을 열었다.

"음. 예뻐서 좋아하는 거 맞아. 얼굴이 예쁜 건 말할 필요도 없이, 생각도 마음도 하는 말과 행동도 빠짐없이 다 예쁘거든."

"우웩."

"으악. 오글거려."

"찐 사랑이네. 찐 사랑이야."

"좋~을 때다."

어린 나이답지 않은 아이들의 말에 놀라며 다시 웃음이 터져 버린 산과 초롱이었다.

캠핑 요리 열전으로 대미를 장식한 정기 모임이 막을 내렸다. 이산 코리아 직원들이 일렬로 모두 모여 하나둘 떠나가는 고객을 향해 손을 흔들어 보였다.

마지막 차량까지 캠핑장을 빠져나가자 직원들은 마치 약속이나 한 듯이 기쁘게 손뼉 치며 서로에게 인사를 건넸다.

"모두 수고하셨습니다."

"수고 많으셨어요."

"고생하셨습니다."

산은 이번에도 아무 사고 없이 무탈하게 모임을 마치게 되어 기쁜 마음에 환하게 웃으며 자리에 남은 직원들을 두루 둘러보았다. 홀가분한 표정으로 수고한 서로를 격려하는 직원들을 보며 산 역시 아낌없는 박수를 보냈다.

"자, 다들 고생 많았습니다. 덕분에 사고 없이 무사히 정기 모임 잘 마쳤습니다. 다음 주 중에 원하는 날로 대체 휴가 올리시고, 점심 자리 한번 마련하겠습니다."

박수로 화답하는 직원들을 향해 산이 환하게 웃으며 다시 말을 꺼냈다.

"오늘 일찍 들어가서 푹 잘 쉬어요."

"넵! 대표님, 수고 많으셨습니다."

인사를 마친 직원들은 각자 정리된 짐을 차에 싣고서 처음 캠핑장에 올 때와 같이 타고 왔던 차에 오르고 있었다. 차에 먼저 오른 수완이 차창을 내리고서 씩 웃으며 자신의 차를 함께 타고 왔던 초롱을 향해 큰 소리로 외쳤다.

"이초롱 씨는 애인 차 타고 와요. 우리 먼저 갑니다!"

수완의 말에 직원들의 장난스러운 말이 하나둘 보태졌다.

"누구는 좋겠다. 일도 하고 애인도 보고."

"임도 보고 뽕도 따고. 유후."

"부럽다."

"데이트 잘 해요!"

못 말린다는 듯 고개를 절레절레하는 초롱에게 성큼 다가온 산이 보란 듯이 초롱의 어깨를 한 팔로 감쌌다. 놀라 쳐다보는 초롱의 표정 뒤로 직원들의 야유가 쏟아졌다. 한바탕 떠들썩하게 야유하던 직원들의 차량까지 모두 캠핑장을 빠져나가자 비로소 산과 초롱 둘만 남게 되었다.

"공개하고 보니 이렇게 편한 걸 말이야. 얼마나 좋아? 아주 개운하다 개운해."

웃음을 감추지 못하는 산을 보고 피식 웃던 초롱이 한마디를 툭 던졌다.

"참 부러워요."

"뭐가?"

"대표님이라서요. 얼마나 좋을까, 집무실에 들어가면 아무 근심 걱정 없이 일에만 몰두할 수 있고."

당장 출근하면 넓은 사무실에서 직원들의 호기심 어린 시선을 오롯이 감당해야 하는 자신과 달리, 그는 집무실 들어가면 그만이니 새삼 그의 지위가 부러웠다.

"그렇게 부러우면 너도 내 집무실에 책상 하나 놔 줘?"

초롱은 웃기지도 않는 농담을 꺼내는 산을 밉지 않게 흘겨보았다.

"됐거든요. 이제 집무실 들어갈 때마다 얼마나 눈치가 보이겠어요?"

"눈치를 왜 봐? 일하는 걸 가지고 누가 뭐라 한다고."

"그러게요. 도둑이 제 발 저리는 거겠죠? 들어가는 순간부터 직원들이 어떤 상상의 나래를 펼치고 있을지 안 봐도 너무 훤하지 않아요?"

"그럼 그 상상의 나래들을 현실로 만들어 볼까? 어차피 오해받을 거, 하고 받으면 억울하지나 않지. 우리가 그동안 너무 건전했어. 네가 퇴사하기 전에 잊지 못할 추억을 만들어 주겠어."

산은 뜨악한 표정으로 저를 바라보는 초롱의 모습에 열없이 웃었다. 대체 무슨 상상을 하기에 얼굴이 서서히 달아오르는지.

"엉큼하네, 이초롱."

"제가 뭘요?"

"빨개지잖아. 얼굴도 귀도. 마치 집무실에서 사랑이라도 나누는 상상을 하는 얼굴이란 말이야."

126

초롱은 차마 아니라고 거짓말을 하지도 못하고 달아오른 얼굴을 숙이며 얼른 꽁지 빠지게 달아나기 바빴다. 산은 빠른 걸음으로 냅다 도망가는 초롱이 너무 귀여워서 함빡 웃으며 고개를 내저었다.

산은 초롱과 함께 차에 타고서 캠핑장을 천천히 한 바퀴 둘러보며 빠트리고 가는 건 없는지, 정리를 덜 하고 가지는 않는지 마지막으로 한 번 더 확인하고서야 캠핑장 출구로 향했다.

구불구불한 도로를 벗어나 국도로 차를 올리며 초롱이 좋아할 만한 클래식 음악을 틀어 주었다. 선곡이 마음에 드는지 싱긋 미소 짓는 초롱을 보고 마주 웃으며 말을 꺼냈다.

"수고 많이 했어. 아이들이 너를 너무 좋아하더라. 보는 내가 다 행복했어."

"그러게요. 아이들이 졸졸 따라다녀서 신기했어요. 재밌기도 하고. 아이들이 자연에서 많이 놀아 그런가? 하나같이 다 밝아서 좋았어요."

"그렇지? 나중에 우리도 아이 낳으면 그렇게 키우자."

초롱은 결혼도 빨리 하자더니, 이젠 아이까지 언급하며 무시로 세뇌를 시키는 듯한 그의 말에 소리 없이 가볍게 웃었다.

"네. 그래요. 가끔 이렇게 캠핑 와서 온종일 벌레나 곤충 잡으러 다니고, 흙바닥에 뒹굴며 먼지 뒤집어쓰고, 밤이면 모닥불에 불장난하고…… 좋죠."

"정말 좋은 뜻으로 하는 말 맞지?"

왠지 장난스럽게 들리는 초롱의 말에 산이 고개를 갸웃하며 되묻자 키득거리는 그녀의 웃음소리가 들려왔다.

"뭐. 살짝 농담이 가미된 진심? 보기 좋더라고요. 아이들하고 얘기하다 보니 학교에 학원에 어른만큼이나 팍팍하게 생활하는 아이들이 제법 많아 놀랐어요."

"그러게, 가엾더라. 학원을 서너 곳은 가는 것 같던데?"

"네. 그렇더라고요. 애들이 하는 말이 캠핑 오면 너무 좋대요. 학원 스케줄의 압박도 없고, 공부하라고 윽박지르지도 않고, 엄마 아빠가 캠핑만 오면 세상 천사 같대요. 집에서는 뭐든 안 돼, 안 돼. 하는데 캠핑만 오면 너그러워진다나?"

알 만하다는 듯 산이 피식 웃으며 고개를 끄덕였다.

"안 그렇겠어? 그게 자연의 마력이지. 캠핑의 매력이고. 주목적이 힐링이니만큼 먹고, 놀고, 쉬는 일에 초점이 맞춰 있으니 마음이 너그러워질 수밖에. 그래서 그런지 캠핑과 관련한 추억이 아이들의 기억에 오래 남는 편이더라고. 나역시 어릴 때 가족이 함께 캠핑 갔던 때를 잊을 수 없으니 말이야."

초롱 역시 그랬다. 캠핑 가서 가족과 함께했던 기억이 유달리 오래 남아 있었다. 아빠가 불을 피우던 모습이라든지, 그 불에 맛있는 요리를 해 주던 아빠의 자상한 모습이라든지…….

산과 초롱은 앞으로 다가올 일을 예견하지 못한 채 그렇게 소소한 대화를 쉼 없이 이어 갔다.

3차로 고속도로의 곡선 구간을 주행하는데 열어 둔 차창으로 바람결에 매캐한 냄새가 전해졌고, 어디선가 소름 끼치는 굉음이 잇따라 들려왔다.

"초롱아, 손잡이 잡아."

"네?"

"앞에 사고 난 것 같아. 혹시 모르니까 꼭 잡으라고!"

"네……."

그가 매서운 눈매로 주위를 살피나 싶더니, 급히 비상 깜빡이를 켜고서 속도를 서서히 줄이며 하는 말에 초롱은 잔뜩 긴장한 채로 조수석 천장에 달린 손잡이를 꼭 잡았다.

산은 곡선 구간을 돌아 이윽고 드러난 직선 구간에서 눈앞에 고스란히 펼쳐진 사고의 참상에 잠시 말문이 막혔다.

저 멀리 보이는 1차로에 SUV 차 한 대가 전복돼 있었고, 그 옆으로 형체를 알아볼 수 없을 만큼 심하게 찌그러진 트럭도 보였다. 그것도 모자라 3차로에는 두 대의 승용차가 서로 뒤엉켜 망가진 데다 도로 위에는 사고 차량의 파편이 어지러이 널린 채였다. 도대체 사고가 어떻게 난 것인지.

초롱은 보고도 믿기지 않는 모습을 응시하며 그대로 얼어붙어 버렸다. 결코 떠올리고 싶지 않은, 애써 잊고 지내려 노력했던 기억의 편린들이 초롱의 머릿속을 사정없이 파고들었다. 그의 말과 함께 뒤죽박죽 엉킨 채로.

"초롱아, 신고해야겠어. 지금 바로!"

'초롱아, 사고가 났어. 신고해야겠다.'

"……."

산은 급히 차를 도로 가장자리 쪽으로 세우고서, 조수석 서랍에 넣어 둔 섬광 신호기를 꺼내며 서둘러 초롱에게 말했다. 그런데 그녀에게서 아무런 말도 들려오지 않았다.

"초롱아!"

'아빠, 나 무서워요.'

"……."

차 문을 열고 나갈 준비를 마친 산이 다시 한번 초롱을 다그치는데, 웬일인지 불러도 대답은커녕 미동도 없이 앉아 있는 초롱이 이상해 그녀의 팔을 건드려 보았다. 천천히 고개를 돌리는 초롱은 핏기라고는 찾아볼 수 없을 만큼 창백하게 질려 있었고, 공허해 보이는 눈빛에 눈물이 가득 들어찬 모습에 놀라지 않을 수 없었다.

"초롱아, 너 괜찮아? 많이 놀랐어?"

'초롱아, 아빠가 저 사람들 도와줘야겠다. 너는 신고 전화 할 수 있지?'

"……."

산은 마음이 조급했다. 이곳은 통행량이 많지 않은 외진 도로였다. 한적한 도로라 과속하는 차도 종종 보았던 곳으로, 앞선 사고 상황을 인지하지 못한 운전자가 자칫 방심하면 언제고 다시 2차 사고가 날지 모르는 위급한 상황이었다.

게다가 지금은 자신들 외에는 지나가는 차도 보이지 않았다. 신고도 해야 하고 다친 사람이나 도움이 필요한 사람이 있다면 당장 도와주러 가야 할 텐데 초롱이 왜 이렇게 굳어 있는지 알 수가 없었다.

"초롱아, 나 좀 봐!"

'네. 아빠 제가 신고할게요.'

좀처럼 자신에게 향하지 않는 텅 빈 초롱의 시선을 바라보며 그녀의 팔을 문질렀다. 아마도 사고로 뒤엉킨 차량을 보며 충격을 받은 모양이었다. 산은 초롱을 안심시키려 노력하면서도 머릿속은 온통 앞으로 해야 할 일들로 가득 들어차 있었다.

"초롱아, 많이 놀란 거 알아. 하지만 지금 이럴 시간이 없어. 우선 신고부터 하고 도와야 해. 응?"

'그래, 일단 차 밖으로 나가. 가드레일 넘어가서 최대한 위쪽으로 올라가 있어. 알았지?'

"이초롱!"

더 지체할 시간이 없어 매섭게 초롱을 다그치자 그제야 공허한 눈길이 자신에게로 향하며 파르르 떨리는 입술이 열렸다.

"신고……할게요."

"할 수 있겠어?"

"네…… 할게요."

'네. 아빠.'

"그럼 우선 도로 갓길 바깥으로 나가 있어. 거기서 전화해. 알았어?"

초롱은 그가 무슨 말을 하는지 알 수 없었다. 마치 그로기 상태에 빠진 것처럼 정신이 몽롱했고, 호흡이 가빠졌다. 기계처럼 대꾸하며 덜덜 떨리는 손으로 전화를 찾았다.

산은 그런 초롱의 상태를 유심히 살피지 못할 만큼 마음이 바빴다. 교통사고 상황은 사망자도 있을 거라 판단될 만큼 심각해 보였고, 구급차가 도착하기 전에 2차 사고를 예방하기 위해서라도 도움의 손길을 필요로 하는 사람이 있다면 당장 도와야 했다. 서둘러 차에서 내리려는데 뜻밖에도 초롱이 자신의 팔을 붙잡았다.

"어디 가요?"

"어디 가긴? 도와주러 가야지!"

"왜요?!"

"뭐? 왜라니? 지금 안 보여?"

보였다. 너무 잘 보였다. 사고의 참상이 너무 잘 보여 초롱은 미칠 지경이었다.

"초롱아, 지금 우리도 위험해. 빨리 조치를 취하지 않으면 우리도 위험하다고. 그러니까 이 손 좀 놔."

"안 돼요. 가지 마세요. 제발…… 이번에는…… 안 돼요."

제대로 된 사고를 할 수 없었다. 초롱은 자신이 사랑하는 사람이 눈앞에서 끔찍한 사고를 당하는 모습을 두 번은 볼 수 없어 필사적으로 그의 팔을 붙잡고 늘어졌다.

"초롱아, 그게 무슨 말이야?! 지금 한시가 급해. 여기 외진 곳이라 당장 신고해도 구급차가 언제 도착할지 몰라. 누구라도 도와야 한다고. 그러니까 너는 얼른 신고해. 어?"

"가지 마세요. 지금 바로 신고할게요. 그러니까 우리 그냥…… 지나가요."

일순 산의 모든 동작이 멈추었다.

"뭐라고? 그냥…… 가자고?"

이게 초롱의 입에서 나온 말이라고? 차량 전복 사고였다. 무려 4중 추돌 사고였고, 그중 한 대의 차가 계속 매캐한 연기를 뿜어내는 거로 보아 화재가 임박한 것이 틀림없는데. 한시라도 빨리 구할 수 있는 사람이 있는지 살펴봐야 할 시점에 초롱에게 잡혀 있는 상황이 산은 도무지 믿을 수가 없었다.

"초롱아, 구해야지. 일분일초가 급해. 지금이 아니면 늦을 수도 있어!"

'그런데 아빠…… 신고하고 경찰 올 때까지 기다리면…… 안 돼요?'

"난 그런 거 몰라요. 하지만 2차 사고가 얼마나 무서운 건지는 너무 잘 알아요. 난 이산 씨가 위험한 거 싫어요. 신고하면 되잖아요. 경찰도 구급차도 바로 올 거예요. 그러니까 제발…… 제발. 그냥 가요."

"2차 사고가 얼마나 위험한지 안다며, 그런데 그냥 가? 저기 차 안에 사람이 있는데?"

'초롱아, 아빠 금방 가서 확인만 할 거야. 금방 갈게. 그러니까 너는 얼른 피해 있어.'

"안 돼요. 안 돼요. 이번에는 안 돼요. 제발…… 나한테 이러지 말아요. 제발…… 제발."

'네. 아빠…… 조심해야 해요.'

"이초롱! 난 그냥 못 가. 나는 보고도 못 본 척 그냥 지나칠 수 없어. 그럴 수 없다고. 그러니까 이 손 놔."

너! 이초롱 맞아? 내가 아는 그 이초롱 맞아?

필사적으로 자신의 팔을 잡아당기는 초롱은 자신이 익히 알고 있는 모습의 그녀가 아니다. 어디서 이렇게 강한 힘이 나오는 것인지 비틀어도 팔을 놓지 않는 모습은 결코 자신이 알던 초롱의 모습이 아니었다.

평소 어려운 사람이나 도움이 필요한 사람을 보면 그냥 지나치는 일 없이 늘 도움의 손길을 내미는 데 망설이지 않았던 그녀였다.

직장 동료, 상사, 하다못해 회사에 방문 온 손님들까지도 도움이 필요할 때

손 내미는 것을 주저하지 않았던. 고객들은 그런 초롱의 선한 인상이 기억에 남는다며 입에 침이 마르도록 칭찬을 아끼지 않았었다. 초롱은 그렇게 마음이 선하고 예쁜 사람이었다. 그런데…….

"우리 얘기는 나중에 하자. 일단 차에서 내려. 너는 갓길 바깥으로 나가. 도로를 벗어나면 위험하지 않아. 넌 꼭 거기 있어. 신고 전화 잊지 말고."

하는 수 없이 강제로 초롱에게 잡힌 팔을 빼내어 차에서 내렸다. 왠지 모르게 고통스러워하는 초롱의 얼굴과 큰 눈에 가득 고인 눈물이 마음에 걸렸지만, 깊이 생각할 여유 따위는 없었다. 부디 초롱이 정신을 차리고 제때 신고해 주기를 바라며 침착하게 해야 할 일들을 시작했다.

아슬아슬하게 사고 구간을 지나는 차량과의 2차 사고를 방지하기 위해 서둘러 섬광 신호기를 밝혀 적당한 거리를 두어 몇 개 설치하고, 뒤에 오는 차들이 현장을 조금이라도 빨리 발견할 수 있도록 트렁크 문도 활짝 열어 둔 채 가장 급해 보이는 차로 달려갔다. 벌써 시간을 너무 많이 지체한 건 아닌지, 부디 늦지 않았기를 바라고 또 바랐다.

다행히 1차로의 뒤집힌 차에서 사람의 움직임이 느껴졌다. 살아 있었다. 차의 문짝은 이미 날아가고 없었고, 달려오는 자신을 발견했는지 운전자가 힘겹게 살려 달라 애원하고 있었다.

순간 남자의 차에서 불꽃이 튀었다. 산은 앞뒤 생각할 겨를 없이 자세를 낮추고서 운전자의 어깨를 한쪽 팔로 단단히 받치며 그의 안전띠를 풀었다. 주르륵 미끄러지듯 흘러내리는 운전자를 차에서 끄집어내어 조심스레 길 가장자리로 옮기고서 상태를 살폈다.

이십 대로 보이는 젊은 남자는 통증을 호소하고 있었지만, 천만다행으로 의식이 뚜렷해 움직이지 않도록 단단히 주의를 준 후 바로 다음 차로 뛰어갔다. 우선 사람의 움직임이 있는지 없는지, 혹시 아이가 있지는 않은지 살펴보는 산의 눈매가 매서웠다.

같은 시각. 도로를 벗어난 초롱의 시선이 분주하게 사고 현장을 누비는 산에게 고정되었다. 조금이라도 고개를 돌리면 어떤 참상을 보게 될지 알 수 없어 감히 주위를 둘러볼 엄두가 나지 않았다. 바들바들 떨리는 손으로 긴급 신고를 하면서도 그에게 고정된 불안한 시선만큼은 거두지 못했다.

신고를 끝내고 흘러내리는 눈물을 닦을 생각도 하지 못한 채, 사고 구간 사이를 유유히 빠져나가는 차량과 산이 있는 곳을 눈으로 정신없이 오가며 점점 더 초조해지는 마음과 엄습하는 불안을 다스리지 못해 몸을 떨었다. 날카롭게 뇌리를 파고드는 섬뜩한 기억에 당장이라도 그를 사고 현장에서 끌고 나오고 싶은 마음만 가득했다.

그때와 너무나 닮아 있었다. 살면서 가장 힘들고 고통스러웠던 그날. 그때와 너무나 비슷한 상황에 끔찍한 절망이 초롱을 덮쳤다. 괴로운 기억을 지우려 강하게 머리를 흔들어 보아도 좀처럼 떨쳐지지 않는 기억의 조각에 여린 입술을 으드득 깨무는데, 어디선가 신경을 잡아끄는 희미한 소리가 들려왔다.

초롱의 신경은 온통 산에게 쏠려 있었기에 그저 사고 구간을 지나가는 차량의 소리겠지. 대수롭지 않게 넘겨 버리고 1차로에 있는 트럭에서 사람을 꺼내기 위해 찌그러진 차 문과 씨름하는 산을 다시 주시하는데, 이번에는 제법 또렷한 소리가 귓가로 날아들었다.

아무리 아니라고 부인하고 또 부인해 봐도 사람에게서 나는 신음 소리 같았다. 초롱은 도무지 무시할 수 없는 구조 신호에 어금니를 앙다물었다. 사정없이 떨려 오는 몸을 두 팔로 감싸는데, 걱정과 불안으로 호흡이 가빠진 탓인지 현기증이 일었다.

'안 돼. 여기서 쓰러지면 안 돼. 정신 차려! 아무 일도 일어나지 않아. 괜찮을 거야. 괜찮아.'

그를 도와주지는 못할망정 제 몸 하나 가누지 못하고 쓰러져 그가 하는 일에 방해가 될 수는 없었다. 초롱은 수없이 괜찮다. 자기 암시를 하며 가빠진 호흡을 진정시키려 꽉 막힌 가슴으로 크게 숨을 들이켜고 다시 내뱉기를 수차례 한

끝에 간신히 광포해진 심장을 다독였다.

아찔한 현기증에 잠시 눈을 감았다가 마침내 작심한 듯 신음이 들려오는 사고 현장으로 눈길을 돌렸다. 다시금 지난 기억과 겹쳐지는 악몽의 그림자에 강하게 머리를 흔들어 심장을 옥죄는 검은 그림자를 몰아내고, 물기로 흐려진 눈을 닦으며 조금 더 유심히 주위를 살폈다.

가까운 3차로 쪽으로 사고 난 승용차의 바퀴 옆에서 무언가가 꿈틀하는 모습이 보였다. 머리카락이 보이는 걸 보니 분명 사람이었고, 당장 주위에 그를 도울 수 있는 사람이라고는 눈을 씻고 봐도 자신 외에는 아무도 없었다. 초롱은 저도 모르게 무언가에 이끌리듯 그곳으로 향하고 있었다.

가까이 다가가 보니 복부를 감싸 안고서 모로 누워 고통스레 신음하는 사람이 보였다. 조금 더 유심히 살펴보니 그 사람은 여자였고…… 놀랍게도 임산부인 듯했다. 배가 그리 많이 나오지는 않았지만 깡마른 체격인 여자의 몸에 유독 아랫배만 볼록하게 나올 일이라고는 임신밖에는 생각할 수 없었다. 초롱은 터져 나오는 흐느낌에 신음하며 자리에 털썩 주저앉고 말았다.

'이초롱. 너 대체 뭘 한 거야! 대체 무슨 짓을 저지른 거야!'

끝없는 자기 연민과 잔뜩 흐려진 판단으로 얼마나 아까운 시간을 흘려보내고 있었는지. 눈앞에 살아 있는 귀한 생명을 보며 누가 심장을 난도질이라도 한 듯 강한 통증이 전해져 왔다. 다시금 혼미해지려는 정신을 다잡으며 여자를 향해 기어갔다.

"늦어서…… 죄송해요. 정말 죄송해요."

뜨겁게 뿜어져 나오는 눈물에 시야가 흐려지자 연신 눈물을 거칠게 닦아 내며 여자가 듣지도 못할 말을 속삭였다.

언제고 2차 사고가 일어날지 모르는, 마치 태풍의 눈과 같은 사고 한복판에서 차가운 바닥에 누워 몸을 옹송그리고 있는 여자가 너무 위태로워 보였다. 사고 차량이 뒤엉킨 1차로와 3차로를 피해 간간이 차량들이 그 사이를 지나가고 있었기에 여자를 그대로 두면 안 될 것 같았다.

주위를 두리번거리던 초롱이 사고 차량 가까이에 널브러진 무언가를 보고 몸을 일으켰다. 아마도 트럭 짐칸의 문짝이 아닐까. 한쪽이 심하게 찌그러지긴 했으나 여자를 눕혀도 될 만큼 평평한 부분이 있었기에 철판을 질질 끌고 와 여자의 옆에 바싹 붙였다.

서둘러 걸치고 있던 재킷을 벗어 철판 위에 깔고, 웅크린 여자를 조심스레 옮겨 눕혔다. 과연 잘하고 있는 걸까. 없는 확신에 눈에 띄게 덜덜 떨고 있는 자신의 두 손을 강하게 말아 쥐고서 결심한 듯 천천히 철판을 잡아당겼다.

걱정되는 마음에 철판을 잡은 손을 높이 들지도 못하고 최대한 지면과 가까이 숙여 조심조심 옮기다 보니 손가락이 부러질 듯 아파졌지만, 그깟 통증이야 산산이 부서지는 마음에 비할 바가 아니었다.

겨우 여자를 도로 가장자리로 옮겨 두고 나니, 긴장했던 온몸이 마치 경련을 하듯 심하게 떨려 왔다. 안전하다고는 할 수 없지만 원래 있던 곳보다는 나을 거라 위안 삼으며 조심스레 여자의 몸을 살피기 시작했다.

"아. 이. 내…… 아이."

끊어질 듯 아슬아슬한 목소리로 말을 하는 여자는 놀랍게도 자신의 안위보다 아이를 먼저 걱정하고 있었고, 그 모습에 또다시 자신을 책망하게 되는 초롱이었다.

"괜찮을 거예요. 엄마가 괜찮으면 배 속의 아이도 무사할 거예요. 그러니까 힘내세요. 신고했으니 곧 구급차가 올 거예요."

자신보다 아이를 먼저 걱정하는 본능적인 엄마의 사랑이, 여자의 하의를 적시고 있는 시뻘건 피가 초롱의 죄책감을 사정없이 할퀴고 있었지만 차마 그녀에게 내색할 수가 없었다.

초롱은 불안해하는 아기 엄마를 어떻게든 안심시켜야 할 듯했다. 가뜩이나 몸도 마음도 불안정한 상태일 텐데, 아이까지 무사하지 못할 것 같다는 사실을 알면 아이의 엄마가 어떻게 견딜 수 있을까. 다시금 여자를 안심시키려는데 여자가 끊어질 듯 위태로운 음성으로 말을 내뱉고 있었다.

"아, 들…… 우리 아들, 차, 우리…… 아드."

초롱은 차 쪽을 바라보며 무언가 말하려 애쓰는 여자의 입 모양과 겨우 움직이는 듯한 그녀의 손이 가리키는 방향을 보며 저도 모르게 경악에 찬 신음을 흘리고 말았다. 배 속 아이가 아닌, 차에 또 다른 아이가 있는 듯했다. 흐느끼며 급히 그녀에게 물었다.

"차에 아이가 있어요?"

대답을 대신하는 듯 그녀의 고통스러운 신음과 눈에서 흐르는 눈물에 초롱이 서둘러 말을 꺼냈다.

"제가 가 볼게요."

초롱은 위태롭게 사고 현장을 벗어나는 차를 피해 서둘러 여자가 발견되었던 곳으로 가 차량 주변을 살펴보았다. 하지만 차 안 어디에도 아이는 보이지 않고, 밖으로 튀어나온 빈 카시트만이 바닥에 놓여 있었다.

도대체 아이는 어디에 있을까. 조바심만 더하는데, 때마침 어디선가 희미한 울음소리가 들려왔다. 순간 온 신경을 집중시켜 소리가 나는 쪽으로 귀를 기울였다. 옆 차 아래쪽에서 소리가 나는 것 같아 조심스레 살펴보니 남자아이가 다른 차 아래쪽에 반듯이 누워 있는 모습이 보였다.

'하, 맙소사. 감사합니다. 감사합니다.'

마음으로 기도하며 서둘러 아이에게 다가가 무릎 꿇어 아이의 눈을 바라보았다.

"아가야, 아가야?"

"아기 아니에요. 엉엉…… 우영이에요."

음절 하나하나에 울음이 뒤섞여 알아듣기가 쉽지 않았지만, 이름만큼은 또렷이 들렸다.

"그래. 우영아. 너 괜찮아?"

"엉엉. 엄마. 엄마."

"엄마 저기 있어, 우영아. 누나가 바로 꺼내 줄게. 움직이지 말고 가만히 있어야 해. 알았지?"

"엉엉. 네."

초롱은 손에 잡힐 듯 말 듯 한 아이의 소매를 간신히 그러잡고 천천히 밖으로 끌어내었다. 차 아래에서 밖으로 나오자마자 일어나려는 아이를 만류하며 급히 말을 꺼냈다.

"안 돼. 아직은 움직이면 안 돼. 우선 어디 다친 곳은 없는지 누나가 좀 만져 볼게."

"엄마. 엄마."

"엄마 저쪽에 있어, 누나가 금방 데려다줄게. 조금만 기다려."

초롱은 고개를 끄덕이면서도 엄마만 애타게 찾는 아이를 보며 가슴이 저렸다. 엄마와 마찬가지로 불안함이 가득한 아이의 상처받은 눈동자를 보며 마음이 조급했다. 아이의 여린 뼈가 상하지는 않았나 싶어 머리부터 발끝까지 빠른 손놀림으로 훑어보는데 아이는 답답한지 팔을 짚으며 자리에서 일어나려 애쓰고 있었다.

"아직은 그렇게 움직이면 안 돼. 괜찮아 보이기는 하는데 눈에 보이지 않는 곳이 다쳤을 수도 있으니까 누나가 옮겨 줄게. 조금만 참아. 응?"

대여섯 살쯤 되어 보이는 남자아이는 말도 제법 또렷했고, 인지 능력도 문제가 없어 보였다. 여기저기 긁혀 피부가 상한 것만 제외하고는 다행히 크게 다친 곳이 없는 것 같아 속으로 안도의 한숨을 내쉬었다.

문제는 임신 중인 아이의 엄마였다. 자신의 몸 상태가 어떤지도 모르고 큰아이만 걱정하고 찾는 모습이 생각나 초롱이 서둘렀다. 아이를 조심스레 안아 들고 아이 엄마에게 다가가는데 눈에 띄게 파리해진 그녀의 안색이 초롱의 걱정을 부추겼다.

우영을 엄마의 옆에 조심스레 내려 두고 가능한 한 움직이지 말라 신신당부를 했지만, 어린아이가 이런 혼란 속에서 말귀를 알아들을 리 만무했다.

초롱은 다시 무릎을 꿇어앉아 엉엉 울며 엄마에게 달라붙는 아이를 잠시 진정시키고, 아이 엄마와 눈을 맞추려 애쓰며 말을 건넸다.

"여기 큰아이 데려왔어요. 다행히 아이는 많이 다치지 않은 것 같아요. 피부만 조금 까졌어요. 제 말 들려요?"

"하……."

"힘들겠지만 제발 조금만 버텨 주세요. 곧 구급차가 도착할 거예요."

"우……영. 우영이…… 억…… 헉."

간신히 말을 토하면서도 큰아이에게서 시선을 떼지 않는 아이 엄마의 애달픈 모습에 눈물이 끝없이 쏟아졌다. 도대체 왜 이런 일이 자신의 눈앞에서 또다시 펼쳐지고 있는 건지 원망이 쌓여 갔다.

"부탁……해요. 우영이…… 제발."

"그러지 말아요. 이거 내 줘요. 이렇게 아이에게서 멀어지지 말아요. 제발…… 아이에게 평생 상처로 남을 거예요. 조금만 버텨 주세요. 제발……."

초롱이 되레 기도하는 마음으로 간절하게 부탁했다.

"미안……해."

아이 엄마의 눈이 스르륵 감기고 말았다. 초롱은 절망적인 아이 엄마의 모습을 참담한 심정으로 바라보며 울음소리가 새어 나오지 못하도록 두 손을 들어 입을 틀어막았다.

"엄마! 엄마. 아아앙, 엄마 일어나. 엄마, 나 무서워. 엄마. 엄마!"

옆에 있던 우영이 엉엉 울며 미동이 없는 엄마를 두드려 깨우려는 모습에 초롱은 으스러지는 정신을 가까스로 그러모았다. 이대로 멍청하게 보고 있을 수만은 없었다. 배 속 아기까지 두 명의 귀한 생명이 자신의 눈앞에서 속수무책으로 떠나게 둘 수는 없었다.

초롱은 구토가 치밀어 오르는 걸 이 악물고 참으며 마음을 다잡았다. 아이가 엄마의 모습을 지켜보는 게 걱정스러웠지만, 아이까지 챙길 마음의 여유가 없었다. 엄마를 흔드는 아이에게 잠시 주의를 주고 엄마는 괜찮을 거라고 달래 주며 회사에서 응급 구조와 관련해 배운 내용을 머릿속에서 끄집어내려 애썼다.

우선 여자의 호흡과 의식이 있는지 확인해야 했기에 떨리는 손으로 그녀의 어깨를 두드려 보았다. 역시나 미동이 없고 호흡도 느껴지지 않아 곧장 심폐소생술을 해야 한다는 걸 직감했다.

서둘러 자리에서 일어나 눈으로 그를 찾았지만, 그는 또 다른 사람을 구조하고 있었다. 부를 수도, 불러 봐야 들리지도 않을 것 같아 원망 어린 눈을 들어 하늘을 잠시 바라보았다. 이렇게나 푸르른데, 이렇게나 맑고 깨끗한데, 어쩜 이렇게 끔찍한 절망을 비처럼 내려 주시는지. 너무나 큰 원망에 눈물이 눈꼬리를 타고 흘렀다.

이윽고 초롱이 결연한 마음으로 여자의 옆에 무릎을 꿇었다. 찰나의 순간 심폐소생술을 시행함으로써 야기하게 될 많은 문제가 바쁘게 머릿속을 스쳐 지나며 잠시 멈칫하긴 했으나 그리 오래 망설이지 않았다. 하필 일반인이 아닌 임산부였기에 걱정은 더할 수 없이 부피를 키워 갔지만, 지금으로서는 다른 선택지가 없었다.

'기억해. 기억해 내야 해. 우선 양손을 깍지 끼고, 손가락 끝이 몸에 닿지 않도록, 명치에서 손가락 두 마디 위. 여기야.'

초롱이 확고한 표정으로 여자의 몸에 손을 올렸다.

'누구라도 도와주세요. 하느님. 부처님. 제발 누구라도…… 제발 살려 주세요. 제발 도와주세요.'

순간 뒤에서 강하게 들려오는 폭발음과 끔찍한 굉음에 화들짝 놀라 펄쩍 뛰어올랐다. 소름 끼치는 이명이 고막을 파고드는 중에도 본능적으로 아이 엄마와 아이를 우선 감싸 안으며 몸을 웅크렸다.

등 뒤로 둔탁하게 떨어지는 파편에도 반응할 감각이 남아 있지 않을 만큼 초롱의 신경은 온통 이 여자에게 매달려 있었다. 굉음이 잦아들자 서둘러 몸을 일으켜 세우고서 다시 여자의 몸 위로 손을 올렸다.

[열아홉 살 초롱의 시린 겨울]

컨디션이 좋지 않은 날이었다. 아침부터 시작된 두통은 학교에 가서도 좀처럼 나아지지 않아 초롱을 괴롭혔다. 결국 학교 보건실을 찾았고, 병원을 가 보는 게 좋겠다는 보건 선생님의 말씀에 조퇴하게 되었다.

회사에서 일하다 말고 연락받고 달려온 아빠가 교문 앞에서 서성이며 자신을 기다리고 있었다. 묻지 않아도 얼마나 걱정하며 달려왔을까 생각하니 죄송한 마음에 어깨가 절로 툭 떨어졌다.

잔뜩 무거워진 발을 이끌어 교정을 힘없이 가로지르는데, 초롱을 발견한 은호가 허둥지둥 달려와 걱정을 늘어놓았다.

"초롱아! 아프면 아침에 말을 했어야지. 미련하게 그 몸으로 학교에 오면 어떡해!"

"나아질 줄 알았어요. 그래도 지금은 아까보다 좀 나아요."

안타까운 표정으로 안절부절못하며 걱정을 내려놓지 못하는 아빠의 모습에 조금 나아졌다는 말로 안심시켜 드리려 했는데 속아 넘어갈 은호가 아니었다.

"낫기는 뭐가 나아? 이 식은땀 좀 봐라. 반나절 사이에 얼굴 다 상했네. 속상해서 원. 이럴 시간 없다. 얼른 병원 가자. 아빠가 업어 줄까?"

"됐어요. 그 정도 아니에요."

은호는 목소리에 힘이라고는 느껴지지 않는 딸아이의 손을 그러잡았다. 두통이라더니 몸에 열까지 나는지 뜨끈한 손을 꼭 잡고서 조급증이 일어 서둘러 차가 있는 곳으로 데려갔다.

그렇게 초롱은 아빠와 함께 병원으로 가서 진료를 받고 한 시간이 넘도록 링거를 맞고서야 그곳을 벗어날 수 있었다.

집으로 돌아가는 길. 운전대를 꽉 쥐고서 정면을 주시하던 은호가 무거운 입을 열었다.

"초롱아……."

그저 딸의 이름을 불렀을 뿐인데 왜 이렇게 가슴이 먹먹한지. 은호는 쉬이 말을 이을 수가 없었다.

딸아이 혼자 들어가겠다는 진료실을 꾸역꾸역 같이 들어가 진료받는 내내 곁을 지켰다. 그렇게 해서 듣게 된 딸아이의 진단명이 신경성 두통에 스트레스성 위염이라니.

그 원인을 제공한 게 다른 사람도 아닌 자신이라는 사실에 속이 쓰라리다 못해, 심장에 쪼개질 듯한 통증이 느껴졌다. 남몰래 한숨을 삼키는데 속 깊은 딸아이의 말이 애잔하게 귓가를 파고들었다.

"아빠…… 전 괜찮아요."

초롱이 제 이름을 부른 채 말이 없는 아빠를 흘끔 바라보다 조심스레 말을 꺼냈다. 말없이 운전하는 아빠의 얼굴에 주름이 평소보다 더 짙게 팬 듯했고, 한일자로 굳게 다문 입술은 좀처럼 열릴 것 같지가 않았다.

아빠의 수심 가득한 얼굴을 보며 제게 하지 못한 말이 무엇인지 알 것 같아, 듣기 아픈 말이 나오기 전에 초롱이 먼저 선수를 친 것이었다.

"아빠가 미안하,"

그러나 결국 듣기 아픈 말을 꺼냈고,

"괜찮다고요."

다시 아빠의 말을 막아 버렸다.

"정말이에요. 의사 말 다 믿지 마세요. 툭하면 신경성에 스트레스 때문이래. 그건 병명을 특정할 수 없는 사람에게 핑계 대기 좋은 변명으로밖에 들리지 않아요. 그리고 세상에 스트레스 없이 사는 사람이 몇이나 된다고…… 그러니까 신경 쓰지 마세요."

은호는 대수롭지 않다는 듯 하는 딸의 말이 더 가슴 아프게 들렸다. 차라리 여느 아이들처럼 많이 아프다고 짜증 내며 투정이라도 부리면 이렇게 속상하지는 않았을 텐데.

더 이상 딸아이의 마음을 불편하게 하고 싶지 않아 애써 미소를 지어 보이며 입을 열었다.

"그래. 알았어. 잠시 눈 좀 붙여. 집에 도착하면 아빠가 깨워 줄게."

"네."

그렇게 잠시 눈을 감았던 초롱이 잠에 빠져들었다. 얼마나 지났을까, 아빠의 다급한 외침에 잠에서 깨어난 초롱은 눈앞에 펼쳐진 아비규환에 망연자실하지 않을 수 없었다.

잠에서 깨어 어리둥절한 중에 사고 처리를 도우려 팔을 걷어붙이는 아빠를 끝까지 말리지 못했다. 초롱은 우선 아빠가 시키는 대로 서둘러 차에서 내려 몸을 피하며 신고 전화를 하고서 불안하게 아빠를 지켜보았다.

그런데 그때 분주하게 부상자를 돕는 아빠를 향해 승용차 한 대가 무서운 속도로 다가가고 있었고, 그 모습을 지켜보던 초롱은 자리에 그만 얼어붙고 말았다.

뭐라도 해야 하는데 마치 꿈속에서 가위에 눌린 것처럼 손가락 하나 까딱할 수 없었고, 아빠를 외쳐 부르는 새된 비명과 외침은 악몽처럼 입 속에서만 맴돌 뿐 밖으로 도무지 뿜어져 나가지 않는 듯했다.

뒤늦게 사고 현장을 인지한 운전자가 급브레이크를 밟는 듯했지만 제동거리가 턱없이 부족했다. 헛도는 차를 미처 피하지 못한 아빠의 몸이 차에 부딪히며 차가운 아스팔트 바닥에 내던져지는 모습을 고스란히 지켜보며 초롱은 절규하고 말았다.

"아빠! 안 돼. 안 돼! 아빠. 아빠……아아악!!"

슬픔에 잠식당한 초롱은 그곳이 여전히 차가 쌩쌩 달리는 도로라는 것도 인지하지 못한 채 부들부들 떨며 뛰어들려 했고, 사고 현장에서 벗어나 있던 주변인들에게 단단히 붙들리고 말았다.

이미 이성적 사고가 마비되어 버린 초롱은 저를 말리는 사람들을 이해할 수 없었다. 내 아빤데. 우리 아빠가 차가운 아스팔트 바닥에서 피 흘리며 고통스레 신음하는데, 왜 모두 도울 생각은 않고 되레 자신을 꼼짝도 하지 못하게 말리는지. 있는 힘을 다해 할퀴고 때리며 악을 써 대는 것 외에 초롱이 할 수 있는 일은 아무것도 없었다.

미친 사람처럼 발악하는 사이 요란하게 사이렌을 울리며 구급차와 경찰차가 도착했다. 초롱을 말리던 사람들은 경찰차가 교통 통제를 하고서야 그녀를 놓아 주었고, 뒤늦게 아빠에게 도착한 초롱은 피 흘리는 모습을 보고서 아무런 말도 할 수 없었다.

도착한 구급 대원에 의해 응급처치를 받으며 들것에 몸을 의탁하는 아빠는 놀랍게도 의식을 잃지 않은 상태였고, 다리가 틀어져 끔찍한 고통 속에 허우적거리면서도 초롱에게 희미한 미소를 지어 보이려 하고 있었다.

언뜻 본 아빠의 모습이 너무나 처참했다. 차마 형태가 뒤틀린 다리 쪽으로는 눈길을 주지 못해 아빠 얼굴을 보며 한 가닥 희망을 찾으려는데, 아빠의 입이 힘겹게 열렸다. 괴상하게 꺽꺽 소리만 나오는 아빠의 말을 알아들을 수 없어 입 모양을 유심히 바라보았다.

'아빠 괜찮아. 울지 마.'

힘겹게 말하고서야 까무룩 쓰러지는 아빠였다. 살면서 그때만큼 하늘을 원망해 본 적이 또 있을까. 바들바들 사정없이 떨리는 손을 들어 아빠 얼굴에 끈적하게 흘러내리는 피를 닦았다. 서럽게 목 놓아 울며, 세상에 존재하는 모든 신에게 저주를 퍼부었다.

'이러고도 신이야? 이러고도 네가 신이냐고! 착하게 살면 된다며, 착하게 살면 복받는다며! 그럼 제일 먼저 화가 비껴가야 할 사람이 우리 아빠잖아! 그런데 왜 불운은 아빠만 따라다니는데. 왜, 대체 왜! 죽어! 다 죽어 버려!'

고통스럽게 울부짖는 초롱을 보다 못한 여자 구급 대원이 함께 눈물을 글썽이며 초롱을 다독였다. 무슨 정신으로 구급차에 오르고 병원으로 가고 있는지 알지 못했다. 그저 피비린내 가득한 구급차에서 덜컹거리는 의자에 몸을 의지

한 채 아빠의 얼굴만 뚫어져라 바라보며, 초자연적 위력을 가지고 있는 존재를 향해 원망과 읍소와 간절한 기도로 그 시간을 버틸 수밖에.

'이건 아니잖아요. 왜 다른 사람도 아닌 우리 아빠예요? 돕고 있었잖아. 다친 사람 도와주고 있었잖아! 우리 아빠한테 왜 이렇게 매정해. 왜 이렇게 냉정하냐고! 정말 있다면, 정말 당신이 신이라면. 살려 내요. 아니……. 제발 살려 주세요. 제가 잘못했어요. 당신이 존재한다는 거 믿을게요. 다시는 욕하지 않을게요. 그러니까 우리 아빠 살려 주세요. 제발 살려 주세요. 제발.'

초롱은 병원에 도착해 곧장 응급수술에 들어간 아빠를 수술실 밖에서 기다리며, 뒤늦게 연락을 받고 헐레벌떡 달려온 엄마를 보고서야 까무룩 정신을 놓쳐 버렸다.

산이 마지막으로 남은 차량의 동승자를 구해 도로 가장자리로 대피시키기 무섭게 1차로에 불꽃이 튀던 차가 결국 폭발했고, 동시에 3차로에서 2차 사고가 나는 모습에 욕이 절로 튀어나와 버렸다.

조금만 주의를 기울였다면 사고 현장을 충분히 목격할 수 있었을 것을, 속도만 줄였어도 사고를 피할 수 있었을 텐데. 부디 잘 피해 가기를 그렇게 바랐건만.

재빨리 사고 상황을 눈으로 확인하는데 다행히 방금 차를 추돌한 운전자는 의식을 잃지 않은 듯했다. 운전자는 조수석으로 추돌한 덕분에 스스로 문을 열어 차에서 빠져나오고 있었다.

산은 안도의 한숨을 삼키며 주변을 재빨리 둘러보다 그만 온몸에 털이 쭈뼛 솟아오르고 말았다. 당연히 안전한 곳으로 피해 기다리고 있을 거라 생각했던 초롱이, 놀랍게도 방금 사고가 난 지점과 불과 몇 걸음 떨어져 있지 않은 도로의 가장자리에서 누군가에게 심폐소생술을 하고 있었다.

"이런 젠장! 제기랄!"

산은 대피해 있는 사람들에게 조심할 것을 당부한 뒤 초롱을 향해 뛰어갔다. 그녀를 향해 가까이 다가가면 갈수록 엉망으로 변한 그녀의 모습에 화가 울컥 치밀어 올랐다. 이 위험한 곳에서 대체 뭐 하는 짓인지. 단단히 화가 난 산은 당장이라도 화를 터트릴 만큼 마음이 광포하게 변하고 있었다.

하지만 코앞까지 다가온 자신을 알아차리지 못할 정도로 누군가에게 사력을 다해 심폐소생술을 하는 그녀를 보며 산은 단 한 마디도 꺼낼 수가 없었다. 잔뜩 헝클어진 머리카락, 온통 눈물로 얼룩진 얼굴, 여기저기 긁힌 상처, 곳곳에 피가 묻어 엉망이 되어 버린 옷차림. 여자의 아래에 깔린 그녀의 재킷까지.

아까 2차 사고의 위험성을 운운하며 자신을 차에서 내리지 못하도록 팔을 붙잡고 늘어지던 사람이 맞나 의심스러울 정도였다.

초롱이 심폐소생술을 시행하고 있는 여자의 모습은 여기저기 상처가 나 처참하기 그지없었고, 웬 작은 아이까지 초롱의 옆에 딱 붙어 있었다. 열심히 최선을 다하는 그녀의 턱으로 땀인지 눈물인지 모를 이슬이 쉼 없이 툭툭 떨어지는 모습에 산의 마음이 저릿해 왔다.

"스물하나, 스물둘, 스물셋……."

"초롱아, 내가 할게."

부르는 소리를 듣지 못했는지 그녀는 흉부를 압박하는 움직임을 계속하며 카운트를 멈추지 않았다.

"초롱아! 이초롱! 내가 할게."

"안 돼요. 멈추면 안 돼요. 지금은 안 돼요."

바들바들 떠는 팔은 이미 기력이 다한 듯했다. 그럼에도 여자에게서 잠시도 떨어지지 않으려는, 초롱에게서 느껴지는 간절함에 산은 목이 메었다.

"컥. 허억. 컥."

그때 놀랍게도 쓰러진 여자의 의식이 돌아왔다.

"오. 맙소사. 감사합니다. 감사합니다! 괜찮아요?"

"하…… 하…… 우. 우영아."

"엄마. 엄마. 일어나. 흐엉. 엄마!"

여자는 잠시 의식이 돌아온 순간, 정신이 혼미한 중에도 아이를 찾고 있었다. 갑자기 주위가 소란해지더니 애타게 기다리던 구급차와 경찰차가 사이렌을 울리며 사고 현장에 도착하는 게 보였다. 그 모습을 보고서 초롱은 다리에 힘이 풀려 털썩 주저앉고 말았다.

"구급차 왔어. 초롱아, 이제 끝났어. 잠시만 기다려, 금방 데리러 올게."

자신이 하는 말을 듣고는 있는 걸까? 좀처럼 자신과 시선을 마주하지 않는 초롱의 모습이 못내 불안해 산은 눈을 뗄 수가 없었다. 생각 같아서는 당장이라도 초롱을 데리고 이곳을 벗어나고 싶었지만, 경찰에게 사고 상황을 잠시 설명해 주어야 할 듯해 하는 수 없이 다시 걸음을 옮겼다.

그사이 도착한 구급 대원이 구조자의 상태를 확인하러 초롱에게 다가왔다. 자리에서 힘겹게 일어선 초롱이 여자는 방금 심폐소생술로 의식을 되찾았고, 아마도 임산부 같다고 말하자 사태의 심각성을 인지한 구급 대원이 가장 우선으로 여자를 구조하기 시작했다.

초롱이 들것에 실려 가는 여자를 향해 불안한 시선을 보내는데, 언제 일어나 다가왔는지 제 손을 파고드는 여린 손을 느끼며 다친 아이를 잠시 잊고 있었던 자신을 책망했다. 엄마가 실려 가는 모습을 보고 겁이 났는지 제 손을 꼭 잡는 아이의 모습에 마음에 균열이 일었다.

자신은 성인이나 다름없는 다 큰 나이에 아빠의 사고를 목격하고도 지금껏 트라우마를 극복하지 못해 고통 속에 신음하고 있었다. 하물며 이 아이는 이제 겨우 대여섯 남짓인데 앞으로 얼마나 오랜 시간 자신과 같은 트라우마를 겪어야 할까. 못내 마음이 아파 견디기 힘들었지만, 지금은 정신을 차려야 할 듯해 초롱은 약해지는 마음을 다잡았다.

"우영아, 너도 다쳤어. 이렇게 일어서면 위험해. 그러니까 구급차 타고 갈 때는 정말 얌전히 있어야 해. 응?"

과연 어린아이가 자신의 말을 제대로 이해는 할까 싶었으나 걱정을 접을 수 없어 신신당부하고서 구급 대원에게 급히 말을 건넸다.

"임산부가 이 아이 엄마예요. 아이도 사고 차량에 함께 있었어요."

초롱의 말에 구급 대원이 급히 아이의 상태를 이리저리 살피더니 고개를 끄덕이며 아이를 구급차에 태우려는데 우영이 초롱의 손을 완강하게 잡고 버티며 굵은 눈물을 떨어트렸다.

간절한 눈빛을 보내는 아이를 외면할 수 없어 산이 있는 쪽을 바라보며 잠시 망설이다 구급 대원에게 부탁해 아이와 함께 차에 올랐다. 그러고는 구급차 바로 옆에서 교통 상황을 지휘하는 경찰에게 어렵게 말을 꺼냈다.

"저…… 바쁘신데 정말 죄송하지만, 구급차 타고 먼저 갔다고 저기 계신 분께 말씀 부탁드려도 될까요? 휴대폰이 어디 떨어졌는지 보이지가 않아서요."

다른 경찰들에게 현장 상황을 설명하는 산을 가리키며 하는 말에 경찰이 고개를 끄덕였다.

"네. 그러죠. 얼른 가서 아가씨도 치료 좀 받아요."

초롱은 자신을 걱정해 주는 경찰의 말을 들으며 몰골이 말이 아닌가 보다 짐작만 할 뿐, 지금 자신을 돌아볼 정신까지는 없었다.

구급차에서 구급 대원에게 힘겹게 임신 사실을 알리는 여자의 말을 듣고서야 그녀가 임신 5개월 차라는 사실을 알 수 있었다. 초롱은 미약하게 정신을 붙들고 있는 여자가 또다시 정신을 잃으면 어쩌나. 노심초사하지 않을 수 없었다.

구급차 안은 응급 상황을 알리는 사이렌 소리가 쉬지 않고 울리고 있었다. 바로 옆에 앉은 구급 대원은 임산부의 안전을 위해 가장 빨리 도착할 수 있으면서 그녀가 바로 진료를 받을 수 있는 병원을 찾기 위해 여기저기 통화하기 바빴다. 게다가 엄마를 걱정하며 훌쩍이는 아이까지. 예민한 신경을 긁어 대는 소리가 정신없이 귓가를 때렸지만, 초롱의 머릿속은 온통 여자에 대한 걱정으로 가득 차 있었다.

행여 여자가 잘못되기라도 하면…… 그를 붙잡으며 시간을 지체했던 자신을. 그녀의 신음을 외면하려 했던 자신을. 두려움에 머뭇거렸던 자신을. 과연 용서할 수 있을까? 초롱은 그럴 수 없을 것 같았다. 그 어떤 이유를 막론하고서도 그 순간 그 자리를 모면하고자 했던 자신의 이기심은 평생…… 떨쳐지지 않을 것 같았다. 아니, 떨칠 수 없을 것 같았다.

훌쩍임이 잦아들지 않는 아이를 말없이 다독이는 초롱의 머릿속에 절망이 가득 부유하고 있었다.

뒤늦게 돌아온 산은 어디에도 보이지 않는 초롱을 찾으며 경찰에게 물었다.

"혹시 여기 임산부와 있던 여자분 보셨습니까?"

"안 그래도 말씀 전해 달라고 하셨어요. 휴대폰을 잃어버렸다고. 아이와 함께 구급차 타고 먼저 출발했습니다."

"아. 네."

산은 잠시 자리를 비운 사이에 초롱이 사라지게 될 거라 생각하지 않았기에 당황을 넘어 우려하지 않을 수 없었다. 그녀의 상태가 언뜻 보기에도 심상치 않아 보였는데.

우선 초롱이 잃어버렸다는 휴대폰을 찾기 위해 그녀의 휴대폰으로 전화를 걸며 주위를 둘러보았다. 다행히 멀지 않은 차량 옆에서 희미한 벨 소리가 들렸다. 액정이 심하게 파손되기는 했으나 벨 소리가 울린 것으로 보아 일단 작동은 하는 듯했다. 서둘러 휴대폰을 주워 들고서 다시 경찰관에게 다가와 물었다.

"혹시 어느 병원으로 간다고는 말이 없었습니까?"

"네. 아마도 몰랐을 겁니다. 이송하면서 환자를 받을 수 있는 병원으로 연락해야 해서 도착하기 전에는 모를 겁니다."

"네. 감사합니다."

산은 분주하게 움직이는 그를 더는 방해하면 안 될 것 같아 발걸음을 돌릴
수밖에 없었다.

몇 군데 연락을 취하던 구급차는 환자를 받아 준다는 병원이 있어 그쪽으로
향했고, 다행히 여자는 아직 희미하게나마 의식이 있는 상태였다. 구급차가 병
원에 도착해 응급실로 들어서자 기다리던 의료진들이 서둘러 여자와 아이의 주
위를 에워쌌다. 그때까지도 아이는 초롱의 손을 놓지 않고 있었다.

"우영이라고 했지? 괜찮을 거야. 여기 우영이 가슴이랑 다리랑 어디 다친 데
없나 사진만 찍고 하면 돼."

"엄마도 사진 찍어야 해요?"

불안하게 흔들리는 우영의 눈동자를 보며 어떻게 말을 해 주어야 할까 잠시
고민하는 사이 아이가 다시 말했다.

"안 되는데…… 엄마 배 속에 내 동생이 있어서 엄마는 사진 찍으면 안 된다
고 했어요. 그래서 나는 사진 찍을 때 혼자 들어갔어요."

"아. 그렇구나. 우영이 정말…… 똑똑하구나. 누나가 잘 몰랐네. 의사 선생
님께 꼭 말해 줄게. 알았지?"

"네."

엄마를 걱정하는 천진한 아이의 말이 너무 슬프게 들려 목이 콱 메었다. 응
급실 한편에 엄마와 아이를 위한 자리가 순식간에 마련되었다. 아이 엄마 먼저
처치를 하는 모습을 보며 초롱은 엄마가 자리한 바로 옆자리에 누운 우영이 곁
에 머물러 있었다.

"누나는 왜 울어요?"

자신이 울고 있는지도 몰랐던 초롱은 얼른 손을 들어 흐르는 눈물을 닦아

냈다.

"아까 연기가 많이 나더니…… 눈이 매워서."

초롱은 자신에게 이것저것 물어보는 의료진들에게 자신이 보고 행한 일을 상세히 알려 주며 충분한 정보를 전해 주었다. 이제 자신이 할 수 있는 일은 모두 다 했는데, 자꾸만 마음에 맺히는 아이의 모습에 쉽사리 자리를 떠날 수가 없었다.

그때 누군가 다급하게 응급실로 들이닥쳤다. 언뜻 보기에도 혼이 나간 듯 얼굴에 핏기라고는 하나 없이 주위를 두리번거리는 누군가의 모습에 혹시 아이의 아빠가 아닐까 했는데, 아니나 다를까 아빠를 알아본 우영의 목소리가 응급실 안에 쩌렁쩌렁 울렸다.

"아빠! 아빠!"

"우영아! 우영아, 괜찮아? 많이 놀랐지. 어디 다쳤어? 응? 어디가 아픈데? 많이 아파?"

한달음에 달려온 남자가 아이를 보자마자 허둥지둥 살피며 급히 말을 쏟아 냈다.

"엉엉. 나는 괜찮아. 아빠. 나는 안 아파. 그런데 엄마가 많이 아파."

아이의 아빠가 다가오는 모습에 잠시 자리에서 비켜서 있던 초롱은 아빠에게 말을 꺼내는 우영의 울먹이는 목소리를 들으며 다시금 밀려드는 죄책감에 입술을 깨물었다.

"하……. 그래, 그래. 착하다. 우리 우영이."

우영의 상태를 확인한 남자의 시선이 옆 침대에 누운 아내에게서 떨어질 줄 몰랐다. 슬픔에 꽉 잠겨 일렁이는 남자의 목소리에 초롱은 쉴 새 없이 눈물을 쏟아야 했다.

"엄마는 계속 잠만 자."

우영의 머리를 쓰다듬던 남자가 아내에게로 무거운 발걸음을 옮겼다. 절망으로 잔뜩 일그러진 얼굴을 하고, 눈물을 줄줄 흘리며 피투성이가 된 아내의 얼굴을 만지려 다가가는 그의 손이 심하게 떨리는 모습을 보다 못한 초롱이 고개를 돌렸다.

'제발 살아 줘요. 제발 죽지 마세요. 제발…… 제발…….'

너무나 안타까운 가족의 모습을 보며 초롱이 할 수 있는 것이라고는 기도밖에 없었다.

생사를 넘나드는 아내에게서 삶의 희망을 한 조각이라도 찾으려 애쓰며 아내를 부르는 남자의 목소리를 들은 초롱은 더 이상 이곳에 있을 수가 없었다. 아니, 있을 자격이 없었다.

초롱은 도망치듯 응급실을 빠져나와 마침 병원 앞에 멈춰 선 택시에 급히 올라탔다. 아무 생각 없이 입에서 나오는 대로 목적지를 말하고서 좌석에 몸을 깊이 파묻었다. 어금니를 앙다물며 입술을 짓이겨도 비처럼 쏟아지는 눈물은 막을 수가 없었다.

괜찮으냐고 물어보는 택시 기사의 물음에 대꾸도 하지 못한 채 두 손으로 슬픔이 쏟아지는 입을 틀어막았다. 그렇게 목적지에 도착하고서야 지금 자신에게 가방도, 지갑도, 휴대폰도 없다는 걸 알아차렸다.

"저…… 기사님, 죄송합니다만…… 전화 좀 빌릴 수 있을까요?"

울먹이며 하는 말에 불쌍해 보였을까, 흔쾌히 전화를 빌려준 덕분에 도움을 청할 수 있었다. 몇 분 지나지 않아 누군가 택시를 향해 헐레벌떡 달려오는 모습이 보였다.

초롱은 택시에서 내려 떨리는 몸으로 간신히 버티고 서서 택시비를 계산하며 연신 고개 숙여 사과하는 엄마의 모습에 또 눈물을 쏟았다. 택시가 떠나고 놀란 엄마의 목소리가 귓가로 날아들었다.

"초롱아!"

"엄마…… 흑."

한달음에 다가온 엄마를 보며 다리에 힘이 풀려 그 자리에 털썩 주저앉고 말았다. 제정신이었다면, 평소였다면 절대 이런 몰골로 찾지 않았을 텐데. 이런 불안정한 마음으로는 절대로 오지 않았을 텐데.

짓무른 눈은 불에 덴 듯 화끈거렸고 머리는 마치 새가 쪼아 대듯 고통을 호소했지만, 신체의 통증에 마음 쓸 여력이 없었다. 지금 초롱은 몸의 고통보다 극심한 마음의 고통에 신음하고 있었다.

온통 죄책감으로 얼룩져 있었고, 생각은 다람쥐 쳇바퀴 돌듯 사고가 있었던 그 시간 그곳에 머물러 끊임없이 같은 장면을 반복 또 반복하며, 자신을 괴롭히고 있었다.

이렇게 무너진 모습으로 결국 찾아온 곳이 아빠가 있는 병원이라니. 이 모습을 보면 엄마가 얼마나 놀랄지, 얼마나 걱정할지 알면서도 지금은 그런 걱정까지 할 마음의 여유가 단 하나도 남아 있지 않았다.

"초롱아! 이게 어떻게 된 일이야?! 이 피는 뭐야? 어? 다쳤어? 어디 다친 거야?!"

수영은 모르는 번호로 전화해 택시비가 없다고 빨리 나와 달라는 딸의 말에 허겁지겁 달려 나온 참이었다. 그도 그럴 것이 지금껏 이렇게 준비성 없이 움직이는 딸의 모습을 본 적이 없을뿐더러, 통화할 때의 목소리 또한 평소와 달라도 너무 달랐다. 울먹이는 음성은 말할 것도 없이 떨고 있었다.

아무리 기분이 가라앉아 있어도 부모 앞에서는 내색하지 않으려 애쓰던, 항상 씩씩한 모습을 보여 주던 평소 딸의 목소리와 달라도 너무 달라 덜컥 걱정이 들어서 달려 나왔는데. 아니나 다를까, 보이는 모습 또한 사람을 기함하게 만들고 말았다.

늘 단정하던 차림이 엉망으로 흐트러진 것은 말할 필요도 없었다. 잔뜩 엉킨 머리카락, 퉁퉁 부은 얼굴, 얼마나 깨물었는지 험하게 부르터 피가 흐르는 입술에 옷 여기저기 묻은 시뻘건 피는 최악의 상황을 떠올리게 만들기에 충분했다. 수영은 딸 앞에서 무너지지 않기 위해 이를 악물어야 했다.

"엄마. 엄마. 엄마……."

병원 주차장 한편에서 서럽게 우는 초롱의 모습에 지나가는 사람들의 시선이 하나둘 모였지만 수영은 그런 시선에 신경 쓸 정신이 없었다.

"그래. 엄마야. 엄마. 괜찮아. 다 괜찮아. 그러니까 말해 봐. 어디 다쳤어? 응? 다친 거야? 어디 아파? 응? 초롱아."

말없이 허물어지며 울기만 하는 모습에 수영의 속이 새카맣게 타들어 갔다. 여태 그 어떤 일에도 무너지지 않고 단단하게 버텨 주던 아이였다.

오히려 자신보다 더 굳건히 마음을 지탱하며 버팀목이 되어 주던 단단한 딸아이의 허물어지는 모습에 분명 큰일이 닥쳤음을, 일도 보통 일이 아님을 직감한 수영이 딸을 꼭 끌어안으며 딸아이에게 자신의 절망감을 들키지 않으려 애써야 했다.

"초롱아, 괜찮아. 그러니까 말해. 어디 다쳤어? 응? 우리 일단 병원에 들어가 진료부터 받자. 응? 이 피…… 피 좀 봐."

쓰러져 내리는 딸아이에게 누구보다 강인한 모습을 보여 줘야 하는데, 딸이 기댈 수 있도록 버텨야 하는데 아픈 딸의 흐느낌에 속수무책이었다. 엉망으로 무너진 딸아이의 모습에 격한 흐느낌이 새어 나오는 걸 막을 수 없었다.

"엄마. 엄마…… 흑. 나 어떡해. 나 이제 어떡해!"

"왜. 왜 그래, 응? 무슨 일인데? 말을 해야 알지. 엄마한테 말해 봐. 응? 아니다. 일단 진료부터 받으러 가자. 무슨 일이든 다 괜찮아. 아무것도 아니야. 다 지나갈 거야. 그러니까 일단 응급실 가자. 가서 치료부터 하고."

"이거 내 피 아니야."

"그럼…… 그럼 이 피는 다 뭐야? 초롱아. 왜 그래?! 초롱아."

말없이 꺽꺽 눈물 흘리는 딸을 지켜만 봐야 하는 수영은 미칠 것 같았다.

"엄마. 나 이제 어떻게 살아? 나 이제 어떻게 살아야 해? 뭐가 맞는지 뭐가 틀렸는지도 모르겠어. 아무것도 모르겠어. 그 여자…… 잘못되기라도 하면 그땐 나 어떡해? 그 여자…… 죽기라도 하면 그땐 나 어떡해?!"

수영은 아무 말도 할 수가 없었다. 딸아이가 지금 무슨 말을 하는 건지. 도대체 무슨 일이 있었던 건지. 답답함에 속으로 가슴을 치는데 뒤이어 들려오는 딸의 말에 심장이 땅에 떨어지는 것 같은 고통이 전해졌다.

"그러면 엄마…… 그러면 엄마…… 난…… 살 수 없을 것 같아……."

"안 돼! 초롱아. 초롱아, 그런 생각 하면 안 돼! 도대체 왜 그래, 너어!"

딸과 마찬가지로 수영의 눈에서도 눈물이 비 오듯 쏟아져 내렸다. 저렇게 울다 쓰러지기라도 할까 안절부절, 연신 딸아이의 몸을 쓸어내리며 마음을 졸여야 했다.

얼마나 힘들면, 오죽했으면 이 착한 아이가. 오죽하면 이 속 깊은 아이가 이럴까 싶어 차라리 울게 두었다. 그동안 애써 삼키고 참아 왔던 눈물 이제라도 다 쏟아 버리라고. 무슨 일인지 몰라도 흐르는 눈물에 다 씻어 내려가 버리라고.

얼마나 지났을까. 겨우 흐느낌이 잦아드는 초롱을 일으키려는데 좀처럼 일어서지 못했다. 온종일 마음을 졸인 데다 극도로 치달은 스트레스에 체력이 버텨 줄 리 없었다. 결국 일어서려다 말고 그대로 혼절해 버린 초롱이었다.

"초롱아! 초롱아!! 여기요. 여기요, 도와주세요. 의사 좀 불러 주세요!"

목 놓아 절규하는 수영의 목소리가 사정없이 떨렸다.

산은 사고를 당한 사람이 가장 빨리 도착할 수 있을 만한 병원을 검색해 응급실에 일일이 전화를 걸었다. 한참을 연락하고서야 임산부와 아이가 함께 도착했다는 응급실을 찾을 수 있었고, 곧장 그곳으로 향했지만 초롱은 이미 병원을 떠나고 없었다.

그녀의 집에도 찾아갔지만 아무도 없었다. 혹시나 해서 전화한 초원에게도 그녀는 가지 않았다. 왠지 그 모습을 하고 부모님을 찾지는 않을 것 같았다. 그래서 그 외에 그녀가 갈 만한 장소를 떠올려 보는데, 평소 생활 반경이 그리 넓다고 볼 수 없는 그녀의 동선에서 그녀가 갈 법한 곳이 머릿속에 선뜻 떠오르지 않아 애를 태웠다.

설마 하며 자신의 아파트에 도착했지만, 역시나 그녀는 없었다. 산은 무거운 다리를 옮겨 집 안으로 들어서며 아무것도 하지 못하고 소파에 털썩 주저앉았다. 들고 있던 휴대폰 두 개를 테이블 위에 던지듯 올려 두고서 지친 눈을 잠시 감았다.

자신이 얼마나 걱정하고 있는지 뻔히 알 텐데, 사고 후 세 시간이 지나도록 연락 한 통 없는 초롱이 야속하기만 했다. 도대체 우리에게 무슨 일이 일어난 걸까. 사고를 발견한 당시 자신의 팔을 붙잡고 늘어지던 초롱의 간절한 눈빛과 절박한 행동이 계속 뇌리에 남아 고뇌하게 되는 산이었다.

분명 그녀는 평소와 달리 눈에 띄게 당황했었다. 단지 사고 현장을 목격하게 되어 그런 것이라 치부하기에는 너무나 절실하게 매달리던 모습이 계속해서 머릿속을 맴돌며 생각을 헤집어 놓는데, 때마침 테이블에 올려 둔 휴대폰의 벨소리가 조용한 공간에 울려 퍼졌다.

혹시 초롱에게서 전화가 걸려 왔나 싶어 얼른 감은 눈을 떠 휴대폰을 확인해 보니 승주에게서 온 전화였다. 기다리던 전화가 아니라 그런지 절로 미간에 주름이 그려지며 답답한 마음에 한숨을 내쉬고서 통화 버튼을 눌렀다.

— 산, 너 괜찮아?

"앞뒤 없이 다짜고짜 괜찮냐고 물어보면 뭐라고 할까?"

— 하하하. 말하는 거 보니 괜찮네 뭐. 수고했다. 큰일 했네. 아주.

"무슨 소리야? 알아듣게 말해."

초롱의 문제로 한껏 예민해진 탓인지 말투가 곱게 나가지 않았다.

— 피곤하기도 하겠다. 방금 뉴스 봤어. 사고 크게 났던데, 너는 다치지 않은 거지?

휴대폰을 들고서 소파에 기대어 뻐근한 목덜미를 주무르던 산의 동작이 일순 멈추었다. 허리를 곧추세워 자세를 고쳐 앉고서 심각한 표정으로 되물었다.

"뉴스? 사고 현장이 뉴스에 나왔단 말이야?"

— 못 봤나 보네. 사고 차량에 있던 블랙박스하고, 너한테 구조된 사람이 찍은 영상이 나왔어. 바로 알아보겠더라. 너하고 같이 있던 여자. 지금 만나는 그 사람 맞지?

"초롱이도 나왔어?"

— 어. 초롱 씨도 너만큼이나 대단했어. 많이 놀랐을 텐데, 침착하게 대처 잘하더라.

"하. 알겠어. 일단 끊어."

— 그래. 피곤하다고 그냥 자지 말고 근육 잘 풀어 주고 자.

"알았어."

통화를 끊기가 무섭게 전화가 다시 걸려 왔다. 이번에는 큰형 강이었고, 전화를 받자마자 걱정 어린 형의 목소리가 들려왔다.

— 너 괜찮은 거지? 다친 데는 없고? 같이 있던 여자가 혹시 이초롱 씨야? 네가 만난다던?

"하…… 맞아. 형, 미안한데 지금은 통화하기 곤란해."

산은 소파에서 벌떡 일어서 AV룸으로 성큼성큼 걸음을 옮기며 형에게 양해를 구했다. 우선 전화를 끊고 뉴스부터 확인해 봐야 할 듯했다.

— 알았다. 집에 전화 한 통 드려. 뉴스 보셨으면 걱정이 많으실 거야.

"그래. 알았어."

부모님과 할머니께서 뉴스를 시청하지 않으셨기를 바라지만, 늘 저녁 뉴스만큼은 빼놓지 않고 시청하시는 분들이었기에 헛된 희망은 얼른 털어 버리고 전화를 드리려는데 또다시 전화벨 소리가 울렸다.

막내 여동생에게서 온 전화를 받으며 도착한 AV룸의 문을 여는데 동생의 쩌렁쩌렁한 목소리가 고막을 찌를 듯 울려 왔다.

— 오빠 괜찮아?! 어디 안 다쳤어? 언니는? 언니도 괜찮아? 아니, 오빠야 워낙 강심장이라 그렇다 쳐도 언니는 왜 그렇게 겁이 없어! 큰일 날 뻔했어. 여차하면 2차 사고에 꼼짝없이 당할 뻔했다고. 내가 얼마나 놀란 줄 알아? 심장이

157

멎는 줄 알았다고!

말할 틈도 주지 않고 제 할 말만 쏘아붙이는 동생의 목소리에 미처 삼키지 못한 한숨이 길게 새어 나왔다. 산은 도대체 사고 현장이 어땠는지, 도대체 동생이 뭘 보고 저러는 건지 알 수 없어 답답함에 속이 탔다. 서둘러 테이블에 놓인 리모컨을 들어 빔 프로젝터를 켜고서 아직 뉴스를 하는 채널을 찾으며 말을 꺼냈다.

"너 지금 어디야?"

— 오빠 정말 괜찮은 거지? 언니도 괜찮은 거 맞고?

"어디냐고."

— 집이야. 엄마 아빠는 말할 것도 없이, 할머니께서 많이 놀라셨어. 오빠 집에 좀 와 봐야 할 것 같아서 전화한 거야.

"초롱이 얘기도 했어?"

— 아니. 그건 아직. 오빠 다쳤을까 봐 전전긍긍하시는데 거기다 대고 언니 얘기까지는 못하겠더라. 언니가 좀 위험했어야 말이지.

"잘했어."

아직 사고 장면을 송출하는 채널이 있었다. 동생에게 대꾸하던 산의 눈은 이미 사고 장면을 되풀이해서 보여 주는 화면으로 빨려 들어가며 휴대폰을 들고 있던 팔을 힘없이 떨어뜨렸다. 자신이 사고 차량에서 운전자와 동승자를 구조하는 장면에는 눈길조차 보내지 않고, 오직 산의 눈은 힘겹게 차 옆에 있는 여자를 끌어내느라 고군분투하는 초롱에게 머물러 있었다.

잠시 후, 그녀는 아슬아슬하게 사고 난 차량 사이를 헤집고 다니며 무언가 찾고 있었고, 이윽고 차량 아래에서 아이를 꺼내 안아 들고서 여자를 뉜 곳으로 서둘러 가고 있었다. 그녀가 아이를 구해 내고 불과 몇 분 뒤 방금 아이를 꺼냈던 그곳에 2차 사고가 일어나고 말았고, 그 모습을 보고 경악한 산이 숨을 급히 들이켜며 AV룸 소파에 털썩 주저앉았다.

순간 누군가 심장을 꺼내 들어 쥐어짜는 듯한 고통이 엄습했다. 종잇장같이 구겨지는 차와 차 사이에 그녀가 있었을 수도 있다고 생각하는 것만으로 숨도 쉬지 못할 만큼의 강한 통증이 밀려와 등으로 식은땀이 주룩 흘러내렸고, 놀랍게도 손이 떨리고 있었다.

분명 그녀는 무사했다. 사고 처리가 끝난 후에 직접 두 눈으로 확인하지 않았던가. 그녀가 무사하다는 걸 직접 눈으로 확인했음에도 그 위험했던 순간을 되풀이해서 보여 주며 그녀의 용기를 칭찬하는 아나운서의 말은 들리지도 않았다.

그저 산은 믿기지 않는 장면을 보고 또 보며 자신에게 수없이 되뇌어야 했다. 그녀는 무사하다고. 그녀는 분명 살아 있다고. 자신을 안심시키려 노력하는데 어디선가 날카로운 쇳소리가 들려왔다. 왼손에 쥐고 있던 휴대폰에서 들려오는 성난 소음에 그제야 아직 통화를 끊지 않은 걸 알아채고는 다시 귓가에 갖다 댔다.

— 오빠! 산 오빠! 둘째 오빠! 내 말 듣고 있어?

"듣고 있어."

— 할머니 지금 오빠한테 가겠대. 두 눈으로 직접 오빠가 무사한 걸 확인해야겠대.

"하…… 간다고 해. 내가 지금 바로 갈게."

전화를 끊자마자 AV룸을 벗어나 재빨리 드레스 룸으로 향했다. 가뜩이나 걱정이 많은 분들께 피가 묻어 엉망이 된 차림으로 갈 수는 없는 노릇이었다.

어른들을 걱정하는 산 역시 놀란 가슴은 여전히 잠잠해질 기미를 보이지 않고 쉼 없이 두방망이질을 해 댔지만, 이렇게 시간을 허비하고 있을 수는 없는 일이었다. 우선 놀란 어른들부터 진정시켜 드리고 다시 초롱을 찾아봐야 할 듯했다.

수영은 응급실 침대에 파리하게 누워 수액을 맞으며 잠에 빠진 초롱에게서 불안한 시선을 거둘 수 없었다. 아까 자신의 품에서 허물어지던 딸아이의 모습이 자꾸 떠올라, 좀처럼 걱정을 내려놓지 못하고 딸의 곁에 머무르는데 얼굴이며 손이며 드러난 곳이 엉망이 되어 있어 서둘러 화장실로 향했다.

우선 급한 대로 화장실에 있던 페이퍼 타월에 물을 적셔 와 거뭇거뭇 그을음이 내려앉은 얼굴과 피 묻은 손을 닦아 내는데 자신을 향해 다가오는 의사가 보여 앉아 있던 자리에서 힘없이 몸을 일으켰다.

"어머니, 초롱 씨가 정말 대단한 일을 했더라고요. 아직 뉴스 못 보셨죠?"

이미 응급실을 여러 차례 방문했던 전력이 있어서인지 안면이 있는 의사가 친근하게 말을 건네 왔다.

"뉴스……요?"

"네. 오후에 사고가 크게 있었는데, 마침 그 도로를 지나던 초롱 씨와 일행이 다친 사람들을 구했더라고요. 일반인이 그 위험한 상황에서 그렇게 적극적으로 나서기가 쉽지 않았을 텐데 정말 대단했습니다. 이렇게 쓰러진 것도 다쳐서라기보다, 오늘 너무 애를 써서 기력을 다해 그런 걸 겁니다. 검사 결과는 나와 봐야 알겠지만, 너무 걱정하지 않으셔도 되겠기에 드리는 말씀이에요."

의사의 말을 귀담아듣는데 오며 가며 스쳐 지나는 의료진들이 모두 자신을 향해 양 엄지를 추켜세우며 동경의 눈빛을 보냈다.

"그럼 지금 우리 딸이 쓰러진 게…… 사고를 돕다가 기운을 다했기 때문이라는 말씀이세요?"

"네. 아마도요. 어떤 여자 한 명과 아이를 구했어요. 정말 대단한 일을 했어요. 어머니, 자랑스러우시겠어요. 검사 결과는 나오는 대로 말씀드릴게요. 다른 필요한 게 있으시면 말씀하시고요."

"네. 네. 그럴게요."

수영은 어리둥절했다. 험한 몰골에 온갖 나쁜 상상을 하며 혹시 몹쓸 일을 당하지 않았나, 걱정이 이만저만 아니었는데 사고당한 사람을 도와서였다니……. 하지만 딸아이는 교통사고에 민감한 편이었는데.

아빠가 사고를 당하는 모습을 바로 앞에서 목격한 탓에 교통사고 장면을 보면 힘들어하는 모습이 역력했던 딸이었다. 어쩌다 뉴스에서 사고 장면이 나오는 것도 대수롭지 않게 보아 넘기지 못하고, 그런 장면이 나올 때면 으레 시선을 다른 곳으로 급히 돌리고는 했는데, 그런 사고 현장에서 사람을 도왔다니.

자신이 생각했던 최악의 상황은 아니었기에 마음을 놓으면서도 한편으로 그런 모습을 눈앞에서 목격했을 딸아이의 정신이 지금 온전할까, 걱정을 내려놓은 자리에 다른 걱정이 똬리를 틀고 자리를 잡았다.

그래서였나 보다. 온몸이 흔들릴 정도로 힘겹게 오열하며 무너진 이유가…… 바로 그 때문이었나 보다.

하지만 왜? 자신의 트라우마를 견디며 사고자를 돕기까지 했다면서 왜 그렇게 울부짖었을까. 의아하지 않을 수 없었다. 수영은 아까 딸이 소낙비처럼 쏟아내던 말을 다시 떠올리려 애써 보았지만 아무 말도 떠오르지 않았다. 단지 그러면 살 수 없을 것 같다던. 곱씹을수록 그 의미가 소름 끼치도록 끔찍한 말만 귓가에 맴돌며 수영의 심장을 조이고 있었다.

잠시 후 검사 결과가 나왔다. 다행히 검사상 이상 소견이 발견되지 않았다는 말에 크게 안도했다.

"하지만 혼절한 데다 탈수 증상이 있어 이삼 일 정도 입원해서 지켜보며 안정을 되찾는 것도 나쁘지 않겠습니다. 그동안 병원 오가며 누적된 피로에 오늘 일까지. 심적으로나 체력적으로 한계가 온 것 같기도 하고요."

"네. 저도 그게 좋을 것 같아요."

이렇게라도 해서 딸이 조금이라도 쉴 수 있기를. 마음이 불안정한 상태의 딸을 홀로 집에 돌려보내는 것보다, 입원을 시켜 자신이 곁에서 살펴보는 편이 나을 듯했다.

수영은 여전히 잠에서 깨지 않은 딸을 간호사에게 잠시 부탁하고 입원 수속을 하러 가다 말고, 어디선가 흘러나오는 딸아이의 이름에 홀린 듯 그곳으로 향했다.

— 제보에 따르면 사고자를 적극 구조하던 분은 하이산 씨와 이초롱 씨라고 합니다. 두 사람은 캠핑카 업체로 잘 알려진 이산 코리아의 대표와 직원으로 회사 행사를 마치고 귀가하는 중이었다고 합니다.

— 네. 맞습니다. 귀가 중 사고를 목격한 두 사람은 차를 세우고 주저 없이 부상자를 적극적으로 도왔다고 합니다. 부상자들의 제보에 따르면 응급처치를 하는 모습이 일반인 같지 않았다고 합니다. 그래서 부상자들 사이에서는 구급 대원이 아닌가 했다더군요.

— 네. 하이산 씨는 응급처치 국제 인증 자격증을 보유했다고 알려졌는데요. 평소 회사에서도 응급 상황에 대처할 수 있도록 관련 교육을 꾸준히 진행해 왔다고 합니다.

— 그래서일까요? 직원인 이초롱 씨 역시 당황하지 않고 침착하게 심폐소생술을 시행하여 임산부와 아이를 구해 냈습니다.

— 2차 사고가 일어날 수도 있는 위험천만한 상황에서 저렇게 침착하게 대처하는 모습에 놀라움을 금할 길이 없습니다. 실제로 아이를 구한 이후 2차 사고가 일어났지요. 정말 아찔한 상황이 아닐 수 없습니다.

— 방금 또 다른 제보 영상이 도착했다는데요. 그 영상에 따르면 2차 사고 시 파편이 곳곳에 튀었는데 이초롱 씨는 피하기는커녕 부상자들을 끌어안고 보호를 했던 것으로 보입니다. 부디 이초롱 씨가 다치지 않았기를 바랍니다.

리포터의 말이 끝나자마자 해당 영상이 브라운관을 통해 흘러나왔고 그 영상에는 자동차 파편이 흩어지며 정확히 부상자를 끌어안은 초롱의 등을 강타하는 모습이 여과 없이 흘러나왔다.

수영은 화들짝 놀라며 부리나케 딸이 있는 응급실로 향했다. 딸은 여전히 잠들어 있었고, 수영은 떨리는 손으로 커튼을 닫아 이불을 걷어 내고서 딸의 몸을 옆으로 기울여 상의를 끌어 올렸다.

온통 시뻘겋다 못해 시퍼렇게 변해 버린 등을 보며 수영은 자리에 힘없이 주저앉아 눈물을 쏟았다. 당장 의사를 불러야 하는데 차마 입이 떨어지지 않았다.

겨우 일렁이는 마음을 가라앉히고 자리에서 일어서 옆으로 지나가는 간호사를 불렀다. 울먹이는 목소리로 딸아이의 등을 좀 봐 달라고 하자 서둘러 살펴본 간호사가 담당 의사를 불렀다. 아까 검사 결과를 알려 주던 의사가 다가와 초롱의 등을 유심히 살피고선 엷은 미소를 그리며 말을 꺼냈다.

"X-ray 촬영상에 이상 소견 없으니 뼈에는 문제가 없습니다. 단순 타박상으로 보이니 너무 심려하지 않으셔도 됩니다. 오늘은 냉찜질해 주시고 안정을 취하는 것이 좋겠습니다. 입원 수속 되는 대로 병실로 옮기시죠."

"네. 감사합니다."

멍 든 부위가 제법 넓어 가슴이 철렁했는데 단순 타박상이라고 하니 비로소 안도의 한숨을 내쉬었다. 수영은 혹시나 하는 마음에 딸아이의 머리부터 발끝까지 꼼꼼히 살펴보고서야 바로 눕히며 커튼을 걷었다.

본가로 가는 중에도 산의 전화는 쉴 새 없이 울리고 있었다. 반면 초롱의 휴대폰은 왜 이렇게 잠잠할까 싶어 뒤늦게 확인해 보는데, 아니나 다를까 배터리가 방전되어 전화가 꺼진 것을 확인하고선 자신의 부주의에 욕을 뇌까리며 급히 차량용 충전기를 꽂아 두었다.

본가에 도착해 얼마 충전되지도 않은 휴대폰을 챙겨 들었다. 벨을 누르자마자 대문이 열려 서둘러 바쁜 걸음으로 본채로 향했다. 현관에 닿기가 무섭게 문이 먼저 열리더니 가족들이 득달같이 달려 나와 산을 반겼다.

"오빠!"

"산아! 너 괜찮은 거지?"

여동생과 어머니가 차례로 안부를 물었다.

"뉴스 보셨으면 별일 없다는 거 아실 텐데 뭘 그렇게 걱정을 하세요."

산이 대수롭지 않게 대꾸를 했다. 여동생과 어머니 뒤로 말없이 자신의 몸을 훑는 아버지의 예리한 눈매와 함께 손수건으로 눈물을 훔치며 다가오는 할머니가 보였다.

"할머니."

부르는 말에 소리 없이 다가와 덥석 끌어안으신다. 떨리는 손으로 등을 쓸어 내리는 애틋한 행동에 뒤이어 울먹이는 할머니의 목소리가 들려왔다.

"이 녀석아! 조심해야지. 거기가 어디라고 겁도 없이. 그러다 잘못되기라도 하면 어쩌려고! 너 때문에 오늘 할미 심장이 다 쪼그라들었어! 명줄이 10년은 줄었을 게다. 망할 녀석 같으니라고!"

"할머니. 보시다시피 저는 이렇게 무사하지 않습니까. 어련히 알아서 잘할까요. 구조하더라도 주위를 얼마나 잘 살피며 하는데요. 제발 그런 걱정은 접어 두세요."

"하늘이 도왔지. 하늘이 도왔어. 이 녀석아! 너 잘못되면 할미 죽어! 알아, 몰라?!! 어?"

"압니다."

"그런 녀석이! 잘 안다는 녀석이! 그렇게 위험천만한 곳에서 제 몸 돌볼 생각도 않고 그렇게 설치냔 말이야! 허어……."

손자의 안위를 직접 확인하고서야 안심이 되는지 맥이 탁 풀린 금옥이 다리에 힘이 풀려 손자를 안은 채 주르륵 미끄러져 내리자, 산이 놀라 할머니를 얼른 붙잡았다.

"할머니!!"

"어머니!"

"어머님!"

놀란 목소리가 앞다투어 흘러나왔고, 산은 지체 없이 힘없이 늘어진 할머니를 안아 올렸다.

"어머니, 우리 산은 괜찮을 거라고 제가 말씀드렸지 않습니까. 뭘 이렇게 속을 끓이십니까. 제 앞가림이야 누구보다 잘하는 녀석인데 말입니다."

기력이 쇠한 듯한 어머니를 보는 강우의 마음이 편치 않았다. 자신이라고 아들이 걱정스럽지 않은 건 아니었으나, 본디 불의를 보면 그냥 보아 넘기지 못하게 가르친 것도 자신이요, 어려움에 처한 사람을 그냥 지나치지 못하게 한 것도 부모인 자신들의 가르침이었다. 그렇다고 정말 불구덩이 속에 뛰어들라는 말은 아니었건만.

강우 역시 위험천만했던 사고 현장에서 제 몸 사리지 않고 사고자를 구하는 아들의 모습을 보며 애가 타 입이 바짝바짝 말라 왔지만, 제 도덕적 신념에 따라 옳은 행동을 하는 아들에게 염려의 말을 늘어놓을 수는 없는 노릇이었다.

강우는 속으로는 제가 하고 싶어도 채신없어 못 하는 말을 어머니가 대신 해 주니 말없이 응원하게 되는 이중적인 자신의 모습에 속으로 혀를 끌끌 찼다.

산이 소파에 할머니를 조심스레 내려놓자 림이 언제 주방에 다녀왔는지 물 컵을 내밀었다. 금옥은 힘없이 소파에 기대앉으면서도 한 손으로는 산의 손을 꼭 붙잡아 자리에 끌어 앉히고서 림이 건네는 물을 들이켰다.

"할머니. 다음부터 더 조심하겠습니다. 그러니 마음 놓으세요. 그리고 저는 지금 잠시 가 볼 곳이 있어서,"

"또 어딜 간다는 게야! 오늘은 집에서 그만 좀 쉬어. 그래야 내가 마음이 좀 놓이겠어. 응?"

"그래, 아들. 오늘만이라도 집에서 좀 쉬면 안 되겠어? 엄마도 오늘 너무 놀라서 심장이 막 불편하단 말이야. 아직도 벌렁거려."

잠시 얼굴만 비칠 생각이었던 산이 낭패감에 짧은 한숨을 삼키는 그때, 초롱의 전화벨 소리가 들려왔다. 어른들께 잠시 양해를 구한 뒤 서둘러 상의 안에 넣어 둔 초롱의 휴대폰을 꺼내 보니 초롱의 절친인 소현에게서 걸려 온 전화였다. 얼른 전화를 받은 산이 말을 꺼내기도 전에 그녀의 걱정이 빗발치듯 쏟아져 내렸다.

— 이초롱! 미쳤어? 너 제정신이야?! 거기가 어디라고, 어? 내가 정말 너 때

문에 미치겠어! 너 괜찮아? 괜찮은 거지. 응? 안 다친 거지? 괜찮아? 초롱아, 초롱아!

울먹임이 섞인 걱정 어린 말투에 산이 급히 대답했다.

"하이산입니다. 초롱이 전화 내가 가지고 있어요."

— 선배. 초롱이는요? 괜찮은 거죠. 네? 괜찮죠?

"사실 지금 나도 초롱이 행방을 몰라요. 아까 구급차 타고 먼저 떠났는데 어디 있는지 모르겠어요. 혹시 알게 되면 바로 연락 좀 줄래요?"

— 네. 그럴게요. 아, 선배는 괜찮아요?

"난 괜찮아요. 그러니까 초롱이 연락되면 꼭 알려 줘요."

— 네. 알겠어요. 바로 알아볼게요.

한숨을 내쉬며 전화를 끊은 산은 갑작스레 튀어나온 여자 이름에 놀란 어른들이 자신을 얼마나 유심히 지켜보고 있는지 알 리가 없었다. 산의 머릿속은 지금 온통 초롱에 대한 걱정으로 가득 차 있었다. 최후에 든 생각이 친구인 소현에게 갔을지도 모른다였는데, 그녀에게도 가지 않았으면 도대체 어딜 간 걸까.

걱정으로 속이 부글부글 끓는데, 슬랙스 주머니에 넣어 둔 자신의 휴대폰이 요란하게 진동했다. 또 누군가 싶어 전화를 확인하는 산의 눈이 순간 커졌다.

'이초원'이라고 찍힌 발신자를 확인하자마자 곧장 전화를 받았다.

"어, 초원아."

— 형. 누나 입원했어요.

"뭐?! 초롱이 입원했다고? 왜! 어디 다쳤어? 다친 거야?! 어딘데, 병원이 어딘데?!"

소스라치게 놀라며 앉은 자리에서 벌떡 일어나 소리치는 산의 얼굴에서 핏기가 순식간에 사라지고 있었다.

— 아버지 병원이요.

"초롱이가 아버님 계신 병원에 갔다고?!"

산은 절대 부모님이 계신 곳으로 가지는 않았을 거라 확신했던 바보 같은 자신을 한 대 쥐어박고 싶었다. 동시에 초롱이같이 생각이 깊은 사람이 그 모습으로 아픈 부모님이 있는 병원을 찾아갔다면 훨씬 더 복잡하고 어려운 상황에 직면했음을 직감적으로 알아차렸다.

― 네. 엄마 말씀으로는 등에 파편이 떨어졌는지 멍이 심하게 든 것 말고는 크게 걱정할 일은 없다고 하셨어요. 저도 지금 병원으로 가는 길입니다.

"알았어. 나도 지금 바로 갈게."

― 네. 조심해서 오세요. 형은 정말 괜찮으신 거죠?

"내 걱정은 할 필요 없어. 아무 이상 없어."

― 네. 형.

전화를 끊은 산에게서 깊은 한숨이 흘러나왔다.

"죄송합니다. 지금 가 봐야겠습니다. 연락드리겠습니다."

와락 구겨진 인상과 함께 낮은 음성으로 말하며 서둘러 걸음을 옮기는 산에게 누구도 섣불리 말을 꺼내지 못하는데 림이 얼른 산의 뒤를 따라잡으며 급히 물었다.

"오빠…… 언니 다쳤대? 다쳤어?"

"하…… 파편이 등으로 떨어진 모양이야. 가서 확인해 봐야겠다. 어른들께는 네가 잘 말씀드려. 전화할게."

"어. 그래. 얼른 가 봐. 운전 조심하고."

림은 거칠게 머리를 쓸어 올리며 가는 오빠의 모습이 예사롭지 않게 보여 걱정스러웠다. 덩달아 불안한 마음에 한숨을 내쉬며 돌아서는데 언제 다가왔는지 아빠, 엄마의 묻는 듯한 집요한 시선이 림에게 달라붙었다.

"초롱이라면, 아까 그 아가씨 아니야? 맞지? 그 아가씨…… 설마 산이 애인이야?"

여자가 입원했다는 소리에 벌떡 일어서더니 순간 핏기를 잃어버린, 혼비백산하던 아들의 모습이 낯선 영현이었다. 여자의 휴대폰을 가지고 있는 것도 의

아하던 차에, 자신의 전화로 걸려 온 누군가와 통화를 하는 아들의 얼굴에 차
례로 스치는 경악과 고통, 절망의 빛을 바라보며 그저 단순한 회사 직원이 아
님을 어렵지 않게 짐작할 수 있었다.

림은 이미 짐작하고 물어보는 엄마를 향해 고개를 끄덕이며 말을 이었다.

"네. 맞아요. 지금 오빠 회사 직원이고, 동시에 오빠가 만나는 사람이에요."

"뭐야?!"

그때까지 소파에 앉아 있던 금옥이 자리에서 벌떡 일어섰다.

"어머니. 일단 앉으세요. 앉아 계세요. 그러다 또 쓰러지시면 어쩌려고요!"

강우가 급히 다가와 어머니의 급한 행동을 만류하며 자리에 앉도록 부축해
드렸다.

"그 아이가 산이 짝이 됐단 말이야? 그게 정말이야? 그런데 겁도 없이 그 위
험천만한 사고 현장에서 그러고 있었다고?! 이런, 맙소사! 둘 다 어떻게. 어?
둘 다 어떻게 그렇게 겁이 없어!! 그래서 그 아이가 지금 입원했다는 게야? 그
런 게야? 어디가 다쳤는데?! 어디가 어떻게 얼마나 다쳤는데?! 아이고, 머리
야."

"어머니 제발 진정하시라니까요."

강우는 머리를 부여잡으며 소파에 힘없이 기대는 어머니의 모습에 안절부절
못했다. 기력이 없어 보이는 어머니는 어머니대로, 급히 나간 아들은 아들대로,
그리고 한 번도 직접 대면하지 못한 화면으로 보게 된 아들의 여자까지. 모두
강우의 걱정을 보태고 있었다.

"TV 다시 틀어 봐. 우리 손자며느리 어디가 얼마나 다쳤나 봐야겠어. 어여
틀어 봐!!"

아직 정식으로 소개받지도 않았건만, 벌써 손자며느리라 칭하며 과하게 앞
서가는 어머니를 보고 고개를 내저으며 강우가 조심스레 말을 꺼냈다.

"어머니, 그냥 산이 연락 기다리시는 게……."

"당장 안 틀어?!"

"이미 뉴스 끝난 지 오랜데요."

"그럼 다시 보기 하면 될 것 아냐?! 빨리 틀어 봐, 빨리!"

금옥은 산의 회사에 갔을 때 이미 눈여겨본 아가씨였기에 분명히 기억하고 있었다. 워낙 맑고 깨끗한 이미지에 하는 말과 행동도 차분하고 선해 보여 산의 짝으로 내심 점찍어 놓았었다.

안 그래도 이번 가족 모임 때 산에게 지금 만나는 사람이 누군지 넌지시 물어볼 참이었는데 이렇게 알게 될 줄은. 부디 몸 상하지 않았기를 간절히 바라며, 이번에는 손자 산이 아닌 초롱이라는 아가씨만을 뚫어져라 보게 되는 금옥이었고, 산의 부모인 강우와 영현 또한 아들이 아닌 여자를 주의 깊게 살펴보게 되었다.

병원에 도착한 산은 마음이 조급했다. 분명 초원이 크게 걱정할 일은 없다고 했으나 산의 마음은 온갖 염려로 가득 들어차 있었다. 부디 초원의 말처럼 무사하기를 마음으로 빌고 또 빌며 초원이 문자로 보내 준 병실을 찾았다. 병실 문 옆에 붙은 초롱의 이름을 확인하고서 여닫이문을 조심스레 열었다.

4인 병실에는 초롱과 함께 다른 환자와 보호자가 있었고, 산은 곧장 누나를 지키고 선 초원을 향해 걸음을 옮겼다. 자신을 보자 인사를 꾸뻑하는 초원의 어깨를 두드리는 것으로 인사를 대신하고 침대에 누운 초롱에게 눈길을 돌렸다.

환자복을 입은 채, 죽은 듯이 잠에 빠진 그녀는 미동조차 없었다. 그런 초롱을 걱정 어린 눈으로 바라보며, 굳은 표정으로 초롱이 누운 베개 바로 옆에 한 손을 짚고서 다른 손을 들어 그녀의 머리를 가만히 쓰다듬는 산의 얼굴에는 수심이 가득 차 있었다.

"너무 걱정하지 않으셔도 되겠어요. 저도 의사 선생님 만나 봤는데, 한 이삼

일 정도 쉬면 회복할 거랍니다. 등에 타박상도 크게 걱정하지 않아도 된다고 하셨고요."

잠이 든 초롱과 병실의 다른 사람들 때문에 한껏 목소리를 낮춘 초원의 말이 조용히 산의 귓가로 흘러들었다. 산은 말없이 고개를 끄덕이더니 이내 허리를 펴고 섰다. 고개를 들어 바깥 방향으로 까딱였다. 초원에게 잠시 밖으로 나오라는 제스처였다.

산이 병실을 나서자 초원이 그 뒤를 따랐다. 병실 밖에 나오자마자 산이 말을 꺼냈다.

"일단 병실부터 옮기자. 하루든 이틀이든 초롱이 혼자 편히 쉴 수 있게."

"아, 저도 그러려고 했는데, 엄마가 뭔가 마음에 걸리는 게 있다고. 사람들이 있는 병실이 좋겠다 하시더라고요."

"마음에 걸린다니?"

"저, 그게……."

초원은 누나에게서 한시도 눈을 떼지 말라고 신신당부하며 아버지께로 향하던 엄마의 불안해하는 모습을 떠올렸다. 엄마에게 들었던 말을 형에게 옮겨도 될까. 고심하지 않을 수 없었다. 누나가 절대 나쁜 마음 먹을 사람이 아니라는 건 잘 알지만, 엄마의 걱정 또한 흘려들을 수 없었다.

평소의 누나답지 않은 행동이 초원의 걱정을 부추겼다. 여느 때의 누나라면 이런 모습으로 부모님을 찾을 리 없었다. 엄마 앞에서 울며 무너지지도 않았을 것이고, 결코 엄마에게 그런 말을 해서 불안을 심어 주지도 않았을 것이다.

하지만 보통 때와 다른 날이었다. 자동차 사고와 관련한 누나의 트라우마를 누구보다 잘 알고 있었기에 엄마와 마찬가지로 평소 심지 굳었던 누나의 이미지만 믿을 수는 없는 초원이었다.

"누나가 무슨 말 끝에 엄마한테 이런 말을 했대요. 살 수 없을 것 같다고……."

"뭐, 뭐라고?"

문에 달린 창으로 병실에 누운 초롱을 힐끔거리며 하는 초원의 말이 산은 선뜻 이해하기 힘들었다.

"아마 엄마가 잘못 들은 걸 거예요. 누나가 많이 울면서 무슨 말을 했는데 그 말만 기억에 남았나 봐요. 그래서……."

"말도 안 돼. 말도 안 돼. 하……."

믿을 수 없는 말에 산이 고개를 내저으며 말을 이었다.

"그런 문제라면 걱정하지 마. 내가 있을게. 초롱이 그런 생각 할 사람 아냐. 절대 아니야."

"네. 알아요. 저도."

산은 한 손으로 거칠게 머리를 쓸어 넘기고서 창을 통해 아직도 잠에서 깨어나지 않는 초롱을 눈으로 살피며 초원을 향해 물었다.

"혹시…… 또 내가 알아야 할 일 없어? 초롱이, 사고와 관련한 안 좋은 기억이라도 있어?"

산이 계속 꺼림칙하게 남아 있던 의문을 토해 냈다.

"……."

말없이 입만 달싹이는 초원을 보니 자신의 짐작이 틀리지 않은 듯했다.

"있구나?!"

"아버지. 사고 났을 때 누나가…… 같이 있었어요."

"뭐?!!"

경악할 만한 이야기에 더 물어보려는데 초원의 시선이 다른 곳으로 향했고, 따라서 간 시선 끝에 소현과 진우가 병실을 찾으며 허둥지둥 다가오고 있었다. 마치 시간을 맞추기라도 한 듯 그들 뒤로 로라까지 보였다. 도대체 어떻게 알고 찾아왔을까. 어리석은 생각 끝에 초원을 바라보니 어깨를 으쓱하던 초원이 말했다.

"다들 뉴스 보고 걱정돼서 전화 왔더라고요."

"그래."

산은 미처 마무리하지 못한 대화를 먼저 마치고 싶었지만, 지금으로서는 방법이 없었다. 우선은 찾아온 손님부터 맞아야 할 듯했다.

걱정스러운 표정으로 안부를 묻는 소현과 진우, 로라와 차례로 인사를 나누었다. 면회 가능한 시간이 막 지나 버렸지만 걱정되어 찾아온 그들을 그냥 돌려보낼 수 없어 짧은 면회를 당부했다. 초원과 함께 병실로 들어서는 세 사람을 보며 산은 걸음을 옮겼다.

마음 편히 면회할 수도, 병실로 초롱의 지인이 아닌 다른 사람들이 드나드는 것도, 그녀가 안정을 취하는 데 전혀 도움이 될 것 같지 않은 환경에 병실을 옮기기 위해 간호사를 찾았다.

"아."

미동 없이 누워 있던 초롱이 외마디 신음을 내뱉으며 몸을 비틀어 움직이고 있었다. VIP 병실 소파에 앉아 생각에 잠긴 채 초롱을 주시하던 산이 자리에서 벌떡 일어나 초롱에게 다가왔다.

파르르 떨리는 눈은 아직 열리지 않았다. 어디가 불편한지 몸을 조금씩 움직이며 앓는 소리를 하는 초롱이 안타까워 가만히 그녀의 이름을 부르며 얼굴을 어루만지다 보니, 바르르 떨리던 눈꺼풀이 서서히 열리고 있었다.

갑작스러운 형광등 불빛에 눈이 부신지 고운 인상을 찌푸리는 모습에 급히 한 손을 들어 눈 위에 그늘을 만들어 주고, 힘겹게 몸을 일으키는 그녀의 등을 조심스레 받치고서 자리에 앉을 수 있게 도와주었다.

얼마나 지쳤는지 잠이 든 상태에서 침대 그대로 VIP 병실로 이동하는 중에도 한 번도 깨어나지 않은 초롱이었다. 등을 다쳤다는 말에 걱정스러워 당장이라도 확인하고 싶었지만 그녀가 너무 깊은 잠에 빠져 있었기에 확인해 볼 수가 없었다.

이제 잠에서 깨어 일어나 앉았으니 얼마나 다쳤는지 직접 확인하려 그녀의 등 뒤쪽으로 가 환자복 상의를 걷어 올리려는데, 링거를 맞고 있는 그녀의 왼손이 그의 손목을 덥석 잡았다.

"괜찮아요."

"괜찮긴 뭐가 괜찮아?! 자동차 파편이 등으로 떨어졌대. 얼마나 다쳤는지, 정말 괜찮은지 내가 한번 봐야겠어."

"정말 괜찮아요. 별거 아니에요."

고개를 숙인 채 힘없이 흘러나오는 꽉 잠긴 목소리는 둘째 치고, 자신의 손목을 그러잡은 그녀의 손이 가늘게 떨리고 있었다. 마음만 먹으면 여린 그녀의 손이야 가뿐하게 치우면 그만이겠지만, 산은 왠지 모르게 거리가 느껴지는 그녀의 말투와 평소에는 감지되지 않던 음울한 기운에 멈칫했다.

여전히 고개를 숙이고 있는 초롱을 등 뒤에서 조심스레 끌어안고서 그녀의 머리에 입술을 묻으며 움트는 불안함을 잠재우려는데 초롱의 목소리가 조용히 흘러나왔다.

"그만…… 가서 쉬세요. 오늘…… 고생 많으셨어요."

"고생은 네가 했지. 오늘 왜 그랬어. 내가 도로에서 벗어나 있으랬잖아. 신고만으로 큰 도움이 됐는데. 하마터면 너까지 사고 날 뻔했어. 내가 뉴스 보고 얼마나 많이 놀란 줄 알아?!"

"……."

산은 사고 현장에서 다친 여자를 위해 사력을 다하던 초롱의 모습과 뉴스를 통해 보게 된, 운 좋게 2차 사고를 피할 수 있었던 그녀의 모습이 다시금 떠올라 간담이 서늘했다. 하지만 그녀 덕분에 오늘 두 사람의 목숨이 살았다는 것은 너무나 큰 성과였다.

산은 초롱이 어떤 트라우마를 가졌는지도 모른 채 그 위험한 상황에서 그녀에게 이성과 냉정을 요구했던 자신의 오만함을 탓하며, 동시에 극복하지 못했던 트라우마를 이겨 내고 그 어려운 일을 해낸 그녀에게 탄복하지 않을 수 없었다.

오늘 있었던 일로 그녀의 트라우마가 재발현되지 않기를 간절히 바라며. 너무 미안하고 또 정말 고마웠다고. 오늘 네가 너무 자랑스러웠다고. 말해 줘야 하는데, 그녀에게서는 왜 아무런 말도 들려오지 않는 것인지.

"초롱아."

"……."

여전히 그녀에게서는 아무런 대답이 들려오지 않았다. 병실 안은 고요했고, 잔뜩 침전한 분위기에 긴장을 풀지 못하고 딱딱하게 굳은 그녀를 느끼며 무언가 잘못되어 가고 있음을 산은 직감으로 알아차렸다.

초롱은 얼마나 많이 울었는지 잔뜩 부어오른 눈이 뻑뻑하다 못해 따갑고 뜨거웠다. 이 정도면 눈물이 마를 법도 한데 다시 눈시울을 적시는 눈물이 야속하기만 했다. 등 뒤에서 안고 있던 너른 가슴이 사라졌다. 언제 자신의 앞으로 다가왔는지 침대에 걸터앉는 그의 다리를 물끄러미 바라보는데 한껏 낮아진 음성이 들려왔다.

"초롱아, 얼굴 좀 들어 봐."

그의 말에도 좀처럼 고개를 들 수 없었다. 너무 부끄러워서. 염치가 없어서 그의 얼굴을 볼 용기가 나지 않았다. 초롱은 분초를 다투는 긴박한 상황에서 그의 팔을 붙잡고 늘어졌던 자신의 이기심을 대면할 용기가 없었다. 자신을 용서하기도 힘든데, 하물며 그의 얼굴을 어떻게 봐야 할까. 눈앞이 캄캄했다.

그의 큼직한 두 손이 가만히 제 얼굴에 닿았다. 천천히 들어 올리는 힘에 이끌려 얼굴이 올려졌지만 그의 눈을 바라볼 수 없어 눈길을 아래로 떨구었다. 조심스레 볼을 쓰다듬는 그의 따스한 온기에 미처 삼키지 못한 흐느낌이 새어 나오며 고였던 눈물이 주룩 흘러내렸다. 서둘러 입술을 깨물었지만 가만히 보고 있을 그가 아니었다. 이 사이로 말려 들어간 입술을 살포시 꺼내는 그에게서 나지막한 한숨이 새어 나왔다.

"하……. 초롱아, 왜 그래. 응? 나 안 볼 거야?"

"……."

"많이 놀란 거 알아. 네가 오늘 심적으로 얼마나 힘들었을지도…… 알아. 초원이한테 들었어. 아버님 사고 났을 때 너도 있었다며. 그래서 나 지금 너한테 많이 미안해. 미리 알았더라면 네가 현장을 보지 못하게 신경 썼을 거야."

"아니에요. 이산 씨는…… 잘못한 거 없어요. 다 내가 못나서."

오늘 그를 잡고 늘어졌던 제 행동에는 변명의 여지가 없었다. 사람이라면 응당 그냥 지나쳐서는 안 될 일이었고, 마땅히 도움의 손길을 내밀었어야 했다. 설사 직접적으로 돕지 못한다고 하더라도 현장을 벗어나기 급급해서 될 일이 아니라 안전한 곳에 차를 세우고 긴급 연락을 취한 뒤, 2차 사고가 일어나지 않도록 최소한의 조치를 취했어야 했다.

분명 도와줄 방법이 있음에도 불구하고, 더구나 돕고자 하는 의사가 너무나 명확한 그가 있었음에도, 자신은 이기심에 자리를 벗어날 것을 요구하며 귀한 시간을 지체시켰다. 뒤늦은 죄책감으로 다친 사람을 도왔다고 해서 처음 자신이 저질렀던 잘못이 없던 일이 되는 것은 아니었다.

초롱은 아무리 다시 생각하고 또 생각해도 파도처럼 밀려오는 수치심에 그의 눈을 바라볼 엄두가 나지 않았다.

"못나긴 누가 못나?! 너 아니었으면 두 사람은 오늘 결코 무사하지 못했을 거야. 어디 그뿐이야? 그들의 가족까지 살린 거나 마찬가지라고. 아무도 그렇게 못 해. 일반적으로 대개는 너처럼 그렇게 할 생각 못 한다고. 내 말 알아들어?"

가만히 고개를 내젓는 초롱을 보며 산이 급히 말을 이었다.

"이 바보야. 아무리 응급처치법을 배웠다고 해도 전문가가 아닌 다음에야 너처럼 심폐소생술까지 하는 사람은 극히 드물다고. 오늘 네가 얼마나 대단한 일을 했는지 넌 몰라."

고집스레 아래로 향한 그녀의 눈은 올라올 줄 몰랐다. 힘겹게 손을 올리더니 얼굴을 붙잡고 있는 제 손을 끌어 내리는 초롱을 보며 산은 안타까움과 답답한 마음이 복잡하게 뒤엉켰다. 도대체 뭐가 문제일까. 산은 초롱이 왜 이렇게 힘들어하는지 알 수가 없어 애가 탔다.

"초롱아. 네가 말해 주지 않으면, 네가 왜 힘들어하는지, 왜 이렇게 아픈지 몰라. 그러니까 말해 줄래?"

"시간…… 좀 주세요."

"……뭐?"

"잠시 생각할 시간 좀 주세요. 시간이…… 필요해요."

고개를 푹 숙이고서 울먹이며 하는 초롱의 말에 산은 심장이 철렁 내려앉는 듯했다. 무슨 생각? 도대체 무슨 생각 할 시간이 필요한 거야. 당장이라도 따져 묻고 싶은데 밖에서 인기척이 들리더니 병실 문이 드르륵 열렸다.

보나 마나 소현과 진우일 것이다. 초롱이 깨지 않아 초원이와 함께 잠시 쉬고 오라고 했는데, 벌써 돌아온 모양이었다. 당장 일어서 그들을 맞아야 하는데 좀 전에 초롱에게서 들은 뜻 모를 말과, 그녀의 심상치 않은 모습에 철렁 내려앉은 심장이 불편하게 조여 와 그들까지 신경 쓸 여력이 없었다.

반면, 조용히 병실로 들어선 세 사람은 왠지 모르게 무거운 분위기가 감도는 듯한 심상치 않은 둘의 모습에 숨을 죽였다. 자리에서 일어나 앉아 있는 초롱을 보면서도 기쁘게 다가갈 수가 없었다.

무슨 죄라도 지은 사람처럼 고개를 푹 숙인 초롱의 얼굴엔 슬픔이 가득했고, 그런 초롱을 뚫어져라 바라보는 산의 얼굴은 잔뜩 경직되어 있었다. 무슨 일인지는 몰라도 섣불리 끼어들어서는 안 될 것 같아 세 사람은 마치 약속이나 한 듯이 조용히 발걸음을 되돌리는데, 갈라진 초롱의 목소리가 공간을 가르며 흘러나왔다.

"가지 마. 이산 씨 지금 막 나가려던 참이야."

세 사람의 발걸음이 어중간하게 멈추어 섰고, 산은 이를 악물며 속으로 긴 한숨을 삼켰다. 이보다 더 노골적이고 확고한 의사 표현은 있을 수 없었다.

산은 여전히 풀리지 않는 의문과 이유를 알 수 없는 냉랭한 배척에 화가 나 당장이라도 초롱을 다그치고 싶었지만, 아직 온전히 컨디션을 회복하지 못한 데다 그녀의 친구들과 동생이 보고 있는 상황에서 그녀와 다툴 수는 없는 노릇이라 자리에서 가만히 일어섰다. 잠시 초롱을 내려다보던 산이 나지막이 말을 건넸다.

"푹 쉬어. 당분간 회사는 걱정하지 말고. 전화할게."

말을 마친 산은 자신을 향해 인사를 건네는 소현과 진우에게 씁쓸한 미소로 인사를 대신하고 병실을 나섰다. 자신을 따라나선 초원을 돌아보는 산에게서 피로가 잔뜩 쌓인 무거운 목소리가 나왔다.

"오늘 내가 초롱이 곁에 있으려고 병실 옮겼는데, 그러지 못하게 됐네. 너는 오늘 스케줄이 어떻게 돼?"

"저는 조금 이따 가 봐야 하는데, 소현이 누나가 오늘 우리 누나 옆에 있겠다고 했어요. 내일은 아침 일찍 제가 올 겁니다. 종일 누나 곁에 있을 거예요. 그러니 누나는 걱정하지 않으셔도 돼요."

초원은 한 손으로 머리를 쓸어 올리는 산을 유심히 바라보았다. 누나와 무슨 일이 있었는지. 늘 사람 좋은 미소를 그리던 입매는 딱딱하게 굳어 있었고, 좋은 인상을 풍기던 잘생긴 얼굴에는 수심이 가득해 걱정스러웠다.

"잘 부탁한다. 초롱이가 절대 그럴 일 없겠지만…… 유심히 잘 지켜봐 줘. 언제라도 무슨 일 있으면 바로 전화하고. 가는 길에 죽 배달시켜 줄 테니, 누나가 마다해도 조금이라도 꼭 먹여."

"네. 형."

"그래. 수고해라. 내일 보자."

분명 누나와 무슨 문제가 생긴 것 같은데, 그럼에도 걱정을 내려놓지 못하고 당부의 말을 전하는 모습을 보니 초원의 마음도 편치 않았다. 발에 추라도 달린 듯 무거운 발걸음을 돌리는 그를 보며 초원이 급히 산을 불렀다.

"형!"

부름에 돌아보는 그의 충혈된 눈을 보며 초원이 걱정스레 말했다.

"우리 누나······ 조금만 기다려 주세요. 금방 괜찮아질 거예요. 그리고 형도 좀 쉬세요. 많이 피곤해 보입니다."

산은 기특한 초원을 보며 엷은 미소를 지어 보였다.

"그래. 고맙다. 너 믿고 간다."

초원의 팔을 가볍게 두드리고서 이내 등 돌려 가는 산의 얼굴이 싸늘하게 굳었다. 산은 시간을 달라던 초롱의 말을 곱씹으며 밀려드는 무력감과 엄습하는 불안에 주먹을 불끈 말아 쥐었다. 그녀에게 필요한 만큼의 시간은 주겠지만, 그저 무기력하게 기다리고 있지는 않을 것이다.

자신의 차에 올라타며 누군가에게 급히 전화를 걸었다. 신호음이 몇 번 가지 않아 굵고 곧은 목소리가 수화기를 타고 흘러나왔다.

— 산.

"형. 부탁이 있어."

산은 흔한 인사말을 건넬 여유도 없이 다짜고짜 용건부터 꺼냈다.

— 뭔데?

"문자 하나 보내 줄게. 그분 사고가 언제 어디서 어떻게 났는지 알아봐 줘. 그 외에도 형이 알아볼 수 있는 게 있다면 다 조사해 줘."

— 누군데 그래?

"이초롱 아버지."

— 초롱 씨에게 직접 물어보는 게 낫지 않을까?

"없어. 시간, 인내, 여유, 참을성, 배려? 개나 주라 그래. 다 알아봐. 얼마나 급한지는 말하지 않아도 알겠지?"

— 알았어. 연락할게.

전화를 끊은 산의 얼굴이 사정없이 일그러졌다. 오래전 초롱이 자신을 의도적으로 피하고 밀어내며 멀리할 때 진작 이렇게 알아보고 싶었지만 잘 참아 넘겼다. 다른 사람의 뒤를 허락도 없이 캐는 건 옳지 않은 방법이라 생각했고, 충분히 대화로 서로를 알아 갈 수 있을 거라고 믿었다.

지금까지 초롱과 잘해 왔고, 그녀 역시 마음을 열고 자신의 많은 부분을 드러내어 보여 주었지만, 방금 본 초롱의 모습은 그녀를 처음 만났던 그때로 되돌아간 것 같은 착각을 불러일으킬 정도로 냉담했다.

산은 다시 그 안타깝고 지리멸렬했던, 불안정한 시간으로 돌아가고 싶은 마음은 없었다. 초롱에게서 대답을 바라기에는 그녀의 모습이 너무 위태로워 보였고, 산의 인내 또한 어느덧 바닥을 드러내고 있었다.

이젠 스스로 알아낼 것이다. 그녀가 무엇을 걱정하고 고민하는지, 그녀가 가진 감정적 충격을 모두 알아내어 그녀가 더는 방황하지 않도록, 흔들리지 않도록 모든 방법을 강구할 생각이었다.

5

그가 병실을 나서고 초원이 배웅하기 위해 그를 따라 나가자마자 초롱은 무너져 내렸다. 앉은 자리에서 그대로 푹 꼬꾸라지듯 엎드려 꾹 눌러 참고 버티던 마음을 쏟으며 흐느꼈다.

소현과 진우가 놀라 다가와 초롱을 다독였다.

"초롱아, 너 왜 그래. 응? 그렇게 좋은 일을 해 놓고 왜 이러는데, 응?"

뉴스를 보고 놀라 달려왔을 때는 혹시 초롱이 다치기라도 했을까 걱정이었는데, 지금의 초롱은 외상이 문제가 아닌 듯했다.

소현은 서럽게 흐느끼는 초롱의 등을 연신 어루만지며 흐느낌이 잦아들기만을 기다리고 있었고, 진우는 그런 두 사람을 보며 잠시 자리를 비켜 주었다. 초롱이 소현에게만큼은 마음을 터놓고 얘기를 곧잘 하기에, 지금은 자신이 있는 것보다 없는 편이 나을 듯했다.

소현은 그런 진우를 향해 미소로 고마움을 대신하고서, 진우가 병실을 나서자 조용한 목소리로 말을 꺼냈다.

"진우 나갔어. 이제 여기 나밖에 없어. 무슨 일이야? 응? 초롱아. 무슨 일인데? 너 왜 이러는데."

마치 어린아이 달래듯 부드러운 목소리로 어르는 소현의 목소리에 초롱이 비로소 답답한 제 속을 꺼내 보였다. 오늘 자신이 얼마나 못난 짓을 했는지. 얼마나 큰 실수를 범했는지.

초롱의 말을 잠잠히 듣던 소현이 한숨을 내쉬며 엎드린 초롱을 일으켜 세웠다. 퉁퉁 부어 제대로 뜨지도 못하는 눈이 참 가관이었다. 소현은 눈물로 온통 얼룩진 초롱의 얼굴을 꼼꼼히 닦아 주고, 벌겋게 달아올라 있는 눈을 매섭게 주시하며 작정한 듯 말을 꺼냈다.

"바보야! 이 멍충아! 그러니까 지금까지 울고불고 이 난리를 친 게, 사고 현장에서 얼른 벗어나자며 선배를 붙잡아서 이런다는 거야?!"

소현은 말없이 저를 보는 순둥순둥한 눈매를 보고 답답하다 가슴 치며 다시 한숨을 내쉬었다.

"그 상황에 너와 같이 하지 않을 사람이 몇이나 돼? 어? 네가 지극히 정상인 거야! 그 선배가 비정상인 거고! 더구나 너는 아빠 사고를 직접 목격했던 사람이야. 그 충격과 상흔이 심장에 고스란히 새겨졌는데, 이성보다 감정이 앞서는 건 당연한 거 아냐? 네가 보였던 행동은 지극히 정상적인 반응이라고!!"

"아니야. 누구보다 2차 사고의 위험성을 잘 아는 나였어. 그런 내가 바보같이 그를 잡아서는 안 되는 거였다고."

"그게 말처럼 쉬우면 누가 못 해?! 모르긴 몰라도 내가 너였으면 너보다 더 하면 더했지 절대 덜하지 않았을 거라고."

"아니야. 너도 그 현장을 직접 목격했다면 그렇게 말하지 못할 거야."

"야! 뉴스 보니까 사고 현장 요리조리 피해서 지나가는 차가 한두 대가 아니던데, 네 말대로라면 그 사람들은 다 쳐 죽일 사람들이야?"

"하…… 모르겠어. 정말 모르겠어. 도대체 왜 이렇게 가슴이 답답한지 모르겠는데. 그냥…… 못 보겠어. 이산 씨 눈을 전처럼 떳떳하게 바라볼 수가 없어.

그동안 감춰 왔던 내 이기적인 본성을 간파당한 기분이야. 내 치부를…… 결코 보이고 싶지 않은 내 밑바닥 모두…… 까뒤집어 보인 기분이라고."

도대체 뭐가 문제일까. 처음 사고 현장을 본 순간. 가장 먼저 아빠의 사고 장면이 파노라마처럼 생생하게 눈앞을 스쳤다. 초롱은 사랑하는 사람이 눈앞에서 처참하게 부서지는 모습을 다시는 보고 싶지 않았다. 또다시 되풀이될 것만 같은 끔찍한 악몽에 진저리 치며 저도 모르게 그의 팔을 덥석 잡았다. 자신이 그에게 무슨 말을 하는지도 모른 채 애원을 했던 것 같다.

그를 막아선 자신을 향해 믿기지 않는다는 듯 되묻던 그의 생경했던 말투와, 보고도 못 본 척 그냥 지나칠 수 없다고 단호히 말하던 그의 굳은 음성이 지금까지도 귓가에 맴돌며 초롱의 마음을 할퀴고 있었다.

소현은 괴로움에 시달리는 초롱이 너무 답답하고 안타까웠다. 긴급한 상황에서 혹여 다치면 어쩌나 우려하는 마음으로 그를 잡아 세운 게 뭐 그리 큰 잘못이라고 이렇게 죄책감에 시달리는지. 더구나 초롱은 제 마음의 고통도 이겨 내고 끝내는 다친 사람을 구해 내지 않았던가. 소현은 초롱이 자책하며 자신을 괴롭히는 모습을 더는 보고 있을 수 없었다.

"초롱아, 오늘 네 행동, 결코 이기적이었다고 볼 수 없어. 그런 상황에 본능적으로 두려움이 앞서는 건, 걱정이 앞서는 건 당연한 일이야. 더구나 너는 그보다 더한 짓을 해도 용인될 만큼 큰일을 겪었던 사람이야. 누구도 너한테 손가락질할 수 없고, 그건 선배도 예외일 수 없어. 선배가 네 상황을 알았다면 너를 충분히 이해하고 배려했을 거야. 너를 우선으로 생각했을 거라고!"

초롱의 눈에서 지푸라기라도 잡고 싶은 간절함을 읽어 낸 소현이 급히 말을 이었다.

"너는 선의를 악으로 갚는 사람을 한두 번 본 게 아니야. 당장 아저씨만 봐도 그래. 그 큰 사고 현장에서 그 많은 사람을 도와주고 나서 돌아온 게 대체 뭐야?! 심신의 고통과 말도 안 되는 소송이었어. 그걸 보고 겪은 네가 오늘 그곳에서 어떻게 했어? 너는 네 트라우마까지 박차고 나와 다친 사람을 도왔어.

아니. 살렸어. 그건 절대 아무나 할 수 있는 일이 아니야. 그러니까 어쭙잖은 자책. 죄책감은 집어치우란 말이야. 잠시 잠깐 선배를 막았다고 해서, 다친 사람 앞에서 잠시 머뭇거리고 망설였다고 해서 널 욕할 수 있는 사람은 아무도 없어. 아무도!"

초롱의 눈에서 마르지 않는 눈물이 쉼 없이 흘러내렸고, 소현은 이러다 눈이 짓무르지 않을까 걱정하며 조심스레 초롱의 얼굴을 닦아 주었다.

"누구도 너한테 손가락질할 수 없다고. 알아? 그런 사람이 있으면 다 데려와! 내가 그 손가락 하나하나 다 분질러 줄 거야. 너는 오늘 누구보다 잘 해냈고, 훌륭했어. 누구도 오늘의 너처럼 나서지 못했을 거야. 그러니까 고개 숙이지 마. 그 누구한테도 말이야. 알았어?"

울먹이더니 저에게 안겨 오는 초롱을 달래듯 꼭 안아 주던 소현이 의미심장한 질문을 했다.

"초롱아, 너 이산 선배 많이 사랑하지. 결혼까지 생각하는 거지? 아니면…… 그 선배 없이 살 수 있어?"

잠자코 말을 듣고 있던 초롱이 마지막 질문에 이르러서야 고개를 좌우로 움직였다. 소현이 엷은 미소를 그리더니 다시 말을 꺼냈다.

"그러면 더더욱 고개 숙이지 마. 그리고 두려워하지 마. 앞으로 평생 함께할 사람인데, 네 치부, 네가 결코 보이고 싶지 않은 밑바닥 좀 보여 주면 어떠냐? 결혼까지 생각한다며. 살다 보면 그보다 더한 모습을 보일 수도 있는 게 부부 아니겠어? 그러니까 너무 좋은 모습만 보이려 애쓰지 말란 말이야. 그러면 나중에 실망만 더 할 거야. 지금 있는 그대로의 너를 보여 줘. 그래도 돼."

제 품에 안긴 초롱에게서 탄식이 흘러나왔다. 소현은 늘 다부지고 단단한 줄 알았던 친구의 약해진 모습이 안쓰러워 얼른 하던 말을 이었다.

"세상에 완벽한 사람이 어디 있어?! 사람은 누구나 수없이 많은 실수를 반복하고 살아. 거기서 깨달음과 지혜를 터득해 나가는 거야. 오늘 네가 한 일을 실수라 칭하는 것부터가 잘못된 거지만, 네가 정 그렇게 생각한다면 빨리 털어 버리라고. 누구나 남에게 보여 주고 싶지 않은 내면이 있지 않을까? 알고 보면 허점투성이인 게 사람이라는 동물이잖아."

"정말 그래도 될까? 못난 내 모습. 이기적인 내 모습. 다 보여 줘도 될까? 그런 내 모습을 보여도 여전히…… 날 사랑해 줄까?"

"가만 보면 너는 참 똑똑한데 말이야. 동시에 어쩜 이렇게 바보 같은지 모르겠어. 네가 방금 말한 두 가지 모두 너한테 찾아보기 힘든 모습이다만, 그래서 성립조차 하지 않는 질문이지만, 군이 대답한다면 그래. 이 바보야. 그 선배라면 여전히 널 사랑해 줄 거야. 그 선배는 보는 눈도, 의식 수준도 높아서 너처럼 바보짓 할 사람으로 보이진 않더란 말이지."

"넌 내 친구야, 이산 씨 친구야?"

"농담하는 거 보니, 이제 정신이 좀 드냐?"

픽 웃음을 터트리는 초롱의 모습을 보니 마음이 조금 놓였다. 제게 안겨 있던 초롱이 자세를 고쳐 앉았다. 퉁퉁 부은 눈으로 말없이 저를 바라보는 친구를 보며 이젠 마음이 조금은 가벼워지지 않았을까, 마음의 부담을 덜어 내지 않았을까, 했는데 웬일인지 그 눈에 여전히 번민이 가득한 모습을 보며 아직 못다 한 말이 있다는 걸 알 수 있었다.

소현은 물기 없이 바싹 마른 입술을 달싹이는 초롱을 보며 서둘러 자리에서 일어나 냉장고에 들어 있는 작은 생수 한 병을 꺼내 뚜껑을 열고서 초롱에게 건넸다. 잠시 희미한 미소를 지어 보이며 목을 축이는 초롱을 향해 다시 말문을 열었다.

"말해 봐. 뭐가 아직 그렇게 마음에 걸리는지. 숨기지 말고 나한테 다 털어놔. 친구 좋다는 게 뭐야? 이럴 때 속 시원히 하소연이라도 해야지. 다 들어 줄게. 그러니까 말해. 혼자 속앓이하지 말고."

초롱은 쉬이 가시지 않는 제 마음의 번뇌까지 알아채는 친구를 감탄 어린 눈으로 바라보았다. 제 손에 들린 생수를 가져가더니, 뚜껑을 닫고 한쪽으로 치우고서 제 두 손을 꼭 잡아 주며 들을 준비가 됐다는 듯 뚫어져라 주시하는 친구의 눈을 보며 퍼석한 미소를 보였다.

이렇게 힘든 순간 제 마음을 알아주고, 온전히 다 털어놓을 수 있는 친구가 있다는 건 정말 큰 행운이고 축복이었다. 초롱은 힘주어 제 손을 잡고 있는 소현의 손을 물끄러미 바라보며 무거운 입을 열었다.

"생각해 봤어. 왜 이렇게 죄책감이 들까, 왜 이렇게 내 마음이 답답할까."

"생각했더니?"

"그 사람보다 내가 우선이어서 그랬나 봐. 그래서 이산 씨 보기가 그렇게 미안했나 봐."

"무슨 말이야 그게?"

"어쩌면 말이야…… 이산 씨가 다칠까 봐, 그게 겁나서 그를 붙잡았던 게 아니라…… 그 뒤를 내다본 것인지도 모르겠어."

초롱은 잔뜩 의아한 눈빛으로 저를 뚫어져라 바라보는 친구를 보며 부끄러운 속내를 내비쳤다.

"그 짧은 순간, 그 사람에게서 아빠의 모습을 봤어. 그 짧은 순간…… 내가 엄마가 되는 모습을 그렸어."

마치 모래 폭풍을 만난 듯 머릿속이 온통 뿌옇게 흐려진 이유를 이제야 알 것 같았다. 도의적인 책임을 회피하려 한 데서 온 죄책감이라는 그럴듯한 이유를 벗어 던지고, 그 속에 감춰진 진짜 속내를 꺼내고서야 내면의 심연을 마주할 수 있었다.

"그가 다치면 나는 어떻게 될까. 나 이제 그 사람 없으면 안 되는데, 그 사람 아니면 안 되는데……. 그래서 붙잡았나 봐. 그 사람이 내 눈앞에서 다친다 해도 그 사람 손 놓지 못할 거 아니까. 평생……. 평생…… 우리 엄마처럼 살게 될까 봐……. 그게 더 걱정됐나 봐."

늘 제 안에 자리 잡고 있던 끝없는 불안이 처음으로 입 밖으로 흘러나왔다. 고개를 떨구며 긴 한숨을 내쉰 초롱이 다시 말을 이었다.

"누군가를 만나게 되면, 아빠 같은 사람은 아니었으면 했어. 아빠처럼 너무 따듯한 사람은 아니었으면 했어. 가족을 위해 적당히 계산적이고, 적당히 이기적이고, 적당히 속물인 사람이 차라리 나을 것 같았어."

"그런 사람이면 네가 끌렸을까?"

잠자코 듣고 있던 소현이 정곡을 찌르자 초롱은 고개를 내저었다. 그런 사람이었다면 처음부터 마음이 가지 않았을 것이다.

엄마처럼 살지 않겠다 늘 다짐했던 초롱이지만, 어렵게 사랑을 시작하게 된 남자는 아빠처럼 온유하며 다정다감했고, 세상과 더불어 사는 인정이 많은 사람이었다. 결국 엄마처럼 자신 또한 그런 사람을 만났으면서 남을 도우려 나서는 그를 막을 수 있다고 생각한 자체가 모순이었다.

"그래. 네 말이 맞아. 그런 사람이었다면 처음부터 마음이 흔들리지 않았겠지. 사랑에 빠지지도 않았을 거고. 그게 가장 큰 문제야. 난 우리 엄마처럼 살게 될까 봐 두렵고, 무서워. 그런데도, 그런데도…… 그 사람 손을…… 놓을 수가 없어. 도망가고 싶지…… 않아."

소현은 친구의 고민이 무엇인지 이해하고도 남았다. 예전부터 아빠를 사랑하고 존경하면서도 고생하는 엄마의 모습에 어쩔 수 없이 드문드문 미운 마음이 들어 힘들어하던 초롱이었다. 그런 초롱이 처음 만나 사랑을 하게 된 사람이 하필 애증하는 아빠와 비슷한 성품의 사람이라니, 어떻게 심란하지 않을 수 있을까. 그 복잡한 심경을 너무 잘 알기에 안타까웠다.

"초롱아, 우선은 일어나지 않은 일로 지레 걱정하고 두려워하지 마. 앞일은 그 누구도 예측할 수 없어. 선배가 아저씨와 성품이 비슷하다고 해서 두 사람을 평행선에 놓고 운명을 예단하지 말라고. 게다가 이미 결론은 났어. 넌 선배와 헤어질 마음이 없어. 내가 볼 때 넌 이미 선배를 감당하기로 마음먹었단 말이야. 그럴 일 없겠지만, 설사 선배가 아저씨처럼 된다 해도 넌 이미 선배 곁을 지키기로 마음먹었어. 아니야?"

"맞아. 그래. 그가 아닌 다른 사람은…… 이제 생각할 수 없어. 설사…… 내가 엄마와 같은 삶을 살게 된다고 해도 그를 떠날 수 없어. 떠나고 싶지 않아."

"그것 봐. 그럼 뭐가 고민이야? 뭐가 걱정이야? 아직 일어나지 않은 일로 속 끓이는 바보 같은 짓은 하지 마! 한 치 앞을 알 수 없는 게 인생이랬어. 우리가 오늘이 아닌 내일을 어떻게 알겠어? 그냥 현재를 살아. 지금 행복하게 웃고 즐기며 살아. 당장 내일이 됐을 때 오늘을 후회하는 일만 하지 않고 살면 돼. 그것 말고 우리가 할 수 있는 게 뭐가 있겠어?!"

소현의 말이 맞았다. 미래는 그 누구도 알 수 없었다. 일어나지도 않은 일로 마음을 졸이는 건 쓸데없는 감정 소모였고, 닥치지도 않은 불행을 미리 걱정하는 건 말 그대로 시간 낭비였다. 지레짐작하고 겁먹고 그래서 현재의 귀한 시간을 소모하는 것만큼 어리석은 일이 또 있을까. 그저 나에게 허락된 오늘을, 현재를 열심히 잘 살아 내는 것. 그것만이 최선인 것을.

잠시 상념에 빠진 초롱을 보며 소현이 다시 말을 꺼냈다.

"그리고 선배한테도 숨김없이 솔직하게 털어놔. 네가 왜 이렇게 불안해했는지. 아빠가 어떤 삶을 살았고, 그런 아빠 곁에서 엄마는 또 어떻게 살았는지. 그래서 네가 정말 걱정하고 고민하는 게 뭔지. 선배도 알아야 해. 이해해 줄 거야. 그 선배라면 너를 충분히 받아들이고 감싸 줄 거라고. 그런 네 어려움을 이해한다면 앞으로는 지금보다 좀 더 자신을 보살피고 조심할 거야. 응?"

소현의 말을 귀담아듣던 초롱이 고개를 끄덕이며 가만히 미소를 그렸다. 하나하나 마음에 얹혀 있던 것들을 그저 입 밖으로 흘려보냈을 뿐인데, 놀랍게도 숨 쉬기 답답했던 가슴에 숨통이 트이는 기분이었다. 눈앞을 흐리던 장막을 한 꺼풀 걷어 낸 기분이었다. 단 하나. 아직 마음에 걸리는 게 있긴 했지만…….

소현은 또 그걸 어떻게 알고 물어 온다.

"뭐야? 뭐가 또 남은 거야?!"

"너…… 뉴스 봤다고 했지. 난 겁나서 뉴스를 못 보겠어."

"뭐가 겁나는데?"

"내가 도왔던 그 산모…… 혹시 잘못되면 어떡해? 배 속에 아이…… 잘못되면 어떡해?"

가만히 초롱의 말을 듣던 소현이 입을 쩍 벌리더니 이내 크게 한숨을 내쉬고선 초롱의 팔을 제법 매섭게 한 대 때렸다.

"그걸 네가 왜 신경을 써?! 그걸 네가 왜 걱정을 하고 있어?! 너는 네가 할 수 있는 모든 걸 다 했어. 네가 할 수 있는 이상으로 정말 최선을 다했다고. 그러니까 너는 이제 신경을 꺼! 사람 목숨은 하늘이 주관할 일이지 네가 신경 쓸 일이 아니라고. 이 바보야! 그러니까 그건 하늘에 겸허하게 맡겨."

"그래도 걱정돼. 혹시 내가 잘못 처치했을까 봐. 안 하느니만 못했을까 봐. 너무 걱정돼."

"그 여자가 오늘 널 만난 건 천운이었어. 널 만나지 못했으면 그 여자는 그 어떤 기대와 희망도 없이 그 자리에서 죽었을 거야. 하지만 네 덕분에 귀한 목숨을 건졌잖아. 그러니까 더 이상 사고와 관련한 생각은 하지 마."

영 심란한 마음이 가시지 않는지 한숨을 내쉬는 초롱을 보며 소현이 대화의 방향을 살짝 틀었다.

"너. 선배한테는 언제 사과할 생각이야?"

"어?"

"오늘 그 선배가 어떤 얼굴로 병실에서 나갔는지 알기나 해? 세상 온갖 무거운 짐은 다 짊어진 표정이었어. 병실 무너지는 줄 알았네."

"그랬……어?"

"내가 다 민망하더라. 어쩜 너는 사람을 그렇게 냉정하게 보내고 말이야."

소현은 아까 병실을 나서던 선배의 침울한 표정을 다시금 떠올렸다. 물론 나름의 사정이 있어서였지만, 당하는 사람 입장에서는 마음이 많이 상했을 터. 이런 상황이 길게 이어져 좋을 게 없다는 건 경험자로서 충분히 알고 있었기에 둘이 한시라도 빨리 화해하기를 바라는 마음에서 초롱의 죄책감을 살짝 부추겼다.

"어떡해. 아까는 정말 이산 씨 보기가 너무 미안하고 힘들어서……."

"뭘 어떡해?! 솔직하게 말하고 사과해야지."

"그래……야겠지?"

"그걸 말이라고. 빠르면 빠를수록 좋아."

"하. 그래. 내일이라도 퇴원하게 되면……."

대화에 집중한 초롱과 소현은 알지 못했다. 병실 밖에 누가 와서 기다리고 있는지.

딸아이 병실 앞에서 휠체어에 앉은 채 들어갈 타이밍만 보고 있던 은호가 긴 한숨 끝에 고개를 떨구었다. 자신을 걱정한 아내로부터 딸의 입원 소식을 늦게 전해 들은 탓에 마음이 급했다. 아내가 딸아이는 다친 곳 없이 괜찮다고 수없이 말해 줬지만 직접 눈으로 확인해 봐야 안심이 될 것 같았다.

부랴부랴 딸의 병실에 도착해 문을 여는데 누군가 먼저 와 있었다. 제법 심각한 대화에 쉽사리 안으로 들어가지도, 그렇다고 돌아가지도 못한 채 기다리다 보니 의도치 않게 열린 문틈 사이로 대화를 엿듣게 되었다.

그동안 저와 아내를 보며 얼마나 마음고생이 심했으면, 만나는 사람이 차라리 계산적이거나 이기적인…… 속물인 사람이 나을 것 같다니. 마음 한구석에 커다란 구멍이라도 뚫린 듯 시린 바람이 횅하게 지나가는 듯했다.

딸아이가 만나는 사람은 자신과는 전혀 다른 사람이었다. 그 강단 있는 사람을 두고, 그렇게 인품 훌륭한 사람을 두고 못난 아비와 비교를 하고 있다니. 은호는 여태껏 너무나 그릇된 아비의 모습을 많이 보인 탓에 딸아이의 마음에 병이 들었나 보다 싶어 심장에 아릿한 통증과 함께 머릿속이 뒤죽박죽 복잡했다.

그때까지 남편과 함께 병실 앞에서 대화가 끝나기를 기다리고 있던 수영은 고개를 떨구는 남편을 보고 허리를 숙여 조용히 말했다.

"조금 이따가 다시 오는 게 좋겠어요."

말없이 가만히 고개를 끄덕이는 남편의 모습에 수영이 휠체어를 힘껏 밀었다. 수영 역시 머리가 복잡하고 속이 시끄럽기는 매한가지였다. 엄마가 되어 딸아이에게 좋은 롤 모델이 되어 주지는 못할망정 이렇게 불안과 걱정만 안기는 못난 어미라니. 발걸음을 되돌린 두 사람은 한동안 아무 말도 하지 못했다.

휴게실에 들러 잠시 생각에 빠져 있던 은호가 무언가 결심한 듯 수영을 향해 물었다.

"초원이 내일도 병원에 온다던가?"

"네. 내일 별일 없다고 온다고 했어요."

"그래. 내일 초원이 오면 말해 줘. 내가 애들하고 당신한테 할 말이 있어."

"무슨…… 말인데요?"

"내일. 내일 말할게."

"알겠어요. 내일 도착하면 알려 줄게요."

창밖을 바라보며 무겁게 말을 건네는 남편의 모습이 유리창에 비쳤다. 가라앉은 목소리만큼이나 심각해 보이는 표정에 남편이 무슨 얘기를 하려는지 짐작가는 바가 있었지만 내색하지 않았다. 부디 아이들이 듣고 많이 놀라지 않기를, 남편의 무거운 마음의 짐이 조금이라도 덜어지기를 바랄 뿐이었다.

다음 날 아침. 산이 사무실에 발을 들여놓기가 무섭게 직원들이 마치 약속이나 한 듯이 모두 자리에서 일어서 손뼉을 치며 환호를 보냈다.

대표님과 초롱이 사귄다는 소문은 행사에 참석했던 직원들을 통해 이미 어제 각자의 메신저나 통화로 빠르게 번져 갔다. 덕분에 월요일 아침 풍경이 참 흥미롭겠다 싶었는데, 때아닌 사고 소식에 짓궂은 마음은 쏙 들어가 버리고, 대단한 활약을 한 두 사람을 반가이 맞을 준비를 하고 있던 직원들이었다.

"대표님, 멋있으세요."

"대표님 최고!"

"고생하셨습니다."

"두 분 어제 정말 대단했어요."

"대표님, 다친 곳은 없으시죠?"

다른 때 같았으면 직원들의 환대에 웃으며 화답했을 테지만 오늘은 여느 때와 달리 마음이 무거운 아침이었다. 산은 여전히 자신을 향해 눈빛을 빛내는 직원들을 보고 무거운 입을 열었다.

"본의 아니게 걱정을 끼쳐 미안합니다. 저는 괜찮지만, 초롱 씨가 지금 입원 중이라 당분간 출근이 힘들겠습니다."

직원들은 어제오늘 뉴스를 뜨겁게 달군 영웅의 표정이 왜 저렇게 어두울까. 싶었는데 그녀가 입원했다는 소식을 듣고서야 평소와 달랐던 그의 어두웠던 표정과 무거운 분위기가 이해되며 염려를 보냈다.

"대표님, 초롱 씨 다쳤어요?"

"어디를 얼마나요?"

"초롱 씨 괜찮은 거죠?"

"어느 병원에 입원했나요?"

산은 잔뜩 걱정스러운 말투로 묻는 직원들을 보며 황급히 말을 이었다.

"여러분이 걱정할 정도는 아닙니다. 등에 약간의 타박상을 입어 휴식이 좀 필요할 듯해서요. 걱정해 주시는 건 감사하지만, 지금은 휴식이 필요한 상태라 당분간 병문안은 삼가시기 바랍니다."

말을 마친 산이 엷은 미소로 인사를 대신하고 집무실로 향하자 수완이 서둘러 산의 뒤를 따라와 급히 물었다.

"정말 걱정하지 않아도 되는 거야? 초롱 씨 말이야."

"어. 외상은 크지 않은 것 같아."

"그런데 넌 왜 그렇게 표정이 어두워?"

"흠. 그럴 일이 좀 있었어. 다음에 얘기해, 형. 아, 그리고 오후에 병원에 좀 다녀와야 할 것 같아."

"그래, 알았다. 갈 때 알려 줘."

수완이 돌아가고 집무실에 들어와 소파에 앉은 산에게서 깊은 한숨이 새어 나왔다.

초롱은 지난밤 병실에서 소현과 함께 지내며 새벽까지 많은 대화를 나누었다. 마음을 갉아먹던 복잡한 감정을 다 비워 낸 덕분인지 한결 가벼운 마음으로 아침을 맞았다. 물론 약간의 두통과 함께 눈은 뜨기 힘들 정도로 잔뜩 부어 있었고, 거칠어진 목에 통증은 여전했지만, 기분은 우울로 가득했던 어제와는 비할 바가 아니었다.

눈뜨자마자 병실에 있는 화장실에서 부지런히 세수하고 나오는 초롱을 보고 소현이 웃으며 말을 건넸다.

"우리 초롱이, 아주 볼만하다 야. 그 큰 눈동자는 다 어디로 갔니?"

"많이 심하지? 눈꺼풀이 무거워 죽겠어."

"어이쿠. 꾀꼬리 같은 목소리도 다 죽었네? 까마귀가 저 부르는 줄 알고 날 아오겠다."

"치……."

소현은 입술을 삐죽이며 얼굴에 묻은 물기를 수건으로 닦는 초롱을 보고 피식 웃더니 아침 식사를 소파 테이블에 차렸다.

"아침 왔어. 좀 먹어. 너 어제 저녁도 걸러서 많이 출출하겠다."

"난 괜찮아. 그러니까 소현아, 너 이제 그만 가 봐. 회사 가야 하잖아. 집에 가서 출근 준비 하려면 시간 빠듯할 텐데 얼른 가. 갈 때 냉장고에 있는 죽 가져가서 먹고 출근해."

어제 늦게 배달 온 죽은 먹을 생각도 하지 못하고 냉장고로 들어갔다. 밤이 되어 초원에게 전화를 받고서야 그 죽이 산이 배달해 준 것이라는 걸 알고는 얼마나 미안했던지. 자연스레 생각이 그를 향하다 들려오는 소현의 목소리에 잠시 빠져 있던 상념에서 벗어났다.

"괜찮아. 어제 병원에 오자마자 연락해 뒀어. 일이 생겨 오늘 오전 반차 사용하겠다고 했어."

"뭐 하러 나 때문에 회사에 밉보이려 그래. 난 정말 괜찮다니까."

"내가 안 괜찮아서 그래. 너 아침 먹는 거 보고, 회진 오는 거 보고, 의사가 정말 괜찮다고 하면 그때 갈 거야. 그러니까 그 전에 보낼 생각은 하지도 마. 그리고 내가 평소에 일을 워낙 잘해서 이 정도로 밉보이지 않으니까 쓸데없는 걱정은 하지도 말고."

"하여간 너도 참…… 그럼 아침은 네가 먹어."

"야! 입맛이 없어도 좀 먹어라! VIP 병실이라 식단도 아주 훌륭해."

소현은 버럭 소리를 지르는 제 목소리에 침대로 향하다 말고 움찔하는 초롱을 보며 싱긋 웃었다. 많이 놀랐는지 멀뚱히 그 자리에 선 채 저를 향해 밉지 않게 눈을 흘기는 초롱에게 다가갔다.

놀라게 해서 미안한 마음에 친근하게 초롱의 팔짱을 끼고서 소파에 끌고 와 앉히고, 자신은 그 맞은편에 자리를 잡았다.

"천천히 꼭꼭 씹어서 다 먹어야 해. 안 그럼 나 진짜 화낸다!"

"알았어. 먹을게. 먹을 테니까 밥은 네가 먹어. 나는 죽 먹을래."

"왜, 목이 많이 안 좋아?"

"조금 따가워서 부드러운 거 먹고 싶어."

"그래. 그럼 어떤 죽으로 줄까? 내가 데워 줄게."

"나 다리 멀쩡하거든. 그리고 차갑게 먹고 싶어. 내가 꺼내 올게. 넌 얼른 밥 먹어."

초롱이 소파에서 일어나 냉장고로 향했다. 냉장고 문을 열고서 잠시 멈칫했다. 어제 배달 온 죽은 소현이 냉장고에 정리해 두고 죽이 왔다, 말만 전해 들었기에 몰랐는데 뒤늦게 냉장고를 열어 보고서야 많은 양에 놀라지 않을 수 없었다. 도대체 누가 다 먹는다고 죽을 이렇게 많이 보냈는지.

초롱이 냉장고 문을 열고서 멍하게 있는 모습을 보던 소현이 웃으며 말을 꺼냈다.

"하여간 선배도 참. 무슨 죽을 그렇게 많이 시켰대? 누가 다 먹는다고? 내 보기에 어제 그 시간에 되는 죽 종류는 다 주문한 것 같아. 우리 초롱, 고르는 재미가 있겠어!"

"하…… 그러게."

개당 2인분은 족히 될 것 같은 죽이 담긴 용기가 자그마치 열두 개나 가지런히 냉장고에 자리를 차지하고 있었다. 병문안 온 손님과 같이 먹으라고 보내 준 배려라고 하기에도 지나치게 많은 죽을 보고 초롱이 고개를 내저었다. 정말 죽 집에 있는 죽은 종류별로 다 보낸 모양이었다.

초롱이 용기에 붙은 스티커를 보고 야채죽을 골라 소파로 향하며 입을 열었다.

"이따 갈 때 세 개만 남겨 두고 네가 다 들고 가."

"말도 안 되는 소리! 선배가 너 먹으려고 생각해서 시켰을 텐데, 그걸 내가 왜 가져가?"

"아니야. 분명 입맛 없을 거 알고 골라 먹으라고 많이 보내 준 걸 거야. 초원이랑, 부모님 드실 것만 두고 가져가. 가져가서 얼려. 아침마다 바쁘다고 그냥 출근하지 말고 먹고 출근하면 되겠네. 우리 엄마 드려도 당장 보관이 마땅치 않아서 안 돼. 많아서 부담되면 간호사실에 나눠 주고 가도 되고."

"여기도 냉동고 있는데, 얼렸다가 퇴원하면 초롱이 네가 가져가서 먹어."

"나도 너한테 뭐라도 좀 줘 보자. 뭐. 내가 산 건 아니지만…… 너 술 마신 다음 날 죽 먹잖아. 너한테 딱이야."

마지막 말에서야 피식피식 웃음을 터트리며 고개를 끄덕이는 소현이었다. 초롱은 특이한 해장을 즐기는 친구를 보고 덩달아 미소를 그리며 그가 보내 준 시원한 야채죽을 빈 그릇에 덜어서 천천히 먹기 시작했다.

차가운 죽은 입에 한 술 들어가자마자 씹을 것도 없이 부드럽게 사르르 퍼지며 고소한 향이 입 안 가득 진동했다. 그가 직접 쑨 죽은 아니었지만, 단지 그가 직접 주문해서 보내 주었다는 사실만으로도 위축된 초롱에게는 큰 위로와 힘이 되고 있었다.

결국 소현은 정말 의료진이 우르르 몰려와 회진할 때까지 자리를 떠나지 않고 초롱의 옆을 지켰다.

의료진이 돌아가며 초롱의 활약상을 칭찬하고 의인이라 추켜세울 때는 소현 역시 기쁘게 맞장구를 쳤다. 혈압과 맥박을 체크하며 오늘의 컨디션을 묻는 의료진에게 초롱을 대신해 등의 타박상은 언제쯤이면 통증이 덜어지는지, 멍은 얼마나 지나야 다 빠지는지, 몸에 다른 곳은 걱정하지 않아도 되는 건지 세세하게 물어봐 주었다.

그저 존재만으로도 든든한 친구인데, 마치 친언니처럼 살뜰히 저를 챙기는 모습에 초롱의 마음 한편에 포근한 바람이 불어와 상처가 남은 가슴을 부드럽게 어루만져 주었다. 회진을 마치고 병실을 나서려는 의료진을 따라가 우리 초롱이 잘 부탁드린다 인사하고 되돌아오는 소현을 물끄러미 바라보았다.

초롱은 말없이 소현에게 천천히 다가갔다. 의아한 눈을 들어 자신을 바라보는 소현을 가만히 안았다. 고맙다는 말로도 다 표현할 수 없는 마음은 숨 쉴 틈 없이 꼭 끌어안는 것으로 대신했다. 괜히 입을 열면 울먹임이 되어 나올까 봐 쉬이 입을 열 수가 없었다. 그때 소현의 장난기 가득한 목소리가 초롱의 귓가를 간질였다.

"이렇게 좋단다. 너 그냥 선배랑 헤어지고 나한테 올래?"

"풉. 푸하하하. 하여간 김소현 너는 정말!"

"올~ 우리 초롱이 웃었다. 방금 소리 내서 웃었어! 맞지? 뭐. 웃음소리가 옥

구슬 굴러가던 예전과는 천지 차이지만, 그래도 우는 것보다 백배 천배 낫다. 이제 웃어. 허구한 날 마음 아프게 울지 좀 말고! 알았어?!"

"그래. 알았어. 그럴게. 이젠 정말 웃을 거야."

그때까지도 소현을 끌어안고 있던 초롱이 팔에 힘을 풀었다. 천천히 친구와의 간격을 벌리며 서로의 눈을 마주한 두 사람의 입꼬리가 서서히 하늘을 향했고, 누가 먼저랄 것도 없이 환하게 활짝 웃어 보였다.

회진이 끝나고 얼마 지나지 않아 초원과 함께 부모님이 병실에 왔다. 딸인 저보다 더 살갑게 부모님을 맞으며 아양을 떠는 귀여운 소현의 모습에 초롱이 고개를 내저으며 미소를 짓는데 초원의 목소리가 들렸다.

"누나는 이제 그만 가 봐야지. 어제 우리 누나하고 있어 줘서 고마워."

"얘는 별소리를 다 한다. 내가 남이냐?! 그래도 가족이 다 모였으니 가야겠지? 저는 이만 가 볼게요. 아줌마. 아저씨. 초롱아, 전화할게."

"그래. 소현아, 잠시만."

침대에 걸터앉아 있던 초롱이 서둘러 자리에서 일어나 냉장고로 향했다. 냉장고 옆에 놓여 있던 쇼핑백을 열어 죽을 부지런히 담아 소현에게 건네며 다시 말했다.

"꼭 챙겨 먹어. 조심해서 잘 들어가고."

"어이구. 너도 참. 알았어. 그럼 가져갈게."

소현이 초롱의 가족과 두루 눈인사하며 병실을 떠나고, 이제야 온전히 가족만 남게 되었다. 밝은 에너지를 발산하던 소현이 가자마자 병실에 무거운 침묵이 내려앉았고, 초원이 서둘러 분위기를 환기했다.

"누나, 컨디션은 좀 어때?"

"어제보다 한결 나아."

"다행이다."

"그래…… 엄마, 소파에 좀 앉아요. 초원이 너도."

아빠가 앉은 휠체어를 밀고 들어온 힘없는 엄마를 보며 초롱이 자리를 권했다. 두 분 다 잠을 제대로 주무시지 못한 모양인지 얼굴이 눈에 띄게 수척해 보였고, 그 이유가 저 때문이라는 사실은 굳이 묻지 않아도 너무 잘 알고 있었기에, 부모님을 보기가 죄송스럽기만 한 초롱이었다.

"그래. 누나도 얼른 앉아."

"어."

초롱이 소파로 다가가자 초원이 얼른 다가와 수액이 걸려 있는 거치대를 대신 끌어 주었다. 동생에게 속삭이듯 고맙다고 말하고서 초롱은 소파에 앉은 엄마의 옆에 꼭 붙어 앉았다. 어제 동생과 통화를 하며, 자신이 했던 어떤 말 때문에 엄마가 무슨 걱정을 하고 계시는지 전해 들었을 때 초롱은 기함하듯 놀라고 말았다.

어떻게 다른 사람도 아닌, 엄마 앞에서 그런 말을 꺼냈을까. 불효도 그런 불효가 없었기에 마음이 한없이 무거워졌다. 초롱은 여전히 침울해 보이는 엄마의 눈치를 살피며 다리 위에 가지런히 모아 둔 엄마의 손을 그러잡고서 조심스레 입을 열었다.

"엄마. 어제는 정말 죄송했어요. 제정신이 아니었나 봐. 내가 잠깐…… 돌았었나 봐. 그러니까. 어제 내가 무슨 말을 했든…… 잊어요. 엄마, 잊어 주세요. 잘못했어요."

담담하게 꺼내는 초롱의 말에 수영의 눈가에는 어느새 눈물이 촉촉이 차올랐다.

'그러면 엄마…… 그러면 엄마…… 난…… 살 수 없을 것 같아…….'

단 한 번도 들어 보지 못했던 딸아이의 절망 가득한 음울했던 목소리가 여

197

전히 귓가에 남아 수영의 마음을 온통 할퀴고 있었지만, 아직 온전히 회복하지 못한 딸에게 그런 약한 모습을 보일 수 없어 애써 입가를 끌어 올리며 고개를 끄덕였다.

수영은 이미 오래전에 자신을 극한으로 몰아넣었던 적이 있었기에, 딸아이도 저의 성정을 닮았으면 어쩌나, 제 팔자를 닮으면 어쩌나. 어제 온종일 얼마나 애태웠는지.

밤새 딸의 병실을 몰래 찾아, 문에 있는 작은 창을 통해 밤늦게까지 친구와 대화를 나누는 모습이나 새벽녘이 되어서야 겨우 잠이 든 딸아이의 모습을 몇 번씩이나 눈으로 직접 확인하고, 또 확인하고서야 무거운 발걸음을 돌릴 수 있었다.

딸아이의 입에서 나온 그 서늘했던 말은 두 번 다시 듣고 싶지도, 떠올리고 싶지도 않아, 남아 있는 기억의 잔상을 지우려 수영은 머리를 흔들었다. 엄마를 사이에 두고 초롱과 나란히 앉아 있던 초원이 그런 엄마의 어깨를 꼭 끌어안고서 마음으로 위로를 전했다.

그들의 맞은편에서 휠체어에 앉은 채 물끄러미 그 모습을 바라보던 은호의 눈가에도 붉은 기운이 넘실거렸다. 은호에게서 깊이를 가늠할 수 없는 긴 한숨이 뿜어져 나왔다. 애처로운 눈빛으로 가족을 바라보던 은호가 작심한 듯 바싹 마른 입을 천천히 열었다.

"오늘은…… 내가 할 말이 있어서 모이라 했다. 그동안 차마 하지 못한……."

은호의 말에 세 사람의 얼굴이 동시에 은호에게로 향했다. 은호는 애잔해 보이는 딸아이와 아내, 듬직한 아들을 차례로 바라보며 힘든 말을 시작했다.

"내 아버지는…… 내 아버지는……."

은호는 말을 잇지 못했다. 이미 한참을 늦어 버렸다. 더 늦기 전에, 더 늦어 버리기 전에 말해야 할 것 같아 입을 열었는데 차마 말이 입 밖으로 나오지 않았다.

해 봐야 득이 될 것이라고는 하나도 없는 말이었다. 제 부모의 흠을 아내와 자식에게 어떻게 설명을 해야 할까. 아이들이 한 번도 보지 못한, 떳떳하게 내세울 수조차 없는 제 부모를 딸아이에게 어떻게 말해 주어야 할까. 될 수 있으면 평생 하고 싶지 않았던, 가능하면 평생 모르고 지나갔으면 했던 이야기를 시작하는 은호의 목소리가 처연하게 젖어 들었다.

"내 아버지는 사기꾼이었다……."

이 말을 입 밖으로 내뱉기가 그렇게 힘이 들었다. 할 수만 있다면 평생 숨기고 싶었다. 가족들만큼은, 가족에게만큼은 말하고 싶지 않았다.

제 핏줄이 이렇게 형편없는 것이라고 말하고 싶지 않았다. 평생을 수치심과 괴로움에 몸부림치는 저와 같은 전철을 밟게 하고 싶지 않았다. 하지만 은호는 더는 감출 수가 없었다. 제 딸의 고민과 번뇌를 더는 외면할 수 없었기 때문이다.

딸아이가 만나고 있는 사람은 자신과는 질적으로 다른 사람이었다. 훌륭한 집안에서 바른 교육을 받고 자란, 성품이 올곧은 반듯한 청년이었다. 자신과는 태생적으로 다른 사람을 두고, 아빠와 성정이 닮았다는 이유로 두려워하며 망설이는 딸아이의 모습을 더는 그냥 두고 볼 수가 없었다.

초롱은 폭탄 발언을 하고서 비통한 표정으로 자신을 바라보는 아빠를 그저 묵묵히 마주 보는 것 외에는 할 수 있는 것이 없었다. 단 한 번도 하지 않았던 조부모에 관한 이야기를 갑자기 꺼내는 아빠가 의아했고, 그 이유가 너무 궁금했지만, 눈물이 차오르는 아빠의 눈을 보며 차마 재촉할 수가 없었다.

한참을 말없이 뜨거운 호흡만 내뱉던 은호가 다시 어렵게 입을 열었다.

"못사는 사람, 잘사는 사람 할 것 없이 돈만 된다면 가리지 않고……."

은호는 영문도 모른 채 저만 뚫어져라 쳐다보는 딸의 맑은 눈동자를 마주 보며 너무 부끄러워 차마 얼굴을 들고 있을 수가 없었다. 이내 고개를 떨구는 은호의 머릿속에 고통스러운 지난날이 고스란히 되살아나고 있었다.

일 년에 몇 번 보기도 어려웠던 아버지였다. 해외에서 일한다는 어머니의 말을 곧이곧대로 믿고 있었고, 나름 그에 대한 자부심도 대단했었다. 어쩌다 집으로 찾아오는 날은 선물을 한 아름 안고 왔지만, 은호에게는 선물보다 아버지를 볼 수 있다는 사실이 더 반가웠던, 늘 아버지의 정에 굶주리고 목이 말랐던 은호였다.

그러던 어느 날, 집에 한바탕 소동이 벌어졌다. 아버지를 찾아온 다섯 명의 남녀가 온 집안 살림을 때려 부수며 돈을 내놓으라고 난리를 쳤다. 해외에서 일하고 있다는 아버지를 왜 집으로 찾아와 이렇게 난장판을 만들어 놓는 것인지, 집이 쑥대밭이 되는 건 둘째 치고 사람들이 어머니를 잡아 밀치며 악다구니를 하는 모습은 도저히 참을 수가 없었다.

경찰에 신고하려 전화를 드는데 그 정신없는 중에도 부랴부랴 달려와 자신을 말리는 어머니의 행동을 은호는 이해하려야 이해할 수가 없었다. 소란을 일으키는 그들에게, 우리에게 악담을 퍼붓는 그들을 향해 비굴하게 빌고 또 비는 어머니의 모습은 쉽게 이해할 수도, 용납이 되지도 않았다. 그 와중에 비수처럼 등 뒤로 내리꽂히는 그 말.

'애새끼가 얼마나 잘 크는지 볼 거야, 내가!'

'씨가 어디 가? 그 아비에 그 새끼겠지, 저놈도 딱 크면 사람들 등이나 처먹으며 버러지처럼 살겠지.'

'보고 배운 게 어디 가겠어? 도둑놈의 새끼가 도둑질밖에 더 할까.'

'남의 등 쳐 먹고 사는 주제에 꼴에 잘도 갖춰 놓고 사네.'

'독사 같은 집구석 쫄딱 망해 봐야 정신을 차리지.'

'이 자식이 어디서 눈깔을 치켜들어?'

급기야 자신에게까지 달려들어 폭력을 행사했다. 다급히 자신을 감싸고도는 어머니의 신음을 들으며 아무리 뿌리치고 나오려 해도, 그 여린 어머니의 힘이 얼마나 장사 같은지 저보다 체격이 작은 어머니의 품에서 벗어날 수 없었다.

차마 입에 담을 수도 없는 악담과 막말을 들어야 했던, 어머니의 품에서 늘 풍기던 그 향기가 아닌 비릿한 피 향을 고스란히 맡아야 했던 그때, 은호의 나이 불과 열여섯이었다.

분풀이를 다 한 사람들이 물러가고, 엉망이 된 집을 정리하면서 어머니에게 물어보지 않을 수 없었다. 지금까지 알고 있었던 아버지와 그들의 입에 험하게 오르내린 그 아버지가 정말 같은 사람이 맞는지, 믿을 수 없는 사실이 정말 진실이 될까 봐 너무 겁이 났지만 알아야 했다. 하지만 어머니는 미안하다는 말만 되풀이할 뿐 입을 굳게 닫았다.

은호는 정말 몰랐다. 지금까지는 그저 빙산의 일각일 뿐이며 이제 겨우 시작에 불과할 뿐이라는 걸. 아버지에 대해 얼마나 더 많이 놀라고, 얼마나 더 크게 실망하고, 얼마나 더 큰 고통에 시달리게 될지 미처 알지 못했다.

잊을 만하면 찾아와 행패를 부리는 사람들에게 진저리가 났다. 이사를 하고, 또 이사를 해도, 귀신같이 찾아와 찰거머리처럼 붙어서 떨어지지 않았다. 대학 입시를 일 년 앞둔 어느 겨울날. 결국 화병으로 어머니가 쓰러졌던 그 시린 겨울날. 처음으로 어머니께 속 시원하게 듣게 된 진실은 은호에게는 너무나 가혹했고 참담했다.

제 아버지는 자신의 짐작보다 더 나쁜 사람이었다. 알면서도 현실 앞에 무릎 꿇은 어머니도, 짐작했음에도 아무것도 할 수 없었던, 진실을 회피하고만 싶었던 이기적인 자신에게도 화가 나 견딜 수가 없었다.

누군가의 퇴직금을, 누군가의 사업 자금을, 자녀의 결혼 비용이나 학비를, 또 누군가에겐 전 재산이었을 소중한 돈을…… 가리지 않고 쓸어 모은 그는 괴물이었다. 아버지는 대체 왜 그럴까, 왜 스스로 벌어 쓸 생각을 않고 그런 짓을 했을까. 도무지 이해할 수도, 납득할 수도 없는 사실에 망연자실했다.

그러던 어느 날, 제집을 찾아온 한 사람은 몰골이 참담했다. 술에 잔뜩 취한 채, 네 아비 때문에 우리 부인이 자살했다며 생수 통을 열어 거실에 액체를 쏟아부었다. 설마 그게 휘발유일 줄은…….

다 같이 죽자고 발악하며 갑자기 꺼내 든 라이터를 보고서도 당황으로 굳어 버린 사고에 말릴 생각을 할 수 없었고, 결국 집에 불길이 번지고 말았다.

뒤늦게 정신이 번쩍 든 은호는 거실 바닥에 엎드려 통곡하는 남자를 둘러업고 곧장 밖으로 향했다. 멀리서 들려오는 소방차 소리에도 마음을 놓을 수 없었다. 이내 남자를 땅바닥에 내려 두고 다시 집으로 뛰어들었다.

제 방에 숨어 있다 매캐한 연기를 참지 못한 동생이 거실로 뛰어나왔고, 은호는 서둘러 자신의 옷을 벗어 동생의 얼굴에 뒤집어씌우고는 비틀거리는 동생을 업고 다시 밖으로 향했다. 마지막으로 아직 밖으로 나오지 못한 어머니를 찾으러 다시 집으로 들어갔지만 거세지는 불길을 파고들 수 없었다.

"어머니! 어머니!!"

목 놓아 불러도 사람 소리는커녕, 화마에 속수무책으로 타고 있는 집기의 폭발음만 요란하게 들려올 뿐이었다. 불길 속에서 울부짖던 은호는 출동한 소방관에 의해 밖으로 끌려 나갔고, 결국 어머니는 구하지 못했다.

끔찍했던 화재를 다 진압하고 난 후, 어머니를 발견한 곳은 마지막으로 저와 함께 있었던 거실이 아닌 어머니 방이었고, 놀랍게도 그곳은 안에서 굳게 문이 잠겨 있었다.

아버지라는 사람은 어머니의 장례식에도 참석하지 않았다. 해를 넘기고서야 남보다 못한 아버지가 양손 가득 무언가를 들고 집에 찾아왔던 날, 은호는 폭발하고 말았다.

"씨X, 누가 이딴 거 사 오라고 했습니까, 다 필요 없으니까 가져가세요. 아버지는 우리에게 이미 없는 사람입니다. 다시는 찾아오지 마세요. 다시는! 우리 볼 생각도 하지 마세요."

처음으로 아버지라는 사람에게 복날 개 패듯 언어맞고서 피투성이가 되어 거실에 누워 있는데, 동생이라는 녀석이 다가와 믿기 힘든 말들을 쏟아 내고 있었다.

"형 바보야? 뇌가 없어? 그렇다고 오지 말라고 하면 어떡해! 그럼 우리 학비
는, 우리 생활비는! 어차피 이게 다 아빠가 보내온 돈으로 먹고 자고 생활했던
거면서, 지금까지 잘 받아먹고서 이제 와서 왜 이러는 거냐고! 정말 아빠 안 오
면 어쩔 거야? 이제 돈도 안 보내고 아예 찾지도 않으면 그땐 어쩔 거냐고! 형
이 나 먹여 살릴 거야? 형이 다 할 수 있냐고! 이 씨X 새끼야!!"

악다구니하는 동생의 말이 틀린 게 하나 없기에 더 비참하게 느껴졌다. 지금
껏 그 사람이 보낸 돈으로 먹고, 입고, 자고⋯⋯. 아버지를 욕할 자격이 자신에
게 남아 있던가. 그럼에도 끓어오르는 화를 주체할 수가 없었다.

"미친 새끼야! 지금 우리가 누구 때문에 이렇게 살고 있는데, 우리 어머니가
누구 때문에 저렇게 비참하게 죽었는데, 너는 그런 말이 나와?"

결국 화를 이기지 못하고 동생에게 주먹을 날렸던 날, 녀석은 집을 나가 버
렸다. 그렇게 몸도 마음도 멍투성이가 되어 하루를 꼼짝달싹 못 한 채 신음으
로 보내는데, 반갑지도 않은 눈에 익은 사람들이 또 들이닥쳤다.

가구며 전자제품이며 성한 게 없는, 마치 지진이라도 난 듯 엉망이 된 집과,
온몸이 시퍼런 멍으로 물든 그의 모습을 보며 오히려 멈칫한 건 찾아온 사람들
이었다. 무슨 목적으로 오는지 너무 잘 알기에, 놀라 멈칫한 사람들을 보며 은
호는 꾸역꾸역 일어나 힘겹게 무릎을 꿇었다.

"죄송합니다. 정말⋯⋯ 죄송합니다."

뜨거운 눈물이 상처를 들쑤셨지만 마음의 고통보다 아프지는 않았다.

"두 달 전에 어머니께서 돌아가셨어요. 누군가 찾아와 집에 불을 질렀습니
다. 그 불에서 나오지 못했습니다. 아니⋯⋯ 어머니는⋯⋯ 그 불에서⋯⋯ 나
오지 않으셨어요. 방 안에 자신을⋯⋯ 가두셨습니다."

흐느끼며 고통스레 말을 잇는 은호를 보며 찾아온 사람 중 그 누구도 입을
열지 못했다.

"제 몰골이 이렇게 되게 한 사람⋯⋯ 제 아버지예요. 아버지와는 완전히 연

을 끊었습니다. 그리고 동생은…… 어제 집을 나갔습니다."

거짓으로는 들리지 않는 말에 찾아온 사람들은 기가 막혀 할 말을 잃었다. 자식새끼라도 볼모로 잡으면 돈을 돌려줄까, 고슴도치도 제 새끼는 예뻐라 한다는데 설마 제 자식을 모른 척할까 싶었다.

그런데 이미 곤죽이 되도록 두들겨 맞은 채 반송장처럼 말하는 녀석을 보며 그 작은 희망마저 사라지는 듯한 기분에 억장이 무너져 내렸다. 앞에 앉은 아이가 딱해 보이다가도, 사기당한 저 때문에 친척 집을 전전하는 제 새끼를 떠올린 순간 가슴이 싸늘하게 식었다.

남의 처지를 딱하게 여기기에는 마음의 여유가 쌀 한 톨만큼도 없었다. 독한 마음이 다시 살아나며 눈앞에 보이는 그놈의 아들 역시 찢어발기고 싶은 마음뿐이었다. 이루 말할 수 없는 허탈함에 힘없이 자리에 주저앉아 원망의 대상을 노려보다 결국 참지 못해 하나둘 입을 여는 사람들이다.

"기가 막힌다. 기가 막혀."

"쓰레기도 그런 쓰레기가 없다."

"개같은 새끼."

"가만, 설마 이거 쇼하는 거 아냐?"

마지막 사람의 말에 몇몇의 눈이 은호를 향하자 허탈한 마음을 추스르지 못한 은호의 입에서 을씨년스러운 헛웃음이 힘없이 새어 나왔다.

"제가 어떻게 해야 할까요. 어떻게 하면 믿겠습니까? 어머니 사망진단서라도 보여 드릴까요?"

저도 사람인지라 울컥했는지 말투가 신경질적이었나 보다. 화를 발산하지 못하던 사람들이 대단한 꼬투리라도 잡은 양 은호를 향해 더 험한 말을 쏟아내기 시작했다.

"애새끼 눈깔 쳐 뜬 거 봐라. 그래. 그런 쓰레기 같은 아비한테 뭘 배웠겠어?!"

"그러게 옛말에 피는 못 속인다잖아. 그 더러운 피가 어디 가겠어?"

"그 어미는 또 어떻고, 독한 것 봐라. 불길에서 안 나왔단다."

"동생은 집을 나갔다고? 집구석 돌아가는 꼬락서니하고는."

"남의 등 쳐 먹고 살면 이 집 꼴 나는 거야."

"제발! 제발……. 그만해 주세요. 돈은…… 제가 살면서 갚겠습니다. 그러니 제발…… 이제 그만하세요."

잇새로 한 마디 한 마디 절규하듯 내뱉는 은호였다. 하지만 이미 악밖에 남지 않은 그들에게 이런 은호의 말은 치기 어린 말장난으로밖에 들리지 않았다.

아직 학업을 다 마치지도 못한 어린놈이 무슨 수로 돈을 벌 것이며, 그 많은 돈을 어떻게 갚는단 말인가. 이미 희망을 놓아 버린 사람들은 마지막까지 은호의 가슴에 비수와 같은 악담을 내리꽂았다.

"하늘이 무심하지 않다면 네가 잘될 리가 없다."

"그래. 너 역시 네 아비처럼 남의 등이나 쳐먹고 살겠지. 아니면 빌어먹고 살거나."

"암. 그렇고말고. 최소한 삼대는 망하겠지."

"삼대는 무슨, 더러운 집구석 아예 씨가 말라야지!"

한참 악담을 퍼부으며 분풀이를 하던 사람들이 떠나고, 은호는 그 자리에 그대로 화석처럼 굳어 있었다. 끔찍하게 싫었다. 그 아비에 그 새끼라는 주홍 글씨와 같은 낙인이, 더러운 피를 이어받았으니 똑같이 나쁜 짓을 하고 살 거라 단정 짓는 편견이 은호는 소름 끼치도록 잔인하게 들렸다.

오기가 생겼다. 절대 당신들이 바라는 대로, 당신들이 뱉은 악담대로 살지 않겠다. 아버지와 같은 사람은 절대 되지 않을 것이며, 꼭 성공해서 그 돈, 반드시 갚고 말겠다. 끝내는 당신들이 틀렸다는 걸, 뿌리가 썩었다고 모든 줄기가 다 죽는 것은 아니며, 그 피를 이어받았다고 썩은 정신까지 이어지는 것은 아니라는 걸 증명해 보이겠다. 마음으로 다짐하고 또 다짐했다.

은호는 알지 못했다. 사기꾼의 피가 흐른다느니, 삼대가 망할 거라느니 그들이 심어 놓은 말이 악귀처럼 자신을 괴롭히며, 그들이 뱉은 저주와 같은 말이 평생 가슴에 강박으로 남아 버렸다는 걸……

다시 떠올리고 싶지 않았던 과거를, 꼭꼭 숨겨 두었던 진실을 풀어놓고서야 자신을 옭아매던 강박의 굴레가 느슨해지는 기분이었다.

결국 제 아버지와 다른 사람이라는 걸 보여 줘야 한다는 강박감이, 남에게 떳떳할 수 없었던 제 열등감이 가족을 사지로 몰아넣었다. 자식에게만큼은 그런 말을 듣게 하고 싶지 않았다. 자식들만큼은 늘 당당하고 떳떳하게 세상을 누리기 바랐다.

한데 돌이켜 보니…… 그건 열등감의 또 다른 모습이었다. 결국 모든 게 마음속에 내재되어 있던 열등감을 극복하지 못한 제 욕심이었음을…….

딸이 흐느껴 우는 소리가 귓가를 파고들었다. 마치 타인의 얘기를 하듯 덤덤하게 말을 이어 가던 은호가 옛 기억에서 빠져나왔다. 숙인 고개를 천천히 들어 올려 맞은편 소파에 나란히 앉은 가족을 물끄러미 바라보았다. 지은 죄도 없이 고개를 떨군 딸아이와 아내, 아들에게 차례로 시선을 옮기는데 명치가 찌를 듯 아파졌다.

세상에서 가장 든든한 울타리가 되어 주고 싶었는데, 어쩌다 가족에게 이렇게 큰 짐이 되어 버렸는지. 거센 파도처럼 밀려오는 회한에 입술을 감쳐무는데 뜨거운 눈물이 볼을 타고 흘러내려 두 눈을 질끈 감고 말았다.

수영은 일렁이는 마음을 다스리며 자리에서 일어나 남편에게 다가갔다. 남편의 등 뒤에서 위로하듯 가만히 남편의 어깨에 손을 올렸다. 그동안 혼자서 얼마나 힘들었을까, 진작 말했으면 좋았을걸. 혼자 마음고생이 많았을 남편이 안쓰러워 목이 메는 수영이었다.

사실 수영은 오래전 남편과 대호가 나누던 얘기를 우연히 엿듣게 되어 시부모님의 일을 알고 있었다. 하지만 말하고 싶지 않은 그의 마음을 이해했기에 언젠가 스스로 말해 줄 날을 기다렸다. 바로 그날이 오늘이었고, 남편은 아마도 딸아이에게 따로 하고 싶은 말이 있을 듯했다.

수영이 허리를 숙여 남편의 귓가에 조용히 말했다.

"초롱이하고 얘기 나눠요. 초원이 데리고 잠시 나가 있을게요. 초원이한테 는 내가 말할게. 걱정하지 말아요."

왠지 자신이 딸아이에게 무슨 말을 할지 다 안다는 듯 자리를 비켜 주려는 배려에 아내가 이미 모든 걸 알고 있음을 은호는 뒤늦게 알아차렸다.

"당신. 알고…… 있었어?"

"당신하고 같이 산 세월이 얼만데. 이제라도 말해 줘서 고마워요. 이따가 봐요."

초롱은 엄마가 동생과 함께 병실을 나가는 모습을 보고 조심스레 말을 꺼냈다.

"말씀……하세요. 아빠."

"그래……."

초롱이 가만히 아빠를 주시하는데, 좀처럼 아빠의 입은 열리지 않았다.

"아빠, 혹시…… 우리 집으로 찾아왔던 사람들. 할아버지한테…… 사기당한 사람들이었어요?"

"다는 아니지만…… 그래. 대부분이 네 할아버지한테 피해를 본 사람, 또는 그들의 자녀였다. 연이 끊어진 네 할아버지가 객사하고서야 경찰 통해서 연락을 받았다. 그때 피해자 명단도 넘겨받았어. 많이 늦었지만…… 갚아야 한다고 생각했다."

회피하고자 한다면 방법은 많았지만, 은호는 피하고 싶지 않았다. 아버지가 행한 악이 어떻게 가지를 치는지, 어떻게 또 다른 악행을 낳고 이어지는지 몸소 겪으며 자라 왔던 은호이기에 그 악행의 고리를 끊어 내고 싶었다.

그 돈을 갚지 않으면, 평생 자신을 괴롭히던 사기꾼의 자식이라는 꼬리표를 영원히 떨칠 수 없을 것 같았고, 자식에게 떳떳하지 못한 핏줄이라는 오명을 남기고 싶지도 않았다.

아버지의 악행은 자신의 대에서 무조건 끊어 내야 하는, 마무리 지어야 할 업이라 생각했다.

"빚을 갚는 건 그리 어렵지 않았다. 사업이 잘될 때였고, 그 당시에는 금액이 부담스럽지도 않았어. 다만…… 그 이후에 선을 제대로 긋지 못했고, 인정에…… 약했지."

책임을 다한 것에 만족하고 그쳤어야 했다. 제 아버지의 잘못으로 인해 인생 가장 밑바닥을 경험한 그들이 도리어 다시 빚을 지러 찾아올 때 그 손을 냉정하게 뿌리치지 못했다.

어쩌면, 자신의 가치를 깎아내리던 그들이, 악담을 서슴지 않던 그들이 되레 고개 숙이며 손을 벌리러 오는 모습에 되지도 않는 우월감이라는 망상에 젖었는지도 모르겠다. 애당초 그들 역시 사기를 당하지 않았다면 인생이 이렇게 꼬였을까, 모든 시작은 제 아버지로부터 비롯된 일일 것인데.

굳이 구차한 변명을 하자면 다시 돈을 빌려줄 때는 나름의 기준과 규칙도 있었다. 빌린 돈을 어디에 어떻게 사용할 것인지 계획서 따위를 받고서 나름 검토도 하면서…… 그들이 재기에 성공했을 때 남모를 성취감에 취하기도 했었다.

보증만 안 섰더라면……. 보증까지는 하는 게 아니었는데.

"믿음을 보여 주면 다시 믿음으로 되돌아올 줄 알았다. 아빠가 어리석었다. 어리석었어……."

가만히 아빠의 말을 듣고 있던 초롱이 고개를 내저었다. 초롱은 아빠가 달리 보였다. 지금까지는 그저 무른 사람이라고만 생각했다. 마음이 물러서 도움을 바라며 내민 손길을 뿌리치지 못하는, 대책 없이 좋기만 한 사람인 줄 알았다.

그런데 그것이 할아버지의 죗값을 대신하기 위한 책임감이었다니, 자신을 짓누르는 콤플렉스를 극복하기 위한 부단한 노력이었다니. 아빠가 달리 보였다.

늘 아빠를 이해하려 애쓰며 마음으로 번뇌했던 지난 시간이 햇살에 얼음 녹듯이 흘러내리고, 항상 가슴 한편에 자리하고 있던, 마치 털을 세운 고슴도치 같은 삐죽한 마음의 가시가 얌전히 가라앉고 있었다.

가슴이 벅차올랐다. 그 고통스러운 상황에서 홀로 굳건히 버텨 낸 아빠가, 책임을 피하지 않고 오롯이 감당하며 끝내는 책임을 다해 낸 아빠가 자랑스러웠다.

그때까지 소파에 앉아 있던 초롱이 휠체어에 앉은 아빠의 뒤로 다가갔다. 힘없이 고개를 떨군 아빠의 뒷모습에 울컥하며 어깨를 조심스레 감싸 안았다. 놀랐는지 흠칫하는 아빠의 몸짓이 느껴져 더 꼭 끌어안고서 속에 담고 있던 말을 꺼냈다.

"아빠. 다 말씀해 주셔서 정말 감사해요. 아빠가 정말⋯⋯ 자랑스러워요. 사기꾼의 손녀로 남지 않게 해 주셔서 감사해요. 의로운 아빠의 딸이 되게 해 주셔서⋯⋯ 정말 감사해요. 사랑해요, 아빠."

씩씩한 목소리로 말하고 싶었는데 일렁이는 마음처럼 목소리도 사정없이 물결치듯 일렁거렸고, 아빠의 어깨에서도 떨림이 느껴졌다. 위로할 마음으로 다가갔는데, 아빠의 아픈 흐느낌에 결국 눈물을 쏟고 말았다.

간신히 마음을 다스린 은호가 제 어깨를 감싸고 있는 딸아이의 팔을 다독이듯 두드리며 입을 열었다.

"지금 만나는 사람. 좋은 사람 같더라. 좋은 집안에서 훌륭하게 잘 자라난 인품이 훌륭한 사람이야. 아빠와는 처음부터 다른 사람이다. 강단이 있어 보이고, 책임감도 남다른 듯하고, 너 마음고생시킬 사람으로는 보이지 않더라. 그러니 아빠 때문에 그 사람 포기하지 마. 그런 사람. 또 없어."

아빠의 말을 조용히 듣던 초롱이 아빠의 어깨를 감싸고 있던 팔을 풀고 허리를 세워 일어났다. 어쩔 수 없이 위로 끌어당겨지는 입술을 열어 아빠의 뒷머리에 대고 물었다.

"그러니까…… 지금 그 사람 놓치지 말라고 얘기해 주신 거예요?"

"그래. 우리 딸이 좋은 사람 놓칠까 싶어 걱정돼서. 아빠하고는 전혀 결이 다른 사람인데, 태생부터가 다른 사람인데."

"아빠, 풍요로운 밭에서 난 콩보다 메마른 텃밭에서 싹 틔운 콩이 더욱더 훌륭하고…… 더 대단한 거예요."

괜스레 복받치는 마음에 다시 아빠를 끌어안는 초롱이었다. 태생부터가 다른 사람이라니…… 초롱은 한 번도 뵙지 못한 할아버지가 그렇게 미울 수가 없었다. 그간 아빠의 마음을 옥죄고 있던 굴레가 얼마나 단단하면 저런 말이 나올까. 울컥하는 마음에 초롱이 다시 입을 열었다.

"앞으로 그렇게 말씀하지 마세요. 할아버지가 잘못한 거지, 아빠는 아무 잘못 없어요. 그러니까 앞으로는 절대 그렇게 말씀하지 마세요. 그리고 저는 아빠가 우리 아빠라서 자랑스러워요."

은호는 딸에게서 절대 다시 들을 수 없을 것 같았던…… 꿈같은 말을 들으며 조용히 뜨거운 눈물을 흘렸다.

이젠 정말 다시 일어서야 할 때였다. 딸에게 더는 약한 모습이 아닌, 당당하고 자랑스러운 모습으로 다시 한번 우뚝 서고 싶었다. 마음으로 강한 다짐을 하는 은호의 입가에 희미한 미소가 은은하게 피어나고 있었다.

잠시 병실을 비웠던 수영과 초원이 언제 대화를 끝내고 다시 병실을 찾았는지. 도란도란 말이 새어 나오는 병실 밖에서 초원이 훌쩍이는 엄마의 어깨를 듬직하게 그러안고 환하게 웃고 있었고, 그런 아들을 보는 수영의 입가에도 밝은 미소가 피어올랐다.

"초원아, 너 이제 그만 가 봐. 누나 정말 괜찮아."

"알아. 그래도 안 돼. 못 가. 어제 누가 나 믿고 간다고 했거든."

초롱은 동생이 말한 그 누가 누구인지 알 것 같아 멋쩍은 미소를 지었다. 초원이 그런 누나를 물끄러미 바라보다 슬쩍 말을 꺼냈다.

"형 얼굴이 안됐더라. 오늘 들어 보니 목소리도 안 좋고."

"통화……했어?"

"어. 아침에 전화 왔었어. 누나 휴대폰 형이 가지고 있대. 말할 틈이 없었다고, 액정 파손이 심해서 수리 맡겼나 봐."

"그래. 알았어. 그럼 이따 이산 씨한테 전화 좀 해 줄래? 퇴원했다고."

"누나 퇴원하려고? 벌써?"

"벌써는 무슨. 처음부터 입원까지는 할 필요 없었어. 몸이 어디 크게 다친 것도 아니었는데 뭐. 그래도 덕분에 하루 푹 잘 쉬었다."

누나의 얼굴을 봐서는 전혀 괜찮아 보이는 모습이 아니었지만, 마음만큼은 홀가분한지 엷은 미소를 보이는 게 어제보다 훨씬 안정적으로 보여 마음이 놓였다.

"누나가 직접 전화하지 그래?"

"내가 전화하면 당장 올 것 같아서 그래. 그러니까 전화는 네가 대신 좀 해 주라. 내가 나중에 연락하겠다고 하고."

"그래. 알았어. 그런데…… 정말 바로 퇴원해도 되겠어? 하루나 이틀쯤 더 쉬었으면 좋겠는데."

"괜찮다고. 나는 병원에 있으면 더 병이 날 것 같아. 쉬어도 집에서 쉴래."

초원이 알 만하다는 듯 고개를 끄덕였다.

초롱은 그날 오후 늦은 시간 퇴원을 만류하는 의사 선생님께 집에서 무조건 잘 쉬겠다고 호언장담을 하고서야 퇴원할 수 있었다.

집에 도착해 소파에 힘없이 털썩 기대앉았다. 지난 하루가 마치 일 년은 흐른 것 같은 기분에 깊은 한숨을 내쉬며 지친 눈을 감고 생각에 잠겼다.

오늘 그를 만나면 무슨 말을 어디서부터 어떻게 시작해야 할까, 그에게 어떤 말로 사과를 해야 할까, 고민스러웠다. 못난 모습을 보인 뒤라 그를 대면하기가 민망했지만 시간을 지체해서는 안 될 것 같았다.

감은 눈을 뜨며 결심한 듯 자리에서 일어나 옷을 벗고 부랴부랴 욕실로 향했다. 샤워기 아래에서 물을 맞으며 부디 흘러내리는 물에 자신의 약해지는 마음도, 부끄러운 마음도 모두 씻겨 내려가기를 속으로 간절히 바랐다.

외출 준비를 모두 마친 초롱이 마지막으로 시계를 확인하며 옷매무새를 가다듬고서 그의 아파트로 향했다.

산은 초롱이 퇴원한다는 말과 함께 누나가 따로 연락할 거라는 초원의 전화를 받고부터 계속해서 휴대폰으로 쏠리는 신경과 눈길을 거두지 못했다. 지금쯤이면 초롱이 집에 도착하고도 남았을 시간이었다. 연락할 생각이었으면 벌써 했을 텐데 왜 아직 전화가 없을까, 답답함에 한숨을 푹푹 내쉬었다.

병원에서 조금 더 쉬었으면 좋았을 텐데, 마지막으로 봤던 초롱의 초췌한 모습이 자꾸 떠올라 잠시도 걱정을 내려놓을 수가 없었다. 몇 분 간격으로 휴대폰을 들었다 놓았다, 벨 소리가 제대로 켜져 있나 한 번 더 확인을 하고는, 왠지 한심하게 느껴지는 자신을 나무라며 아예 책상 끝으로 휴대폰을 치워 버렸다.

괜히 눈에 들어오지도 않는 서류를 한참이나 들여다보다 확인한 시간은 어느덧 퇴근 시간에 가까운 6시였다.

'하……. 이초롱. 미치겠네. 정말.'

나지막이 한숨을 내쉬는데 마침 기다리던 벨 소리가 울렸다. 순간 강하게 피치를 올리는 두근거리는 심장에 헛웃음 치며 상체를 날리다시피 해서 휴대폰을 낚아채고서 발신자를 확인하는데, 등록되어 있지 않은 번호였다. 밀려오는 허탈함에 짜증스러운 마음이 찌푸린 미간으로 고스란히 드러났다.

"네. 하이산입니다."

― 저……예요.

책상에 팔을 괸 채 지끈거리는 이마를 짚고서 관자놀이를 누르며 전화를 받던 산의 움직임이 일순 멈추더니 자리에서 벌떡 일어섰다.

"이초롱?!"

— 네……. 휴대폰이 없어서 잠시 빌렸어요.

"어디야?!"

— 경비실이요.

"어디?"

— 이산 씨 아파트 경비실이요.

산은 사람 애간장을 이렇게 바짝바짝 태워 놓고서 너무나 태연하게 자신의 아파트에 도착해 있다고 말하는 초롱에게 화를 내야 할지 기뻐 반겨야 할지 순간 헷갈렸다. 하지만 언제나 그렇듯이 반가움이 우선이었고, 기쁜 마음을 감추지 않고서 성급히 말을 꺼냈다.

"아저씨 너 잘 알지? 올려 보내 줄 거야. 집에 들어가서 기다려. 응?"

— 네. 먼저 들어가 있을게요. 급하게 서두르지 말고, 조심해서 오세요.

"그래……. 알았어."

순간 치밀었던 화는 어디로 가고, 순한 양이 되어 고분고분 대답하는 자신의 모습이 너무 우스웠지만, 그럼에도 마냥 가라앉았던 기운이 펄펄 되살아나는 기분이었다. 그저 그녀의 목소리…… 단지 저를 걱정하는 그녀의 말 한마디에 죽어 가던 마음이 생생하게 되살아나고 있었다.

전화를 끊은 초롱이 경비 아저씨에게 감사 인사를 하며 전화를 건넸다. 이미 오가며 친근하게 인사를 주고받을 만큼 안면이 쌓인 데다, 방금 통화 내용을 대충 들어서인지, 어서 올라가라 손짓하는 아저씨를 보고 싱긋 웃으며 엘리베이터로 향했다.

그가 알려 준 비밀번호를 누르고 익숙하게 그의 집 안으로 발을 들여놓았다. 겨우 하루, 그와 냉랭한 기류를 넘나들었던 아슬아슬한 시간은 겨우 하루 남짓이었는데, 초롱에게는 벌써 몇 날이나 지난 것처럼 답답하고 안타까운, 그의 소중함을 뼈저리게 느끼기에는 충분하고도 차고 넘치는 시간이 아닐 수 없었다.

익숙한 향기와 변함없이 깔끔하게 정돈된 실내를 둘러보며 자신과 그의 관계도 변함없는 이곳처럼 변치 않았기를…… 초롱은 마음으로 기도하며 긴장으로 그를 기다리고 있었다.

몸은 회사에 있지만 마음은 이미 집으로 가고 없었다. 산은 부랴부랴 자리를 정리하고 가방을 챙겨 집무실을 날 듯이 벗어났다. 걸음을 서두르는 자신을 향해 인사하는 직원들에게 건성으로 인사를 건네는 산의 머릿속은 오직 초롱에 대한 생각으로 가득 차 있었다.

지금 그녀는 무슨 생각을 하고 있을까, 무슨 일로 직접 찾아왔을까, 오늘은 무슨 말을 듣게 될까. 설마 헤어지자는 말도 안 되는 소리를 하려고 직접 찾아온 건 아니겠지? 온갖 복잡한 상념이 들어차는 머리를 강하게 흔들며 차에 올랐다. 산의 마음이 그 어느 때보다 급하게 내달리고 있었고, 운전하는 차라고 별다르지 않았다.

무슨 정신으로 어떻게 운전을 했는지 모르겠지만, 막히는 시간대임에도 불구하고 놀랍게도 평소보다 이른 시간에 아파트 주차장에 도착했다. 엘리베이터를 타고서 층층이 올라가는 층계만큼이나 심장 박동도 빠르게 올랐고, 걱정과 반가움으로 뒤섞인 마음 또한 점점 더 고조되고 있었다.

보고 싶었다. 산은 초롱이 너무 보고 싶었다. 그녀와 떨어져 있었다고 하기에도 힘든 짧은 시간이 산의 인생에서 가장 길게 느껴진 시간이었다고 하면 누가 믿을까. 하지만 산에게는 정말 견디기 힘든 인고의 시간이었다. 제 아파트 앞에서 도어록을 해제하는 손끝이 미세하게 떨리는 모습에 기가 막혔다.

'가지가지 한다. 가지가지 해.'

문고리에 손을 올리는 짧은 순간, 혹시 초롱이 가고 없으면 어쩌지? 하는 불안한 생각을 하는 자신이 어이가 없었다. 만에 하나라도 가고 없다면 오늘 무조건 찾아내서 혼내 줘야지. 마음으로 다짐하며 문을 활짝 열었다.

급히 들어가 신을 벗고 중문을 열어 한 발 들어서는데 그녀가 보였다. 소파에 앉아 기다렸는지 그 자리에 그대로 서서 두 손을 얌전히 모으고 저를 주시하고 있는 그녀가, 천천히 소파에서 걸어 나와 조금 더 잘 보이는 위치에서 저를 마주하며 쭈뼛쭈뼛 제게 다가오는 그녀가, 깨물었던 입술을 바로 하고서 어설프게 미소를 지어 보이는 그녀가 한눈에 가득 들어왔다.

너무 반가워서. 주저주저하면서도 제게 다가오는 걸음을 멈추지 않는 그녀가 너무 사랑스러워서. 산은 더는 참을 수가 없었다. 들고 있던 가방을 손에서 떨군 채 곧장 초롱에게 돌진했다. 부은 눈을 조금씩 키워 가는, 하루 사이 수척해진 초롱의 얼굴에서 눈을 떼지 않고서 성큼 다가선 산이 초롱의 얼굴을 감싸며 곧장 입술을 내리눌렀다.

운전하고 오는 내내, 그녀를 만나면 우선 차분하게 마음을 가라앉히고, 차 한잔을 나누며 깊이 하지 못한 대화를 나누어야지. 무엇 때문에 자신을 밀어냈는지 물어보고, 다친 마음이 아물 수 있도록 어루만져 주고 잘 달래 줘야지. 했던 다짐은 이미 저만치 사라지고 없었다.

초롱의 앞에서는 언제나 이성보다 감정이 우선이었고, 오늘만큼은 감정을 누르고 이성적으로 행동하겠다 마음먹은 자체가 오만한 생각이었음을 깨달았다.

제 입술을 피하지 않고 오히려 제 허리를 꼭 감싸 안으며 반갑게 저를 맞아 주는 초롱 또한 자신과 마음이 다르지 않음을. 한참 입 맞추던 산이 잠시 입술을 떨어뜨리고서 초롱의 얼굴을 가만히 바라보았다.

마치 쌍꺼풀 수술 후 부기가 빠지지 않은 것처럼 부은 두 눈에 물기가 어려 눈빛이 반짝반짝 빛이 나고 있었다. 초롱초롱 예쁜 눈동자는 오직 제 두 눈을 향하고 있었다. 좀 전까지 열렬하게 마음을 나누었던 입술은 도톰하게 부풀어 있었고, 두 볼은 발그스름하게 달아올라 사랑스럽기 그지없었다.

"못 참겠어."

마음의 소리가 툭 튀어나왔고,

"참지…… 마세요."

너무나 반가운 대답이 들려왔다. 이제야 제가 알던 이초롱으로 돌아온 것 같았다. 숨고 피하고 고개 숙이는 이초롱이 아닌, 부끄러워하면서도 피하지 않고 당당했던 그녀로 다시 돌아온 것 같았다.

너무나 반가운 마음에 피식 웃음이 흘러나왔고, 덩달아 미소를 보이는 초롱을 보며 다시 입술을 내리눌렀다. 이제 서두르지 않아도 되는데 산은 여전히 마음이 조급했다.

초롱에게 입을 맞추는 동시에 부지런히 방으로 걸음을 옮기며 그녀가 입고 있는 원피스의 단추를 여는데 왜 이렇게 빡빡한지, 두 개까지 인내하며 열던 산의 야수 같은 성미가 불쑥 튀어나왔다. 성급하게 원피스를 힘으로 벗겨 버렸고, 투둑 옷이 터지는 소리에 초롱의 입에서 픽 하고 웃음이 새어 나왔다.

"웃어? 지금 웃음이 나오지. 기다려. 곧 좋아서 울게 해 줄 테니까."

그 말을 끝으로 더 이상의 말은 흘러나오지 않았다. 덜컥 방문이 닫혔다. 바닥으로 두 사람의 옷가지가 정신없이 흩어졌고 이내 침대가 풀썩하고 꺼졌다.

달콤한 신음과 짐승 같은 신음이 한데 뒤섞였다. 오랜만에 일체감을 느끼게 된 연인은 사랑을 표현하는 데 주저하지 않았고, 고요한 공간에 사랑의 소음을 흩뿌리며 극한의 기쁨을 향해 거침없이 달려갔다.

산이 단언했던 것처럼 얼마 지나지 않아 흥분을 주체하지 못한 초롱의 달콤한 신음에 간간이 울먹임이 뒤섞였다. 산은 더욱더 몰아세우며 극치의 쾌감을 향해 가도록 초롱을 부추겼고, 참지 못해 터져 나오는 그녀의 신음을 입으로 달게 삼키며 산 역시 마지막 남은 자제력을 부수며 포효했다.

초롱의 옆에 누워 흐트러진 호흡을 고르는 그녀를 한쪽 팔로 끌어안고서, 거친 숨을 가다듬는 산의 입가에 행복한 미소가 피어올랐다.

"이초롱 보고 싶어 죽는 줄 알았어. 내가 얼마나 힘들었는지 알아?"

"미안해요⋯⋯. 정말."

"아니야. 이렇게 왔으니까 됐어. 네가 스스로 이렇게 왔으니까 나는 그거로 됐어. 하지만 앞으로 또 이러면 안 돼. 이렇게 내 속을 태우는 건 이번이 마지막이야. 알겠어?"

"네. 앞으로는 이런 일 없을 거예요. 오늘도 사실 사과하러 온 건데. 입 뺑긋하기도 전에 이렇게 될 줄 몰랐어요."

초롱의 담백한 고백에 웃음이 터졌다. 정확한 이유도 알지 못한 채 자신을 밀어내던 초롱에게 서운한 마음이 없었다고 하면 거짓이겠지만, 그런 마음은 제 아파트에서 얌전히 기다리고 있던 그녀의 모습을 본 순간, 이미 눈 녹듯 사라지고 없었다.

"사과하지 않아도 돼. 네가 온 순간 이미 다 풀렸어."

"아니에요. 그래도 말하는 편이 좋겠어요."

"흠. 그래. 대신 오늘 너 집에 못 가. 안 보내. 오늘은 안 보낼 거야."

겨우 되찾은 안정감을 놓치고 싶지 않은 산이 단호한 어투로 말하자, 평소 늘 집으로 가야 한다고 선을 긋던 초롱에게서 뜻밖의 대답이 들려왔다.

"네. 보내지 마세요. 안 갈래요."

고저 없이 들려오는 초롱의 단정한 대답에 안도의 미소가 가만히 퍼져 나가는 산이었다. 채신머리없이 실룩거리는 입꼬리를 단속하는데 조심스러운 그녀의 음성이 귓가로 흘러들었다.

"어⋯⋯ 우선. 그날 못난 모습 보여서 미안해요. 오래전이지만⋯⋯ 눈앞에서 아빠가 사고를 당하는 모습을 본 적이 있어서. 순간 너무⋯⋯ 두려웠어요.

그리고.”

말을 꺼내자마자 어디선가 그의 전화벨 소리가 울렸다. 끊이지 않는 벨 소리 때문에 대화에 집중하기가 힘들어 초롱이 하던 말을 잠시 멈추었다.

“이산 씨 전화죠? 우선 전화부터 받아 봐요.”

“그래. 잠시만.”

무시하기에는 끊이지 않는 벨 소리가 신경 쓰인 산이 자리에서 일어나 벗어 둔 옷을 찾았다. 재킷에 넣어 둔 휴대폰을 꺼내며 발신자를 확인한 산의 눈에 이채가 반짝였다.

“초롱아, 잠시만 쉬고 있을래? 급한 전화가 와서 좀 받고 올게.”

“네. 쉬고 있을게요. 신경 쓰지 말고 천천히 통화하고 오세요.”

고개를 끄덕이고선 옷도 걸치지 않은 채 침실을 나선 산이 곧장 전화를 받으며 드레스 룸으로 향했다.

“어. 형.”

— 산, 어디야?

“아파트.”

— 자료 정리 다 됐다. 지금 네 아파트 근처 지나는 길인데 내가 갈까?

“어. 초롱이가 와 있어서 집 안은 곤란하고, 로비에서 잠깐 만나.”

— 초롱 씨가 왔다고? 그럼 잘 해결된 거야? 자료는 굳이 보지 않아도 되는 거고?

“아니, 잘 해결되고 있는 건 맞는데, 자료는 확인해 봐야겠어. 왜, 내가 보면 좋지 않은 내용이라도 있어?”

— 아니. 그 반대. 준비되면 내려와라. 로비에서 기다릴게.

“어.”

승주와 통화를 마친 산이 손에 잡히는 옷으로 대충 꺼내 입고서 다시 침실로 향했다. 잠시 나갔다 오겠다고 말해 주려 다가가는데 그녀는 미동이 없었고, 가까이 가서 보니 그사이 벌써 잠이 든 모양이었다.

컨디션을 회복하기도 전에 퇴원했으니 많이 피곤했을 텐데, 푹 쉬게 해 주지는 못할망정 보자마자 짐승처럼 달려들었으니 지칠 만도 했다. 뒤늦은 미안함에 안쓰러워 보이는 초롱의 얼굴을 물끄러미 바라보다 머리를 조심스레 쓸어넘겨 주고서 방을 나섰다.

6

로비에서 기다리던 승주가 막 엘리베이터에서 내리는 산을 향해 손짓했다.

"산."

"형. 미안. 여기까지 왔는데."

다른 때 같았으면 함께 올라가 초롱과 인사도 나누고 잠시 차라도 한잔 권했겠지만, 오늘은 그러기가 힘들었다.

"됐어. 지나던 길이야. 초롱 씨는 좀 어때?"

안부를 물으며 승주가 자료를 건넸다.

"많이 좋아졌어. 고마워."

산이 엷게 웃으며 두툼한 서류 봉투를 받았다.

"인사는 됐고, 너, 초롱 씨한테 잘해. 트라우마가 상당했겠던데 솔직히 좀 놀랐다. 그런 일을 겪었음에도 다시 누군가를 돕는 게 쉬운 일은 아니었을 거야. 아니, 많이 힘들었을 거야."

"그게 무슨 말이야? 그런 일?"

"초롱 씨가 아버지 사고를 직접 목격했다는 건 너도 알고 있지? 그것만 해도 충격이 말이 아니었을 거야. 게다가 사고 후에 소송까지 당했더라고. 다른 사람도 아닌 구조했던 남자로부터 말이야. 초롱 씨는 그 위험 부담을 알면서도 임산부를 도왔어. 아무나 못 할 일이야."

"잠깐, 구조했던 남자? 설마…… 도움을 준 사람에게서 소송을 당했단 말이야? 초롱이 아버님이?"

말도 안 되는 소리에 산이 인상을 와락 구기며 되물었다.

"어. 참 엿같은 상황이지. 기껏 목숨을 구했더니 괜히 손을 대서 신경에 손상을 입었다고 소송을 걸었더라. 죽게 내버려 두지 왜 그랬냐고, 다리를 못 쓸 바에야 차라리 죽는 게 낫다나 어쩐다나."

너무 어이없는 말에 잠시 말문이 막혔던 산이 기막히다는 듯 말을 토했다.

"어떤 미친놈이 그딴 짓을 해?! 엎드려 절을 해도 모자랄 판에 뭘 해?"

"그러게. 사람 마음이 다 우리 같지는 않더라. 너라면 어땠을 것 같아? 목숨 걸고 구한 사람이 되레 구했다고 소송을 하는 그 개같은 상황을 누가 태연히 받아들일 수 있을까?"

"하……. 교통사고야. 신경에 손상을 입었다면 사고 당시에 이미 손상을 입었다고 봐야지, 그걸 도와준 사람에게 책임을 물어? 무슨 그런 억지가 다 있어?!"

"그러게. 당시 그 남자 차량이 반파될 정도였으니 사고의 강도는 말하지 않아도 알겠지. 사고로 인해 다친 걸 충분히 인지했음에도 그런 짓을 벌였어. 우습게도 이 말도 안 되는 싸움이 몇 개월이나 이어졌고 말이야. 그 외 보험사 간 분쟁도 있었고."

잠시 말을 멈춘 승주의 입에서 깊은 한숨이 흘러나왔다.

"그 과정에서 초롱 씨 아버님도 하반신 마비 판정을 받았어. 신체 손상은 말할 것도 없이 물질적, 정신적 타격은 상상을 초월했을 거야. 그나마 불행 중 다행인 건 의상자로 지정이 됐다는 거야. 그 정신 나간 새끼도 그제야 소송을 취하했고 말이야. 선의로 남을 도운 대가치고는 정말 최악이지."

산은 주체할 수 없이 끓어오르는 화에 어금니를 악물어야 했다. 속으로 욕을 퍼붓다 불현듯 떠오른 생각에 다시 물었다.

"의상자로 지정되면 보상금 나오지 않아? 그런데 왜 저렇게 힘들어야 하는데? 초롱이도 동생도 휴학해야 할 만큼 힘들었어."

"의상자로 지정돼 받은 보상금은 이미 몇 번의 수술로 다 써 버렸을 거야. 보상금이 우리가 생각하는 만큼 많지가 않아. 좋은 일을 하고서도 몸 상하고, 직장 잃고, 병원비로, 수술비로. 대가치고는 턱없이 부족하지."

"의상자에게 병원비도 지원해 주지 않는다고?"

"병원비. 물론 지원된다고는 하지만, 비급여 항목은 제외니까. 게다가 의사상자법에 의하면 자녀의 교육이고 취업이고 보호가 되어야 하는데, 막상 필요로 할 때는 추가 조건이 이것저것 붙어 제약을 받나 보더라. 그나마도 실질적으로 업무를 맡아 보는 현장에서는 그런 제도 자체를 모르는 경우도 허다하다니 말 다 했지."

"말도 안 돼. 의상자에 대한 처우가 뭐 그렇게 허술해?! 무슨 정책이 이따위야. 그러면 누가 나서? 그러면 어느 누가 위험 부담을 안고 남을 돕겠냐고."

승주는 바로 너, 라고 말하려다 뒷말을 꾹 눌러 삼켰다. 산뿐만 아니라 그의 형제나 자신 또한 무언가 바라고 남을 도왔던 적이 없었다. 그저 도움이 필요한 누군가가 눈에 보이면 앞뒤 잴 것 없이 몸이 먼저 반응했을 뿐이었는데.

세상의 이치는 우리가 생각하는 상식과 통념에서 한참이나 벗어나 있었다. 믿기 어렵지만 그게 지금의 현실이었다.

"그러게 말이다. 조사하다 보니 이초롱 씨 아버님도 좋은 일을 많이 하셨더라고. 그 전에도 의상자 신청이 충분히 가능한 조건이었음에도 당연히 해야 할 도리를 한 것뿐이라며 마다하신 것 같더라. 너처럼. 그리고 그분이 사고를 당하기 딱 일 년 전에 누군가를 도왔는데……."

더 이어질 것 같던 말이 멈추었기에 산이 승주에게 의문의 시선을 던졌다.

뚫어져라 시선을 받으면서도 좀처럼 닫힌 입을 열지 않는 승주가 의아해 산이 더 기다리지 못하고 물었다.

"말을 왜 하다 말아? 뭐야? 또 뭔데?"

"시간 많이 지났어. 초롱 씨 기다리겠다. 그만 올라가 봐. 올라가서 시간 날 때 천천히 자료 살펴봐. 아마 보면 알 거다."

당장 말해 주지 않는 승주가 답답했지만, 초롱에게 제대로 말하고 나오지 못했기에 혹시 깨면 찾을까 싶어 고개를 끄덕였다.

"알았어. 자료 살펴볼게. 형, 고마워. 조심해서 가."

"그래. 초롱 씨 아버님. 정말 훌륭한 분이더라. 다음에 초롱 씨 아버님 뵈면…… 네가 우리 집안 대표로 큰절 한번 해라. 간다."

자신이 초롱이 아버님께 큰절을 올려야 할 이유야 차고 넘쳤지만, 집안 대표로 큰절을 하라는 건 무슨 의미일까. 알 수 없는 말을 남기고 사라지는 승주를 잠시 바라보다 이내 손에 쥔 서류 봉투를 주시하던 산이 성큼성큼 걸음을 옮겼다.

산은 초롱이 아직 깨지 않은 것을 확인하고서 서둘러 서재로 향했다. 책상 의자에 앉으며 궁금함을 참지 못하고 곧장 두툼한 서류 봉투를 열었다.

왠지 모르게 긴장되는 마음에 크게 한숨을 내쉬고서 승주가 정리한 파일을 열었다. 그분의 사고와 관련된 내용이 가장 먼저 눈에 들어왔다. 그 당시의 신문 기사 사본이 스크랩되어 있었고, 승주가 따로 요약한 내용이 한 페이지를 가득 채웠다.

그분이 얼마나 적극적으로 구조를 했으며, 몇 명의 사람들을 구하고 어떻게 사고를 당했는지 소상하게 나와 있었다. 내용을 읽어 내려갈수록 산의 얼굴이 딱딱하게 굳으며 일그러지고 있었다.

목격자와 소방관의 인터뷰 내용이 실린 기사를 읽는 산의 손에 힘이 잔뜩 들어갔다. 사고 현장에 초롱이 있었다는 단편적인 말만 전해 들었을 때와는 또 다른 충격이 산을 강타하고 있었다.

사고 현장의 참혹한 사진과 함께 목격자들의 생생한 증언에서 초롱이 얼마나 끔찍한 고통 속에 덩그러니 놓였을지 그 모습이 엿보이는 듯했다.

아버지가 부서지는 모습을 지켜봐야 했을, 하늘이 무너져 내리는 절망과 끔찍한 악몽에 절규하며 몸부림쳤을 초롱이 산의 머릿속으로 그려지고 있었다. 동시에 어제의 사고 현장에서 제 팔을 붙잡고 애원하던, 두려움과 공포가 스치던 그녀의 표정이 선명하게 떠올랐다.

너는 그 상황이 얼마나 끔찍했을까. 얼마나 고통스러웠을까. 얼마나…… 힘겨웠을까. 목이 콱 메었다. 눈시울이 뜨거워져 잠시 파일에서 눈을 떼 고개를 위로 젖혔다.

'안 돼요. 가지 마세요. 제발…… 이번에는…… 안 돼요.'

또 뭐라고 했더라…….

'난 그런 거 몰라요. 하지만 2차 사고가 얼마나 무서운 건지는 너무 잘 알아요. 난 이산 씨가 위험한 거 싫어요. 신고하면 되잖아요. 경찰도 구급차도 바로 올 거예요. 그러니까 제발…… 제발. 그냥 가요.'

간곡했던 그녀의 말이 너무나 생생하게 되살아났다. 애원하던 그녀에게 뭐라고 했던가. 끔찍한 공포와 홀로 싸우고 있던 그녀를 어떤 눈으로 쳐다보았던가. 절망에 휩싸인 그녀에게 자신이 무슨 말을 지껄였던가.

끔찍한 악몽에서 가장 먼저 구했어야 할 초롱의 손을 냉정하게 뿌리치고 등을 돌렸던 자신의 매정했던 모습이 떠올라 이를 악물어야 했다.

고개를 젖힌 산에게서 깊은 탄식이 흘러나왔다. 사과해야 할 사람은 초롱이 아닌 자신이었다. 그녀의 두려움과 아픔을 제대로 살피지 못하고 극한의 고통으로 몰아넣었던 자신이 먼저 그녀에게 사과해야 했다.

한참을 뼈아픈 자책에 신음하던 산은 마음을 가다듬고서 다시 고개를 내렸다. 이대로 파일을 덮고 초롱이 있는 침실로 가고 싶은 마음을 누르고 다음 장을 펼쳤다. 파일을 한 장 한 장 넘기며 승주가 왜 그분을 훌륭하다 했는지 알 것 같았다. 도움이 필요한 사람을 보고 그냥 지나치지 않는 올곧은 분이셨고, 일반 사람들이 꺼릴 만한 두려운 상황에서도 도움의 손길을 내미는 걸 주저하지 않는 정의로운 분이셨다.

의인상을 받고, 그 어렵다는 의상자로 인정된 것만 봐도 얼마나 대단하신 분인지 알고도 남았다. 산은 병원 침상에 힘없이 누워 계시던 초롱의 아버님을 떠올리며, 자신이 보고 있는 파일 속의 인물이 그분과 동일인이라는 게 믿기지 않았다. 엄청난 괴리감이 느껴지는 아버님의 과거와 현재의 모습을 비교하며 그분의 안타까운 삶의 그림자에 절로 마음이 숙연해졌다.

괜스레 울컥하는 마음에 헛기침으로 일렁이는 마음을 다스리며 다음 내용을 읽어 내려가던 산은 뜻밖의 이름을 발견하고서는 놀란 숨을 들이켰다. 아버님과 관련한 파일에서 보게 될 거라고 전혀 예상치 못한 이름에 순간 제 눈을 의심하며 수차례 깜빡여야 했다.

아무리 다시 봐도 제가 아는 흔치 않은 이름이었고, 집중해서 내용을 읽어 내려가던 산이 급히 휴대폰을 들어 전화를 걸었다. 이미 연락이 올 거라 예상을 했는지 단 한 번의 신호음에 곧장 전화가 연결되고 승주의 목소리가 흘러나왔다.

— 벌써 봤어?

"형, 이거 사실이야? 아버님이…… 초롱이 아버님이 내 동생 구해 주신 그분이라고?"

산은 다시 파일의 내용을 들여다보았다. '구조자 하이림' 동생의 이름을 보며 믿기지 않는다는 듯 승주에게 묻고 또 물었다.

— 그래, 맞아. 나도 많이 놀랐다.

"말도 안 돼. 이건 정말이지…… 어떻게 이런 일이 있을 수 있어? 우리가 그분 찾으려고 얼마나 애썼는데. 얼마나…… 그런데 그분이 초롱이 아버님이라고?!"

— 알아. 그분 워낙 겸손한 분이더라. 그저 할 일을 했을 뿐이니 드러나지 않게 해 달라 신신당부하셨다더라. 피해자가 빨리 회복된다면 그 이상 바랄 게 없다고.

산은 듣고도 도무지 믿기지 않는 인연에 놀라 한동안 말을 잇지 못했다.

— 그러니까 초롱 씨 아버님 뵈면 네가 우리 가족 대표로 큰절 한번 하라고. 인연은 인연인가 보다. 너와 초롱 씨 말이야.

"하…… 그러게."

산은 운명이라는 걸 믿는 편은 아니었지만, 왠지 초롱과 자신은 태어날 때부터 이미 하늘이 정해 놓은 운명이 아닐까. 자신이 그녀를 만난 건 숙명이 아닐까, 하는 생각이 들었다.

"알아봐 줘서 고마워, 형. 끊을게."

전화를 끊고서도 좀처럼 믿기지 않는 사실에 잠시 멍하게 앉아 있던 산이 갑자기 자리에서 벌떡 일어섰다. 초롱이 보고 싶었다. 숙명이라는 단단한 끈으로 엮인 제 연인이 너무 보고 싶었다.

초롱은 아직 잠에서 깨어나지 않았다. 산은 초롱의 머리맡에 앉아 조심스레 그녀의 흐트러진 머리카락을 쓸어 넘겨 주며 한참이나 사랑스러운 얼굴을 보고 또 바라보았다. 미안한 마음과 고마운 마음, 안쓰러운 마음이 온통 뒤섞인 산의 얼굴에 복잡한 심경이 고스란히 드러났다.

이윽고 초롱의 눈이 천천히 열렸다. 얌전히 다물어져 있던 그녀의 입술이 보기 좋게 휘었다. 예쁜 미소를 그리며 제 다리에 얼굴을 기대는 사랑스러운 몸짓에 흐뭇한 미소를 지으며 그녀의 둥근 이마에 입술을 눌렀다.

"몸은 좀 어때? 괜찮아?"

"네. 괜찮아요."

"너는 늘 괜찮다고 하지. 바보같이. 등이 다친 사람을 짐승같이 덮쳤는데 괜찮을 리가 있나. 엎드려 봐. 등 좀 봐야겠어."

"정말 괜찮아요. 하나도 아프지 않았어요."

초롱은 집에서 샤워하면서도 마음이 바빴기에 미처 등을 확인할 생각을 하지 못했다. 사랑을 나눌 때는 통증보다 다른 감각에 취해 있었기에 아픔이 느껴지지 않았는데, 지금은 사실 조금 아팠다.

통증의 강도로 보아 멍이 제법 많이 들었겠다 싶었고, 그가 보면 분명 걱정하며 자신보다 더 아파할 것 같아 보여 주고 싶지 않아 버티는데 그의 단호한 음성이 흘러나왔다.

"네가 엎드릴래, 내가 강제로 뒤집을까."

"고집쟁이."

"누가 할 말을 누가 하는지 모르겠다."

초롱은 부러 한숨을 크게 내쉬며 못 이긴 척 몸을 돌려 엎드렸고, 산은 그런 초롱을 보고 싱긋 웃으며 그녀의 몸을 가린 이불을 천천히 끌어 내렸다. 동시에 미소 짓던 입꼬리도 끌어 내려졌고, 이내 깊은 탄식이 새어 나왔다.

먼저 확인을 해야 했는데…… 어떻게 그녀가 등을 다쳤다는 사실을 잊어버렸을까. 견갑골부터 등허리까지 제법 넓은 부위에 번진 시퍼런 멍을 보며 이루 말할 수 없는 속상함에 인상이 험하게 일그러지고 말았다.

"앞으로는 네가 콩으로 메주를 쏜다고 해도 못 믿겠어. 이렇게 시퍼런데 아프지 않다고? 이렇게 멍이 심하게 들었는데. 내가 그렇게 심하게 몰아붙였는데 아프지 않다고?"

"뭐. 아픔을 느끼지 못할 정도로 좋았나 보네요. 신경이 다른 데 쏠려서……
솔직히 그땐 아픈 줄 몰랐어요. 진짜예요."

초롱의 등을 보며 자신의 부주의에 화가 울컥 치밀어 오르는데, 엎드려서 변
명 아닌 변명을 열심히 늘어놓는 초롱의 솔직한 말에 또 실없이 픽 웃고 말았
다. 사랑스러운 말에 화는 가라앉고 있었지만, 그렇다고 속상한 미음이 시리지
는 건 아니었다.

차라리 파편이 제게로 떨어졌으면 좋았을 걸, 어쩌자고 이 여린 몸에 떨어져
서는. 산은 저도 모르게 한숨을 푹푹 내쉬며 멍이 든 부위를 손으로 조심스레
어루만졌다.

"약이라도 발라야겠다. 멍이 제법 오래가겠어. 속상하네 정말. 그러게 무슨
퇴원을 이렇게 빨리 했어?! 병원에서 조금 더 쉬었어야지."

"거참. 괜찮다니까 자꾸 그러시네요."

순간 산이 초롱의 등 한가운데를 손가락 하나로 꾹 눌렀다.

"아!"

초롱에게서 외마디 비명이 흘러나왔다.

"이래도 괜찮아?"

"그건 반칙이죠. 그렇게 누르면 멀쩡한 등도 아프겠어요."

"말은 잘해요, 아주. 어? 사람 속 타는 건 생각도 않고 말은 아주 잘한다고."

"곧 좋아질 거예요. 겨우 멍 좀 든 거 가지고 참. 걱정할 일 되게 없으신가
보다. 이 정도는 아무것도 아니에요. 며칠 지나면 다 사라져 버릴 멍 따위가 무
슨 대수……"

말을 맺지 못한 초롱에게서 뜻밖의 신음이 새어 나왔다. 등을 어루만지던 손
길을 거두는 대신 그의 입술이 그 자리를 대신했기 때문이었다.

초롱은 놀라 움찔하며 뒤돌아 누우려다 어깨를 지그시 누르는 손짓에 멈칫
했다. 그의 입술이 멍 주위를 맴돌며 배회하고 있었고, 초롱은 부드러운 감촉과
뜨거운 온도에 민감하게 반응하며 저도 모르게 새어 나오려는 신음을 막으려

입술을 깨물었다.

마치 한여름, 작열하는 아스팔트 위에 떨어트린 초콜릿처럼 몸이 흐물흐물 빠르게 녹아내리는 기분에 아무런 생각도, 아무런 말도 꺼낼 수 없어 그저 깨어난 감각에 몸을 맡길 뿐이었다.

오랫동안 멍 든 부위에 입 맞추던 산이 고개를 들었다. 다시 등을 조심스레 어루만지며 가라앉은 목소리로 말을 꺼냈다.

"앞으로는 아프면 아프다고 바로 말해 줬으면 좋겠어. 무조건 괜찮다. 하지 말고, 나는 정말 단순한 사람이라 괜찮다를 정말 괜찮다로 해석한다고. 나중에 네가 아팠다는 걸 알면 지금처럼 많이 속상하고 너보다 더 아플 거야. 알았어?"

멍이야 며칠이면 사라지겠지만, 이 멍이 사라지는 내내 자신이 초롱에게 생각 없이 했던 말과 행동이 떠올라 괴로울 것 같았다.

"네. 그럴게요. 그런데 등은 정말 괜찮아요. 방금처럼 그렇게 꾹 누르지 않으면 아프지도 않은,"

"또! 또!"

"알겠어요. 아프면 바로바로 말할게요. 아주 사소한 것도 다 말해야겠네."

"그래. 다 말해. 다. 너에 관한 건 그 어떤 것도 나에게 사소하지 않아. 오늘도 진작 말했으면 내가 그렇게 달려들지는 않았을 거야. 최소한 내가 위에서 그렇게 누르지는 않았을 거란 얘기야. 그런 의미에서 이따 사랑할 때는 네가 위에서 해. 내가 다 받아 줄게."

쿨럭쿨럭. 엎드린 초롱에게서 헛기침이 터져 나왔다. 산이 피식 웃으며 엎드려 있던 초롱을 조심스레 바로 뉘고서 눈을 맞췄다.

"내 말 알아들었어? 너 등 다 나을 때까지는 위치 바꿔. 자세도 바꾸고. 네가 지금 상상하는 이상으로 다양한 방법이 존재한다는 걸 가르쳐 줄게."

"아니. 내가 뭘…… 상상했다고."

"거짓말하지 마. 다 보여. 머릿속으로 내 위에 앉은 네 모습 상상했잖아. 아

229

니야?"

"아니. 그게. 뭐. 흠흠…… 배 안 고파요?"

"이렇게 갑자기?"

산은 얼굴을 붉힌 채 가슴 위로 이불을 꼭 말아 쥐고 있는 초롱이 너무 귀여워 다시금 미소가 피어올랐다. 그녀와 하고 싶은 말도, 듣고 싶은 말도, 해야 할 말도 많았지만 일단은 밥부터 먹여야 할 듯했다.

"좋아. 우선 밥부터 먹자. 밥 먹고, 우리 못다 한 얘기도 많이 하고, 원만한 사랑을 위해 체위에 관한 대화도 나누고. 콜?"

"뭐……. 콜."

눈을 또르르 굴리며 대답하는 모습이 너무 사랑스러워 다시 초롱의 입술을 훔쳤다.

그 밤. 침대에 나란히 누워 대화를 나누는 두 사람의 말소리가 끊이지 않았다.

아버지에 대해 어디서부터 어떻게 말을 꺼내야 할까. 아버지를 위해 선별적인 내용만을 말해야 할까. 아니면 다 말을 해 주어야 할까. 잠시 고민하던 초롱은 비록 조부는 부끄러울지언정 아버지는 전혀 부끄럽지 않았고 오히려 자랑스러웠기에 솔직하게 다 말하는 쪽으로 마음을 정했다.

그간 자신이 어떻게 살아왔는지, 아버지는 어떤 삶을 살았는지. 아버지에게 갖고 있던 생각. 아버지의 사고와 관련한 자신의 트라우마와 사고를 목격하고 산을 잡을 수밖에 없었던 이유에 대해서도 거짓 없이 솔직하게 털어놓았다.

자신의 얘기를 말없이 들어 주던 그는 전혀 놀라지 않는 눈치였고, 오히려 말을 꺼내는 중간중간 그의 이름만큼이나 넓은 이해심으로 동조하며 위로해 주었다. 그것으로도 모자라 그런 너의 상황을 제대로 알지 못하고 다그치기만 해 미안했다. 속상해하며 거듭 사과하는 그였다. 초롱은 그렇게 모든 걸 다 털어놓고서야 마음의 짐을 내려놓은 기분에 한결 편안해졌다.

반면에 산은 승주를 통해 받은 파일에서 이미 확인한 내용이었기에 처음 접했을 때보다 놀라지 않고 담담하게 들을 수 있었다. 진작 그녀를 통해 이렇게 직접 들었으면 얼마나 좋았을까, 지금이라도 남김없이 솔직히 말해 주니 그저 고맙고 기뻤다.

"네 말처럼 아버님 정말 훌륭하신 분이야. 존경받아 마땅하고. 그러니 충분히 자랑스러워해도 돼."

"그렇게 말해 줘서 고마워요. 고마워요. 정말."

"정말 고마운 건 나야. 너한테도, 그리고…… 아버님께도."

그때까지도 나란히 하늘을 향해 누워 있던 산이 초롱을 향해 모로 누웠다. 입가에 희미한 미소를 짓고 있는 초롱을 바라보며 아버님과 제 동생과의 인연을 말해 줄까 하다가, 피곤한지 눈꺼풀이 느리게 열렸다 닫혔다 하는 초롱의 모습에 아쉽지만 자신의 얘기는 조금 뒤로 미루어야 할 듯했다. 나른한 미소와 함께 잠시 지친 눈을 감고 있는 초롱의 얼굴을 쓰다듬으며 산이 물었다.

"졸려?"

"음…… 조금요."

시계를 보니 자정이 넘어가고 있었다. 그녀 또한 서서히 잠에 취해 가는 모습이었기에 산은 아쉬운 마음을 다독이며 물었다.

"그만 자야겠지?"

"내일 출근하려면 자기는 해야 할 것 같아요. 아니면 내일 책상에 꼬꾸라질 거예요."

"출근? 누가, 네가?"

"네. 그럼 여기 나 말고 누가 또 있어요?"

"무슨 말도 안 되는 소릴 하고 있어?! 더 쉬어. 회사에는 며칠 못 나올 거라고 했으니까."

"아니에요. 퇴원도 했는데 무슨. 내일 출근해도 괜찮아요."

"내가 안 괜찮아. 내가! 오늘 퇴원한 것도 못마땅한데 바로 출근이라니 말도 안 돼. 최소한 내일까지라도 쉬어. 이건 부탁 아니다. 애인이 아닌 직장 상사로서 하는 말이야. 편애 아니고, 다른 직원이 그런 일을 겪었다 해도 더 쉬게 했을 거야."

초롱은 더 말할 구실을 찾지 못하게 쐐기를 박아 버리는 그의 말에 피식 웃고 말았다.

"나 참. 무슨 말을 못 하겠네. 누가 등만 치지 않는다면 정말 괜찮거든요. 여하튼 알겠어요. 그럼 내일까지만 쉴게요. 내일만이에요."

"그래. 내일까지라도 무조건 푹 쉬어. 내일까지 여기에 있어 달라고 하면,"

"안 돼요. 은근 욕심도 많아. 내일은 집에 가야 해요. 할 일 많아요."

괜스레 미안해지는 마음에 초롱 역시 그를 향해 돌아누웠다. 그는 여태 그녀의 얼굴을 어루만지거나 머리를 쓰다듬고 있었다. 초롱은 그의 부드러운 손길이 너무 좋아 배시시 웃고 말았다.

"하. 그래. 이렇게 냉정할 수가. 아쉽지만 어쩔 수 없지. 그럼 내일 출근하는 길에 집에 데려다줄게."

"피곤하게 뭐 하러 그래요. 난 지하철 타고 가면 돼요."

"품. 잊었나 본데, 너 내일 나 없이 집에 못 가."

"네?"

"아마 원피스가 다 터졌을걸? 제대로 입을 수나 있을지 모르겠는데?"

"아……."

그제야 그가 와락 벗겨 버렸던 제 원피스가 떠올랐다. 여태 그의 티셔츠를 입고 있었기에 잠시 잊고 있었다.

"그러니까 괜한 고집 부리지 말고 얌전히 나랑 같이 나가. 알았어?"

"네."

지지 않고 대꾸하던 초롱의 얼굴이 붉은빛을 띠기 시작했다. 홀린 듯 사랑스러운 얼굴을 바라보던 산이 낮은 목소리로 은근한 말을 꺼냈다.

"나는 내가 느긋한 사람이라고 생각했거든? 그런데 생각보다 성격이 급하더라고. 그러니까 다음엔 단추 있는 옷 말고, 그냥 한 번에 벗길 수 있는 옷이면 좋겠다. 지금 입고 있는 이런 티셔츠라든가, 아니면 네가 집에서 잘 때 입는 그런 원피스라든가."

귓불과 얼굴을 어루만지던 그의 손이 느릿느릿 아래로 향하며 이불 속을 파고들고 있었다.

"됐거든요. 누구 좋으라고?"

"나만 좋을까? 누구도 엄청나게 좋아할걸? 내가 아주 잘하거든. 시퍼런 멍도 아프지 않게 느껴질 만큼 말이야."

부끄러움에 얼굴이 달아오른 초롱이 눈을 질끈 감는데, 그의 목소리가 이어 들렸다.

"보자. 그 누가 내일 출근도 안 하지, 아마? 그럼 오늘 일찍 재우지 않아도 된다는 말이고?!"

잠시 감겼던 초롱의 눈이 번쩍 떠졌다.

"아주 잘하는 누군가는 내일 출근할걸요? 그럼 일찍 주무셔야……."

"설마. 내 걱정? 하지 마. 세상 제일 쓸데없는 걱정이야. 체력, 기력…… 그리고 정력이 남아돌아 문제지. 가르쳐 줄게. 아까 네 머릿속으로 상상한 모든 것. 몸으로 하는 깊고 다양한 대화. 어때?"

은근한 눈빛으로 저를 바라보는 그의 모습에 마음이 녹아내리고 말았다. 초롱은 기대감으로 두근거리는 심장의 반응에 싱긋 웃으며 응답했다.

"콜."

대답이 떨어지기가 무섭게 그의 완력만으로 위치가 바뀌었고, 놀랍게도 자신이 어느새 그의 위에 당당히 자리하고 있었다.

당황으로 순간 멈칫하던 초롱의 얼굴에 또 다른 이채가 번뜩였다. 그와 뒤바뀐 위치가 생각보다 마음에 든 때문이었다. 항상 그를 올려다보며, 다가올 희열에 대한 기대감에 눈빛을 반짝이는 건 자신이었는데, 이번에는 반대로 그의 눈에 어린 기쁨과 희망에 찬 흥분을 엿보게 되었다.

자신이 느낀 만큼 그에게 되돌려 줄 수 있을까? 그가 제게 했던 것처럼, 자신 또한 그에게 무한한 기쁨과 즐거움을 선물할 수 있을까? 뜻밖의 도전 욕구가 솟구치며 저도 모르게 개구쟁이 같은 미소를 지었다.

거칠게 오르내리는 그의 가슴과 기대감에 반짝이는 그의 눈빛에 의지한 채 서서히 상체를 숙여 그의 얼굴 옆에 두 손을 짚었다. 그의 입술에 닿을 듯 말 듯 다가가 읊조리듯 말했다.

"다 해 줄게요. 이산 씨 머릿속으로 상상한 모든 것. 몸으로 하는 깊고 다양한 대화."

지금까지 본 중에 가장 커다랗게 떠진 그의 눈을 바라보며 그의 뜨거운 숨을 달게 삼켰다.

색다른 밤. 색다른 감각에 물든 산에게 또 다른 밤의 문이 열렸다.

이른 아침. 산은 습관처럼 번쩍 떠진 눈을 깜빡이다 얼른 손을 뻗어 협탁에 놓인 휴대폰을 찾았다. 알람 울리기 1분 전, 초롱의 단잠을 깨우게 될까, 서둘러 알람을 해제하는 산의 입가에 나른한 미소가 번졌다.

협탁에 휴대폰을 올려 두고서 다시 자리에 누워 새근새근 숨소리가 들려오는 곳을 향해 몸을 돌렸다. 세상모르고 잠들어 있는 초롱의 얼굴을 가만히 바라보다 솜털처럼 가볍게 그녀의 이마에 입술을 스쳤다. 그저 부끄러움 많은 순둥이라 생각했는데, 지난밤 새롭게 발견한 그녀의 뜨거운 이면을 떠올리며 자꾸만 입가에 번지는 미소를 막을 수가 없었다.

여느 아침과 다른 풍경. 여느 아침과 다른 시작이 상상 이상으로 너무 행복해 가슴이 벅차올랐다. 생각 같아서는 초롱이 일어날 때까지 그저 넋 놓고 멍하니 그녀만 바라보고 싶은 마음뿐이었다.

늘 그리던 오늘과 같은 아침을 언제 또 맞이할 수 있을까. 날마다 눈뜨면 가장 먼저 보고 싶은 너를 오늘처럼, 지금처럼. 맞이할 수 있는 날이 하루라도 빨리 찾아오기를. 산은 아쉬움을 조용히 삼키며 밤새 지친 초롱이 깨지 않도록 조심조심 일어나야 했다. 서둘러 씻고서 출근 준비를 마친 산이 가볍게 먹을 수 있는 아침을 준비하는 사이 초롱이 잠에서 깨어났다.

초롱은 늘 눈뜨면 맞이하던 방 안의 풍경과는 사뭇 다른 모습에 흠칫하다 이내 엷게 웃으며 고개를 내저었다. 그는 이미 방에서 나간 모양이었다. 지난 밤 사이 있었던 꿈같은 시간을 떠올리며 누가 보는 것도 아닌데 괜스레 부끄러워지는 마음에 이불을 뒤집어썼다. 그러다 언제고 그가 다시 들어올지도 모른다는 생각에 서둘러 자리를 털고 일어나 침구를 정돈하고서 욕실로 향했다.

지난밤 평소에는 잘 쓰지 않던 근육을 많이 움직여서인지 몸이 여기저기 뻐근했지만 기분만큼은 날아갈 듯 상쾌했다. 얼른 샤워를 마친 초롱이 욕실과 연결된 파우더 룸으로 들어갔다. 옷걸이에 걸린 샤워 가운을 걸쳐 입는데, 역시나 그의 것이라 그런지 커도 너무 컸다. 품이 넓은 것쯤 허리끈으로 묶으면 그만인데 손을 다 가려 버린 긴소매는 좀 접어야 할 듯했다.

소매를 대충 둘둘 말아 접고서 드라이어로 부지런히 머리를 말리던 초롱은 파우더 룸으로 들어올 수 있는 또 다른 문이 열리는 소리를 듣지 못했다.

아침 준비를 모두 마친 산이 초롱을 찾아 방으로 들어섰다. 침대 위가 깔끔하게 정돈되어 있는 걸 보니 벌써 일어난 것 같은데, 씻으러 갔나 싶어 욕실로 향하다 때마침 들려오는 드라이어 소리에 발걸음을 파우더 룸으로 돌렸다.

문을 열어 파우더 룸으로 들어서고 보니 초롱이 화장대 앞에서 부지런히 긴 머리를 말리는 모습이 보였다. 저만의 공간이었던 곳을 당당히 차지한 그녀를 보는데 가슴이 뛰었다. 제 샤워 가운을 자연스레 걸쳐 입은 그녀는 왜 이렇게 섹시하고, 드라이어의 더운 바람 때문인지 발그스름하게 달아오른 얼굴은 또 왜 이렇게 사랑스러운지. 특별할 것 없는 사소한 행동도 그녀가 하니 달리 보였다.

산은 그저 그녀를 바라보는 것만으로 하체에 힘이 불끈 들어가 난감했다. 밤새 그렇게 격정적인 사랑을 나누었음에도 다시 그 밤이 그리워지니 환장할 노릇이다. 초롱은 벌써 머리카락을 다 말렸는지 드라이어를 끄더니 선을 정리해 원래 있던 곳에 두고는 흩어진 머리카락을 야무지게도 모으고 있었다.

인기척을 내야 그녀가 놀라지 않을 텐데, 알면서도 산은 무언가에 홀린 듯 그저 초롱을 바라보기만 했다. 결국 초롱을 놀라게 하고 말았다. 휴지통을 찾아 두리번거리던 초롱이 산이 서 있는 쪽으로 고개를 돌렸다.

"엄마! 하. 하. 언제부터 거기 있었어요? 아니…… 어떻게 들어왔어요? 어디로?"

욕실에서 들어오는 문밖에 보지 못한 초롱이 놀라 물었다.

"미안. 인기척을 낸다는 게 깜박했어. 방에서도 통하는 문이 있어."

초롱은 그가 손으로 가리키는 곳을 향해 형식적으로 고개를 돌리다 이내 다시 그에게로 시선을 돌렸다. 자신이 선 방향에서는 그가 가리키는 문은 보이지 않을뿐더러, 출근 준비를 마친 듯한 그가 벽에 기대선 모습이 너무 근사해 보여 그에게 시선을 온통 빼앗기고 말았다.

자연스레 앞으로 흘러내리는 스타일리시한 헤어스타일부터 잘생긴 얼굴을 지나 한쪽 끝을 살짝 올린 섹시한 입술에 눈이 닿았다. 저도 모르게 입술을 축이며 눈길이 아래로 흘러내렸다.

상의는 깔끔한 화이트 셔츠에, 하의는 화이트 스트라이프를 포인트로 한 라이트 그레이 슈트 팬츠를 입고 있었다. 맞춤인 듯 그의 긴 다리와 단단한 몸을 완벽하게 감싸고 있는 옷은 기품 있는 그의 이미지와 너무 잘 어울렸다.

그런 그가 벽에 기대선 채로 자신만을 주시하는데 어떻게 다른 곳으로 시선을 돌릴 수 있을까. 초롱이 그에게 붙잡힌 시선을 어쩌지 못해 난감한 차에 말없이 가만히 서 있던 그가 움직였다.

성큼성큼 거침없이 다가오는 그를 보며 초롱은 저도 모르게 샤워 가운을 고쳐 입고서 허리에 묶인 끈을 꼭 잡았다. 어느새 눈앞에 성큼 다가선 그의 입이 열렸다.

"왜 그러고 있는데?"

"네?"

"샤워 가운 끈을 왜 그렇게 꼭 쥐고 있느냐고."

"아. 뭐. 그냥. 손 둘 곳이 없어서요."

"픕."

그가 웃는 소리에 초롱의 입술이 삐죽 튀어나왔다.

"왜 웃어요?"

"귀여워서. 어제의 화끈했던 이초롱은 어디로 가고, 또 부끄럼 많은 이초롱이 돼 버렸네?"

"어제…… 화끈…… 제가요? 어후. 무슨. 이산 씨 출근 안 해요?"

민망함에 딴청 부리며 서둘러 그를 비껴가려던 초롱의 발이 우뚝 멈춰 섰다. 그에게 잡힌 팔을 쳐다보는데 그의 듣기 좋은 목소리가 흘러나왔다.

"아직 시간 많아. 천천히 식사하고, 너 데려다주고, 회사에 출근해서도 차 한잔 할 수 있을 만큼 말이야. 그러니까 그 핑계로 도망갈 생각은 하지 말지?"

말이 끝나기 무섭게 빙글 돌려세워져 그를 바라보게 되었다. 그의 입가에 머물러 있던 미소는 이미 사라지고 없었다. 저를 뚫어져라 바라보는 그의 짙은 눈빛이 서서히 다가왔다. 코앞까지 다가온 그에게서 은은하게 퍼지는 애프터셰이브 향기가 너무 아찔해 절로 눈이 감겨 버렸다.

산은 그저 초롱을 찾아 아침밥을 먹일 생각이었다. 밤새 지치지 않는 열정으로 그녀를 안고 또 안으며 녹초가 되도록 만들었기에 얼른 먹여서 다시 체력을 회복했으면 했다. 그런데 하필 눈에 띈 모습이 이렇게 미치도록 달콤한 모습이라니. 맑은 눈망울로 저를 유심히 바라보던 모습이 그렇게 좋을 수 없었다.

어제 그렇게 사랑스러운 신음으로 열렬히 화답하던 그녀는 어디로 가 버리고 민망한지 이리저리 눈 둘 곳을 찾더니 도망치려는 모습이 너무 귀여워, 손을 대면 놓기 어려울 거라는 걸 알면서도 결국 그녀를 잡아 세우고 말았다. 키스 한 번만. 딱 키스 한 번만. 자라나는 욕심을 자르지 못했다.

부드러운 얼굴을 감싸며 그녀의 촉촉한 입술에 닿았다. 자연스레 열리는 그녀의 다디단 입술을 파고든 순간 산은 자신의 정염에 굴복하고 말았다. 얼굴을 어루만지던 손을 내려 초롱이 꼭 쥐고 있는 가운의 끈을 잡아당겼다. 너무나 허술한 매듭이 손쉽게 풀려 나갔다. 더욱 깊이 그녀의 입술을 탐닉하며 제 목에 팔을 두르는 그녀의 허리를 잡아 단숨에 화장대 위로 앉혔다.

가는 그녀의 다리 사이에 자리를 잡고서 그녀의 실크같이 부드러운 몸을 어루만지자 끈 풀린 헐거운 가운이 힘없이 툭 떨어졌다. 붉게 꽃이 피기 시작하는 그녀의 사랑스러운 몸을 바라보며 산이 입을 열었다.

"새로운 장소, 또 다른 사랑. 어때?"

"음……."

뜸을 들이며 대답을 하지 않던 그녀의 손이 가슴으로 올라왔다. 말없이 제 셔츠의 단추를 하나하나 여는 초롱의 미간이 살포시 찌푸려지는 걸 보니 단추가 잘 풀리지 않는 모양이었다.

발그레한 얼굴로 꿋꿋하게 단추를 풀어 나가는. 그 어떤 대답보다 더 확실한 그녀의 제스처에 산의 얼굴에는 또다시 미소가 번졌다. 바로 그때 투둑 소리가 들리나 싶더니 바닥으로 단추가 후드득 떨어졌고 초롱의 맹랑한 목소리가 뒤를 이었다.

"우리 비긴 거예요. 원피스랑 셔츠랑 퉁쳐요."

웃음이 터져 나오려는 찰나 그녀의 두 손에 의해 얼굴이 끌어 내려졌고, 꿀보다 달콤한 키스에 신음하던 산이 서둘러 팬츠를 벗어 버렸다. 산은 자신의 공간을 그녀의 향기로 가득 메울 생각에 벌써 가슴이 부풀어 올랐다.

발걸음도 경쾌하게 사무실에 들어서는 산의 얼굴이 마치 오랜 장마 끝에 떠오른 햇살처럼 환하게 빛나고 있었다.

"좋은 아침입니다."

밝은 표정만큼이나 활기찬 인사를 건네며 성큼성큼 걸음을 옮기는 산을 향해 직원들도 반갑게 인사했다.

"안녕하십니까, 대표님."

"반갑습니다."

"대표님, 좋은 일 있으십니까?"

한 직원의 물음에 산은 아차 싶어 가던 걸음을 멈추고 웃으며 직원들을 향해 말했다.

"이초롱 씨 퇴원했습니다. 출근은 내일 할 겁니다. 걱정해 주셔서 감사합니다. 그럼 오늘도 수고들 해요."

좋은 소식을 전하고 돌아서는 산의 등 뒤로 축하 인사가 쏟아졌고, 산은 더없이 밝게 웃으며 집무실로 향했다. 산이 책상에 앉자마자 누군가 집무실 문을 노크했다.

"잠시 들어가도 되겠습니까?"

수완이 집무실 문을 열어 고개를 들이밀며 장난스레 말을 꺼냈다.

"장난치지 말고 어서 들어와."

"하이산 속 보이네. 어제는 곧 죽을 것같이 우중충하더니, 오늘은 초롱 씨가 퇴원해서 그런가? 아주 밝다 밝아."

왠지 침울해 보이던 어제와는 정반대의 모습이었다. 비록 충혈된 눈은 피로해 보일지언정 뿜어내는 에너지는 생기가 가득해 걱정을 덜 수완이다.

"실없는 소리 하려거든 나가 주시고."

"초롱 씨는 정말 괜찮은 거야? 입원한 지 얼마나 됐다고 무슨 퇴원이 이렇게 빨라?"

"그러게. 나도 이렇게 빨리 퇴원할 줄은 몰랐네. 오늘부터 출근하겠다는 거 겨우 말렸어."

"누구 애인 아니랄까 봐, 책임감이 투철해서 그렇지 뭐. 여하튼 걱정 많이 했는데 다행이다. 그나저나 이달 말에 제주도 한번 다녀와야 할 것 같은데. 그때 출고 연기했던 카라반 차주 연락 왔어. 그래서 말인데, 이번 출장 어떻게 할까? 내가 다녀올까?"

"아니야. 내가 갈게. 말쯤이면 시간 괜찮을 것 같아."

"그래, 좋아. 내일 초롱 씨 출근하면 말해 둘 테니까 일정 정해 봐."

할 말을 마친 수완이 싱긋 웃으며 산의 집무실을 벗어났다.

오전 내 집 청소를 하고 잠시 소파에 앉아 쉬던 초롱은 갑자기 울리는 벨 소리에 서둘러 현관으로 향했다.

그가 수리 맡겼던 휴대폰이 퀵서비스로 배달되어 왔다. 서둘러 박스를 열어 보던 초롱이 의아함에 고개를 갸웃했다. 자신의 휴대폰 외에 새로운 휴대전화 박스가 하나 더 들어 있었고, 열어 보니 아니나 다를까 새 휴대폰이 있었다.

잠시 만지작거리는데 마침 새 휴대폰에서 벨이 울렸다. 저장된 발신자 이름을 보며 절로 입가에 미소가 번졌다. '초롱의 산'이라.

"네."

— 받았구나. 이제야 살 것 같네. 너 전화 없어서 얼마나 답답했나 몰라.

"이게 뭐예요?"

— 네 휴대폰 파손이 심했어. 수리를 하기는 했는데 아무래도 바꾸는 게 좋을 것 같아서 새로 하나 개통했어. 바뀐 휴대폰 사용하고, 기존 전화에 있던 전화번호부나 앱도 새 휴대폰에 그대로 다 옮겨 뒀으니까 사용하기 불편하지 않을 거

야. 혹시 모르니 확인 한번 해 봐. 이상 있으면 말하고. 내가 다시 깔아 줄게.

"아니에요. 그 정도는 저도 할 수 있어요."

─ 그래. 알았어. 저녁에 너 시간 괜찮지? 아버님 좀 뵀으면 하는데.

"우리 아빠요?"

─ 어.

"우리 아빠는 왜요?"

─ 우리 때문에 많이 놀라셨을 것 같아서 한번 뵙고 싶네. 그리고 아버님 다리 검사 결과도 나왔을 것 같아서 여쭤볼 겸 찾아뵈려고.

"아……."

회사 일만 해도 바쁜 사람이, 딸인 자신조차 제대로 신경 쓰지 못한 아버지와 관련한 일을 잊지도 않고 챙기는 게 고마우면서도 미안해, 서둘러 인사를 전했다.

"고마워요. 회사 일도 많을 텐데 신경 써 줘서. 퇴근할 때 전화 주세요. 기다릴게요."

─ 그래. 너 등은 괜찮은 거지?

"그럼요. 정말 괜찮아요. 일하세요. 그만 끊을게요."

─ 이초롱!

"네."

─ 설마 그냥 끊으려고? 서운하네.

기껏 일하는 사람 배려해서 서둘러 끊으려 했더니 뭐가 그리 서운한지 그의 한숨 소리가 고스란히 전해져 피식 웃고 말았다.

"음…… 보고 싶어요. 하이산 씨, 많이 사랑해요. 어때요? 이 정도면?"

─ 통과. 아주 좋아. 이렇게 잘할 줄 알았으면 진작 시키는 건데. 나도 많이 사랑한다, 초롱아.

"네. 아, 그리고 폰…… 고마워요. 잘 쓸게요."

─ 고맙다. 사양 않고 받아 줘서. 이제 좀 쉬어. 나중에 전화할게.

전화를 끊고서 비록 민망함에 손발은 오그라들었지만 그가 겨우 이 정도의 표현으로도 행복해한다면 앞으로 못 할 것도 없을 것 같았다. 가만히 미소 짓다 끊어진 휴대폰을 잠시 바라보던 초롱이 짧은 한숨을 내쉬었다.

그가 선물한 휴대폰은 S사에서 출시한 모델로 가장 최신 기종이었다. 자신이 휴대폰에서 사용하는 기능이라고 해 봐야 통화와 문자, 음악 듣기가 다였다. 이렇게 좋은 휴대폰을 가지고 있어 봐야 그 기능을 10프로도 채 사용하지 못할 게 뻔했기에 낭비라는 생각을 하지 않을 수 없었다.

생각 같아서는 당장이라도 환불을 하거나 비싸지 않은 다른 휴대폰으로 바꾸고 싶은 마음이 굴뚝같았으나, 이미 개통한 휴대폰인 데다 제 생각 하며 준비했을 그의 마음이 고마워 그런 생각은 고이 접어 버릴 수밖에 없었다.

산의 본가. 외출 준비를 모두 마친 산의 할머니인 금옥이 현관 앞에서 며느리를 찾았다.

"아직 멀었어?"

"다 됐어요, 어머님. 이제 그만 가요."

부랴부랴 현관으로 나온 영현이 문 앞에 놓인 짐을 보며 고개를 절레절레 내저었다. 교통사고 현장을 종횡무진 누볐던 손자의 몸이 축나지는 않았을까 걱정된다며 하루 사이에 한약에 보양식에 이것저것 준비한 시어머니의 정성과 노력에 놀라지 않을 수 없었다.

어디 손자인 산뿐인가, 아직 정식으로 소개받지도 못한 손자의 애인에게 줄 한약까지 준비한 어머님을 과연 누가 말릴까 싶었다.

운전기사와 함께 현관에 있는 짐을 하나씩 들고서 차로 향하던 영현이 시어머니를 향해 물었다.

"어머님. 이렇게 하면 아가씨가 너무 부담스러워하지 않을까요? 아직 정식으로 소개받은 것도 아닌데, 너무 앞서가는 것 같아요."

"왜? 넌 그 아가씨가 마음에 안 드는 게야?"

"어머님도 참. 아직 실물 한 번 제대로 보지 못한 데다 대화 한 번을 못 해 봤는데 그걸 어떻게 알겠어요."

"행여나 반대할 생각일랑 하지도 말아. 산이 고른 여자면 볼 필요도 없어. 녀석이 얼마나 진중하고 신중한지 몰라? 보는 눈은 또 어찌나 까다로운데. 웬 만한 여자 같았으면 산이 눈에 차지도 않았을 거야."

"그야 당연하죠. 아가씨가 마음에 들지 않아서 그러는 게 아니라, 산이 정식 으로 소개해 주지도 않았는데 벌써 이렇게 신경 쓰고 챙기면 오히려 그 아가씨 가 부담스러워할 것 같아서 그래요."

"부담은 무슨! 곧 우리 식구가 될 사람인데 당연히 챙겨야지. 몸이나 상하지 않았는지 내 걱정이 돼서 원."

"산이 괜찮다고 했으니 너무 걱정하지 마세요."

영현은 벌써 우리 식구가 될 사람이라 못 박는 시어머니를 보며 고개를 설레 설레 내저었다. 그 옛날 시어머니의 성화에 자신과 남편이 얼마나 빨리 결혼식 을 올렸는가 떠올리며 앞으로 일어날 일들이 벌써 머릿속에 그려지는 듯해 속 으로 몰래 한숨을 내쉬었다.

산의 아파트에 도착하고서야 도어록 비밀번호가 바뀐 걸 알게 된 영현이 피 식 웃으며 산에게 전화를 걸었다. 언제부터 전화 연결음이 피아노 연주곡으로 바뀌었는지 듣기 좋은 선율에 귀 기울이다 보니 음악이 뚝 끊기며 아들의 목소 리가 들려왔다.

— 네. 어머니.

"산아, 아파트 비밀번호 바뀌었나 보네? 혹시 지금 우리가 들어가면 곤란할 까?"

— 하하하. 아닙니다. 아무도 없어요. 들어가셔도 됩니다. 그런데 무슨 일로 오셨어요?

"무슨 일은. 할머니가 네 걱정을 좀 해야 말이지. 네 보약에 보양식에 아주 한 짐이야. 아차, 그 아가씨 보약까지 지어 오셨어."

— 네? 하여간 할머니 못 말린다니까. 그런 거라면 전화하지 그러셨어요. 제가 가지러 가면 되는데.

"걱정하지 마. 너 결혼하면 오라고 해도 안 와, 애! 네 와이프 신경 쓰게 할 일 없을 테니까 벌써 걱정하지 마."

— 어머니도 참. 그런 뜻 아니었거든요. 게다가 아직 결혼도 안 했는데 와이프는 무슨. 아무튼 비번 문자로 보내 드릴게요. 감사합니다, 어머니. 할머니께도 인사 전해 주세요. 나중에 할머니께 따로 전화드릴게요.

"그래. 바쁠 텐데 일해. 끊는다."

전화를 끊은 영현이 산에게서 온 문자를 확인하며 도어록을 해제하고 아파트 안으로 들어섰다. 시어머니와 함께 가져온 짐을 서둘러 정리하는 영현의 눈이 바쁘게 움직였다. 아무리 알아서 잘하는 녀석이라고는 해도 아들이었고, 오랜만에 들러 그런지 여전히 잘 정리하며 사는지 궁금하지 않을 수 없었다.

그 모습을 본 금옥이 며느리를 향해 말했다.

"너는 뭐 치울 거 없나 확인 좀 해 봐. 깔끔하게 정리를 잘해 놓긴 했다만, 그래도 남자 혼자 사는 집이라 어미 손이 필요한 곳이 있나 없나 천천히 둘러보고 와."

"네. 그래야 할까 봐요. 어머님은 냉장고 한번 봐 주세요."

"그래. 알았다."

영현이 부랴부랴 세탁실로 향했다. 의류 대부분은 세탁소에 맡겨지겠지만 속옷 같은 빨래는 늘 생기기에 혹시 빨랫감은 없는지 확인해 보았다.

세탁기에는 아무것도 없었지만, 건조기에 속옷이 들어 있었다. 몇 개 없는 속옷을 정리해 드레스 룸에 넣어 두고 다른 곳도 두루 살펴보았다. 남자 혼자 살면서도 지저분하지 않고 얼마나 깔끔하게 잘해 놓고 사는지 흐뭇한 미소를 머금고서 마지막으로 서재 문을 열어 보았다.

가지런하게 정돈된 책장을 대충 훑어보고 역시나 하는 생각에 고개를 끄덕이며 문을 닫으려는 찰나 스치듯 눈에 들어온 책상 위 모습에 다시 문을 열었다. 다른 곳과 달리 책상 위가 조금 어질러져 있었다.

영현은 곧장 책상으로 향했다. 깔끔하게 정돈된 주위와 대비되는 어질러진 책상을 보며 고개를 갸웃했다. 정리해 주려 펼쳐진 파일을 덮고 흩어진 자료들을 그러모으다 보니 시선이 자연스레 자료로 향했고, 왠지 낯설지 않은 기사 제목이 영현의 시선을 강하게 붙잡았다.

아니나 다를까 읽어 내려간 기사는 제 딸아이와 관련된 기사였고, 몇 년 전의 신문 기사를 산이 갑자기 왜 보고 있는지 의아하지 않을 수 없었다. 이상하다는 생각을 지우지 못한 영현이 하나둘 모은 자료를 훑어보고는 덮어 두었던 파일을 다시 열었다.

파일을 한 장 한 장 넘기는 영현의 얼굴에 당황과 놀라움이 차례로 스쳐 지났다.

'맙소사. 말도 안 돼. 그러니까 우리 딸 구해 주신 분이 그 아가씨 아버지란 말이야?'

보고도 믿을 수 없는 사실에 영현은 산에게 다시 전화를 걸었다. 좀처럼 받지 않는 전화에 애가 타 차라리 회사로 전화를 하는 게 나을 듯싶어 끊으려는 찰나 아들의 목소리가 들려왔다.

— 네. 어머니.

"너, 지금부터 엄마가 묻는 말에 숨김없이 솔직하게 말해. 지금 만나는 아가씨의 아버지가 우리 림이 구해 주신 분 맞아?"

— 어머니가 어떻게.

"대답해. 맞아?"

이미 답은 나온 것이나 다름없지만 확답이 듣고 싶은 영현이 재차 물었다.

— 네. 맞습니다.

"너 혹시 알고 만났니? 그거 알고 그 아가씨 만난 거야? 고마워서?"

— 그런 거 아닙니다, 어머니. 림과는 아무 상관 없이 만난 여자예요. 저도 어제 알았습니다. 막내 도와준 분이라는 거, 저도 어제서야 알았다고요.

"그래. 일단 알았어. 너는 일해."

영현이 그만 끊으려는데 다급한 아들의 목소리가 들려와 끊으려던 전화를 다시 귀에 가져갔다.

— 어머니. 적당한 때 봐서 말씀드리려고 했어요. 제가 초롱이 아버님께는 바로 인사드리겠습니다.

"아니야. 몰랐으면 모를까, 엄마가 알게 된 이상 이대로 있을 수는 없어."

— 어쩌시려고요? 저한테 시간을 좀 주세요. 그럼 제가 따로 자리 마련할게요. 아버님 지금 몸이 좀 불편하세요. 그러니,

"엄마도 알아. 네 책상에 있는 파일 봤어. 지금부터 엄마가 알아서 할 테니까 너는 신경 꺼. 이건 네가 만나는 아가씨와는 전혀 상관없이 어른들이 따로 인사를 드려야 할 일이야."

— 그러니까요. 제가 적당한 때 자리 마련하겠습니다.

"이미 한참을 늦었어. 벌써 몇 년이나 지나 버렸다고. 엄마는 지금 당장이라도 인사드려야겠어. 끊는다."

자신을 부르는 아들의 목소리가 들려왔지만 이번에는 그냥 전화를 끊어 버렸다. 영현은 딸을 구해 준 생명의 은인이 누구인지 알게 된 이상 이대로 있을 수 없었다. 고맙고 또 고마운 분이었다.

그분이 아니었다면 지금과 같은 평범한 일상은 상상할 수조차 없었을 것이다. 그때 딸아이를 잃었다면 가족의 일상이 곧 지옥이었을 것임은 자명한 일이었다. 그렇게 애타게 찾을 때는 알아낼 수 없더니 어떻게 이렇게 찾게 되었을까. 세상 참 알 수 없다 싶었다. 영현이 무언가 결심한 듯 서재를 벗어나려는데 문가에 미동도 없이 서 계신 시어머니가 보였다.

"어머님."

"그게 다 무슨 말이야? 우리 림이 구해 주신 분이라니? 누가, 누가?"

"어머님. 산이 지금 만나는 아가씨의 아버지가 림이 구해 준 분이랍니다."

"뭐야? 그럼 그 초롱이라는 아이 아버지가 우리 림이 생명의 은인이라는 말이야?"

놀란 금옥이 며느리를 향해 다가오며 급히 되물었다.

"네. 그렇다네요. 그런데 그분 상황이 조금 힘든 것 같아요."

"힘든 것 같다니?"

"오래전에 교통사고 처리를 돕다가 되레 사고를 크게 당한 것 같아요. 하반신 마비로 지금까지 병원에 계신가 봐요."

"저런. 저런. 이를 어째. 안타까워서 어째! 그래. 병원이 어디냐. 김 원장 병원이야?"

"아니요. 다른 병원이에요."

"왜 다른 병원이야? 당장 김 원장 병원으로 옮겼어야지."

"그러게요. 산이도 어제야 알았다네요. 그래서 말씀인데요, 어머님. 지금 그분께 인사를 드리러 가 볼까 하는데 어머님 생각은 어떠세요?"

"당연히 가야지. 당장이라도 찾아뵈야지! 세상에, 어떻게 이런 인연이 다 있어 그래. 어서 아범한테 전화해. 아범도 그 병원으로 당장 오라고 해!"

"네. 어머님."

금옥은 급히 아들에게 전화를 거는 며느리를 보며 뜻밖의 인연에 어안이 벙벙했다. 세상이 아무리 좁다지만 어떻게 이렇게 좁을 수가 있을까. 두 아이의 인연이 보통 인연은 아닌 듯했다.

그 시각. 전화를 끊은 산은 마음이 조급했다. 어머니와 할머니가 함께 계신다면 상황은 훨씬 더 급박했다. 그 불같은 성미의 할머니와 어머니가 사실을 알게 된 이상, 당장 두 분이 어디로 향할지는 구태여 확인하지 않아도 알 듯했다. 산은 서둘러 수완을 호출해 급한 일을 처리하고서 집무실을 벗어났다.

차를 세워 둔 주차장으로 향하며 급히 초롱에게 전화를 걸었다.

— 네. 저예요.

"초롱아, 지금 바쁜 일 없지?"

— 네.

"그럼 외출 준비 하고 기다려. 지금 바로 데리러 갈게. 아버님 병원 조금 빨리 가 봐야겠어."

— 무슨 일…… 있어요?

"우리 부모님이 네 아버님 뵈러 그 병원으로 가실 것 같아. 이유는 만나서 설명할게. 지금 출발한다."

— 네. 알겠어요.

전화를 끊은 산이 급히 차를 출발시켰다. 가뜩이나 병원과는 거리가 먼 데다 초롱이 집에 들러 같이 가게 되면 늦어도 한참 늦을 것 같았지만, 지금으로서는 뾰족한 수가 없었다. 지난밤 파일을 확인하다 갑자기 초롱이 보고 싶은 마음에 미처 정리해 두지 못한 게 큰 실수였다.

어머니가 갑작스레 아파트로 올 거라고 생각이나 했을까. 게다가 보통은 오더라도 가져온 음식이나 물건만 대충 정리해 놓고 가시는 듯했는데, 왜 오늘따라 서재를 들어가셨을까. 후회해 봐야 이미 벌어진 일이었고, 걱정한다고 달라질 게 없기에 산은 그저 초롱의 부모님이 많이 놀라지 않기만을 바랐다.

한편 전화를 끊은 초롱은 그와의 통화 내용을 천천히 되짚으며 걱정으로 표정이 어두워졌다. 그의 목소리가 다급해 보여 무슨 일인지 당장 듣고 싶었지만, 운전 중에 통화는 위험할 듯싶어 일단 전화를 끊어야 했다.

당장 아버지가 있는 병원으로 가자면서 그의 부모님이 병원으로 가신다는 건 또 무슨 말인지, 도무지 이해할 수 없는 말에 불안이 스멀스멀 피어올라 초롱은 외출 준비를 서두르는 중에도 안절부절못했다.

○○병원에 도착한 산의 할머니인 금옥과 산의 부모님인 강우, 영현이 한 병실 앞에 섰다. 병실 앞에 붙은 환자 이름을 확인한 영현이 시어머니와 남편을 보며 고개를 끄덕이자 강우가 두 사람을 번갈아 바라보며 차분하게 말을 꺼냈다.

"몸이 편찮으신 분이니 놀라지 않게 조심하셔야 합니다. 어머니, 그리고 당신도, 흥분하지 말고 차분하게, 응?"

"알았다."

"알겠어요. 걱정하지 말아요."

차례로 대답하는 어머니와 아내를 보고 고개를 끄덕이던 강우가 병실 문을 천천히 열고 안으로 들어섰다. 병실에는 네 명의 환자가 누워 있었다. 차분하게 환자의 면면을 살펴보던 강우의 시선이 어느 부부의 앞에서 멈추었다.

아들이 만난다는 여자가 궁금해 뉴스 보도와 관련 기사를 검색하다 비교적 자세히 나온 여자의 사진을 본 적이 있던 강우였다. 그 여자의 고아한 외모와 비슷한 느낌을 풍기는 중년 여성을 발견한 강우는 확신한 듯 천천히 걸음을 옮겨 침대에 누운 남자를 향해 조심스레 말문을 열었다.

"실례합니다만, 혹시 이은호 씨 되십니까?"

정중하게 묻는 말에 초롱의 엄마인 수영이 대신 대답했다.

"네. 그렇습니다만, 누구신가요?"

수영이 답을 하자마자 금옥과 강우, 영현은 누가 먼저랄 것도 없이 고개 숙여 정중히 인사를 건넸다.

"안녕하십니까. 인사가 늦었습니다."

세 사람의 너무나 깍듯한 인사에 놀란 수영이 서둘러 고개를 숙이며 마주 인사를 건넸다. 은호 역시 누운 상태로 목 인사를 건네며 그들을 향해 의아한 눈빛을 보였다.

인사를 마친 강우가 미리 준비해 온 과일 바구니와 함께 신문 사본 한 장을 건네며 물었다.

"혹시 기억하실지 모르겠습니다."

강우는 신문을 유심히 보던 중년 여성이 놀라며 남편을 쳐다보는 모습을 빠짐없이 지켜보았다. 영문도 모른 채 의아한 눈빛으로 자신들을 유심히 살피던 남자가 아내의 놀라는 모습을 보고 손을 내밀자, 중년 여성은 들고 있던 신문을 말없이 남자에게 건네주었다.

아내에게서 신문을 건네받은 남자의 눈이 서서히 커지더니 이내 신문을 보던 손을 내리며 처음으로 입을 열었다.

"수영아, 침대 좀."

남자의 말에 그의 아내가 침대의 등 쪽을 올려 주었다. 남자는 침대 등받이가 세워지는 동안에도 자신들을 경계하는 듯한 모습을 숨기지 않고 있었기에 강우가 급히 말을 꺼냈다.

"선생님께서 구해 주신 그 아이, 바로 제 딸입니다. 이쪽은 제 아내와, 어머니시고요. 늦었지만 진심으로 감사 인사 드립니다. 우리 딸 구해 주셔서 감사합니다. 정말 감사합니다."

남자의 눈에 놀란 빛이 역력했다.

"아, 네. 그 일이라면 이렇게 찾아오지 않으셔도 되는데. 저는 당연히 해야 할 일을 했을 뿐입니다. 그런데 어떻게 알고 찾아오신 건지……."

남자의 겸손한 말에 강우는 물론 영현과 금옥의 입가에 따뜻한 미소가 맴돌았다. 금옥이 앞으로 한 발 더 다가와 고마운 마음이 넘쳐 울먹이는 목소리로 남자에게 말을 꺼냈다.

"당연한 일이라니 당치 않습니다. 당치도 않아요. 타인의 위험을 보고도 그냥 지나치는 사람이 수없이 많습니다. 선생님과 같이 이타적인 삶을 몸소 실천하는 사람들은 극히 드물지요. 진즉 인사를 드리고 싶었지만 방법이 없어 늘 마음이 무거웠어요. 이제라도 이렇게 뵙게 되어 얼마나 다행인지 모르겠습니다."

금옥은 당황스러운지 안절부절못하는 부부의 모습을 귀하게 바라보며 급히 말을 이었다.

"정말 감사합니다. 우리 손녀 구해 주셔서, 살려 주셔서 너무 감사합니다. 덕분에 우리 가족도 무탈하게 잘 살고 있습니다. 선생님 아니었으면 저희 가족이 이렇게 온전히 행복을 누리며 살 수 없었을 겁니다. 그날 선생님은 한 사람을 구한 게 아니라, 한 가족을 모두 살리신 겁니다."

금옥의 말에 동조하며 고개를 끄덕이던 영현이 말을 보탰다.

"네. 선생님께서는 우리 가족 모두를 구하신 겁니다. 우리 딸 잃었으면 저 역시 지금쯤 죽고 없었을지도 몰라요. 정말 감사합니다. 감사해요."

눈물을 글썽이며 말하는 아내의 등을 가만히 쓸어 주는 강우 역시 눈시울이 붉어져 있었다.

그때까지도 수영은 낯선 사람이라 경계하며 남편의 옆을 가만히 지키고 있었다. 남편은 말없이 조용히 남을 돕는 편이었기에 이렇게 직접 찾아와 정중히 인사를 건네는 경우는 드물었다.

외려 도와주었다가 낭패를 본 경우도 있었기에 긴장을 늦출 수 없는데, 다행히도 이번에 찾아온 사람들은 별다른 의도 없이 정말 고마운 마음을 전하고자 하는 게 눈으로 보였다. 점잖은 차림은 말할 것도 없이, 시종일관 정중한 말투와 행동으로 남편을 대하는 모습에서 그들의 진심이 전해졌다. 수영은 그제야 마음을 놓으며 의자 세 개를 들고 와 자리를 권했다.

"저…… 간이 의자라 좀 불편하시겠지만 앉으시겠어요?"

"아. 네. 감사합니다."

각자 자리에 앉는 모습을 보며 수영이 얼른 냉장고에 가서 음료를 꺼내 와 그들에게 권했다. 작은 음료수 하나에도 감사하다며 환한 미소로 인사하는 그들을 보며 왠지 어디선가 본 적이 있는 듯한 선한 인상에 수영은 고개를 갸웃했다. 분명 처음 보는 사람들인데 왜 낯설지가 않은 거지?

산은 초롱의 집으로 향하는 동안 어머니와 할머니께 전화를 걸어 봤지만 두 분이 마치 약속이라도 한 것처럼 전화를 받지 않아 답답하기만 했다. 저 멀리 초조함에 서성이는 초롱의 모습을 보니 미안한 마음에 한숨이 절로 뿜어져 나왔다. 그녀의 앞에 차를 세우자 초롱이 조수석 문을 열어 타기가 무섭게 말을 꺼냈다.

"무슨 일이에요? 갑자기 이산 씨 부모님이 우리 아빠가 있는 병원에는 왜 가시는 건데요?"

"다 말해 줄게. 일단 벨트부터 매. 초롱아."

"맸어요. 이제 말해 줘요."

서둘러 차를 출발시킨 산은 초조한 표정으로 저만 뚫어져라 바라보는 초롱을 곁눈질하며 어렵게 입을 열었다.

"우선 너한테 미안해. 변명부터 하자면, 날 밀어내는 널 마냥 기다릴 수가 없었어. 너를 잃게 될까 봐 두려워서 마음이 급했어."

도대체 무슨 말인지 영문을 모르겠다는 듯 제게서 시선을 떼지 않는 초롱을 힐끔 바라보던 산이 다시 입을 열었다.

"승주 형 알지? 너 호신술 가르쳐 줬던."

"네. 기억해요."

"형한테 부탁 좀 했어. 네가 날 밀어내는 이유가 아버님 사고와 관련이 있을 것 같아서. 언제 어떻게 사고가 났는지 좀 알아봐 달라고. 어제 너랑 있을 때 걸려 온 전화, 형한테서 온 전화였어. 형 통해서 아버님 사고 경위 알게 됐고."

초롱은 자신과 관련한 일을 뒤에서 몰래 알아본 그에게 조금 서운한 마음이 들었다. 하지만 그가 조급할 수밖에 없었던, 그를 초조하게 만든 동기를 제공한 사람 또한 자신이기에 그의 답답했던 마음을 이해하지 못할 것도 없었다. 그런데 그런 일로 그의 부모님이 자신의 부모님을 뵈러 갈 이유로는 타당해 보이지 않았다.

"무슨 말인지 알겠어요. 그런데 이산 씨 부모님이 우리 부모님을 왜 뵈러 가는 건데요?"

"형이 아버님 관련 자료를 찾다가 또 다른 사실을 하나 알게 됐어."

"또 다른 사실? 그게 뭔데요?"

도대체 무슨 일일까, 초롱은 행여나 나쁜 일이면 어쩌나 걱정되는 마음을 놓을 수가 없었다.

"아버님이 내 동생을 구하신 적이 있어."

"네?"

"아버님께서 우리 막내 림을 구하셨다고."

"그게…… 무슨…….."

"너도 안 믿겨? 나도 안 믿겨. 어제 말하고 싶었는데, 기회가 없었어. 아니. 너 빨리 안고 싶은 욕심에 뒤로 미뤘어. 이럴 줄 알았으면 어제 다 말했을 텐데."

"아니 도대체 언제? 어떻게요?"

"그건 나중에 얘기해 줄게. 일단 어머님께 전화 한번 해 볼래? 우리 어머니가 전화를 안 받으셔."

"네."

초롱은 도무지 믿기지 않는 말에 고개를 내저으며 전화를 들었다.

같은 시각. 병실에서 작은 실랑이가 벌어졌기에 수영은 휴대폰 소리에 귀 기울일 정신이 없었다. 그저 감사 인사에서 그쳤으면 좋았을 텐데, 그들은 상급 병원으로 옮기기를 종용했다. 그뿐만 아니라 추후에 발생하는 병원비는 물론, 간병인을 비롯해 필요한 모든 의료적인 지원을 아끼지 않겠다는 손님들을 보며 도대체 어떻게 대응해야 할지 알 수가 없었다.

계속되는 수영의 만류에도 끄떡도 하지 않는 손님들을 보며 기어이 은호가 단호한 음성으로 말을 꺼냈다.

"어르신 말씀은 정말 감사합니다만, 그건 안 될 일입니다. 있을 수 없는 일이에요. 이미 수년이 지난 데다 지금 제 다리는 그날의 일과는 전혀 무관한데 어떻게 그런 호의를 받으라는 말씀입니까. 더구나 그날 제가 한 일이라고 해봐야 그저 피 흘리는 학생을 병원에 데려가 준 게 고작입니다. 어떻게 그깟 일로 이렇게까지 하시는지."

"고작이라니요! 그깟 일이라니요. 그날 선생님이 아니었으면 더 험한 일을 당할 수도 있었습니다. 우리 가족 모두를 수렁에서 구해 내셨는데 보은을 할 수 있게 해 주셔야지요. 국내에서는 따라올 수 없을 만큼 유능한 실력을 갖춘 의사랍니다. 부디 나를 믿고, 받은 은혜에 보답할 수 있도록 이 늙은이에게 기회를 주세요."

"아니 아무리. 아무리 그래도······."

은호는 그만 말문이 막히고 말았다. 어머니뻘 되는 분께서 기어이 눈물을 글썽이며 제 손을 꼭 붙잡으셨다. 준 도움에 비해 너무나 과하게 베푸는 호의가 부담스러워 도무지 정신을 차릴 수 없었다.

단호하게 거절해야 하는데 이렇게 읍소하듯 말씀하시니 거절의 말도 꺼내기 힘들어 난처하기 그지없었다. 그런 은호의 갈등을 알아차렸을까, 금옥은 속으로 쾌재를 외치며 아들을 향해 말했다.

"아범은 뭐 하고 있어?! 당장 김 원장에게 전화하지 않고, 병실 마련하라고 해. 귀한 분 모셔 간다고, 각별히 신경 쓰라고."

"네. 어머니."

은호와 수영은 어르신의 한마디에 갑자기 일사불란하게 움직이는 손님들을 보며 혼이 나갈 듯했다. 금옥이 은호와 수영을 붙잡고서 병원을 옮기면 어떤 이점이 있는지 설명하는 사이 강우는 친우인 김 원장에게 전화해 병실을 마련하고 있었고, 그의 아내인 영현은 곧장 퇴원 수속에 나섰다.

어디 그뿐인가. 주치의까지 찾아와 믿고 따라가셔도 된다고 안심을 시키고서 세심하게 이것저것 신경 쓰며 병원 옮기는 일을 돕기 시작했고, 어느새 들이닥친 병원 직원들에 의해 병실 짐이 꾸려지는 모습을 속수무책으로 바라보던 수영은 뒤늦게 아차 싶었다.

딸에게 전화해야 할 것 같아 휴대폰을 찾는데 벌써 남편의 침대를 병실에서 빼려 하고 있었다. 결국 딸과의 통화는 뒤로 미루고 급하게 병실에 있는 사람들과 작별 인사를 나누어야 했다.

엘리베이터를 타고 내려가면서 넋이 나간 듯 보이는 부부를 보고 금옥이 웃으며 말을 꺼냈다.

"그동안 애써 주신 이곳 의료진분들과 같은 병실에 계신 분들께는 따로 인사드릴 테니 너무 서운해 마세요."

은호와 수영은 어르신의 말에 대꾸할 정신도 없었다. 언제 먼저 내려가 있었는지 어르신의 아들과 며느리라는 부부가 병원 앞에 정차되어 있는 구급차 앞에서 기다리고 있었다. 은호와 수영이 정신을 차렸을 때는 이미 다른 병원 로비에 도착해 있었고, 부산스레 자신들을 맞이하는 의료진들에 의해 다시 넋이 나가고 말았다.

산과 초롱이 헐레벌떡 아버지의 병실로 향했다. 그런데 아버지가 늘 있던 곳의 침대가 비어 있었다. 초롱이 당황한 사이 산의 전화가 울렸다. 흠칫 놀라며 전화를 받던 산의 입매가 서서히 느슨해졌다. 입꼬리가 말려 올라가려는 걸 억지로 참는 듯 입가에 작은 경련이 일었다.

"네. 네. 알겠습니다, 어머니. 바로 그쪽으로 갈게요."

통화를 마친 산이 당황함이 역력한 초롱을 향해 돌아섰다.

"초롱아, 가자. 아버님 어디 계신지 알아."

산이 다시 말을 꺼내기도 전에 주위에 같이 입원 중이던 환자와 보호자들로 부터 이렇게 헤어지게 되어 서운하다는 푸념이 터져 나왔다. 잘 살라는 때아닌 덕담과 함께 선물해 준 음식은 잘 먹겠다는 인사까지 받았다.

초롱은 도무지 무슨 일이 일어난 건지 알 수가 없어 그저 어색한 미소와 건강하시라는 인사를 건네고서 빠르게 병실을 벗어났다. 부지런히 걸음을 옮기며 산에게 급히 물었다.

"지금 어디 계신대요? 아니. 이게 대체 무슨 일이에요?"

"병원을 옮기셨어. 그때 만났던 김 원장님 알지? 그 병원으로 가신 모양이야."

서둘러 가던 초롱의 걸음이 우뚝 멈춰 섰다.

"병원을…… 옮겨요? 보호자인 나에게 아무 연락도 없이? 이렇게 갑자기?!"

"미안, 우리 집 어른들 성격이 급해. 일단 무언가 해야겠다 마음먹으면 일사천리야. 누구도 못 말려."

"말도 안 돼. 아무리 그래도 그렇지. 어쩌자고 이렇게 갑자기……."

"갑자기 한 것은 아니지. 주체가 나에서 우리 부모님으로 바뀌었을 뿐이야. 어차피 병원 옮기기로 했잖아. 아니었어?"

"그야 그렇지만……."

"우선 가자. 네 부모님께서 많이 놀라셨을 거야. 얘기는 가면서 해."

저를 이끄는 그의 손을 잡고 주차장을 향해 뛰어가는 초롱은 너무 당혹스러워 현기증이 일 지경이었다. 지금 자신에게 일어나는 일들이 도무지 믿기지 않았다.

도와줄 줄만 알지 남에게 폐가 되는 일은 싫어하시는 부모님을 어떻게 설득해서 병원까지 옮기게 했는지. 게다가 자신들이 병원에 오는 데 걸린 시간이라고 해 봐야 그가 퇴근한 시간으로부터 불과 한 시간 남짓이었다.

그 짧은 시간에 어떻게 퇴원 수속을 하고, 어떻게 그 많은 짐을 챙기며, 어떻게 벌써 병원을 옮겨 가기까지 했는지, 번갯불에 콩 볶아 먹겠다는 말이 딱 지금의 상황과 맞아떨어지지 않는가.

도착한 차 앞에서 조수석 문을 열어 자신을 살짝 밀어 앉히는 그의 손길에도 초롱은 머릿속을 가득 메우는 생각을 좀처럼 멈출 수가 없었다. 그러다 문득 떠오른 생각에 경악하며 산을 향해 고개를 돌렸다.

"지금…… 이산 씨 부모님하고, 우리 부모님하고 같이 계신 거예요? 그러니까 지금 병원에 가면 이산 씨 부모님께서도 같이 계신 거죠?"

"아마도? 할머니도 계실걸?"

"맙소사."

"왜?"

"왜긴 뭐가 왜예요? 할머니 외에 다른 분은 뵌 적이 없는데. 아니. 인사도 못 드렸는데, 이런 식으로 처음 뵙게 된다고? 너무 혼란스러워요. 우리가…… 만나는 건 알고 계신 거예요? 아니…… 혹시 우리 부모님이 이산 씨 막냇동생 구해 준 사람이라는 것과는 별개로 제 부모님이라는 것도 아시는 거예요? 다?"

"그래. 내가 먼저 말씀드리지는 못했지만, 다 알고 계신 거 맞아. 너는 이번에 사고 나고 뉴스 보도 보면서 내가 너무 감정을 많이 드러내는 바람에 알게 되셨고."

"하……. 저 마음에 안 들어 하시면 우리…… 어떻게 되는 거예요?"

"뭐? 하. 하하하. 무슨 말도 안 되는 소릴 하고 있어?!"

운전하며 태연하게 웃음을 터트리는 그가 초롱은 도무지 이해되지 않았다. 세상천지에 어느 부모가 이런 상대를 탐탁하게 여기겠는가.

가정 형편이 비교할 수 없이 기우는 건 차치하고서라도 병원 생활을 해야 하는 부모를 가진 자신을 기뻐 반길 상황이 아님은 지나가는 어린아이에게 물어도 알 것 같은데, 그는 어쩜 이렇게 태연자약할까. 처음으로 그를 보며 답답하다는 생각이 들어 초롱은 저도 모르게 한숨을 크게 내쉬었다.

그런 초롱의 모습을 엿보던 산은 자꾸만 새어 나오는 웃음을 참기에 급급했다. 호떡집에 불난 듯 초롱이 부모님의 병원을 옮겨 버린 제 부모님과 할머니의 머릿속에 무슨 그림이 그려지고 있을지 짐작하고도 남았다.

동생을 구한 은인이라는 이유만으로도 두 분에게 신경 써야 할 명분은 충분했으나, 그분들이 제가 만나고 있는 초롱의 부모님이었기에 병원까지 옮겨 가며 더 많은 부분을 세심하게 살핀 것이리라.

이미 초롱을 가족으로 받아들이지 않고서야 이렇게까지 했을까. 어쨌거나 산에게는 이래저래 잘된 일이 아닐 수 없었다. 뭐든 마음먹으면 바로 실행에 옮기는 강한 추진력을 가진 어른들의 덕을 이렇게 톡톡히 보게 될 날이 올 줄이야.

덕분에 자신이 병원을 옮기는 문제로 초롱의 부모님을 설득하는 시간도, 자신과 제 부모님 사이에서 이리저리 마음 쓰며 애써야 했을 초롱의 수고까지도 덜었으니 큰 숙제를 해결한 것 같은 기분에 차라리 잘됐다 싶은 마음도 있었다.

새로 도착한 병원의 VIP실에 들어서 내부를 둘러보던 은호와 수영은 놀라움을 금치 못한 채 그대로 얼어 버렸다.

넓은 실내는 말할 것도 없이 대형 TV와 소파, 환자와 보호자의 침실, 각종 가전제품을 비롯하여 언뜻 보기에도 고급스러움이 물씬 풍기는 내부 분위기는 병원이라고 하기에는 너무 호화스러워 보였다.

병원이 아닌 호텔이라고 해도 믿을 것 같은 모습에 더 단호하게 거절하지 못한 게 크나큰 후회로 다가왔다. 의료진에 의해 호화로운 침대에 몸을 의탁하게 된 은호는 불편한 마음을 감출 수 없었다.

얼마 지나지 않아 자신과 비슷한 연배로 보이는 남자 의사와 자신을 이렇게 큰 혼란에 빠트린 세 사람이 함께 병실로 찾아왔다. 그중 자신을 가장 난처하게 만들었던 어르신이 웃는 얼굴로 부지런히 다가와 입을 열었다.

"한동안은 바뀐 환경에 불편하시겠습니다. 내 각별히 신경 쓰고 살피라고 일렀으니 아무 걱정 하지 마시고 두 분께서는 재활에만 신경을 써 주세요."

금옥은 새로 바뀐 환경에 안절부절못하며 불편한 기색이 역력한 부부의 꾸밈없이 선한 모습을 보니 너무 성급했던 건가, 그러고 보니 그들을 위한 배려가 부족했다 싶은 생각이 뒤늦게 들었지만 잠깐 대면한 부부의 성향으로 보아 이렇게 몰아치지 않으면 순순히 병원을 옮길 것 같지 않았다. 아니나 다를까 그의 아내의 조심스러운 음성이 흘러나왔다.

"어르신, 아무리 생각해도 이곳은 우리에게 너무 과분한 것 같습니다. 꼭 맞지 않는 옷을 입은 것처럼 불편합니다. 병실이라도 다른 곳으로 옮기는 것이."

"아니에요. 아닙니다. 과분하다니요. 절대 그렇지가 않아요. 두 분이 이곳에서 편히 계셔야 저도 집에서 두 발 뻗고 잠을 청할 수 있을 것 같습니다."

한 치의 양보도 없는 성정이 꼿꼿한 어르신의 모습에 수영이 나직이 한숨을 내쉬는데, 느닷없이 닫혀 있던 병실 문이 거세게 열렸다. 뛰어왔는지 숨을 헐떡이는 산과 함께 들어선 딸을 보며 그제야 근심에 잠겼던 수영의 얼굴에 환한 빛이 스몄다.

반가움을 잠시 뒤로하고 문 앞에서 멈칫하고 서 있는 딸아이에게 사정을 설명하려 다가가려는데, 갑자기 눈앞에 펼쳐지는 전혀 예상치 못한 상황에 환해지던 수영의 얼굴이 사색이 되고 말았다. 침대에 등을 기대앉아 있던 은호 역시 놀라며 당황스러운 표정을 감추지 못했다. 그도 그럴 것이,

"산아!"

지금까지 자신들을 은인이라 칭하며 온갖 정성을 쏟아붓던 세 사람이, 병실로 들어선 딸의 남자 친구인 산을 더없이 반갑게 맞은 데다,

"헉헉. 할머니. 아버지. 어머니. 하⋯⋯."

숨을 헐떡이던 산이 그들을 향해 부르는 듣고도 믿기지 않는 호칭 때문이었다.

수영은 머릿속으로 빠르게 서로의 관계를 재정립하며 가뜩이나 불편하게 느껴지던 사람들이 이제는 더 어렵게 와닿아 어찌할 바를 몰라 놀란 눈만 껌뻑거렸다. 그런데 왜 그들은 당황하거나 놀라지 않지? 처음부터 시종일관 밝은 표정을 유지하며 그저 태연하게 상황을 마주하는 그들이 수영은 도무지 이해되지 않았다.

산은 너무나 온도 차가 극명한 두 집안 어른들의 모습을 빠르게 살피며 초롱의 부모님께로 먼저 걸음을 옮겼다.

"안녕하셨습니까. 아버님, 어머님. 이렇게 갑작스레 병원을 옮기게 되어 죄송합니다. 그리고 보시다시피, 여기 계신 분은 제 할머니와 아버지, 어머니 되십니다."

"아. 아니. 어떻게…… 이런…….."

산은 당황스러워 좀처럼 말을 잇지 못하는 초롱의 부모님의 모습에 죄송한 마음이 들었지만 별다른 방법이 없었다. 자신 역시 이런 상황에 놓인 지금이 당황스러웠으나, 어쨌든 만나야 할 분들이었기에 순서가 조금 바뀐들 어떠랴 싶었다.

"죄송합니다. 저 역시 양가 어르신들께서 이렇게 인사하게 되실 줄은 몰랐습니다. 할머니, 아버지, 어머니. 이분들이 이초롱 씨 부모님입니다. 인사 나누십시오."

뜻밖의 사실에 너무 놀라 혼비백산한 은호와 수영과는 달리, 이미 알고 있었던 금옥과 강우, 영현이 인자한 미소를 머금고서 차분하게 다가와 정식으로 인사를 건넸다.

"안녕하십니까. 다시 인사드립니다. 산이 아버지 되는 사람입니다."

"안녕하세요. 저는 산이 엄마예요."

"안녕하세요. 산이 할미 되는 사람입니다."

수영은 먼저 다가와 정중히 인사를 건네는 그들을 보며 이렇게 멀뚱히 있을 수는 없어 얼른 흐트러진 정신을 가다듬었다. 어쩐지 첫인상이 낯설지 않다고 했더니 산이라는 남자가 그의 아버지를 쏙 빼닮은 듯했다. 수영이 서둘러 허리 숙여 정중히 인사를 건넸다.

"안녕하세요. 저는 초롱이 엄마예요."

"안녕하십니까. 제가 초롱이…… 아빠입니다. 이렇게 앉아서 인사를 드릴 수밖에 없어 죄송합니다."

힘없는 목소리로 인사를 전하는 은호의 말에 금옥이 손을 내저으며 급히 말을 꺼냈다.

"아닙니다. 아니에요. 사돈! 죄송하다니요. 그런 거라면 전혀 신경 쓰지 않으셔도 됩니다. 우리는 아무 상관 없으니 개의치 마세요."

'사돈?'

수영은 아직 정식으로 상견례를 하지 않았음에도 서슴없이 사돈이라 호칭하는 어르신을 보며 저도 모르게 놀란 숨을 들이켰다.

산은 그런 할머니의 거침없는 직진에 속으로 쾌재를 부르면서도 너무 티 나지 않도록 표정 관리를 위해 애쓰며 눈으로는 초롱을 찾았다. 순서와 절차가 무시된 온통 뒤죽박죽되어 버린 상황에 당황했는지 문 앞에서 오도 가도 못한 채 멍하게 서 있는 초롱을 불렀다.

"초롱아."

초롱은 멍청하게 선 채로 일이 돌아가는 모습을 정신없이 바라만 보다 저를 부르는 소리에 흠칫했다. 순간 병실에 있는 모두의 시선이 자신에게로 향했다. 제 부모님을 비롯해 그의 부모님과 할머니, 그리고 얼마 전 그와 함께 만난 병원 원장님까지.

초롱은 떨리는 마음을 간신히 추스르며 조심스레 걸음을 옮겼다. 그런 초롱을 보고 산이 한걸음에 다가와 웃으며 초롱을 이끌었다.

"인사해. 할머니와 김 원장님은 한 번 봬서 알고 있지? 그리고 이쪽은 우리 부모님이셔."

초롱은 발작하듯 가슴을 강하게 두드리는 심장을 애써 무시하며 할머니부터 차례로 깍듯이 인사를 드렸다.

"네. 안녕하십니까. 처음 뵙겠습니다. 저는 이초롱이라고 합니다."

좀처럼 진정되지 않아 떨리는 마음을 간신히 누르며 침을 꿀꺽 삼키는데 갑자기 그의 할머니가 다가와 그녀의 두 손을 그러잡으셨다.

"이렇게 또 만나게 돼서 반가워요. 세상에, 어쩜 이런 인연이 다 있을까 몰라. 보고 싶었어. 그날 회사에서 보고 난 뒤로 계속 보고 싶었어요."

"감사합니다. 어르신, 말씀 편하게 해 주세요."

"그럴까? 그럼 초롱이도 앞으로 날 그냥 할머니라고 불러. 어르신은 너무 거리감이 느껴져서 영 별로라고."

"아……. 네. 할머니."

환대에 가까운 할머니의 인사에 어리둥절한 사이 이번에는 그의 부모님이 웃으며 다가왔다.

"많이 보고 싶었어요. 우리는 산이 이렇게 예쁜 아가씨를 만나고 있는지도 몰랐네. 이번에 그 사고 아니었으면 언제 알았을지 모르겠어. 그래, 몸은 좀 괜찮아요?"

그의 어머니가 걱정스레 묻자 할머니가 대뜸 끼어들었다.

"내 정신 좀 봐. 그래. 몸은 좀 어때? 어쩌자고 벌써 퇴원을 했어?"

"그러게요, 어머니. 초롱 씨 등은 괜찮은 거예요? 많이 다치지 않았어요?"

초롱은 갑자기 제 걱정을 하는 그의 부모님과 할머니에게 둘러싸여 정신이 하나도 없는 중에 다행히 그가 중재에 나섰다.

"할머니, 아버지, 어머니. 초롱이는 괜찮습니다. 그러니 너무 걱정하지 마시고, 오늘은 이쯤 하시는 게 좋겠습니다. 아버님 병원 옮긴 지도 얼마 되지 않아 많이 피곤하실 테고, 초롱이도 아직 정식으로 소개하지도 않았는데 부담스러울 겁니다. 그러니 오늘은 이만 돌아가시지요."

산이 대화를 중단시키고 나서야 초롱에게 쏟아지던 관심이 다시 은호와 수영에게로 향했다. 역시나 가장 연장자인 금옥이 가족을 대표해 사과의 말을 전했다.

"오늘 초면에 실례가 많았습니다. 우리 가족의 은인을 만나 너무 감사하고, 또 그 은인의 딸이 우리 손자와 만나는 아가씨라고 하니 더없이 기쁘고 반가운 마음에 주책없이 마음이 들떠 그런 것이니 너그러운 마음으로 이해 바랍니다."

"아닙니다, 어르신. 저희야말로 이렇게 격식도 차리지 않고 인사드리게 되어 죄송한 마음뿐입니다."

"아이고, 안사돈! 무슨 그런 말씀을요. 그렇게 따지면 우리야말로 입이 열 개라도 할 말이 없습니다. 불쑥 찾아와 우리 마음 편하게 하자고 급하게 일을 처리하게 되어 그저 죄송하고 또 죄송하지요. 그래도 이렇게 너그러이 이해해 주시니 감사합니다."

수영은 지금이라도 병실을 옮기고 싶은 마음이 굴뚝같았지만, 도무지 말을 꺼낼 수조차 없게 만드는 어르신의 처세에 당해 낼 재간이 없었다. 병실을 옮기는 건 이미 물 건너간 터. 일이 돌아가는 양상을 보니 이러다 정말 사돈이 될 것 같은 생각에 서둘러 말을 꺼냈다.

"저희가 감사해야지요. 그리고…… 우리 초롱이…… 이렇게 부족한 부모 아래 자랐지만, 야무지고 마음만큼은 누구보다 선한 아이랍니다. 부디…… 예쁘게 봐 주시면 감사하겠습니다. 어르신."

"그런 문제라면 아무 걱정 하지 마세요. 하나를 보면 열을 안다고, 저 아이의 됨됨이야 내 첫눈에 알아봤습니다. 그리고 부족한 부모라니요, 당치 않아요. 이렇게 훌륭한 부모님을 두었는데요. 그 부모를 보면 자식을 안다고 하지 않습니까. 사고 현장에서 제 몸 사리지 않는 것 보세요. 피는 못 속이는 게지요."

금옥이 말을 마치기가 무섭게 영현과 강우가 초롱을 향해 차례로 말을 이었다.

"그래도 다음에는 그렇게 위험한 곳에서는 조심 또 조심해야 해요. 우리가 얼마나 놀랐나 몰라."

"그래요. 우리 애간장을 태우는 건 아들만 해도 충분하니, 며느리까지는 그러지 않았으면 좋겠는데."

이미 결혼하는 것이 기정사실로 되어 버린 듯한 대화 내용에 초롱이 부끄러운 듯 어색한 미소를 그렸고, 그런 초롱을 바라보는 은호와 수영 또한 가슴 깊이 번지는 안도감에 딸과 비슷한 미소를 머금었다.

"네. 앞으로는 조금 더 조심하겠습니다."

"그래. 그래야지. 그래야 하고말고."

초롱의 말 한마디에도 다 같이 미소 짓게 되는 산의 가족이었다. 환자가 편히 쉬도록 이만 자리를 비켜 줘야 할 듯싶어 금옥이 마지막 인사를 전했다.

"다음에 우리 좋은 날 잡아서 정식으로 다시 얘기 나눕시다. 편히 쉬세요. 병원에 계신 동안 조금이라도 불편함이 있다면 주저하지 마시고 우리 김 원장에게 말씀 주세요. 그럼 우리는 이만 가 보겠습니다."

다 함께 마주 인사를 나누고서 초롱과 산이 할머니와 부모님을 배웅하기 위해 병실을 나서자 김 원장이 은호를 향해 다가서며 말을 꺼냈다.

"잘 오셨습니다. 저는 이 병원 원장 김연우라고 합니다. 아까 어르신이 말씀하신 김 원장이 바로 접니다. 산이 아버지와는 친우이기도 하고요."

"아. 네."

"산이 환자분 신경 많이 쓰고 있었습니다. 따님과 함께 저를 찾아와 상담했었거든요. 조만간 오실 거라 생각했기에 사실 기다리고 있었습니다. 마침 입원해 계시던 병원 주치의가 제 후배인 데다 따님 동의가 있어 진료기록도 전달받았습니다."

은호는 의사가 하는 말을 들으며 가슴이 뭉클했다. 산이 딸아이를 애지중지 아끼는 것만 해도 감사한 일인데, 저까지 신경을 쓰고 있었다니. 놀랍기도 고맙기도 했다. 오늘따라 파도처럼 출렁이는 마음에 눈시울이 더워져 부끄러운 모습을 보이게 될까 이를 악무는데 의사가 말을 이었다.

"얼마 전의 검사 결과도 오늘 받았습니다. 예후가 기대되는 만큼 우리 의료진의 각오도 남다릅니다. 그러니 환자분도 다시 설 수 있다는 의지를 가지고 재활에 적극적으로 임해 주시기를 부탁드립니다. 감히 입 밖에 내어도 될지 모르겠지만, 기적. 우리가 한번 만들어 보죠."

희망이라는 작은 조각 하나가 가슴을 파고들며 온몸으로 번지는 뜨거운 열기에 은호는 그저 미약하게 고개를 끄덕이는 것 외에는 아무 말도 할 수 없었다.

의사가 병실을 떠나고서야 수영이 의자에 털썩 앉았다. 도대체 반나절 사이에 자신들에게 무슨 일이 벌어진 건지, 마치 꿈을 꾸는 듯한 기분에 아무 생각을 할 수 없어 그저 멍하게 있는데 남편의 나지막한 목소리가 들려왔다.

"이게 대체 무슨 일이래. 우리가 지금 여기서 뭘 하는 거야."

"그러게 말이에요. 지금 우리 꿈꾸는 거 아니죠?"

"왜 아니야? 꿈일 거야. 이건 꿈이야. 내가 뭘 한 게 있다고…… 이게 말이 돼?"

자신만큼이나 넋이 나간 듯한 남편을 물끄러미 바라보던 수영의 입가에 작은 경련이 일었다. 급기야 입술 사이로 픽픽 바람이 새어 나오나 싶더니 낮게 웃음을 흘렸다.

"옛말에 덕은 자녀에게로 흐른다더니, 당신이 그간 말없이 쌓은 덕이 이제야 우리 애들에게로 흐르나 봐요. 그게 아니고서야 설명이 안 돼. 이건 정말 있을 수 없는 일이지. 안 그래요?"

남편을 보며 나직이 말하는 수영의 목소리가 잔잔한 파도처럼 일렁였고, 눈가에는 어느새 다디단 눈물이 맺혀 있었다. 밀려오는 감동에 잠시 말을 멈추었던 수영이 지그시 눈을 감는 남편의 모습에 일렁이는 마음을 다스리며 다시 말을 이었다.

"그동안 내 마음이 팍팍해서 당신한테 이 말을 해 주지 못했네. 초롱 아빠, 고마워요. 당신한테 참…… 고마워. 우리 애들 바르게 잘 자랄 수 있게 늘 좋은 본보기가 되어 줘서 고맙고, 열심히 살아 줘서 고맙고, 우리에게 늘 최선을 다

해 줘서…… 고마워요. 그 무엇보다…… 포기하지 않고 지금까지 잘 버텨 줘서…… 고마워요. 정말 고마워요."

감은 남편의 눈에서 세월의 주름을 타고 눈물이 주르륵 흘러내렸고, 그 모습을 지켜보는 수영의 얼굴에도 참지 못한 눈물이 흐르고 있었다.

말은 안 해도 남편이 모든 걸 내려놓고 싶은 순간이 어디 한두 번이었을까. 때때로 말문을 닫아 버리는 남편을 볼 때면, 무시로 먼 산을 말없이 바라보며 속으로 삼키던 남편의 한숨과 뜬금없이 건네는 미안하다는 말에 혹시나 하는 마음으로 심장이 철렁 내려앉을 때가 있었다.

삶의 의욕이 마치 빛바랜 사진처럼 희미해져 가는 그의 모습을 지켜볼 때마다 마음에 남은 일말의 불안을 잠재우지 못했는데, 이제는 남편의 옆에서 편히 밤잠을 청해도 될까.

아까 의사의 말을 경청하던 남편의 눈에 어린 희망의 불씨가 더 커졌기를, 그의 가슴속에서 활활 타오르기를 마음으로 바라며 제 얼굴의 눈물을 닦아 내고서 남편의 눈물도 꼼꼼하게 닦아 주었다. 그러고선 착 가라앉은 듯한 분위기를 바꿔 보려 웃으며 말을 꺼냈다.

"우리 딸, 시집가면 최소한 마음고생은 하지 않고 살겠어. 마음고생이 뭐야. 시어른 될 사람은 말할 것도 없이, 시할머니 되는 분도 초롱이를 얼마나 사랑스럽게 바라보던지. 당신도 봤어요? 응? 잘 봤어요?"

"봤지 그럼. 당연한 걸 가지고 뭘 그렇게. 우리 초롱이는 어느 집에 가도 사랑받을 아이야. 안 그렇겠어? 내 딸이라서가 아니라, 눈 씻고 찾아봐도 우리 초롱이만큼 예쁘고 착하고 사랑스러운 아이는 없어. 어험. 우리 딸이 당신을 쏙 빼닮아서 얼마나 다행이야 그래? 흠흠. 당신…… 젊었을 때 모습이랑…… 똑같아."

제 눈을 보지도 않고 하는 남편의 다정한 말에 수영의 눈꼬리는 어느새 반달을 그리고 있었고, 애써 꾹 다물고 있던 입술 또한 엷은 미소를 터뜨렸다.

어른들을 배웅하고 돌아온 산과 초롱이 병실 문을 열고 들어서다 말고 멈칫하며 뒷걸음질을 쳤다. 도란도란 담소를 나누시는 두 분을 방해하고 싶지 않아 산이 초롱의 손을 잡고 돌아서는데 아버님의 헛기침 소리가 들려왔다.

대화 중에 우리가 들어온 걸 벌써 눈치채셨나 싶어 걸음을 멈추는데 뜻밖에도 쑥스러운 듯한 아버님의 목소리가 다시 흘러나왔다.

"우리 딸이 당신을 쏙 빼닮아서 얼마나 다행이야 그래? 흠흠. 당신…… 젊었을 때 모습이랑…… 똑같아."

의외로 스윗한 아버님의 말씀과, 그 뒤를 이어 들려오는 어머님의 소녀 같은 웃음소리가 산과 초롱의 귓가에 파고들었다. 산이 입술을 꾹 다물며 웃음을 참았고, 초롱은 소리 없이 함빡 웃더니 그에게 어서 나가자고 눈짓했다.

병실 밖으로 나온 두 사람이 서로의 얼굴을 마주하며 기쁘게 활짝 웃었다.

"아버님도 젊었을 땐 나 못지않은 사랑꾼이었을 것 같은데?"

"뭐. 그때의 엄마가 지금의 나와 똑같다고 하시는 거로 봐서는 이산 씨처럼 정신 못 차릴 만도 했겠죠? 아마?"

"뭐야? 하하하, 이초롱 능청스러운 것 좀 봐. 하지만 너무 정확한 말이라 반박의 여지가 없네. 반박의 여지가 없어."

"에이, 또 농담을 다큐로 받으시네요. 우리 아빠 원래가 아주 다정한 분이었어요. 밖에서 맛난 거 드시면 항상 같은 걸 포장해 와서 챙겨 주실 정도였으니까."

"내가 아버님께 한 수 배워야겠는데?"

"잘 배워 봐요. 기대할게요."

천진한 표정으로 어울리지도 않는 거드름을 피우며 말하는 초롱의 사랑스러운 모습에 참지 못한 산이 얼른 주위를 살폈다. 마침 인기척이라고는 느껴지지 않는 고요한 복도를 보고 회심의 미소를 지으며 서둘러 초롱의 얼굴을 감싸고서 깜찍한 입술을 단번에 훔쳤다.

놀란 초롱이 입술을 가리며 주위를 살피더니 산을 향해 눈을 흘겼다. 그 모습마저 예뻐 보인 산은 나사 하나 빠진 사람처럼 숨죽여 웃어 댔다.

7

초롱은 바뀐 병실 분위기에 제 부모님이 잘 적응할 수 있도록 이런저런 설명을 해 주는 산을 말없이 지켜보았다. 하나부터 열까지 관심을 기울이며 세심하게 신경 써 주는 그의 얼굴에 부드러운 미소가 떠날 줄을 몰랐다.

정신이 없어 연락할 생각을 하지 못한 초원을 먼저 떠올리며 소식을 전한 것도 자신이 아닌 그였다. 제 부모님과 오랜 시간 같은 공간에 머무는 게 아직은 불편할 법도 한데 아무런 내색 없이 마치 아들처럼 살갑게 대해 주는 그가 초롱은 그저 고맙고 또 고마웠다.

그렇게 오후 내 병실에 머물며 때늦은 저녁까지 함께 먹은 네 사람이다. 병실 소파에 앉아 간단한 다과를 나누던 초롱이 시계를 확인하며 미안한 듯한 목소리로 말을 꺼냈다.

"오늘 고생 많았어요. 이제 우리 그만 가요. 이산 씨 내일 출근하려면 가서 좀 쉬어야죠."

"그래. 초롱이하고 같이 이제 그만 가 봐. 일하고 와서 많이 피곤할 텐데 쉬지도 못하고, 오늘 정말 고생 많았네. 고마워. 정말 고마워."

산의 따뜻한 마음 씀씀이와 속 깊은 배려에 어느새 말이 편해진 은호였다. 수영 역시 딸과 남편의 말을 거들었다.

"그래. 우리 때문에 피곤해서 어째. 바쁜 사람 시간을 너무 많이 뺏은 건 아닌지 몰라."

지금껏 불편한 기색 하나 없이 앞으로 진행될 진료와 재활의 방향은 물론이고, 바뀐 병원에 잘 적응할 수 있도록 어찌나 친절하게 설명해 주는지, 수영은 보면 볼수록 마음에 꽉 들어차는 산을 보며 입가에 번지는 미소를 거두지 못했다.

산은 저를 보고 포근한 미소를 짓고 있는 초롱의 부모님을 향해 고개를 내저으며 입을 열었다.

"저는 전혀 피곤하지 않으니 신경 쓰지 않으셔도 됩니다. 제가 보시는 만큼이나 체력이 좋습니다. 그러니 앞으로 저를 조금도 불편하게 생각하지 마시고, 무엇이든 필요한 게 있다면 바로 연락해 주십시오. 두 분 일이라면 언제라도 두 팔 걷어붙이고 달려오겠습니다. 그냥 아들 하나 더 생겼다고 생각해 주시면 감사하겠습니다. 아버님. 어머님."

산의 배려 깊은 말에 다시금 가족의 입가에 미소가 번지는데, 갑자기 노크 소리가 들려왔다. 초원은 오늘 병원에 올 수 있는 상황이 아니었기에, 제법 늦은 시간에 누가 찾아왔나 싶어 모두의 눈이 병실 문으로 향하는데 뜻밖에도 산의 막냇동생인 림이 찾아왔다.

놀란 산과 초롱이 자리에서 벌떡 일어서 문으로 향했다.

"림, 네가 이 시간에 여긴 어쩐 일이야?"

산이 커다란 쇼핑백을 들고 선 동생을 향해 물었다. 림이 알게 되면 열 일 제치고 가장 먼저 달려올 거라는 걸 알고 있었지만, 그때의 좋지 못한 기억을 다시금 떠올리게 될 동생이 걱정스러워 조금 천천히 알릴 생각이었다. 그런데 어떻게 알고 이 시간에 불쑥 찾아온 건지. 게다가 이 씩씩한 녀석의 눈에서 좀처럼 볼 수 없는 투명한 눈물이 반짝이고 있었다.

"어쩐 일이라니? 내가 가장 먼저 왔어야 하는 거 아니야?"

림이 집에 갔더니 열심히 대화를 나누던 부모님과 할머니가 갑자기 저를 보고는 대화를 멈추고서 딴청을 피우시는데, 그 수상한 상황에서 눈치채지 못하는 게 오히려 이상했다. 저와 관련한 일이 아니고서야 그럴 리가 없다고 생각했기에 이미 들었으니 솔직하게 말해 달라 넘겨짚었고, 림은 어렵지 않게 자신의 은인이 누구인지 알게 되었다.

산을 향해 말하던 림이 시선을 돌려 옆에 선 초롱을 바라보며 다시 말을 꺼냈다.

"언니 처음 소개받던 날, 내가 말했죠. 딱 두 번 들어 본 이름이라고. 설마 그 이름이 동일인일 거라고는 생각도 못 했어요. 언니가 우리에게 와서 정말 기뻐요. 아차, 언니 몸은 정말 괜찮은 거죠?"

싱긋 웃으며 고개를 끄덕이는 초롱의 모습에 림이 물기 어린 눈으로 마주 환하게 웃어 보이며 산을 향해 말했다.

"오빠 좀 비켜 줄래? 계속 그렇게 막고 서 있을 거야?"

"어? 어. 그래."

산이 서둘러 길을 열자 림은 망설임 없이 소파에 있는 부부에게로 향했다. 휠체어에 앉은 은호와, 그의 곁을 지키고 선 수영을 향해 깍듯이 허리 숙여 인사를 했다.

"이제야 인사드립니다. 안녕하세요. 저는 하이림입니다. 이산 오빠의 막냇동생이고요. 그때…… 아저씨께서 살려 주신 그 학생이에요."

"아. 반가워요."

은호는 너무나 반듯하게 잘 자라 준 딸 같은 아가씨를 보며 감회에 젖었다. 교복을 입은 채 피투성이였던 처음의 모습을 지운 아가씨는 제 딸만큼이나 예쁘고 사랑스러운 사람이었다. 이렇게 건강하게 잘 지내는 모습을 보니 얼마나 뿌듯하고 감사한 마음이 드는지. 마치 딸을 바라보듯 미소를 짓게 되는 은호였다.

"아저씨, 아……. 죄송해요. 호칭을……."

림이 적당한 호칭을 찾지 못해 머뭇거리자 은호가 서둘러 입을 열었다.

"편하게 불러요. 편하게. 나도 지금은 아저씨라는 말이 더 편할 것 같으니까."

"감사합니다. 아저씨, 정말 감사합니다. 그때 경황이 없어 제대로 인사드리지 못한 게 내내 마음에 걸렸어요."

"인사는 무슨! 그럴 상황도 아니었을뿐더러, 이렇게 건강하게 잘 살아 줘서 나야말로 정말 고마워요."

"말씀 편하게 하세요. 딸뻘인데요."

"어휴. 그래도 그럴 수야 있나. 일단 자리에 앉아요. 그렇게 불편하게 있지 말고."

은호는 인사를 한 후 두 무릎을 접어 저와 눈높이를 맞추어 말하는, 제 사윗감만큼이나 예의와 배려가 넘치는 림에게 자리를 권했다. 그때까지 흐뭇하게 두 사람을 바라보던 수영과 산, 초롱 또한 림과 함께 자리에 앉았다.

모두 자리에 앉자 림이 들고 온 커다란 쇼핑백을 열어 박스 두 개를 꺼내 테이블 위에 올려 두었다. 산이 말없이 테이블에 물건을 내려놓는 동생에게 물었다.

"이게 뭐야?"

"아저씨 물건. 너무 늦었지만 이제라도 돌려드려야 할 것 같아서요."

의아해하는 은호와 수영을 바라보던 림이 싱긋 웃으며 박스를 차례로 열었다. 다 큰 성인의 상체만큼이나 커다란 하나의 박스에는 정장 상의가 있었고, 그 옆에 놓인 비교적 작은 박스에는 구두가 한 켤레 들어 있었다.

"그날, 아저씨께서 저에게 벗어 주신 상의와 구두예요. 기억……하세요?"

림의 말에 은호는 잊고 있었던 그날을 떠올려 보았다.

때늦은 퇴근길, 은호는 제 차를 타고서 집으로 향하는 인적이 드문 골목길을 지나는 중이었다. 저 멀리 길가에 어렴풋이 보이는 사람의 형체에 취객인가 싶었다. 속도를 천천히 줄이며 유심히 살펴보니 놀랍게도 교복을 입은 피투성이의 학생이었고, 도움이 필요할 듯해 곧장 차를 세웠다.

그때 어디선가 건장한 청년 두 명과 교복을 입은 여학생 한 명이 헐레벌떡 달려오는 모습이 보였다. 주위를 두리번거리는 걸 보아하니 누구를 찾는 듯한데, 놀랍게도 쓰러진 학생에게 다가가고 있었다. 피투성이의 사람을 향해 야릇한 미소를 흘리며 느긋한 걸음으로 다가가는 모습은 정상적으로 보이지 않았다. 왠지 가해자라는 생각을 지울 수 없어 곧장 상향 라이트를 켜고서 쉴 새 없이 경적을 울렸다.

인적이 드문 곳이긴 했으나 드문드문 지나가던 행인의 시선을 모으기에 충분히 시끄러운 소리였기에 놀란 그들은 뿔뿔이 흩어져 도망치기 바빴다. 서둘러 차에서 내린 은호가 학생을 향해 다가갔다.

엉망으로 흐트러진 교복, 머리에서 흘러내리는 피, 잔뜩 부은 얼굴을 보며 차마 입이 떨어지지 않았던 은호였다. 교복 블라우스의 어깻죽지가 찢긴 모습에 서둘러 입고 있던 정장 상의를 벗어 학생에게 걸쳐 주려는데 흠칫 물러서는 몸짓이 보였다.

이 지경이 되도록 구타를 당했으니, 낯선 손길에 두려운 건 당연지사. 도대체 무슨 일로 이렇게 험한 일을 당했는지 알 수 없으나 옷을 적신 피의 양을 보아하니 언제 쓰러져도 이상하지 않을 듯했다. 마음이 급한 은호는 한시라도 빨리 병원으로 옮기는 게 급선무인 것 같아 학생을 안심시키기 위해 조심스레 대화를 시도했다.

'아저씨는 나쁜 사람 아니야. 학생 고등학생이지? 나도 학생과 같은 딸아이가 있어. 이초롱이라고, ○○고등학교에 다녀. 학생을 보니까 우리 딸이 생각나서 내가 도와주고 싶은데. 여기서 조금만 가면 대학병원 있어. 구급차 부르는 것보다 아저씨가 바로 병원에 데려다주는 게 더 빠를 것 같은데 괜찮을까?'

부은 눈으로 잔뜩 경계의 눈빛을 보내던 학생이 고개를 끄덕이자 은호는 망설임 없이 학생에게 자신의 상의를 입혔다. 서둘러 학생을 안아 올리려는데 미약한 힘으로 자신을 밀어 내며 고개를 흔드는 모습이 아마도 스스로 서고 싶은 모양이었다.

'그럼 내가 부축해 줘도 될까?'

그제야 고개를 끄덕이는 학생의 모습에 조심스레 부축해 일으키고 보니 학생의 발이 맨발이었다. 작은 발에 여기저기 생채기가 난 모습이 안쓰러워 서둘러 자신의 구두를 벗어 학생의 발 앞에 내밀었다.

'조금 크겠지만, 그래도 신는 게 나을 것 같아. 아저씨는 괜찮으니까 얼른 신어.'

머뭇머뭇하며 신을 신는 모습을 보고서 얼른 차로 학생을 데려갔다. 병원으로 가는 동안 학생이 정신을 놓을까 은호는 쉴 새 없이 말을 건넸다. 힘겨운 목소리로 단답형의 대답을 하는 학생을 보며 그래도 큰일은 생기지 않겠구나 싶어 내심 마음을 놓았다.

하지만 병원 응급실에 도착하자 긴장이 풀어진 탓인지 학생은 혼절하고 말았다. 서둘러 치료를 시작하는 의료진을 보고 은호는 곧장 경찰에 신고했다. 학생의 교복과 상의에 있는 명찰 덕분에 가족에게 연락이 닿은 듯했고, 학생의 보호자가 올 때까지 멀리서 자리를 지키다 정신없이 뛰어오는 가족을 보고서야 병원을 나섰던 은호였다.

짧은 상념에서 벗어난 은호의 귓가에 청량한 목소리가 흘러들었다. 오래전 그때의 다 죽어 가던 목소리와는 너무나 대조적인 건강한 목소리에 은호의 입가에 미소가 절로 피어올랐다.

"사실 그날 쓰러지고 나서의 기억은 희미해요. 그런데 신기하게도 아저씨가 했던 말은 드문드문 떠오르더라고요. 특히 딸과 관련한 이야기를 할 때의 밝은 기운까지도 함께요."

"아. 내가 우리 딸 얘기도 했던가 보네요."

멋쩍은 미소로 초롱에게 시선을 슬쩍 보내는 은호를 보며 림이 덧붙여 말했다.

"그럼요. 오죽하면 아저씨 딸 이름을 제가 아직도 기억하고 있을까요. 병원에서 수술하고 나서 정신을 차린 후에도 가장 먼저 아저씨 딸 이름이 떠올랐다고 하면 말 다 했죠? 지금 보니 왜 그렇게 딸 자랑을 하셨는지 알고도 남겠더라고요."

"내가 참……. 아픈 사람 두고 주책도 그런 주책을 다……."

"아니에요. 아저씨께서 그런 얘기 해 주신 덕분에 긴장하지 않고 잘 버텼던 것 같아요. 다시 한번 정말 감사합니다."

림은 항상 궁금했다. 자칫하면 본인까지 위험할 수도 있었던 상황에서 망설임 없이 선뜻 도움의 손길을 내밀어 준, 부드럽고 따스한 목소리를 가진 그분은 대체 어떤 분일까. 기억 속에 남은 목소리를 떠올릴 때마다 상상하곤 했던 이미지와 너무나 잘 맞아떨어지는 은인에게 많이 늦었지만 감사한 마음을 전하고서야 오랜 마음의 짐을 덜었다.

그리고 우연의 일치라고 하기에는 너무 강한 인연의 고리에 행복한 미소를 지으며 마음으로 열렬히 오빠의 사랑을 응원했다.

산과 초롱이 림을 배웅했다. 림에게서 그날의 일과 함께 아빠의 뜻밖의 모습을 발견하게 된 초롱은 마음이 이상했다. 아빠는 원래가 겸손하고 점잖은 성품이라 남에게 내세우고 자랑하는 것을 하지 않는 분인 줄 알았는데.

림을 보내고 산과 함께 그의 차에 오른 초롱이 자꾸만 그려지는 미소에 어색해하며 말을 꺼냈다.

"몰랐어요. 우리 아빠가…… 밖에서 내 자랑을 하고 다니실 줄은……."

"자랑할 만하지. 무려 이초롱인데. 얼굴 예쁘지, 착하지, 어디 그뿐이야? 생각도 깊어, 똑똑하고 야무지기까지. 이 정도면 모두가 경계하는 엄친딸 아냐? 그래서 말인데, 나도 너처럼 예쁜 딸 낳고 싶어. 그럼 아버님 못지않게 여기저기 마르고 닳도록 사랑하는 아내와 딸 자랑하며 다닐 텐데."

간지러운 말과 함께 노골적으로 드러내는 산의 바람에 순간 꿀 먹은 벙어리가 되어 버린 초롱은 마땅히 응수할 말을 찾지 못해 그저 입만 빼끔거렸다. 그런 초롱의 모습이 마냥 귀여워 웃음을 터트리던 산이 능청스레 말을 덧붙였다.

"보자~ 그러려면 상견례를 먼저 해야 하나? 아니지. 그건 벌써 한 거나 다름없구나? 분위기를 보아하니 상견례는 하나 마나. 그저 형식을 갖추는 것뿐이네. 우리 집에서는 당장이라도 날 장가보내지 못해 안달하실 테니. 그건 아무 문제 될 거 없고, 아차, 우리 형제들도 이제 다 만나 봐야지?"

"……"

"왜 말이 없어?"

"음…… 글쎄요. 너무 급진적인 전개라."

"그래서 마음에 안 들어? 나랑 결혼 안 할 거야?"

"아니요. 뭐. 누가 안 한대요? 그냥. 걱정했던 것보다 일이 뭐랄까…… 너무 수월하게, 순식간에 뚝딱이라 믿기지 않아서…… 얼떨떨해서 그렇죠. 뭐."

"픞. 하기 싫단 소리는 안 하네. 예쁘게. 너, 이제 완전히 나한테 코 꿴 거야. 알지?"

"네. 아주 기쁜 마음으로 코 꿰었어요. 됐어요?"

초롱은 차 안 가득 울려 퍼지는 그의 시원시원한 웃음소리에 덩달아 행복한 미소가 지어졌다.

늦은 밤, 초롱을 바래다주고 자신의 집에 도착한 산은 뭐가 그리 좋은지 입가에 번지는 미소를 막을 수 없었다. 샤워하고 옷을 꺼내 입고서 거실에 있는

소파로 향하는 동안에도 미소는 좀처럼 사라지지 않았다.

온종일 마음 쓰며 이리저리 뛰어다닌 보람이 느껴지는 아주 만족스러웠던 하루를 되돌아보며 기분 좋은 나른함을 안고서 소파에 느긋하게 기대앉는데, 테이블 위에 놓여 있던 휴대폰이 요란하게 진동했다. 곧장 전화를 낚아채 씩 웃으며 소파에 다시 기대앉아 통화 버튼을 눌렀다.

"네, 어머니. 안 그래도 전화가 왜 안 오나 싶었습니다."

— 산아, 혹시 지금 통화해도 돼? 그 아가씨 옆에 있어?

"아니요. 바래다주고 저는 아파트로 왔습니다. 씻고 쉬는 중이었어요."

— 그래? 다행이다. 지금 통화 괜찮아?

"그럼요. 말씀하세요. 어머니."

— 아들, 혹시 오늘 우리가 너무 오버한 거 아니지? 너 그 아가씨한테 프러 포즈는 한 거야?

"너무 일찍 물어보시는 거 아닙니까? 지금 물으시기에는 이미 늦은 것 같은 데요."

산이 속으로 웃으며 고개를 내저었다. 사돈에 며느리라 칭하며 속을 다 보여 줄 땐 언제고, 이제 와 뒤늦게 사실관계를 파악하는 어머니라니.

— 어머, 얘! 너 그 아가씨하고 결혼할 생각 아니었어? 결혼까지는 아닌 거 야? 그런 거야? 그럼 어떡해! 우린 그런 줄도 모르고,

"아닙니다. 어머니, 했어요. 했습니다. 프러포즈. 저는 어른들께 인사도 드렸 고요. 물론 그 집 상황 때문에 결혼까지는 아직 말씀드리지 못했지만요."

— 어휴, 얘는, 간 떨어질 뻔했잖아! 우리가 오늘 주책을 좀 떨었어야 말이 지. 집에 오면서 곰곰이 생각하니 너무 앞서갔나 싶어 걱정했어.

"조금 앞서가기는 했지만, 저로서는 나쁘지 않았습니다. 아니, 오히려 감사 했어요. 안 그래도 병원 옮겨 드리고 싶어서 고심 중이었거든요. 어머니 덕분에 걱정을 덜었어요. 감사합니다."

— 얘, 그 인사는 할머니께 해. 우리도 사실 조마조마했어. 그 댁 어른들이

어찌나 완강하게 거부하던지 병원 옮기는 게 조금 힘들겠다 싶었는데, 할머니가 아주 깔끔하게 해결했어. 그래서 말인데, 할머니가 상견례 날부터 잡자고 성화야.

"하하하하하."

산은 웃음이 터져 한동안 말을 잇지 못했다. 가뜩이나 결혼 적령기에 들어선 손자들을 보며 장가보내지 못해 안달하시던 차에 제대로 잡은 기회를 놓칠 분이 아니었다. 모르긴 몰라도 지금쯤 어머니 옆에 딱 붙어 앉아 며느리를 재촉하고 계실 게 뻔했다.

"초롱이와 얘기 나눠 볼게요. 조만간 소식 전하겠습니다."

— 그래. 그래. 안 할 게 아니라면 조금 서두르는 게 좋겠어. 때마침 봄도 다 가왔고, 5월의 신부가 그렇게 예쁘다잖아? 식 올리기에 더없이 좋은 계절이야.

어머니의 말씀에 상상하는 것만으로도 날아갈 듯 가슴이 벅차올랐다. 5월의 신부라…… 가뜩이나 예뻐 죽겠는데, 새하얀 웨딩드레스를 입은 모습은 또 얼마나 사랑스러울까. 벌써 떨려 오는 마음에 속으로 앓는 소리를 하게 되는 산이었다.

"네. 고려해 보겠습니다."

— 그래. 좋은 소식 기다리고 있을게. 끊는다. 푹 쉬어.

"어머니!"

전화를 끊을세라 산이 서둘러 어머니를 불렀다. 예전부터 누굴 데려오든 자식들의 선택을 믿고 지지한다던 부모님의 말씀이 떠올랐다. 그 말씀 그대로 아무것도 묻거나 따지지 않고 온전히 저를 믿고 제 사람인 초롱을 예쁘게 봐 주는 부모님이 너무 감사했다.

— 어, 그래. 말해.

"초롱이, 예쁘게 봐 주셔서 감사합니다."

— 애는 당연한 걸 뭐. 엄마는 우리 아들 믿어. 오늘 보니까 딱 알겠던데? 너! 보는 눈이 제법이야. 이번 가족 모임 때 집에도 한번 데려와. 밥 한번 먹게.

"네, 어머니. 그럴게요."

전화를 끊고서 밀려오는 행복에 소리 없이 방긋 웃는데, 손에 들린 전화가 또 부르르 진동했다. 이번에는 누군가 싶어 발신자를 확인한 산이 형의 이름을 보고 피식 웃음을 터트리며 전화를 받았다.

"형."

— 산, 소식 들었어. 림이 아주 좋아하더라. 나도 그분들께 인사드리고 싶은 데, 가도 되겠어?

"오늘 어른들이 인사 다 하셨는데 뭘. 형은 다음에 뵙게 되면 그때 부탁해. 생각해 줘서 고마워."

— 당연한 걸 가지고 고맙기는. 그래, 알았어. 오늘 그 댁 어른들 많이 놀라셨겠다.

"왜 아니겠어? 할머니에 어머니, 아버지까지 세 분이 합세해서 병원까지 일사천리로 옮겨 버린 데다 림까지 찾아와서 많이 당황하셨어."

— 안 봐도 훤하다. 그건 그렇고, 우리한테는 언제 소개해 줄 거야? 어른들 하시는 거로 봐서 결혼은 기정사실로 된 것 같은데, 그럼 우리한테도 소개해 줘야지.

"그래야지. 안 그래도 방금 어머니하고 통화했는데, 이번 모임 때 한번 데려오라더라. 며칠 안 남았으니 그날 소개해 줄게. 괜찮지?"

— 그래. 그날이면 빠지는 사람 없이 다 모일 테니 그게 좋겠네. 얘기 듣고 나니 더 궁금하더라. 기대할게.

"그래. 기대해 봐. 우리 초롱이 보면 형도 부러워서 당장 누군가 만나고 싶어질 테니까."

— 이 자식 완전 푹 빠졌네. 어쨌든 그날 할머니 불똥이 나한테 튀지 않게만 해 줘라.

"글쎄? 그건 내 능력 밖의 일이기는 한데 노력은 해 볼게."

— 하하하. 아주 고맙다. 그래도 네 덕분에 당분간은 할머니 관심 밖이라 난

그것만으로도 만족해. 오늘 고생 많았다. 그만 쉬어라.

"그래. 고마워. 형도 푹 쉬어."

전화를 끊고서 가족 모임 날짜를 확인한 산이 피식 웃으며 머리를 쓸어 넘겼다. 과연 유별난 우리 가족에 둘러싸인 초롱이 어떤 표정을 지을까, 벌써 궁금했다.

다음 날. 마치 아무 일 없었다는 듯이 태연하게 출근하는 초롱을 보고 직원들이 득달같이 모여들었다. 대표님과의 관계를 비롯해 사고와 관련한 초롱의 여러 기사 내용을 토대로 두서없는 질문과 함께 부러움이 뒤섞인 환영 인사가 정신없이 뒤를 이었다. 게다가 건강과 관련한 우려까지 쏟아 내며 초롱의 정신을 쏙 빼놓았다.

민망한 마음에 대충 말을 얼버무리며 자리를 뜨려는데 웬일인지 직원들의 환호가 더해졌다. 자신의 뒤쪽과 자신의 얼굴을 번갈아 바라보는 직원들의 흥미로운 표정을 보아하니 아마도 그가 제 뒤에 서 있지 않을까?

슬그머니 뒤를 돌아보았더니, 아니나 다를까 저와 눈을 마주치며 태연하게 씩 미소 짓는 그의 당당하고도 뻔뻔한 모습에 절로 얼굴빛이 발그스름하게 변해 버렸다.

무심한 듯 깍듯이 고개 숙여 인사를 건네고 제 자리를 향해 가는데 등 뒤로 그의 말이 보란 듯 내리꽂혔다.

"이초롱 씨 오늘 보고할 일 많죠? 서둘러 주면 좋겠네요. 이따 봅시다."

"아. 하하. 네, 대표님."

굳이 저 말을, 직원들이 눈을 초롱초롱 뜨고서 지켜보는 이 시점에 하는 저의가 뭘까? 가뜩이나 민망함에 얼굴이 더운데, 불난 집에 기름을 더한 듯 초롱의 얼굴은 점점 더 붉게 타올랐다.

초롱은 저를 향해 쏟아지는 관심과 야릇한 시선을 물리치고 꿋꿋이 제 자리에 앉았다. 궁금증을 해소해 주지 않았으니 당분간 관심은 쉬이 수그러들지 않을 듯해 한숨이 절로 나왔다. 예상한 대로 밀린 일 처리를 하는 중 친분이 있는 직원들에게서 쉼 없이 메시지가 도착했다.

자신은 굳이 찾아보지 않았으나, 사고와 관련한 기사가 제법 많았나 보다. 질문의 대부분이 기사 내용과 관련한 것 같았다.

아무래도 한창 라이징 스타로 이름을 알리고 있는 이원의 누나라는 사실이 대중의 흥미를 제대로 자극한 모양이었고, 대중의 니즈를 충족하기 위한 기자들이 앞다투어 정보력을 끌어모아 무분별하게 많은 기사를 써낸 듯했다.

당장은 일이 바빴기에 도착하는 메시지를 다 확인하지 못하고 잠시 뒤로 미루었는데, 그중 한 메시지가 유독 초롱의 눈에 번뜩 띄었다.

「초롱 씨 혹시 피아니스트야? 그래서 회사 그만두려는 거? 혹시 이거 초롱 씨 맞아?」

구체적인 질문과 함께 URL 주소가 하나 첨부되어 왔다. 궁금함을 참지 못한 초롱이 주소를 클릭했다. 이내 초롱의 눈이 놀라움으로 점점 그 크기를 키워 갔다.

화면에는 그의 앞에서 처음 연주했었던 자신의 모습이 고스란히 펼쳐지고 있었고, 비록 멀리서 촬영한 영상이었지만, 자신을 아는 사람이라면 충분히 알아볼 수 있을 것 같은 화면에서 눈을 떼지 못했다.

조심스레 스크롤을 내렸다. 하루 이틀 사이에 폭발적으로 남겨진 수많은 댓글에 자신의 이름이 심심찮게 거론되어 있었고, 그것으로도 모자라 누군가 거론되고 있는 사람이 맞는다는 확신에 찬 댓글을 남기기도 했다.

초롱은 존재하는지도 몰랐던 이 영상이 어떻게 모든 사람이 다 볼 수 있는 공간에 올라가 있는지 알 수가 없어 화면을 다시 유심히 살펴보는데, 영상 아래 작은 글씨가 눈에 들어왔다.

'찬란한 너를 기억하며, 너의 꿈이 멈추지 않기를……'

그제야 누가 올린 영상인지 알 것 같았다. 언젠가 그가 말했던, 누군가에게 들려줬다던 연주가 바로 이 영상을 두고 한 말인 듯했다.

초롱은 누군가에게 들려줬다고만 알고 있었지, 영상을 모두가 볼 수 있는 곳에 공유한 줄은 몰랐기에 작은 배신감과 함께, 다시 피아노에 감정을 불어넣게 된, 특별했던 그 날의 기억을 고스란히 남겨 준 그에게 고마운 마음이 들었다.

배신감과 고마운 마음을 놓고 보자면 단연 고마운 마음이 더 컸기에, 자신의 허락도 없이 영상을 올린 그를 마음으로 용서하며, 그에게 장난스러운 짧은 문자를 보냈다.

「하이산. 배신자.」

초롱은 당연히 그에게서 전화가 먼저 걸려 올 줄 알았다. 그런데 전화보다 빨리 다가온 그가 책상을 두드려 초롱의 눈이 튀어나올 만큼 놀라게 했다. 어색함이 가득한 엷은 미소를 그리던 초롱이 어금니를 앙다물어 가늘어진 입술 사이로 소곤거리며 말을 꺼냈다.

"전화 있잖아요. 전화."

"갑자기 배신자라고 하니 놀라 달려 나왔지. 전화할 정신이 있었겠습니까? 이초롱 씨?"

"……."

아무리 둘의 사이가 공공연히 밝혀졌다고는 하나 설마 이렇게까지 서슴없이 행동할 줄은 몰랐기에 당황함을 감추지 못한 초롱은 등 뒤로 식은땀이 배어 나오는 듯했다. 물론 조용히 주고받는 소리가 다른 직원들에게까지 자세히 들리겠냐마는, 함께 있는 자체로도 충분히 말이 나오기 좋은 상황이기에 초롱은 뿜어져 나오는 한숨을 조용히 속으로 삼켰다.

어차피 망신살 뻗친 거. 저를 내려다보는 그를 힐끔 올려보며 모니터 화면을 향해 손가락을 가리켰다. 곧 당황한 듯 호흡을 들이켜는 소리가 들려 그를 다시 쳐다보니 그가 말없이 휴대폰을 만지작거리며 순식간에 눈앞에서 사라져 버렸다. 이내 휴대폰 문자 알림음이 울렸다.

「이초롱, 집무실로.」

장난이었는데, 심각하게 받아들인 건가? 초롱은 바쁜 그가 괜한 데 마음을 쓸까 봐 피식 웃으며 급히 답 문자를 하려는데 다시 알림음이 울렸다.

「미안해. 내가 올린 거 맞아. 제대로 사과할게, 기회를 줘. 그러니까 집무실로 와 줘. 지금 당장.」

그가 더 조급증을 내기 전에 얼른 답을 보냈다.

「대표님. 보고서 작성 서두르겠습니다. 그리고 저 화 안 났어요.」

초롱은 어차피 가야 할 집무실을 두 번 오가려니 눈치가 보여 보고할 때 한 번에 끝내고 싶었다. 행여 그가 다시 나올까 일을 서두르는데 직원 중 한 명이 누군가와 함께 다가오며 이름을 불렀다.

"초롱 씨, 누가 찾아오셨어."

자리에서 일어선 초롱은 점점 가까워 오는 동료의 옆에 선 남자를 보고 흠칫 놀라고 말았다. 그는 바로 이번 사고 처리 시 자신이 도왔던 임산부의 남편이었다. 병원 응급실에서 딱 한 번 마주친 게 다였지만, 당시 떨리는 목소리로 아들과 얘기를 나누며 아내를 향해 슬픈 눈빛을 보내던 모습이 여전히 기억 속에 선명하게 남아 있었다.

왠지 모르게 어두워 보이는 남자의 낯빛에 역시나 그때 자신의 대처가 잘못된 것은 아닐까, 그래서 무슨 큰일이 난 건 아닐까, 저도 모르게 긴장으로 뻣뻣하게 몸이 굳어 쉽사리 입을 열 수도 없었다. 무거운 침묵을 깨고 먼저 인사를 건넨 건 남자였다.

"안녕하십니까. 혹시 저를 기억하실지 모르겠습니다. 지난 사고 현장에서 구해 주신 임산부의 남편입니다."

"아…… 네. 기억하고 있어요. 그런데 여기까지 어떻게……."

"이렇게 불쑥 찾아와 죄송합니다. 제가 찾은 정보로는 직장 외에 달리 찾아뵐 곳이 없어 부득이 이곳으로 오게 되었습니다. 인사가 늦었습니다. 그날 제 아내를 구해 주셔서 진심으로 감사드립니다."

남자가 정중히 고개 숙여 인사를 건넸다. 놀란 초롱 또한 서둘러 고개를 숙이자 남자가 다시 말을 이었다.

"그날 인사를 드렸어야 했는데, 경황이 없었습니다. 뉴스 보고 얼마나 많이 놀라고 또 감사했는지 말로 다 표현할 수 없습니다. 선뜻 나서기가 쉽지 않았을 텐데, 감사하고 또 감사합니다."

"아니에요. 제가 조금 더 빨리…… 도와드렸으면 좋았을 텐데……."

"아닙니다. 무슨 그런 말씀을요. 의사 선생님 말씀이 응급처치가 조금만 늦었어도 살 수 없었을 거라 하시더군요. 아내가 잘못되었다면, 저나 우리 아들이나 정상적인 삶을 살 수 없었을 겁니다. 정말 고맙습니다. 그리고 아내가 아가씨를 만나면 꼭 이 말을 전해 달라고 했습니다. 혹시 마음에 무거운 짐이 있다면 내려놓으라고, 이 은혜 잊지 않고 평생 아가씨에게 고마운 마음을 안고 살아가겠다고요."

"……네?"

"아내가 수술받고 깨어나 정신을 차린 후에 아가씨를 많이 걱정했어요. 생명의 은인인데 자기를 도와주면서도 늦어서 죄송하다 거듭 말하던 아가씨의 아픈 목소리가 자꾸 마음에 걸린다고……."

남자의 말을 듣는 초롱의 눈가에 어느새 눈물이 고이고 있었다. 처음 저를 찾아온 남자를 보고 놀랐던 마음은 어느새 사라져 버리고, 마음 한편에 자리하고 있던 무거운 마음도 서서히 사라지는 듯했다.

아픈 몸 추스르는 것만 해도 정신이 없을 텐데, 그 와중에 저를 걱정하며 남편을 보내 인사를 대신 전하는 그녀의 마음이 너무 고마워서 눈물이 볼을 타고 흘러내렸다. 그때, 초롱은 언제 다가왔는지도 모를 익숙하고도 편안한 목소리를 들으며 흐르는 눈물을 서둘러 닦았다.

"부인께서 편찮으셔서 정신없을 텐데, 이렇게 직접 찾아와 주시다니 감사합니다. 혹시 시간이 괜찮으시다면 차 한잔 권해도 되겠습니까."

수완의 전화를 받고서 집무실에서 곧장 나와 상황을 말없이 지켜보던 산이었다. 그런 산을 유심히 보던 남자가 갑자기 떠오른 듯 말을 꺼냈다.

"아, 그날 사고 현장에 같이 계셨던 분인가 봅니다. 다친 사람을 여럿 구해 주신. 이렇게 만나 뵙게 되어 영광입니다. 저 역시 같이 차 한잔 나누고 싶지만, 다시 아내가 있는 병원에 가 봐야 해서요."

"아, 그렇겠군요."

두 사람의 대화를 듣던 초롱은 남자가 떠나기 전에 물어보고 싶은 게 있어 조심스레 말을 꺼냈다.

"저 혹시…… 태아는 어떻게……."

초롱의 물음에 잠시 멈칫하던 남자의 얼굴에 슬픈 미소가 스쳐 지났다.

"아…… 하늘에…… 별이 되었습니다. 사고 당시 복부에 충격이 가해졌다더군요. 그로 인한 쇼크에 심정지로 죽을 뻔한 걸 아가씨가 살려 내신 겁니다. 아내뿐만 아니라 우리 큰아들 우영이까지요. 우영이마저 잘못되었으면 아내가 버티기 힘들을 텐데, 다행히 우영이가 덕분에 잘 이겨 내고 있습니다."

한 줄기 희망을 기대했던 초롱은 안타까운 마음을 쉬이 가라앉힐 수 없었다. 초롱이 서둘러 흐르는 눈물을 훔쳤다. 산 역시 안타까운 소식에 함께 마음 아파하며 조심스레 마음을 전했다.

"상심이 크시겠습니다. 마음 추스르기에도 힘드셨을 텐데 여기까지 와 주시다니, 감사하고, 또 감사합니다."

"아닙니다. 그날, 이렇게 훌륭한 분을 한 분도 아닌 두 분이나 만난 건 정말 불행 중 다행이었습니다. 저라면 절대 그렇게 나서지 못했을 텐데, 두 분 보며 많이 뉘우쳤습니다. 다시 한번 감사드립니다. 아, 그리고 마음의 보답으로는 너무 약소합니다만, 회사 분들과 함께 드시라고 간식을 좀 가져왔습니다."

남자가 사무실 한편에 놓아 둔 박스를 가리켰다. 무심코 남자의 손을 따라 시선을 옮기던 산은 사과 박스처럼 큼직한 두 개의 박스를 보고 놀란 마음에 얼른 말을 꺼냈다.

"이렇게 멀리까지 와 주신 것만으로도 감사한 일인데. 마음만 감사히 받겠습니다."

"별거 아닙니다. 사실 아내가 작은 베이커리 카페를 운영하고 있습니다. 거기서 가져온 것들이니 부담 없이 받아 주시면 감사하겠습니다. 다음에 기회가 된다면 아내가 직접 만든 쿠키를 맛보여 드리겠습니다. 아내 솜씨가 아주 좋거든요."

"네. 그럼 감사히 잘 먹겠습니다. 다음에 함께 차 한잔이라도 나눌 수 있으면 좋겠네요. 부인의 빠른 쾌차를 바랍니다. 대신 말씀 전해 주십시오."

남자와 산이 인사를 나누는 동안 잠시 마음을 다스리던 초롱이 떠나려는 남자를 향해 엷은 미소를 지으며 고개를 숙였고, 남자 역시 다시 한번 초롱에게 마음에서 우러난 감사의 인사를 전하고서야 사무실을 벗어났다.

"자! 간식 맛있게들 드세요. 그리고 이초롱 씨 잠시 나 좀 볼까요?"

고개를 쭉 내밀어 이쪽을 주시하던 직원들을 향해 말을 건넨 산이 아직 눈물이 채 마르지 않은 초롱을 향해 말을 맺었다. 말없이 산의 뒤를 따르던 초롱은 그의 집무실에 들어서자마자 그의 품 안에 갇혔다. 애써 눌러 두었던 감정이 북받치며 눈물을 쏟았다.

"아마도 아기가 엄마 아프지 말라고 하늘나라에 먼저 갔나 보다. 그 산모…… 수술은 불가피한 상황이었어. 만약 아기가 살아 있었다면 수술하기가 쉽지 않았을 거야. 더한 상황에서는 아기와 산모 둘 중의 한 명을 택해야 하는 일이 발생할 수도 있었을 거고. 그래서 엄마 아프지 말라고, 착한 아기가 엄마 생각해서 먼저 떠났나 보다."

초롱의 흐느낌이 강해졌다. 산 역시 제대로 피우지도 못하고 떠나 버린 어린 생명이 너무 가여워 눈시울이 뜨거워졌지만 아려 오는 목을 가다듬으며 마음을 다스렸다.

"다시 올 거야. 그 아기. 엄마의 몸과 마음이 건강해지면 분명히 다시 찾아올 거야."

"그럴까요? 다시 그 부부에게 아기가 찾아올까요?"

산은 제 품에 안긴 채 젖은 얼굴을 들어 간절한 표정으로 저를 바라보는 초롱의 볼을 조심스레 어루만졌다.

"그래. 나는 그렇게 믿어. 아기는 천사잖아. 분명 다시 찾아와 엄마와 아빠를 웃게 할 거야."

그제야 희미하게 미소를 띠는 초롱의 이마에 제 입술을 누르며 산은 마음으로 기도했다. 떠나간 아기 천사가 꼭 그들의 품에 다시 돌아오기를……

초롱이 서서히 마음의 안정을 찾아가는 느낌에 그녀의 등을 부드럽게 어루만지던 산이 다시 입을 열었다. 이 침울한 기분과 무거운 분위기를 전환하고 싶었다.

"나 제주도 가야 하는 거 들었지?"

"네. 고 이사님께 들었어요."

"너도 나랑 같이 가. 다음 달이면 너 퇴사하니까, 바람 쐰다 생각하고. 어때? 괜찮지?"

"그건 좀 힘들 것 같아요. 실은 굿 엔터와의 계약이 회사 그만두는 날부로 시작이라……"

"그 문제라면 소속사에 양해를 구해도 되지 않을까? 2박 3일이야. 길어야 3박 4일이고. 네가 가고 싶지 않은 게 아니라면, 얘기 한번 꺼내 봐. 말하기 힘들면 내가 대신 해도 되고."

산의 품에 안겨 있던 초롱이 그의 품에서 벗어나며 피식 웃었다.

"내가 어린앤가요? 뭘 그런 것도 대신 말해 준대? 사실 처음부터 지금까지 굿 엔터 이사님께서 많이 양보하고 배려해 주신 거라 그런 문제로 말 꺼내기가 조금 죄송하지만, 한번 물어는 볼게요."

초롱 역시 그와 함께 제주에 가고 싶었다. 제주는 가족과 좋은 추억이 깃든, 초롱이 가장 좋아하는 곳 중의 한 곳이기도 했다. 행복한 기억으로만 가득한 그곳을 그와 함께 간다는 생각만으로도 마음이 설레었다.

"그래. 꼭 물어봐. 그리고 가능하면 긍정적인 대답을 받아 오면 좋겠다. 제주에 가면 너와 꼭 함께 가고 싶은 곳이 있거든. 그게 한두 곳이 아니지만 말이야."

"제주에 명소가 많으니까. 이해해요. 저도 다시 가고 싶은 곳이 한두 곳이 아닌데요 뭘."

"우리 다 가 보자. 유명한 명소, 너와 내가 가고 싶은 곳은 모두."

"그럼 3일로 안 될걸요? 못해도 최소한 한 달은 잡아야 다 갈 수 있지 않을까요?"

"그런가? 걱정 마. 방법은 많아. 기회가 이번만 있는 것도 아니고, 게다가 왠지 머지않아 우리에게 긴 휴가가 주어질 것 같지 않아? 네가 원한다면 그때 제주도로 다시 가도 좋아. 우리 초롱이와 함께라면 그곳이 어디든 난 아주 행복할 테니 말이야."

의미심장한 표정으로 저를 유심히 바라보는 산을 보며, 그가 말하는 긴 휴가가 무얼 말하는지 알 것 같아 피식 웃음이 나왔다.

"그럼, 우리 그 긴 휴가는 아지트와 함께 제주로 갈까요? 아주 특별한 여행이 될 것 같은데."

"이초롱, 내가 말하는 긴 휴가가 뭘 말하는지는 알고 하는 소리야? 여행이야 언제든 가겠지만, 그 특별한 휴가는 평생 딱 한 번인데? 정말 그러고 싶어?"

"네. 평생 딱 한 번 있는 그 귀한 시간 비행기에서 오며 가며 낭비하고 싶지 않아요. 잠만 겨우 자고 나올 호텔에 눈 튀어나올 만큼 비싼 값을 치르고 싶지도 않아요. 호캉스라면 또 모를까. 그것도 하루 이틀이지 뭐. 어쨌든 종합해 볼 때, 신혼여행만큼은 뻔하지 않았으면 좋겠어요. 이산 씨의 아지트라면 가능하지 않을까, 자연과 더불어 진정한 휴식다운 휴식을 가질 수 있지 않을까, 라는 생각이 들어요. 물론 이산 씨도 동의해야 가능한 일이겠지만요."

산은 초롱의 말에 놀라 소리 없이 함박웃음을 지었다. 초롱이 신혼여행이라는 말을 입 밖으로 당당히 꺼낸 것은 둘째 치고, 그녀가 원한다는 허니문은 신기하게도 자신이 은연중에 갖고 있던 신혼여행의 로망과 정확히 일치한 때문이었다.

회사 일 때문에 일 년에도 몇 번씩 해외로 출장을 가야 하는 산은 사실 장거리 비행이 반갑지 않았다. 하지만 신혼여행이니까. 초롱이 원하는 허니문의 로망이라는 것도 분명 있을 것 같아 가능한 그녀가 원하는 대로 다 해 주고 싶었다.

대부분의 신혼부부가 그러하듯, 그녀 역시 해외로 가고 싶어 하지 않을까 생각했었는데, 어떻게 이렇게 자신의 마음과 딱 맞을 수 있는지. 말하지 않아도 이렇게 잘 통하니, 역시 천생연분인가 보다.

초롱은 감추지 못하는 환한 미소와 함께 말없이 저를 뚫어져라 바라보는 그의 표정에서 이미 답은 나왔음을 알고도 남았다. 바보같이 계속 웃기만 하는 그의 얼굴이 너무 사랑스러워 저 역시 싱긋 웃는데, 그의 달콤한 목소리가 기분 좋게 들렸다.

"좋아. 난 무조건 좋아. 그냥 다 좋아. 좋아 죽겠다. 정말."

그가 올린 영상에 관한 얘기는 할 정신도 없이, 천천히 다가오는 그의 입술에 가만히 눈을 감았다.

며칠 후. 오늘은 그의 가족 모임에 초대받은 날이었다. 그의 차를 타고 고급 주거 단지를 지나 그의 본가 앞에 도착한 초롱은 외관의 모습과 범상치 않은 규모에 압도되어 놀란 마음을 감추지 못했다.

"맙소사…… 여기가…… 본가예요?"

놀란 자신의 마음을 아는지 모르는지, 그저 태연하게 고개를 끄덕이며 벨을 누르려는 그의 손을 덥석 잡는 초롱에게서 다급한 음성이 튀어나왔다.

"잠시, 잠시만요. 마음의 준비 할 시간을 좀 줘요."

"마음의 준비는 오면서 한 거 아니었어? 그런데 너 왜 이렇게 떨어?"

제 손을 꼭 잡은 초롱의 손에서 미세한 떨림이 전해졌다.

"왜, 긴장돼?"

"당연하죠. 긴장 안 하게 됐어요? 떨려 죽겠는데?"

"어른들도 이미 다 본 마당에 뭘 이렇게까지 긴장하고 그래? 다들 너 예뻐하고, 또 반기고 있어. 그러니까 아무 걱정 하지 말고, 마음 편하게 먹어. 응?"

"네. 노력해 볼게요. 후…… 나 좀 봐요. 어때요? 괜찮아요?"

하나 마나 한 초롱의 질문에 산이 씩 웃으며 보란 듯이 그녀의 머리끝에서 발끝까지 천천히 시선을 내렸다.

차분하게 빗어 넘긴 머리카락, 투명하게 반짝이는 깨끗한 얼굴, 단정하고 깔끔한 옷차림, 그녀의 모습은 평소와 다름없이 청초하기만 한데 오늘따라 뭐가 이렇게 특별해 보일까? 다시 자세히 보니 이목구비가 조금 더 또렷한 것이 특히 눈매가 더 선명해 보였다.

잠시 고개를 갸웃하던 산이 조심스레 물었다.

"화장이 조금 바뀌었나? 눈이 더 커 보이는 것 같기도 하고?"

놀란 초롱의 입이 쩍 벌어졌다. 대체로 화장을 가볍게 하는 편이었으나, 날이 날이니만큼 평소보다 조금 더 신경을 썼다. 그래 봐야 아이라인을 조금 더 선명하게 그리거나, 평소 사용하지 않던 블러셔를 이용해 얼굴에 생기를 조금 더한 것 외에 그리 큰 변화를 주지는 않았는데, 대체 그가 어떻게 알아차린 건지 신기하기만 했다.

"아니 그걸 어떻게 알았어요? 화장이 진한가? 아닌데, 그럴 리가 없는데."

눈을 동그랗게 뜨고서 놀라 묻는 초롱의 귀여운 모습에 피식 웃던 산이 그녀의 볼을 가볍게 스치며 말했다.

"내가 워낙 너한테 관심이 많아서 그렇지 뭘 그렇게 놀라고 그래? 화장은 진하지 않으니까 걱정하지 마. 오늘따라 더 생기 있어 보여서 좋네. 아, 그렇다고 앞으로 화장에 공들이지는 말고."

말을 하던 산이 싱긋 웃더니 천천히 고개를 숙여 초롱의 귓가에 제 입술을 바싹 붙이며, 그녀만 들을 수 있는 목소리로 작게 속삭였다.

"난 말이야, 우리 초롱이가 아파트 욕실에서 막 씻고 나와 내 샤워 가운을 걸치고 있었을 때, 아무것도 바르지 않은 투명하고 촉촉한 그 얼굴이 가장 예쁘더라."

순간 제가 말한 어느 한때가 떠올랐는지 초롱의 얼굴이 발그레하게 달아올랐다. 이쯤에서 그만해야 하는데, 민망한지 예쁜 눈을 흘기며 손부채질 하는 초롱의 모습이 너무 사랑스러워 그 모습을 조금이라도 더 보고 싶은 산이 기어이 속말을 더 보탰다.

"자주 보여 줘. 네가 나에게 보여 줬던 그날의 열기, 그날의 열정, 그날의 욕망. 네가 나에게 들려줬던 그날의 신음까지. 단 하나도 잊을 수가 없어. 그러니까 자주 보여 달라고. 응?"

"있잖아요. 그 얘기를 꼭 지금, 굳이 여기서 해야 해요? 사람이 어떻게 부끄러운 걸 몰라. 이산 씨 때문에 진땀 나잖아요. 애써 꾸민 보람도 없이 어쩔 거예요?! 화장 다 지워지게 생겼네."

산은 정말 더운지 옷까지 펄럭거리며 열기를 식히려는 그녀의 모습에 참았던 웃음이 터졌다. 어쩜 이렇게 꾸밈없이 마음이 다 드러나는지.

생각 같아서는 누가 보든 말든 당장이라도 그녀를 끌어안고 싶은 마음뿐이었다. 자꾸 다른 쪽으로 흘러가는 생각에 이대로 있다가는 신체가 반응하는 것도 시간문제일 것 같아 서둘러 벨을 눌렀다.

이내 딸깍하고 문이 열리는 소리에 초롱의 손을 잡고서 안으로 이끌었다.

"걱정하지 마. 화장 지워져도 예쁘다니까 그러네. 긴장 풀어. 우리 가족이라서 하는 말이 아니라, 모두 다 좋은 성품을 지녔어. 형제들 역시 조금 짓궂기는 해도 다들 좋은 사람이니까 걱정하지 않아도 돼."

"그건 말하지 않아도 알 것 같아요. 어른들은 말할 것도 없이, 사촌 형이나, 이운 씨나, 막내 여동생까지 내가 본 가족분들은 하나같이 다 좋은 사람들이었으니까."

"그러고 보니 형하고 수 빼고는 벌써 다 봤구나?"

"네. 어쩌다 보니 그렇게 됐네요. 그분들은 어때요? 이산 씨 형이랑 바로 아래 동생 말이에요."

"형은 우리 형제 중에 책임감이 가장 강해. 맏이라는 역할에 최적화된 것 같은? 내가 가장 믿고 의지하고 있어. 그만큼 나와 형제들에게 큰 힘이 되어 주는 존재이기도 하고. 그리고 셋째 수는 딱 중간이라 그런가? 형제들 의견이 나뉠 때 중재를 잘해. 현명하고 똑똑한 녀석이고."

산의 말을 집중해서 듣던 초롱의 입에서 감탄사가 절로 나왔다.

"와. 아무리 생각해도 이산 씨 부모님. 정말 대단하신 것 같아요. 아이 다섯을 낳아 키운 것도 놀라운데 어쩜 다섯 남매를 하나같이 이렇게 훌륭하게 잘 키우셨을까요?"

"그건 나도 동감. 우리 부모님이지만 정말 대단하시지. 사실 지금이야 다들 어른이 돼서 아주 점잖아진 거지. 어릴 땐 굉장했어. 하나같이 성격도 개성도 뚜렷하고 자기주장이 강해서 항상 시끌시끌 바람 잘 날이 없었지 아마? 게다가 딸은 겨우 하나에 아들만 넷이야. 무려 넷. 물론 그 딸 역시 아들 못지않았으니 우리 부모님은 아들을 다섯 키운 셈이야. 나는 죽었다 깨어나도 우리 형제 같은 아이들 다섯은 못 키울 것 같아."

어린 시절의 온갖 사건 사고가 주마등처럼 머릿속을 스쳐 지나자 산이 진저리를 치며 고개를 내저었다. 그런 산을 보는 초롱 역시 왠지 상상되는 듯한 모습을 그리며 격하게 고개를 끄덕였다.

초롱은 긴장한 탓인지 주위를 둘러볼 마음의 여유도 없었다. 그와 얘기를 나누며 드넓은 정원을 지나다 보니 어느새 본채 앞에 도착했다. 큰 문이 활짝 열리더니 익숙한 얼굴이 저를 반겼다.

"어서 와요, 언니. 여기서 보니까 더 반갑네요."

"네. 안녕하세요. 저도 이렇게 다시 보게 되어 반가워요."

"빨리 들어와요. 다들 목 빠지게 기다리고 있으니까."

"네."

산과 함께 초롱이 현관에 들어서자 형제들은 너 나 할 것 없이 모두 현관 앞으로 나와 두 사람을 반갑게 맞았다.

초롱은 하나같이 건장한 그들의 모습에 속으로 혀를 내둘렀다. 말로만 듣던 그들을 한자리에서 모두 실제로 마주하고 보니 그들이 뿜어내는 강한 기운에 저도 모르게 몸이 움츠러들었다. 막내 여동생을 제외한 그들은 하나같이 고개를 올려다봐야 할 만큼 큰 키를 자랑했고, 모두 훤칠하고 유려한 외모에 저마다 풍기는 분위기 또한 범상치 않았다.

딱딱하게 굳은 등을 감싸는 산의 따뜻한 손길에도 떨리는 마음이 좀처럼 진정되지 않아 몰래 한숨을 삼키는데, 앞에 선 남자의 무게감 있는 목소리가 귓가를 파고들었다.

"제수씨 헷갈리지 않게 순서에 맞게 서서 인사해. 산, 너는 뭐 해? 안 오고."

"나도? 나도 줄 서란 말이야?"

"네가 빠지면 순서가 헷갈릴 거 아냐. 와서 자리 채워."

강의 말에 산이 피식 웃음을 터트리며 다가가 형의 옆에 바싹 붙어 섰다. 그렇게 산까지 모두 다섯 형제가 나란히 서고 나서야 강이 인사를 시작했다.

"어서 오세요. 제수씨. 저는 이 집의 첫째 아들이고, 산이 형. 하이강입니다."

"어서 와, 초롱아. 나는 둘째 하이산."

"처음 뵙겠습니다. 형수님. 저는 셋째 하이수라고 합니다."

"형수님으로 뵙게 되어 영광입니다. 넷째 하이운입니다."

"언니가 생겨서 얼마나 좋은지 몰라요. 막내 하이림이에요."

초롱은 줄을 지어 서열 순서대로 인사를 건네는 형제들의 모습에 웃음이 새어 나오려는 걸 꾹 참으며 그들을 유심히 살폈다.

첫째인 그의 형은 이목구비가 뚜렷한 선 굵은 미남으로 목소리에서도 무게감이 전해져 누가 봐도 장남인 듯한 인상이 풍겼다.

둘째인 그는 형과 많이 닮았지만 인상이 조금 더 부드러워 보였고, 목소리 또한 그의 형은 묵직한 저음에 가깝다면 그는 중저음이었기에 초롱이 듣기에 더없이 좋은 목소리 톤을 갖고 있었다.

셋째인 그의 바로 아래 동생은 남성적인 매력을 풍기는 형들과 달리 꽃미남에 가까운 샤프한 스타일이었고, 넷째인 운은 형들의 장점을 고루 갖춘, 톱 연예인다운 면모를 보였다.

다들 키 차이가 거의 느껴지지 않는 하나같이 훤칠한 외모의 소유자였다. 보는 것만으로도 듬직하게 느껴지는 게, 제 동생인 초원에게는 미안한 말이지만 잠시 이 집의 막내인 림이 부럽기까지 했다.

막내인 림은 오빠들과 달리 키가 그리 크지 않았다. 남자 형제들과 닮은 듯 다른 림은 작은 얼굴에 화려함과 귀여움이 공존하는, 넷째인 운과 함께 연예인이 되었어도 충분할 만큼 예쁘고 아름다운 외모를 자랑했다.

림이 인사를 마칠 때까지 가벼운 묵례로 인사를 대신하던 초롱이 그제야 예를 갖추어 인사하며 자신을 소개했다.

"안녕하세요. 저는 이초롱입니다. 잘 부탁드립니다."

제가 듣기에도 너무 형식적이고 딱딱하게 들리는 인사에 머쓱한 미소가 번지는 찰나 산의 웃음소리가 울려 퍼졌다.

"하하하. 이초롱, 회사 면접 보러 왔어?"

그의 말에 초롱의 얼굴이 순식간에 붉게 달아오르자 형제들이 동시에 산을 노려보며 고개를 내저었다. 산은 초롱의 긴장을 풀어 주려 농담 한마디 잘못했다가 형제들의 눈총을 받는 상황이 재미있어 웃음을 터트렸다. 그때, 등 뒤에서 들려오는 목소리에 산의 웃음이 멈췄다.

"나도 줄 서야 하나?"

아버지 강우였다. 아버지의 말이 끝나기가 무섭게 이번에는 할머니의 목소리가 들렸다.

"아비는 내 뒤야. 줄 똑바로 서."

말을 마친 금옥이 형제들 앞으로 나와 초롱에게 성큼 다가서며 다정하게 안아 주었다.

"어서 와. 잘 왔어."

이 집에 정식으로 인사 온, 처음 손자며느리를 맞이하는 금옥은 감회가 남달랐다. 그동안 이런 장면을 얼마나 꿈꾸고 바라 왔던가. 드디어 고대했던 순간을 맞이한 금옥의 얼굴에 환한 미소가 가득했다. 뒤이어 강우와 영현 역시 딸처럼 살갑게 초롱을 맞았다.

초롱은 기대 이상의 환대에 얼떨떨해하며 산의 손에 이끌려 응접실로 향했다. 편하게 밥 한 끼 먹는다 생각하라더니 10인용쯤 되는 식탁 위를 빼곡하게 채운 각양각색의 다양한 음식을 보며 초롱의 눈이 휘둥그레졌다.

게다가 이 커다란 식탁을 빈틈없이 채우는 그의 가족을 보며, 명절에도 쉬이 볼 수 없는 낯선 광경에 놀란 숨을 들이켰다. 겨우 가족만 모였을 뿐인데 이 정도라니, 나중에 한 명씩 제 짝을 데려오면 정말 대가족도 이런 대가족이 없겠다 싶었다.

"뭘 좋아할지 몰라 이것저것 조금씩 차렸는데 입맛에 맞을지 모르겠네. 초롱 씨, 맛있게 많이 먹어요."

"네. 다 너무 맛있어 보여요. 잘 먹겠습니다. 어……머님."

익숙하지 않은 호칭에 어색함이 잔뜩 묻어나자 산이 웃으며 말을 꺼냈다.

"와, 시키지 않아도 잘하는데? 어머니도 이제 말씀 편하게 하세요. 초롱 씨가 뭐예요?"

"그렇지? 어색하지? 내가 들어도 어색하더라. 한번 봐줘. 나도 이런 경험은 처음이잖니. 그럼 앞으로 초롱이라고 편하게 부를까? 우리 딸처럼?"

친근한 어투가 마음에 든 초롱이 얼른 대답했다.

"네. 저도 그게 좋을 것 같아요, 어머님."

"그래그래. 그러자. 어머님 드세요. 당신도 먹어요. 다들 먹자."

영현의 말에 모두 잘 먹겠다 인사하고서 식사를 시작했다. 초롱은 제게로 쏠리는 관심과 집중된 시선에 과연 음식을 제대로 삼킬 수나 있을까, 걱정스러웠으나 좋은 인상을 남기고 싶어 음식에 열중하려 노력했다.

우려와 달리 식사 자리는 유쾌했다. 다양한 주제로 온 가족이 각자의 의견이나 생각을 스스럼없이 말하는 등 많은 대화가 자연스레 오가고, 초롱이 부담을 느끼지 않도록 편하게 말을 건네며 대화에 참여할 수 있게 유도했다.

그러다 간혹 산의 어디가 그렇게 좋은지, 두 사람이 어떻게 만나게 되었는지, 산이 프러포즈는 어떻게 했는지, 결혼은 언제 할 생각인지, 그런 민망하고 난처한 질문이 나오기도 했다.

하지만 그럴 때면 그가 중간에서 초롱이 어색해하거나 불편하지 않도록 답을 대신 해 주거나, 여유 있게 질문의 방향을 바꾸는 등 시종일관 초롱을 배려하고 챙겼기에 분위기는 화기애애하지 않을 수 없었다.

초롱은 지금껏 느껴 보지 못한 대가족의 왁자지껄한 분위기에 살포시 미소를 그렸다. 아빠가 편찮으시기 전에도 자신의 가족이라고 해 봐야 고작 네 명이 다였고, 명절 역시 인사 오는 사람은 있어도 이렇게 다 함께 모여 식사하는 일은 없었기에 이런 분위기는 찾아볼 수 없었다. 그마저도 아빠가 입원하고 나서는 동생과 둘이, 혹은 혼자 적막에 싸여 먹는 밥이 익숙했는데……

전혀 느껴 보지 못한 분위기에 차츰 적응하다 보니, 사람이 많아 한마디씩 건네는 말에도 마치 핑퐁 하듯 수시로 고개를 이리저리 정신없이 옮겨야 했지만 이런 분위기가 싫지 않았다. 오히려 끊임없이 대화하며 의견을 나누는 모습이 정겹고 따뜻하게 느껴졌다.

그렇게 대화하는 중에도 처음 이 자리에 함께하게 된 자신을 다들 신경 쓰고 있는 듯했다. 분위기가 익숙하지 않을뿐더러 자신에게는 마냥 편한 자리가 아니었기에 그저 눈앞에 있는 음식만 열심히 먹고 있는데, 맞은편에 앉은 그의 형이 꽃처럼 예쁘게 칼집이 난 전복구이를 제 쪽으로 쓱 밀어 주었다.

고마운 마음에 눈인사를 건네며 전복구이를 하나 집어 먹자 이번에는 그의 오른편에 있던 셋째 수가 오색 화려한 고명이 올라간 도미찜을 슬그머니 밀어 주었다. 초롱이 싱긋 웃으며 잘 조려진 도미찜도 한 점 맛있게 먹었다.

분명 제 앞에도 정갈하고 맛깔스러운 음식이 많이 있었다. 그들이 가까이 밀어 준 음식 또한 손만 뻗으면 충분히 먹을 수 있는 위치에 있었음에도 그저 자리가 어려워서 조심스러운 것뿐인데, 대화에 집중하는 중에도 저를 신경 쓰고 챙겨 주는 모습이 얼마나 고마운지. 이상하게 마음에 잔잔한 파고가 일었다.

애써 진정하는데, 넷째인 운이 또 다른 음식을 제 앞으로 놓아 주었다. 먹기에 아까울 만큼 예쁘게 장식된 새우요리였다. 떨리는 미소를 짓던 초롱이 새우를 집으려다 말고 갑자기 고개를 푹 숙였다.

가족이 이런 거였구나……. 서로 말없이 챙겨 주고 살펴 주는…… 가족이 바로 이런 거였구나……. 초롱은 오랜 기간 잊고 지낸, 너무나 이상적인 가족의 모습을 눈으로 보고 마음으로 느끼며 이상하게 마음 한편이 아려 와 결국 참지 못하고 눈물을 떨구었다.

일순 오가던 대화가 뚝 멈췄다. 놀란 산이 서둘러 초롱에게 물었다.

"초롱아, 왜? 어디 불편해? 어디 아파?"

울먹임이 새어 나올까 차마 대답하지 못하고 고개를 저었다. 화목한 분위기를 깨고 싶지 않았는데, 결국 저 때문에 식사 분위기를 망친 것 같아 잠시 자리를 떠 마음을 다스리고 싶은데, 그의 어머니가 다가왔다.

"초롱아, 괜찮아. 말해도 돼. 어디 불편하니?"

초롱은 모두의 시선이 얼마나 걱정스레 자신을 향하고 있을지 보지 않아도 알 것 같아 더는 바보같이 입 다물고 있을 수가 없었다.

"아니에요. 하나도 불편하지 않아요. 다만…… 좋아서. 이렇게 많은 가족이…… 함께 식사하는 것도, 신경 써 주시는 것도 다…… 너무 좋아서 그만…… 죄송합니다."

놀라서 초롱을 향했던 시선들 모두 빙그레 웃고 말았다.

산 역시 걱정으로 덜컹했던 마음을 내려놓았다. 그동안 혼자 얼마나 외로웠을까. 어린 나이에 가장의 무게를 안고 그 힘든 시간을 견뎌 낸 초롱이 대견하면서도 안쓰러워 초롱의 등을 가만히 어루만지며, 초롱을 살뜰히 챙기던 형과 동생들을 향해 싱긋 웃었다.

자신이 챙겨 주기도 전에 형이나 동생이 초롱의 앞으로 음식을 밀어 주던 모습을 말없이 지켜보았다. 우리 가족이 이렇게 너를 귀하게 여기고 있다고, 온전히 너를 가족으로 받아들이고 있다고.

챙겨 주는 음식을 초롱이 하나씩 집어 먹는 모습을 흐뭇하게 지켜보았는데 이렇게 울 줄이야. 아버지가 건네주는 티슈를 초롱에게 전해 주는데 어머니의 쾌활한 목소리가 들려왔다.

"죄송은 무슨, 괜찮아. 그나저나 우리 초롱이가 이렇게 좋아하면 앞으로 모임 자주 해야겠는데? 시댁에 자주 오는 거 괜찮겠어?"

영현의 농담에 그제야 초롱이 배시시 웃는데 림의 말이 날아왔다.

"언니, 대답 잘 해야 해요. 아무리 좋아도 시댁은 시댁이라고."

"저는 정말 좋을 것 같아요."

"어머! 정말 큰일 날 언니네?"

림의 과장된 목소리에 모두 웃음을 터트렸다.

"그래. 초롱아, 자주 와. 우리야 자주 오면 너무 좋지. 좋고말고. 이제 눈물 그쳤네? 어서 마저 먹어. 뭐 부족한 건 없어?"

"네. 실은 벌써 배부른걸요?"

"어머, 너 양이 적구나? 어쩐지 몸이 약하더라니. 안 되겠네. 산! 너 책임지고 잘 챙겨 먹여라. 알겠어?"

"네. 어머니. 저 아니라도 여기 챙기는 사람 많으니까 걱정하지 마시고 어머니도 어서 식사 마저 하세요."

초롱의 등을 다독이던 영현이 자리로 돌아가자 민망함에 고개를 들지 못하던 초롱이 산을 슬쩍 쳐다보았다. 한 치의 오차 없이 정확히 저를 향하는 그의 눈빛을 보며 미소가 번지려는 입술을 앙다물어도 자꾸만 위로 끌어 올려지는 입꼬리를 잡을 수가 없었다.

결국 소리 없이 활짝 웃었고, 산 역시 초롱에게서 눈을 떼지 않은 채 활짝 웃었다. 그 모습을 말없이 지켜보던 가족들도 흐뭇한 표정으로 싱긋 웃었다.

식사를 마치고 거실로 나오자 정갈한 다과상이 차려졌다. 여러 과일과 차가 놓인 테이블을 보던 초롱이 아차 싶어 산을 향해 말했다.

"아까 제가 가져온 물건 어디 됐어요?"

"아차, 어머니가 챙겨 주셨다던?"

"네. 지금 드리면 좋을 것 같아요."

"가져올게. 잠시만."

산이 현관 근처에 놓아둔 물건을 들고 다시 초롱의 옆으로 다가왔다. 그에게서 물건을 건네받은 초롱이 할머니께 다시 건네며 조심스레 말을 꺼냈다.

"할머니. 이거 저희 엄마가 만든 화과자예요. 한번 드셔 보시겠어요?"

고급스러운 보자기로 곱게 포장된 상자는 겉으로 보기에도 만든 이의 정성 어린 마음이 고스란히 전해졌다.

"그냥 와도 되는데 뭘 가져와, 가져오길."

"별거 아니에요. 어른들께 인사드리러 간다고 했더니, 빈손으로 가지 말라고 챙겨 주셨어요."

"안사돈 바쁘신 거 우리가 뻔히 다 아는데 뭘 이런 것까지 신경을 쓰셨어 그래?!"

말을 하며 풀어 보기에도 아까운 보자기를 조심스레 열어 보던 금옥의 눈이 놀라 휘둥그레졌다.

"맙소사. 이게 정말 안사돈께서 직접 해서 보내신 거란 말이야?"

"네. 부족한 솜씨지만 뭐라도 직접 해서 보내고 싶으시다고, 오후 내 집에서 직접 만드셨어요."

초롱의 말에 금옥이 말을 잇지 못하고 멍하게 입을 벌린 채 고개를 내저었다. 그 모습에 도대체 뭔가 싶어 목을 빼고 보던 가족들도 놀란 숨을 들이켰다.

보자기에 싸인 박스 안에는 제각기 모양을 달리한 형형색색의 예쁜 화과자가 담겨 있었다. 얼핏 보면 마치 모형처럼 느껴질 정도로 그 모양과 색감이 화려해 감히 먹을 엄두조차 낼 수 없을 것 같았다.

"세상에, 안사돈 솜씨가 보통이 아니구나. 만든다고 얼마나 고생하셨을까? 아까워서 이걸 어째 먹나 그래."

가족들 모두 금옥의 말에 동조하며 가시지 않은 놀라움에 고개를 내젓는데, 이번엔 초롱이 다른 상자를 어머니인 영현에게 내밀었다.

"이건 또 뭐야?"

"아⋯⋯ 이건. 제가 만든 거예요."

얼떨떨한 표정으로 초롱이 건넨 박스를 열어 보던 영현의 눈이 놀람으로 커졌다.

"이걸 초롱이가 만들었어? 직접? 세상에 맙소사. 엄마 솜씨를 그대로 물려받았구나?!"

투명 크리스털 용기에 파스텔 톤의 잘 말린 예쁜 꽃으로 포인트를 준, 정갈하고 고급스러움이 물씬 풍기는 드라이플라워 캔들이었다.

아기자기하고 조화로운 색감이 보는 것만으로도 마음을 즐겁게 해 주었고, 은은하게 퍼지는 아로마 향은 기분까지 상쾌하게 만들어 주었다. 잠시 향에 취해 있던 영현이 남은 캔들을 보며 초롱에게 물었다.

"이걸 대체 몇 개나 만든 거야?"

"아, 형제분들도 하나씩 드리면 좋을 것 같아서요."

"어머, 언니 그럼 우리 것도 있어요? 이 센스 어쩔 거야!"

림이 서둘러 앉은 자리에서 일어나 엄마에게 다가가더니 캔들 하나를 골라 들었다.

"와, 대체 이걸 어떻게 만드는 거예요? 다음에 언니한테 좀 배워야겠네요."

"네. 얼마든지요. 어려운 것도 아닌데요."

캔들을 하나씩 받아 든 형제들은 너 나 할 것 없이 향을 맡고서 감탄사와 함께 인사를 건넸다. 예뻐서 먹기 아까워하던 화과자 또한 전문점보다 훨씬 맛있다며 칭찬을 아끼지 않고 엄마의 솜씨를 치켜세워 주었다.

이들은 이보다 더 예쁘고 좋은 음식을 얼마나 많이 먹어 봤을까. 그런데도 그 어떤 음식보다 맛있게 먹어 준 그의 가족들이 초롱은 고맙고 또 고마웠다.

기주는 레스토랑 한편에 앉아 휴대폰으로 초롱과 관련된 기사를 검색하고 있었다. 사고 처리 하나 도와준 게 뭐 그리 대단한 일이라고. 대개는 관련 기사 서너 개에 그치고 말았을 일을 가지고 이 난리를 떨어 대는 걸 보니 역시나 동생이 유명 연예인이라 그런지 그 영향이 초롱에게까지 미치는 모양이었다.

아무리 그래도 그렇지 초롱이 연예인도 아닌데 무슨 기사가 이렇게 끝도 없이 파생되는지, 이제는 사고와 관련 없는 내용까지 올라오고 있었다.

'시민 영웅 이초롱, 아버지는 의상자 이은호. 그 아버지에 그 딸'

'피아니스트를 꿈꾸던 소녀는 왜 꿈을 접어야 했을까?'

'이원 남매의 안타까운 가족사'

'이원이 아버지께 바치는 노래. 일어나'

기사를 하나하나 열어 보며 콧방귀를 뀌던 기주의 얼굴이 사회부의 한 기사 제목을 보는 순간 사색이 되었다.

'단 한 편의 드라마로 일약 스타덤에 오른 배우 A의 사촌 형, 불미스러운 사건에 연루'

서둘러 제목을 클릭했다. 직접적으로 배우의 이름을 거론하지 않았으나 내용을 조금만 읽어도 금방 누구라도 특정 가능한 수준이었기에 화가 치밀어 올랐다. 대체 어떻게 냄새를 맡고 저와 관련한 일까지 기사화되었는지.

이미 그 일로 인해 이원 소속사로부터 경고를 받는 등 망신을 당해야 했다. 의도적인 접근이었다는 게 밝혀졌음에도 뻔뻔하게 레스토랑을 드나들며 협박을 일삼는 여자와도 원만히 합의를 끝냈는데, 왜 하필 지금 이런 일까지 기사화되어 나오는지 도무지 이해할 수가 없었다.

게다가 왜 연예부가 아닌 사회부에서 기사화가 되었는지, 댓글이 어마어마하게 달려 있었다. 설마 하는 마음으로 인상을 와락 구기며 댓글을 확인하는데, 아니나 다를까 다들 배우 A가 누군지 눈치를 챈 듯했다.

'최근 종영한 드라마에 처음 출연한 라이징 스타라, 이원 아님?'

'아. 젠장. 이원 맞을 듯.'

'레스토랑 사장이 이원 사촌 형 사칭하는 거 아냐? 어떻게 우리 원 팔아서 저런 짓까지 벌임? X같은 놈.'

'이원이 그 레스토랑 오는 거 본 적 있는 사람?'

'원이 왔으면 벌써 사진을 걸었겠지! 내가 갔을 때만 해도 우리 원 옛날 사진으로 레스토랑을 도배할 지경이던데?'

'사촌 형이 맞아도 충격임. 남매와 결이 달라도 너무 달라.'

'레스토랑 수준은 어떻고? 가격은 XX 비싸게 받으면서 양과 질은 형편없음. 한번은 스테이크에서 누린내가 올라와 클레임 제기했더니 그 사장이라는 사람 나와서 인상을 뭣같이 쓰더라? 나름 단골이었는데 어이가 없어서. 다시는 거기 안 감.'

'내가 그 사촌 형 학교 동기임. 이 새끼 인성이 쓰레기인 건 이미 공공연한 사실임. 내가 알기로 이원 집과도 왕래가 없는 것으로 알고 있음. 이 새끼 그 집 남매에 대한 열등감 오짐.'

결국 화가 머리 꼭대기까지 오른 기주는 제 화를 다스리지 못해 들고 있던 휴대폰을 테이블에 내동댕이치듯 엎어 버렸다. 눈에 띄게 한산해진 레스토랑에 몇 없는 손님들의 시선이 자신을 향했지만 기주의 신경 밖이었다.

과연 제 부모님이 이 기사를 보게 되면 또 뭐라고 할까. 요즘 들어 하루가 다르게 레스토랑 매출이 급감하고 있었고, SNS에 올라오는 평도 좋지 않아 부모님 눈 밖에 난 상황이었다.

불난 데 기름을 붓는다는 말이 딱 들어맞지 않는가. 속에서 불길이 치솟는데 하필 그때 아버지가 레스토랑에 들어서는 모습이 보였다. 멀리서 보아도 그 인상이 사뭇 험악해 보여 무슨 일로 찾아온 건지 듣지 않아도 알 듯했다.

눈짓으로 호출하는 아버지를 보며 휴대폰을 챙겨 드는데 액정에 거미줄처럼 금이 가 있었다. 왠지 제 앞날이 투영되는 듯한 더러운 기분에 입맛이 썼다.

서둘러 아버지 뒤를 따라 레스토랑 안쪽에 마련된 작은 사무실에 들어서기가 무섭게 아버지의 두꺼운 손이 제 뺨을 강하게 후려쳤다.

"아버지!"

"다 차려 주는 밥도 못 떠먹는 자식이라니. 하…… 초롱이, 초원이 반만큼이라도! 아니 그 반의반만큼이라도! 후. 지금까지 무엇 하나 제대로 해낸 적이 없는 놈이 웬일로 잘한다 했지. 어째 불안불안하더라니 결국 이 사달을 만들어?! 주제가 안 되면 사고라도 치지 말았어야지. 이런 모자란 놈 같으니라고. 당장 레스토랑에서 손 떼!"

"아버지! 어떻게,"

"입 닥쳐! 내가 어떻게 여기까지 왔는데, 온갖 치사하고 더러운 꼴 다 봐 넘기며 참아 온 결과가 겨우 이거라고? 못난 네놈 때문에 패가망신하는 꼴 보고 싶지 않으면 당장 그만둬. 내일부턴 엄마가 관리할 거다. 그렇게 알아."

아버지가 냉정하게 칼바람을 일으키며 사무실을 떠나고, 남은 기주는 모멸감에 치를 떨었다. 자라는 내내 저보다 나이 어린 사촌들과 비교당하며 온갖 멸시를 받은 설움이 폭발하고 말았다.

"으아악!"

악을 쓰며 손에 쥔 휴대폰을 사정없이 던져 버렸다. 유리 장식장으로 던져진 탓에 와장창 요란한 소음이 작은 공간을 가득 메우고 있었다. 힘없이 주저앉아 엉망이 되어 버린 공간을 바라보는 기주의 입가에 비열한 조소가 번졌다.

초롱을 집에 데려다주고, 다시 본가로 되돌아온 산이 아직 돌아가지 않고 거실에 모여 있는 형제들과 부모님을 보며 싱긋 웃었다.

"다들 아직 안 갔네?"

"이제 곧 가야지. 그런데 너는 왜 다시 왔어? 초롱 씨 데려다주고 바로 집으로 가는 거 아니었어?"

강은 곧장 집으로 갈 것처럼 인사하고 떠나더니 다시 돌아온 산이 의아해 물었다.

"어. 아까 못 한 말이 있어서. 그런데 어머니, 할머니는요? 잠시 드릴 말씀이 있는데."

"내가 모시고 나올게, 오빠."

소파에 앉아 있던 림이 냉큼 일어나 할머니를 찾으러 갔다. 잠시 후, 거실에 다 모인 가족을 보며 산이 입을 열었다.

"할머니, 아버지, 어머니. 상견례 날짜는 초롱이가 부모님께 말씀드려 보기로 했습니다. 그 전에 의논드릴 일이 있어서요."

"뭔데 그래? 뜸 들이지 말고 얼른 말해."

무슨 일인지 쉽게 입을 떼지 못하는 아들을 보며 강우가 물었다.

"다름이 아니라, 결혼식은 가족과 친지들만 모시고 조용히 올렸으면 합니다만,"

산의 말에 금옥이 발끈하고 나섰다.

"우리 집에 첫 혼사다. 이런 경사스러운 일을 조용히 하면 좋겠다니, 그게 무슨 말이야?!"

"어머니, 우선 산이 말부터 들어 보시죠. 하던 말 계속해."

강우가 흥분한 듯한 어머니를 진정시키며 다시 산을 주시했다.

"다들 아시다시피 초롱이 아버님께서 사회생활을 하지 못한 지 오래십니다.

어머니도 마찬가지고요. 굳이 보지 않아도 하객은 우리 측이 압도적으로 많을 듯한데, 그런 문제로 괜한 걱정거리를 안겨 드리고 싶지 않습니다. 몸이 불편하신 상황에 결혼식 자체만으로도 많은 부담이 될 것 같아 최대한 마음 편하게 준비할 수 있도록 돕고 싶습니다."

"왜, 초롱이가 걱정된대?"

"아니요, 할머니. 아직 초롱이한테 말하지 않았습니다. 어른들께 먼저 허락을 받아야 할 것 같아서요."

"흠…… 그래. 그 집안 사정을 이해 못 하는 건 아니다만, 그래도 네 결혼이 우리 집 첫 경사인데…… 아쉽구나."

"할머니, 아쉬우신 마음은 충분히 알겠습니다만, 경사가 저만으로 끝나는 건 아니지 않습니까? 저도 형제가 없다면 할머니 뜻대로 성대하게 치르겠습니다만, 제 뒤로 네 명이나 더 남았습니다. 그때마다 초대하는 것도 하객들에게 민폐가 될 것 같습니다만."

"난 결혼 생각이 없는,"

맏이인 강이 말을 꺼내자 옆에 앉은 셋째 수가 강의 옆구리를 쿡 찌르며 눈치를 줬다. 뒤늦게 산의 부라리는 눈빛을 마주한 강이 속으로 콧방귀를 뀌며 서둘러 말을 바꿨다.

"네. 뭐. 산 뒤로 수도 있고, 운도 있고, 우리 막내도 있으니 너무 서운해 마세요, 할머니."

강이 말을 하기가 무섭게 이번엔 가족들의 매서운 눈초리가 강에게 쏟아졌다. 어쩌면 지금 가장 마음이 조급해야 할, 우선순위에서 가장 앞서야 할 자신만 쏙 빼놓고 말한 게 마음에 들지 않는 것이 분명했다.

"하…… 뭐. 저도 있고요. 그게…… 언제가 될지 모르겠지만."

못 이긴 척 말을 내뱉는 강을 보던 형제들이 하나같이 고개를 절레절레 내저었다.

"아무튼 할머니, 아버지, 어머니. 저는 가까운 친인척만 모시고 진심 어린 축하 속에서 식을 올리고 싶습니다. 허락해 주세요."

가만히 가족들의 말을 두루 경청하던 강우가 입을 열었다.

"어머니, 저는 어머니께서 허락하신다면 산이 뜻대로 해 주고 싶습니다. 사실, 산이 말이 틀린 게 없지 않습니까. 허례허식 가득한 그저 형식적인 예식보다 더 뜻깊은 결혼식이 될 것 같습니다. 사돈을 생각해도 그게 맞는 것 같고요."

속으로 한숨을 삼키며 쓴 입맛을 다시던 금옥이 며느리를 향해 물었다.

"어미도 괜찮겠어? 그래도 처음 하는 자식 혼산데 섭섭하지 않겠어?"

"네. 어머니. 서운하기야 하지만 어쩔 수 없죠. 산이 그러기를 원하는데요. 초롱이 마음 불편하지 않게 애들 원하는 대로 했으면 해요."

"그래. 네 생각도 그렇다면 그렇게 하자."

금옥의 허락이 떨어지자 산이 치아가 다 드러나도록 환하게 웃으며 인사를 했다.

"감사합니다. 할머니. 아버지, 어머니도 감사합니다."

밝게 웃는 아들을 보고 함께 웃음 짓던 영현이 아차 싶어 서둘러 말을 건넸다.

"산아, 그래도 혹시 모르니 그 댁 어른들 의견도 꼭 여쭤봐야 해. 중요한 일 앞두고 괜히 마음 상하지 않게 조심해서 여쭙는 거 잊지 말고."

"네. 그럼요. 당연히 그래야죠. 감사합니다, 어머니."

"다음 타자는 누가 될지 모르겠지만 각오 단단히 해라. 산이 몫까지 아주 거하게 식을 치러야 할 모양이니까. 다들 이제 그만 갈까?"

너스레를 떠는 강의 말에 모두 싱거운 웃음을 터트리며 자리를 털고 일어났다. 본가에서 부모님과 함께 지내는 림을 제외한 형제 네 명이 어른들께 인사를 마치고 현관을 나섰다.

대문을 향해 가며 셋째 수가 말을 꺼냈다.

"둘이 잘 어울리더라. 좋은 사람 만난 것 같아 다행이야. 나이가 어려서 좀 그렇긴 하지만 말이야. 아무리 그래도 막내보다 어린 건 좀 그렇지 않아? 허구한 날 우리 님보고 꼬맹이라고 하더니."

수의 말에 넷째 운이 씩 웃으며 말을 보탰다.

"누가 아니래? 그래도 우리 님, 얼마나 착해? 꼬박꼬박 언니, 언니 하더라?"

"우리는 꼬박꼬박 형수님이라고 안 했고? 그나저나 이제 어떡하냐? 너나 나나 형수보다 나이 많은 신붓감 데려오면 아주 곤란하다 곤란해. 서열이 아주 뒤죽박죽이겠어."

잠자코 뒤따라가던 산이 파안대소하며 대화에 끼어들었다.

"수, 운. 만나는 사람이라도 생기면 걱정하지 그래? 아직 만나는 사람도 하나 없으면서 쓸데없이 걱정은. 너희들도 분발해."

"형, 그렇게 좋아? 아주 입이 찢어진다 찢어져."

"그러게, 둘째 형 너무 좋아하네. 아직 결혼도 하지 않았는데 저 정도면 결혼 후에는 아주 볼만하겠어."

"너희도 사랑하는 사람 생겨 봐. 나보다 더하면 더했지, 절대 덜하지 않을 거다."

웃으며 당당히 동생 둘을 제치고 앞서가는 산, 닭살 돋는 형을 보고 그 자리에 굳어 버린 수와 운, 그런 두 동생의 사이에 파고들어 양팔로 수와 운의 어깨를 감싸 안으며 싱거운 웃음을 터트리는 강이다.

"적응 빨리하자. 보아하니 저 자식 아내 바보 예약이니까. 그 꼴 보기 싫으면 너희도 얼른 데려오든가. 형 먼저 간다."

동생들의 어깨를 툭툭 치고서 앞서가는 큰형의 모습에 수와 운이 고개를 설레설레 흔들었다.

"혼란하다. 혼란해. 우리 큰형 진짜 결혼 생각 없는 거 아냐?"

"그걸 난들 어찌 알겠냐? 하긴 매일 일에 파묻혀 사는데 누굴 만날 시간이나 있을지 모르겠다. 우리도 그만 가자."

먼저 간다더니 대문 앞에서 기다리고 있는 강과 산을 보고 수와 운이 피식 웃었다. 저녁 내 그렇게 대화를 나눴음에도 무슨 할 말이 남았는지 여담을 나누는 형제들의 웃음소리가 한동안 끊이지 않았다.

집으로 돌아가는 길. 산이 적색 신호등을 보고 차를 세웠다. 산은 손목시계를 슬쩍 보며 시간을 확인하고서 핸들을 툭툭 두드리더니 블루투스를 연결했다. 곧 녹색 신호로 바뀌어 차를 출발하며 전화 연결음에 귀를 기울이는데, 좀처럼 연결이 되지 않아 끊으려는 찰나 부드러운 목소리가 차 안에 흘러들었다.

— 네. 저예요.

"너무 늦게 전화했나? 자는 거 깨운 거야?"

— 아니, 아직 안 잤어요.

"11시가 넘었는데 아직 안 자고 뭐 했어?"

— 이 시간에 전화한 사람이 할 질문은 아닌 것 같은데? 그러는 이산 씨는 안 자고 왜 전화해요? 지금 집이에요? 소리가 울리는 것 같은데?

"어. 운전 중이야. 본가에 뭘 두고 와서 다녀오는 길이야. 나야 일이 있어 늦었지만, 넌 왜 아직 안 자? 오늘 많이 피곤했을 텐데."

— 사실은…… 오늘 너무 많이 먹었나 봐요. 붕어처럼 주는 대로 다 받아먹었더니 소화가 잘 안 돼요.

"그래? 속이 안 좋아? 소화제라도 사 갈까?"

그저 초롱의 맑은 목소리가 듣고 싶어 전화했는데, 속이 편치 않다는 말에 걱정스러웠다.

— 아니에요. 집에 약 있어서 챙겨 먹었어요. 아까보다 나아지고 있어요. 걱정하지 않아도 돼요.

"그래? 다행이다. 그러게 양도 적은 사람이 오늘 유난히 잘 먹는다 했어. 적당히 먹고 말지 뭐 하러 주는 걸 다 받아먹어? 그러니 탈이 날 수밖에."

— 억지로 먹은 건 아니에요. 다들 신경 쓰고 챙겨 주는 게 고마워서 나도 모

르게 넙죽넙죽 받아먹고 보니 평소보다 과했나 봐요. 그래도 먹을 땐 얼마나 즐거웠는데.

"즐거웠다니 다행이다만, 앞으로는 그러지 마. 그러다 잘못 체하면 약도 안 들어."

— 네. 앞으로는 조심할게요. 그리고……

"응? 왜 말을 하다 말아?"

— 오늘 정말 너무…… 너무 행복했어요. 고마워요. 그렇게 좋은 분들을 만나게 해 줘서.

"나도 오늘 너무 행복했어. 대가족이라 많이 피곤했을 텐데, 어수선한 분위기에 잘 적응해 줘서 고맙다, 초롱아."

— 하이산 씨.

"어. 말해. 듣고 있어."

— 사랑해요. 아주 많이…… 사랑해요.

진심이 담뿍 담긴 말 한마디. 하루의 피로가 말끔히 해소되는 신비의 명약이 아닐 수 없었다. 갑자기 밤눈이 환하게 밝아지고, 머리가 맑아졌다. 미소가 담긴 입매는 더할 수 없이 높이 치솟았다.

"하…… 심장 터질 것 같아. 행복하다, 초롱아. 나도 사랑해. 너보다 훨씬 더 많이 사랑해."

희미하게 들려오는 초롱의 웃음소리에 행복이 걷잡을 수 없이 크기를 키워 갔다.

8

초롱은 주말을 맞아 오랜만에 초원과 시간을 맞춰 함께 병원을 찾았다. 아직
도 어색하기만 한 대형 병원의 VIP 병동을 찾아가며 초롱이 동생을 향해 물었
다.

"어째 지난번보다 살이 좀 빠진 것 같아. 밥은 잘 먹고 다니는 거지?"

"내 걱정은 하지도 말라니까 그러네. 그리고 누나는 나만 보면 살 빠졌다 그
러더라? 그거 알아? 누나 아닌 다른 사람들은 다 내 몸이 전보다 좋아 보인다
고 하는 거?"

"그런가?"

"쓸데없는 일에 신경 쓰지 말고, 누나는 상견례 준비나 잘하세요. 네?"

초원이 싱긋 웃으며 장난스레 말했다.

"준비할 것도 없어. 레스토랑에 가기만 하면 되는 걸, 뭐."

말끝에 초롱이 피식 웃었다. 상견례 날 모임 장소를 두고 양가에서 오간 실
랑이가 생각났기 때문이었다.

"왜 웃어?"

"다시 생각해도 당황스러워서. 상견례를 여기서 하자는 게 말이 돼?"

"그러게. 아무리 아버지 몸이 불편하다 해도 병원에서 상견례는 좀 그렇지? 생각할수록 사돈 어르신들 정말 대단한 분들인 것 같아. 사실 말이야 누나, 나는 지금까지 재벌가나 흔히 말하는 상류층에 대한 편견이 좀 있었거든? 그런데 이번에 그 편협한 사고가 완전히 뒤집혔어."

초롱은 동생의 말에 공감하며 고개를 끄덕였다. 늘 매체를 통해 보고 듣는 상류층과 관련한 내용은 일반의 상식에서 벗어난 경우가 많았다. 단지 가졌다는 이유로 덜 가진 사람을 동등한 입장으로 대하지 않고, 눈 아래로 내려다보며 우월감에 찬 그들의 모습은 실망스럽기 이를 데 없었다.

재벌가나 상류층 모두가 그런 것은 아닐 테지만, 하필 매체를 통해 보도되는 모습은 타의 모범이 되는 모습보다 문제가 되는 모습이 노출되는 경우가 많았기에 편견 아닌 편견이 생겼다. 오죽하면 재벌이라는 두 글자에 자연스레 갑질이라는 단어가 연상될까.

하지만 그와 그 집안의 사람들은 모두 매체를 통해 보던 사람들과는 성품이나 결이 하늘과 땅만큼이나 달랐다.

"실은 나도 편견이 없지 않았는데, 이산 씨 가족 만나면서 완전히 사라졌어. 그분들은 기본적으로 사람에 대한 예의와 존중이 몸에 배어 있었어. 이산 씨뿐만 아니라 그의 형제 모두 하나같이 모난 사람 없이 다 좋더라. 너도 만나 보면 내 말이 무슨 말인지 알 거야."

초롱의 말에 초원이 씩 웃었다. 처음 누나가 만나는 사람이 평범하지 않다는 걸 알았을 때, 축하하는 마음보다 걱정이 앞섰다. 행여라도 사랑 끝에 상처를 받지 않을까, 고통만 남는 사랑이면 어쩌나, 했던 우려가 무색하게도 너무나 순탄하게 흘러가는 누나의 사랑이 기쁘기 그지없었다.

"누나가 좋은 사람 만나서 정말 다행이야. 너무 잘됐어. 그동안 누나가 착하게 열심히 잘 살아온 복을 이제야 받나 봐."

"아니. 착하기는 무슨. 나야 그저 살아 내는 데 급급했지. 아마도…… 우리 아빠가 부지런히 덕을 쌓았기 때문이 아닐까. 그 복을 내가 받는 게 아닌가 싶어."

"아버지도 대단하고, 누나도 대단해. 내가 볼 땐 둘 다 똑같아. 그 아버지에 그 딸이라고."

"그래. 누가 그러더라, 피가 어디 가냐고. 그런데 너는 안 그런 것처럼 말한다? 너도 똑같아."

열없이 웃음을 터트리는 동생의 모습에 초롱은 함께 미소를 지었다. 어느새 도착한 VIP 병동 앞에서 아빠의 병실로 무심코 시선을 던지던 초롱의 발걸음이 우뚝 멈춰 버렸다. 병실 앞을 서성이는 누군가를 유심히 바라보더니 긴 한숨을 내쉬던 초롱은 이내 어금니를 앙다물고서 결연하게 발걸음을 옮겼다.

초원은 조금 전까지만 해도 자신과 웃으며 대화하던 누나가 갑자기 표정을 굳히는 모습에 고개를 갸웃했다. 누나의 낯빛이 화기로 붉어지는 것을 느끼며 걱정스레 함께 걸음을 옮겼다.

초롱이 병실 앞에 다다르자 문 앞을 서성이던 중년 남성의 얼굴에 놀라움이 스쳤다.

"초롱……이 맞지? 너는…… 초원이고."

말없이 남자를 노려보는 초롱을 대신해 초원이 대답했다.

"네. 그렇습니다만, 누구신지?"

초원의 물음에 남자는 입술을 달싹거릴 뿐 쉽사리 입을 열지 못했다. 초롱 역시 그를 뚫어져라 노려볼 뿐 좀처럼 말이 없었다. 초롱은 남자의 모습을 보란 듯이 천천히 훑어 내렸다. 15년이라는 긴 시간이 지났음에도 잊히지 않는, 그 옛날 저에게 다정하게 인형을 건네던 그의 모습을 떠올려 보았다.

아빠의 믿음과 진심 어린 마음을 배신으로 갚은, 한때나마 삼촌이라고 불렀던, 두 번 다시 보고 싶지도 않은 남자의 모습에 쓴 물이 목구멍까지 치고 올라왔다. 아빠는 세월의 풍랑을 고스란히 맞았는데, 그는 15년이라는 세월의 흐름이 무색하게도 너무나 멀끔한 모습을 보니 속에서 불이 났다. 그 긴 세월 코빼기도 보이지 않더니 도대체 왜 찾아왔을까, 의도를 알 수 없어 속을 태웠다.

"여기는 어떻게 알고 오셨어요?"

"미안하다. 초롱아. 내가 너무…… 늦었지? 미안하다. 정말 미안하다. 형님이 그렇게 힘든 시간을 보냈을 줄은 몰랐다. 당연히 잘 지내고 있을 거라…… 믿어 의심치 않았는데."

그의 변명 같지 않은 변명을 듣고 싶은 마음은 없었다. 1, 2년도 아닌 무려 15년을 연락 한 번 없었던 사람의 말 같지 않은 말을 더 들을 이유가 없었기에 초롱은 그의 말을 냉정하게 잘라 버렸다.

"무슨 일로 오신 건지 물었습니다."

"형님을 좀 뵙고 싶다."

"이제 와서요? 과연 아빠도 보고 싶어 하실까요?"

마치 친동생이라 해도 믿을 만큼 아끼던 사람이었다. 그 긴 세월 연락 한 자락 없는 사람을 두고 어디서 죽었는지 살았는지 소식이라도 알고 싶다던 아빠의 모습이 머릿속을 스쳐 지나며 속으로 몰래 한숨을 삼켜야 했다.

"꼭 만나 뵈어야 해. 이미 늦었다만, 더 늦기 전에 이제라도 진심으로 사죄드리고 싶어. 초롱아, 나에게 기회를 다오. 한 번만. 딱 한 번만."

"……."

초롱은 걱정스러웠다. 근래 들어 아빠가 얼마나 의욕적으로 재활 운동에 임하고 있는데, 이제야 다시 일어설 용기와 힘을 얻었는데, 과연 이분을 다시 만나도 될까. 고민으로 머리가 복잡한데 하필 그때 병실 문이 열리며 엄마가 나왔다.

"초롱아, 초원아. 왔으면 얼른 들어오지 않고 여기서 뭐 해?"

"아…… 엄마."

머뭇거리는 초롱을 보고 의아함에 고개를 갸웃하던 수영의 눈에 누군가 들어왔다. 단박에 누군지 알아챈 수영이 흠칫하며 서둘러 병실 문을 닫았다.

"엄마, 아빠한테 사죄하고 싶으시다고…… 어떡해요? 아빠 괜찮을까요?"

딸아이의 걱정 어린 말에 수영 또한 고민스러웠다. 하필 병원을 좋은 곳으로 옮긴 뒤 찾아온 터라 정말 사죄하러 온 건지, 아니면 자식들의 소식을 듣고 또 무언가를 바라는 마음으로 온 건 아닌지, 좋은 일 앞두고 행여 심란한 일이 생길까 걱정하지 않을 수 없었다.

"형수님 그간 어떻게…… 후…… 면목 없습니다. 이제야 찾아뵙게 되어 죄송하고, 또 죄송합니다. 하지만 형수님. 염치없지만 이제라도 형님 뵙고 싶습니다. 형수님과 초롱이가 뭘 걱정하는지 잘 압니다. 그런 일 두 번 다시 없을 테니, 형님 한번 뵐 수 있게 해 주십시오. 부탁드립니다."

그와 연락이 끊긴 몇 년간, 남편은 이유 없이 연락하지 않을 사람이 아니라며 그를 두둔했다. 어디서 잘못되지 않고서야 소식 한 자락이 없을 수 없다며, 한동안 그의 걱정을 놓지 못하던 남편의 모습이 떠올랐다.

수영은 그의 간절한 눈빛에 담긴 마음이 부디 진심이기를 바라며 결심한 듯 고개를 끄덕였다. 그가 문을 열고 병실로 들어섰고, 수영과 남매가 걱정스레 뒤를 따랐다.

침대에 기대앉아 쉬고 있던 은호는 병실로 들어서는 낯설지 않은 누군가를 발견하고서 소스라치게 놀라고 말았다.

"자, 자네……."

죽은 게 아닐까 생각했다. 너무 오랜 기간 들려오지 않는 소식에 애태우며 번민하게 했던, 부디 어딘가에 살아만 있어 주기를 바라고 또 바라던 장본인이 눈앞에 성큼 다가와 있었다. 헛것을 본 건 아닐까, 싶어 서둘러 머리를 가로저어 보고 눈을 꼭 감았다 다시 떠도 여전히 보이는 인영에 허탈한 한숨이 뿜어져 나왔다.

이토록 건강하게 살아 있으면서 이제껏 연락 한번 없었다니, 괘씸하고 서운한 마음을 숨길 수 없는데, 그 와중에 살아 있어 감사한 마음이 한 자락 튀어나왔다.

"정한이…… 살아 있었구먼. 살아 있었어."

정한은 허탈한 한숨을 내쉬는 은호를 보며 달려드는 수많은 감정의 파도에 힘없이 무릎을 꿇었다.

"형님! 형님. 죄송합니다. 너무 늦어서 죄송합니다."

정한은 떠날 때와는 너무나 다른 은호의 약해진 모습에 때늦은 후회로 엎드려 통한의 눈물을 쏟아야 했다. 그런 정한을 안타깝게 내려다보던 은호가 건조한 입을 열었다.

"바닥이 차가워. 일어나. 일어나게. 늦었지, 늦어도 너무 늦었지. 그래도…… 그래도 이렇게 살아 있어 줘서…… 이제라도 찾아 줘서 고맙네."

"아닙니다. 아니에요. 아무리 정신없이 바빠도 형님을 잊어서는 안 되는 거였는데, 형님은 찾아뵀어야 했는데. 차라리 욕을 하세요. 배은망덕한 놈이라고, 천하에 둘도 없는 나쁜 놈이라고 차라리 욕을 하시란 말입니다."

"됐네. 이렇게 왔으니 됐어. 그러니 일어나."

"형님만큼은 잘 살고 계실 줄 알았습니다. 다른 사람은 몰라도 형님만큼은…… 그렇게 힘든 시간을 보냈으리라고는…… 상상도 하지 못했습니다."

다른 사람은 몰라도 은호만큼은 잘 살 거라 믿어 의심치 않았다. 유달리 어진 성품에 뛰어난 사업 수완으로 승승장구하던 그였기에 여전히 잘 살고 있을 거라 믿고 있었다.

배울 점이 많아 존경하는 형님으로 믿고 따랐다. 하는 일마다 번번이 쓰디쓴 실패의 맛을 볼 때마다 곁에서 힘이 되어 주며 다시 일어설 용기를 주던 사람.

믿었던 동료에게 배신당하고 실의에 빠진 저를 향해 먼저 손 내밀어 주던 고마운 사람. 자신의 잠재된 능력을 이끌어 내 주고, 가능성을 인정해 주었던 유일한 사람. 정한에게 은호는 그런 고마운 존재였다.

'정한이, 나는 인생의 달리기에서 넘어지는 사람을 수도 없이 많이 봐 왔어. 대부분 자리를 털고 일어나 다시 달리더군. 하지만 결승선으로 향하는 사람들의 마음가짐은 달라 보였어. 어차피 진 싸움 자존심 상한다고 뛰는 둥 마는 둥 하는 사람이 있고, 이미 졌음에도 포기를 용납하지 못하고 처음처럼 최선을 다해 달리는 사람이 있었어. 내가 지금껏 봐 온 자네는…… 후자였어. 늘 오뚝이처럼 일어나 다시 힘을 내더군. 나는 자네의 그 점을 높이 사. 자네는 반드시 뜻한 바를 이루어 낼 거야. 내가 자네의 미래에 투자하겠네.'

그가 했던 말을 부적처럼 마음에 지니며 살아왔다. 그가 건넨 목돈을 받아 들고 미국행을 선택한 정한은 결연하게 다짐하고 또 다짐했다. 그의 판단이 틀리지 않았음을 증명하고 싶었고, 보여 주고 싶었다.

삶의 가장 밑바닥을 경험하며 차라리 죽고 싶을 때가 한두 번이 아니었음에도 결코 포기할 수 없었던. 자신의 미래가치에 아낌없이 투자한 그를 실망시키지 않기 위해서라도 이를 악물고 다시, 또다시 일어났고, 결국엔 자신의 꿈을 이루었다.

곧장 찾았으면 좋았을 걸, 조금 더 나은 모습으로 나타나려 차일피일 미루고 미루다 보니 몇 년이 훌쩍 지나 있었다. 한국에 들어와 은호를 찾았을 때, 이미 그는 사업체를 정리한 후였고, 자취를 감춘 뒤였다. 바쁘다는 핑계로 그를 찾는 일에 소홀했던 자신의 이기심이 뼈아픈 후회로 남아 버렸다.

잠자코 뒤편으로 물러서 있던 수영이 정한에게 다가왔다.

"그만 일어나세요. 아이들도 있는데 보기가 민망하네요."

"그래, 정한이. 자네 마음은 내 알겠으니 이제 그만 일어나게."

그제야 정한이 못 이긴 듯 자리에서 일어났다. 다리가 저린지 잠시 주춤하자 초원이 서둘러 다가와 정한을 부축했고, 초롱이 의자를 가져와 슬그머니 그의 옆에 놓아 주었다.

정한이 고맙다 인사하며 의자에 앉았다.

"형수님, 죄송하지만 형님과 잠시 얘기 좀 나눌 수 있을까요?"

정한의 요청에 수영이 걱정스러운 표정으로 바라보자 은호가 가만히 고개를 끄덕였다. 수영은 자신을 향해 우려 섞인 눈빛을 보내는 초롱과 초원을 보며 애써 밝은 미소를 보였다. 아이들과 함께 병실을 나서며, 부디 남편이 사람에게 마음이 다치는 일이 더는 없기를 마음으로 바라고 또 바랄 수밖에는.

무슨 얘기가 오가는지 한동안 두런두런 말소리가 들리는 병실 앞에서 좀처럼 자리를 뜨지 못하는 세 사람이었다. 그렇게 얼마나 서성였을까, 갑자기 병실 문이 열렸다. 아까 병실에 들어설 때만 해도 무거운 짐을 진 듯한 얼굴이었던 정한이 환하게 웃으며 병실 문을 나섰다.

"형수님, 오늘 형님 뵙게 해 주셔서 감사합니다. 다음에 또 뵙겠습니다. 그때까지 부디 건강히 지내십시오. 그리고 초롱아, 좋은 사람 만난다고 들었다. 결혼하게 되면 아빠한테 연락처 남겼으니 꼭 소식 전해 다오. 지금 미국에 들어가면 또 언제 다시 올 수 있을지 모르겠다만, 네 결혼식만큼은 참석하고 싶어."

정한은 도대체 무슨 영문이냐는 듯 얼떨떨한 표정으로 자신을 뚫어져라 바라보는 초롱과 초원을 보며 싱긋 웃고 말았다.

"너희 덕분에 형님을 찾을 수 있었어. 이렇게 잘 자라 줘서 정말 고맙다. 앞으로는 연락도 하고 지내자. 그리고 혹시나 미국에 올 일이 있다면 꼭 연락해. 내가 버선발로 마중 나가마. 그럼 형수님. 저는 이만 가 보겠습니다."

어리둥절해하며 멀뚱히 서 있던 수영이 뒤늦게 인사를 건넸다. 인사를 마친 정한이 경쾌한 걸음으로 사라지자 수영과 남매가 서둘러 병실로 들어갔다.

"갔어?"

"네. 갔어요. 여보, 무슨 일로 왔대요? 왜 왔대요?"

"아빠, 별일 없었어요?"

수영과 초롱이 서둘러 묻자 은호가 엷은 미소를 보이더니 활짝 웃었다.

"이따 계좌 한번 확인해 봐. 정한이 빚을 갚겠다 하더구먼. 어딘가로 전화하더니 이체가 됐을 거라 하더라고."

어차피 오랜 기간 인연이 끊어지다시피 했기에 빌려준 돈을 받을 거라는 기대는 없었던 은호였다. 많이 늦기는 했지만, 그래도 더는 숨지 않고 찾아와 준 것만으로도 고마운데 빚을 갚겠다는 말에 오히려 당황하고 말았다.

그런 자신을 보며 계좌번호를 달라 재촉하던 정한의 모습과 민망함에 어색하게 계좌를 알려 주던 자신의 모습이 떠올라 싱거운 미소가 그려지는 은호였다.

"정말? 다른 이유 아니고? 빚을…… 갚는다고?"

"어허. 이 사람. 속고만 살았나. 그래. 늦었지만 이제라도 갚겠다고, 사업이 크게 성공한 모양이야. 정한이는 뭘 해도 성공할 줄 알았다니까. 그러니 내가 그 큰돈을 덥석 빌려줬지. 다리도 미국으로 와서 치료를 받아 보지 않겠냐 하더라고. 자신이 물심양면으로 돕겠다고. 마음만 고맙게 받겠다고 했어."

은호의 말에 비로소 마음을 놓은 수영이 침대에 털썩 걸터앉았다.

"괜히 미안하네요. 사실 또 무슨 꿍꿍이가 있어 온 건 아닐까 걱정했었는데."

"차림을 보지도 못했어? 아주 번듯한 게 사업가의 면모가 물씬 풍기던데?"

"그런 게 우리 눈에 들어나 왔겠어요? 혹시나 또 당신 상처 입힐까 얼마나 걱정했다고, 정말 다행이에요. 잘돼서 돌아왔으니 정말. 정말 다……"

말을 하며 휴대폰을 들여다보던 수영의 말이 갑자기 뚝 끊어지더니 놀라 숨을 들이켜는 소리가 들려왔다. 가만히 부모님의 대화를 듣고 있던 초롱이 서둘러 다가와 물었다.

"엄마, 왜요? 왜? 무슨 일 있어요?"

"아니. 그, 그게 아니라…… 내가 눈이 잘못됐나. 숫자를…… 못 세겠어."

"무슨 말이에요? 그게?"

"초롱아. 이거 0이 몇 개니?"

눈을 깜빡이지도 않고 놀란 숨을 참는 수영의 모습에 초롱이 서둘러 다가왔다. 도대체 왜 그러나 싶어 엄마의 휴대폰을 들여다보다 초롱 역시 경악하고 말았다.

"아빠, 대체 얼마를…… 빌려주신 거예요?"

"왜? 뭐가 잘못됐어?"

"그때 얼마 빌려주신 거냐고요!"

"1억……일 거야."

"……."

"왜? 무슨 일인데? 여보, 수영아. 초롱아? 왜 그래?"

은호는 말없이 놀라 입을 틀어막는 두 사람을 보고 답답함에 가슴을 쳤다.

"무슨 말이라도 좀 해 봐. 왜 그래?"

"20억이에요."

"뭐. 뭐…… 뭐라고?"

"20억이라고요. 1억도 2억도 아닌 20억이라고요. 뭐가 잘못됐어요. 아빠, 그분 연락처 받아 둔 거 있죠? 엄마가 전화해 봐요. 빨리요."

"어? 어. 그. 그래."

넋이 나간 듯 멍하게 있던 수영이 서둘러 남편이 내미는 명함을 받아 전화를 걸어 보려는데 마침 노크 소리와 함께 병실 문이 열리며 당사자가 다시 나타났다.

"형님, 제가 아까는 정신이 없어서 들고 온 선물을 차에 두고 왔지 뭡니까. 이거 드리고 가려고 다시 왔어요."

양손 가득 선물을 들고서 태연하게 다가오는 정한을 보고 은호와 수영이 동시에 소리쳤다.

"돈이 잘못 들어왔어!"

"돈이 잘못 들어왔어요!"

부지런히 다가오던 정한의 걸음이 우뚝 멈추어 서더니 이내 파안대소했다. 못 말린다는 듯 고개를 내젓던 정한이 다시 말문을 열었다.

"아닙니다. 제대로 들어간 거예요. 그러니 걱정하지 않으셔도 됩니다. 그 당시에 형님이 주신 그 돈의 가치는 지금 제가 보내 드린 돈의 가치를 넘어섰습니다."

"아, 이 미친 사람 좀 보게. 아무리 그래도 그렇지. 어떻게 2억도 아니고, 20억을 보내고 그래?!"

"형님! 그때 하신 말씀 잊으셨어요? 제 미래에 투자하는 거라고 하지 않으셨습니까! 형님 때문이라도 포기할 수 없었습니다. 보잘것없었던 나의 미래와 가능성에 아낌없이 투자해 주신 형님 덕분에 이 자리까지 왔습니다. 저는 앞으로 더 나아갈 테니 받으세요. 아니. 받아 주십시오."

"하……. 이 사람. 하……. 이것 참."

눈시울이 붉어져 말을 이을 수 없는 은호였다. 수영 또한 눈물을 글썽였고, 초롱과 초원이라고 다르지 않았다. 그런 가족의 모습에 덩달아 눈시울을 붉히던 정한이 목을 가다듬고서 너스레를 떨었다.

"팔 떨어지겠어요. 이거 어디 둘까요?"

그의 말에 초원이 퍼뜩 정신을 차리고서 그에게 성큼 다가가 양손에 쥔 쇼핑백들을 받아 들었다.

"감사합니다. 뭘 이렇게나 많이."

"많기는. 건강보조식품하고, 형님 옷하고 구두. 형님 기억하세요? 저 미국 갈 때 구두 사 주셨는데. 형님도 얼른 일어나서 이 구두 신고 좋은 곳 가셔야죠."

정한의 말에 은호가 웃으며 말을 받았다.

"그래. 내 그 구두 꼭 신겠네. 고맙네. 고마워."

"형님도 참. 그럼 전 이만 가 보겠습니다. 재활 잘 하시고, 다음에 뵐 때는 더 좋은 모습 뵙기를 기대하겠습니다."

정한이 병실을 나설 때까지도 정신을 차리지 못하고 멍하게 있던 초롱이 서둘러 그를 따라나서자, 무슨 일인가 싶어 초원도 들고 있던 짐을 얼른 병실 한편에 놓아두고 누나 뒤를 따랐다.

병실 앞. 서둘러 걸음을 옮기는 정한을 뒤따라가던 초롱이 그를 불렀다.

"잠시만요. 저, 저기······."

어릴 때는 자연스럽기만 했던 호칭이 쉽게 입 밖에 나오지 않아 머뭇거리는 사이 멈추지 않고 걸어가는 그를 보며 다시 크게 소리쳤다.

"삼촌, 잠시만요."

성큼성큼 걸음을 옮기던 정한이 그제야 가던 길을 멈추어 뒤돌아섰다. 그에게 가까이 다가선 초롱의 얼굴은 놀랍게도 온통 눈물로 얼룩져 있었다. 뜻밖의 모습에 놀란 정한이 서둘러 말을 꺼냈다.

"초롱아. 왜 그래, 너 왜 울어. 응?"

"삼촌. 죄송······해요. 아까 버릇없이 굴었던 거."

"무슨 말도 안 되는 소릴. 버릇이 없기는 누가 없어? 전혀 그렇지 않았어. 그러니 괜한 데 마음 쓰지 마. 응?"

"서운했어요. 원망했어요. 어디서 죽었는지 살았는지 생사라도 알려 줬으면 아빠가 그렇게 걱정하지는 않았을 텐데······ 전화 한 통 없는 사람을 걱정하는 아빠도······ 답답하고 미웠어요."

"미안하다. 그건 정말 내가 잘못했다. 입이 열 개라도 할 말이 없어. 그저 못나고 못난 내 모습 보이고 싶지 않았고, 더 나은 모습을 보이고 싶었던 욕심이었다. 앞으로는 절대 그러지 않으마."

"그리고······ 감사합니다."

"아니다. 당연히 갚아야 할 빚을 갚은 것뿐이야."

"아니요. 그것도 물론 감사하지만, 우리 아빠가······ 틀리지 않았다고, 우리 아빠가 살아온 삶의 방식이, 아빠의 생각이 잘못되지 않았다는 걸 직접 보여 주셔서, 가르쳐 주셔서 감사합니다. 감사합니다. 정말."

둑이 터진 듯 하염없이 눈물을 쏟으며 울먹이는 초롱의 말에 정한의 눈시울이 뜨거워졌다. 어린 나이였을 때부터 이타적인 아빠를 보며 마음에 남모를 상처를 가진 듯해 마음이 아팠다.

"초롱아, 네 아버지는 내가 지금껏 만난 사람 중에 가장 훌륭한 분이야. 아마 앞으로도 형님 같은 분은 다시 만날 수 없을 거다. 형님은 그저 나에게 돈만 빌려준 게 아니었어. 내 가족보다 더한 믿음과 진심을 선물로 주신 분이야."

걱정스레 초롱을 바라보던 정한은 가득 고인 눈물을 떨구어 내며 희미한 미소를 그리는 초롱의 모습이 반가워 하던 말을 이었다.

"형님은 내 삶의 지표가 되어 준, 내 평생에 단 한 사람의 충우였어. 네 아빠를 자랑스러워했으면 좋겠구나."

"감사합니다. 감사합니다, 삼촌."

"감사는 무슨. 옛말에 자식은 부모의 거울이라더니, 너희들만 봐도 형님이 얼마나 잘 살아왔는지 알 것 같아. 잘 자라 줘서 고맙다. 고마워."

정한은 아까보다 더 밝게 웃는 초롱에게서 어릴 때 모습을 엿보며 환하게 웃었다. 그런 초롱의 옆을 지키고 선 초원이 누나에게 손수건을 건네주고, 말없이 등을 토닥여 주는 모습을 바라보며 형님이 자식 농사 한번 정말 잘 지었구나 싶은 생각에 흐뭇한 미소가 절로 떠올랐다.

"그럼 삼촌은 이만 가마. 다시 만날 때까지 건강하게 잘 지내야 한다."

정한이 웃으며 떠나고, 초롱은 그가 남기고 간 여운에 소리 없이 흐르는 눈물을 닦았다. 따듯한 미소로 초롱을 바라보던 초원이 가만히 누나를 안아 주었다.

"그만 울어, 누나. 이러다 쓰러지겠네."

초원은 여전히 눈물이 멈추지 않는지 대꾸도 없이 여린 어깨를 들썩이는 누나를 보며 분위기를 전환하기 위해 농담을 던졌다.

"우와. 우리 누나도 처세술이 아주 뛰어나던데?"

동생의 뜬금없는 말에 초롱이 의아한 목소리로 물었다.

"처세술?"

"병실 앞에서 그분 처음 뵀을 때, 여기가 시베리아 벌판인가 했어. 어휴, 냉기가, 냉기가. 말 한 마디 한 마디에 고드름이 내리꽂히는 줄 알았잖아. 그런데 배웅할 때 보니 완전 180도 다르던데? 삼촌, 삼촌 하면서 말이야."

순간 초롱에게서 숨넘어가는 소리가 들리더니 이내 걱정스러운 목소리가 뒤를 이었다.

"그렇게 차갑게 굴었어? 내가? 어떡해, 어떡해! 난 하필 나타난 시점이 병실 옮긴 뒤라 무슨 꿍꿍이가 있는 건 아닌가 했지. 내가 그렇게 심했어? 어? 정말?"

"푸하하하. 아니야. 누나가 하도 우니까 장난 좀 친 거야. 무례할 정도 아니었으니까 걱정 마."

"뭐야? 너는 정말, 깜짝 놀랐잖아. 장난칠 게 따로 있지. 나빴어. 너!"

"그게 아니라, 이따 형 오기로 한 거 아니었어? 그냥 둘 걸 그랬네. 퉁퉁 부은 눈 구경 좀 시켜 주게 말이야. 아주 볼만하겠어."

"아, 맞다! 어떡해?! 운 거 표시 많이 나?"

"어. 아주 얼굴에 나 울었음. 하고 궁서체로 써 둔 것 같은데?"

초원의 말에 깊은 한숨을 내쉬는데, 하필 이 타이밍에 들려오는 그의 목소리라니.

"누가 보면 애인인 줄 알겠네. 무슨 남매가 그렇게 다정해?"

멀리서 긴 다리로 성큼성큼 거리를 좁히며 다가오는 그에게서 질투 섞인 말이 들려왔다. 초롱은 자신의 상태가 어떻다는 것도 잊은 채 짧게 웃음을 터트렸고, 옆에 있던 초원 역시 싱겁게 웃음 지었다.

"오셨어요. 형?"

"어. 그래. 잘 지냈지? 화장품 광고 잘 봤어. 멋지게 잘 나왔더라."

"감사합니다."

초원은 그가 언제 누나의 부은 눈두덩이를 발견할까 궁금해하며 유심히 바라보는데, 아니나 다를까 고개 숙여 웃던 누나가 얼굴을 들어 올리자마자 놀란 음성이 뒤를 이었다.

"초롱아, 너 울었어? 무슨 일이야, 무슨 일인데? 아버님께 무슨 문제라도

323

있어?"

붉어진 눈을 보고 화들짝 놀란 산이 초롱의 얼굴을 감싸고서 걱정스레 물었다. 조금 전까지 밝은 표정으로 인사를 건넨 초원은 이미 안중에도 없었다.

"픕."

"야. 이초원. 너 웃지 마."

산은 부끄러운지 두 손으로 제 얼굴을 감추려 애쓰며 동생에게 불퉁하게 말하는 초롱의 모습을 보아하니 큰 문제는 아닌 것 같아 놀란 가슴을 쓸어내렸다.

"걱정하지 말아요. 안 좋은 일 아니니까."

"네 얼굴 좀 보고 말할래? 꼭 어머님 쓰러졌을 때 네 모습 보는 것 같아서 깜짝 놀랐잖아."

"이산 씨도 참. 그때가 언제라고. 일단 이 손 좀 놓죠. 초원이 아직 웃고 있어요?"

초롱의 말에 초원을 슬쩍 보던 산이 피식 웃었다. 고개는 살짝 반대편으로 틀었지만 눈동자는 신나게 이쪽저쪽을 번갈아 보는 초원이 막냇동생처럼 귀엽게 느껴진 탓이었다.

초롱의 체면을 생각해 그녀의 얼굴을 감싸고 있던 손을 내려놓으며 산이 대답했다.

"어. 아직 웃고 있는데? 그나저나 왜 운 거냐고. 말 안 해 줄 거야?"

"말해 줄게요. 그 전에 잠시만요. 이초원! 너 안 들어갈 거야?"

"에이. 야박하네. 좋은 구경 좀 더 하려고 했더니. 알았어. 얘기 나누고 천천히 들어와. 형, 이따 뵐게요."

평소 나이에 비해 점잖다고 생각했던 초원의 개구쟁이 같은 모습에 산과 초롱이 동시에 웃음을 터트렸다. 초원이 병실에 들어가는 모습을 보며 초롱이 입을 열었다.

"너무 기쁜 일이 있어서 울었어요. 너무 좋아서."

의아해하는 그에게 아까 있었던 일을 얘기하는 초롱의 얼굴에 흥분이 고스란히 번졌다. 산은 듣고도 믿을 수 없는 사실에 놀라 입이 다물어지지 않았다. 믿음과 진심을 다한 끝에 다가온 뜻깊은 결실에 괜스레 뿌듯한 마음을 감출 수 없었다. 제 일처럼 기뻐하며 초롱과 함께 병실에 들어서자 부모님 모두 반갑게 산을 맞았다.

"어서 오게."

"안녕하셨습니까, 아버님. 어머님. 방금 초롱이가 좋은 소식을 전하더군요. 진심으로 축하드립니다."

"고맙네. 고마워. 그러지 않아도 우리 초롱이 결혼을 어떻게 시켜야 하나 내심 걱정이 많았는데, 이제는 우리도 기본적인 예를 다할 수 있게 되었으니 얼마나 다행이야 그래."

"아버님, 그러면 절 진짜 사위로 인정해 주시는 겁니까? 사실 정식으로 말씀드리고 결혼 승낙 받은 게 아니라서 내심 걱정하고 있었습니다만."

산의 말에 뒤늦게 아차 싶은 은호였다. 돌이켜 생각해 보니 모든 상황이 너무나 자연스레 결혼으로 귀결되는 분위기에 어느 순간 둘의 결혼을 당연하게 받아들이게 되었다. 이제 와 새삼스레 너무 쉽게 딸을 준 게 아닌가 하는 생각이 들었지만, 이내 피식 웃으며 생각을 떨쳐 내 버렸다.

다른 사람도 아닌 하이산이었다. 건강한 신체에 더 건강한 정신을 소유한, 인물만큼이나 마음마저 훌륭한 사람인데, 이런 남자가 아닌 누구에게 딸을 선뜻 내어줄 수 있을까. 은호는 서글서글한 미소를 품은 산을 보고 싱긋 웃으며 말을 꺼냈다.

"인정하지 않을 수가 없지. 이제 자네가 아니면 그 어떤 남자가 와도 안 되네. 그러니 자네가 우리 초롱이 책임지게."

"네. 그럼요. 그런 책임이라면 기꺼이 아주 행복하게 끝까지 책임지겠습니다. 감사합니다, 아버님. 감사합니다, 어머님."

갑작스레 우렁차게 높아진 산의 음성에 은호와 수영은 물론이고, 초원과 산의 옆에 있던 초롱까지 놀라 흠칫하다 이내 모두 웃음을 터트렸다.

"그래서 오늘은 무슨 일로 왔다고?"

"아, 결혼식 문제로 상의드릴 일이 있어서 왔습니다. 아버님."

"그래? 그럼 소파에 가서 앉게, 나도 금방 가겠네."

은호의 말이 끝나자마자 산이 은호를 향해 성큼 다가섰다.

"제가 도와드리겠습니다. 아버님."

산의 말에 잠시 물러나 있던 초원이 서둘러 다가왔다.

"형, 제가 하겠습니다."

"그래. 아들 놔두고 백년손님이 될 귀한 손을 빌릴 수야 있나?"

"아버님, 그렇게 말씀하시면 서운합니다. 백년손님이라니요. 이제 그냥 큰아들이라고 생각해 주시면 안 될까요? 그리고 실례되는 말씀입니다만 아들보다 사위인 제가 더 듬직해 보이지 않습니까?"

말을 마치는 순간 항의하듯 눈동자를 데굴 굴리는 초원과 눈이 마주쳤다. 산은 그저 어깨를 으쓱하며 은호를 덥석 안아 올려 휠체어로 조심스레 옮기고서 소파 테이블의 상석으로 가 휠체어를 고정했다.

은호는 차례로 자리에 앉는 가족과 산을 보고 흐뭇한 미소를 지으며 입을 열었다.

"그래, 이제 말해 보게. 무슨 일로 왔다고?"

"네, 아버님. 다름이 아니라 결혼식 관련해서 의논드릴 일이 있어서요. 상견례 날도 정해야 하고요."

"아, 상견례는 초롱이한테 말해 뒀네. 우리는 다음 주 중이나 주말 다 괜찮으니 자네가 가족들과 상의해서 시간 한번 맞춰 보게."

"네. 그럼 좋은 날을 정해서 바로 말씀드리겠습니다. 그리고 식장을 정하려면 하객이 어느 정도 올지 파악을 해야 하는데."

"아……. 그렇겠지."

입가의 미소가 사라지고, 이내 수심에 잠긴 표정으로 힘없이 고개를 떨구며

옅은 한숨을 내쉬는 은호였다. 그 모습을 지켜보던 산이 서둘러 말을 덧붙였다.

"초롱이에게 들어서 아시겠지만, 제가 오 남매 중에 둘째입니다. 실은 형보다 먼저 결혼을 하는 게 마음에 걸리기도 하고 앞으로 저희 집에 혼사가 저만이 아니기에 거창하게 예식을 치르는 것보다, 두 분만 괜찮으시다면 양가 가족이나 친지들만 모시고 식을 올리면 어떨까 합니다만, 아버님, 어머님 생각은 어떠하신지요?"

은호가 잠시 떨구었던 고개를 들어 올렸다. 사윗감인 산은 개인 사업을 하는 사업가에다 그 집안 또한 국내에서 손꼽히는 대단한 그룹의 자제였다. 보고 들은 짧은 식견으로 그들에게 혼맥이 얼마나 중요한 사업의 일환인지, 게다가 집안의 첫 혼사가 얼마나 중요한 행사인지 모르지 않았다.

저 생각 깊은 사람이 어떤 이유에서 그런 결정에 이르렀는지, 분명 몸이 불편한 자신을 위한 배려임을 구태여 묻지 않아도 알 것 같았다.

"우리야…… 어차피 초대할 사람도 많지 않아 상관없네만, 자네는 사업을 하는 사람인데 정말 괜찮겠나? 결혼은 평생 한 번이네. 오죽하면 인륜지대사라고 할까. 혹여 나 때문이라면, 나는 정말 괜찮으니 신경 쓰지 말고 자네 편한대로 하게."

"그런 문제라면 걱정하지 않으셔도 됩니다, 아버님. 방금 하신 말씀처럼 인륜지대사가 아닙니까. 초롱이와 부부로 함께 내딛는 첫걸음에 진심 어린 축복만 받고 싶습니다. 그럴 사람이 가족 외에 또 있을까요? 저는 가족과 가까운 친지만으로도 충분할 듯합니다."

"자네 생각이 그렇다면 우리도 가까운 사람들만 부르겠네."

"이해해 주셔서 감사합니다. 아버님. 어머님."

잠자코 그가 하는 모습을 지켜보던 초롱은 코끝이 시큰거렸다. 그의 입장에서 보자면 분명 우리 가족을 위한 배려고 희생일 텐데, 되레 자신을 이해해 줘서 고맙다고 말하는 모습이 왜 이렇게 고맙고 미안한지.

늘 주기만 하는 그에게 자신은 뭘 줄 수 있을까, 그에게 받은 큰 사랑에 어떤 보답을 해야 할까, 초롱은 행복한 고민에 빠졌다.

산은 부모님과 대화를 마치고 돌아서는 자신을 배웅하겠다며 따라나선 초롱과 함께 차에 올랐다. 사랑스러운 미소로 자신을 바라보는 초롱의 머리를 쓰다듬으며 산이 말을 꺼냈다.

"그만 들어가 봐. 어른들 기다리시겠다."

"네. 오늘 정말 고마워요. 사실은 부모님께서 걱정 많이 하셨어요. 우리 측 하객이 너무 없으면 면목이 없으니까, 우리가 기울어도 너무 기울어서 이산 씨 집에 누를 끼치게 되는 건 아닌지……."

"기울기는 뭐가 기울어?! 그런 생각은 할 필요도 없어. 그렇게 훌륭한 장인 어른께서 이렇게 예쁜 딸까지 선뜻 내어주신다는데 내가 더 고맙지. 엎드려 절이라도 해야 할 판이야. 너만 데려올 수 있다면 내 뭔들 못 할까. 그러니까 너도 쓸데없는 생각에 힘 빼지 마. 우리 불필요한 절차는 생략하고 최대한 간소하게 하자. 남들 다 하니까 하는 그런 거 말고, 오래도록 기억에 남는 우리만의 결혼식을 만들어 보자."

"네. 좋아요. 고마워요. 진짜 고마워요."

초롱은 결혼하기로 마음먹은 순간부터 걱정으로 가득했던 마음을 느슨하게 내려놓았다. 그가 전하는 말, 그의 부드러운 눈빛, 마음으로 따듯하게 번지는 그의 진심. 그를 만나고부터 제 주위를 부유하던 행복이 품으로 달려 들어오는 것만 같았다.

산은 부드러운 미소를 머금은 채 자신을 뚫어져라 바라보기만 하는 초롱을 보다 못해 입을 열었다.

"뭐지? 심장 떨리게 달달한 그 표정은?"

말을 마치기가 무섭게 초롱이 제 품으로 와락 안겼다. 서둘러 차 밖의 동태를 살피던 산의 입가에 환한 미소가 번졌다.

"깜빡이도 안 켜고 이렇게 달려들면, 너무 좋잖아. 나는 이초롱 이럴 때가 제일 좋더라. 예측 불가능할 때, 눈치 안 보고 마음을 다 보여 줄 때."

품에 안긴 초롱이 빠져나가려는 듯 몸을 꿈틀거리자, 산은 모른 척 시치미를 떼며 초롱을 더 꼭 끌어안았다.

"뭐 해요? 빨리 놔줘요."

"내가 전에 말하지 않았었나? 들어올 땐 네 맘대로, 나가는 문은 없다고 말했을 텐데?"

"지금 차 안이거든요? 밖에 사람들 다니잖아요!"

"그런 차 안에서 먼저 덥석 안긴 사람이 누구더라? 다른 사람이 들으면 내가 강제로 끌어안은 줄 알겠네."

"빨리 놔줘요. 창피하게."

"놔주면 뭐 해 줄 거야?"

"정말, 사람이 왜 이렇게 짓궂어요?"

품 안에서 투정하듯 장난스레 하는 초롱의 말에 산이 피식 웃으며 대꾸했다.

"그러게. 왜 너하고 있으면 이렇게 유치해지나 모르겠어. 이거 체면이 말이 아니네."

못 이긴 척 초롱을 안은 팔에 힘을 느슨하게 풀자 그녀가 얼른 제자리로 돌아가나 싶더니, 이내 예쁜 얼굴이 불쑥 다가와 입술을 단숨에 훔쳤다. 그저 살짝 입 맞추는 수준이 아닌 짧지만 진한 키스에 산이 본능적으로 반응하는 순간, 그녀의 숨이 야박하게 사라져 버렸다.

어느새 차에서 내려 긴 머리를 휘날리며 달려가는 초롱의 모습을 멍하게 바라보는데, 허탈한 웃음이 피식피식 새어 나왔다. 산은 아주 잠시였지만 혼이 나갈 만큼 달콤했던 키스의 여운에 아쉬운 입맛을 다셨다.

그날 늦은 저녁, 은호는 누군가를 기다리며 아내가 켜 둔 라디오를 듣고 있었다. 잔잔하게 흘러나오는 음악 소리가 좋아 귀를 기울이는데, 처음 들어 보는 남자 가수의 노랫말이 은호의 마음에 잔잔한 파고를 일으켰다.

고단하고 황량한 세상이라도 너라는 선물이 있으니 다시 일어설 수 있다는 내용의 노래 가사가 마치 자신의 심정을 대변하는 듯 절로 가족들의 얼굴이 떠올랐다. 노래로 인해 위로를 받고 감정의 치유를 경험하는 것도 참 오랜만인 듯했다.

라디오 진행자의 인사를 끝으로 광고가 들려왔지만, 은호는 노래의 여운에서 쉬이 헤어나지 못하고 있었다. 그때 기다리던 친구가 병실로 들어섰다. 그제야 노래의 긴 여운에서 빠져나와 반갑게 친구를 맞이하는 은호다.

"대호, 어서 와."

혈색이 전에 없이 좋아 보이는 은호의 모습에 친구를 향해 다가서는 대호의 입이 귀에 걸렸다. 근래 들어 들려오는 잇단 희소식이 대호는 그렇게 반갑고 기쁠 수가 없었다. 그간 말도 못 할 긴 어둠의 터널을 힘겹게 지나 이제야 빛을 보는 모양이었다.

침상에 기대앉은 은호에게 다가가 앞에 놓인 의자에 앉으며 친구의 손을 반갑게 잡았다.

"야, 대체 이게 무슨 일이야?! 잘됐다. 정말 잘됐어. 그러게 내가 말했잖아. 살다 보면, 버티다 보면 좋은 날도 올 거라고 내가 했어, 안 했어?!"

"그래. 네 말대로 살아 내다 보니 이런 날도 다 있다. 고맙다, 대호야. 정말 고마워. 내가 너 아니었으면 지금까지 어떻게 버텼을지 모르겠다."

"이런 쓸데없는 소릴! 다 너와 네 가족이 쌓은 은덕이다. 축하한다, 은호야. 그동안 정말 고생 많이 했다."

실로 오랜만에 기쁘게 대화를 나누는 두 사람이었다. 이렇게 밝게 웃어 보는 것도 얼마 만인지. 은호는 늘 마음의 짐으로 남아 있던 대호를 보며 조심스레 말을 꺼냈다.

"대호, 그동안 정말 고마웠어. 이제라도 자네에게 진 빚을 갚아야지."

"빚은 무슨, 애당초 돈을 빌려줄 때부터 받을 생각 같은 건 없었다. 사실 네가 잘못되기라도 하면 나는 세상에 혼자나 다름없잖아. 그게 정말 무섭더라고. 다 나를 위해 한 일인데 빚은 무슨."

"아니야. 그래도 받을 건 받아야지, 이 정신 나간 놈 같으니."

"너 같은 놈 옆에 나 같은 놈밖에 더 있을까. 웬 정신 나간 놈한테 정신 나간 놈이란 소리를 들으니 기가 막힌다. 기가 막혀."

"뭐야?"

"그렇잖아. 말이야 바른말이지. 내가 네 옆에서 보고 배운 게 뭐겠냐? 혹시 알아? 나도 한 15년 지나면 10배, 20배로 불려서 올지?"

"하하하하하. 싱거운 놈 같으니. 꿈 깨라. 내 꼴을 보고 말해."

"그야 모르는 일 아니야? 요즘 재활 열심히 한다며, 희망을 가져 보자. 다른 사람은 몰라도 너라면 할 수 있을 거라 믿는다. 단 1프로의 가능성만 있어도 포기하지 말자, 은호야."

"그래. 그래야겠지."

"그걸 말이라고, 힘은 들겠지만, 기운 내. 우리 초롱이 시집갈 때 손잡고 들어가야 할 것 아닌가!"

"지금으로서는 내 유일한 소원이네만…… 현실적으로 그게 가능할 것 같은가, 결혼을 내년에 하게 된다면 또 모를까."

"내 장담하는데, 네가 일어설 확률보다, 결혼을 내년에 하게 될 확률이 더 희박할 거야. 네 사위 그 사람. 한번 마음먹으면 거침없어. 시원시원하게 해치워 버려. 그러니까 결혼 미룰 생각 말고, 네가 어서 일어날 생각을 해. 그게 더 빨라."

너무나 쉽게 수긍이 가는 설명에 은호가 피식 웃으며 고개를 끄덕였다. 제 사위는 둘째 치고, 초면에 서슴없이 사돈이라 호칭하던 사위의 할머니가 퍼뜩 떠올랐다. 다녀간 지 얼마나 됐다고 벌써 상견례 날을 잡자고 하는 걸 보면 결혼을 서두를 거라는 건 불을 보듯 뻔한 일이었다.

"내 생각도 그래. 우리 사위보다 그 댁 어른이 아주 거침없으시더라고. 그래도 우리 초롱이를 예뻐해서 얼마나 다행인지."

"초롱이야 어딜 내놔도 예쁨 받을 아이지. 안 그런가?"

"말이 나와서 말이네만, 또 고맙네. 초롱이가 우리 사위를 만나게 된 것도 다 자네 덕 아닌가."

"그래! 그건 맞지. 다른 건 몰라도 멋들어진 정장 한 벌은 받아 입어야겠네."

은호는 기쁨에 들떠 능청스레 말하는 대호의 모습에 파안대소하고 말았다.

"어디 정장 한 벌로 되겠어? 하여간 실속 없기는. 각설하고, 내일 날 밝으면 수영이가 자네 계좌로 돈 보낼 거야. 그렇게 알아. 내 마음도 좀 편하게 해 줘."

"나 참. 네 맘대로 해라. 나야 좋지 뭐. 공돈 생기는 기분이네. 기왕 보내는 거 많이 보내라."

"그래야지. 그동안 너한테 신세를 좀 졌어야 말이지. 병원비에 수술비, 어디 그뿐이야? 집도 거저 살았는데, 빌린 돈에 월세, 이자까지 다 쳐서 줄게."

"농담도 못 하겠네. 농담도 못 하겠어. 그나저나 제수씨가 안 보이네? 애들도 있다더니 다 갔어?"

"아니야. 잠시 뭐 좀 알아보러 나갔어. 금방 올 거야."

은호의 말이 끝나자 마치 약속이라도 한 듯이 병실 문이 열리며 수영과 애들이 들어섰다. 마치 가족을 맞이하듯 반갑게 인사를 나누는 그들을 보는 은호의 입가에 또다시 흐뭇한 미소가 맴돌았다.

자연스레 은호가 있는 침상으로 옹기종기 모여들었고, 초원이 의자 두 개를 가져와 초롱과 수영에게 하나씩 건네주었다. 모두 자리를 잡고 앉자마자 대호가 초롱을 향해 말을 꺼냈다.

"초롱이 곧 상견례 한다면서?"

"네. 교수님."

"여기는 학교도 아닌데 교수님이냐?"

"그러게요. 이제 교수님이 더 입에 붙었나 봐요."

"언제는 헷갈려 죽겠다더니. 어쨌든 결혼 미리 축하한다."

말을 마친 대호가 상의 안쪽에 있는 주머니에서 흰 봉투 하나를 꺼내 들고서 초롱에게 건네며 다시 입을 열었다.

"자, 이거 결혼 준비 하는 데 보태."

"아니에요. 교수. 아니, 삼촌. 돈 들 일이 별로 없어서 괜찮아요."

"그래. 대호, 어서 넣어. 이 사람 참. 빚 갚는다고 오랬더니 무슨 돈을 또 챙겨 왔어?!"

"그래요. 대호 씨. 사람이 염치가 없어도 유분수지 우리가 이것까지 어떻게 받아요. 그리고 남편이 이미 말했겠지만, 내일 오전에 지금까지 빌려주신 돈 보내 드릴게요. 정말 너무 고마웠어요."

대호의 한마디에 초롱은 말할 것도 없이 은호와 수영까지 손사래를 치며 봉투를 마다하고 있었다. 그런 가족의 모습을 바라보던 대호가 고개를 절레절레 내저었다.

"세상천지에 돈 봉투 마다하는 사람들은 이 사람들밖에 없을 거야 아마. 이 초원, 너는 지금 이 상황이 이해가 돼?"

대호가 침대 끝에 걸터앉은 초원을 향해 불시에 물었고, 초원이 웃음을 참으려는 듯 입가를 실룩거리더니 결국 참지 못하고 웃음을 터트리며 대답했다.

"풉. 하하하. 아니요. 이해 안 됩니다. 그리고 교수님도 이해 안 가기는 마찬가지고요. 주지 못해 안달하는 사람이나, 받지 않으려고 손사래 치는 사람 중에 누가 더 특이한지 우열을 가리기가 힘들겠는데요?"

"뭐야?"

초원의 말에 모두 싱거운 웃음을 터트렸다. 여전히 봉투를 내밀고 있는 대호의 손이 민망해지려는 찰나, 은호가 나섰다.

"초롱아, 삼촌이 주시는 거니까 받아. 삼촌한테 빌린 돈은 내일 엄마가 다 보내 주기로 했으니까 너는 이제 더는 신경 쓰지 않아도 된다. 그러니 감사하게 받아."

그제야 초롱이 겸연쩍은 미소와 함께 쭈뼛쭈뼛 손을 내밀었다.

"감사합니다. 삼촌, 잘 쓸게요."

"그래. 진작 이러면 좀 좋아? 그리고 감사할 거 없어. 이거 그동안 초롱이 네가 나한테 가져왔던 돈이야. 내가 그렇게 필요 없다고 해도 꾸역꾸역 가져오지 않았어? 사실 그동안 부러 열어 보지 않았어. 너 결혼할 때 챙겨 주려고. 언제 시집가나 했는데, 생각보다 늦지 않아 다행이야."

"삼촌……."

"녀석. 돈을 제법 많이 모았더라. 깜짝 놀랐어. 아르바이트하면서 그 돈 모으기가 쉽지 않았을 텐데, 그동안 고생 많이 했다. 네가 매사 열심히 최선을 다해서 잘 살아온 덕분에 좋은 인연도 만나고, 이렇게 경사가 끊이질 않나 보다."

대호가 돈 봉투를 내밀 때부터 시큰하던 콧잔등이었는데, 기어이 초롱의 두 볼에 뜨거운 물줄기가 흘러내렸다.

"감사합니다. 삼촌, 정말 감사합니다. 우리 가족에게 삼촌이 가장 큰 버팀목이었어요. 삼촌마저 없었다면…… 이렇게 꿋꿋하게 버티지 못했을 거예요."

울먹이는 초롱의 목소리에 결국 모두의 눈시울이 붉어져 버렸고, 저마다 눈물을 삼키려 애쓰는 모습이 역력했다. 간신히 일렁이는 마음을 갈무리한 대호가 조용히 말을 꺼냈다.

"녀석 언제 이렇게 컸나 모르겠네. 나한테는…… 너희가 버팀목이었다. 혈혈단신 아무도 없는 나한테 삼촌, 삼촌…… 너희는 자꾸 미안하고 죄송하다고 했었지만, 나는 내심 좋았어. 나한테 의지하는 너희 보며 마치 정말 가족이 된 것 같은 기분이었거든."

대호의 말을 듣고 있던 은호가 발끈하며 끼어들었다.

"어이구, 저 머리로 어떻게 대학교수를 하고 있나 모르겠다. 이미 우리는 한 가족인데, 가족이 된 것 같은 기분은 또 뭐야?!"

은호의 말에 초롱과 초원을 비롯하여 수영까지 크게 고개를 끄덕였고, 이내 모두 울며 웃으며 행복한 시간을 만끽했다.

가장 힘든 시간, 서로의 등대와 버팀목으로, 또한 빛과 그림자가 되어 기꺼이 밀어 주고 끌어 주던 그들은 진정한 의미의 가족임이 틀림없었다.

초롱은 동생의 생일을 맞아 제대로 된 생일상을 차려 주고 싶은 마음에 아껴 뒀던 휴가를 내고 분주한 아침을 맞았다.

오전에는 집 정리와 밀린 집안일에 시간을 다 보내고, 오후가 되어서야 시장과 마트에 들러 장을 봐 올 수 있었다. 왠지 촉박하게 느껴지는 시간에 쫓겨 서둘러 짐을 부리고 팔을 걷어붙이며 모처럼 실력 발휘에 나섰다.

시장에서 장 봐 온 야채를 씻고 다듬기만 하는데 언제 시간이 이렇게나 지나 버렸는지, 한 시간 하고도 반을 훌쩍 넘긴 시간을 보며 미간이 찌푸려졌다. 다른 건 몰라도 요리에는 재능이 없는 초롱이었고, 제 실력을 잘 알기에 그나마 쉬워 보이는 메뉴로 선정했는데, 하필 손이 많이 가는 음식이어서 마음은 더 조급해져만 갔다.

이럴 때를 대비해 냉장고에 미리 붙여 둔 요리 순서에 따라 야심 차게 요리를 시작했다.

'보자, 우선 미역국이랑 갈비찜부터 해야겠구나. 그리고 무쌈말이나 잡채에 들어갈 야채 썰고, 연어샐러드 하고, 아이고…… 큰일 났네.'

아무리 봐도 시간 안에 다 할 수 있을지 의문이었다. 사실 동생만을 위한 상차림이라면 조금 늦게 되더라도 부담이 없는데, 이산까지 초대한 덕분에 마음에 조바심이 더했다. 그에게 한 번이라도 제대로 된 식사를 대접하고 싶은데 왜 이렇게 손이 따라 주지를 않는지, 피아노를 대할 때와는 사뭇 다른 손놀림에 한숨이 절로 나왔다.

한참을 요리에 열중하다 보니 어느새 음식이 하나둘 완성되어 갔다. 그가 일을 마치고 오기까지 30분 정도가 남았기에 그제야 마음의 여유를 찾았다.

다행히 완성된 음식의 맛도 나쁘지 않아 만족스레 웃으며 차가운 음식은 냉장고에, 미역국과 갈비찜은 가스레인지 위에 올려 두고서 마지막에 하려고 두었던 잡채를 하기 위해 준비한 재료를 꺼내 두는데 식탁 위에 놓아둔 휴대폰에서 벨 소리가 들려왔다.

발신자를 확인한 초롱이 씩 웃으며 서둘러 전화를 받았다.

"초원아, 음식 거의 다 됐어. 넌 언제 도착해?"

— 지금 가고 있는데 차가 좀 막혀. 난 조금 늦을 것 같은데?

"그래? 얼마나 걸릴 것 같아?"

동생의 대답이 들려오기도 전에 현관문을 두드리는 둔탁한 소리에 깜짝 놀라고 말았다.

"어머! 이산 씨 벌써 왔나 봐. 나 아직 잡채 안 했는데 어떡하지? 일단 끊어. 뭐가 급한지 문을 두드리네."

— 어, 그래, 알았어. 수고해.

전화를 끊은 초롱이 재빨리 매무새를 확인하고서야 현관으로 가 문을 활짝 열었다. 그런데…… 현관 앞에 있는 사람은 산이 아니었다.

문 앞에서 마주한 사람은…… 뜻밖에도 초저녁부터 독한 술 냄새를 풍기며 찾아온 불청객 이기주였다. 몇 달 전 휴게소에서 우연히 만난 이후 그를 보는 건 오늘이 처음이었다.

이 집에 살게 된 뒤로 작은집과는 단 한 번의 왕래도 없었는데 기주가 이곳을 어떻게 알고 찾아온 건지 의아했지만, 지금은 그런 여유로운 생각을 할 시간 따위는 없었다.

기주는 신도 벗지 않은 상태에서 문 앞을 가로막은 초롱을 한 손으로 밀치며 집 안으로 들이닥쳤다. 많이 취했는지 몸을 휘청이며 걷는 기주의 모습이 왠지 불안하게 느껴져 도어 스토퍼를 내려 현관문을 조금 열어 두었다. 거침없이 거실 한가운데로 향하는 그의 뒤통수를 노려보며 초롱이 날 선 목소리로 물었다.

"여긴 어떻게 알고 왔어?"

마치 제집처럼 거실을 배회하던 기주가 초롱을 향해 뒤돌아섰다. 흐리멍덩한 눈빛으로 자신을 노려보는 기주의 모습이 섬뜩해 보여 소름이 등을 타고 흘러내렸다. 뒤이어 기주에게서 입에 담기도 힘든 욕설과 함께 악한 말이 거침없이 쏟아져 나왔다.

"씨X, 싸가지 없는 X. 씨X, 재수 없네. 하…… 네 눈에는 이제 내가 오빠로 보이지도 않지? 어? 무슨 일? 글쎄, 술을 마시다 갑자기 네 잘난 면상이 떠오르더라. 술맛이 확 떨어졌잖아! 너는 씨X 잘난 것도 없으면서 뭘 그렇게 설치고 다녀?! 왜 씨X 너 때문에 내가 그런 꼴을 당해야 해?! 어? 별스럽게 굴지 말고 제발 좀 찌그러져 있어! 가진 거라고는 XX 없으면서 주제넘기는 아주 네 아빠를 빼다 박았더라? 의사도 아닌 X이 뭐 하러 나서 나서길, 하긴 자기 몸 하나 간수도 못 하는 아빠한테 보고 배운 게 그런 것밖에 없으니."

술을 마셔서인지, 원래가 그런 건지 욕을 빼고는 혀가 굴러가지 않는 모양이었다. 술에 취한 듯 보이는 사람과는 정상적인 대화가 불가능할 것 같아 뭔 소리를 지껄여도 대충 참다가 보낼 생각이었는데, 그의 선을 넘어 버린 패악질이 초롱의 신경을 건드리고 말았다.

"말조심해! 입에서 나온다고 그게 다 말인 줄 알아? 큰아버지한테 네 아빠라니! 말을 그따위로 하는데 오빠로 보이겠어? 더는 말 섞고 싶지 않아. 그러니 당장 이 집에서 나가!"

기죽지 않고 맞서는 초롱을 비웃듯 기주의 기괴한 웃음소리가 공간을 가득 메우더니 이내 웃음기를 싹 지운 비틀린 그의 음성이 흘러나왔다.

"씨X, 네가 이제 눈에 뵈는 게 없지? 무식해서 용감한 거야? 아니면 겁대가리가 없는 거야? 지금 이 집에 나 말고 누가 또 있어? 너는 내가 무섭지도 않아?"

순간 기주의 말에 내포된 의미를 알아차린 초롱이 흠칫하며 뒷걸음질을 쳤다. 정작 눈에 뵈는 게 없는 듯 행동하는 건 기주였지만, 더는 그를 자극해서는 안 될 것 같았다.

상스러운 말과 행동으로 눈살을 찌푸리게 하는 경우는 한두 번이 아니었지만, 이렇게 막무가내로 쳐들어온 적은 없었는데……. 바보같이 술 취한 사람을 왜 상대했을까, 어리석은 자신을 탓하며 긴장의 끈을 바싹 조였다.

손에 들린 휴대폰에서 벨 소리가 울려 왔지만 받을 엄두가 나지 않았다. 건들건들 저를 향해 다가오는 기주의 소름 끼치는 눈빛을 주시하며 산과 함께 습관처럼 익혔던 호신술을 빠르게 머릿속으로 떠올려 보았다.

그 시각. 외근 나왔던 산은 평소보다 조금 일찍 퇴근하게 되었다. 초롱의 집으로 가는 길에 잠깐 제과점에 들러 케이크를 사는데 상의에 넣어 둔 휴대폰에서 진동이 느껴졌다. 서둘러 받은 전화 너머로 반가운 목소리가 들려왔다.

— 매형.

"와, 그 소리 생각보다 훨씬 듣기 좋은데? 그럼 나도 이제 처남이라고 해야겠네. 처남은 언제 도착해?"

— 조금 늦겠다고 했는데, 누나가 말 안 해요?

"나도 아직 도착 전이야."

— 네?!

"나도 아직 도착 전이라고, 외근 갔다가……,"

— 형! 좀 전에 누나하고 통화할 때 누가 현관문을 두드렸어요. 누나는 당연히 형인 줄 알고 있던데요.

말을 잘라 버린 초원의 목소리에서 왠지 불안한 기운이 느껴져 덩달아 긴장이 스며들었다.

"내가 벨을 놔두고 문을 왜 두드려?! 혹시 집에 벨 고장 났어?"

— 아뇨.

벨이 고장 난 것도 아닌데 문을 두드렸다고? 왠지 모르게 목덜미에 싸늘한 기운이 전해졌다.

"그럼 평소에 이웃과 왕래가 있어? 아니면 집을 아는 누구라도?"

— 왕래 거의 없어요. 우리 집에 올 사람이라고 해 봐야 소현이 누나나 진우 형밖에 없는데, 그 두 사람은 지금 여행 중인 거로 알아요. 그것보다 방금 누나한테 다시 전화했었는데 안 받아요. 그래서 형한테 전화한 거예요.

초원의 말에 섬뜩한 기분이 온몸을 타고 흐르며 산의 신경을 긁어 댔다. 서둘러 제과점에서 빠져나와 차로 향하며 다시 물었다.

"혹시 짐작 가는 사람도 없어?"

— 네. 아무리 생각해도, 아. 설마…….

"왜?! 말해."

— 아까 낮에 사촌 형한테 전화가 오기는 했는데, 제가 안 받았거든요.

"사촌 형? 그 레스토랑 한다는…… 이기주?!"

— 네.

"알았어. 일단 끊어. 내가 초롱이한테 전화해 볼게. 그리고 늦어도 10분이면 도착하니까 집에 가면 연락할게."

— 네. 저도 최대한 빨리 갈게요.

"그래. 이따 보자."

산은 차에 오르자마자 출발하며 초롱에게 전화를 걸었다. 계속해서 신호음만 갈 뿐 좀처럼 연결되지 않는 전화에 조바심 내며 도로를 가로질러 속도를 올렸다.

"씨X, 너는 어릴 때부터 XX 거슬렸어. 초롱이 1등 했다더라, 초롱이 상 받았다더라. 초롱이 반장 됐다더라. 그놈의 초롱이, 초롱이, 초롱이!! 내가 이제 그 이름만 들어도 경기할 것 같아. 알아? 그렇게 부러우면 널 데려다 딸을 삼든가! 왜 허구한 날 비교하면서 나를 못 잡아먹어 안달이냔 말이야! 이게 다 너 때문이야! 씨X 너만 없었어도, 너만 알짱거리지 않았어도 그런 개무시는 당하지 않았을 거라고, 너만 없었어도!"

그가 어려서부터 자신을 이유 없이 미워하며 못 잡아먹어 안달했던 이유를 이제야 조금 알 것 같았다. 늘 자신을 업신여기고 배척하며 무시하기 일쑤였던 기주가 저런 열등감을 안고 있었을 줄은 상상조차 할 수 없었다.

그에게 연민이라는 달갑지 않은 마음이 드는 것도 잠시, 자신의 머리를 마구 쥐어뜯으며 악을 써 대는 기주의 광기 어린 모습에 두려움이 엄습했다. 악감정에 지배된 그를 도대체 어떻게 진정시켜야 할까, 무슨 말로 그를 회유할 수 있을까. 고심하는 사이 다시 손에 쥔 휴대폰에서 벨 소리가 들려왔다.

힐끔 발신자를 확인하는 그 짧은 순간, 기주가 순식간에 거리를 좁혀 와 두 손으로 우악스레 제 멱살을 움켜쥐었다. 놀란 초롱이 휴대폰을 놓치며 본능적으로 기주의 팔을 꽉 붙잡았다. 난폭하게 제 멱살을 쥐고 흔드는 기세에 당황해 머릿속이 새하얘지는 그 순간 놀랍게도 긴장으로 굳었던 몸이 반응을 보였다.

저도 모르게 양팔을 번쩍 들어 올려 오른쪽을 향해 몸통을 강하게 회전시키자 중심을 잃은 기주가 힘없이 바닥으로 엎어지고 말았다. 산과 함께 호신술을 배울 때마다 연습했던 동작이 습관처럼 자연스레 실전에 녹아든 순간이었다.

전혀 예상하지 못한 초롱의 대응에 중심을 잃고 앞으로 엎어진 기주도, 호신술을 시도한 초롱도 믿기지 않는 상황에 어리둥절한 채 말이 없었다.

먼저 정신을 차린 건 초롱이었다. 그리 특별한 기술을 사용하지 않고도 저보다 체격이 큰 기주를 상대로 이렇게 손쉽게 일격을 막아 냈다는 사실에 상황과 어울리지 않는 짜릿한 희열이 온몸을 감쌌다.

비록 여자인 자신과 체격 조건이 다르다고는 하나 기주는 술에 취한 상태였고, 몸을 제대로 가누지 못하는 듯했기에 충분히 해 볼 만하다는 자신감이 모락모락 샘솟았다.

'할 수 있을 것 같아. 아니, 할 수 있어. 곧 그가 올 거야. 그러니 조금만 버티면 돼.'

속으로 다짐을 하던 초롱이 거친 욕설과 함께 신경질적으로 몸을 일으키는 기주를 노려보았다. 긴장의 끈을 놓지 않은 채 나름의 방어 자세를 취했다. 그런 초롱의 모습에 헛웃음 치며 기막히다는 듯 바라보던 기주가 빈정거렸다.

"너 지금 뭐 하냐? 씨X 지금 나랑 장난해? 내가 지금 장난하는 것 같아?"

"아니 장난 아닌 거 알아. 그래서 방어하려는 거잖아. 경고하는데 나 호신술 배웠어. 그것도 오빠보다 더 큰 사람이랑 수도 없이 연습했다고. 그러니까 이제 나 우습게 보지 마. 그저 악으로 깡으로 오빠를 상대하던 때와는 달라. 예전의 그 이초롱 아니라고. 알아?"

"씨X XX 어이없네. 이제 너까지 나를 우습게 보냐? 어? 너도 내가 우습냐고!"

잔뜩 화가 난 기주가 다시 거리를 좁히며 당장이라도 때릴 듯 팔을 들어 올렸지만 초롱은 이미 마음의 준비가 되어 있었다. 왠지 예상 가능한 반응이었기에 속으로 쾌재를 외쳤다.

초롱은 위협적으로 들어 올려진 기주의 오른팔을 막아 내고서 망설임 없이 그의 팔꿈치 위쪽을 두 손으로 단단히 붙잡았다. 앞으로 한 발 그를 끌어당기며 순식간에 그의 가슴팍을 파고들어 단숨에 업어치기를 해 버렸다. 정말 눈 깜짝할 만큼 짧은 시간, 초롱이 해낸 모든 동작은 물 흐르듯 자연스럽기만 했다.

강한 마찰음과 함께 순식간에 천장을 향해 시원하게 뻗어 버린 기주가 가쁜 숨을 내뱉으며 놀란 눈을 껌뻑였다. 술이 덜 깬 걸까, 초롱의 예상치 못한 강한 반격에 놀란 걸까, 천장이 빙글빙글 돌고 있었다.

혼내 주러 왔다가 되레 호되게 당하는 꼴에 자존심은 이미 땅에 떨어지고 없었다. 뭐 하나 마음대로 되지 않는 상황에 짜증이 솟구친 기주가 고함을 내질렀다.

"아아악! 으아아악!"

"내가 분명 경고했지. 나 우습게 보지 말라고. 예전의 내가 아니라고."

"씨X 닥쳐! 닥치라고! 아아악!"

초롱은 여전히 누운 채 마구 악을 써 대는 기주를 향해 회심의 한 방을 날렸다.

"아, 그리고 내가 말했던가? 곧 이산 씨가 여기로 온다고. 알지? 그때 휴게소에서 마주쳤던. 나와 곧 결혼할 사람이야."

초롱의 말에 기주는 모골이 송연해졌다. 정신없는 중에도 그날, 감히 범접할 수 없던 남자의 강한 힘과 매서웠던 눈매가 고스란히 떠올랐다. 뒤늦게 술이 깨는 듯 정신이 번쩍 든 기주가 삐거덕거리는 몸을 일으키는 찰나 현관문이 벌컥 열어젖혀졌다. 동시에 두 번 다시 듣고 싶지 않았던 남자의 목소리가 기주의 고막을 뒤흔들었다.

"초롱아! 헉헉."

흠칫하던 기주의 고개가 힘없이 현관을 향해 돌아갔다. 아니나 다를까 언젠가 고속도로 휴게소에서 자신을 사정없이 뭉개 버린 바로 그 남자가 현관을 막고 서 있었다.

급히 달려왔는지 거친 숨을 몰아쉬던 남자의 눈이 곧장 초롱에게로 향했다. 이내 자신에게로 돌아선 남자의 눈빛은 초롱을 보던 것과는 180도 달라져 있었다. 살의가 번뜩이는 남자의 섬뜩한 눈빛에 머리카락이 쭈뼛 서는 것으로 모자라 전신으로 소름이 쭉 돋아났다.

"씨X X됐다."

낮게 욕을 뇌까리며 어떻게 이곳을 빠져나가야 하나, 안 돌아가는 머리를 재빨리 굴려 보는데 마침 초롱이 남자에게 달려가 안겼다.

한편, 산은 초롱의 집으로 오는 내내 걱정으로 떨리는 몸을 주체할 수가 없었다. 예전에 초롱을 죽일 듯 노려보던 그놈의 광기 어린 눈빛이 머릿속을 맴돌았다.

뇌리를 스치는 최악의 상황을 애써 외면하며 고층에 머물러 있는 엘리베이터를 지나쳐 비상구 계단을 통해 5층까지 미친 듯 내달렸다. 부디 초롱이 무사하기를, 부디 아무 일도 일어나지 않았기를 마음으로 바라고 또 바라면서.

복도를 달려오며 들려오는 남자의 고함에 절망의 신음을 삼켜야 했다. 다행히 현관문이 열려 있어 서둘러 문을 열어젖히며 안으로 들어서는데, 뜻밖의 광경이 눈에 들어왔다.

놀란 눈으로 자신을 보던 초롱이 미소가 그려진 얼굴로 저를 향해 달려왔고, 초롱을 괴롭혔을 거라 생각했던 놈은 바닥에서 엉거주춤 일어서다 만 자세로 자신을 노려보고 있었다. 이게 도대체 어떻게 된 영문인지, 와락 품에 안긴 초롱의 몸을 서둘러 살피며 물었다.

"초롱아, 너 괜찮아? 어디 다친 데 없어?"

"네. 괜찮아요. 난 다친 데 없어요."

초롱에게 잠시 정신이 팔린 사이 기회를 엿보던 기주가 재빨리 현관으로 돌진했다. 뒤늦게 화들짝 놀란 산이 막 현관을 벗어난 기주를 쫓으려는 찰나 초롱이 산의 팔을 강하게 붙잡았다.

"이산 씨, 가지 말아요. 그럴 필요 없어요."

"무슨 소리야?! 잡아야지!"

"나 봐요. 그럴 필요 없어요. 다친 데도 없는데 뭘, 그동안 갈고닦은 호신술 오늘 제대로 활용했어요. 내가 이기주의 콧대를 납작하게 눌러 버렸다고요!"

"뭐……라고?"

"술이 잔뜩 취해서 그런지 힘을 못 쓰더라고, 늘 이산 씨와 연습했던 게 제대로 먹혀들었어요. 그것도 두 번씩이나. 그게 정말 가능할 줄 몰랐는데 당황한 사이에 내 몸이 알아서 움직였어요. 습관처럼 익혔던 동작이 물 흐르듯 자연스럽게 나왔다고요. 믿어져요?"

산은 왠지 흥분한 듯한 초롱을 보며 웃어야 할지 말아야 할지 알 수가 없었다. 동네가 떠나가라 고함을 지르던 기주의 소름 끼치는 목소리가 아직도 귓가에 남아 있었고, 걱정으로 두근거리는 심장 또한 여전히 진정될 기미를 보이지 않았다. 끓어오르는 열기를 식히려 슈트 상의를 벗어 든 산이 미간을 찌푸리며 말을 꺼냈다.

"이초롱, 그러니까 지금 네 말은, 술이 잔뜩 취한 사람을 혼자서 상대했다는 말이야?"

"그렇다니까요!"

"방어가 두 번이나 먹혀들었고?"

"네!"

"두 번을 방어하는 동안 그 자리를 피하거나 벗어날 기회는 없었어?"

"……네?"

초롱은 왠지 심각해 보이는 그의 표정에 의아해하며 빠르게 기억을 더듬어 보았다. 분명 위험에서 빠져나갈 기회는 있었다.

잔뜩 술에 취한 기주에게서 위험을 감지한 그때, 집에 들이닥친 그에게 따지고 들 게 아니라 차라리 집 밖으로 나가 피할 수 있었고, 처음 방어에 성공했을 때에도 예상치 못한 대응에 기주가 당황한 틈을 타 얼마든지 벗어날 수 있었다.

돌이켜 생각해 보면 분명 기회는 있었고, 충분히 가능한 상황이었으나 피할 생각은 전혀 하지도 못했던 초롱은 왠지 추궁하는 듯한 산의 물음에 당황하지 않을 수 없었다.

"이초롱, 너 일반인 맞지?"

"……네."

"일반인에게 요구하는 호신술의 근본적인 취지가 뭐라고 했는지 기억나?"

"위험에서 한시라도 빨리…… 벗어나는 거."

"잘 기억하고 있네. 그렇게 잘 알면서, 술 취한 사람을 상대로 맞대응을 하고 있었단 말이야? 가뜩이나 난폭한 놈이 술까지 마신 상태에서 언제 어떻게 돌변할지 알고 그걸 상대하고 있었어?! 어설프게 했다가는 오히려 상대를 자극할 수 있다는 거 알아 몰라?!"

"알아요. 하지만……."

어설펐다고 생각되지 않았고, 그에게 잘했다는 칭찬을 바라지도 않았다. 하지만 이게 이렇게 혼나야 하는 일인가, 괜히 억울한 마음이 든 초롱의 목소리가 기어들어 갔다.

"너는 내가 여기 오는 동안 무슨 상상을 하며 달려왔는지 알아? 너 다칠까 봐, 너한테 혹시라도 무슨 일이 생길까 봐! 하……"

다시 생각해도 섬뜩한 마음에 고개를 숙이는 초롱을 와락 끌어안았다.

"오는 동안 수없이 기도했어. 제발 우려하는 일이 없기를, 제발 이기주가 찾아온 게 아니기를 빌고 또 빌었다고. 그저 초원이와 나의 노파심이기를 간절히 바랐어. 복도를 달려오면서 그놈 목소리가 들렸을 땐, 온몸의 피가 다 빠져나가는 줄 알았다고. 그 짧은 순간 제발 네가 위험에서 잘 피해 있기만을, 그것만을 바랐는데……"

그의 품에 안겨 가만히 말을 듣고 있던 초롱은 그만 눈물이 핑 돌았다. 산이 내뿜는 뜨거운 열기와, 거칠게 가슴을 두드리는 그의 심장에서 전해 오는 박동만으로도 그가 얼마나 놀랐을지 짐작하고도 남았다.

자신을 위해 미친 듯이 달려왔을 그의 모습이 눈에 선하게 그려져 걱정을 끼친 미안함에 목이 메었다. 미세한 떨림이 느껴지는 그의 몸을 꼭 끌어안고서 등을 어루만져 주던 초롱이 울먹이는 목소리로 말을 건넸다.

"미안해요. 정말 미안해요. 내 생각이 짧았어요. 이산 씨 말이 맞아요. 위험에서 벗어날 생각을 먼저 했어야 하는데, 오늘은 단지 운이 좋았을 뿐인데, 한 번 성공했다고 내가 너무 기고만장했었나 봐요. 놀라게 해서 미안해요. 걱정하게 해서 미안해요. 다음부터는 그러지 않을게. 조심할게요. 위험한 상황에 노출되는 일 없게 조심할게요. 그러니까 오늘만…… 오늘만 좀 봐줘요."

달래듯 어루만지는 초롱의 손길과 부드러운 말투에 그제야 정말 그녀가 안전하게 제 품에 안겨 있다는 걸 실감했다. 비로소 긴장했던 몸과 마음이 안정을 되찾아 가는 듯했다. 산은 품에서 빠져나와 저를 올려다보며 미소를 지어 보이는 초롱의 얼굴을 소중하게 감쌌다.

억겁과 같았던 짧은 시간, 초롱에게 무슨 일이 생길 것만 같았던 그 끔찍했던 시간을 머릿속에서 몰아내며 초롱의 입술을 단번에 파고들었다. 그렇게 정신없이 서로에게 빠져들어 마음으로 이해와 용서를 구하는 그때, 어디선가 들려온 요란한 소음이 고요를 뒤흔들었다.

놀라 입술을 떨어트린 산과 초롱의 눈이 곧장 소리의 진원지인 현관으로 향했다. 누군가 들이닥친 게 분명한데 현관에서는 인영이 보이지 않았다. 뒤늦게 아차 싶은 두 사람의 눈이 공중에서 마주치나 싶더니 놀란 음성이 동시에 튀어나왔다.

"초원이."

"처남."

초롱이 탄식을 내뱉으며 얼굴을 붉히자 산이 피식 웃더니 큰 소리로 외쳤다.

"처남, 들어와도 돼."

그제야 현관 안으로 고개를 삐쭉 내민, 거칠어진 호흡을 진정시키지 못한 초원이었다.

초원은 도대체 무슨 일이 어떻게 돌아가고 있는 건지 알 수가 없었다. 불과 몇 분 전까지만 해도 온갖 걱정을 안고 집으로 정신없이 내달려야 했다. 설마, 설마 기주가 찾아왔을까 싶으면서도 연락이 닿지 않는 초롱과 산 때문에 좀처럼 불안을 떨칠 수 없었다.

그렇게 도착한 아파트 입구에서 누군가에게 쫓기듯 헐레벌떡 도망치는 기주를 보고 말았다. 기어이 무슨 일이 터진 것 같은 불안함에 도망가는 기주를 잡을 생각도 하지 못했다. 그저 누나가 괜찮은지 한시바삐 확인해야 했기에 엘리베이터를 기다릴 생각도 않고 5층으로 한걸음에 달려왔는데, 들어선 현관에서 뜻밖의 장면을 마주하고 말았다.

이미 우당탕 요란한 등장에 두 사람이 눈치챘으리라는 건 불을 보듯 뻔한 일이나, 저도 모르게 본능적으로 몸을 숨겼다. 아니, 숨겨야 할 것 같았다.

터질 듯 폭주하는 심장이 집으로 오는 내내 했던 걱정 때문인지, 미친 듯 달려와서인지, 그것도 아니면…… 두 사람의 농도 짙은 애정 행각을 목격했기 때문인지는 알 수 없었다.

처음으로 목격한 두 사람의 애정 어린 모습이 놀랍기도, 당황스럽기도, 다행스럽기도. 다양한 마음이 뒤엉켜 혼란스러울 때, 저를 부르는 목소리가 들렸다.

왠지 쑥스러운 마음에 고개 먼저 현관으로 살짝 들이밀었다. 저와 시선을 마주치지 못하는 누나와, 미소 지으며 안으로 들어오라는 듯 고개를 까딱하는 형을 보며 그제야 초원이 집 안으로 들어섰다.

"어. 기주 형이 급하게 나가길래…… 무슨 일 있을까 봐 걱정돼서. 누나 별일 없었어? 기주 형 여기 왔었던 거…… 맞지?"

"맞아. 처남 일단 앉아. 나도 처음부터 다시 얘기를 좀 들어야 할 것 같으니까. 그 전에 우리 놀란 마음 진정부터 시키자고."

산의 말이 끝나기 무섭게 초롱이 손 좀 씻어야겠다고 말을 흘리며 재빨리 화장실로 사라졌다. 그런 초롱을 보던 산과 초원이 얼굴을 마주하며 피식 웃었다.

"내가 미성년도 아닌데, 저렇게 부끄러워할 일인가요? 매형?"

"그러게. 처남은 괜찮지?"

"그럼요. 어휴. 다 큰 성인 남녀가 다 그렇죠. 뭐. 하. 하하하."

"품. 아니, 그게 아니라 놀란 마음이 좀 가라앉았냐고, 무슨 일 났나 싶어 급하게 달려왔잖아. 나처럼."

"그러니까요. 무슨 일 없었어요? 누나가 별말 안 해요?"

"무슨 일 있었던 것 같은데, 다행히 누나가 침착하게 대응을 잘한 것 같아. 그러니 누나 나오면 같이 자세히 들어 보자."

"네. 아, 그리고 죄송합니다. 본의 아니게 방해하게 돼서. 참……."

"괜찮아. 나중에 또 하면 돼."

"네. 네? 아, 네. 뭐. 그렇죠. 하하하. 하하. 흠. 누나는 무슨 손을 종일 씻나?"

초원의 반응이 너무 재미있어 산이 씩 웃으며 고개를 절레절레 내저었다. 불과 몇 분 전까지만 해도 온갖 걱정으로 죽을상을 했던 사람이 맞나 싶게 두 사람의 입가에 밝은 미소가 스며들었다.

화장실에서 나온 초롱은 식탁 의자에 앉은 채 저를 향해 빨리 오라고 손짓하는 산을 뚫어져라 바라보았다. 그의 맞은편에 앉은 초원의 얼굴을 볼 엄두가 나지 않았다.

"누나, 빨리 와. 궁금해 죽겠어. 어떻게 된 일인지 말해 줘."

저를 제대로 쳐다보지 못하는 누나가 귀엽게 느껴진 초원이 서둘러 화제를 끌어냈다. 당연한 듯이 형의 옆자리에 앉는 누나가 이제는 놀랍지도 않았다. 앞서 본 장면이 워낙 강렬한 인상을 남겼기 때문이었다.

"초롱아, 빨리 말해 봐. 이기주가 갑자기 왜 찾아온 거야? 그동안 왕래도 없었다면서."

저를 주시하며 재촉하는 두 사람을 번갈아 보던 초롱이 조심스레 말문을 열었다. 초롱이 하는 말을 숨죽여 듣고 있던 산과 초원은 초롱이 얘기를 마치는 순간 마치 약속이나 한 듯이 긴 한숨을 토해 냈다. 두 사람 다 말은 하지 않았지만, 머릿속으로 수없이 많은 경우의 수를 떠올리며 치를 떨었다.

초롱이 호신술을 배우지 않았다면 어떻게 되었을까, 오늘 만나기로 약속한 날이 아니었다면 어찌 됐을까, 기주가 온전한 정신으로 들이닥쳤다면, 잔뜩 약이 오른 그가 미쳐 날뛰었으면 어떻게. 머릿속으로 펼쳐지는 온갖 나쁜 상상들을 떨쳐 내려 애써야 했다.

"초롱아, 오늘은 정말 운이 좋았던 거야. 다시는 그렇게 대응하면 안 돼. 피할 수 없는 피치 못한 사정이 있지 않고서야 무조건 나쁜 상황에서 벗어나는 걸 최우선으로 해야 해. 더구나 술 취한 사람이었잖아. 맨정신에도 제 감정 하나 다스리지 못하던 놈이었어. 하물며 술에 취했다면 제대로 생각할 이성이 한 조각이라도 남아 있었겠어?"

"누나, 그건 매형 말이 맞아. 그 상황에서는 우선 벗어나는 게 누나의 안전을 위해서는 더 나은 방법이었을 것 같아. 오늘은 이 정도로 그쳐서 정말 다행이야."

"알았어. 다음에는 정말 조심할게. 오늘은 내가 조금 교만했어요. 그 오빠한테 약한 모습 보이고 싶지 않았나 봐요. 늘 소리만 질러도 움찔했던 나였으니까. 그래서 더 얕보고 함부로 대하는 게 아닌가 싶어서, 그래서 그랬나 봐요."

"그래. 항상 명심해. 무엇보다 너의 안전이 최우선으로 고려되어야 한다고. 그래도 오늘은 정말…… 정말 잘했어, 초롱아."

"진짜?"

"그래. 이기주가 널 괴롭힌 게 한두 번이 아니라며, 오랜 두려움과 맞서는 게 쉬운 일이 아닌데 넌 오늘 그걸 해낸 거잖아. 그것도 아주 완벽하게 말이야. 어쩌면 더 잘된 일인지도 몰라. 강해진 네 모습을 봤으니, 아니, 몸소 체험했으니 이제 이기주도 너를 전과 같이 쉽게 대할 수는 없을 거야. 그런 면에서는 너 오늘 완전 잘한 거야. 그렇다고 다음에도 겁 없이 맞대응하라는 말은 아니야. 내 말 무슨 뜻인지 알지?"

"네, 그럼요. 알죠, 알고말고요. 귀에서 피 나겠네. 첫째도 안전, 둘째도 안전, 셋째도 안전. 나의 안전을 언제나 최우선으로 생각할게요. 위험을 해제한 후 우선 그 상황에서 벗어나는 것을 1차 목표로 할 것, 사정이 여의치 않을 경우에만 정신 똑바로 차리고 대응할 것. 이제 됐죠?"

온전히 웃음을 되찾은 초롱이 장난스레 대꾸하며 싱긋 웃자 산과 초원 역시 씩 웃고 말았다. 미소 짓던 초롱이 갑자기 무언가 떠오른 듯 자리에서 벌떡 일어나 활기찬 목소리로 말을 꺼냈다.

"더 늦기 전에 우리 초원이 생일 파티 해요. 이산 씨, 얼른 손 씻고 와요. 초원아, 너도 얼른 씻고 와. 누나가 생일상 멋지게 차려 줄게."

오늘 험한 일을 당한 사람이 맞나 싶었다. 냉탕과 온탕을 정신없이 오갔던 힘겨운 하루의 저녁이 행복으로 서서히 물들기 시작했다. 초롱은 불청객 때문에 계획했던 요리를 다 하지 못했지만, 열심히 만들어 놓은 음식으로 부지런히

상을 차렸다.

"와아~ 이거 정말 누나가 다 한 거 맞아?"

"야, 이초원. 지난 생일에도 네 생일상 누나가 차려 줬거든? 설마 기억나지 않는다고 하지 않겠지?"

"그렇지. 그런데 오늘은 뭔가 아주 달라 보이는데? 색감도 화려하고…… 처음 보는 메뉴도 있어."

장난스레 하는 초원의 능청스러운 말에 초롱의 얼굴이 발그스름하게 변했다.

"쓸데없는 소리 말고 수저나 좀 놓으시지?"

이미 수저를 챙겨 오던 산이 웃으며 다가와 수저를 흔들어 보였다.

"내가 챙겼어. 오늘의 주인공은 그냥 자리에 앉아 있어."

"넵. 감사합니다. 매형."

초원은 평소라면 손사래 치며 손님인 산을 자리에 앉히고 자신이 부지런히 누나를 도왔을 테지만 오늘은 호의를 거절하지 않고 의자에 넙죽 앉았다.

식탁 의자에 앉은 초원의 눈에 가끔 서로의 눈을 마주칠 때마다 싱긋 웃으며 함께 상을 차리고 있는 초롱과 산의 다정한 모습이 가득 들어찼다. 케이크에 초도 사이좋게 나누어 같이 꽂고 있는 둘의 모습을 유심히 바라보는 초원의 입가에 숨기지 못한 미소가 물결치듯 넘실거렸다.

"다 됐다. 이제 시작해요. 우리."

그들만의 작은 파티가 시작되었다.

"우와, 누나! 미역국 맛있어. 갈비찜도 연어샐러드도 정말 맛있어."

눈을 동그랗게 뜨고서 연신 감탄사를 내뱉는 동생을 보던 초롱이 피식 웃으며 물었다.

"뭘 새삼스럽게 놀라고 그래. 꼭 내가 해 주는 음식 처음 먹어 보는 사람처럼 말한다 너?"

"처음 먹어 보는 맛이 아니고, 뭐랄까…… 평소보다 더 맛있어. 그렇다고 전에 해 줬던 음식이 맛없다는 소리가 아니라, 확실히 신경 쓴 티가 난다고나 할까? 형 온다고 음식 맛이 이렇게 달라지나?"

"애는 쓸데없는 소리를 하고 있어. 다르긴 뭐가 달라? 똑……같기만 한데."

초원은 입술을 삐죽이며 밉지 않게 눈을 흘기는 누나의 모습에 자꾸만 웃음이 비집고 나와 난감했다. 누나에게서 보게 될 거라고는 전혀 기대하지 않았던 모습들을 잇달아 발견하는 것이 무엇보다 큰 기쁨으로 다가왔다. 몇 년 만에 이렇게 행복한 생일을 맞이하는 것인지.

초원은 부지런히 밥을 먹는 중에 맞은편에 앉은 누나와 그 옆에 앉은 매형을 슬쩍슬쩍 바라보았다. 그는 이보다 더 훌륭한 음식을 얼마나 많이 접해 봤을까.

그런데도 세상 그 어떤 산해진미보다 맛있다며 누나를 향해 엄지를 치켜세워 주는 모습에 왠지 모르게 코가 찡하게 울렸다. 실제로 음식을 얼마나 맛있게 먹는지 덩달아 식욕이 솟구쳤다.

"고마워요. 매형."

갑작스러운 초원의 인사에 열심히 음식을 먹던 산이 씩 웃으며 대꾸했다.

"인사는 누나한테 해야지? 음식을 즐기지도 않는 사람이 이렇게 많은 음식을 하느라 온종일 얼마나 애썼을지 보지 않아도 알 것 같은데?"

"누나한테야 당연히 해야죠. 세상에 이런 누나가 또 없거든요. 그렇지, 누나? 고마워. 정말정말 고마워."

"왜들 이래요? 쑥스럽게. 얼른 먹기나 해요. 너도 얼른 먹어. 맛있게 잘 먹어 주는 게 나에겐 가장 좋은 인사야."

고개를 끄덕이던 산이 천연덕스럽게 말을 흘려보냈다.

"그러고 보니 내가 참 복이 많아. 그치? 우리 초롱이는 얼굴도 예뻐, 마음도 고와, 현명한데 음식까지 잘해. 어디 그뿐이야? 하나밖에 없는 처남까지 이렇게 착하고 똑똑하다니. 이런 걸 두고 복이 넝쿨째 굴러들어 왔다고 하는 건가?"

"헐. 느끼해요. 매형."

"그래? 내가 너무 갔나?"

잠자코 듣고 있던 초롱이 민망한 듯 고개를 숙이더니 웃으며 어깨를 들썩였고, 그 모습을 바라보던 산과 초원도 결국 웃음이 터지고 말았다.

즐거운 식사 시간을 뒤로하고 후식으로 케이크와 함께 차를 마시던 산이 초롱과 초원을 흐뭇하게 바라보았다. 서로가 서로에게 든든한 버팀목이 되어 준, 보기만 해도 미소가 절로 그려지는 남매를 보며 자리에서 조용히 일어섰다.

아까 케이크를 가져올 때 함께 챙겨 온 쇼핑백을 들고서 다시 자리에 와 앉은 산이 고급스러운 포장이 되어 있는 작은 상자를 초원에게 내밀었다.

"생일 축하한다. 내 마음의 선물이야."

산이 내민 선물을 받아 든 초원이 얼떨떨한 표정으로 어색한 미소를 지어 보였다.

"아니 무슨 어린애도 아닌데 선물까지 준비하셨어요?!"

"내가 보기에는 아직…… 애 아닌가? 농담이고, 얼른 열어 봐."

"네. 감사합니다. 매형."

포장부터 남다른 블랙 계열의 상자를 조심스레 열어 보던 초원의 얼굴이 놀라 굳어 버렸다. 명품에 대해 잘 알지 못하는 자신도 들어 본 적이 있을 만큼 유명한 브랜드의 시계였다.

"매형, 이건 너무 과합니다. 못 받겠어요."

"받아. 형이 주는 건 받아도 돼."

"아니, 아무리 그래도 그렇지, 이건 너무 고가……"

산이 부담스러워 어쩔 줄 몰라 하는 초원의 말을 자르고 들어왔다.

"이초원. 난 말이야, 가족을 위해 잠시 궤도를 이탈한 너의 시간이 아깝다고 생각하지 않아. 지금껏 네가 살아온 오랜 시간 중에 어쩌면 가장 값지고 뜻깊은 시간을 보내는 중이 아닐까. 그리고 앞으로 네가 살아가야 할 수많은 날의 가장 든든한 주춧돌과도 같은 시간이 되지 않을까. 나는 그렇게 생각해. 너는 보란 듯이 이 시간을 잘 이겨 내고, 네가 뜻한 바를 이루어 낼 수 있을 거라 믿어 의심치 않아. 잠시 길을 돌아가는 너의 귀한 시간을 형이 열심히 응원한다."

가만히 산의 말을 경청하던 초원의 고개가 떨구어졌다. 눈물인 듯한 물방울이 테이블 위로 툭툭 떨어졌다. 이내 목을 가다듬는 초원에게서 밝은 목소리가 들려왔다.

"흠흠. 잘 착용하겠습니다. 시계 볼 때마다 매형의 응원을 기억할게요. 귀한 시간 허투루 쓰지 않겠습니다. 감사합니다. 매형. 정말…… 감사해요."

두 남자를 흐뭇하게 지켜보던 초롱이 저도 모르게 흐르는 눈물을 재빨리 훔치고서 활짝 웃는데, 이번에는 자신의 앞으로 작은 상자가 내밀어졌다.

의아함에 멀뚱멀뚱 상자를 보던 초롱이 산을 향해 물었다.

"이게…… 뭐예요?"

"네 거야. 초원이 거 사면서 네 것도 같이 샀어."

"아니. 나는 생일도 아닌데. 뜬금없이."

"됐고, 얼른 풀어 봐."

그의 성화에 못 이겨 상자를 열어 보니 예쁜 여성용 명품 시계가 있었다.

"이산 씨, 이건 너무 비싼,"

"스톱, 거기까지. 누가 남매 아니랄까 봐."

초롱의 말을 끊은 산이 자신의 셔츠 소매를 살짝 위로 걷어 올렸다. 초롱에게 선물한 시계와 비교했을 때 크기와 모양이 조금 다르기는 하나, 누가 봐도 세트인 것 같은 커플 시계를 차고 있었다.

"앞으로 무수히 많은 날을 함께하게 될 너와 나의 금쪽같은 시간. 우리 함께 잘 지내보자."

간신히 감추었던 눈물이 다시 찰랑찰랑 고이더니 기어이 볼을 타고 주르륵 흘러내렸다. 흉하게 얼굴이 일그러질까 서둘러 고개를 떨구려는데 산이 그런 초롱의 얼굴을 단단히 붙잡고서 눈물을 닦아 주었다.

"초원이 지금 우리 뚫어지게 보고 있을 거예요."

울먹이는 목소리로 말하는 초롱과 맞은편에서 피식피식 웃고 있는 초원을 번갈아 바라보던 산이 씩 웃으며 답했다.

"알아. 그게 왜?"

"아니…… 그렇다고요."

"설마, 내가 애 보는 데서 키스라도 할까 봐?"

"이산 씨!"

"매형!"

남매에게서 불만스러운 항의의 외침이 터져 나와 산이 파안대소하고 말았다.

"안 해. 안 한다고, 까짓것 좀 참지 뭐. 네 착한 동생이 잠시 자리를 비켜 줄 것 같지도 않으니까."

"네. 저 비켜 드릴 생각 없습니다. 대신, 오늘 여기서 주무시고 가세요. 매형."

놀란 산과 초롱의 눈이 동시에 초원에게로 날아가 꽂혔다. 그런 두 사람의 당황과 기대 어린 시선을 한 몸에 받으며 초원이 대수롭지 않게 말을 꺼냈다.

"거실에서. 저와 함께."

초롱의 눈물이 쏙 들어가 버렸다. 입술에서 열없는 웃음이 비집고 나오더니 점점 그 크기를 키워 나갔고, 산의 얼굴에는 숨기지 못한 실망이 스쳐 지났다.

초원이 시계를 야무지게 손목에 차고서 자리를 털고 일어났다. 이부자리를 챙기러 방으로 들어가는 초원의 입가에 짓궂은 미소가 함지박만 하게 걸려 있었다.

9

다음 날, 산은 외근 업무를 보던 중에 초롱의 아버지로부터 전화를 받았다. 부탁이 있다는 말에 업무를 마치자마자 병원으로 향했다.

병실 앞에 도착해 옷매무새를 가다듬고서 병실 문에 노크하려는 순간 안에서 들려오는 말소리에 멈칫했다. 손님이 온 모양이었다. 왠지 일상적인 대화 같지 않은 느낌에 섣불리 들어가지 못하고 잠시 병실 문 옆에 기대어 섰다.

불과 몇 분 전 병실 안의 풍경은, 어느 봄날에 맞이한 우박처럼 달갑지 않은 손님의 방문으로 냉기가 흘렀다.

은호는 대체 얼마 만에 보는 건지 기억조차 가물가물한, 하나밖에 없는 친동생 은기를 마주하며 지난 아픈 기억에 몸서리쳤다. 몇 년 만에 보는 동생인데도 반갑게 느껴지지 않았다. 남보다 못한 사이가 되어 버린 자신의 친동생을 바라보는 은호의 눈빛이 사정없이 떨리고 있었다.

왜 찾아왔을까, 다리를 못 쓰게 된 이후로 거짓말처럼 발걸음을 뚝 끊었던 동생이 몇 년이 지난 지금에 와서야 새삼스레 왜 갑자기 걸음을 했는지. 하필 찾아온 시점이 좋은 일이 잇따라 생긴 지금이라는 사실을 자각하지 않으려 애써야 했다.

좀처럼 붙은 입이 떨어지지 않자 제 옆을 지키던 아내 수영에게서 담담한 목소리가 흘러나왔다.

"여기까지 어떻게 오셨어요?"

은호는 아내의 감정 없이 흘러나오는 건조한 목소리를 들으며 부디 한 번이라도 예상에서 벗어나 주기를, 단 한 번이라도 좋으니 제발 제 예상과는 다르기를. 이제라도 잘못했다고, 나이를 먹으니 가족이 그립다는 상투적인 표현이라도 좋으니 차라리 그런 말이 들려오기를…… 바라고 기대해 본다.

"형수, 형. 잘…… 지냈어? 너무 오랜만이지? 좋아 보이네. 나는 병원이 바뀐 줄도 몰랐네. 병실이 좋다. VIP 병동이라던데, 여기 많이 비싸지 않아? 근데 형이 여기를…… 어떻게 왔어?"

"초롱이 삼촌! 몇 년 만에 보는 형인데 몸은 어떤지, 다리는 어떤지, 그동안 어떻게 지냈는지, 뭐 하고 지냈는지. 그런 걸 먼저 물어야 한다고 생각하지 않아요? 오랜만에 와서 한다는 말이…… 참……."

수영은 은기가 용건을 꺼내기도 전에 마치 태풍 뒤에 몰아치는 거센 파도처럼 거대한 실망이 밀려와 날카로운 목소리를 내고 말았다. 어떻게 몇 년이 지나도 변한 게 없을까. 나이를 먹고, 세월을 낚으면 무언가 조금이라도 달라지는 게 있어야 할 텐데, 어쩜 저리도 변하지 않는지.

"아. 그렇죠? 내가 말주변이 없어서. 형수도 잘 아시면서. 흠흠. 초롱이가 좋은 사람 만나는 것 같던데. 사위 될 사람이 옮겨 줬나? 아니다, 초원이구나? 녀석 요즘 잘나간다더니."

쓸데없는 말을 주절주절 늘어놓는 동생을 보며 은호는 매 순간 생각에서 덜어 내고 치우고 또 밀어내려 부단히 애썼던 기억이 섬광처럼 떠올라 인상을 와락 찌푸렸다.

그날이 언제였던가……. 아마도 중요한 수술을 마친 직후였나 보다. 벌써 몇 년이 지났지만 그날의 기억만은 잊히지 않았고 마치 어제 일처럼 선명하게 은호의 머릿속에 되살아났다.

마취에서 깨어난 뒤, 병실로 옮긴 후에도 계속 잠이 쏟아져 졸다 깨다를 반복했다. 무슨 이상이 있는 건 아닌지 아내가 의사에게 물어봐야겠다며 잠시 병실을 비운 사이 동생 내외가 찾아왔다. 하필 선잠이 들어 있을 때였고 안타깝게도 동생 내외가 속닥이는 소리는 여과 없이 은호의 귓가를 파고들어 고막을 할퀴어 댔다.

'형수 없는 거 맞지?'

'그래요. 내가 나가는 거 봤다니까. 다행이지 뭐야. 있어도 우릴 달가워하겠어요? 수술비도 안 해 줬는데?'

'그게 어디 안 해 준 건가? 못 해 준 거지. 당장 가게에, 집 대출금에 돈 들어갈 데가 한두 곳이라야지.'

'그렇지? 게다가 빌려줘 봐야 받지도 못할 거 뻔한데 어떻게 빌려주겠어요?'

'형수가 그렇게 생각하겠어? 그동안 우리가 받은 게 있는데?'

'하긴…… 그나마 차용증 안 쓴 게 얼마나 다행인지 몰라. 안 그래요?'

'형이 나한테 그런 거 쓰고 돈 줄 사람이야? 그나저나 수술은 잘 됐나 모르겠네.'

'잘 돼도 걱정, 못 돼도 걱정이네. 이래저래 골치 아파 죽겠어.'

'어휴, 이렇게 살아서 뭐 해? 차라리 죽는 게 낫지.'

'그러게 말이에요. 이제 그만 가요. 형님 오면 쫓겨나.'

그렇게 동생 내외가 떠나고 감은 은호의 눈이 천천히 떠졌다. 몽롱한 정신에 꿈인지 생시인지 구별이 되지 않았다. 동생과 제수씨가 남기고 간 역한 향

수 냄새가 아니었다면 꿈이라고 착각했을지도 모를 일이었다. 아니…… 꿈이라 믿고 싶었는지도 모른다. 참을 수 없는 분노와 원망이 서슬 퍼런 날을 세워 온몸을 찔러 댔다.

다른 사람도 아닌 친동생이었다. 과거에 형답지 못한 행동으로 어린 동생이 가출했었기에 늘 마음의 짐으로, 아픈 손가락으로 남아 있던 동생이었다. 몇 년이 지나 동생이 다시 저를 찾아왔을 때 지금의 제수씨와 함께였고, 배 속에 아이까지 있는 상태였다.

동생의 허물이 모두 제 탓인 것만 같았다. 그래도 형이라고 다시 찾아와 준 게 어찌나 고맙던지. 헌신적으로 동생의 가족을 살뜰히 보살피며 기반을 다질 수 있도록 도왔다.

동생에게만큼은 제 능력이 닿는 한 아낌없이 주고 또 퍼 주었고, 늘 차가운 동생에게 부모님을 대신한 제 진심을 전하려 부단히 노력하고 애를 썼는데…….

지난날이 주마등처럼 머릿속을 스쳐 지났다. 그간 동생에게 쏟아부었던 마음이 짙은 허무가 되어 떨리는 제 몸을 감쌌다. 크나큰 배신감과 함께 가족을 잃은 것 같은 상실감으로 끔찍한 고통이 찾아와 심장을 후벼 팠다.

수술하는 순간까지도 놓치지 않으려 애썼던 삶의 의욕이…… 마치 파도 위에 쌓은 모래성처럼 힘없이 허물어져 갔다.

은호는 그렇게 침대에 누운 채 온몸으로 심적 고통과 맞서 싸워야 했다. 몽롱했던 정신이 그제야 온전히 깨어났다. 미세하게 움직이던 발가락이…… 움직이지 않았다. 마취를 깨고서 가장 먼저 움직임을 확인했던 발이…… 더 이상 움직이지 않았다.

"여보, 여보!"

아내의 외침에 은호는 늪과 같은 깊은 상념에서 간신히 헤어날 수 있었다. 끔찍한 기억 속에서 헤매는 사이, 다리에 경련이 온 모양이었다. 재활을 거듭하며 가끔 경련이 찾아왔기에 놀라지 않았다. 아내가 서둘러 다리를 주무르며 떨림을 진정시키는 사이 은호는 동생의 얼굴을 유심히 바라보았다.

동생은 놀라지도, 당황하지도 않았다. 그저 미간을 살짝 찌푸린 채 남보다 못한 눈빛으로 저를 무심히 한번 쳐다보더니 이내 고개를 돌려 병실을 두리번거리고 있었다. 동생이 저를 어떻게 생각하고 있는지, 동생에게 형이라는 사람이 얼마나 하찮은 존재인지 말없이도 전해지는 마음이었다.

대체 녀석에게 뭘 기대했을까, 아직도 제 피붙이를 향한 일말의 미련을 남겨두었던 자신이 한심해 죽을 지경이었다. 이미 남보다 못한 사이가 되어 버린 것을. 되돌릴 수 있을까? 아직도 여지가 남아 있을까? 더는…… 기대할 수 없을 것 같았다. 아무리 최선을 다해도 닿지 못한 마음이니 이제는 미련의 끈을 놓아야 하는 거겠지.

아내 덕분에 경련이 잦아들자 은호가 덤덤하게 말을 꺼냈다.

"말해 봐. 찾아온 용건이 뭔지."

"아…… 그게, 형. 혹시 예전에 알고 지내던 변호사들과는 아직 연락해?"

"그건 왜?"

"그게 말이야…… 기주가 사고를…… 냈어. 새벽까지 친구하고 술 마시다가 운전대를 잡았는데, 그게 하필 친구가 렌트한 차였나 봐. 정차 중인 차 몇 대를 박고 도망을…… 아무튼 일이 조금 복잡하게 꼬여서 조언을 구해야 할 것 같은데 내가 아는 변호사가 있어야 말이지. 형은 아는 사람이 좀…… 있었던 것 같아서."

몇 년간 연락이 없었던, 남보다 못했던 동생이 아들 문제로 찾아온 거로 보아 보통 문제가 아닌 듯했다. 그러지 않았으면 저를 보러 오지도 않았을 테지.

저 필요할 때만 찾는 가족이라, 가슴에 또 한 줄의 생채기가 깊게 새겨졌다.

"사람은 안 다쳤어?"

"……어. 뭐. 운전자 두 명. 많이 다친 것 같지도 않은데 생난리를 치더라고, 합의금 뜯어내려고 그러는 걸 내가 모를 줄 알고?"

은호의 입에서 탄식이 절로 나왔다. 우려했던 일이 현실로 나타나고 말았다.

예전부터 기주가 크고 작은 문제를 일으킬 때마다 식당을 하는 동생 내외를 대신해 발 벗고 나서서 도와주었다. 이대로 두면 언제고 대형 사고를 칠 것 같아 몇 번이나 기주를 앉혀 두고 거듭 훈계를 했으나 큰아빠인 자신의 말은 들을 생각도 하지 않았다.

그럴 때면 동생 내외를 찾아가 돈 버는 것보다 자식 교육이 우선이라고, 부디 자식부터 제대로 건사하라 그리도 충고했건만 건성으로 흘려듣더니.

비록 일에서는 만족할 만한 성과를 이루었을지 모르나, 자식 농사는 제대로 망쳐 버린 듯했다. 너무나 큰 것을 놓치며 살아온 동생에 대한 크나큰 실망감에 땅이 꺼질 듯한 한숨이 흘러나왔다. 게다가 말하는 본새가 철없는 기주와 하나 다를 바 없었다.

"나는 너를…… 바꿀 수 있을 거라고 생각했다. 아니, 바꿔야 한다고 생각했지. 그게 하나밖에 없는 네 형으로서 나의 책임과 의무라고 생각했어."

"……지금 무슨 말을 하는 거야?"

"내가 예전부터 누누이 말하고 또 말했어. 기주 잘 챙기라고. 계속 비뚤어지는 녀석의 마음을 잘 좀 들여다보라고. 이러다 언제 한번 큰일 난다고."

"대체 무슨 소리가 하고 싶은 건데?"

"너는 한 번이라도 생각해 봤어? 기주가 고장 난 차처럼 여기저기 들이받는 이유를? 그저 돈 버는 데 급급해 기주를 방치하지는 않았어? 단 한 번이라도 기주가 정신을 번쩍 차릴 수 있도록 제대로 된 훈계를 해 본 적은 있어? 내가 볼 때 너는…… 부모로서 자격 미달이야."

"지금 그 얘기가 여기서 왜 나와?!"

"너는 늘 돈이 우선이었어. 기주가 사고를 내면 피해자들이 아닌 합의금부터 걱정했지. 지금처럼 그들을 돈 뜯어낼 구실을 찾는 사람으로밖에 보지 않았어. 그런 너를 보면서 기주가 무슨 생각을 했을 것 같아? 네가 진정으로 네 아들을 위한다면, 네가 진짜 아들을 생각하고 사랑하는 아버지라면, 돈보다 사람이 귀하다는 걸 가르쳤어야지. 돈 위에 사람 없다는 네 저급한 사고방식을 물려줄 게 아니라! 너는 아직도 모르겠어? 기주가 왜 저렇게 컸는지? 아직도 모르겠어? 뭐가 어디서부터 어떻게 잘못됐는지?"

"내가 지금 그딴 소리나 듣자고 이 바쁜 시간에 여기까지 온 줄 알아? 하! 대단한 성자 나셨네. 씨X, 그래. 형은 그렇게 애들을 위하고 아껴서 물불 안 가리고 여기저기 뛰어들었어? 그 자리가 묏자리가 될지도 모르면서?!"

"삼촌!"

놀란 수영이 격양된 목소리로 시동생을 불렀지만 그는 눈 하나 깜짝 않고 말을 이었다.

"이 모양, 이 꼴로 사는 형이 할 소리는 아니지 않나? 그래서 형이 애들한테 뭘 해 줬는데? 그렇게 대단한 양반이 애들한테 해 준 게 뭐냐고. 고생은 개같이 하게 만들고, 돈이나 꾸러 다니게 만드는 주제에 뭐가 어째? 최소한 나는 그렇게는 안 키웠어! 저 해 달라는 건 다 해 줬다고, 그런 내가 부모 자격이 없어? 하!"

"삼촌! 그만하세요!"

"정말 부모 자격이 없는 건 형이야. 내가 형이었으면 도둑질을 해서라도 초롱이 뒷바라지해 줬을 거야. 강도질을 하더라도 초원이 의대는 마치게 했을 거라고. 기주가 초롱이, 초원이만 같았으면! 씨X 간도 쓸개도 다 빼서 교육했을 거라고. 부모는 그게 부모지. 자식을 위해서라면 못 할 짓이 없는 그게 바로 부모라고. 자식 앞날에 걸림돌을 치워 주지 못할망정 오히려 걸림돌이 되는 주제에 누구한테 훈계질이야?!"

형의 잘난 사위 덕 좀 볼 수 있을까 했다. 오랜 기간 병원에 누워 있는 형에게 황금 같은 인맥이 아직 남아 있을 리 만무하나 그 사위라면 말이 달랐다.

어쩌다 그리 훌륭한 사윗감이 초롱이와 연이 닿았는지. 놀랍고 부러웠다. 아니, 더 솔직히 말해 배알이 뒤틀렸다. 제 새끼는 아무리 돈을 퍼부어도 지금껏 사람 구실조차 제대로 하지 못해 속을 썩이는데, 조카들은 어떻게 이런 황폐한 땅에서도 꽃을 피우는지 괜히 배가 아프고 억울한 생각이 들었다.

못난 속마음으로 저러다 언제고 엎어지겠지. 뭐 잘난 집구석이라고 저런 좋은 집안과 사돈을 맺나 싶었는데, 막상 일이 터지고 보니 이것도 연줄이라고 가장 먼저 생각이 났다.

몇 년간 연을 끊었던 형에게 찾아와 아쉬운 소리를 해야 할 만큼 기주가 낸 사고는 복잡하고 껄끄러웠다. 체면을 구겨야 하겠지만 형이라면 분명 어떻게든 도우려 할 것으로 생각했는데 일은 이렇게 어그러지고 말았다.

뜻대로 흘러가지 않는 분위기에 화를 참지 못해 내지르는 사이, 전에 없이 날카로운 형수의 음성이 들려왔다.

"가세요. 제발 그만 가시라고요."

"네. 갑니다. 가요. 잘난 사위 봤다고 아주 기세가 등등해지셨습니다. 그 사위도 어차피 남인데 이런 뭣 같은 처가를 얼마나 견디고 볼까요? 운 좋아 결혼한다 해도 이혼하지 않으면 다행이지."

"삼촌! 아무리 화가 나도 할 말, 못 할 말은 구분해야죠! 그게 애들 삼촌이라는 사람이 할 소리예요?"

악담도 이런 악담이 또 있을까. 수영은 부들부들 떨리는 손을 꼭 말아 쥐었다.

"말은 바른말이지 않습니까? 그 사위가 뭐가 부족해서 이런 처가를 맞이한답니까?! 나 참, 기가 막혀서. 그래도 형이라고 찾아온 내가 바보지. 내가 등신이지!"

은호는 뭘 잘했다고 기세가 꺾이기는커녕 악다구니를 하는 동생의 모습에 더는 참을 수가 없었다. 결국 가슴에 박혀 있던 대못을 뽑아 들었다.

"나를 형이라고 생각하기는 했었어?"

"뭐야? 참 나, 이 상황에 그게 확인하고 싶어?"

"아니. 이미 답은 오래전에 나왔는데 구태여 확인할 필요가 있겠어? 이제 내가 그만하련다. 이제 나도 내 아내, 내 딸, 내 아들만을 위해서 살련다. 네 형, 이제 안 한다고. 내가."

"잘됐네. 아주 잘됐어. 형이 날 먼저 버린 거야, 나중에 후회하지 마. 이제 우린 정말 남남이야!"

왠지 당황한 듯한 동생이 아무 말이나 지껄여 대자 은호가 작심한 듯 무거운 입을 열었다.

"마지막 수술 했었던 그 날, 이렇게 해야 했어."

"씨X, 무슨 개소리하는 거야?!"

"잠든 줄 알았겠지. 깨어나지 않은 줄 알았겠지만 난, 안타깝게도 깨어 있었어. 잠든 내 머리맡에서 너와 제수씨가 나누던 말! 하나도 빠짐없이 다 들었다."

"……."

처음으로 동생의 눈이 사정없이 흔들리는 모습을 보게 되었다.

"형인 나보다 네 돈을, 네 이기를 먼저 꾀하는 너를, 나를 그저 골칫덩으로밖에 보지 않는 너를, 차라리 죽었으면 좋겠다고 생각하는 너를…… 그런 너를 나는 아직도 기다리고 있었던 것 같아. 그런데……."

"……."

"이제는 놓으려고. 이젠 정말…… 그만하려고. 나는 너에게만큼은 모든 노력을 다 기울였고, 내가 할 수 있는 최선을 다했다고 생각한다. 그러니 이제 그만 내려놓으련다. 죽어도 괜찮다. 아니, 차라리 죽는 게 더 낫겠다 여길 만큼 하찮게 생각하는 네 형 자리…… 이제 내가 내려놓으련다. 그간 너에게 보내려 무수히 많은 노력을 기울였던 내 마음, 내 진심, 내 책임감. 모두 다 내려놓으련다. 형으로서 너에게 해 줘야 할 역할은 이제 끝난 것 같다. 오늘이 너와 나의 마지막이다. 부디…… 어디서든 잘 살아라."

"씨X, 개XXX 소리를 길게도 하네. 그래. 그러자. 뭐 어차피 이딴 형 있으나 없으나. 애당초 여길 찾아오는 게 아닌데 내가 잠시 정신이 나갔나 보네. 오늘 내가 여기 왔다는 거 잊어."

동생의 목소리에 떨림이 느껴지는 건 기분 탓이려나. 머뭇머뭇 미련이 남은 듯한 모습으로 은호를 힐끔 쳐다보던 은기가 병실을 떠났다.

은호는 마치 살을 도려내는 것 같은 심정이 되어 꾸역꾸역 비집고 나오는 눈물을 참으려 이를 악물었다. 수영이 다가와 그런 은호를 감싸 안았다.

"몰랐어요. 당신이 동생한테 그런 말을 들었을 줄은⋯⋯ 정말 몰랐어. 나한테 말하지. 나한테라도 말하지. 얼마나 속상했을까. 그 속이 얼마나 문드러졌을까. 오죽하면 걷고 싶다는 의지를 잃었을까. 이제 다 잊어버려요. 이제라도 훌훌 다 털어 버려요."

은호는 대신 울어 주는 아내의 품에서 소리 없이 뜨거운 눈물을 쏟았다. 어쩌면 동생을 그렇게 만든 것이 제 탓은 아니었을까. 그저 이용하기 좋은 형으로 비친 것 역시 제 행동에 문제가 있었던 건 아닐까. 동생을 위하는 방법이 처음부터 잘못되었던 건 아니었을까. 때늦은 후회가 끝도 없이 밀려들었다.

병실 밖으로 나선 은기는 뭐가 그리 억울한지 병실 문을 향해 목소리를 높였다.

"그렇게 나오면 내가 겁먹을 줄 알아? 그동안 괜히 찜찜했는데 잘됐네. 그래, 이제 정말 끝내자. 아주 지긋지긋했는데 잘됐어!"

은기는 분풀이를 하고서도 쉬이 병실 앞을 떠나지 못하고 서성였다. 머릿속에 광풍이 불어닥친 듯 어지러이 널려 있는 생각들이 좀처럼 정리되지 않았다.

불편한 마음으로 쉽지 않은 발걸음을 했을 때에는 형으로부터 반드시 조력을 받을 거라는 확신에 차 있었다. 비록 오랜 기간 연락이 끊어졌다 해도 형이니까, 언제나 저에게만큼은 져 주고 기다려 주고 반겨 주는 바보 같은 형이었으니까.

연락이 없었던 자신에게 서운한 마음이야 있겠지만, 그래도 다시 받아 줄 거라는 근거 없는 믿음에 가득 차 있었는데……. 설마 형이 그날의 대화를 듣고 있었을 줄은…… 꿈에서도 상상하지 못했던 일이었다.

어려운 수술이라기에 그저 살아 있는지, 수술을 무사히 마쳤는지 확인만 하려고 했다. 자신이 도착했을 때 마취가 덜 깼는지 형은 눈을 뜨지 못하고 있었다. 그래서 아직 온전히 깨어난 게 아닌가 보다 넘겨짚으며 그저 아무 생각 없이 아내와 몇 마디 주고받았을 뿐이었는데.

그날 아내와 무슨 말이 오갔는지 기억조차 없었다. 형의 말을 듣기 전까지는.

처음이었다. 제가 도움을 바라며 내미는 손길을 형이 거절한 적은 이번이 처음이었다. 늘 잔소리 같은 훈계를 늘어놓았지만, 오늘처럼 속마음을 여과 없이 직설적으로 표현한 것도 처음이다.

지금껏 본 적 없는 냉담한 표정도, 얼음장같이 차가운 말투도, 더없이 단호하고 매정했던 마지막 말도, 은기에게는 모든 것이 다 처음이었고 그런 형이 낯설기만 했다. 왠지 모르게 마음이 공허했다. 제 안에 군건히 자리 잡고 있던 커다란 무언가가 빠져나가 버린 듯한 생소한 기분에 맥이 탁 풀렸다.

지난 몇 년간 없는 사람으로 생각하고도 잘 살아왔는데 이제 와 왜 이렇게 불안한 마음이 드는 건지, 왜 이렇게 마음이 심란한지 알 수 없었다. 자신답지 않게 기죽은 듯한 모습이 마음에 들지 않아 애꿎은 병실 문을 노려보며 낮게 욕을 뇌까렸다.

한편, 병실 앞에서 대화가 끝나기를 기다리며 본의 아니게 모든 걸 엿듣게 된 산의 입에서 조소가 흘러나왔다. 이기주의 나쁜 행실이 어디서부터 비롯되었는지 오늘에서야 확실히 알 것 같았다. 아버님과는 형제가 분명할진대 어쩜 인품이 이다지도 다를 수 있을까.

한참 병실 문을 노려보며 낮게 욕지거리를 하는 은기의 모습에 속으로 혀를 찼다. 그가 언제쯤 자신을 발견하게 될까, 생각하는 찰나 은기가 자신에게로 돌아셨다.

산이 슈트 주머니에 넣고 있던 손을 천천히 빼내자 고개를 갸웃하던 은기가 먼저 말을 걸어왔다.

"혹시 초롱이와 만난다는……."

"네, 맞습니다. 초롱이와 결혼하게 될, 하이산이라고 합니다."

산이 굳이 첨언하지 않아도 될 말을 강하게 덧붙이자 은기의 인상이 굳어지는 듯하더니 이내 표정을 바꾸고서 말을 꺼냈다.

"아, 그렇습니까?"

금방까지도 얼굴을 잔뜩 찌푸린 채 병실 문을 노려보며 욕을 하던 사람은 이제 없었다. 순식간에 일그러진 표정을 지우고 꾸며진 점잖은 낯빛을 하고서 무슨 말이 하고 싶은지 목을 가다듬는 은기를 지켜보는 산의 입매가 딱딱하게 굳어졌다.

"흠흠. 나는 초롱이 작은아버지 되는 사람인데, 우리 잠깐 어디 가서 얘기 좀 할까요?"

"죄송합니다만, 아버님과 선약이 되어 있어서요. 멀리 가기는 그렇고 잠시 저쪽에서 얘기는 나눌 수 있을 것 같습니다. 10분 정도면 괜찮겠습니까?"

"……10분? 젊은 사람이 무례하구먼. 내 분명 초롱이 작은아버지 되는 사람이라고 말했네만."

조금 전까지도 아버님께 악다구니하며 무례를 저지른 사람의 입을 통해 나온 말이라는 게 믿기지 않았다. 노기가 확연한 얼굴로 제법 무게감 있게 말을 건네는 은기를 보며 산은 비틀리는 입술까지 보이게 될까, 말없이 서둘러 고개를 돌려 병동 앞 휴식 공간인 중정으로 먼저 발걸음을 돌렸다.

괜한 헛기침을 하며 자신의 뒤를 따라 중정으로 들어서는 은기를 돌아보았다.

"하실 말씀이?"

평소 예의를 중시하는 산의 모습은 찾아볼 수 없었다. 산은 지금 굳이 마주하고 싶지 않은 사람을 보고 있는 자체가 고역이었다. 무슨 말을 하고 싶은지, 마른 입을 달싹거리며 뜸 들이는 모양이 구태여 듣지 않아도 이기주의 일을 부탁하려는 것임을 짐작할 수 있었다.

아버님과의 대화 내용을 엿듣지 않았다 한들 이기주와 관련한 일에 도움을 주고 싶은 마음은 추호도 없던 터라 껄끄러운 말이 나오기에 앞서 산이 먼저 입을 열었다.

"본의 아니게 안에서 하시던 대화를 듣게 되어 죄송합니다만, 제가 한 말씀 먼저 드려도 되겠습니까?"

당황스러운 얼굴로 자신을 바라보는 은기를 향해 산이 작심한 듯 말을 꺼냈다.

"부모는 자식을 위한 좋은 본보기가 되어야 하는 사람이라고 저는 그렇게 생각합니다. 자식의 발 앞에 걸림돌이 있으면 당장 치워 줄 게 아니라, 어떻게 그 문제를 해결해야 할지, 그 걸림돌을 피해 가야 할지, 넘어가야 할지. 스스로 충분히 고민하게 만들고 문제를 해결할 수 있도록 답답해도 지켜봐 주고 묵묵히 응원하며 돕는 것이 부모가 해야 하는 역할이라고. 저는 그렇게 배웠고, 그렇게 보고 자랐습니다."

말이 내포한 의미를 알아들었는지 붉으락푸르락 변화무쌍한 은기의 얼굴을 뚫어져라 쳐다보던 산이 태연한 얼굴로 다시 말을 이었다.

"나밖에 모르는 이기적인 모습보다 타인도 생각하는 이타적인 모습으로 사람과 어우러질 수 있도록 가르쳐야 하고, 자식을 위해 못 할 짓이 없지만 위법해서는 안 되며, 잘못을 덮어 놓고 감싸는 것만큼은 지양해야 한다고 저는 그렇게 생각합니다."

"너. 너. 이게 감히 지금 누굴 가르치려 들어?!"

"그런 의미에서 작은아버님과 저희 아버님은 비교가 되지 않겠습니다. 훌륭한 인품으로 자녀에게 좋은 본보기가 되어 주시는 저희 아버님이야말로 진정한 부모님의 표상이라 할 수 있지 않겠습니까?"

"뭐, 뭐야?!"

"기왕 무례를 범한 김에 마저 말씀드리겠습니다. 아버님께서 이미 끊어 주셨지만, 앞으로 그 댁 일과 관련한 문제로 아버님이나 초롱이 찾아오는 일 더는 없었으면 합니다."

"네가 뭔데, 감히 네가 뭔데 나한테 이따위로 말하는 거야. 어?! 형이 당장은 화가 나서 저러지만 언제고 다시 날 찾을 거야. 지난 일은 다 용서하고 날 다시 찾을 거라고, 우리 형은 내가 잘 알아!"

"아니요. 그럴 일 절대 없습니다. 제가 초롱이 남편으로 있는 한, 아버님의 사위로 있는 한 그럴 일 절대로 없을 겁니다. 헛된 희망은 버리시는 편이 좋습니다. 그리고 아버님도 어제 있었던 일을 알면 절대 생각을 달리하지 않으실 겁니다."

매서운 눈매로 날카롭게 말하는 산을 향해 은기가 짜증스러운 목소리로 물었다.

"어제 일이라니?!"

"어제저녁에 이기주가 초롱이를 찾아왔었습니다. 초롱이에게 협박과 폭언을 하는 것으로도 모자라 폭력을 행사하려 했습니다."

"무, 무슨 그런 말도 안 되는 소릴!"

"네. 말이 안 되죠. 이해도 안 되고. 그걸 이기주가 했습니다. 불행 중 다행으로 초롱이가 잘 대응했으나, 제가 집에 늦게 도착했더라면 무슨 일이 어떻게 벌어졌을지 누가 알겠습니까? 게다가 앞으로 이런 일이 또 일어나지 않을 거라 어떻게 장담하겠습니까?"

"믿을 수 없어. 기주가 왜?! 내 아들이 뭐 때문에 초롱이를 찾아가 그런 짓을 한단 말이야! 어디서 말 같지도 않은 소리를 지껄이고 있어?!"

"믿고 싶지 않으시겠지만, 이번이 처음이 아닙니다. 이미 전에도 제가 보는 앞에서 초롱이를 위협한 전력이 있습니다. 이기주는 초롱이를 향한 비상식적인 원망과 분노를 품고 있습니다. 아마도 초롱이에게 열등감을 가진 게 아닌가……"

"뭐, 뭐야? 열등감? 듣자 듣자 하니 나 참, 기가 막혀서. 내 아들이 뭐가 부족해서 열등감을 가진단 말이야?!"

"그걸 저한테 물어보십니까, 작은아버님께서 한번 잘 생각해 보십시오. 발앞에 걸림돌 다 치워 준, 뭐 하나 부족함 없이 키운 아들이 초롱이에게 왜 이렇게 뿌리 깊은 원망을 안고 있는지, 어쩌다 열등감으로 혹은 피해 의식으로 가득 차게 되었는지 한번 잘 생각해 보십시오."

"……."

충격을 받았는지 말이 없는 은기를 보며 산이 다시 말을 이었다.

"아버님이 이 사실을 알게 되셨을 경우 받을 충격과 고통을 잘 알기에 초롱이는 그런 놈도 감싸더군요. 어쩌면 가족 간에 더 큰 분란을 만들고 싶지 않았던 건 아니었을까…… 그래서 아버님께는 비밀로 해 달라고 말했지만, 저는 그렇게 하지 않을 생각입니다. 아버님도 사실을 직시하셔야 하지 않겠습니까, 자신의 딸이 무슨 일을 당하고 있는지 알아야 좀 더 명확하게 선을 그을 수 있을 테니까요. 초롱이 또한 오늘 있었던 일을 안다면 더는 이기주를 봐주려 하지 않겠지요."

"……."

"분명히 말씀드립니다만, 다시 한번 그런 일이 생긴다면 그땐 제가 이기주 절대 가만두지 않을 겁니다."

"하……."

은기에게서 깊은 한숨이 새어 나왔다. 그런 은기를 보며 산이 쐐기를 박았다.

"제가 하는 말 충분히 알아들으셨을 줄로 압니다. 그러니 앞으로 작은아버님 댁의 문제로 우리 아버님이나 초롱이, 초원이 찾는 일은 없게 하시라 그 말입니다. 특히 이기주, 다시 우리 근처에 얼씬거린다면 용서는 없습니다. 저는 초롱이와 달라서요. 가족 같지 않은 가족은 두 번은 보지 않습니다. 그러니 다시 찾지 말아 주십시오. 이기주에게도 분명히 전해 주실 거라 믿겠습니다."

산은 입을 꾹 다문 채 부들부들 떨며 말없이 선 은기를 향해 가볍게 묵례를 하고서 주저 없이 등을 돌렸다. 그러다 무언가 생각났는지 한 발을 떼다 말고 다시 은기를 돌아보았다.

"아 참, 궁금해하실 것 같아서요. 저는 의로운 장인어른과 자애로우신 장모님을 마음으로 깊이 존경합니다. 처남 또한 나이는 어려도 배울 점이 많은 친구라 더없이 좋습니다. 해서 처가에 불만 전혀 없습니다. 초롱이와 결혼 반드시 할 거고, 이혼하는 일은 절대 없을 겁니다. 아까 들어 보니 작은아버님으로서 걱정이 많으신 것 같아서 말씀드립니다. 결혼식에 초대는 못 할 것 같습니다. 그럼 저는 아버님 뵈러 가야 해서 먼저 나서겠습니다."

병원 중정을 벗어나는 산의 입가에는 속 시원한 미소가 맴돌았고, 여전히 그 자리에 머물러 있는 은기의 얼굴은 사정없이 잔뜩 일그러져 있었다. 이내 은기의 고개가 아래로 툭 떨구어졌다.

병실로 향하던 산이 전화를 들었다. 한동안 여기저기 통화하던 산이 전화를 내려놓으며 긴 한숨을 내쉬었다.

기주가 낸 사고는 복잡한 정도가 아니었다. 이미 한 차례 음주 운전으로 면허가 취소된 상태에서 친구가 렌트한 차를 무단으로 이용한 듯했다. 게다가 몇 중 추돌 사고까지 냈으니 실형은 불가피할 듯했다.

이번에는 부디 제대로 된 처벌을 받기를, 그리하여 모든 일에는 그에 따른 책임이 반드시 동반된다는 참된 이치를 그 가족 모두가 깨닫기를 마음으로 간절히 바랐다.

산은 부러 병원 카페에 들러 차 한잔을 마시고, 한동안 시간을 보내다 병실로 향했다. 손목시계를 확인하며 이 정도 즈음이면 아버님, 어머님도 어느 정도 마음을 추슬렀겠다 싶어 조심스레 병실 문을 노크하고서 안으로 들어섰다.

"안녕하십니까, 아버님, 어머님."

활기찬 목소리로 인사하며 들어서자 은호와 수영이 기다렸다는 듯 반가운 목소리로 산을 맞았다.

"그래. 어서 오게. 시간 날 때 천천히 와 달라 했는데 뭘 이렇게 빨리 왔어? 업무 중 아니었던가? 별일도 아닌데 괜히 바쁜 사람을 오라고 한 건 아닌지 모르겠네."

두 분의 눈가에 붉은 기운이 남아 있었으나 다행히 걱정했던 것보다 컨디션이 나빠 보이지 않아 안심하며 산이 답했다.

"아닙니다, 아버님. 마침 근처에 외근 나왔던 길이라서요. 회사 들어가기 전에 잠시 들렀습니다. 그리고 혹시 제가 필요한 일이 있으시면 언제라도 망설이지 말고 편하게 연락해 주십시오. 아버님 불편하시지 않도록 저도 상황이 여의치 않으면 솔직하게 말씀드리겠습니다."

"그래. 그렇게 하겠네. 고맙네. 생각 같아서는 소파로 자리를 옮겨 함께 차라도 한잔하며 얘기를 나누고 싶네만, 오늘은 무리했는지 등이 좀 뻐근해. 기대 있어야 할 것 같은데, 이쪽으로 와서 앉아 주겠나?"

"그럼요. 아버님 편하신 대로 하십시오. 혹시 등이 많이 불편하시면 간호사를 부를까요?"

"아니야, 그 정도는 아니네. 그냥 이렇게 앉아 쉬면 금방 나아질 걸세."

산이 침대 옆에 있는 의자로 와 자리에 앉으려다 말고, 냉장고로 향하는 수영을 향해 말했다.

"어머님, 저는 차 마시고 왔습니다. 그러니 따로 준비하지 않으셔도 됩니다."

그제야 수영이 미소를 지으며 다가와 산의 맞은편에 앉았다. 수영이 자리에 앉는 모습을 보며 은호가 말을 꺼냈다.

"오늘 자네를 보자고 한 건, 쉽지 않은 부탁을 좀 해야 할 것 같아서 말이야. 믿고 부탁할 사람이 자네밖에 떠오르지 않더라고."

"네. 뭐든 상관없으니 편히 말씀하십시오, 아버님."

"그래. 그렇게 말해 주니 고맙네. 다름이 아니라······ 갑자기 큰돈이 생기다 보니 신경이 쓰여서 말이야. 자네는 사업을 하는 사람이니 어떻게 관리를 해야 효율적으로 할 수 있는지 누구보다 잘 알지 않을까 해서. 염치 불고하고 이렇게 불렀네. 혹시 괜찮다면 우리 초롱이와 초롱이 엄마에게 좋은 방향을 제시해 줄 수 있을까?"

"아, 그런 문제라면 전혀 걱정하지 않으셔도 됩니다. 제가 이래 봬도 유능한 자산관리사입니다. 두루 잘 알아보고 조만간 적정한 포트폴리오 작성해서 찾아 뵙겠습니다. 저를 믿고 이렇게 말씀해 주셔서 감사합니다. 아버님."

당당하고도 시원시원한 산의 대답에 은호와 수영이 흐뭇한 미소를 지어 보였다.

산은 자신을 향해 온전한 믿음을 보여 주시는 두 분을 보며 가슴이 벅차올랐다. 더없이 뿌듯한 마음에 함박웃음 짓다 말고 불현듯 떠오른 생각에 감동으로 벅찬 마음을 조용히 다스렸다.

아까 그 일을 겪으신 두 분의 심경이 마냥 편치 않으리라는 것은 불을 보듯 뻔한 일이었기에 가뜩이나 마음이 심란한 두 분께 어제 초롱에게 있었던 일까지 보태 드려야 하나, 잠시 고민하지 않을 수 없었다. 하지만 아무리 생각해 봐도 숨기는 것이 득이 될 것 같지 않았다.

당장은 큰소리치며 떠난 작은아버님이지만, 발등에 불이 떨어지면 철면피인 그분이 언제 다시 아버님을 찾아올지 알 수 없었다. 우리 형은 자신이 더 잘 안다며 부끄러운 줄도 모르고 말을 내뱉던 작은아버님의 모습이 머릿속을 스치자 말해야겠다는 산의 결심은 더 확고해졌다.

"아버님, 어머님. 저도 드릴 말씀이 있습니다. 초롱이는 부모님께서 걱정하실 걸 우려해 말하지 않았으면 좋겠다고 했지만, 아무리 생각해도 그건 아닌 것 같아서요."

왠지 심각해 보이는 산의 표정에 은호와 수영이 긴장한 목소리로 물었다.

"무슨······ 일인가? 우리 초롱이에게 무슨 일이 생긴 건가?"

"어서 말해 보게. 우리 초롱이한테 무슨 일이 있어?"

"아니요. 그게 아니라, 어제 이기주가 초롱이를 찾아왔었습니다."

산은 전혀 예상치 못한 말인지 놀라 눈을 키우는 두 분의 모습에 걱정하지 않도록 초롱이 무탈하다는 것을 시작으로 사건의 자초지종을 알렸다.

아니나 다를까, 기함하듯 놀란 두 분께 몇 번이나 초롱이 호신술로 완벽하게 기주를 제압했다는 사실을 거듭 말해야 했다. 자신의 딸에게 그런 모습이 있는 줄도 몰랐던 은호와 수영은 놀란 가슴을 쓸어내리며 호신술을 배울 수 있도록 도와준 산에게 연신 고마운 마음을 전하고 또 전했다.

산은 두 분이 안정을 되찾는 모습을 확인하고서 어제 그 난리를 치고 간 이기주가 새벽에 무슨 짓을 저질렀는지, 지금 작은집이 어떤 상황에 직면했는지도 소상히 알렸다.

"두 분께서도 잘 아시다시피 초롱이 곧 퇴사하면 본격적으로 피아니스트로서의 첫발을 내디디게 될 겁니다. 이미 일반인 신분에도 범상치 않은 이력으로 이렇게 매스컴을 타는데, 매니지먼트 시작하게 되면, 어쩌면 지금보다 더한 유명세를 치를지도 모르겠습니다. 이미 스타 반열에 오른 초원이는 더 말할 필요도 없고요. 이런 상황에서 중죄를 범한 이기주나 그의 가족과 엮이게 되면 초롱이나 초원이에게 악영향을 미칠 겁니다."

산의 말을 묵묵히 듣던 은호가 왠지 모르게 미심쩍은 데가 있어 고개를 갸웃하다 무거운 입을 천천히 열었다.

"혹시 자네…… 병원에 아까 와 있었던 건가? 내 동생이 찾아왔을 때…… 말이네."

"네. 아버님. 본의 아니게 엿듣게 되어 죄송합니다. 그리고 주제넘지만 작은 아버님께도 어제 있었던 일 말씀드렸고, 바라건대 이기주의 일로 부디 다시 찾지 마시라 부탁도 드렸습니다. 결례를 범했다면 죄송합니다. 아버님."

"아니. 아니야. 잘했네. 아주 잘했어. 이 나이 먹고서야 용서만이 능사가 아님을 깨달았어. 하나밖에 없는 동기간이라고 그저 미안하고 안타까워서……

너무 쉽게 도움의 손길을 내밀었지. 그게 녀석을 망치는 길인지도 모르고 말이네. 이제라도 세상 무서운 것도 알고, 뭐든 호락호락하지 않다는 걸 알게 되면 그 성정이 좀 달라질까……."

"제가 보기에 아버님은 잘못하신 게 없는 것 같습니다. 쉽게 도움의 손길을 내민다고 누구나 다 그 손길을 당연하게 받아들이지는 않습니다. 그게 아무리 가족이라 하더라도 말입니다."

천천히 고개를 끄덕이며 말없이 생각에 잠긴 듯한 은호를 보던 산이 하던 말을 이었다.

"대개 선한 마음은 선한 마음으로 되돌리는 것으로 압니다. 이상적인 가치관을 가진 사람이라면 귀한 도움에 대한 보답으로 누군가에게 다시 도움의 손길을 내미는 것을 주저하지 않을 겁니다. 하물며 가족이라면 더욱더 그러할 텐데……. 제가 잠시 만나 뵈었던 작은아버님은…… 이상적 가치관을 지닌 분과는 거리가 멀어 보였습니다. 저는 그분으로 인해 아버님의 마음을 어지럽히는 일이 더는 없기를 바랄 뿐입니다."

은호에게서 긴 한숨이 새어 나왔다. 오랜 기간 알면서도 외면하려 했던 동생의 부족한 내면을 타인의 입을 통해 듣게 되니 부끄럽기도, 씁쓸하기도 했다.

비록 두루뭉술하게 돌려 말했지만 은혜를 배은망덕으로 갚은 동생을 결코 쉽게 용서해서는 안 된다는 산의 의중이 강하게 느껴졌다. 더구나 초롱이까지 위험한 상황에 내몰렸던 터, 산의 걱정되는 마음이 충분히 이해되고도 남았다.

"자네가 뭘 걱정하는지 잘 알겠네. 내 비록 말은 모질게 했으나 어디 천륜이 그리 쉽게 끊어질까, 허나 자네는 신경 쓰지 않아도 되네. 먼 훗날 세월의 풍파를 다 겪어 낸 동생이 진심으로 뉘우치고 찾아온다면 모를까 그 전에는 절대 용서할 생각이 없네. 그때는 그 어떤 목적도 조건도 없이 그저 가족의 정이 그리워 나를 찾아야 할 것이고, 그 진심이 오롯이 전해진다면 비로소 용서라는 걸 생각해 볼 여지가 생기겠지. 그러기 전에는 어림도 없네. 나이만 먹었지 아직 철이 덜 든 내 동생을 위해서라도, 아니 우리 애들을 위해서라도 내 마음 단단히 먹고, 이 의지 굳건히 지킬 테니 자네는 아무 걱정 하지 말게."

"이해해 주셔서 감사합니다. 아버님, 감사합니다."

"이게 어디 자네가 감사해야 할 일인가? 내가 더 고맙지. 좋지 않은 모습을 보여 자네를 볼 면목이 없네만, 자네가 있어 얼마나 든든한지 몰라. 자네 말마따나 큰아들이 생긴 기분이야."

"생긴 기분이 아니라 생긴 겁니다. 앞으로 큰아들 역할 기꺼이 할 테니 뭐든 어려운 일이 있다면 말씀만 주십시오."

"말이라도 정말 고맙네. 고마워."

"그저 하는 말이 아닙니다. 그러니 아버님께서는 이제라도 부디 무거운 마음 다 내려놓으시고 재활에만 전념해 주십시오. 우리 모두 한마음으로 아버님의 건강만을 바라고 있습니다."

"그래요. 당신은 이제 다른 걱정 하지 말고 하루빨리 건강 회복할 생각만 해요."

산의 말에 수영이 얼른 맞장구를 치며 거들고 나섰다. 친아들 이상으로 든든하게 느껴지는 산 덕분에 은호와 수영의 입가에 고마운 마음을 담은 진심이 은은하게 번졌다.

늦은 밤. 산이 오랜만에 제 아지트인 캠핑카를 끌고서 초롱을 찾았다. 도착한 아파트 앞에서 초롱에게 전화를 걸었다.

"이초롱, 잠시 나와. 우리 오랜만에 드라이브 좀 하자."

─ 흠. 이 시간에요? 지금 밤 10시가 넘은 건 알아요?

"알아. 아는데, 오늘 이초롱 못 보면 내가 잠을 못 잘 것 같아서 그래."

─ 누가 들으면 오늘 정말 못 본 줄 알겠어요. 우리 회사에서 몇 번이나 봤거든요?

"그래서. 지금 나오기 싫다는 말?"

— 누가 나가기 싫대요? 말이 그렇다는 거지. 지금 바로 나가요.

잘 준비를 하고서 침대에 앉아 전화를 받던 초롱이 통화를 마치자마자 서둘러 자리에서 일어나 옷을 벗어 던졌다.

'미리 연락이라도 하고 오면 좀 좋아?'

허둥지둥 옷을 갈아입으며 투덜거리는 말과 달리 초롱의 입꼬리는 이미 하늘로 향해 있었다.

산은 아까 통화할 때까지만 해도 밤늦게 불러낸다며 투덜대나 싶더니, 날아갈 듯 가벼워 보이는 걸음으로 자신을 향해 다가오는 초롱을 발견하고서 싱긋 웃지 않을 수 없었다.

몸매가 드러나지 않는 스포티한 네이비 원피스에 깔끔한 흰색 스니커즈를 신고서 환하게 웃으며 손을 흔들어 보이는 모습이 어찌나 사랑스러운지. 어느새 차 문을 열고 안으로 들어서는 초롱을 홀린 듯 바라보았다.

"오늘은 사택에 있었어요? 갑자기 아지트는 왜 끌고 왔어요?"

"오랜만에 임도 보고, 별도 보고 싶어서."

"벼, 별?"

"하하하, 또 이초롱 머리 바쁘게 돌아간다. 밤하늘의 반짝이는 별이 보고 싶다고, 정말 순수한 마음으로 말이야."

"내가 말한 별도 그 별이에요."

"입에 침이나 바르시지."

말이 끝나기가 무섭게 초롱의 붉은 혀가 쏙 나와 입술을 축이는 모습에 산이 크게 웃음을 터트렸다. 온종일 바쁘게 움직이며 피로했던 몸과 함께 한없이 무거웠던 마음이 일시에 가벼워지는 기분이었다.

그저 너와 함께 있다는 이유로, 그저 너의 맑은 얼굴을 보게 된 그 이유 하나만으로. 늘 존재만으로도 힘이 되어 주는 초롱을 힐끔 쳐다보며 미소 짓던 산이 차의 시동을 걸었다.

한동안 달려 도착한 곳은 나지막한 산의 정상에 있는 인적이 드문 아담한 공원이었다.

"우리 내려서 잠시 바람 좀 쐴까?"

"네. 좋아요."

차에서 내려 함께 손을 잡고 야경이 내려다보이는 곳으로 걸음을 옮겼다. 초롱은 제 손을 잡고서 말없이 제 걸음에 발을 맞춰 주는 그를 물끄러미 바라보았다. 미소를 짓고는 있지만 왠지 모르게 침전한 듯한 그를 살피며 조심스레 물었다.

"이산 씨, 오늘 혹시 안 좋은 일 있었어요? 아니면 무슨 걱정이라도?"

"그건 왜?"

"왠지 달라 보여서요."

"글쎄…… 좋은 일은 아니지만 달리 생각하면 차라리 잘된 일인 것도 같고, 걱정은 없지만 듣고 놀랄 네 반응을 생각하면 조금 염려스럽기도 해."

갑자기 멈춰 선 초롱 덕분에 산의 걸음도 멈추었다.

"난 괜찮으니까 말해 줘요. 말해 주려고 나 부른 거잖아. 그죠? 무슨 일이에요?"

산은 어차피 해 줄 말이었기에 길게 뜸 들이지 않았다. 초롱의 손을 꼭 잡고서 낮에 아버님께 있었던 일부터 시작해 기주가 저지른 일까지 초롱이 알아야 할 내용을 모두 말해 주었다.

도무지 믿기지 않는지 묻고 또 묻던 초롱이 순간 휘청하자 산이 그녀를 단단히 받쳐 안았고, 초롱은 산의 품에서 엉망이 되어 버린 마음을 다스리기 위해 부단히 애써야 했다.

자신이 아빠였다면 기분이 어땠을까. 동생을 위해 간도 쓸개도 다 떼어 줄 것처럼 최선의 노력을 다한 결과가 차라리 형이 죽는 게 낫다는 말을 듣게 되는 거라면 자신은 기분이 어땠을까.

평생 온 마음을 다해 열심히 살아온 노력이, 최선을 다해 살아온 삶 자체가 부정당하는 기분은 아니었을까. 그 상실감을 감히 상상할 수 없었다. 아빠에 대한 연민으로 아픈 마음이 쉬이 진정되지 않았다.

산이 그런 초롱을 달래며 조심스레 말을 꺼냈다.

"차라리 잘된 일인지도 몰라. 작은아버님의 이기심 때문에 아버님이 현실을 직시할 수 있게 되었으니 말이야."

"용서할 수 없을 것 같아요. 아니…… 그들을 절대 용서하지 않을 거예요."

"그래. 네 마음이 흐르는 대로 둬. 애쓰지 않아도 돼. 작은아버님의 말과 행동은 결코 쉽게 용서받을 수 있는 일이 아니야. 아버님도 그런 말씀 하시더라. 용서가 능사는 아니라는 걸 너무 늦게 깨달았다고 말이야. 언젠가 먼 훗날, 작은아버님이 진심으로 뉘우쳤을 때, 아무런 목적이나 조건 없이 가족이 그리워 찾아온다면 그때야 비로소 용서라는 걸 생각할 여지가 생길 거라고."

산의 말에 초롱은 울컥 감정이 북받쳤다. 아빠에게 용서라는 말이 의미하는 바는 남달랐다. 조부의 죄를 대신해 수도 없이 용서를 구하고 용서받아야 했던 아빠였다.

모두에게서 용서를 받았을 때 비로소 다시 태어난 기분이었던, 용서가 다시 자신을 일으키는 가장 큰 힘이 되어 주었던 아빠의 입에서 저런 말이 나왔을 때, 그 마음이 얼마나 참담했을까. 자신에게 큰 힘이 되어 준 용서를 동생에게 쉽게 해 줄 수 없는 아빠의 마음은 얼마나 복잡할까. 생각하는 것만으로도 가슴에 통증이 욱신 몰려왔다.

지금쯤 아빠는 무슨 생각을 하고 계실까, 작은아버지를 용서하지 못한 자신을 괴롭히고 있지는 않을까, 부디 아빠가 스스로를 자책하는 일이 없기만 바랄 뿐이었다.

여전히 한 팔로 자신을 강하게 안고 있는 산의 어깨에 기대어 잠시 상념에 잠겼던 초롱이 불현듯 떠오른 생각에 서둘러 그의 품을 빠져나오며 물었다.

"그럼 기주 오빠는 어떻게 되는 거예요?"

"모르긴 몰라도 쉽게 빠져나오긴 힘들 거야."

"이번엔 제발 정신 좀 차렸으면 좋겠어요. 이번만큼은 죗값 톡톡히 치렀으면 좋겠어요. 두 번 다시 그런 나쁜 일 할 생각조차 하지 못하게 말이에요."

"그러게. 법이 정말 법다웠으면 좋겠다. 더 이상 억울한 피해자나 희생자가 생기지 않게 말이야."

가만히 고개를 끄덕이는 초롱을 보며 그녀의 눈가에 번진 눈물을 닦아 주었다. 이제야 조금씩 마음의 안정을 찾아가는 모습에 안도하며 산이 화제를 전환했다.

"우리 이제 다른 얘기 할까? 사실 온종일 그 생각에 머리가 조금 아팠거든."

"어머. 미안해요. 정말."

"미안하다는 소리 들으려고 한 말 아닌데? 단지 그 나쁜 가족을 더는 떠올리고 싶지 않을 뿐이라고."

"알아요. 그래도 미안하고, 정말 고마워요. 아직 결혼하지도 않았는데 우리 가족이 벌써 많은 부분 이산 씨를 의지하게 되는 것 같아 미안하고, 싫은 내색 하지 않고 이렇게 큰 힘이 되어 줘서 정말 너무너무 고마워요."

"그건 내가 너무나 바라던 바야. 얼마든지 의지해도 돼. 내가 힘이 되고 있다면 더할 나위 없고, 그런 의미에서…… 뭐 잊은 거 없어?"

가만히 제 손을 끌어가더니 갑자기 손등에 키스하는 그의 모습에 초롱이 엷은 미소를 그렸다. 오롯이 제게로 향한 그의 흔들림 없는 눈빛과 변함없이 따듯한 미소를 품고 있는 그를 보니 똬리를 틀고 있던 성난 마음이 어느새 스르르 흔적도 없이 사라지는 기분이었다.

"이산 씨는 늘 한결같아서 좋아요. 계속…… 이렇게 변함없는 모습으로 있어 줘요."

"그건 너 하기에 달렸어. 잘 요리해 봐. 알고 보면 나만큼 쉬운 남자도 없으니 말이야. 물론, 이초롱 한정."

"와, 그 말 너무 좋아요. 이초롱 한정."

싱긋 웃으며 고개를 끄덕이는 산을 뚫어져라 쳐다보던 초롱이 눈빛을 반짝이며 입을 열었다.

"우리 그만 아지트로 가요. 갑자기 하고 싶은 게 생각났어요."

"뭐? 뭐가 하고 싶은데?"

"음…… 비밀. 내 성난 마음을 달래 줬으니까, 이산 씨 아픈 머리는 내가 낫게 해 줄게요."

"어떻게?"

"별 보고 싶다며, 별 보러 가자고요."

"뭐야?"

"그 별이 하늘에서 쏟아질까요? 아니면…… 마음에서 쏟아질까요?"

의뭉스러운 말을 던지고선 앞서 열심히 걸어가는 초롱의 찰랑이는 머리카락을 보며 산의 마음도 봄바람에 흔들리는 나뭇잎처럼 살랑거렸다.

'머리가 언제 아팠지? 아니야…… 계속 아파야지. 마음에 별이 쏟아지면 그때 나아야지.'

아련히 피어오르는 기대감에 피식 웃었다. 저만치 앞서가는 초롱을 향해 달려가는 산의 발걸음은 이미 새털처럼 가볍기만 했다.

이날이 올 줄이야. 상견례를 앞둔 초롱의 마음이 속절없이 떨려 왔다. 벌써 몇 번이나 확인했던 옷매무새를 다시 매만지는데, 때마침 기다렸던 전화가 울려 얼른 받았다.

"네. 저예요."

— 준비 다 됐으면 내려올래? 지금 도착했어.

"네. 바로 내려갈게요."

마지막으로 거울을 한 번 더 보고서야 현관을 나섰다. 아파트 앞 익숙한 차를 향해 다가가자 운전석에 타고 있던 산이 자리에서 내려 초롱에게 다가왔다.

"나 어때요?"

초조한 표정을 감추지 못한 채 질문하자 산이 웃으며 입을 열었다.

"나에게 하나 마나 한 질문을 대체 왜 하는 거야? 예뻐, 너무 예뻐."

맑은 피부가 돋보이는 투명한 화장, 단정하게 아래로 묶은 긴 생머리, 격식을 차린 듯한 차분하고 여성스러운 화이트 컬러의 원피스, 베이직한 디자인의 구두, 단정한 느낌이 나는 아담한 크기의 블랙 토트백까지.

오늘 초롱은 누가 봐도 선 자리가 아니면 상견례를 가는 거라 짐작할 수 있을 만큼 우아한 여성미가 물씬 풍기는 차림을 하고 있었다.

이렇게 차려입지 않아도 마냥 예쁜데, 작정하고 머리끝에서 발끝까지 꾸몄으니 산의 눈에 얼마나 더 사랑스러워 보일까. 이미 눈에서 하트가 쏟아지는 산을 보면서도 초롱은 좀처럼 확신할 수 없어 자신의 모습을 살피고 또 살폈다.

"충분히 예쁘니까 그만하고 얼른 차에 타."

"생각을 잘못한 것 같아요. 옷은 레스토랑 가서 갈아입을 걸, 가는 동안 구김 다 가게 생겼네."

"그렇게 신경 쓰지 않아도 돼. 네가 어떤 모습으로 나타난다고 해도, 우리 가족은 무조건 예쁘다고 할 게 뻔하거든. 이미 너한테 모두 다 반했어."

"그렇게 말하면…… 너무 좋잖아요. 마음이 한결 편안해졌어요. 사실 조금 전까지만 해도 떨려 죽는 줄 알았거든요."

산은 그저 형식적인 절차에 불과한 상견례에 이렇게 초조해하며 긴장하는 초롱이 그저 귀엽기만 했다. 상견례를 하고 나면 정말 결혼하게 된다는 것이 실감이 날까. 시간이 갈수록 더해 가는 조바심과 인내의 부재가 아쉬운 요즈음이었다. 생각 같아서는 이런저런 절차 다 없애고 당장이라도 초롱과 한집에 살고 싶은 마음뿐이었다.

산과 함께 그의 차를 타고서 제 부모님을 모시러 병원으로 향하는 초롱은 기분이 조금 이상했다. 자신이 이렇게 빨리 결혼이라는 모험에 발을 들여놓을 거라고는 전혀 예상하지 못했었다. 그도 그럴 것이 불과 몇 달 전만 해도 그다지 희망이 보이지 않는 나날의 연속이었다.

그때와는 확연히 달라진 처지와 여러 상황이, 갑작스레 맞이한 많은 변화가 좀처럼 믿기지 않았다.

늘 보살펴야 할 것 같았던 어린 동생이 오히려 가장 든든한 지원군이 되어 가장이라는 무게를 기꺼이 나누어 감당해 주었고, 희망이라고는 보이지 않았던 아빠의 몸이 기적처럼 회복되고 있었다.

엄마의 아픈 미소는 기적을 꿈꾸는 희망의 빛으로 바뀌어 있었고, 자신은 평생 내려놓을 수 없을 것 같았던 책임감이라는 무거운 짐을 조금 더 벗어 놓고 어깨가 한결 가벼워진 걸 느낄 수 있었다.

자신의 삶에 어떻게 이런 기적과도 같은 일이 일어날 수 있을까. 자신에게 일어난 수많은 기적 중 가장 큰 기적을 물끄러미 바라보던 초롱에게서 엷은 미소가 흐르고 있었다.

"이산 씨."

"응?"

"하이산 씨."

"어, 말해. 듣고 있어."

"사랑해요."

꾸밈없이 담담하고 담백한 고백이었지만, 산에게는 불시에 들이닥친 행복이라는 이름의 눈사태를 맞은 것과도 같았다. 더없이 맑고 깨끗한 행복이라는 눈에 파묻혀 소리 없는 아우성을 질러 댔다.

산에게는 지금까지 들어 왔던 그 어떤 미사여구보다 더 아름답고 황홀한 고백이 아닐 수 없었다.

"이초롱, 너는 가끔 이렇게 뜬금없이 사람 심장을 폭행하더라. 겨우 그 한마디에 죽을 만큼 행복하다고 하면, 믿을래?"

"네. 믿어요. 내가 그러니까. 나도 그러니까. 그냥…… 보고만 있어도 좋아요. 이렇게 보기만 해도 심장이 미친 듯이 뛰어요. 아니, 정말 심장이 미쳤나 봐."

말없이 환하게 웃던 산이 주행 중이던 도로를 벗어났다. 이내 골목길로 들어서더니 부지런히 인적이 드문 곳을 찾아 헤맸다. 결국 잘 가던 차를 세웠다.

"지금 병원 가는 길 아니었어요? 갑자기 차를 왜 세워요?"

"그걸 몰라서 물어?"

"……."

"흔들었잖아. 내 마음. 사실 아까 아파트에서 너 보자마자 이러고 싶은 거 간신히 참고 또 참았는데, 네가 흔들었잖아. 운전도 못 하게."

"내가 뭘. 안 돼요!"

자신을 뚫어져라 바라보던 그가 서서히 거리를 좁히며 다가오자 초롱이 서둘러 제 입을 가렸다.

"진짜 안 돼요. 믿기 어렵겠지만 오늘 화장에 정말 공들였단 말이에요. 조금만 참아요. 상견례 끝나면 이산 씨 해 달라는 거 다 해 줄게요. 지금은 안 돼요!"

"부드럽게, 살살 할게. 한 듯 만 듯 표 나지 않게. 그러니까 손 내려."

"그 말을 나더러 믿으라고?"

"나 못 믿어?"

"이산 씨야 믿지만, 그 안에 자리 잡은 짐승은 못 믿어요."

산이 차 안이 떠나가라 웃음을 터트렸다. 그가 웃는 모습에 무장 해제 된 초롱이 손을 내리고서 덩달아 피식 웃었고, 산은 천금 같은 기회를 놓치는 남자가 아니었다. 얼른 초롱에게 다가가 단숨에 살굿빛이 감도는 탐스러운 입술을 덥석 베어 물었다. 놀라 산의 등을 때리던 초롱의 손은 어느새 그의 목을 달콤하게 감싸 안고 있었다.

환한 대낮에 차 안에서 열망을 주체하지 못한 애틋한 연인의 애정이 짙어만 갔다.

아빠와 약속한 시각이 임박해서야 병원에 도착한 산과 초롱이 병실을 향해 달렸다. 병실에서 준비하고 기다리고 있던 은호와 수영이 한 쌍의 원앙 같은 딸과 사위를 환한 미소로 반겼다.

"초롱아, 얘 너 치마 구겨졌어. 조심 좀 하지 않고, 중요한 자린데."

"구김이 많이 심한가? 조심한다고 했는데, 역시나 가서 갈아입을 걸 그랬나 봐요."

초롱이 엄마의 눈을 피해 아빠의 휠체어를 미는 산을 향해 눈을 흘겼다. 그 눈빛을 받은 산은 뭐가 그리 재밌는지 웃음을 감추지 못한 채 태연하게 은호를 향해 말을 걸었다.

"아버님, 오늘 정말 멋지십니다. 오늘 상견례는 아버님이 하신다 하셔도 믿겠습니다."

"에이, 이 사람 농담도 참."

"그만큼 멋지십니다. 어머님도 오늘 너무 아름다우시고요."

초롱의 구겨진 옷을 손봐 주던 수영이 웃으며 말을 꺼냈다.

"우리 하 서방이 뭐 때문에 이렇게 립서비스를 할까?"

수영의 말에 산과 초롱이 마치 약속이나 한 듯이 놀라 몸을 굳혔다.

"어머님, 방금…… 뭐라고 하셨어요?"

"응? 뭐 때문에 립서비스하냐고?"

"아니요. 그 전에요."

"그 전에?"

"네. 분명 하 서방이라고."

수영은 그게 무슨 대수냐는 듯 싱긋 웃으며 답했다.

"그럼 하 서방을 하 서방이라고 부르지 뭐라고 부를까? 뭐든 처음이 어렵지, 한번 해 보니 입에 찰떡처럼 짝짝 달라붙지 뭐야. 어감도 이렇게 좋을 수가 없어. 성이 참 멋지단 말이네."

산이 초롱을 향해 소리 없이 함빡 웃었고 그 모습을 흐뭇하게 보던 초롱도 활짝 웃어 보였다.

보기만 해도 예쁜 둘의 모습을 바라보는 은호와 수영의 입가에도 감출 수 없는 미소가 더없이 환하게 피어올랐다.

상견례가 예정된 한식 레스토랑 입구에 도착했다. 산과 초롱이 차에서 내려 휠체어를 준비하는 사이 일을 마치고 막 도착한 초원이 차에서 내려 서둘러 달려왔다.

"매형, 늦은 거 아니죠?"

"어, 처남. 시간 딱 맞춰 잘 왔어."

산과 초원이 함께 은호를 부축하니 휠체어에 앉는 건 일도 아니었다. 휠체어가 이동하기 좋게 되어 있는 곳으로 장소를 정한 덕분에 예약한 룸으로 가는 것도 그 어떤 불편함 없이 자연스럽기만 했다.

예약된 룸에 다다르자 누군가 룸 앞에 나와 있었다. 익숙한 모습에 산이 웃으며 외쳤다.

"형."

산의 부름에 강이 부지런히 다가와 인사를 건넸다.

"안녕하십니까, 사돈어른. 저는 산의 형 하이강이라고 합니다. 진작 찾아뵙고 인사를 드리고 싶었는데, 폐를 끼치게 될까 싶어 오늘만 기다렸습니다. 이렇게 만나 뵙게 되어 영광입니다."

강의 깍듯한 인사에 놀란 은호가 손사래를 쳤다.

"어이구, 영광은 무슨."

"영광이지요. 요즘 같은 세상에 의인을 뵙는 게 어디 흔한 일이겠습니까, 게 다가 저희 가족에게는 정말 잊지 못할 은인이신걸요. 우리 막내 구해 주셔서 정말 감사했습니다."

"내가 이거 몸 둘 바를 모르겠습니다. 이렇게 환대해 주니 정말 고마워요."

"당연한 것을요. 그만 들어가시지요. 저희 형제들 모두 뵙고 싶어 한답니다. 모두 다 나와서 기다리겠다는 걸 제가 말렸습니다. 산, 어서 안으로 모셔."

강이 룸의 문을 활짝 열자 산이 휠체어를 밀며 안으로 들어섰다. 먼저 와서 기다리고 있던 산의 가족이 모두 자리에서 일어나 반갑게 초롱의 가족을 맞았다.

산이 제 부모님의 맞은편에 자리를 비워 둔 곳으로 가 휠체어를 고정하자 은호가 사돈 식구들의 환대에 멋쩍은 미소를 그리며 입을 열었다.

"다들 앉으시지요. 저는 보시다시피 이렇게 먼저 앉았습니다. 그러니 괜찮으시다면 다들 앉아서 인사 나누는 게 어떻겠습니까?"

"하하하. 네. 그럼 저희도 앉겠습니다."

은호의 너스레에 산의 아버지인 강우가 웃으며 대답했다. 금옥을 포함한 어른들이 자리에 앉자 산과 첫째인 강, 셋째인 수가 차례로 나란히 앉았고, 맞은편에 은호를 기점으로 수영과 초롱이 자리에 앉았다.

"나는 언니 옆에 앉고 싶은데 괜찮죠?"

가족 수가 배로 많았기에 림이 살갑게 초롱의 옆자리로 자리를 잡았다.

"그럼 저도 원이 옆에 앉을게요."

이운 역시 림의 옆에 앉은 초원의 옆자리에 자연스레 자리를 잡고 앉았다. 덕분에 양가의 균형이 딱 맞아떨어졌다.

모두 자리에 앉자 금옥이 기다렸다는 듯 말을 꺼냈다.

"이렇게 앉아 있으니 이미 한 가족인 듯합니다. 이날을 얼마나 기다렸는지, 어제는 잠까지 설쳤답니다."

"하하하, 어머니도 참. 그렇게 좋으세요?"

"그럼 좋다마다. 살다 보니 이런 날이 오긴 하는구나. 그나저나 오시는 데 불편함이 없었는지 모르겠습니다. 사돈."

금옥의 말에 수영이 웃으며 대답했다.

"불편할 리가 있겠습니까. 우리 하 서방이 어찌나 살뜰하게 잘 챙기는지, 너무 편하게 잘 왔답니다."

"다행입니다. 이곳은 제가 가끔 들르는 곳으로 조용한 데다 음식이 정갈하고 깔끔해 상견례 하기에 더없이 좋은 곳이라 여겨졌답니다. 해서 이곳으로 모셨는데 부디 사돈의 마음에도 들었으면 좋겠네요."

"마음에 들다 뿐이겠습니까, 드나드는 길도 휠체어가 다니는 데 불편함이 없어 얼마나 안심했나 모릅니다. 배려에 그저 감사할 따름입니다. 사돈 어르신."

수영의 말에 금옥이 흡족한 듯 고개를 끄덕이며 상견례의 시작을 알렸다.

"양가 가족이 이렇게 다 모였으니 우선 소개부터 해야겠지요? 이미 아시겠지만, 저는 산이 할머니 됩니다. 앞으로 잘 부탁합니다, 사돈."

금옥을 시작으로 산의 가족이 차례로 소개를 하며 인사했고, 초롱의 가족이 그 뒤를 이어 소개했다.

이운과 초원이 같은 연예계에서 그것도 한 작품에 출연한 이력이 있어 양가에 더없이 좋은 대화의 소재가 되었다. 사돈지간이 되기에 앞서 이미 선후배로서의 정을 쌓은 두 사람의 허물없는 모습을 가족들은 그저 흐뭇하게 바라보았다.

다 함께 모인 자리가 처음임에도 시종일관 화기애애한 분위기에 과연 상견례 자리가 맞나 싶을 정도였다.

누구도 긴장한 기색 없이 얘기는 자연스레 산과 초롱의 결혼과 관련한 내용으로 흘러갔다. 식을 포함한 모든 절차를 최대한 간소하게 하는 것으로 별 이견 없이 대화가 순조롭게 진행되어 갔다. 가장 중요한 결혼식 날짜만을 남겨두었기에 강우가 조심스레 운을 뗐다.

"우리는 하루라도 빨리 초롱이를 며늘아기로 맞이하고 싶은데, 사돈 생각은 어떠십니까?"

강우의 질문에 올 것이 왔다는 생각이 든 은호가 마른침을 꿀꺽 삼켰다. 욕심 같아서는 제 다리의 기능이 회복된 후에 했으면 좋겠다는 생각을 저버릴 수 없었으나, 현실적으로 장담할 수 없는 일에 중요한 혼사를 미룰 수도 없는 일이었다. 애써 아쉬움을 감춘 채 은호가 마른 입술을 축이며 입을 열었다.

"네. 이왕 결혼하기로 한 거. 늦지 않게 하는 게 좋겠지요? 사돈은 언제쯤 했으면 좋겠습니까?"

"우리야 빠르면 빠를수록 좋습니다만, 우리 예쁜 며늘아기 화사한 5월의 신부를 만들어 주면 어떨까 싶습니다."

말을 마친 강우가 얼굴을 붉게 물들이는 초롱을 보고 싱긋 웃어 보였다. 은호와 수영은 어느 정도 예상했던 일이었기에 당황하지 않았다. 불과 한 달여밖에 남지 않은 시간이었지만, 지금으로선 결혼하기에 그보다 더 좋은 달은 찾아볼 수 없었다. 은호가 천천히 고개를 끄덕이며 대답했다.

"네. 시간이 다소 촉박하여 준비하기가 빠듯할 것 같기는 하나, 그달이 적기일 듯합니다. 다만, 제가 몸이 불편한 탓에 아내가 저에게 묶여 초롱이를 제대로 가르치지 못한 게 마음에 걸립니다. 한 달 남짓한 시간에 무얼 가르쳐 보낼 수 있을지……."

잠자코 남자들의 오가는 말을 경청하던 산의 어머니인 영현이 서둘러 입을 열었다.

"별말씀을 다 하십니다. 이미 충분하던걸요. 초롱이가 얼마나 야무지고 똑 부러지는지 나무랄 데가 없었답니다. 그러니 아무 걱정 하지 마세요."

"네, 그건 우리 며느리 말이 맞습니다. 사돈. 하나를 보면 열을 안다고, 마음 씀씀이부터 행동거지 하나하나가 어찌나 예쁜지 말로 다 못 하겠습니다. 그러니 사돈, 그런 걱정일랑 붙들어 매세요. 이렇게 예쁘게 잘 키운 딸을 주시니 그저 감사할 따름입니다. 그렇다고 너무 서운해 마세요. 우리는 귀한 딸이 하나 더 생긴 것이고, 사돈은 아들이 하나 더 생긴 것이니. 우리 산도 초롱이 못지않게 잘할 겁니다."

금옥이 며느리인 영현의 말을 거들고 나섰다. 이에 질세라 수영이 서둘러 말을 건넸다.

"그렇게 말씀해 주시니 얼마나 감사한지 모르겠습니다. 저희 역시 아들이 하나 생겼다 생각하고 있습니다. 성품이 어찌나 반듯하고 올곧은지 아들을 이렇게 훌륭하게 키워 낸 사부인이 그저 존경스럽습니다."

수영이 진심을 담은 눈빛으로 영현을 바라보자 영현이 테이블 너머로 손을 뻗어 그런 수영의 손을 덥석 잡았다.

"우리 목숨 같은 아이를 사이좋게 나눠 가졌으니 앞으로 잘 지내봐요. 친구처럼 지내고 싶다고 하면 욕심일까요?"

"아니요. 저야 그저 감사할 따름이지요. 이렇게 좋은 분을 사부인으로 모시게 되어 얼마나 기쁜지 모르겠습니다. 우리 초롱이 예뻐해 주셔서 감사하고, 또 감사합니다."

수영은 저도 모르게 눈시울을 붉히다 어딘가를 바라보며 당황한 듯한 표정을 짓는 영현의 눈길을 따라 고개를 돌렸다. 남편이 갑자기 고개를 떨구자 놀란 수영이 사부인의 손을 놓고서 남편을 향해 말했다.

"여보, 어디가 안 좋아요?"

놀란 듯한 수영의 목소리에 모두의 걱정스러운 눈빛이 은호에게로 향했다.

"아니, 그런 거 아니야. 난 괜찮으니까 신경 쓰지 마."

급히 이마 쪽으로 손을 가져가는 모습이 혹시 두통이 찾아온 게 아닐까 걱정스러워 수영을 비롯한 금옥과 강우, 영현의 염려하는 음성이 이어졌다. 이에 산이 서둘러 자리에서 일어서자 은호가 얼굴을 가린 채로 괜찮다 말하며 다가오려는 산을 만류했다.

은호는 오늘만큼 걸을 수 없다는 사실이 한탄스러울 수가 없었다. 이럴 때 모두에게 걱정 끼치지 않고 잠시 자리를 벗어나 혼자만의 시간을 가질 수 있다면 얼마나 좋을까. 그저 감격으로 치솟은 감정을 혼자 정리할 시간이 필요할 뿐이었다. 주책없이 흐르는 눈물을 보이지 않을 잠시의 시간이 절실할 뿐인데 걸을 수 없으니 그마저 마음대로 할 수 없음이 못내 아쉬웠다.

모두의 걱정스러운 눈길이 자신에게로 향해 있음을 보지 않아도 느낄 수 있었기에 더는 폐를 끼칠 수 없어 간신히 마음을 추슬러 꽉 메인 목을 열었다.

"이 좋은 날 걱정을 끼쳐 죄송합니다. 어디가 불편해서 그런 게 아니라 그저 모든 것이 너무 감사해서요. 이 모든 것이 꿈만 같아서……. 못난 아비를 만나 재능이 많은 아이가 부단히 마음고생이 심했는데 이제야 쉴 만한 언덕을 찾은 것 같아서…… 감사합니다. 정말 감사합니다. 우리 딸 예쁘게 봐 주셔서, 귀하게 여겨 주셔서 감사합니다. 감사합니다."

감정을 억누르려 애쓰며 떨리는 목소리로 담담하게 전하는 은호의 진심이 오롯이 모두에게 전해졌다. 가슴을 울리는 은호의 진심에 모두의 눈시울이 붉어졌고, 테이블 위로 티슈를 전하는 손길이 이어졌다. 훌쩍이는 소리만이 공간을 가득 메우자 이운이 목을 가다듬더니 조심스레 입을 열었다.

"이거 왠지 어디선가 많이 보던 장면이다 했더니, 우리 형수님 처음 집에 인사 왔던 그 날이 생각나네요. 제 기억에 형수님은 그날, 음식이 너무 맛있어서 눈물을 보였던 것 같은데요?"

뜻밖의 말에 조용히 눈물을 떨구던 초롱이 피식 웃었고, 그날이 떠오른 산의 가족 또한 저마다 입가에 미소를 그리고 있었다. 좀처럼 감정을 숨기지 못하는 그 아버지에 그 딸이 아닐 수 없었다.

주요 협의를 모두 마치자 강우가 예약해 둔 음식을 들일 것을 주문했다. 곧이어 차례로 나오는 한식 코스 요리는 하나같이 다양한 색감과 정갈하고 화려한 플레이팅을 자랑하며 호기심과 식욕을 마구 자극했다.

이 레스토랑이 처음인 초롱의 질문에 산이 음식의 유래와 맛있게 즐기는 방법을 설명하는 수고를 아끼지 않았고, 덕분에 다양한 주제가 화두에 올라 시종일관 즐거운 분위기에서 식사를 마칠 수 있었다.

식사가 끝나자 산이 초롱의 부모님을 향해 물었다.

"음식은 입에 맞으셨습니까? 아버님, 어머님?"

"그럼, 평소 쉽게 접하지 못하는 다양한 음식을 두루 맛볼 수 있어 눈과 입이 호강했네. 사돈 어르신께서는 잘 드셨나 모르겠습니다."

산에게 답하던 수영이 금옥에게 질문을 돌렸다.

"아휴. 그럼요. 이렇게 좋은 분들을 모시고 식사를 하니 밥이 아주 꿀맛입니다."

금옥의 말에 동조하며 산의 가족들이 고개를 끄덕였다. 후식으로 나온 다과를 즐기던 강우가 앞에 앉은 사돈의 안색을 유심히 살피더니 들고 있던 찻잔을 내려놓으며 입을 열었다.

"생각 같아서는 얘기를 더 나누고 싶지만, 사돈도 좀 쉬셔야 할 테니 아쉽지만 오늘은 이만 자리를 파해야겠습니다. 다음에 사돈 컨디션이 좋을 때 또 자리를 마련해도 되겠습니까?"

강우의 세심한 말에 은호가 엷은 미소로 답을 했다.

"말씀만으로도 감사합니다. 사돈. 다리만 성하다면야 언제라도 뵙고 싶습니다만, 아직은 그렇지 못함이 못내 아쉬울 따름입니다."

"김 원장에게 물어보니 희망적인 소식을 전하더군요. 해서 제가 아주 기대가 큽니다. 사돈과 하고 싶은 게 많아서 말입니다. 바라건대 부디 희망을 놓지 마시고 열심히 해 주시기를, 우리 함께 어깨를 나란히 하고 거닐게 될 그 날만을 기다리고 있겠습니다. 사돈."

"네. 저 역시 지금은 하나의 목표만을 향해 가고 있으니, 그 기대에 부응하도록 최선을 다하겠습니다. 사돈."

강우가 자리를 정돈하며 일어서자 모두 함께 자리를 털고 일어섰다. 다음을 기약하며 양가 가족이 인사를 주고받자, 림이 손뼉을 치며 모두의 이목을 집중시키더니 방긋 웃으며 외쳤다.

"우리 사진 한 장 남겨요. 양가 가족이 처음으로 함께 모인 자리 기념하자고요."

다들 좋은 생각이라며 고개를 끄덕이자 림이 서둘러 알맞은 자리로 적절히 배치했다. 그러고선 직원을 향해 다가가 단체 사진을 부탁했다.

사진에 찍힌 그들은 하나같이 모두 밝은 표정으로 미소를 짓고 있었다. 모르는 사람이 보면 상견례가 아닌 그저 화목한 가족 모임이려니 생각할 만큼 이질 감 없이 정다워 보였다.

초롱의 부모님을 병원으로 모셔다드리고서 또 한참을 병실에 머물며 대화를 나누다 초롱을 집으로 데려다주는 길. 산이 말없이 앉아 있는 초롱에게 말을 건넸다.

"조용하네. 왜 아무 말이 없지?"

"신기해서요. 와…… 내가 어쩌다 벌써 결혼을 다 하나 싶어서."

"뭐야. 나이도 어린데 벌써 결혼하게 돼서 서운하다는 얘기야?"

"아니요. 말이 그렇게 들렸어요? 내 말은 그런 뜻이 아니라, 평생 결혼이라 는 거 못 하게 될 줄 알았거든요. 어깨에 짐이 무거워서 누구와도 나누고 싶지 않았어요. 같이 불행하게 될까 봐. 그래서 결혼은 꿈에서도 생각해 본 적이 없었는데……."

"그거 지금은 행복하다는 말로 해석해도 되나?"

운전하는 산을 향해 고개를 돌린 초롱이 피식 웃으며 답했다.

"네. 신기루 같았던 꿈이 손에 잡힌 기분이에요. 이산 씨 아니었으면 감히 생각해 볼 수 없었던 신기루와 같았던 꿈이요. 고마워요. 그런 꿈을 현실로 내 게 안겨 줘서."

사방이 한 치 앞을 내다볼 수 없는 어둠이었는데, 그가 그 어둠 속으로 한 발 내디딘 순간 거짓말처럼 빛이 번지기 시작했다. 꼭 닫힌 마음의 문이 어느새 느슨하게 열려 버렸고, 얼음같이 차가웠던 몸과 마음에 온기가 소리 없이 스며 들었다.

그의 손을 용감하게 잡았던 그 순간 초롱의 온 세계가 변화되기 시작했다.

그가 아니었으면 일어나지 않았을 변화, 그가 아니었으면 다시 마주할 수 없을 것 같았던 빛나는 나날들.

앞으로 그와 함께하게 될 수많은 날은 또 어떤 빛으로 물들이게 될까, 상상만으로도 심장이 말할 수 없이 두근거렸다. 격하게 일렁이는 감정을 몰래 혼자 다스리는 사이 꿀 같은 그의 음성이 귓가로 흘러들었다.

"벌써 감격하기엔 일러. 지금까지는 시작에 불과해. 기대해. 앞으로 네 앞에 펼쳐질 꿈같은 시간을. 필요하다면 꽃길이 아닌 꽃밭이라도 만들어 줄 테니 너 하고 싶은 거 다 해. 지금까지 생각만 했던 거, 꿈만 꿨던 거 원 없이 다 해 보라고. 쉴 언덕, 너만의 든든한 백그라운드 내가 돼 줄게. 그러니까 너는 앞만 보고 가. 알았어?"

결국 참았던 눈물이 터지고 말았다.

"기껏 참고 있었더니, 왜 울려요? 벌써 너무 행복하잖아. 벌써 세상 다 가진 것 같잖아요. 나는 뭐 하나 해 준 것도 없는데……."

훌쩍이는 목소리마저 사랑스러워 산이 운전대를 잡지 않은 손으로 초롱의 머리를 쓰다듬었다.

"해 준 게 왜 없어? 나야말로 이미 세상을 다 가진 것 같은데. 그러니까 너는 아무것도 하지 않아도 돼. 이미 너라는 존재 자체가 나한텐 선물이야. 앞으로 너는 지금처럼만 네 감정에 솔직하면 돼. 그것만으로도 나는 충분히 행복할 거야. 알았어?"

"네. 그럴게요. 그런데 이산 씨 배 안 고파요?"

"뭐? 이렇게 뜬금없이? 우리 밥 먹은 지 이제 한, 세 시간 지났나?"

"그럼 나중에 고프겠지 뭐."

"너 설마, 지금 배고파? 아까 제대로 못 먹었어? 아닌데, 평소보다 잘 먹는 것 같았는데?"

"바보."

예상치 못한 초롱의 엉뚱한 말에 피식 웃던 산이 마침 빨간불로 바뀐 신호에 차를 세우고서 초롱을 향해 고개를 돌렸다. 잠깐 울어서인지 얼굴은 발그스름했고, 눈빛은 채 마르지 않은 눈물로 촉촉하게 반짝이고 있었다.

"뭐지?"

"그냥 고프다고 해 줘요."

"어. 그래. 고파. 생각해 보니까 무지 배고파. 그런데 왜?"

"라면 끓여 줄게요. 라면 먹고 갈래요?"

그냥 집으로 가서 함께 쉬자고 하면 될 걸, 뭐 그리 어려운 말이라고 저렇게 돌려 말하는지, 곧 결혼을 앞둔 사람 맞나 싶었다. 소리 없이 활짝 웃던 산이 다시 바뀐 신호에 운전대를 잡으며 넌지시 말을 건넸다.

"이초롱이 끓여 주는 라면이라면 배가 터져도 먹어야지. 참고로 나, 내일 출근 안 해. 쉬는 주말이야. 알지?"

"아차, 그랬구나? 잘됐다. 그럼 밤새…… 나랑 놀아요. 오늘 집에 가지 말아요."

"좋아. 완전 좋아. 오랜만에 이초롱이랑 밤샘하겠네? 뭐 하지? 우리 밤새 뭐하고 놀까?"

그의 능청스러운 말에 꼭 맞물렸던 입술에서 헛바람이 새어 나왔다. 이내 감출 수 없는 미소로 얼굴이 활짝 핀 초롱이 고개를 창밖으로 휙 돌려 버렸다. 빠르게 스쳐 지나는 가로수, 길가에 흐드러지게 핀 예쁜 꽃, 하다못해 이름 모를 잡초까지 한눈에 가득 들어왔다.

전에는 애써 보려 하지 않으면 눈에 들어오지도 않았던 일상의 사소한 모습마저 초롱의 마음을 온통 풍요롭게 채우고 있었다. 당신이 내 옆에 있다는 이유로, 그저 당신이 존재함으로.

산과 초롱이 도심의 외곽에 있는 한 주택의 대문 앞에 섰다. 초롱이 벨을 누

르자 누군가의 반가운 목소리와 함께 문이 자동으로 열렸다. 함께 대문 안으로 들어서자 집주인인 선미가 정원을 지나 부지런히 다가오는 모습이 보였다. 산과 초롱이 먼저 반갑게 인사를 하자 선미 역시 기쁘게 반기며 두 사람에게 번갈아 인사를 건넸다.

"어서 와요. 바쁠 텐데 이렇게 초대에 응해 줘서 고마워요. 어서 와, 초롱아. 찾는 데 어렵지는 않았어?"

"네. 선생님. 근처에 주택이 많지 않아서 찾기 어렵지 않았어요. 그런데 집이 너무 예뻐요, 선생님."

이국적인 느낌이 물씬 풍기는 주택 외부의 모습과 함께, 소담하게 펼쳐진 아름드리 잘 가꿔진 정원을 눈에 담고서 부러운 듯 말하는 초롱이었다.

"아파트와는 분위기가 사뭇 다르지? 혼자 살기에는 아파트가 더 편하긴 할 텐데, 나는 아파트가 잘 안 맞더라고. 어서 들어가자. 들어가서 얘기해. 배고프겠다."

며칠 전 결혼 소식을 알렸더니 제 일처럼 기뻐 반기며 두 사람을 집으로 초대한 선미였다. 선생님과 함께 집 안으로 들어서기가 무섭게 후각을 자극하는 맛있는 냄새에 배가 절로 앓는 소리를 내고 있었다.

잠시만 기다리라던 선미가 부지런히 주방으로 향하는 모습에 뒤따라 들어선 초롱은 갖가지 다양하게 준비된 많은 음식에 놀라지 않을 수 없었다.

"선생님, 무슨 음식을 이렇게 많이 하셨어요?"

"너 밥 한번 해 주고 싶었는데, 바쁘다는 핑계로 이제야 불렀어. 예전에 네 식성이 떠올라서 생각나는 대로 이것저것 만들었는데 입맛이 바뀌지 않았나 모르겠네."

초롱은 저를 위해 준비한 정성이 너무나 고마워 잠시 할 말을 잃었다. 예쁜 접시에 요리한 음식을 하나하나 정갈하게 놓는 선미의 웃음 어린 얼굴을 바라보던 초롱이 더없이 환한 미소를 그리며 대답했다.

"바뀌지 않았어요. 선생님. 저 여전히 나물 좋아해요. 선생님께서 해 주신

봄나물의 고소하고 향긋한 맛은 아직도 잊히지 않았어요. 그 맛이 가끔 얼마나 그리웠나 몰라요."

"다행이네. 우리 초롱이 나물 잘 먹던 게 기억나서 종류별로 다 했거든. 네 신랑은 뭘 좋아할지 몰라서 갈비찜에 이것저것 조금씩 하기는 했는데 입맛에 맞을지 모르겠네. 잘 먹으면 좋을 텐데."

"네. 저는 뭐든 가리는 것 없이 다 잘 먹습니다. 그러니 걱정하지 않으셔도 됩니다. 제가 뭐 도울 일은 없을까요?"

오자마자 손 씻으러 가더니 언제 둘의 대화를 들었는지 대뜸 들려오는 산의 대답에 선미와 초롱이 눈을 마주치며 싱긋 웃었다.

"음. 말은 고맙지만, 오늘은 그냥 앉아 있어 줄래요? 나한테는 사위나 다름없는데 백년손님을 함부로 부릴 수야 있나. 초롱아, 너는 수저 좀 놓아 줄래? 이제 다 끝났어. 테이블에 차리기만 하면 끝이야."

정말 초롱을 딸 대하듯 하는 선미를 보던 산이 흐뭇한 미소를 그렸다. 초롱이 수저를 챙기자 산이 얼른 받아 응접실로 향했다. 쟁반에 음식을 올리며 그 모습을 지켜보던 선미가 초롱을 향해 웃으며 말을 건넸다.

"우리 초롱이 신랑 정말 잘 만났네. 좋은 사람 같아서 아주 마음에 들어. 두 사람 얼마나 잘 어울리는지 몰라. 보는 내가 다 행복하다."

미소를 머금은 채로 쉼 없이 쟁반에 음식을 옮기는 선미에게 다가간 초롱이 그녀의 뒤에서 살포시 감싸 안았다.

"감사합니다. 선생님, 감사해요. 제가 선생님께 대접해 드려야 하는 거였는데."

"애는 쓸데없는 소리를 하고 있어. 너는 어떻게 생각할지 모르겠지만, 내 마음속에 넌 이미 내 딸이나 마찬가지야. 그러니까 부담 갖지 말고 언제라도 마음 편히 찾아와. 알았어? 힘들 때나 지칠 때나 상관없이 언제라도 말이야."

"네, 선생님. 그럴게요. 꼭 그럴게요. 감사합니다. 정말 감사해요."

"애가 정말. 그만해. 다 큰 녀석이 징그럽게."

제 등을 끌어안은 초롱의 팔을 다정하게 어루만지며 마음에도 없는 소리를 하는 선미였다.

무슨 일인지 집으로 돌아가는 산과 초롱의 표정이 그다지 밝지만은 않았다. 식사를 마치고 다과를 즐기던 중에 선미가 제안한 내용이 서로의 머릿속을 어지러이 부유하고 있었기 때문이다.

'초롱아, 너 피아니스트 안토니 알지. 쇼팽의 명수, 쇼팽의 곡 해석의 일인자.'

'네. 알아요, 선생님. 어떻게 모르겠어요. 그 유명한 분을.'

'그래. 나와도 인연이 깊은 사람이야. 그래서 혹시나 하는 마음으로 네가 예전에 했던 연주와 최근에 했던 연주를 들려줬어. 그랬더니 아니나 다를까, 널 보고 싶어 하더라. 네 연주가 마음에 들었나 봐. 한번 가르쳐 보고 싶대.'

'……네? 그분이라면 스케줄이…… 저 아니라도 이미 배우려는 사람들이 줄을 섰을 텐데요?'

'안토니 그 사람 줄 선다고 아무나 가르쳐 주지 않아. 그의 말에 따르면 마음에 울림이 느껴져야 한대. 그래야 가르쳐 줄 마음이 생긴다나? 그런 사람이 네 연주 듣고서 바로 연락 왔더라. 대체 누구냐고. 지금껏 왜 한 번을 볼 수가 없었냐고. 네가 폴란드로 올 수만 있다면 한번 해 보고 싶대.'

'아……'

'당장 답하지 않아도 돼. 천천히 잘 생각해 봐. 안토니라면 너를 더 좋은 방향으로 이끌어 줄 수 있을 거야. 그간의 공백도 충분히 메울 수 있어. 국제 콩쿠르까지 생각하더라. 나이 제한 있어 기회가 얼마 남지 않은 건 알지?'

'……네. 알아요. 생각……해 볼게요. 선생님.'

뜻밖의 제안에 여전히 얼떨떨한 마음을 감출 수 없어 생각에 잠겨 있는데, 어느새 그가 운전하는 차가 제 아파트 안으로 들어서섰다.

"피곤할 텐데 얼른 들어가서 쉬어. 아까 말씀하신 제안…… 곰곰이 잘 생각해 보고. 널 위한 최선의 선택을 했으면 좋겠다."

"……."

"왜 아무 말이 없어?"

"말이 간단하지, 국제 콩쿠르까지 하려면 한두 해로는 힘들어요. 얼마나 오래 걸릴지 알 수 없는데 이산 씨는 말려야 하는 거 아니에요?"

"음…… 불과 얼마 전에 내가 했던 말, 기억해? 너의 기댈 언덕, 든든한 백 그라운드가 되어 주겠다고 했던 말."

"네. 당연히…… 기억하죠. 평생 잊지 못할 말인데."

"그냥 했던 말 아니야. 그러니 너는 아무 걱정 하지 말고, 하고 싶었던 거 다 하라고. 행여라도 가족이나 내 걱정은 하지도 말고, 오로지 널 위한 선택을 해. 네 뒷바라지는 내가 다 해 줄 테니까."

"그러다 내 마음이 변하면 어쩌려고요, 그곳이 너무 좋아서 눌러앉으면 어쩌려고. 나 너무 믿는 거 아니에요?"

초롱의 말에 피식 웃던 산이 그녀의 얼굴을 어루만지며 잠시 닫았던 입을 열었다.

"음…… 그렇게 변할 마음이라면 날 사랑하지 않은 거겠지. 나는 네 사랑이 진실하다고 믿어 의심치 않아. 아마도 하루가 멀다고 내 생각 하게 될걸? 보고 싶어 하루라도 빨리 오려고 더 노력하게 될 거야. 그리고 착각하지 마. 가더라도 결혼은 하고 보내 줄 거야. 그러니 거기 눌러앉을 생각은 꿈에서도 하지 마."

산은 솔직히 붙잡고 싶은 마음이 굴뚝같았다. 온전히 함께하게 될 날만을 손꼽아 기다리던 산에게 초롱이 해외로, 그것도 장기간 떠나 있어야 한다는 말은 청천벽력과도 같은 소식이었다. 하지만 제 욕심에 그녀를 붙잡을 수도 없는 일이었다. 기다리는 시간은 억겁과도 같겠고, 그리움은 하늘 높은 줄 모르고 치솟겠지만, 그녀의 꿈을 위해 인내해야 하지 않을까.

"널 기다리는 시간이, 널 보지 못하는 날들이 힘들지 않을 거라고는 말 못해. 하지만 그런 시간이 너와 나의 사랑을 더욱더 견고하게 만들어 주었으면…… 더불어 네가 꿈을 이룬 모습을 지켜보는 것만큼 기쁜 일은 없을 거야. 그러니까."

"무슨 뜻인지 알았어요. 천천히 신중하게 생각해 볼게요. 그러니까 이미 가는 사람으로 단정 짓지 말아요. 정작 나는 갈 마음의 준비도 안 됐는데, 벌써 떠나보낼 생각부터 하니 기분 별로예요."

늘 저를 먼저 생각해 주는 그의 마음이 고마우면서도 보낼 생각부터 하는 그에게 서운한 감정이 울컥 치솟아 불퉁하게 말했다.

"쉬운 마음으로 보내 주려는 거 아니야. 그러니까 서운해하지 마. 나도 내 심장 반쪽 떼어 낸다 생각하고 보내려는 거니까. 넌 정말 애인 잘 만난 줄 알아. 저밖에 모르는 사람 같았으면 어림도 없어. 알았어?"

"네. 아주 고맙네요. 그럼…… 조심해서 가요."

"그래. 어서 들어가."

초롱이 들어가는 모습을 보고서야 다시 차를 출발시키는 산의 표정에서 좀 전의 부드러운 미소는 찾아볼 수 없었다. 무한한 가능성이 있는 그녀를 위해 보내 줘야 한다고 올바른 판단을 한 거라고, 머리로는 잘했다 생각하면서도 마음은 한없이 가라앉고 있었다.

좋은 기회가 왔음에도 여전히 신중이라는 구실 뒤에 숨어 결정을 망설이고 있는 초롱은 퇴사 후 소속사 연습실에서 온종일 피아노에 몰두하며 싱숭생숭한 마음을 달래야 했다.

산은 여전히 망설이는 초롱에게 도전과 성취라는 목표 의식을 고취시켰고, 꿈을 향해 한발 다가선 초롱 역시 머리로는 가야 하는 것이 맞겠지 생각하면서도 좀처럼 움직이지 않는 마음이 답답하기만 했다.

그런 초롱의 답답한 심정이 겉으로 표출된 것일까, 연습실 안은 온통 격정적인 피아노 선율로 가득 차 있었다. 상념에 빠져 연주에 몰두해 있던 초롱은 밖에서 들려오는 노크 소리를 듣지 못했고, 누군가 등을 톡톡 두드렸을 때 기합하듯 놀라고 말았다.

"어맛!"

"미안해요. 놀라게 할 생각은 아니었는데, 노크했는데 못 들었나 봐요."

로라가 태연하게 말하며 한편에 놓인 테이블 의자에 앉았다.

"아, 죄송해요. 집중하느라 못 들었나 봐요."

연주가 아닌 다른 생각에 집중하고 있었지만, 차마 곧이곧대로 말할 수는 없었다.

"괜찮아요. 그럴 수 있지, 뭘 그런 거로 죄송하대? 초롱 씨 연습 영상 회사 채널에 올리자마자 반응이 폭발적이에요. 연일 매체며 기자들의 관심이 쏟아져요. 벌써 팬 카페 생긴 것도 알아요?"

"네. 실장님께 들었어요."

정식으로 데뷔하기도 전에 쏟아지는 관심에 흥분할 만도 한데, 초롱은 이 좋은 소식을 듣고서도 그저 어색한 미소만 그리고 있었다. 로라는 여전히 대중의 관심과 인기를 실감하지 못하고 무덤덤한 초롱이 신기해 피식 웃고 말았다.

그런 쪽으로 무던한 초롱의 성격을 잘 알고 있었기에 불필요한 말은 거두고, 찾아온 용건을 꺼냈다. 초롱의 향후 거취에 따라 자신이 해 줘야 할 일의 향방이 달라지기에 로라 역시 그녀의 결정이 궁금하지 않을 수 없었다.

"초롱 씨답지 않게 아직 고민하는 중이에요? 내가 아는 초롱 씨는 결정은 단

호하게, 맺고 끊는 건 칼인 줄 알았는데?'

겉보기에는 여려 보여도 무언가 결정해야 할 때는 망설임 없이 입장을 분명하게, 단호하고 엄격한 듯한 모습을 보였기에 그 모습이 인상 깊었던 로라로서는 지금처럼 망설이는 초롱이 다소 의외였다.

"그러게요."

그런 로라의 말에 초롱은 정신이 번쩍 들었다. 그래. 왜 망설였을까. 좋은 기회임에도 선뜻 내키지 않는 건 이미 마음이 한쪽으로 기울었다는 얘기였는데 바보같이 왜 여태 고민했을까.

인정하고 싶지 않지만 그건 아마도 저도 모르게 스며든 욕심과 자신감의 부재 때문은 아니었을까. 이제야 망설임의 실체를 마주하고 보니 생각보다 하잘것없는 이유에 스스로가 실망스러웠다. 잠시 생각에 잠겼던 초롱이 결심한 듯 다시 입을 열었다.

"이미 처음부터 마음은 한쪽으로 기울었던 것 같아요. 고민했던 시간이 아깝게 느껴지네요. 누군가 그 결정을 반기지 않을 것 같지만, 지금부터는 그를 어떻게 설득해야 하나 그 고민을 해 봐야겠어요."

"설득할 자신 있어요? 내가 도와줄까요?"

왠지 초롱의 결정이 어느 쪽인지 알 것 같아 로라가 선뜻 도움을 자처했다.

"아니요. 마음만 감사히 받을게요. 방법은…… 진심이면 될 것 같아요. 서로에게 미안해하지 않고 함께 행복할 수 있게 잘 설득해 볼래요."

"오케이! 초롱 씨 자신을 온전히 한번 믿어 봐요. 타고난 천재성은 언제고 빛을 발하더라고. 그런 거장의 도움이 아니라도 충분히 잘 해낼 거예요."

"음. 저의 자질에 대해 품었던 의구심이 부끄럽게 느껴지네요. 말씀 감사합니다."

"그건 내가 해야 할 말 같은데요? 고마워요. 그럼 나는 기존 계획대로 일을 진행하면 되겠네요. 아무쪼록 잘 설득해서 원하는 결과를 끌어내길 바랄게요. 그럼 연습하던 거 계속해요."

경쾌하게 연습실을 빠져나가는 로라의 뒷모습을 눈으로 좇던 초롱이 싱긋 웃었다. 제 마음이 어디로 흐르는지 가장 잘 알고 있으면서 지금껏 왜 시간을 아깝게 흘려보냈을까. 이제야 한결 가벼워진 듯한 기분에 은은하게 번지던 미소가 환한 웃음으로 바뀌었다.

드디어 고대하던 날이 다가왔다. 그와 제주에 가기로 한 날이었다. 비록 바쁜 스케줄과 배편의 여건상 제주에는 2박 3일의 짧은 일정으로 머물게 되었지만, 모처럼 그와 함께 가는 여행이라 초롱의 마음이 민들레 홀씨처럼 한들한들 날아올랐다.

"좋아?"

"그럼요. 이렇게 멋진 남자와 그토록 아름다운 제주에 가는데 좋아하지 않을 사람이 누가 있겠어요?"

"이렇게 좋아할 줄 알았으면 진작 데려갈 걸 그랬다. 이번엔 일이 많아 제대로 즐길 수도 없을 텐데."

"그런 걱정은 하지도 말아요. 난 그저 이산 씨와 함께 바람만 쐬고 와도 충분히 만족하니까."

"뱃멀미는 없고?"

카라반을 싣고 가야 할 선박을 직접 눈으로 확인하고 내부도 둘러봐야 했다. 미리 경험해 보고 싶어 배로 이동해야 했지만 초롱이 멀미는 없는지 뒤늦게 걱정이 되었다.

"그런 거 전혀 없으니까 나 신경 쓰지 말고 얼른 일해요. 난 근처 구경 좀 하고 있을게요."

"그래. 알았어."

아이같이 들떠 보이는 초롱의 환한 미소에 덩달아 활짝 웃음 지었다. 초롱이 혼자 시간을 보내는 동안, 산은 곧 제주로 출고하게 될 카라반의 선적 업무와 관련하여 선사 담당자를 만나 일정을 의논하고 방법을 조율하며 바쁜 시간을 보내야 했다.

협의를 마친 산이 승선하기까지 얼마 남지 않은 시간을 확인하며 초롱에게 전화를 걸었다. 휴대폰을 귀에 가져다 대고서 끊이지 않는 신호음에 주위를 둘러보는데 멀리서 자신을 먼저 발견한 초롱이 해맑은 미소와 함께 긴 머리를 휘날리며 신나게 달려오고 있었다.

산은 초롱의 그런 사소한 모습도 놓치고 싶지 않아 뚫어지게 바라보았다. 심장에 아지랑이라도 피어오르는지 간질거리다가도 저 모습을 한동안 보지 못할 생각을 하니 언제 간지러웠나 싶게 이번엔 심장이 욱신 아파 왔다.

"미치겠다. 정말. 보고 또 봐도 그리운데, 너 없이 수많은 날을 잘 견딜 수 있을까? 내가?"

혼잣말하는 산의 앞으로 초롱이 성큼 다가와 우뚝 멈춰 섰다. 필시 사람들이 주위에 없었다면 덥석 안겼을 텐데, 와락 불어닥친 초롱의 향기에 아련한 기대감이 이내 실망으로 바뀌었다.

"그렇게 신나게 달려왔을 때는 덥석 안아 줘야 하는 거 아닌가? 실망스럽네, 이초롱."

"에이, 공공장소에서 포옹까지는 너무했다. 하지만 마음은 이미 열두 번도 더 그랬어요. 그러니까 실망하는 표정 좀 지우고 얼른 가요."

가늘고 부드러운 초롱의 손이 투박한 제 손을 파고들었다. 주위에서 눈에 띄게 이쪽을 힐끔거리고 있었지만, 초롱은 그들의 시선 따위는 전혀 신경 쓰지 않는 듯했다.

반달이 된 그녀의 두 눈은 오롯이 자신에게로 고정되었고, 그녀의 찬란한 미소 또한 자신에게만 향해 있었다. 마치 자신이 초롱의 세상에 중심이 된 듯한 기분에 덩달아 웃지 않을 수가 없었다.

"사랑스럽네. 이초롱. 많이 봐 둬야겠다. 이 모습 잊어버리지 않게."

초롱은 마음의 준비를 하고 있다는 의중을 숨기지 않는 그에게 해 줄 말이 있었다. 생각 같아서는 당장이라도 하고 싶었지만, 사람들이 수시로 주위를 오가는 지금은 때가 아닌 것 같아 조용히 말을 아꼈다.

"그래요. 보고 또 봐요. 나중에 질린다고 하지나 말아요."

말도 안 되는 소리에 산의 입에서 열없는 미소가 흩어졌다.

'과연 그런 날이 오기나 할까?'

지금으로서는 상상조차 되지 않았기에 고개를 설레설레 내저었다.

산의 말처럼 그는 제주에 와서도 즐기기는커녕 일하기에 바빴다. 초롱은 그가 불편하지 않도록 늘 뒤에 물러나 있으면서도 불평 한마디 하지 않았다.

그가 바이어를 만나 대화를 나누거나 카라반 정박할 곳을 살피며 바쁘게 오갈 때도 행여나 방해될까, 부러 그의 눈에 띄지 않으려 애쓰곤 했다. 일을 마친 산이 잠시 쉬고 있겠다던 초롱에게 전화를 걸었다.

"어디야?"

— 카페에 왔어요. 여기 차 진짜 맛있어요.

"무슨 차?"

— 유자차.

"풉."

— 왜 웃어요?

"그건 웬만해선 맛없기도 힘들어."

— 풋. 그건 그래요. 달고 상큼하고 맛있어. 난 시간 잘 보내고 있으니까 신경 쓰지 말고 일해요.

"이제 일은 다 끝났어. 그러니까 나와 봐. 함께 가고 싶은 곳이 있어."

— 정말? 이렇게 빨리?

아무리 일 때문에 왔다고는 하나 이곳까지 와서 제대로 된 데이트 한 번을 할 수 없었다. 초롱이 불평을 늘어놓아도 할 말이 없는데, 그녀는 싫은 내색조차 하지 않았다. 되레 벌써 끝났냐고 묻는 말에 피식 웃음이 새어 나왔다.

어제도 일 때문에 동분서주한 데다 끊임없는 지인들의 연락에 초롱과 달콤한 시간을 보내기를 열망했던 밤까지 엉망이 돼 버렸다. 제주에 지인이 이렇게 많았던가, 올 때마다 반갑게 어울렸던 그들이 산은 처음으로 귀찮고 피곤하게 느껴졌다.

"보고 싶으니까 빨리 나와. 대체 어느 카페에 있는 거야? 나 목 빠진 거 보여?"

실없는 말에도 깔깔 웃어 주는 청아한 목소리가 산의 답답한 가슴을 일시에 뻥 뚫어 버렸다.

제주에 오면 늘 가 보고 싶은 장소로 손꼽았던 사려니숲길에 도착한 초롱이 눈빛을 빛내며 감격의 말을 뱉었다.

"내가 정말 여기를 얼마나 오고 싶었는지 몰라요."

"아버님 편찮으시기 전에는 제주에 몇 번 왔다면서 여긴 안 왔어?"

"네. 이상하게 이곳과는 인연이 없었어요."

"그럼 여기는 나와 처음이네? 너의 처음을 함께 하게 되다니! 완전 기쁘다."

"다 처음이었는데 뭘 겨우 이런 걸 가지고. 이성으로 남자의 손을 잡은 것도 이산 씨가 처음, 남자와 포옹한 것도, 첫 키스, 첫…… 경험. 이산 씨와 하는 모든 게 다 처음이었어요. 게다가 이산 씨가 내…… 첫사랑인데."

태연한 표정을 한 초롱의 무덤덤한 고백과는 반대로 산의 얼굴에는 감추지 못한 희열이 번졌다. 큐피드의 화살을 제대로 맞은 심장은 말 그대로 요동치고 있었다. 이미 몸소 겪어 알고 있는 사실임에도 입으로 전해 듣는 감동은 남달랐다.

"와, 진짜 너무 행복하다. 세상을 다 가진 기분이야."

생각 같아서는 당장이라도 초롱을 안고 싶었지만, 하려던 말을 제대로 전하지 못하게 될까 봐 잠시 널뛰는 마음을 진정시켰다. 초롱의 여린 손을 감싸 쥐고서 숲길로 이끌리듯 한 발 한 발 들여놓았다.

다행히 날은 더없이 푸르고 화창했다. 하늘을 찌를 듯 높이 솟은 울창한 나무가 길 양쪽으로 빼곡히 두 사람을 에워싸고, 그 나무 사이사이를 파고든 반짝이는 햇살은 마치 그녀를 위한 스포트라이트 같았다. 지난밤 소리 없이 내린 봄비에 촉촉이 젖은 바닥은 그녀를 위해 깔아 둔 비단 카펫 같았고, 살랑살랑 불어오는 기분 좋은 봄바람에 춤을 추듯 흔들리는 나뭇잎의 소리는 그녀를 향한 사랑의 노래 같았다.

코끝을 간질이는 향긋한 숲 내음을 폐부 깊숙이 들이켜고서 황홀한 미소로 자신을 바라보는 그녀와 눈을 마주하며 때는 바로 지금이라고,

"초롱아."

"이산 씨."

동시에 서로의 이름을 불렀다.

"나 먼저 말해도 돼요?"

"그래. 너 먼저 해."

"나, 안 가요. 안 갈래요."

"……뭐?"

"폴란드 안 간다고요."

초롱의 단호한 결심에 산의 눈빛이 흔들렸다. 머리와 가슴의 반응이 상충한 탓이었다. 머리는 다시 초롱을 설득해야 한다 말하고 있었고, 가슴은 그저 초롱의 말을 기뻐 반기듯 미쳐 날뛰고 있었다.

"너…… 신중하게 생각한 거야? 충분히 고민한 거 맞아?"

"네. 충분히, 차고 넘치도록."

산은 자신이 초롱에게 무슨 말을 하려 했었는지 잊어버렸다. 마음으로는 너무 좋아서 곧 죽을 것 같은데, 그녀가 어떤 마음으로 그런 결정을 내렸는지 알 수 없어 차마 내색할 수가 없었다.

"그렇게 안타까운 눈빛으로 보지 말아요. 완벽히 나를 위해서 한 선택이에요."

"아닌 것 같은 건 왜지?"

초롱은 자신의 예상과 한 치도 다르지 않은 그의 반응에 싱긋 웃으며 고개를 절레절레 내저었다.

"하이산 씨, 이산 씨는 힘든 산을 왜 올라요?"

뜬금없는 질문에 눈썹을 위로 올리던 산은 대답을 재촉하듯 자신을 뚫어져라 바라보는 초롱의 모습에 마지못해 입을 열었다.

"그냥 좋아서. 산에 오르면서 보는 풍경도, 나무 사이를 지나 불어오는 바람도, 이름 모를 새소리, 가슴을 시원하게 훑고 지나는 산 내음, 그리고…… 산 정상에 올랐을 때의 가슴 벅찬 마음까지. 무엇 하나 좋지 않은 것이 없어. 마음이 편하면 편한 대로, 마음이 복잡하면 복잡한 대로, 산에 올라 텅 빈 마음을 채울 수도, 뒤죽박죽 복잡한 머릿속을 비울 수도…… 나에게는 언제나 위안과 위로가 되고, 격려와 함께 다시 일어설 힘을 주는 곳이기도 하니까."

"그런 건 꼭 산 정상을 올라야 느낄 수 있는 것들인가요?"

"꼭 그렇지만은 않아. 나 같은 경우는 대개 산을 오르면서부터 시작되는데."

"그럼 꼭 정상까지 가야 하는 이유는 없는 거네요."

"꼭 그럴 필요는 없지만, 그래도 한 번쯤은 올라 보는 것도 나쁘지 않지. 나의 한계, 내 인내의 끝, 그걸 넘어선 성취감과 뿌듯한 마음은 그 무엇과도 바꿀 수 없을 만큼 귀하고 값진 경험이니까."

"나는 인내력도 끈기도 부족한가 봐요. 그런 산을 혼자서는 못 가겠더라고…… 예전에 한라산 정상에 갔을 때 말이에요. 할 수 있다고 쉼 없이 기운을 북돋아 주던 아빠가 없었다면, 이제 거의 다 왔다고 수시로 뻥튀기를 날리던 엄마가 아니었다면, 겨우 초등학생인 주제에 고집스레 꾸역꾸역 씩씩하게 앞서 가던 초원이가 아니었다면…… 절대로 정상에 오르지 못했을 거예요."

초롱이 말하는 내내 드높은 한라산을 향해 힘차게 오르는 아름다운 가족의 모습이 산의 머릿속에 그림처럼 그려지고 있었다. 저도 모르게 싱긋 웃음이 새어 나오는데 아직 못다 한 얘기가 있는지 초롱이 다시 말을 이었다.

"산에 오르면서 그 아름다운 풍경을 감상할 여유도, 더운 땀을 식혀 주는 시원한 바람을 고맙게 생각할 정신도 없었어요. 그저 산소 조달하기에 바빴지 느긋하게 흙 내음, 산 내음을 맡을 만한 기운이 하나도 남아 있지 않았어요. 삼분의 일? 아니 오분의 일? 좋은 건 딱 그때까지였어요. 이후로는 그저 나 때문에 가족이 중도 포기하는 일만 없게 하자. 싶었거든요."

그때를 다시 떠올리던 초롱이 몸을 부르르 떨며 하던 말을 계속했다.

"내 다리가 내 다리가 아닌 것 같았어요. 가도 가도 끝없이 펼쳐지는 푸른 나무가 징글징글하고, 바람을 타고 내려오는 나뭇잎도 아주 귀찮기 짝이 없었어요. 차라리 날 버리고 가라. 라는 말이 절로 떠올랐어요."

산은 여지없이 그려지는 어린 시절의 초롱을 떠올리며 웃지 않을 수 없었다.

"정말, 다리가 엿 같았어요."

"뭐?"

자신이 제대로 들은 게 맞는지 믿기지 않는 산이 되물었다.

"엿이요. 엿. 갱엿 몰라요?"

"갱엿?"

"갈색으로 생긴 맛난 엿 있어요. 아무튼. 햇볕에 잔뜩 달궈져서 느물느물 녹아 흐를 것 같은 바로 그 엿과 같았다고요. 땅에 다리가 붙어서 떨어지지 않았어요. 그 높은 산을 오르자고 한 아빠가 얼마나 미웠는지, 진짜 다 왔다고 딱 5분만 더 가면 정상이라고 말하던 엄마가 내 동생이었으면 정말 한 대 때릴 뻔했어요."

"하하하하하."

초롱의 너무나 생생한 표현에 산은 결국 참았던 웃음을 터트리고 말았다.

"남 일이라고 웃지 말아요. 그때는 정말 생과 사를 넘나드는 기분이었어요."

"큽. 알았어. 계속해."

"그런데 이번에는 정말 5분 뒤에 정상이더라고요. 와…… 꿈에도 그리던 산 정상에 올랐는데,"

"올랐는데?"

"우와…… 경치가, 경치가……."

"좋지? 말도 못 하게 좋았지? 한라산에서 내려다보는 풍경은 정말 이루 말로 다 표현할 수 없어. 그렇지? 얼마나 좋았는데?"

곧이어 쏟아져 나올 찬사를 바라던 산의 귀에 뜻밖의 말이 들려왔다.

"그게…… 하나도 안 보였어."

"뭐라고? 안…… 보였어? 하나도? 거기까지 가서?"

하필 그게 뭐람. 고생 끝에 올라간 보람이라도 있었으면 산에 대해 저렇게 부정적인 생각을 가지게 되지는 않았을 텐데, 아쉬운 마음에 산의 입에서 탄식이 절로 흘러나왔다.

"네. 백록담이고 뭐고 안개에 가려 진짜 하나도……. 너무 억울했어요. 그렇게 고생해서 올라갔는데, 내가 기대했던 절경은 허무하기 짝이 없었어요. 다리는 이미 땅에 붙었지, 덥고, 허탈하고, 짜증 나고, 화까지 솟구쳐 에라 모르겠다. 흙바닥에 털썩 주저앉아 벌렁 누워 버렸는데 그제야 보이네……."

"뭐가, 뭐가 보였는데?"

"표정이…… 우리 아빠가 세상을 다 가진 듯한 표정을 짓고 있는 모습이…… 그런 아빠와 눈 맞추며 내가 살면서 본 중에 가장 환한 웃음을 짓고 있는 엄마 얼굴이…… 하다못해 그 조그만 초원이가 입이 찢어져라 웃는 모습이 보이더라고요…… 울었어."

"울었다고?"

"너무 좋아서, 너무 행복해서. 그렇게 즐거워 보이는 가족의 모습을 얼마 만에 보는 건지…… 경치 좀 못 보면 어때, 성취감? 뿌듯함? 이산 씨 다 가져요.

나는 그것만으로 충분했어요. 내가 세상에서 가장 사랑하는 사람이 세상 다 가진 표정으로 환하게 웃는…… 그 모습을 보는 것만으로 충분했다고요. 또 그 모습을 볼 수만 있다면, 엿이 된 다리도 끌고 갈 수 있겠더라고……. 하이산 씨."

"어. 듣고 있어. 말해."

"나는 이미 내가 원하는 산 정상에 오른 것 같아요. 내가 가장 사랑하고, 또…… 존경하는 하이산 정상에 이미 올랐다고…… 다른 정상은 크게 욕심나지 않고, 아등바등 욕심내고 싶지도 않아요. 나의 내일이 언제나 화창할 거라고, 나의 내일이 무탈할 거라고, 누가 장담할 수 있어요? 사람 일은 아무도 모르는 거잖아요. 하루에도 수십, 수백의 사건 사고가 끊이지 않는데…… 그게 내가 되지 않을 거라고 누가 장담할 수 있겠어요."

초롱의 말을 경청하며 같은 곳을 향해 함께 걸어가던 산의 걸음이 서서히 멈추었다. 덩달아 걸음을 멈춰 선 초롱의 얼굴을 가만히 바라보자 이내 그녀의 입이 다시 열렸다.

"그래서 나는 그냥 현재에 충실하고, 현재를 살고 싶어요. 알지 못하는 미래를 좇는 데 내 모든 열정을 다 바치고 싶지는 않아요. 그냥 지금, 내 옆에 있는 사람들과 같이 웃고, 즐기고, 느끼고 싶어요. 천천히 산에 오르면서, 길가에 삐죽 솟은 풀 한 포기, 아무렇게나 피어 있는 손톱만큼 작은 꽃도 눈여겨보면서 그렇게 여유롭게 오르고 싶어요. 그 옆에 내가 사랑하는 사람이 함께라면, 그 사람의 손을 잡고 함께 가는 산행이라면…… 더 기쁘게 오를 수 있을 거예요. 그러니까…… 나, 보내지 말아요. 내가 있고 싶은 곳은 하이산 씨 옆이에요."

산은 가슴이 터질 듯 벅차올랐다. 지금의 감동을 그 어떤 말로도 형용할 수가 없었다.

"후회……하지 않겠어? 어렵게 다시 시작한 거잖아. 피아니스트로서의 네 능력을 인정받고 싶지 않아?"

"그분께 가지 않는다고 했지, 피아니스트로서의 내 목표를 내려놓는다고 한 적은 없는데요. 두고 봐요. 내가 보여 줄게요. 오랜 공백에도, 그분께 사사하지 않아도, 할 수 있다는 거. 조금 더디 가겠지만, 내가 정한 목표에 이르는 모습. 보여 줄게요. 여기서도 충분히, 아니, 나를 아끼고 사랑하는 사람들의 옆이라면, 이산 씨 옆이라면…… 오히려 더 잘 해낼 수 있어요. 그러니까 나 한번 믿어 봐요."

산은 넘쳐흐르는 감정을 더는 참을 수가 없었다. 이곳이 어디라는 것도 잊은 채 초롱을 덥석 끌어안았다. 감격에 겨워 격하게 요동치는 마음을 감추지 못해 그녀를 숨이 막히도록 꼭 안고서 놓아 주지 않았다.

"믿어. 난 네가 무슨 말을 해도 다 믿어. 그러니까 너도 나 믿어. 많이 웃게 해 줄게. 작은 풀 한 포기, 손톱만큼 작은 꽃도, 계절이 바뀌는 풍경 모두 네 눈에 가득 담길 수 있게. 네 마음을 풍요롭게 만들어 줄게. 그러니…… 우리 함께 하자. 그래…… 가지 말고 내 옆에 있어. 같이 올라가자. 네가 원하는 그곳. 천천히 가도 괜찮아. 포기하지만 않으면 돼. 내가 끌어 주고, 밀어 줄게."

하고 싶었지만 꼭 참았던 말을, 다른 말로 대신하며 애써 숨겨야 했던 마음을 이제야 속 시원히 꺼내 보았다. 한동안 초롱을 향한 애틋한 마음에 남몰래 속앓이해야 했던 산의 불안정했던 마음이 비로소 안정을 찾아가고 있었다.

"사랑한다. 이초롱. 사랑해."

"저도 사랑해요. 이산 씨 정말 사랑해요."

이제야 정말 온전히 함께할 수 있다는 생각에 산의 입매가 귀에 걸릴 듯 활짝 올라갔다. 마치 처음 사랑을 확인한 것처럼 벅찬 감동에 빠져 허우적거리는 두 사람에게 주위의 시선이나 풍경이 눈에 들어올 리 없었다.

홀린 듯 아름다운 숲속 깊숙이 들어온 연인이 두 사람을 보고서 화들짝 놀라 자리를 비켜 주는 것도, 두런두런 대화를 나누던 가족이 불현듯 입을 꾹 다물고서 미소로 자리를 떠나는 것도 알 수 없었다.

"아파요."

"응?"

"이게 뭐예요? 뭐가 자꾸 배를 눌러서 아프다고요. 이제 그만 놔줘요."

"어? 어. 그래. 내가 잠시 깜빡했다."

"뭘요?"

"이곳에 온 이유."

"이유가 따로 있어요?"

"그럼."

산이 싱긋 웃더니 초롱을 꾹꾹 눌러 댄 작은 상자를 주머니에서 꺼내 들었다. 누가 봐도 반지 케이스였고, 그걸 본 초롱의 입이 작은 소리를 내며 점점 벌어졌다.

숲속 깊이 들어와서인지 인적이 드물었고, 선물 같은 비경과 따사로운 햇살이 조화로운 곳은 신비로운 느낌마저 들었다. 프러포즈하기에 이보다 더한 타이밍과 장소는 찾을 수 없어 산이 미소를 지으며 조용히 케이스를 열었다.

피아노를 치는 초롱을 생각해 모던하면서도 심플한 디자인의 반지를 주문했는데, 그녀의 손에 끼워 주고 보니 너무나 예쁘게 잘 맞아떨어져 흐뭇한 미소가 그려졌다.

"나의 현재와 미래는 이제부터 모두 너야. 평생…… 나와 함께해. 사랑해, 초롱아."

마치 대자연이 두 사람을 축복이라도 하듯 초롱의 반지 위로 찬란한 햇살이 강하게 내리쬐었고, 보석에 반사된 빛이 사방으로 환하게 퍼져 나갔다.

초롱의 눈에 고인 또 다른 보석이 반짝반짝 투명하게 빛나고 있다.

10

우리 집.

D-day 6일.

굿엔터로 향하는 산의 얼굴에 밝은 미소가 피어올랐다. 곧 초롱을 만난다는 생각에 온종일 바쁘게 일하며 쌓인 긴장과 피로도 어느새 사라지고 없었다.

근래에 얼마나 자주 드나들었는지 굿엔터 건물에 발을 들여놓기가 무섭게 산을 알아본 젊은 경비원이 반갑게 그를 맞았다. 산은 웃으며 마주 인사를 건네고서 초롱이 있는 피아노 연습실을 찾아 소리 없이 들어섰다. 그녀는 산이 들어온 것도 눈치채지 못할 만큼 연주에 몰두해 있었다. 연습실 측면의 벽에 기대선 채 연주에 몰입한 초롱을 조용히 지켜보는 산의 입가에 절로 흐뭇한 미소가 그려졌다.

초롱은 요즘 연습실에서 거의 살다시피 하고 있었다. 산이 출근길에 전화하면 9시도 되지 않은 이른 시간에 벌써 연습실에 도착해 연습 중이라고 하는 건 예사였다. 부모님을 뵈러 병원에 가는 날이 아니고서야 온종일 연습실에 머물고 있다는 건 이제 묻지 않아도 알 수 있었다.

그동안 이렇게 연주하고 싶은 걸 어떻게 참았을까, 이 넘치는 재능을 어찌 숨기고 살았을까. 산은 피아노와 몰아일체가 되어 선율에 몸을 맡긴 채 격정적으로 연주를 이어 가는 초롱에게서 눈을 떼지 못하고 그저 기쁜 마음으로 그녀를 지켜보았다.

이윽고 연주가 끝난 초롱이 맞은편 벽에 걸린 시계를 보다 갑자기 고개를 옆으로 휙 돌렸다. 아니나 다를까 늘 같은 위치에서 자신을 향해 미소 짓고 있는 그를 발견하고선 입술을 삐쭉이며 말을 꺼냈다.

"오면 인기척 좀 하라니까. 왜 자꾸 말없이 그렇게 보고만 있어요? 사람 민망하게."

"민망하기는, 보기 좋아서 그런걸, 뭐. 신기해. 왠지 피아노 앞에 앉은 네 모습은 내가 알던 이초롱과 조금 달라 보여서 그 모습이 너무 신기해."

싱긋 미소 짓던 초롱이 자리에서 일어나 그에게로 걸음을 옮기며 물었다.

"뭐가 그렇게 달라 보여요? 난 모르겠는데."

"달라. 내 앞에서 늘 차분하고 점잖은 모습만 보였는데, 피아노 앞에 앉으면 완전 다른 사람 같아. 이를테면 손가을 같은 피아니스트를 보는 기분이랄까? 아주 열정적이고 카리스마가 넘쳐 보여."

세계적으로 유명한 손가을 피아니스트를 빗대어 하는 그의 말이 듣기 싫지 않은지 초롱이 씩 웃었다.

"와, 더 열심히 해야겠는데요? 그분 따라가려면."

그때까지 벽에 기대어 있던 산이 초롱에게 다가가며 양팔을 펼쳤다. 당연한 듯 그의 품에 안겨 드는 초롱의 입매가 예쁘게 휘었다.

"아니야. 그런 유명한 피아니스트가 되지 않아도 나는 아무 상관 없어. 그냥 네가 지금처럼 행복한 모습이면 나는 그것만으로도 충분해. 요즘 너 보면 얼굴에서 빛이 나는 거 알아? 전에도 반짝였지만 지금은 그때와 비교할 수 없이 빛

나. 그런 널 보고 있으면 나까지 즐겁고 행복해."

산의 가슴에 안겨 그에게서 흘러나오는 말을 듣고 있던 초롱이 미소를 감추지 못한 얼굴을 들어 그를 바라보았다. 산은 자신과 눈을 맞춘 채 말없이 저를 뚫어져라 바라만 보는 그녀의 모습에 고개를 갸웃하다 입을 열었다.

"왜 그렇게 봐? 내가 너무 잘생겼어?"

"역시 아는구나? 보면 볼수록 이산 씨는 정말 사기 캐릭터 같아요."

"사기 캐릭터?"

"네. 외모는 말할 것도 없이 능력 좋아, 마음도 넓은데 말까지 예쁘게 하고, 심지어 요리도 잘한다니, 이게 사기 캐릭터지 뭐야. 어디 하나 부족한 게 없어요. 이런 남자가 곧 내 남편이 된다니 아직도 믿기지 않아요. 꿈꾸는 것 같아. 내가 전생에 나라를 구했나?"

만면에 미소를 머금고서 초롱의 말을 듣고 있던 산은 결국 참지 못하고 크게 웃었다. 덩달아 싱긋 웃던 초롱이 다시 입을 열었다.

"웃는 소리까지 멋있어. 그만 웃어요, 떨려서 오늘 피아노 연습이 안 될 것 같으니까."

초롱은 여지없이 떨리는 가슴을 안고서 그를 더 꼭 끌어안았다.

요즘 초롱은 두 달 뒤로 예정된 피아노 콩쿠르 준비에 여념이 없었다. 하필 결혼과 시기가 맞물린 탓에 콩쿠르 참가를 고민하던 때, 초롱의 망설임을 기민하게 알아챈 산이 그녀의 망설임을 일시에 불식시켰다.

'너는 아무 걱정 하지 말고 피아노 연습에 열중해. 결혼 준비는 내가 다 알아서 할게. 넌 꼭 필요할 때만 시간 내주면 돼.'

'아무리 그래도 평생 단 한 번뿐인 결혼인데 어떻게 그래요.'

'사실 준비할 것도 없어. 집은 이미 준비되어 있으니 넌 몸만 들어오면 되고, 식장도 우리 별장 정원에서 하기로 했잖아. 예식 준비야 어머니와 할머니께서 기쁜 마음으로 직접 챙긴다고 하셨으니 뭐가 문제야? 그외 부수적인 것들은 나 혼자 해도 충분해. 너는 드레스 고를 때나 예물 볼 때만 같이 가 주면 아무 문제 없어. 그러니까 마음 쓰지 말고 콩쿠르 나가. 네가 부담스러우면 신혼여행도 콩쿠르 뒤로 미뤄도 되고.'

'아니, 그건 내가 싫어요. 알았어요. 콩쿠르 나갈게요. 신혼여행 기간에 쉬어도 될 만큼 연습 많이 해 둘게요. 그러니 여행은 바로 떠나요.'

결혼식 날을 정하고부터 산은 정말 그의 말처럼 웨딩드레스와 예물 고르러 갈 때를 제외하고는 초롱에게 그 어떤 부담도 주지 않고 알아서 결혼 준비를 하고 있었다. 덕분에 초롱은 온전히 자신만의 시간을 가지며 콩쿠르 준비에 만전을 기할 수 있었다.

여전히 산의 가슴에 안겨 있던 초롱이 그의 품에서 벗어나며 물었다.

"그나저나 오늘은 어디 가요?"

"미리 말해 주면 재미없지. 가는 동안 맞춰 봐. 이초롱 상상력이 얼마나 풍부한지 딱 봐야지. 가자."

고개를 끄덕이고서 가방을 챙겨 그가 내민 손을 잡고 연습실을 나서려는데 누군가 노크를 했다. 초롱이 그의 손을 놓고 얼른 대답하자 문이 열리며 로라가 들어섰다. 산과 초롱이 함께 있는 모습을 보고 로라가 웃으며 말을 꺼냈다.

"이제 우리 회사에서 널 마주치는 게 어색하지가 않아. 아예 여기다 네 사무실도 하나 차려 줄까?"

"그럴까 그럼?"

산의 뻔뻔한 대꾸에 로라가 고개를 내저으며 말했다.

"못 말려 정말. 부디 결혼해서도 그 모습 변치 않기를 바라."

"그야 당연하지. 그런데 넌 무슨 일로 왔어?"

"아, 초롱 씨한테 전할 말이 있어서. 초롱 씨 우리 모레 광고 촬영 하기로 한 거 시간이 정해졌는데 오후 2시예요. 괜찮겠어요?"

"그럼요. 그때 말씀하신 연주곡으로 준비하면 되는 거죠?"

"맞아요. 결혼 준비로 바쁠 것 같아서 가능하면 오전에 시작해서 일찍 마치게 해 주고 싶었는데 조율이 쉽지 않더라고요. 결국 오후로 잡혔네. 미안해서 어쩌죠?"

"아니요. 그런 거라면 신경 쓰지 않으셔도 돼요. 지금도 결혼 준비는 이산 씨가 주도적으로 해 줘서 저는 온종일 피아노 연습만 하는걸요, 뭐."

두 사람의 대화를 듣고 있던 산이 미소와 함께 고개를 끄덕이자 로라가 알 만하다는 듯 웃으며 말했다.

"외조를 잘해 준다니 내가 다 고맙다. 너도 그날 시간 되면 구경하러 와도 돼. 물론 초롱 씨가 허락한다면 말이야."

"그래. 우리 와이프 얼마나 잘하나 봐야지."

"헉."

초롱의 눈이 순간 커졌다. 그의 입에서 너무나 자연스레 나온 호칭 때문이었다. 놀란 듯한 초롱의 모습에 로라가 피식 웃으며 말했다.

"이산, 아직 결혼도 안 했는데 와이프라는 말이 벌써 나오고, 꼭 신혼부부 같아 보기 좋네. 그럼 불청객은 볼일 끝났으니 이만 물러갈게. 초롱 씨 내일 봐요."

로라가 나가자마자 산이 초롱에게 물었다.

"갑자기 와이프라고 해서 당황했어? 듣기 별로야?"

"아니요. 그런 게 아니라 익숙하지 않아서 그렇죠. 뭐…… 나쁘지 않네요. 왠지 예쁘게 들리는 것 같기도 하고."

"그럼 와이프님, 우리도 나가 보실까요?"

장난스레 내미는 그의 손을 잡고서 연습실을 벗어나는 초롱의 머릿속에 '우리 와이프'라고 부르는 그의 다정한 음성이 한동안 맴돌았다. 이상하게 마음이 간질거렸다.

초롱은 산과 저녁 식사를 하며 오늘 갈 곳이 어딘지 물었지만, 그는 그저 빙 긋 웃더니 가 보면 안다는 빈약한 말만 덧붙일 뿐이었다. 덕분에 초롱은 그의 차를 타고 이동하는 동안 어디로 가는 걸까 혼자 상상의 나래를 펼쳤다.

그의 차가 서서히 속도를 줄이더니 낯선 단독주택 앞에서 멈추었다. 그가 시 동을 끄자 주위는 이내 어둠 속에 묻혔다.

"이제 말해 줘요. 여긴 어디예요?"

"일단 내리자. 설명해 줄게."

초롱이 안전벨트를 풀어 주는 그의 얼굴을 유심히 바라보자 눈 깜짝할 사이 에 산이 그녀의 입술을 훔쳤다. 이내 입술을 떨어트린 산이 싱긋 미소 지으며 말을 꺼냈다.

"네 마음에 들었으면 좋겠어."

차에서 내리는 그를 따라 초롱도 서둘러 차 밖으로 나섰다. 지인의 집에 초 대를 받은 건가? 아니면 카페? 그러기에는 불빛 하나 새어 나오지 않는 건물이 이상할 수밖에 없었다.

산은 2층 주택에서 시선을 떼지 못하는 초롱을 보며 가슴이 떨렸다. 그녀도 좋아할까? 미리 말하지 않은 게 과연 잘한 일일까? 뒤늦은 걱정은 치워 버리고 서둘러 초롱에게 다가가 그녀의 한 손을 잡았다.

자신을 향해 무언의 질문을 하는 초롱의 눈을 가만히 바라보던 산이 휴대폰 을 들었다. 터치 몇 번에 갑자기 주택에 환한 빛이 밝혀졌고, 동시에 초롱의 눈 이 더할 수 없이 커졌다.

"들어가자. 우리 집이야."

"뭐, 뭐라고요?"

놀랐는지 말까지 더듬는 초롱을 보고 산이 한 손을 들어 초롱의 얼굴을 어루 만졌다.

"우리 신혼집이라고."

"말도 안 돼. 우린 이산 씨 아파트에서 지내기로 한 거 아니었어요?"

"미안하지만, 처음부터 그 아파트에서 지낼 생각은 없었어. 너한테 말하면 부담스러워할까 봐, 또 이것저것 신경 쓸 것 같아 말하지 않았어. 앞으로 너 계속 피아노 하려면 아무리 방음에 신경 쓴다 한들 아파트보다는 주택이 더 편할 것 같아서."

"아니 대체 언제, 언제 여기를⋯⋯."

초롱은 너무 놀라 말이 나오지 않았다. 그에게 결혼과 관련한 일을 일임하기는 했으나 집까지 새로 구할 거라고는 생각지도 못했는데.

"사실 너와 결혼 마음먹었을 때부터 집을 알아보고 있었어. 여기가 내 회사는 물론 굿엔터도 멀지 않고, 아버님 병원과도 가까워 위치상으로 너무 좋더라. 상견례 하기 전에 이미 계약 마쳤어."

"맙소사⋯⋯. 그럼 혼자 집 보러 다닌 거예요? 회사 일만 해도 정신없이 바빴을 텐데."

산은 제 예상과 한 치도 다름없는 초롱의 모습을 보며 피식 웃었다. 그녀는 온통 미안하고 안타까운 눈빛으로 자신을 보고 있었다.

"너 이럴까 봐 말 못 했어. 회사 업무 지장받지 않는 선에서 결혼 준비 하고 있으니 그런 건 신경 쓰지 않아도 돼. 나한테 미안한 마음 가질 필요도 없고."

"어떻게 그래요, 사람이 염치가 있지. 매번 받기만 하는데 미안하지 않으면 그게 사람이에요?"

"그렇게 마음 쓸 시간에 네 꿈에 더 집중하는 게 어때? 내가 말했던가? 내 새로운 꿈이 생겼다고?"

그가 말하는 새로운 꿈이 뭔지 알 것 같아 초롱이 미소를 지으며 입을 열었다.

"말로 하지는 않았지만 이미 알고도 남겠어요. 내가 꿈을 이루는 모습을 보는 거."

"정확해. 그러니까 너는 네 꿈에 집중해. 너 유학 보내 주지 못한 거 내가 후회하지 않게, 평생 너에게 미안한 마음 들지 않도록 오로지 꿈에 집중하란 말이야. 내말 무슨 뜻인지 알겠어?"

"말은 바로 해요. 이산 씨가 보내 주지 않은 게 아니라, 내 욕심이라고요. 이산 씨가 옆에 없으면 아무것도 할 수 없을 것 같아서, 내가 가지 않는 거라니까."

가슴이 벅차오르는 그녀의 말에 산이 초롱을 가만히 껴안았다.

"그런 욕심이라면 얼마든지 부려도 돼. 뭐든 필요한 게 있으면 다 말해, 알았어? 나와의 결혼이 네 걸림돌이 되지 않도록 열심히 도울게."

"걸림돌? 무슨 그런 말도 안 되는 소리를. 내 심리적인 안정, 다시 일어설 수 있도록 불어넣어 준 용기, 뭐든 할 수 있을 것 같은 자신감, 모두 이산 씨가 선물한 거예요. 내가 세상에서 가장 잘한 일이 이산 씨 잡은 일이라고요."

산은 제 허리를 힘주어 꼭 안는 초롱을 느끼며 함빡 미소 지었다.

그의 손을 잡고서 낮은 담을 지나 안으로 한 발 들어선 초롱에게서 외마디 감탄사가 터져 나왔다. 담 너머로 이미 건물의 외관을 보았음에도 한 걸음 더 가까이에서 본 주택의 모습은 감탄을 자아내기에 충분했다.

넓은 정원에 잘 꾸며진 조경, 화이트와 그레이 색상이 조화로운 건물은 모던하면서도 시크해 보였다. 구조 또한 일반적인 주택의 반듯한 형태와는 달리 2층이 돌출되어 입체적 조형미를 자랑하고 있었다.

"너무 예뻐요. 예전에 주택 전시장에서 잠시 아르바이트를 했었는데, 그때 본 모델하우스보다 훨씬 더 멋있어요."

"마음에 들어?"

"당연하죠. 이곳을 보고 마음에 들어 하지 않을 사람이 누가 있겠어요?"

"다행이다. 네 마음에 든다니 이제야 마음이 놓이네. 여기서 이럴 게 아니라 내부도 둘러봐야지?"

초롱이 방긋 웃으며 고개를 끄덕였다. 평범하지 않은 외관에 실내는 또 얼마나 훌륭할까 싶어 기대감이 고조되었다. 아니나 다를까 모던한 실내 구조와 감각적인 인테리어가 돋보이는 내부를 둘러보며 연신 감탄사만이 흘러나왔다.

"새집 같은데 누군지 몰라도 이 집 팔기 아까웠겠어요. 이렇게 예쁘게 잘 지어진 집을 왜 내놨을까요?"

"이 건물주가 리준 건설이라는 회사 대표였어. 본인이 직접 설계하고 시공했다 하더라고. 오래전부터 이곳으로 이사하려고 공을 많이 들였다는데 중간에 계획이 바뀌었대. 매도 내놓은 지 좀 됐다는데 규모가 있어 그런지 적임자가 나타나지 않았나 봐. 우리가 운이 좋았어."

"그러게요. 이렇게 훌륭한 집을 찾기가 쉽지 않은데. 그런데 이산 씨, 우리가 살기에 너무 큰 거 아닐까요?"

집은 구조나 디자인, 인테리어와 조경까지 어느 한 군데 부족함 없이 모든 게 완벽했다. 하지만 서재나 드레스 룸, AV룸같이 용도가 정해진 곳을 제외하고도 방이 일곱 개나 더 있었다. 초롱은 아무리 생각해도 둘이 살기에는 너무 과하다는 생각을 지울 수 없어 조심스레 우려를 표했다.

그런 초롱의 걱정스러운 표정을 지켜보던 산이 싱긋 웃으며 말을 꺼냈다.

"1층은 사용할 분이 따로 계셔. 우리는 2층 공간을 모두 사용하게 될 거고."

초롱이 의아한 시선으로 바라보자 산이 서둘러 말을 이었다.

"장인어른 말이야. 걷는 건 아직 시기상조일지 모르겠지만, 몸은 하루가 다르게 나아지고 계셔. 그러니 퇴원은 시간문제지, 안 그래?"

"갑자기 아빠는 왜……."

"너만 좋다면, 두 분 여기로 모실까 해. 퇴원하시더라도 재활 꾸준히 하셔야 하고, 가끔 산책도 필요한데, 아파트는 아버님께서 생활하시기에 많이 불편하실 것 같아서. 이곳이라면 두 분이 좀 더 편하게 생활하실 수 있을 거야. 아, 우리 부모님이나 할머니께도 이미 말씀드렸어. 기쁜 마음으로 지지해 주셨고 그러니 너는 아무 걱정 하지 않아도,"

산은 더는 말을 이을 수 없었다. 그렁그렁한 눈으로 저를 바라보던 초롱이 갑자기 혼이 빠질 듯 강한 입맞춤을 해 왔기 때문이다. 짜릿한 감각에 취한 것도 잠시, 이내 멀어진 그녀의 야속한 입술에서 일렁이는 목소리가 흘러나왔다.

"불편……하지 않겠어요?"

"불편하긴. 오히려 두 분이 아파트로 가시면 걱정돼서 마음이 불편할 것 같아. 너도 부모님 걱정으로 피아노에 집중할 수 있겠어? 함께 지내는 편이 훨씬 마음 편하고 좋을 거야. 어디 그뿐이야? 내가 출장을 자주 가잖아. 너 혼자 두고 가면 마음이 편치 않을 텐데 부모님께서 함께 계시면 얼마나 든든하겠어? 두루두루 좋을 것 같아."

초롱은 그에게 이 고마운 마음을 어떻게 표현해야 할지 알 수 없었다. 이미 자신은 아파트에서 나와 회사에서 마련해 준 빌라에 지내고 있었다. 아빠가 언제 퇴원할지 알 수 없는 상태에서 아파트를 계속 공실로 둘 수 없을뿐더러, 임 교수님께도 더는 신세를 질 수 없어 부모님과 함께 거처를 의논 중이었다.

그런데 그가 어떻게 자식인 저보다 먼저 부모님의 거취 문제를 생각하고 있었던 것인지. 그저 고맙고 또 고마운 마음밖에 없었다.

"고마워요…… 고마워요, 정말. 내가 더 잘할게. 이산 씨만큼은 안 되겠지만 할머니, 아버님, 어머님께 더 잘할게요."

울며 웃으며 하는 초롱의 말에 산이 씩 웃었다.

"넌 지금도 충분히 잘하고 있어. 어른들께서 딸 하나 더 생긴 것 같다고 얼마나 좋아하시는데, 그러니 부담 갖지 말고 그냥 하던 대로 하면 돼. 알았어?"

산은 촉촉이 젖은 눈을 들어 방긋 웃어 보이는 초롱을 마냥 사랑스럽게 바라보았다. 그녀의 눈가에 번진 눈물을 조심스레 닦아 주며 다시 입을 열었다.

"벌써 울면 곤란한데? 아직 보여 주지 못한 곳이 남았어. 처음 이 집을 보러 왔을 때 가장 마음에 들었던 곳 말이야. 아마 너도 아주 좋아할 거야."

"제발 그만 좀 울려요. 기운 빠진단 말이에요."

초롱이 투정 부리듯 말하자 산이 갑자기 그녀를 번쩍 안아 올렸다. 놀란 초롱이 외마디 비명을 지르며 급히 산의 목을 끌어안았다.

"깜짝 놀랐잖아요!"

"이초롱 기운 빠지면 큰일 나지."

"말이 그렇다는 거지 사실 지금 기운 넘쳐요. 이렇게 멋지고 훌륭한 남자가 곧 남편이 되는데 어떻게 기운이 빠지겠어요? 자다가도 벌떡 일어나게 생겼는데. 그러니 어서 내려 줘요."

"하하하. 싫은데? 그냥 잘 잡고 있어 바로 코앞이야. 도착하면 얌전해 내려 줄게."

"궁금해. 대체 어딜 가는 거예요?"

초롱은 저를 안고서 성큼성큼 어딘가로 향하는 산의 얼굴을 뚫어져라 바라보았다. 입을 꾹 다문 채 엷은 미소만 그리는 모습을 보아하니 말해 줄 생각이 없는 듯했다. 이렇게 된 이상 얌전히 그가 하는 대로 두고 볼 수밖에 없었다.

그는 주택의 입구가 아닌 후문 쪽으로 향하는 듯했다. 그곳을 통해 밖으로 나가자마자 펼쳐진 공간을 보며 초롱이 감탄사를 뱉었다.

"와, 세상에."

초롱의 눈앞에 또 다른 정원이 펼쳐졌다. 주택 앞쪽의 정원은 낮은 담 너머로 오가는 사람들이 볼 수 있는 곳이라면, 뒤편의 정원은 외부로부터 완벽히 시선이 차단되는 프라이빗한 공간으로 조성되어 있었다.

또한 앞쪽은 상록식물 위주로 구성되어 멋스럽고 풍성한 느낌을 주었다면, 뒤쪽은 다양한 꽃들이 자리해 화사한 느낌이 물씬 풍겼다. 거기다 아늑한 조명까지 더해져 신비로운 느낌마저 들었다. 전혀 생각지도 못했던 공간을 황홀하게 바라보다 이내 또 다른 건물을 발견했다. 아마도 별채인 듯했다.

"지금 저기 가는 거예요?"

"그래, 맞아. 어때?"

"고급스러운 본채와 닮은 듯 다른 느낌이에요. 본채가 워낙 규모가 커서 그런지 이곳은 아담해 보여요. 왠지 더 친근하게 느껴지는데, 혹시 게스트 하우스 용도예요?"

초롱의 질문에 말없이 씩 웃던 산이 별채 앞에 도착해서야 그녀를 내려 주며 입을 열었다.

"들어가서 직접 확인해 봐."

산이 초롱의 허리를 한 팔로 감싸고서 별채의 문을 열었다. 안으로 들어서자 센서등이 환하게 주위를 밝혔다. 이내 초롱에게서 탄성이 쏟아져 나왔다.

"맙소사."

초롱은 말을 이을 수가 없었다. 놀라 함지박만 하게 벌어진 입을 한 손으로 급히 가렸다. 산이 초롱의 다른 손을 꼭 그러쥐었다. 그의 손에 이끌려 천천히 홀 안으로 들어선 초롱은 저도 모르게 숨죽여 주위를 둘러보는데 그의 차분한 음성이 귓가로 흘러들었다.

"어때, 마음에 들어?"

초롱은 입을 가린 손을 내리며 얼른 대꾸했다.

"마음에 드냐고요? 맙소사. 그걸 지금 질문이라고 하는 거예요?"

여전히 믿기지가 않는지 연신 주위를 둘러보며 말을 이었다.

"피아노 연습실이었어요? 난 정말 생각지도 못했는데, 어떻게 연습실까지……."

"피아노 맘껏 치게 하려고 주택으로 오는 거라고 했잖아. 가장 먼저 염두에 둔 곳이 연습실이었는걸? 처음 집 보러 왔을 때 여기를 보자마자 너를 떠올렸어. 이곳에서라면 언제라도 마음 편히 할 수 있을 거야. 집중이 잘 되는 건 말할 필요도 없겠지?"

산은 피아노가 있는 곳을 향해 천천히 걸음을 옮기는 초롱과 보폭을 맞추며 말을 덧붙였다.

"밝은 낮에 와서 보면 더 좋을 텐데, 피아노가 오늘 오후에 도착해서 마음이 급했어. 얼른 보여 주고 싶었거든."

"굳이 낮에 보지 않아도 이미 충분히 마음에 들어요. 그런데 대체 이 피아노는 어떻게……."

최고급의 수제 명품 피아노로 명성이 자자한 해당 브랜드의 제품은 초롱이 사고 싶다고 살 수 있는 것이 아니었다. 억대가 훌쩍 넘는 고가인 것은 말할 것도 없이 제작 기간만 해도 수개월 이상 걸린다고 알려져 있었다. 초롱은 그가 이 귀한 피아노를 어떻게 구했는지 궁금하지 않을 수 없어 재차 물었다.

"구하기 쉽지 않았을 텐데, 대체 어떻게 구한 거예요?"

"너를 위한 일인데 뭔들 못 할까. 외조는 내가 확실히 해 준다고 했던 말 기억하지? 이건 시작에 불과하다고, 그러니 앞으로 너도 필요한 게 있음 무엇이든 다 말해. 내가 뭐든 가능하게 해 줄게. 아, 그렇다고 부담 가지면 안 돼. 절대로. 내 말 무슨 뜻인지 알지?"

"알아요. 알지 그럼. 정말 행복해 죽을 것 같아요."

산은 감동으로 촉촉이 젖은 눈을 들어 저를 바라보던 초롱이 품에 안겨 오자 마주 꼭 끌어안으며 흐뭇한 미소를 지었다.

초롱의 말처럼 구하기 쉽지 않은 피아노를 구하려 백방으로 알아보고 여러 인맥을 동원해야 했다. 평소의 저라면 절대 개인적인 부탁은 하지 않았을 터였다. 어렵게 구하고 나서도 수입부터 통관, 운송까지 무엇 하나 쉬운 일이 없었다. 오늘 또한 웅장한 그랜드 피아노를 맞이하려 하루 휴가를 내고 온종일 정성을 기울였으나 들인 노력과 수고가 하나도 아깝지 않았다.

그녀가 좋아하는 모습을 보는 것으로 그 모든 노고를 보상받는 기분이었다. 산이 초롱의 머리를 가만히 쓰다듬으며 말을 꺼냈다.

"운송 중에 문제가 생겼을지도 몰라서 피아노 조율의 명인으로 알려진 분께 연락을 드렸어."

산의 말에 초롱이 고개를 들어 그를 보며 물었다.

"그런 것까지 알아요?"

"그러게, 애인이 피아노를 하니까 그런 것까지 알아보게 되더라. 아무튼 이른 시일 내에 손봐 주러 오신다고 했어."

"고마워요. 정말 고마워요. 사랑해요."

초롱은 샘물처럼 샘솟는 사랑을 주체할 수가 없었다. 그의 무한한 사랑을 가슴에 오롯이 새기며 언젠가 그보다 더한 사랑을 전할 수 있기를 마음으로 간절히 바랐다.

광고.

분주하게 준비 중인 야외 광고 촬영 현장에서 뜻밖의 인물을 마주한 초롱은 저도 모르게 놀란 숨을 들이켰다.

"규영…… 오빠?"

"어, 왔어? 오랜만이다. 너를 촬영장에서 만나게 되다니, 놀라운데."

규영은 이미 초롱이 주인공인 걸 알고 있었던 터라 반갑게 그녀를 맞았다.

"아니…… 오빠가 여긴 어떻게……."

"오늘 광고 촬영을 맡은 게 나야."

"오빠가 감독님이라고요?"

잠자코 옆에서 두 사람을 보고 있던 초원이 의아한 목소리로 물었다.

"누나가 감독님을 알아?"

"어, 초원아. 소현이 사촌 오빠야."

뜻밖의 인연에 초원이 어리둥절한 사이 초롱이 다시 말을 꺼냈다.

"저는 소현이가 오빠 영상 제작과 관련한 일을 하신다고 해서 그냥 그런가 보다 했지 CF감독님일 줄은 생각지도 못했어요."

"나 역시 마찬가지야. 네가 그렇게 대단한 피아니스트라는 것도 놀라운데 이렇게 내 광고의 주인공으로 만나게 될 거라고 누가 상상이나 했겠어?"

초롱과 규영이 동시에 엷은 미소를 그렸다. 언뜻 스치는 생각에 초롱이 다시 입을 열었다.

"그래서 캠핑카를 구입하셨나 봐요. 이렇게 야외 촬영 할 때 사용하시려고."

규영은 마치 대단한 걸 알아채기라도 한 듯 눈빛을 반짝이며 묻는 초롱의 모습에 싱긋 웃으며 고개를 끄덕였다. 차마 너 때문에 산 거였다고, 그 캠핑카를 구입하며 너와 함께인 모습을 떠올렸다고 말할 수 없었다.

소현에게 그녀의 결혼 소식을 들었을 때 혼자 얼마나 아쉬워했는지 굳이 그녀가 알아야 할 필요는 없었다. 어쨌든 그녀 덕분에 캠핑카를 사게 되었고, 지금은 아주 유용하게 잘 쓰고 있으니 그리 손해 보는 선택은 아니었던 셈이다.

"고맙다. 네 덕분에 정말 잘 샀어. 이렇게 야외 촬영 올 때 잠시 쉬기에도 좋고, 마음에 드는 명소들 찾아 나설 때도 아주 잘 활용하고 있어."

"다행이네요."

"그래. 넌 이제 의상 준비 해야지?"

"네. 인사드리고 바로 가서 갈아입으려고요."

"준비 잘 하고 이따 보자. 긴장하지 말고 마음 편히 가져. 이래 봬도 나 실력 있는 감독이야. 잘 찍어 줄게. 이원 씨, 우리 오늘도 잘해 봅시다."

말없이 상황을 지켜만 보던 초원이 얼른 대답했다.

"네. 감독님, 잘 부탁드리겠습니다."

그에게 인사하고서 촬영 준비를 하러 가는 초원은 좀처럼 믿기지 않는지 초롱에게 다시 물었다.

"정말 소현이 누나 사촌 오빠야?"

"응. 정말 세상 좁아, 그치."

"그러게, 신기하네."

"그런데 너는 저 오빠…… 아니 감독님하고 같이 작업해 본 적 있어?"

"어. 며칠 전에 했던 가구 광고, 그것도 김 감독님 작품이야."

"아, 그랬구나……."

고개를 끄덕이던 초롱은 비록 규영이 아는 사람이라고는 하나 결코 편한 상대는 아니었기에 일하는 스타일은 어떤지 궁금했다.

"혹시 저분 일할 땐 어때? 감독님 성향에 따라 촬영장 분위기도 많이 달라진다던데."

"내가 겪어 본 바로 매너 좋고 젠틀해. 일할 때의 모습도 평소 모습과 다르지 않았고. 그러니 감독님 성향까지 걱정할 필요는 없을 것 같아. 어디 그뿐이게? 저 감독님 해외에서 더 유명한 분이었대."

"그래?"

"응. 감독님만의 독창적인 촬영 기법으로 손대는 광고마다 히트를 했다나 봐. 한국으로 돌아온 지 얼마 되지도 않았는데 김 감독님이 찍은 광고는 다 대박 난 것만 봐도 알 만하지? 물론 내가 촬영한 광고 포함해서 말이야."

"오~ 이초원, 제법인데? 제 자랑을 다 하고 말이야."

초롱의 장난스런 말투에 초원이 웃음을 터트리며 말을 이었다.

"말이 그렇다고. 김 감독님 촬영 결과물을 보면 알겠지만 미적 감각도 아주 뛰어난 분이야. 그러니 우리는 감독님 믿고 시키는 대로만 잘 하면 돼."

"그래, 너랑 감독님 믿고 열심히 해 볼게."

초원은 한결 마음이 가벼워진 듯한 초롱을 보며 의미심장한 미소를 그렸다.

따사로운 햇살이 강하게 내리쬐는 오후, 촬영 준비를 모두 마친 초롱은 동생과 함께 피아노가 있는 곳으로 향하다 말고 잠시 걸음을 멈추었다.

사람의 발길이 닿지 않은 듯한 이름 모를 숲속, 그 한가운데에 검은색 피아노 한 대가 덩그러니 놓여 있었다. 분명 이질적인 느낌이 들어야 하는데 절묘하게 자연과 어우러진 피아노의 모습에 저도 모르게 숨을 참았다.

초록이 무성한 곳에 놓인 웅장한 그랜드 피아노 위로 눈부신 햇살이 비치는 모습은 마치 밤하늘을 수놓은 은하수를 연상케 했다. 그 신비로운 모습을 홀린 듯 바라보던 초롱은 부담과 중압감을 안고 있는 사람답지 않게 환한 미소를 그렸다. 세상에 이렇게 아름다운 풍경이 또 있을까.

피부를 훑고 지나는 바람에서 싱그러운 풀 내음이 났다. 손가락 사이를 지나는 포근한 바람의 부드러운 결이 느껴질 만큼 초롱은 자연에 흠뻑 도취되어 갔다. 한없이 여유로워진 마음으로 초원의 부드러운 음성이 흘러들었다.

"여기 어때?"

"너무…… 아름다워. 이런 곳이 있는지 몰랐네."

"그러게. 보이는 모습만큼이나 소리도 예쁘게 나왔으면 좋겠다."

"분명 그럴 거야. 가자."

초롱이 미소를 머금은 채 다시 걸음을 옮겨 피아노로 향해 갔다. 피아노 의자에 앉아 차가운 건반에 손을 내리자 거짓말처럼 주위의 소음이 잦아들었다. 의아한 생각이 들어 초롱이 주위를 둘러보았다. 분명 다들 각자의 자리에서 분주히 할 일을 하는 듯한데 어떻게 순식간에 조용해졌을까, 신기한 생각이 들어 옆에 선 초원에게 물었다.

"아직 촬영 시작된 거 아니지?"

"아니지, 그럼, 아직 한참 남았어. 연습할 시간 충분하다니까 그러네."

"그런데 갑자기 왜 이렇게 조용해?"

"누나 연습할 때 음향 테스트 하려고 그러는 걸 거야. 피아노 소리가 얼마나 잘 나는지, 울리거나 잡음이 섞이지는 않는지. 그러니 숨소리까지 조심할 수밖에. 쉽게 말하면 리허설 정도로 생각하면 되겠네."

"아, 어쩐지. 갑자기 조용해져서 난 또 바로 촬영 들어가야 하는 줄 알고 깜짝 놀랐네."

"걱정 마. 큐 사인도 없이 촬영하는 일은 없을 테니까."

초원이 안심시키는 사이 뒤편에서 촬영 준비를 하던 규영이 두 사람에게 다가왔다. 규영은 예상했던 만큼이나 아름다운 초롱에게 자연스레 시선이 향하는 걸 막을 수 없어 속으로 한숨을 내쉬었다.

"자, 촬영팀도 어느 정도 준비를 마쳤어. 지금부터 초롱이 네가 연습하는 동안 마치 진짜 촬영하는 것처럼 카메라가 타이트하게 오갈 거야. 조명, 마이크, 음향 테스트 외에도 카메라 동선이나 기타 모니터링을 위해 꼭 필요한 작업이니 알고 있으라고."

"네, 감독님."

규영은 깔끔하게 선을 그어 버리는 듯한 호칭에 멈칫하다 말고 물었다.

"이거, 나도 초롱 씨라고 해야 하나?"

"아니에요. 그냥 편하게 부르셔도 돼요. 저는 감독님을 친근한 척 오빠라고 부르면 다른 분들이 불편하실까 봐 그래요. 일하는 사람 입장에선 상사와 친분이 있는 사람이 편하게 느껴질 리 없잖아요."

"듣고 보니 네 말이 맞아. 일할 땐 그게 맞는 것 같아. 그럼 이초롱 씨, 카메라가 근접해도 당황하지 말고, 촬영까지 시간 넉넉히 남았으니 필요한 만큼 충분히 연습해도 좋아요."

규영의 설명에 초롱이 안도하며 씩씩하게 대답했다.

"네. 누가 되지 않도록 최선을 다하겠습니다."

"그렇다고 부담 느끼면 안 돼요. 주위의 모든 스태프들을 관객이라 생각하고, 이곳이 마치 연주회장인 것처럼 즐겨요. 그럼 마음이 한결 편해질 거예요."

"네. 그럴게요."

규영이 씩 웃더니 초원을 따로 불렀다.

"이원 씨는 잠시 나 좀 볼까요?"

"네, 감독님."

초롱은 규영을 따라나서는 초원에게 다녀오라고 손짓하고서 시선을 피아노로 돌렸다. 차분하게 마음을 가라앉히며 불현듯 떠오르는 악보에 건반을 부드럽게 누르는 것으로 시작을 알렸다. 이내 피아노에 빠져든 초롱은 자신을 제외한 모두가 소리 없이 얼마나 분주해졌는지 알 리 없었다. 그저 마음의 안정을 주는 선율에 몸을 맡길 뿐이었다.

잠시 자리를 비웠던 초원이 다시 돌아왔다.

"역시, 누나는 피아노 칠 때가 가장 멋있어. 이제 손 좀 풀렸어?"

"응. 제대로 풀렸어."

초원에게 대답하던 초롱의 시선이 근접하는 카메라와 이리저리 반사판이나 조명을 조절하는 모습들로 향했다. 초원은 신기한 듯 주위를 유심히 살펴보는 초롱의 모습에 싱긋 웃었다.

"신기해?"

"그럼 안 신기해?"

"누나, 나중에 촬영할 때도 그렇게 카메라 의식할 거야? 그럼 굉장히 어색하게 나올 텐데."

"그래?"

"어. 그러니까 지금부터는 연주에 집중해. 하는 중간중간에 시선 처리는 어떻게 해야 하는지, 카메라는 언제 어느 쪽으로 바라봐야 하는지 내가 알려 줄게."

"그래, 고마워."

"이제 다른 곡도 해 봐. 듣고 싶어, 누나 연주."

크게 고개를 끄덕인 초롱이 부드럽게 건반을 내리눌렀다. 피아노의 맑은 소리와 자연에서 흘러나오는 소리가 절묘하게 어우러지며 듣는 이로 하여금 감탄을 자아내게 만들었다.

초롱은 피아노와 물아일체가 되어 아름다운 선율에 자연스레 몸을 내맡겼고, 초원은 누나만 알지 못하는 콘티를 수행하느라 피아노 옆에 기대어 푸른 하늘을 자연스레 올려다보았다. 연주가 끝나자 초원이 태연하게 말을 꺼냈다.

"소리가 아주 맑아. 듣기 좋은데?"

"그치? 음정이 아주 맑고 깨끗해. 풍부한 음량에 깊이 있는 울림도 너무 좋아. 게다가 터치감은 또 어떻고, 가볍지 않은데 부드러워. 피아니스트가 원하는 모든 조건을 다 갖춘 것 같아."

"극찬이네. 그만큼 좋다는 말이지? 다른 곡도 연주해 줘. 더 듣고 싶어, 아름답고 청명한 소리."

"얼마든지."

초롱은 초반에는 정신없이 느껴지던 스태프들의 움직임이 더 이상 신경 쓰이지 않았다. 막상 촬영에 들어가면 어떨지 모르겠지만, 지금으로서는 잘할 수 있을 것 같다는 자신감이 조금씩 자라나고 있었다. 어느새 혼란한 분위기에도 적응이 되어 가고, 뜻하지 않게 초원과 나들이 온 것 같은 기분을 만끽하며 행복함에 미소가 사라질 줄 몰랐다.

연습이 막바지에 이르러 길었던 연주를 마친 초롱이 고개를 들었다. 카메라 뒤쪽에 선 누군가를 발견하고서 밝은 햇살보다 눈부신 미소로 그를 맞았다. 그런 초롱을 말없이 바라보던 초원도 그녀의 시선이 향한 곳으로 눈길을 돌렸다. 산을 보고는 치아가 다 드러나도록 환하게 웃으며 소리 없이 그를 반겼다.

초롱이 카메라를 바라보며 웃는 모습에 규영은 소리 없이 쾌재를 외쳤다. 마지막으로 원했던 더없이 만족스러운 장면을 고스란히 카메라에 담고서 컷을 외쳤다.

산에게 가려고 자리에서 일어서던 초롱은 뜻밖의 외침에 멈칫했다. 놀란 표정을 감출 사이도 없이 여기저기서 수고했다는 인사와 함께 박수가 쏟아졌다. 어리둥절해하며 초원에게 물었다.

"뭐야, 컷이라니? 다들 갑자기 박수는 왜 치는 건데?"

"수고했어, 누나. 오늘 촬영 끝났어. 누나가 협조를 잘해 준 덕분에 아주 빨리 끝났네."

"그게 무슨 소리야? 나는 시작도 하지 않은 촬영이 벌써 끝났다니, 그게 대체 무슨 말이냐고."

"사실 누나가 대기실에서 나오는 순간부터 촬영은 시작됐어. 누나를 제외한 모든 스태프들은 다 알고 있었고."

초롱은 산에게 다가갈 엄두도 내지 못하고 여전히 믿기지 않는 상황에 어리둥절했다.

"컨셉 회의 전에 오 이사님이 감독님을 따로 만나셨어. 표면적으로는 광고 관련 의논 때문이라고 하지만, 실상은 누나 부탁을 하기 위해서였던 것 같아."

당황으로 얼어 버린 초롱을 바라보던 초원이 재빨리 말을 보탰다.

"누나가 카메라 앞에 나서는 걸 부담스러워하고 불편해한다는 말에 김 감독 님께서 제안하셨어. 이런 방법을 써 보는 건 어떨까 하고 말이야."

"그, 그럼 내가 받은 스토리보드는? 내가 확인한 콘티는 다 뭐야?"

"초안이야. 원래는 그렇게 하려고 했어. 잘 생각해 봐, 콘티에 있었던 장면, 이미 누나가 연습하며 자신도 모르게 다 했을걸?"

그랬다. 자연스레 피아노를 치는 모습, 초원과 편안하게 대화를 나누는 모 습, 피아노에 대한 짧은 감상 모두 콘티에 나와 있던 장면이었다.

"말도 안 돼. 그래도 촬영을 이렇게 날림으로 한다고?"

"날림은 무슨, 누나 덕분에 오늘 동원된 카메라만 몇 댄데. 촬영 중인 걸 알 았다면 표정이 잔뜩 굳었을 거야. 안 그래?"

"그야…… 그렇지. 부담 덜려고 일부러 피아노 연습 계속 한 거였는데."

"나중에 감독님께 인사나 잘 해. 누나의 자연스러운 모습을 담으려고 감독 님께서 신경 많이 쓰셨어. 나 역시 주인공도 모르게 한 촬영은 이번이 처음이 야. 재밌네."

초원은 촬영하는 내내 표정부터 눈짓, 손짓, 말투 하나에도 온갖 신경을 기 울여야 했다. 동시에 초롱에게서 적절한 대화를 이끌어 내며 감독님께 몰래 받 은 미션을 수행하느라 애써야 했다. 처음엔 과연 이게 가능할까 싶었는데 무사 히 끝난 지금 남모를 성취감에 젖어 활짝 웃어 보였다.

"어쩐지 리허설을 너무 오래 하신다 했어. 카메라가 어찌나 근접하던지 동 선 파악하는 것치고는 과한 것 같더라니. 그 모습이 왠지 완벽주의자처럼 보여 서 은근 겁먹었단 말이야."

"김 감독님, 일할 땐 완벽을 추구하시기는 해. 그래서 나도 의외였어, 이런

방법으로 촬영하게 될 거라고는 생각하지 않았으니까. 어쨌든 잘됐지, 안 그래?'

초롱은 그제야 마음을 내려놓고 밝게 웃었다. 30초도 되지 않는 광고 촬영에도 날밤 샐 수 있다는 말을 들었던 터라 이렇게 수월하게 마친 지금이 얼마나 다행스러운지 모른다.

'그래도 이렇게 거저 돈 벌어도 되나?'

양심이 살짝 찔리기도 했다.

산은 초롱이 준비하는 데 방해가 될까 싶어 부러 촬영 시간에 맞춰 현장에 도착했다. 촬영이 예상보다 이른 시간에 시작되었는지, 한창 일이 진행 중인 듯한 모습에 카메라 너머에서 마음으로 응원하며 지켜보고 있었다.

머리부터 발끝까지 예쁘게 꾸민 그녀의 머리 위로 밝은 햇살이 내리쬐었다. 멀리서 보아도 빛나는 자태가 한눈에 들어올 만큼 아름답고 사랑스러워 보였다.

그런 그녀가 자신을 발견하고선 잊지 못할 미소를 지어 보였다. 그 어떤 환영 인사보다 더 반가운 인사에 산 역시 활짝 웃고 말았다. 촬영 중에 저에게 한눈을 팔아도 되나 우려하는 순간 '컷.' 이라는 외침이 흘러나왔다.

산은 이제 한 컷 촬영이 끝났나 보다 싶었는데, 스태프들이 박수 치고 환호하며 주위를 정돈하는 모습을 보아하니 이미 모든 촬영을 마친 듯 보였다. 의아함에 고개를 갸웃하는데 바로 앞쪽에서 현장을 주도하던 남자가 뒤돌아섰다. 순간 산의 눈동자가 당황으로 흔들렸다.

"어…… 당신은……."

"안녕하십니까, 대표님. 이렇게 다시 뵙습니다."

규영이 놀란 듯 보이는 산에게 손을 내밀었다. 산은 얼떨떨한 표정을 감추지 못한 채 규영이 내민 손을 가볍게 맞잡는 것으로 인사를 대신하며 물었다.

"아, 네. 그러게요. 어떻게 이런 우연이. 혹시…… 감독님 되십니까?"

"네. 오늘 CF 제가 촬영하게 되었습니다. 대표님은 초롱이 응원하러 오셨나 봅니다."

"네. 처음이라 걱정이 많은 것 같아서 응원차 들렀습니다만, 이미 끝난 모양입니다. 제가 좀 늦었네요."

"아닙니다. 원래 촬영 예정 시간은 지금이었으니까요. 초롱이가 생각보다 잘해 줘서 아쉽게도 일찍 끝났습니다."

규영은 부러 초롱의 이름을 친근하게 입에 올리며 산을 자극했다. 저는 가질 수 없는 것을 가진 그를 향한 패배감과 더불어 그의 눈에 비친 경계의 눈빛마저 부럽게 느껴졌기 때문이었다. 내일모레면 결혼까지 한다면서 저리도 경계할 일인가.

'하긴 결혼할 여자가 저렇게 빛나는 이초롱이면 불안하기도 하겠다.'

산은 저를 자극하는 규영의 속내를 들여다볼 여유 따윈 없었다. 한때나마 제 여자를 마음에 품었던 남자와 이렇게 마주하게 될 줄은 생각지도 못했기에 당황스러울 뿐이었다. 게다가 하필 그가 광고 감독일 줄이야.

왠지 앞으로도 일적으로 그와 초롱이 대면할 일이 잦아질 것 같아 알 수 없는 불안이 제 안에 부글거렸다. 어느새 다가온 초롱과 초원이 산에게 인사를 건넸다.

"이산 씨, 왔어요?"

"매형, 오셨어요?"

산은 제 옆에 바싹 다가와 말간 눈빛으로 올려다보는 초롱의 모습에 싱긋 웃었다. 신기하게도 저만을 향한 그녀의 맑은 눈빛을 보는 것만으로 제 불안이 일시에 잠재워지는 듯했다. 조금 전까지 가슴을 파고들던 속 좁은 생각을 얼른 털어 낸 산이 미소와 함께 말을 꺼냈다.

"그래, 촬영이 벌써 끝났나 보네. 이럴 줄 알았으면 더 빨리 올 걸 그랬어. 떨리지 않았어?"

"당연히 떨렸죠. 그런데 생각보다 괜찮았어요. 실은…… 도둑 촬영 당했거든요.”

“도둑…… 촬영?”

얼굴에 엄한 빛이 떠오르는 산을 향해 초원이 급히 말을 꺼냈다.

“누나만 모르게 촬영 진행했거든요. 막상 숏 들어가면 누나가 당황하거나 떨 것 같아서 최대한 자연스러운 모습을 담으려고 시도한 건데, 감독님의 의도가 잘 맞아떨어졌어요.”

“맞아요. 나도 모르게 촬영이 돼서 당황하기는 했는데 지나고 보니 그게 얼마나 다행인지 모르겠어요. 감독님, 배려 감사합니다.”

초원의 말에 맞장구치던 초롱이 얼른 규영을 향해 인사하자 그가 서운하다는 듯 말을 받았다.

“촬영도 끝났고, 직원들도 철수 중인데 아직 감독님이라, 이거 서운한데?”

“그래도 아직 일터잖아요. 밖에서 따로 만나면 그땐 전처럼 편하게 부를게요.”

초롱이 말을 마치자마자 산의 퉁명한 말투가 뒤를 이었다.

“따로…… 만나?”

왠지 떨떠름하게 들리는 산의 목소리에 세 사람의 시선이 동시에 산에게 날아가 꽂혔다. 이내 초원에게서 참지 못한 웃음소리가 새어 나왔다.

“매형, 에이 설마. 우리 누나 믿지 못하시는 건 아니죠?”

“누가 믿지 못한데? 그냥 물어본 거야. 따로…… 만날 일이 뭐가 있을까 해서.”

궁색한 산의 변명 뒤로 규영의 명쾌한 해명이 뒤따랐다.

“걱정하지 않으셔도 됩니다. 저야 상관없지만 초롱이는 이제 일반인도 아닌데 조심해야죠. 둘이서만 따로 만날 일 없으니 안심하셔도 된다는 말씀입니다. 더구나…… 저는 유부녀에게는 관심 없거든요.”

산은 훤히 들여다보인 제 속내가 민망한지 어색한 미소를 지으며 재빨리 화제를 전환했다.

"아, 하하하. 네, 그러시겠죠. 그나저나 캠핑카는 잘 이용하십니까, 불편함은 없으시고요?"

"네. 덕분에 아주 잘 쓰고 있습니다. 야외에서 일할 때면 그만한 쉼터가 또 없더라고요."

규영은 그의 마음에 자신이 불안으로 존재한다는 것이 왠지 통쾌하게 느껴져 속으로 몰래 웃었다.

"다행입니다. 언제라도 불편한 점이 발견되면 연락 주십시오."

"네. 그러죠. 아, 그리고 결혼 축하드립니다. 마음 같아서는 결혼식에 참석해 인사를 드리고 싶었는데 친인척만 초대하신다다니 아쉽습니다."

"말씀이라도 감사합니다. 간소하게 하려다 보니 그리되었습니다."

규영은 부드러운 미소로 초롱과 눈을 맞추는 산을 보며 괜스레 씁쓸한 마음이 일어 서둘러 말을 꺼냈다.

"신혼여행 다녀오시면 제가 자리를 마련하겠습니다. 함께 식사 한번 하시지요."

"오늘 촬영도 이렇게 잘해 주셨는데 자리는 제가 마련해야지요. 꼭 연락드리겠습니다."

"네. 누가 한들 어떻습니까, 그럼 연락 기다리겠습니다. 초롱아, 오늘 고생 많았다. 이원 씨도 고생했어요."

규영이 자리를 뜨자 초원이 기다렸다는 듯 웃으며 말을 꺼냈다.

"와, 우리 매형한테 이런 모습이 있을 줄 몰랐네요."

"내가 왜, 뭐 잘못했어?"

불퉁한 산의 대꾸에 초원이 고개를 내저었다.

"아니에요. 좋아서 그래요, 좋아서."

제 누나를 얼마나 좋아하고 있는지 눈에 너무 뻔히 보여서, 자신의 속마음을 감추지 않는 모습이 마냥 좋아서 초원은 좀처럼 미소를 숨길 수 없었다.

결혼.

결혼식의 아침이 밝아 왔다. 은호와 수영은 사돈이 보내 준 전문가의 도움을 받아 VIP 병실에서 결혼식에 갈 준비를 모두 마쳤다. 차까지 보내 준 사돈의 배려로 기사가 딸린 고급 승용차 뒷좌석에 앉은 은호와 수영은 웬일인지 아무런 말도 꺼낼 수 없었다.

낯선 바깥 풍경을 눈에 담으며 딸아이의 혼례를 치르러 가는 은호는 심경이 복잡했다. 잠을 청하려 노력했던 지난밤을 뜬눈으로 흘려보내서인지 근래 들어 가볍게 느껴지던 몸이 오늘따라 부쩍 무겁기만 했다.

너무나 훌륭한 사윗감을 맞았으니 날 듯이 기뻐야 하는데 왜 이렇게 서운한 감정이 비집고 나오는지. 오랜 기간 부모로서의 의무를 다하지 못하고 되레 짐만 되었던 지난날이 주마등처럼 스쳐 지나며 짙은 회한이 가슴을 짓눌렀다.

붉어진 눈시울 끝에 눈물이 어리고 말았다. 이 좋은 날 못난 모습을 보이게 될까 감정을 추스르려 노력해 보지만 울컥거리는 마음은 쉽사리 진정이 되지 않았다. 목으로 넘어오는 울음을 꾸역꾸역 삼키고 또 삼켜도 콧잔등이 찡하게 아려 오더니 결국 참았던 눈물이 툭 떨어졌다. 서둘러 손을 들어 눈물을 훔치는데 가늘었던 물줄기가 더 굵어만 졌다.

"하······."

옆자리에 앉은 수영이라고 은호와 마음이 다르지 않았다. 한가로이 흘러가는 풍경을 눈에 담을 여유는 없었다. 부모의 따스한 손길 한번 받아 보지 못하고 자란, 너무나 아픈 손가락인 딸아이의 결혼식을 앞두고 짙은 회한에 쉽사리 마음이 진정되지 않았다. 자신의 마음이 이럴진대 남편은 오죽할까 싶어 그를 보는데, 아니나 다를까 눈물짓고 있었다.

"혹시…… 어디 안 좋아요?"

"아니야. 그런 거 아니니까 신경 쓰지 마."

"그럼 왜…… 혹시 서운해요?"

말하지 않아도 알아채는 걸 보니 역시 부부는 부부인가 보다. 은호는 좁은 제 속내를 들킨 것 같아 면구스러워 괜히 헛기침을 했다.

"흠. 흠. 아니 뭐…… 서운하다기보다…… 아쉬워. 아쉽고 또 아쉬워."

"뭐가 그렇게 아쉬워요?"

"글쎄……. 그냥…… 내가 조금만 더 빨리 정신을 차렸으면 어땠을까, 포기하지 않고 삶의 끝을 잡고 악착같이 매달렸으면 어땠을까. 그럼 더 빨리 일어날 수 있었을 텐데…… 우리 초롱이 그렇게 고생하지 않아도 됐을 텐데."

회한에 사무친 남편의 말을 가만히 듣고 있던 수영이 고개를 내저으며 말을 건넸다.

"지금이라도 이렇게 열심히 노력하니까 괜찮아요. 이제라도 일어서려고 죽을힘을 다해 노력하는 거 우리가 아니까 괜찮아요. 그런 모습만으로도 아주 큰 힘이 된다던데?"

"누가 그래?"

"누구긴 누구야. 우리 초롱이, 초원이지. 그저 이렇게 당신이 포기하지 않고 최선을 다해 노력하는 모습만으로도 축복받은 것 같대. 너무너무 행복하대 애들이. 그러니 여보, 오늘도 후회보다는 축복이 가득했으면 좋겠어. 우리 초롱이 기쁜 마음으로 보내 줍시다."

"그래…… 그래야지. 무엇 하나 해 준 것도 없는데, 좋은 보금자리 찾아가는 아이의 발걸음을 무겁게 만들 수야 없지."

마음은 굴뚝같았으나 머리로는 뭐가 그리 아쉽고 서운하기만 한지 쉽사리 정돈되지 않는 마음에 깊은 한숨만 연거푸 새어 나왔다.

야외 결혼식을 하게 될 별장의 거실에 신부 대기실이 마련되었다. 새하얀 웨딩드레스를 곱게 차려입은 초롱은 소파에 앉아 연신 심호흡을 하며 떨리는 마음을 진정시키려 애썼다. 초롱의 옆에 앉아 있던 소현이 그런 초롱을 보고 싱긋 웃으며 말했다.

"너 그렇게 있으니까 이제야 정말 결혼하는 것 같아. 영 실감이 안 났는데 말이야."

"나도 이제야 실감 나. 떨려 죽겠어."

"마음 편히 먹어. 가족만 올 텐데 뭘 그렇게 떨어?"

"그러게. 결혼식을 너무 우리 형편에 맞춰 하는 건 아닐까, 이산 씨한테 미안했는데, 막상 닥치고 보니 스몰 웨딩이라 얼마나 다행인지 모르겠어."

소현이 고개를 끄덕이며 동조했다.

"선배 같은 사람 없어. 정말 잘 살아야 해."

"야, 다른 말은 더 하지 마. 나 눈물 나려고 해."

이미 맑은 이슬이 고이는 초롱의 눈을 보며 소현이 급히 손부채질을 해 주었다.

"울면 안 돼. 알았어. 아무 말 안 할 테니까 울지 마. 이 좋은 날 눈물 바람이야. 아주 좋아서 춤을 춰도 모자랄 판에."

"누가 아니래."

초롱은 이상하게 일렁이는 마음을 다잡고 간신히 눈물을 참는데, 때마침 별장 안으로 들어서는 부모님의 모습에 고개를 푹 숙였다. 너무 이른 결혼이 왠지 죄스럽게 느껴져 애써 참았던 눈물이 툭 떨어졌다.

소현이 서둘러 자리에서 일어나 어른들께 인사를 하고선 잠시 옆으로 비켜서 초롱의 등을 토닥였다. 그 모습을 보던 은호와 수영이 덩달아 눈시울을 붉혔다.

"초롱아."

"……."

"딸."

"……."

고개를 들지 못하는 초롱을 보다 못한 수영이 딸에게 다가가 방금까지 소현이 앉아 있던 자리에 앉았다.

"그러지 마. 너 울면 엄마도 눈물 나."

"죄송해요, 엄마. 울지 않으려고 했는데……."

"아니야, 괜찮아. 결혼할 땐 누구나 다 심경이 복잡해 그럴 수 있어. 그래도 마음을 다독여야지. 예쁜 얼굴 얼룩지면 어떡해."

"네."

수영은 손가방에서 얼른 손수건을 꺼내 딸의 눈가를 세심하게 닦아 주었다.

"우리 딸 오늘 정말 예쁘다. 천사가 따로 없네. 하 서방 입이 귀에 걸리겠어. 안 그래요, 여보?"

수영이 휠체어에 앉은 채로 딸을 뚫어져라 바라보는 남편을 향해 물었다. 잠긴 목을 열어 헛기침을 하던 은호가 어렵사리 말을 꺼냈다.

"그럼, 누구 딸인데. 예쁘다 우리 초롱이. 정말 예뻐…… 우리 딸."

은호는 담담하게 축하의 말을 건네고 싶었는데, 딸에게 조금 더 따뜻한 말을 전하고 싶었는데, 일렁이는 목소리로도 모자라 울게 되는 모습을 보이게 될까 봐 말을 아꼈다. 초롱은 말하지 않아도 그런 아빠의 마음이 전해져 눈물을 꾹 참고서 말을 꺼냈다.

"아빠, 오늘 정말 멋있어요. 그렇게 입으니까 이제야 진짜 우리 아빠 같아."

은호에게서 멋쩍은 미소가 새어 나왔다.

부모님이 자리를 떠나고, 소현이 잠시 자리를 비운 사이 시댁 식구들이 들이닥쳤다.

"어머나, 세상에 여신이 따로 없네. 어쩜 이렇게 아름다울까."

금옥이 감탄하는 사이 강우와 영현도 참한 며느리의 모습에 칭찬을 아끼지 않았다. 게다가 그의 형제들까지 한마디씩 보태며 초롱의 혼을 쏙 빼놓을 때였다.

"다들 여기 계셨어요?"

뒤늦게 도착한 산이 승주와 함께 들어서며 인사하자 초롱에게 옹기종기 모여 있던 가족이 모두 산을 향해 돌아섰다. 이번엔 산에게 찬사가 쏟아졌다.

"와, 운이 명함도 못 내밀겠는데?"

"그러게, 우리 형 배우 해도 되겠어."

"옷 태가 좋아 그런지 모델이 따로 없네."

"승주, 기사 노릇 하느라 고생했다."

"고생은 무슨."

가족들의 떠들썩한 말에도 산의 눈은 오롯이 초롱을 향해 있었고, 초롱 또한 멋지게 예복을 차려입은 그에게서 눈을 떼지 못했다.

강은 형제들의 장난 섞인 인사에 별 반응을 보이지 않는 산을 보며 그의 시선이 어디를 향하고 있는지 알고도 남을 듯했다. 눈치껏 동생들과 부모님을 향해 입을 열었다.

"다들 그만 나가실까요? 곧 결혼식 시작할 텐데 우리도 준비해야죠."

강의 재촉에 산과 초롱을 번갈아 보던 가족이 싱긋 웃으며 자리를 떠나고, 대기실에는 산과 초롱 둘만 남았다.

초롱은 그 어느 모델보다 더 훌륭하게 예복을 소화하는 그의 멋스러운 모습에 사정없이 심장이 두근거렸다. 좀처럼 그에게서 눈을 떼지 못하며 잔뜩 흥분한 심장의 기운을 잠재우지 못해 드러나지 않게 심호흡을 했다.

산 또한 초롱을 뚫어져라 바라보며 저도 모르게 숨을 참았다. 평소 잘 하지 않던 다운업 헤어스타일링은 내추럴한 메이크업과 잘 어우러져 우아한 초롱의 매력을 한층 돋보이게 해 주었다. 플라워 패턴이 돋보이는 클래식한 디자인의 웨딩드레스 역시 고아한 그녀의 분위기와 너무나 잘 어울렸다.

참았던 숨을 일시에 내뱉은 산이 초롱의 옆에 조심스레 앉았다.

"너무…… 너무 아름다워. 오늘 정말 예쁘다. 이초롱."

"이산 씨도 너무 멋있어요. 늘 그랬지만 오늘은 더…… 더 멋있어요."

산의 입가에 절로 미소가 피어올랐다.

"고맙다. 나랑 결혼해 줘서."

"고마워요. 나랑 결혼해 줘서."

산은 참아야 하는데, 한들한들 나부끼는 마음을 다스려야 하는데 그게 생각처럼 쉽지 않았다. 두 손을 들어 초롱의 얼굴을 가만히 감싸자 그녀의 눈이 스르륵 감겼다. 그 모습이 너무 사랑스러워 얼굴을 가까이 다가가며 말을 흘려보냈다.

"사랑한다, 초롱아…… 사랑해."

초롱이 대답하기도 전에 입술이 와 닿았다. 초롱은 공들였던 화장과 헤어스타일링이 흐트러지면 어쩌나, 아주 잠깐 고민했던 순간이 무색하게도 그에게 속수무책으로 빠져들었다. 부드러운 입술 사이로 서로의 마음을 주고받으며 달콤한 순간에 취한 두 사람은 인기척을 느낄 수가 없었다.

"어맛!"

외마디 비명이 들리고서야 황급히 떨어진 두 사람의 시선이 동시에 소리가 난 곳으로 향했다.

"죄, 죄송해요. 밖에 준비가 다 됐다고 해서 초롱이 데리러 왔는데."

당황해 얼굴이 시뻘겋게 달아오른 소현이었다.

"잘 왔어요. 때마침 들어온 소현 씨 아니었으면 사고 쳤을 거예요."

"사고……요?"

무슨 상상을 하는 건지 소현이 서둘러 헛기침을 하며 달아오른 얼굴에 손부채질을 해 댔다.

"내 친구 더 당황하게 만들지 말고 얼른 가요."

보다 못한 초롱이 산의 등을 떠밀었다.

"나 혼자? 우리 동시 입장이거든?"

"아, 맞다."

아직 다리가 회복되지 않은 아빠를 떠올린 초롱이 엷은 미소를 그렸다.

초롱은 일일 도우미를 자처한 소현에게 부케를 맡기고 한 손은 그의 손을 다른 한 손은 풍성한 드레스 자락을 그러쥐고서 그와 함께 별장을 나섰다. 조심조심 계단을 내려와 본식이 진행될 곳으로 향하던 초롱의 눈이 더할 수 없이 커졌다.

"맙소사, 여긴 언제 이렇게 꾸민 거예요?"

신부 대기실로 향할 때만 해도 원형 테이블이나 주례 단상 정도만 준비되어 있던 심플했던 공간이 화사한 꽃으로 가득한 화려한 정원으로 탈바꿈되어 있었다. 주례 단상으로 향하게 될 길의 양쪽 또한 아름드리 꽃으로 풍성하게 장식되어 있는 모습에 놀라지 않을 수 없었다.

부드러운 바람결에 전해 오는 은은한 꽃향기에 절로 미소가 피어올랐다. 초롱은 그와 함께 걷게 될 꽃길로 걸음을 옮기며 원형 테이블에 앉은 하객들을 향해 묵례를 했다. 하객은 서로의 가족과 친인척, 결혼식을 돕기 위해 기꺼이 자리해 준 가까운 지인 몇 명으로 양가 합해 마흔 명 남짓이었다.

그들이 산과 초롱을 향해 앞다투어 축복의 말을 쏟아 냈다. 저 멀리 사회자석에서 그 모습을 흐뭇하게 바라보던 이운이 마이크를 들어 말을 꺼냈다.

— 오늘 사회를 맡게 된 이운입니다. 여느 결혼식과는 조금 다르게 진행될 예정이니 형식에 얽매이지 마시고 모두 기쁜 마음으로 오늘의 축제를 즐겨 주시면 대단히 감사하겠습니다.

드디어 그들만의 특별한 결혼식이 시작되었다.

5월의 맑은 하늘과 따스한 햇살 아래 신랑 이산과 신부 초롱이 서로의 손을 잡고 다정하게 눈을 맞추며 꽃길의 출발선에 나란히 섰다. 초롱은 제 손에 부케가 들려 있지 않다는 걸 잊을 만큼 긴장하고 있었다.

"부케가 빠졌네?"

"아, 소현이한테 잠시 맡겼는데,"

급히 소현을 찾는 초롱의 시선이 당황으로 흔들렸다. 가족들을 위해 부러 자리를 비켜 줄 때를 제외하고는 제 옆에서 한시도 떨어져 있지 않던 소현이었다. 온종일 네 옆에 꼭 붙어 있을 테니 마음 편히 먹으라며 저를 안정시키던 친구가 어디에도 보이지 않아 의아했다.

"여기서 기다려. 내가 소현이 찾아볼게."

초롱이 고개를 끄덕이자 산이 서둘러 어딘가로 향했다. 초조하게 서 있는 초롱의 옆에 림이 다가왔다.

"언니, 오늘 정말 너무 아름다워요. 이게 말로만 듣던 여신 강림인가?"

림은 다시 한 번 초롱을 유심히 바라보았다.

머리에 쓴 심플한 화관에 우아한 헤어스타일과 투명한 메이크업, 레이스와 실크가 조화롭게 어우러진 볼륨 라인의 클래식한 드레스는 화려하면서도 기품 있는 그녀의 이미지를 한층 더 돋보이게 해 주었다. 절로 감탄을 자아내는 모습에 흐뭇한 미소를 그리며 그녀의 시야를 가리는 임무에 충실했다.

"많이 떨려요?"

"음…… 네. 조금요."

"긴장 풀어요. 처음엔 누구나 다 그렇죠 뭐. 물론, 마지막이어야 하고요."

림은 제 농담에 화사하게 웃는 초롱을 바라보다 잔잔한 음악이 흘러나오는 소리에 의미심장한 미소를 지었다.

"우리 가족이 되어 줘서 고마워요. 결혼 축하해요, 언니."

산에게 부여받은 임무를 마친 림은 기쁜 마음으로 자리에 돌아가며 함박웃음 지었다. 다시 혼자가 된 초롱은 드레스 자락을 손에서 놓지 못한 채 초조하게 산을 기다리는데, 뜻밖에도 꽃길의 맞은편 끝에서 그가 나타났다. 한 손에는 마이크를, 다른 한 손에는 부케를 들고서.

— 너를 만난 그 이후로……

노래를 하며 그가 한 발 한 발 다가오고 있었다. 아름다운 선율에 잔잔한 노래는 유명 가수의 자작곡으로 언젠가 캠핑하며 그가 들려준, 듣자마자 아름다운 노랫말에 흠뻑 빠지게 된 그 곡이었다.

초롱은 한 사람을 만나 사랑을 하며 그로 인해 삶이 변화하는 기적을 말하는 노랫말이 마치 자신의 마음을 대변하는 듯했다. 감동이 물밀 듯 밀려와 절로 눈에 눈물이 고였다.

그사이 초롱의 옆으로 다가온 소현은 차마 꽃길 위에 올라서지 못하고 눈물이 그렁그렁한 초롱을 바라보며 애를 태웠다.

초롱이 웃어야 하는데, 신부 화장이 번질 텐데, 걱정하는 마음과 달리 소현의 입은 환하게 웃고 있었다. 친구의 눈물이 감동에 찬 눈물이기에, 기뻐 흘리는 눈물이기에 그저 응원하며 바라볼 수밖에 방법이 없었다.

절정에 다다른 노래에 초롱은 물론 하객들 모두 숨을 참고서 아름다운 커플을 주시했다. 어느새 초롱의 앞에 다다른 산이 노래를 마치고서 한쪽 무릎을 꿇어 앉아 초롱에게 단아한 웨딩 부케를 건네며 말했다.

"나 혼자 걸어온 길, 이제 함께 가자."

"네. 좋아요."

그가 내민 부케를 받은 초롱이 울며 웃었다. 산은 서둘러 자리에서 일어나 눈물이 흐른 초롱의 얼굴을 조심스레 감싸고선 예고도 없이 입을 맞추었다.

놀라 숨을 들이켠 초롱의 귓가에 하객들의 환호성이 메아리쳤다. 바로 옆에서 그 모습을 지켜본 소현은 서둘러 돼지 손을 하고서 제 얼굴을 가렸다. 그래 봐야 벌어진 손 사이로 두 사람의 사랑스러운 모습이 훤히 드러났지만. 입이 찢어져라 웃던 소현은 저도 모르게 감격의 눈물을 흘렸다.

간신히 입술을 떨어트린 산이 마이크를 들고서 말했다.

— 우리 신부, 화장 좀 고치고 가겠습니다.

당당한 산의 말에 반박할 사람은 아무도 없었다.

잠시 후 다시 시작된 결혼식, 행진할 준비를 마친 신랑과 신부를 바라보던 운이 능청스레 말을 꺼냈다.

— 신랑이 저 정도 철판은 되어야 이토록 아름다운 신부를 맞이하나 봅니다. 우리 형제들 분발합시다.

하객들의 축하 속에 산과 초롱이 함께 꽃길을 걸어 나갔다. 마치 축복하듯 쏟아지는 햇살에 초롱의 드레스가 빛을 발하고, 신랑 신부의 얼굴도 화창한 봄날처럼 맑게 빛났다.

주례 단상 앞에 서자 오늘 주례를 맡은 대호가 미소로 두 사람을 반겼다.

— 훌륭하신 주례 선생님의 주례사를 듣겠습니다.

운의 사회에 대호가 점잖게 인사를 건네고서 떨리는 마음으로 주례를 시작했다.

— 아직 결혼도 하지 못한 제가…… 아니, 하지 않은으로 정정하겠습니다.

대호의 농담에 여기저기서 웃음소리가 새어 나왔다.

— 결혼도 하지 않은 제가 주례를 하는 것이 옳은 일인가 싶어 고사하려고 했으나, 여기 두 사람의 가교 역할을 했던 만큼 아낌없는 축복을 전하고 싶어 이 자리에 섰습니다. 비록 제자였으나 누구보다 배울 점이 많은 두 사람이었습니다. 높은 자리에서도 겸손하고 주위를 둘러볼 줄 아는 산이나, 힘든 중에도 포기하지 않고 묵묵히 제 역할 그 이상을 해내는 초롱은 제 친우 은호만큼이나 훌륭한 사람들이 아닌가 싶습니다.

잠시 말을 멈춘 대호의 시선이 신부 측 앞쪽에 앉은 은호에게로 향했다. 긴장이 역력한 표정으로 제 딸만을 주시하던 은호의 시선 또한 잠시 대호에게로 향했다. 말없이도 격려가 오가는 두 사람의 얼굴에 흐뭇한 미소가 어려 있었다.

이내 대호가 다시 입을 열었다.

— 두 사람은 부모의 덕이 자녀에게로 어떻게 흐르는지, 선의 끝에 어떤 축복이 오는지 누구보다 잘 알 거라 생각합니다. 부디 지금처럼 선한 마음으로 세상에 빛과 소금이 되어 주기를 간절히 바랍니다. 또한 지금과 같이 지고지순

한 마음으로 평생 함께하기를 진심으로 축언합니다. 이로서 두 사람은 축복하는 가족 안에서 부부가 되었음을 선언합니다.

그야말로 우레와 같은 박수와 함께 축복의 함성이 터져 나왔다. 이운의 사회로 반지까지 나뉘어 낀 초롱과 산이 하객을 향해 돌아섰다.

— 너무나 훌륭한 말씀을 짧고 강하게 해 주신 주례 선생님께 큰 박수 부탁드립니다.

이운의 너스레에 웃음이 만발했다. 결혼식은 지루할 틈 없이 빠르게 진행되었다. 이어서 신랑 신부가 양가 부모님께 인사를 건네자 이번에는 부모님의 축사가 이어졌다.

우선 산의 아버지인 강우가 자리에서 일어나 인자한 미소와 함께 덕담을 건네고 초롱의 아버지인 은호에게 마이크가 건너왔다. 모든 하객들의 시선이 일제히 은호에게로 향했다.

자리에 앉아 딸만을 주시하던 은호가 웬일인지 마이크를 아내인 수영에게 건넸다. 그러자 예식 도우미 한 명이 서둘러 스탠드 마이크를 가져와 은호의 자리 앞에 놓아 두었고, 뒤이어 초원이 아버지의 옆으로 다가왔다.

수영이 걱정스러운 말투로 남편에게 말을 건넸다.

"초롱 아빠, 무리하지 않아도 괜찮아요."

"걱정 마. 난 괜찮으니까."

수영이 우려 섞인 눈빛으로 은호의 옆에 선 초원을 바라보았다. 초원은 어머니의 걱정을 알고도 남았기에 그저 담담한 미소로 고개를 끄덕였다.

이윽고 은호가 의자 팔걸이에 두 손을 올려 두었다. 상체와 팔에 힘을 주는가 싶더니 그 누구의 도움도 받지 않고 스스로 자리에서 천천히 일어섰다. 엉거주춤 팔걸이를 붙잡고 선 채로 크게 심호흡한 은호가 숙인 고개를 들어 자신을 주시하는 딸아이를 바라보았다.

놀란 표정으로 곧 다가올 듯 제게로 향하던 딸아이의 팔을 사위가 붙잡는 모습이 보였다. 갑자기 눈앞이 흐려졌다. 눈물이 차오른 모양이었다.

이날을 위해 얼마나 노력했는데, 딸에게 이 모습을 보여 주기 위해 얼마나 애썼는데 여기서 다시 주저앉을 수 없었다. 어금니를 악물어 일렁이는 마음을 잠재운 은호가 의자 팔걸이를 꼭 붙잡고 있던 손을 하나하나 떼어 냈다. 옆에서 자신을 지키고 선 아들이 손을 뻗는 모습에 고개를 흔들었다.

"아버지, 절대 무리하시면 안 돼요. 이것만으로도 충분해요. 저 잡고 서세요."

듬직한 아들의 말에 은호가 희미한 미소를 지었다.

"아니야. 괜찮다. 난 괜찮아."

은호는 온 신경을 기울여 굽어 있던 허리에 힘을 실었다. 이내 구부정하던 허리가 곧게 펴졌다. 그때까지 숨죽여 은호를 바라보던 하객들이 탄성과 함께 아낌없는 박수를 보내며 모두 자리에서 벌떡 일어섰다.

마음으로 축하와 응원을 보내는 그들을 뒤로한 채 은호가 한 발을 간신히 옮겨 스탠드 마이크를 움켜잡았다. 하객들은 다시 소리를 죽여 그를 주시했다. 이내 마이크를 타고 미세한 떨림이 느껴지는 은호의 목소리가 공간에 퍼져 나갔다.

― 이렇게 기쁜 날을 함께해 주신 모든 분께 고개 숙여 감사 인사 올립니다. 하고 싶은 말도, 나누고 싶은 말도 많지만 이미 앞서 좋은 말씀들을 많이 해 주셨기에 저는 노래 한 곡으로 딸에게 제 마음을 전하고자 합니다.

은호가 크게 심호흡을 하더니 고개를 끄덕였다. 그러자 사회를 보던 이운이 약속한 듯 기타를 들어 연주를 시작했다. 익숙한 전주가 지나자 고음의 원곡과 달리 은호는 제 목소리에 맞게 키를 낮춰 노래를 시작했다.

Isn't she lovely~

첫 소절을 시작하자마자 여기저기서 감탄의 목소리가 흘러나왔다. 딸을 향한 사랑을 온 마음으로 표현한 노래는 들어 보지 못한 사람이 없을 정도로 이미 유명한 팝송이었다. 눈에 넣어도 아프지 않을 사랑스러운 딸아이에게 불러 줄 노래로 이보다 더 좋은 노래를 찾을 수 없을 듯했다.

산의 품에 기대어 아빠의 모습을 유심히 바라보며 귀 기울이던 초롱은 결국 참았던 눈물을 터트리고 말았다. 아주 오래전 아빠와 함께 TV를 보다가 둘이서 나누었던 대화가 너무나 생생하게 뇌리를 스치며 저 노래를 선곡한 아빠의 마음이 고스란히 느껴졌기 때문이다.

'아빠, 저 가수 좀 봐. 진짜 멋지다.'
'뭐가 그렇게 멋있는데? 아빠보다 더 멋있어?'
'에이, 그게 아니라 저 노래 부르는 모습이 멋지다고. 저 노래가 태어난 딸을 위해서 만든 노래라잖아. 딸을 위한 러브송이라고.'
'노래가 그렇게 좋아?'
'응. 나중에 나 시집갈 때 아빠가 저 노래 불러 줘.'
'뭐야? 이제 겨우 중학생인 녀석이 벌써 아빠 두고 시집갈 생각을 해? 이 녀석 안 되겠네.'
깔깔거리며 웃는 초롱의 모습을 사랑스럽게 바라보던 은호의 집 안에 Isn't she lovely라는 노래가 한동안 울려 퍼졌다.

초롱은 서 있는 것만으로도 많이 버거울 텐데, 노래까지 부르는 아빠의 모습이 감격스러워 아무 생각도 할 수 없었다. 비록 평소보다 실력 발휘를 하지 못한 떨리는 목소리라도 초롱에게는 세상 어떤 노래보다 감미롭고 사랑스러운 노래가 아닐 수 없었다.

노래가 중반에 이르러 아빠의 목소리에 떨림이 더했다. 서 있는 것이 점점 더 버거운 모양이었다. 멀리서도 아빠의 떨리는 바짓가랑이가 보일 정도였다. 초롱이 걱정스러워 한 발 앞으로 다가서자 산이 조용히 말을 꺼냈다.

"아버님 오늘을 위해 정말 노력 많이 하셨어. 너한테 꼭 스스로 일어서는 모습 보여 주고 싶다고, 너에게 줘야 할 선물이 있다고. 사실 어제까지도 위태위태했는데, 오늘은 딸 앞이라 그런지 완전 잘 서 계시네. 우리 아버님 대단하시다 정말."

"알았어요? 아빠 설 수 있는 거?"

"가능하다는 건 알았지만, 사실 오늘은 힘들 거라고 생각했어. 원장님이 아직 시간이 조금 더 필요할 거라고 했거든. 그런데 불가능을 가능하게 만드시네, 우리 아버님."

"저렇게 무리하다 쓰러지면 어떡해."

"초원이 봐. 아까부터 초원이가 아버님 뒤에서 허리 단단히 받치고 있어. 그러니 걱정하지 않아도 돼."

초롱은 보고 또 봐도 너무나 자랑스러운 아빠의 모습에 울며 웃었다. 어느 순간부터 모두의 입에서 같은 노래가 흥얼흥얼 흘러나오고 있었다. 떨리는 하나의 목소리에 여러 목소리가 더해져 아름다운 화음이 되어 울려 퍼졌다. 결혼식은 어느새 작은 콘서트장을 방불케 했다. 노래가 끝나자 하루 중 가장 큰 환호성과 박수가 터져 나왔다.

은호가 떨리는 몸을 아들에게 의지한 채 자리에 앉았다. 그제야 제 할 일을 마쳤다는 안도감에 크게 한숨 쉬는데 어느새 다가온 딸아이가 제 무릎에 엎드려 울고 있었다.

"초롱아, 애가 지금 여기가 어디라고 이렇게 울어. 울지 마, 응?"

"그래, 초롱아, 지금 울면 어떡해, 이따 사진도 찍어야 하는데."

은호와 수영이 걱정스레 딸을 달래도 초롱의 흐느낌은 멈출 줄 몰랐다. 옆에서 초롱의 등을 어루만지며 함께 달래던 산이 고개를 들어 주위를 둘러보았다. 너 나 할 것 없이 손수건을 꺼내 눈물을 훔치고 있는 모습을 보니 괜스레 가슴이 뭉클했다.

다소 가라앉은 분위기를 끌어 올려야 할 것 같아 마음을 다스리던 산이 운을 돌아보았다. 산과 눈이 마주친 운이 재치 있는 입담으로 순식간에 분위기를 반전시켰다. 뒤이어 피로연을 겸한 파티까지 성공적으로 모두 마친 산과 초롱은 감동과 기쁨이 넘쳐 나던 평생 잊지 못할 결혼식의 여운을 가슴에 오롯이 새겼다.

늦은 저녁 제주에 도착한 산과 초롱은 호텔에서 보내 준 리무진의 뒷좌석에 나란히 함께 앉았다. 초롱은 자신의 손을 따뜻하게 감싸는 그의 손을 마주 꼭 잡고서 전날 엄마와의 대화를 떠올렸다.

'초롱아, 연애와 결혼은 많이 다를 거야. 연애는 꿈길이라면 결혼은 말 그대로 현실이야.'

'알아요, 엄마.'

'항상 서로를 배려하고 아껴 줘야 해. 상대를 변화시키려 애쓰지 말고 서로 적정한 타협점을 찾아 서로의 개성을 존중해 주고, 이해하려는 노력이 필요해.'

'네.'

'말 한마디를 해도 부드럽게 하고, 편한 부부 사이라고 해도 말은 가려서 하는 거 잊지 말고. 때로는 고집을 꺾을 줄도, 알면서도 모르는 척 넘어가 줄 수도 있어야 해.'

가만히 고개를 끄덕이는 초롱에게 아직 당부를 마치지 못한 수영이 말을 이었다.

'상대방이 먼저 다가오기만 기다리지 말고, 네가 먼저 다가갈 줄도 알아야 해. 무언가 바라기보다 네가 먼저 보여 주면 상대도 자연스럽게 따라 하게 될 거야.'

'네, 엄마. 너무 걱정하지 마세요, 내가 잘 할게.'

'그래, 우리 딸이 어련히 알아서 잘 할까, 엄마는 믿어. 그래도 초롱아, 혹시라도 무슨 일이 있으면 혼자 속 끓이지 말고 엄마한테 꼭 말해야 해, 알았지?'

'무슨 일 있을 것도 없지만, 혼자 감당하기 힘든 일이 있으면 말할게요. 그러니까 엄마는 아무 걱정 하지 말고 건강 잘 챙겨요, 응?

초롱은 미소를 그리며 연신 제 등을 어루만지던 엄마의 손길이 아직도 느껴지는 듯했다. 한 손에 잡고 있던 그의 큼직한 손 위에 남은 한 손을 포개어 어루만지자 그가 자신을 바라보는 시선이 느껴졌다. 천천히 고개를 돌려 그의 눈을 마주 보던 초롱이 조용히 말을 꺼냈다.

"고마워요."

"갑자기 뭐가?"

"다, 그냥 전부 다 고마워요. 좋은 아내가 될게요. 어딜 내놔도 부끄럽지 않은 멋있고 당당한 아내가 될게요. 나랑 결혼해 줘서 고마워……"

미처 말을 맺기도 전에 그의 뜨거운 입술이 다가왔다. 이내 멀어지는 그의 얼굴을 보며 초롱은 부끄러움도 잊고 배시시 웃고 말았다.

어느새 목적지에 다다른 리무진이 그 이름도 유명한 J&J 호텔 앞에 멈춰 섰다. 리무진에서 내린 초롱은 믿기지 않는지 감탄사를 연발했다.

"우와, 말도 안 돼. 내가 여기를 다 오다니."

"그렇게 좋아? 그럼 신혼여행 내내 이곳에서 지내도 돼."

"아니에요. 우리가 계획한 특별한 여행은 따로 있잖아요. 난 그게 더 좋아요. 여긴 오늘 하루를 보내는 것으로 충분해요."

초롱은 캠핑카로 유유자적 지내기로 한 둘만의 계획을 뒤로하고 첫날은 편하게 호텔에서 쉬어야 한다는 그와 가족들의 설득에 못 이겨 이곳에 오게 되었다. 하루쯤 호캉스를 즐기는 것도 나쁘지 않을 것 같아 승낙했는데, 기대보다 훨씬 훌륭한 호텔의 외관을 보니 첫날을 이곳에서 보내기로 하기를 잘했다는 생각이 들었다.

"소현이 말이 이곳 예약하기가 하늘의 별 따기라고 하던데 어떻게 구했어요? 대개 몇 달 전에 예약이 마감된다던데, 여기로 온다니까 아주 부러워하더라고요."

"그래, 맞아. 예약이 쉽지 않다고 들었어. 난 우리 별장에서 하루 지낼까 했는데, 형하고 림이 이곳을 적극 추천하더라. 예약도 형이 맡아 했어."

"정말요?"

고개를 끄덕이던 산이 초롱의 허리를 한 손으로 감싸 안으며 말을 이었다.

"신혼부부에게 특히 인기가 많다나? 이 호텔 오너 부부의 러브 스토리는 알지?"

"그럼요. 세기의 사랑인데 그걸 모르는 사람이 어딨어요? 이산 씨 사촌 형이 그분들 경호했다는 거 알고 얼마나 놀랐는데, 어쩐지 눈에 익더라니. 그런데 갑자기 그분들은 왜요?"

"이곳에서 지내면 그들처럼 사랑이 더 견고해진다나?"

"에이, 말도 안 돼. 그런 게 어딨어."

초롱은 말은 부정하듯 했지만, 사랑이 더 견고해진다니 기쁘지 않을 수 없었다.

"그런 소문이 있나 봐, 오죽하면 예약을 못 한 커플은 레스토랑에 잠시 들러 차라도 한잔 하고 간다잖아. 커플들의 성지라니까 우리도 견고한 사랑의 기운을 듬뿍 받아 보자. 응?"

"네. 좋아요."

산과 함께 룸에 들어선 초롱은 압도적인 규모와 너무나 호화로운 인테리어에 놀라지 않을 수 없었다. 두 사람이 단 하루를 보내기에는 너무 과하다는 생각을 지울 수 없어 발걸음을 쉬이 옮기지 못하고 멈춰 서 있었다.

산은 초롱이 말을 꺼내지 않아도 무슨 생각을 하는지 알 것 같아 웃으며 말을 건넸다.

"설마 다시 나가자고 할 건 아니지?"

"그러고 싶다는 말이 목구멍까지 올라온 참이었어요."

"부담 갖지 않아도 돼. 가끔 네가 잊는 것 같아 하는 말인데, 나 능력 좋아. 과소비에 부정적인 네 생각은 잘 알겠는데, 오늘 같은 날 이렇게 쓰는 돈은 과소비 아니야."

"누가 뭐래요. 목구멍까지 나가자는 말이 올라왔지만, 하지 않겠다고요. 그만큼 오늘은 우리에게 특별한 날이니까, 나도…… 즐길래요."

모처럼 마음에 쏙 드는 말에 산이 밝게 웃으며 초롱을 공주님처럼 덥석 안아 올렸다.

"꺅!"

"하이산 와이프답네. 아주 마음에 들어."

그의 품에 안긴 초롱은 그의 발걸음이 어디로 향하는지 알 것 같아 소리 없이 싱긋 웃었다. 아니나 다를까 침실에 다다른 초롱은 아름다운 꽃으로 둘러싸인 공간을 눈으로 훑으며 놀란 숨을 삼켰다.

"맙소사, 대체 어떻게……."

산은 꽃에 온 신경이 쏠린 초롱을 품에서 가만히 내려놓고서 그녀를 돌려세웠다. 이내 초롱의 입술을 머금은 산은 자연스레 얽어 오는 부드러운 혀의 감촉에 참지 못한 신음이 새어 나왔다.

달콤한 키스를 이어 가다 간신히 폭주하는 마음을 다스린 산이 먼저 입술을 뗐다. 생각 같아서는 당장이라도 그녀를 안고 싶었지만 오늘만큼은 제 욕심을 잠시 내려놓아야 할 듯했다.

"초롱아, 잠시만 나갔다 올게. 기다리고 있어."

"지금? 어디 가는데요?"

"차에 뭘 두고 왔어. 금방 올 테니까 잠시 쉬고 있어."

산은 앞으로 평생을 함께 살아가야 할 그녀와의 첫날을 의미 있게 보내고 싶었다. 달콤한 와인 한잔에 오늘을 추억하고, 앞으로 펼쳐질 앞날에 대한 기대와 서로의 계획을 공유하며 잊지 못할 사랑을 나누고 싶었다.

그렇게 행복한 시간을 고대하며 잠시 나가 둘만의 이벤트를 준비해 돌아왔는데, 얌전히 저를 기다리고 있을 줄 알았던 초롱이 어디에도 보이지 않았다.

"초롱아, 이초롱?"

침실 욕실 할 것 없이 분주히 그녀를 찾던 산은 답답함에 휴대폰을 꺼내 들었다. 응접실로 향하며 그녀에게 전화를 하려는데 그제야 활짝 열린 커튼이 눈에 들어왔다. 그곳에 가까이 다가가며 환상적인 야경에 시선이 팔릴 틈도 없었다. 산의 눈에는 오직 초롱만이 가득 담겼다.

그녀는 등받이가 제 앉은키보다 높은 1인용 안락 소파에 파묻힌 채 조그만 쿠션을 안고서 잠에 빠져 있었다.

"이렇게 숨어 있으니 내가 찾을 수가 있나."

혼잣말하던 산이 잠든 초롱의 얼굴을 가만히 어루만졌다. 제 손길에도 아무런 반응을 보이지 않는 걸 보니 정말 깊은 잠에 빠진 듯했다.

"하긴…… 온종일 신경 쓰고 분주히 움직였으니 많이 피곤했겠다."

산은 아쉬운 마음을 긴 한숨에 흘려보내고 초롱을 조심스레 안아 올렸다. 미동도 없이 꿈속을 헤매는 그녀를 안고서 침실로 향하며 피식피식 새어 나오는 웃음에 고개를 내저었다.

구름처럼 희고 포근한 침대에 초롱을 뉘어 두고 그녀가 불편하지 않도록 걸치고 있던 옷을 하나하나 모두 벗겨 주었다. 이내 자신의 거추장스러운 옷 또한 훌훌 벗어 버리고 초롱의 옆에 누웠다. 장난처럼 제 품에 꼭 안겨 오는 그녀를 안고서 터져 나오는 신음에 눈을 질끈 감아야 했다.

평생 잊지 못할 길고 긴 밤이 될 듯했다. 몸은 지독히 고통스러운데 자꾸만 스며 나오는 미소는 좀처럼 멈출 기미를 보이지 않았다.

초롱은 바다가 한눈에 보이는 캠핑카 입구에 앉아 한가롭게 발을 흔들며 보석처럼 맑고 투명한 바다를 넋 놓고 보고 있었다. 멀리서 그 모습을 바라보며 다가오던 산이 초롱을 불렀다.

"초롱아, 이초롱."

산의 목소리를 듣자마자 초롱이 벌떡 일어나 산을 향해 기쁘게 달려갔다.

"빨리 왔네요?"

"너 기다릴까 봐 서둘렀지."

"천천히 와도 되는데, 기다리기 하나도 지루하지 않았어요."

초롱의 말에 싱긋 웃던 산이 카페에서 사 온 음료 하나를 초롱에게 건네며 물었다.

"그래?"

"그럼요. 제주도는 바다도 어쩜 이렇게 예쁜지, 하루 종일 보고 있어도 질리지 않을 것 같아요. 하염없이 그냥 보고 싶은 거 있죠?"

"꼭 이초롱 같네? 어쩜 이렇게 예쁜지 보고 또 봐도 좋고, 봐도 봐도 질리지 않는, 온종일 얼굴이 닳도록 보고 싶은 너 말이야."

듣기 좋은 말에 초롱이 활짝 웃으며 산의 한 손을 잡았다. 한 손에는 음료를 한 손에는 서로의 손을 잡고서 바다를 거니는 산과 초롱은 잠시도 쉬지 않고 대화를 나누며 이 순간을 오롯이 즐겼다.

시원한 바다 내음과 더불어 달콤한 음료를 마시던 산이 긴 한숨을 내쉬었다.

"시간이 왜 이렇게 잘 가나 모르겠다."

"누가 아니래. 아직 못 해 본 게 많은데 너무 빨리 흘러요. 이렇게 행복한 순간은 나무늘보처럼 느리게 흘러가면 좋겠어요."

"그러게. 가는 시간을 잡을 수도 없고."

초롱의 손을 힘주어 잡은 산은 쏜살같이 흘러간 지난 며칠을 추억했다.

하늘은 푸르고 바람은 포근한 여행하기 더없이 좋은 계절이었다. 시선이 닿는 곳마다 초록이 풍성하고 알록달록 예쁜 꽃향기가 코를 간질였다. 계획했던 명소를 다니다가도 예쁜 곳이 눈에 띄면 차를 세워 휴식을 취하며 한가로운 시간을 만끽했다.

다양한 공연이나 전시회를 찾아 관람하거나, 카약이나 레이싱과 같은 액티비티를 즐기기도 하고, 온갖 맛집을 다니며 미식 여행도 만끽했다. 시간을 허투루 쓰지 않고 충분히 만족한 나날을 보냈음에도 여전한 아쉬움은 쉬이 달래지지 않았다.

그 마음이 초롱에게 전해졌을까, 그녀가 산의 어깨에 살포시 기대며 말을 건넸다.

"진짜 데이트다운 데이트를 신혼여행 와서 다 해 보네. 다음에 올 땐 셋이 올까요?"

산은 잠시 멈칫하다 이내 초롱의 말뜻을 알아차리고서 환하게 웃으며 대답했다.

"너무 좋지. 셋이 되어 오고, 넷이 되어 오고, 다섯,"

놀란 초롱이 불쑥 그의 말에 끼어들었다.

"더 세지 말지? 농구팀 만들 거예요?"

"농담이야 농담. 나는 하나도 좋고 둘도 좋아. 너 꿈 펼치는 데 무리가 되지 않는 선에서 정성껏 준비해 보자. 어때?"

"고마워요. 늘 나를 먼저 생각해 주고 배려해 줘서. 때가 되면 이산 씨 예쁜 마음을 쏙 닮은 아기 낳을 거예요."

산은 생각만으로도 날아오를 듯 기뻤다. 누구를 닮든 사랑으로 낳은 아기는 또 얼마나 예쁘고 사랑스러울까. 그날이 너무 멀지만 않기를 바라며 초롱의 어깨를 감싸 안았다.

하드 캐리.

초롱은 신혼여행에서 돌아온 지 얼마 지나지 않아 시어머니와 함께 자선 바자회에 참여하게 되었다. 재벌가의 사모님과 며느리들이 주축이 되는 행사로 불우이웃을 돕기 위해 해마다 하는 행사인 듯했다.

시댁 거실 소파에 앉아 외출 준비 중인 시어머니를 기다리는 초롱은 매체를 통해 접하던 그 행사에 자신이 직접 참여한다는 사실이 좀처럼 믿기지 않았다. 좋은 취지의 행사 이면에 재벌가 사모님들의 기 싸움과 힘겨루기가 팽팽하다는 항설을 떠올리며 마음을 다잡는 사이 시어머니 영현의 상냥한 목소리가 들렸다.

"초롱아, 오늘 모임 너무 신경 쓰지 않아도 돼. 혹시 불편하게 생각되면 꼭 가지 않아도 괜찮아."

다가오는 영현을 보고 자리에서 벌떡 일어난 초롱이 싱긋 웃었다.

"아니에요, 어머님. 저는 괜찮은데 어머님께서 저 때문에 불편하실까 봐 걱정돼요."

"내가 불편할 일이 뭐 있어? 나야 우리 며느리가 함께 가 주면 너무 고맙지, 늘 혼자 다녔는데 든든하고 얼마나 좋아. 이참에 우리 며느리 자랑도 좀 하고 말이야."

초롱은 아직 무엇 하나 내세울 것 없는 자신을 자랑하고 싶다는 말에 감사하기도, 왠지 죄송하기도 해 쑥스러운 미소를 그리며 물었다.

"어머님, 혹시 제가 신경 써야 할 일이나, 주의할 점이 있을까요?"

"그런 거 없어. 오늘이 처음이니까 다들 어떻게 하는지 보고 배우면 돼. 넌 센스가 좋아서 금방 보고 배울 거야. 다만, 타인에 대한 배려가 없어 말을 생각 없이 하는 사람이 종종 있을 수 있어."

"네, 어머님."

"악의가 있어 그렇다기보다, 사고나 생각이 우리와는 달라서 그런 거니까 마음에 담지 말고 잘 걸러서 들어. 필요에 따라 한 귀로 듣고 한 귀로 흘려버려도 좋고."

"네, 무슨 말씀이신지 알겠어요."

영현은 속 깊은 며느리가 행여 기분 나쁜 일을 당하고서도 시댁을 위하는 마음에 참고 견디지 않을까 염려되어 당부를 덧붙였다.

"그렇다고 무조건 참아 넘겨서도 안 돼. 네가 듣기에 도를 지나친 말이 있다면 절대 그냥 넘어가지 마. 너는 우리 집안의 며느리이기에 앞서 시민 영웅 이초롱이야. 항상 자부심을 갖고 누구 앞에서도 기죽지 말고 당당해야 한다. 그로 인해 무슨 일이 생기면 내가 다 책임지마. 알았지?"

초롱은 자신을 있는 그대로의 모습으로 존중해 주는 시어머니의 따스한 말씀에 콧잔등이 시큰거렸다. 절로 솟구치는 감사한 마음에 영현의 팔을 다정하게 끌어안고서 환하게 웃으며 말을 꺼냈다.

"네, 어머님. 어디서든 기죽지 않고 당당해질게요. 그러니 어머님도 너무 걱정하지 마세요."

"그래, 그래야지."

그제야 마음을 놓은 영현이 소리 없이 활짝 웃으며 초롱의 어깨를 토닥였다.

자선 바자회가 열리는 호텔 행사장에 영현과 초롱이 들어서자 삼삼오오 모여 있던 사람들이 소근거렸다.

"김 여사, 며느리랑 같이 왔네?"

"아, 이번에 맞았다는 둘째 며느리?"

"그래, 그때 뉴스를 장식했던 그 아가씨."

"얼굴은 반반하게 생겼던데."

"얼굴 반반하면 뭐 해요? 그것 말고는 볼 거 하나도 없는 집안이던데."

"김 여사는 왜 그런 집안에 귀한 아들을 보냈대?"

"그러게 말이야."

영현은 제 며느리에게로 쏟아지는 관심과 주위의 소란에 아랑곳하지 않고 초롱의 손을 잡은 채 행사장 한편에 있는 지휘 본부로 향했다. 마침 본부에 있던 모임의 가장 연장자인 임 여사가 반갑게 영현을 맞았다.

"김 여사, 어서 와. 며느리 이름이 초롱 씨라고 했나? 늦었지만 결혼 축하해요, 잘 왔어요. 예전에 뉴스에서 보고 내가 얼마나 보고 싶었는지 몰라."

"반겨 주셔서 감사합니다, 사모님."

초롱의 깍듯한 인사에 임 여사가 환한 미소를 지었다.

"인기도 많은 것 같던데 오늘 활약 기대할게요. 그리고 김 여사, 이번 일은 좀 서운해, 우리가 보통 사이도 아닌데 어떻게 그 중요한 일을 치르면서 초대도 하지 않고 말이야."

"죄송해요, 임 여사님. 애들 생각이 워낙 확고해서 어쩔 수 없었어요. 그래도 여사님이 이것저것 신경을 많이 써 주신 덕분에 편하게 잘 치렀어요."

"겨우 사용인 몇 명 보낸 걸 가지고 뭘, 어쨌든 도움이 됐다니 다행이야. 그것도 못 하게 했으면 정말 많이 서운할 뻔했어."

모임에서 가장 친분이 두터운 임 여사의 환대에 기뻐 웃던 영현은 뒤에서 들려오는 달갑지 않은 소음에 얼굴 표정을 굳혔다.

"김 여사, 서운하겠다. 집안의 첫 혼사를 그렇게 치르고 말이야."

"누가 아니래, 약혼식도 그렇게 하지는 않을 텐데."

"처가 생각해서 그렇지 뭐, 많이 기운다잖아."

"그 집 둘째 아들 탐내는 집안이 얼마나 많았는데, 아쉽겠어."

"김 여사는 욕심이 너무 없어 탈이야, 어디서 그런……."

영현은 더 들을 것도 없어 얼른 뒤돌아섰다.

"다들 오랜만에 뵈니 더 반갑네요. 초롱아, 인사해. 우리 모임의 일원분들이셔."

"안녕하세요, 처음 뵙겠습니다. 이초롱이라고 합니다."

초롱이 인사를 마치자마자 영현은 하나둘 다가와 흥미를 보이는 사람들을 향해 형식적인 미소를 지으며 인사를 가장한 매서운 일침을 가했다.

"여기 제 며느리인 초롱이에게 우리 모임의 좋은 취지와 함께 훌륭한 모임이라고 입에 침이 마르도록 칭찬했답니다. 그러니 부디 고매하신 사모님들과 며느님들의 훌륭한 품성을 잘 보고 배울 수 있게 다들 모범을 보여 주실 걸로 기대하겠습니다."

영현이 말을 마치기가 무섭게 여기저기서 헛기침 소리가 들리더니 이내 뿔뿔이 흩어졌다. 그 모습을 뒤에서 지켜보던 임 여사가 피식 웃으며 말을 꺼냈다.

"역시 김 여사야. 조용조용히 한 방 먹이는 데 뭐 있다니까. 다들 아주 속으로 뜨끔했을 거야. 초롱 씨가 너무 좋은 시부모님을 만났네."

"뭘요, 제가 며느리를 잘 만난 거죠. 그나저나 오늘 저랑 우리 초롱이는 어느 부스로 가면 될까요?"

"김 여사는 명품 가방 부스 맡으면 되고, 초롱 씨는 오늘이 처음이라 신고식인 거 알지?"

이미 짐작하고 있었던 영현이 고개를 끄덕이자 임 여사가 말을 이었다.

"가장자리에 있는 화분 부스 맡아서 하면 돼. 초롱 씨, 원래 처음 모임에 나오는 사람은 다른 부스 보고 배우며 경험 쌓으라고 다소 한가한 부스에 배정되는데, 괜찮겠어요?"

"네, 그럼요. 저는 어느 곳이든 상관없어요. 열심히 보고 배우겠습니다."

"그렇다고 그렇게 열심히 할 필요도 없어요. 어차피 내 주머니 불리는 것도 아닌데 그냥 쉬엄쉬엄해요."

예상 밖의 말에 초롱이 어색한 미소를 그리자 임 여사가 얼른 말을 정정했다.

"농담이에요, 농담. 초롱 씨 긴장할까 봐, 그러지 말라고. 열심히 해 줘요. 불우이웃 많이 도울 수 있게."

임 여사의 농담에 영현과 초롱이 동시에 싱긋 웃었다.

드디어 바자회 오픈 시간이 다가왔다. 입장권을 구매한 고객들은 오픈하기가 무섭게 물밀듯 밀려 들어왔다. 초롱은 가장자리에서 고객들의 발길이 향하는 곳을 유심히 지켜보며 관찰했다.

많은 기업에서 후원받은 다양한 물품이 자리한 행사장 안쪽에는 모피 코트나 유명 브랜드의 가방, 의류부터 시작해 화장품 가공식품까지 다양한 품목이 즐비했다. 저마다 좋은 제품을 저렴하게 사기 위해 분주히 움직이는 모습을 흥미롭게 바라보던 초롱은 역시나 가장 한가하다더니 사람 한 명 오지 않는 부스에서 잠시 고민했다.

이내 제 주위를 두리번거리더니 아이디어가 떠올랐는지 싱긋 웃었다. 한쪽으로 치워진 직각의 원목 화분 상자를 가져와 테이블 위에 계단식으로 쌓아 올렸다. 그러고선 작은 꽃 화분을 색상별로 분류해 계단의 가운데는 붉은 계열의 화분을, 테두리는 흰색의 화분으로 배치해 두었다.

정리를 마치고 한 발 떨어져 바라보니 의도한 바와 같이 예쁜 하트 모양이 완성된 모습을 바라보며 뿌듯한 미소를 지었다. 때마침 주위를 스쳐 가던 고객이 슬그머니 다가와 넌지시 물었다.

"저…… 혹시 이초롱 씨?"

"아, 네. 안녕하세요. 이초롱입니다."

"어머! 저 언니 팬이에요. 이게 웬일이야! 저 언니 연주 너무 좋아해요, 공유 사이트에 올라온 영상 하나도 빠짐없이 다 봤는데, 정말 너무 환상적이에요. 언니, 저 사인 한 장만 해 주시면 안 돼요?"

초롱은 혼자 박수 치고 동동거리며 대꾸할 시간도 주지 않는 고객을 향해 싱긋 웃으며 고개를 끄덕였다.

"해 드릴게요."

"기왕이면 같이 사진도 한 장 괜찮을까요? 여기 완전 포토 존인데."

"네. 찍으셔도 돼요."

팬이라는 고객과 기분 좋게 사진까지 찍고 보니 초롱의 부스로 삼삼오오 사람들이 모여 오기 시작했다.

"어머, 이초롱이야."

"맞네, 맞아. 이초롱."

"야, 실물이 훨씬 예쁘네, 대박."

"나는 열심히 화분 옮기기에 대체 뭐 하나 싶었는데, 이초롱이었어."

"화분이 시선 강탈이었는데, 맙소사 이초롱이라니, 우리 오늘 계 탔다."

이후로는 너도나도 초롱에게 다가와 뜻하지 않은 포토 존에서 사진을 찍고 사인을 받아 가며 화분을 하나씩 사 가기 시작했다. 어느새 초롱의 부스는 인파로 뒤덮였고, 그 모습을 바라보던 고매하신 사모님들의 얼굴에는 먹구름이 드리웠다.

소식을 들은 영현은 제 부스를 잠시 임 여사에게 맡겨 두고 초롱을 찾았다. 인파에 뒤덮여 혹시 위험한 일을 당하지 않을까 걱정스러워 부랴부랴 다가가던 영현이 걸음을 멈추었다.

환한 미소로 고객을 응대하는 초롱의 뒤로 예쁜 하트 모양의 화분이 눈에 들어왔다. 역시나 센스를 유감없이 발휘하며 맡은 바 역할을 너무나 잘 해내고 있는 초롱이 대견해 함박웃음을 지었다.

"역시 내 며느리야."

다행히 인파는 질서 있게 움직이는 듯했다. 그제야 걱정을 한시름 내려놓은 영현은 흐뭇한 미소를 머금은 채 자신의 부스로 돌아갔다.

순식간에 화분을 모조리 팔아 치운 초롱은 어안이 벙벙했다. 테이블 위에는 계단처럼 쌓아 둔 원목 화분 상자와 꽃에서 떨어진 이파리만 남았다. 뿌듯한 마음에 속으로 쾌재를 외치며 서둘러 부스를 정리하고는 영현에게로 향했다.

"어머님."

"어, 초롱아. 벌써 다 팔았어?"

발그레한 얼굴로 방긋 웃으며 다가오는 모습만 봐도 알 듯했다.

"네, 어머님. 제가 오늘 운이 좋았나 봐요."

"운은 무슨, 다 네가 노력한 덕분이지. 오늘 우리 며느리 완전 하드 캐리 하던데?"

"어머님이 어떻게…… 보셨어요?"

"그럼, 우리 며느리 날아다닌다는 소식에 궁금해서 가 봤지. 역시 센스가 남다르더라. 지금껏 바자회 하면서 화분을 다 판 건 네가 처음일 거야. 그것도 불과 한 시간 만에 말이야. 덕분에 엄마 오늘 어깨에 힘 좀 주게 생겼어."

영현은 주위에서 얼마나 시기 어린 시선으로 바라보는지도 모른 채 배시시 예쁘게 웃는 초롱이 사랑스러워 함께 웃었다.

"고생 많이 했어. 앞치마 이리 주고 조금 쉬고 와."

"아니에요, 어머님."

"쓰읍, 말 들어. 화분이 작은 것 같아도 그 많은 걸 들었다 났다, 손에 무리가면 어쩌려고 그래? 곧 콩쿠르도 나가야 할 얘가. 사실은 한가한 부스라 마음놓고 보냈는데, 이렇게 손을 많이 쓰게 될 줄 알았으면 보내지 못했을 거야."

초롱은 걱정 어린 표정으로 제 손을 가져다 이리저리 살펴보더니 손등을 어루만져 주는 영현을 보며 씩씩한 목소리로 말했다.

"하나도 힘들지 않았어요, 손목에 무리 가지도 않았고요. 그럼 저 잠시 가서 손만 씻고 올게요."

"그래그래, 가는 김에 카페에 들러 차도 한잔 하고 와. 알았지?"

"네, 어머님."

초롱은 화장실에 들어가려다 말고 안에서 들려오는 소리에 주춤했다.

"나 작년에 그 화분 반의반도 못 판 거 알아?"

"나는 어떻고, 반의반이 뭐야? 있는 줄도 모르던데? 우리 진 여사가 못 팔았다고 얼마나 핀잔을 주던지, 참 걔는 잔머리가 잘 돌아가."

"그러게, 광고 하나 찍은 게 뭐 대수라고 팬이에요 어쩌고저쩌고, 우쭐해하는 거 봤어? 꼴같잖아서 정말."

초롱은 세 명이서 나누는 듯한 대화 내용이 유치해 피식 웃었다. 그들과 부딪히기 싫어 다른 화장실로 갈까 하다 군이 피할 이유도 없기에 다시 들어서려는데, 귀를 쫑긋 세우게 하는 말이 들려왔다.

"하이산은 별 볼 일 없는 걔가 뭐가 좋다고, 수준 이하야 수준 이하. 아……맞다, 그러고 보니 너 결혼 전에 하이산한테 차였었지?"

"차이긴 뭘 차여! 겨우 선 한번 본 걸 가지고."

"말이야 바른말이지, 너 그때 하이산 보고 첫눈에 반해서는 부모님께 압력 넣었잖아, 그래서 성사된 선 자리 아니었어?"

"그 자식이 그렇게 보는 눈이 낮은 줄 알았다면 절대 그런 자리 만들지도 않았을 거야. 다시 생각해도 짜증 나 정말."

"그런데 걔는 그 콧대 높기로 소문난 하이산을 대체 어떻게 잡았을까?"

말이 끊이나 싶더니 이내 누군가 코웃음을 치며 말했다.

"뭐, 그런 애들이 할 줄 아는 거라고 하나밖에 더 있겠어? 뛰어난 잠자리 기술로 정신을 못 차리게 만들었나 보지."

"물고 빨고를 잘하나?"

화장실이 떠나갈 듯한 웃음소리가 초롱의 귓가를 때렸다. 초롱은 저급한 대화를 더는 듣고 싶지 않아 서둘러 화장실 안쪽으로 들어섰다. 그제야 그들의 뒷담화도 멈추었다.

"여기 계셨네요."

세면대에서 핸드 타월로 손을 닦는 그들을 향해 초롱이 태연히 인사를 건네자 의도가 곱지 않은 음성이 뒤를 이었다.

"네, 뭐."

"초롱 씨는 이런 일 많이 해 봤나 봐요? 생글생글 웃으며 고객 응대를 아주 잘하던데."

"그러게, 우린 아무리 해도 이런 일에 도통 적응이 안 돼서. 비결이 궁금하네요."

"다년간의 경험과 공감대 형성이 비결이겠지, 뭐. 초롱 씨도 어렵게 살았다고 들은 것 같은데, 안 그래요?"

"아, 그래서 화분을 그렇게 잘 팔았나? 앞으로 화분은 쭉 초롱 씨에게 맡길까 봐요. 적성에 아주 잘 맞는 것 같던데."

초롱은 귓가에 벌 떼가 공격하는 듯 앵앵거리는 소리가 심히 거슬렸지만, 부러 신경을 자극하려는 그들의 뻔한 수에 놀아나고 싶은 마음이 없었다. 삐딱하게 들리는 말을 한 귀로 듣고 한 귀로 흘려보내며 다 씻은 손을 핸드 타월로 꼼꼼히 닦고서 미소 짓는 얼굴로 말을 꺼냈다.

"말은 조금 가려 하는 게 좋지 않을까 싶어요."

"무슨…… 뜻이에요?"

"잘 아시겠지만, 여긴 누구나 드나드는 공용 화장실이잖아요."

"아, 혹시 우리가 한 말이 기분 나빴어요? 아니, 별다른 뜻은 없었어요. 다만, 초롱 씨가 워낙 장사를 잘하기에,"

"아뇨. 그런 말에 상처받을 만큼 여리지는 않아요. 다만, 오늘 행사 취지를 한번 생각해 주십사 하는 거예요. 다들 좋은 마음으로 바자회에 오셨을 텐데, 행여 이런 대화를 듣게 되면 좋은 취지가 퇴색되지 않을까 해서요."

초롱은 충고하는 자신을 보며 기막힌 듯한 표정을 짓고 있는 세 명의 얼굴을 보고 있자니 불쾌했던 그들의 대화 내용이 불쑥 떠올라 작심한 듯 입을 열었다.

"더구나 다들 알 만한 분께서 타인의 잠자리까지 입에 올리는 건 분명 경솔한 언행인 것 같네요. 내뱉은 말들 다시 한 번 떠올려 보셨으면 좋겠어요. 그래도 부끄럽지 않다면 더는 할 말 없습니다. 그럼 전 먼저 나갈게요."

처음부터 끝까지 고저 없는 목소리로 차분하게 말을 마친 초롱의 얼굴은 평온하기 그지없는 반면, 고자세로 초롱을 발아래로 내려다보며 생각 없이 말하던 그들의 얼굴은 붉으락푸르락 변화무쌍했다.

늦은 오후, 바자회가 끝나고 행사에 참여한 사람들이 호텔 레스토랑으로 향했다. 성황리에 마친 행사를 자축하며 즐겁게 식사를 하는 사람들의 입에 영현과 초롱이 심심찮게 오르내렸다.

"오늘 김 여사네 역할이 컸네."

"김 여사 며느리가 제법 유명해진 모양이야, 호텔 임직원들까지 와서 사인을 받아 가더라고."

"어디 그뿐이야, 그 며느리가 도와주는 부스마다 완판했잖아."

"시어머니한테도 얼마나 싹싹하게 잘하던지, 그 배경이 아쉽지 사람은 괜찮더라."

좋은 말이 오가는 중에 가시 돋힌 말도 있었다.

"굼벵이도 구르는 재주가 있다더니, 제법이긴 하데."

"구르는 재주가 있으면 뭐 해, 집안이 볼 게 하나도 없는데. 명망이 있나 그렇다고 재력이 있나, 뭐 하나 받쳐 주는 것도 없이 쓸데없는 잡일에나 능한 게 무슨 자랑이라고."

"그래도 피아노는 제법 치나 보던데요?"

"해외 콩쿠르 수상 이력도 없는 주제에 잘해 봐야 얼마나 잘하려고요, 그저 연예인인 동생 유명세에 운 좋게 편승하는 거죠."

그때였다. 바로 옆 테이블에 앉아 있던 며느리 중 한 사람이 제 시어머니를 향해 말했다.

"그럼 한번 시켜 보는 건 어때요, 어머니? 그렇게 피아노에 자신 있으면 어디서든 연주할 수 있는 거 아니겠어요? 실력은 우리가 듣고 판단해도 될 것 같은데……"

말을 마친 사람은 아까 화장실에서 초롱을 뒷담화하던 무리 중 한 명이었다.

"그럴까, 그럼? 저기 김 여사."

한참 떨어진 곳에 위치한 테이블에서 식사를 하던 영현은 자신을 부르는 소리에 고개를 돌렸다.

"김 여사 며느리가 피아노 실력이 출중하다던데, 지금 한 곡 들을 수 있나?"

영현은 평소 호의적이지 않던 사람의 청이 달갑지 않았다. 그 한 사람으로 인해 여기저기서 같은 청이 들어와 난감했지만, 자신의 체면보다 며느리인 초롱의 감정이 우선이었다.

식사를 마친 초롱을 보며 상냥하게 말을 건넸다.

"초롱아, 불편하면 억지로 하지 않아도 돼."

수정과로 잠시 입을 축이던 초롱이 컵을 내려놓으며 싱긋 웃었다.

"못할 이유 없죠. 전 괜찮아요, 어머님. 다들 바쁘신 분들이니 짧은 곡으로 가볍게 준비할게요."

영현은 자신감이 넘치는 며느리의 표정에 안도하며 흔쾌히 승낙했다.

"우리 초롱이가 하겠다네요. 오늘 손을 많이 써서 혹시 실수가 있더라도 너그러운 마음으로 이해 바랍니다."

영현은 제 말이 마치자 자리에서 일어나 레스토랑 중앙에 있는 그랜드 피아노로 향해 가는 초롱을 바라보았다. 허리를 꼿꼿하게 세운 채 은은한 미소를 그리며 여유로운 걸음걸이로 가는 초롱은 누가 봐도 기품이 넘치는 모습이었다. 바라만 봐도 흐뭇해지는 자태를 눈에 담는 영현의 입가에 만족스러운 미소가 가만히 번졌다.

초롱은 피아노 앞에 앉자 신기하게도 한 곡이 번뜩 떠올랐다. 망설임 없이 건반에 손을 올린 초롱의 눈매가 부드럽게 휘었다.

초반부터 스피디하게 시작된 연주는 영화에서도 가끔 등장할 정도로 대중에게 친숙한 '왕벌의 비행'이라는 곡이었다. 빠르면서도 정교하고 섬세한 초롱의 연주는 마치 벌 떼가 당장이라도 달려들 것 같은 착각을 일으킬 정도였기에 청중의 이목을 단숨에 사로잡아 그들을 매료시키기에 충분했다.

불과 1분 남짓한 시간에 자신의 기량을 마음껏 뽐낸 초롱이 연주를 끝내자 레스토랑은 숨소리 하나 들리지 않을 정도의 적막에 휩싸였다. 마치 일시정지 버튼을 누른 듯했다. 그러다 누군가 먼저 박수를 보냈다. 하나둘 박수가 더해지더니 이내 레스토랑에 작은 소란이 일었다.

아까 화장실에서 부딪혔던 세 명 또한 놀라움을 금치 못한 채 헛웃음만 터트렸다.

"자, 잘하네."

"그러게. 어디서 나온 자신감인가 했더니…… 그만한 이유가 있었네."

"하. 하하. 그런데 저 곡 말이야, 벌 떼가 백조를 괴롭히던 장면에서도 나왔던 곡 같은데…… 아닌가?"

"맞아. 순하게만 봤더니, 보기보다 맹랑한 구석이 있네. 지금 우리 엿 먹인 거…… 맞지?"

그들은 박수를 받으며 고아한 미소로 유유히 자신들의 옆을 스쳐 지나는 초롱을 보면서도 따져 물을 수 없어 속으로 분통을 터트렸다.

저녁 식사를 마친 사모님들이 삼삼오오 모여 호텔 밖으로 향했다. 저마다 자신들을 태우러 올 기사를 기다리며 대화를 이어 가는데, 때마침 차량 두 대가 들어서는 모습이 보였다.

한 대는 영현을 데리러 온 차였고, 다른 한 대는 초롱을 데리러 온 차였다. 게다가 차에서 차례로 내리는 사람은 놀랍게도 초롱의 시아버지인 강우와, 남편인 이산이었다.

"김 여사, 운전기사는 어쩌고 회장님이 직접 운전을 하게 해?"

누군가 우스갯소리로 물어 오자 영현이 싱긋 웃으며 태연히 답했다.

"우리 그이가 휴일에는 운전기사도 가족과 함께 보내야 하지 않겠냐며 기사를 자처하지 뭐예요. 덕분에 저야 남편하고 데이트하는 기분도 내고 좋죠, 뭘."

사모님들의 표정이 썩어 갔다. 그도 그럴 것이, 며느리를 볼 나이가 되었음에도 좋은 금실을 유지하는 모습이 꽤나 꼴사나워 보였기 때문이었다. 심지어 자신들은 신혼에도 누리지 못한 것을…….

먼저 다가온 강우가 안면이 있는 사람들을 보고 인사를 하며 아내와 초롱을 향해 다가왔다.

"오늘 모임은 잘 했어? 우리 며느리도 잘 했고?"

초롱이 환하게 웃으며 깍듯이 인사하자 영현이 서둘러 입을 열었다.

"그럼요. 우리 초롱이가 누구 며느린데, 가면서 얘기해요. 할 말이 아주 많으니까."

고개를 끄덕이던 강우가 어느새 다가온 아들 산과 악수를 했다.

"자식, 너도 네가 직접 왔냐?"

"그럼요, 아버지. 제 아내를 누구에게 맡깁니까?"

"하하하, 그래 맞다, 맞아. 누구 아들 아니랄까 봐. 그럼 나 먼저 마나님 모시고 간다, 조심해서 들어가. 도착하면 잘 갔다고 전화 주고."

"네, 그럴게요. 먼저 들어가세요. 아버지, 어머니."

강우와 영현이 먼저 떠나고, 산이 주위에 모여 자신들을 주시하는 사람들을 향해 가벼운 묵례를 건넸다. 이내 초롱에게 돌아선 산이 뜨거운 눈빛으로 바라보자 초롱이 반갑게 그를 맞았다.

"왔어요?"

"오늘 힘들진 않았어?"

"네, 전혀. 재밌었어요. 우리도 그만 가요."

"그래."

부부의 모습을 말없이 지켜보던 사람들은 별말을 주고받지 않아도 눈빛으로 무수히 많은 말이 오가는 듯한 부부의 모습에서 쉬이 눈길을 거두지 못했다.

자연스레 초롱의 허리를 감싸 안으며 차로 안내하는 산의 뒷모습을 눈으로 좇았다. 그가 초롱의 머리를 보호하며 조수석에 그녀를 태우고서 문을 닫아 주는 모습부터 운전석으로 돌아가 환하게 웃으며 차에 올라타는 모습까지. 별것 아닌 모습에도 엿보이는 그들의 사랑이 부러워 괜히 방금 먹은 저녁 식사를 탓하며 텁텁한 입맛을 다셨다.

2년 후. 금의환향.

세계 3대 콩쿠르 중 하나로 알려진 퀸엘리자베스 콩쿠르의 우승자가 입국한다는 소식에 취재진들이 공항의 입국 게이트 앞으로 모여들었다.

이윽고 게이트가 열리자 모여 있던 취재진의 시선이 일제히 한곳으로 향했다. 먼저 나온 많은 입국자들이 제각기 흩어져 갈 길을 가고, 게이트가 한산해질 때쯤 느지막이 나오는 여자에게로 관심이 집중되었다.

H라인으로 된 블랙 앤 화이트의 배색 원피스에 검은색 플랫슈즈를 신고서 캐리어를 끌고 나오는 그녀는 얼굴의 반 이상을 마스크로 가리고 있었지만, 특유의 기품이 넘치는 분위기는 그녀가 누군지 충분히 짐작게 했다. 그녀를 유심히 지켜보던 취재진 중 한 명이 큰 소리로 외쳤다.

"이초롱 씨?"

그녀가 이름에 반응하며 고개를 돌리자 기다렸다는 듯 플래시 세례와 함께 질문이 쏟아졌다.

"이초롱 씨, 우승 소감 좀 들려주세요."

"피아노 부문에서는 우리나라의 첫 우승인데 기분이 어떤가요?"

"지금 누가 가장 보고 싶나요?"

"이쪽 한번 봐 주세요."

"여기도요."

초롱은 취재진들이 모인 곳으로 다가와 잠시 걸음을 멈추고 마스크를 벗었다. 저를 보기 위해 공항까지 나와 준 취재진을 향해 고개 숙여 감사한 마음을 전했다. 이내 고개 들어 주위를 둘러보던 초롱의 시선이 어느 한 곳에 멈추었다. 그곳에는 한 아름의 예쁜 꽃을 든 산이 더없이 흐뭇한 미소를 짓고서 초롱을 바라보고 있었다.

초롱은 기쁜 마음을 감추지 못한 채 그에게로 향했다. 양팔을 활짝 펼치며 다가온 그에게 망설임 없이 덥석 안겼다.

"보고 싶었어요."

"나도, 보고 싶어 죽는 줄 알았어."

산은 이곳이 어디라는 것도 잊은 채 두 달 만에 만난 아내를 힘주어 꼭 끌어안았다.

독특한 운영 방식을 자랑하는 해당 콩쿠르는 결선 기간 동안 특정 장소에서 외부의 연락도 차단한 채 대회를 준비해야 했기에 그리움이 커질 수밖에 없었다. 뒤늦게 정신을 차린 산이 한 손에 들고 있던 꽃을 전했다.

"축하해, 초롱아. 네가 해낼 줄 알았어."

"고마워요, 정말. 이산 씨 아니었으면 못 했을 거예요. 믿어 줘서 고맙고, 기다려 줘서 고마워요."

풍성한 꽃다발을 받아 든 초롱의 입가에 꽃보다 더 예쁜 미소가 그려졌고, 그 순간에도 카메라 플래시는 쉼 없이 터지고 있었다.

산과 초롱은 자신들을 기다리는 시댁으로 향했다. 대문을 열어 정원으로 들어서자 산의 가족이 몰려와 초롱을 반갑게 맞았다.

"아가, 그래 얼마나 고생이 많았어. 장하다 장해. 우리 새끼 잘했다 잘했어."

금옥이 울먹이며 하는 말 뒤로 가족의 인사가 뒤섞였다.

"제수씨, 정말 멋있습니다."

"아가, 수고했다."

"초롱아, 혼자서 애 많이 썼어."

"형수님 축하드립니다."

"형수님 정말 멋졌어요."

"언니 정말 너무 대단해요. 언니가 얼마나 자랑스러운지 모르겠어요."

초롱은 가족들의 환대에 그동안의 모든 노력이 주마등처럼 스쳐 지나며 눈시울이 붉어졌다. 가족들의 믿음과 아낌없는 지지가 없었다면 우승이라는 값진 성과를 얻을 수 있었을까. 새삼 감사한 마음이 들어 허리 숙여 마음을 전했다.

"정말 감사합니다. 다 우리 가족들 덕분이에요. 아무 걱정 고민 없이 피아노만 집중할 수 있게 해 주셔서 너무 감사합니다."

가족들의 입가에 너 나 할 것 없이 흐뭇한 미소가 어렸다. 금옥이 그런 가족들을 둘러보다 초롱에게 다가와 조용한 목소리로 말을 건넸다.

"아가, 네 부모님께도 인사드려야지."

아까 시댁으로 향하는 차 안에서 제 부모님께 전화드렸을 때만 해도 별말씀이 없으셨다. 그래서 부모님은 당연히 집에서 기다리는 줄 알았기에 놀라지 않을 수 없었다.

서둘러 주위를 둘러보니 시댁 가족들 뒤편에서 눈물을 훔치며 저를 바라보는 부모님과 초원이 보였다. 그제야 저를 향해 다가오는 엄마와 동생, 그 옆에서 발 맞추어 천천히 함께 걸어오는 아빠를 보며 애써 참고 참았던 눈물이 왈칵 쏟아졌다.

제 옆에서 말없이 등을 어루만져 주는 산의 부드러운 손길에도 눈물은 쉬이 멈출 생각을 하지 않았다. 흐려진 눈에도 아빠의 모습은 더없이 선명하게 보이는 듯했다.

멋스러운 정장을 갖춰 입고서 그 어떤 보조 장치 없이 혼자서 뚜벅뚜벅 걸어오는 듬직한 아빠의 모습은 벌써 수개월을 보고 있어도 계속 보고 싶었다. 초롱은 울며 웃으며 아빠에게 다가가 그대로 덥석 안겼다.

"장하다, 우리 딸."

"감사합니다, 아빠. 정말 너무너무 감사해요."

초롱은 아빠에게 안긴 채 바로 옆에 다가온 엄마와 초원을 향해 한 팔을 펼쳤다. 대견한 미소를 지으며 기쁨의 눈물을 흘리고 있던 수영이 남편과 딸에게 안기자 초원이 세 사람을 모두 감싸 안았다. 감격스러운 가족의 상봉을 지켜보던 산의 가족은 흐뭇한 미소를 감추지 못했다.

정원에 마련된 긴 테이블에 가족들이 모두 모여 앉았다.

초롱은 떠들썩한 환영 인사를 뒤로하고 테이블의 가운데에 앉아서야 주위를 둘러볼 여유가 생겼다. 대저택의 한쪽 벽면에 콩쿠르 우승을 축하하는 대형 현수막이 떡하니 걸려 있었고, 정원의 한편에는 휘황찬란한 화환과 대형 화분이 줄지어 늘어서 있었다.

테이블 위에 파티 음식이 분주히 차려지고 있는 중에 잠시 손 좀 씻고 오겠다던 산이 정원 끝에서 나타났다. 만면에 미소를 띠고서 3단 케이크가 놓인 이동식 왜건 트레이를 밀며 다가오는 모습이 새삼 너무 근사해 보여 눈을 뗄 수 없었다.

초롱은 어떻게 이렇게 멋진 남자를 남편으로 맞아 이토록 좋은 가족을 만나고 이런 행복을 누리게 됐는지, 아직도 저에게 일어난 기적이 신기하기만 했다.

저도 모르게 상념에 빠져들다 가족들의 짓궂은 농담에 피식 웃었다.

"아이고 저런, 축하 파티는 내일 할 걸 그랬어."

"그러게요, 할머니. 우리 언니 적응 기간에 대회 기간까지 석 달을 꼬박 떨어져 지냈으니 얼마나 보고 싶었을까."

"산이 좀 봐. 좋아 죽는다, 좋아 죽어."

"형수님도 눈을 못 떼는데 뭘."

그사이 다가온 산이 웃으며 말을 꺼냈다.

"결혼해 보지 않았으면 말을 말아. 아니, 사랑도 안 해 봤으면서 몇 달을 생이별한 내 심정을 어떻게 알겠어?"

마음을 숨기려 들지도 않는 산의 말에 모두 못 말린다는 듯 고개를 내저으며 함빡 웃었다.

초롱은 모처럼 마음 편히 즐겁게 음식을 즐겼다. 평소 잘 먹지도 않던 고기가 오늘따라 왜 이렇게 맛있는지, 스테이크부터 갈비찜, 소고기말이, 소고기 스튜 등, 소고기가 들어간 음식만 찾아 먹고 있었다.

산은 평소 소식하며 나물이나 야채 종류를 즐기던 초롱이 마냥 잘 먹는 모습이 좋아 그저 흐뭇하게 웃으며 그녀가 아직 먹지 못한 요리를 그녀의 접시에 올려 주었다.

"웬일로 고기를 잘 먹네, 예쁘게."

"그러게, 요즘 들어 고기가 맛있는 거 있죠."

"그럼 대회 기간 동안 힘들지 않았어? 한식과 달라서 음식 때문에 고생할까 봐 걱정했는데."

"아니, 너무 잘 먹었어요. 다 입맛에 맞던데?"

"식성이 바뀌었나? 아무튼 잘 맞았다니 다행이네. 이것도 먹어, 살치살이라 부드러워."

"정말 입에서 살살 녹아요."

초롱의 오른편에 앉아 있던 수영은 저도 모르게 두 사람의 대화에 귀를 쫑긋 세웠다.

'갑자기 식성이 바뀐 것도 신기한데 즐기지도 않던 고기를 저렇게 잘 먹는다고?'

의아해 고개를 갸웃하다 맞은편에 앉은 안사돈 영현과 눈이 마주쳤다. 안사돈 역시 초롱을 유심히 바라보는 듯했다. 수영은 왠지 모를 기대감에 딸을 보며 넌지시 말을 꺼냈다.

"초롱아, 혹시 말이야……."

"네, 엄마. 뭐 하실 말씀 있으세요?"

"아니, 뭐 별건 아니고, 평소보다 잘 먹는 것 같아 좋아서 그러지. 그런데 혹시 요즘 고기가 계속 당겨? 다른 음식은 잘 생각 안 나고? 근래 들어 부쩍 피곤하거나 하지는 않아?"

초롱은 왠지 뭔가 알고 묻는 듯한 엄마의 질문에 싱긋 웃었다. 누가 엄마 아니랄까 봐 이미 눈치를 챈 것 같았다. 잠시 수저를 놓고 물로 입을 헹군 뒤 무릎에 놓인 냅킨으로 입술을 닦고서 조심스레 말을 꺼냈다.

"저…… 할머니, 어머님, 아버님, 그리고 엄마, 아빠. 드릴 말씀 있어요."

갑자기 꺼낸 말에 가족들의 이목이 초롱에게로 집중되었다.

산 또한 무슨 말을 하려고 그러나 싶어 초롱을 유심히 바라보았다. 그의 시선을 느낀 초롱이 왼손을 가만히 들어 테이블 아래에 놓인 그의 손 위에 포개더니 조심스레 말을 꺼냈다.

"저…… 곧 엄마 된대요."

"뭐, 뭐라고? 엄마? 그럼…… 임신했다는 말이야? 초롱이 네가?"

좀처럼 믿기지 않는지 재차 확인하듯 묻는 금옥의 말에 초롱이 웃으며 대답했다.

"네, 할머니, 저 임신이래요. 한국 오기 전에 확인했어요. 13주 됐대요."

뜻밖의 소식에 놀란 산은 축하한다고 손뼉 치며 환호하는 가족들은 아랑곳 않고 자리에서 벌떡 일어섰다. 그의 반응에 놀란 초롱도 자리에서 서둘러 일어났다.

"많이 놀랐어요? 미안, 아까 오면서 말한다는 게 너무 정신이 없어서 깜빡했어요."

"그러니까 내가…… 아빠가 된다고? 몇 달 있으면 나도 정말 아빠가 된다고?"

가만히 고개를 끄덕이는 초롱을 뚫어져라 바라보던 산은 그제야 정말 실감이 나는지 감격을 주체하지 못한 채 초롱을 번쩍 안아 올렸다. 이내 그녀를 빙글빙글 돌리며 환호하는 모습에 놀란 가족들이 서둘러 고함을 질렀다.

"산아, 안 돼!"

"하 서방!"

"오빠!"

"조심해야지!"

여러 목소리가 한데 뒤섞여 제대로 들리지 않았지만, 그 목소리가 경고라는 것쯤은 한껏 높아진 톤만 들어도 알 것 같았다. 산은 그제야 아차 싶어 초롱을 조심스레 바닥에 내려놓으며 서둘러 초롱에게 상태를 물었다.

"괜찮아? 놀라지 않았어? 내가 너무 좋아서 흥분을 했네. 미안, 괜찮아?"

어느새 다가왔는지 산을 나무라던 금옥 또한 초롱을 유심히 살폈다.

"아가, 괜찮아?"

제 손을 덥석 잡으며 걱정스레 하는 말에 초롱이 얼른 고개를 끄덕였다.

"네, 괜찮죠, 그럼. 잠시 놀라긴 했지만 이 정도로 끄떡없어요. 우리 아기, 극한 긴장감 속에서도 얼마나 잘 버텨 냈는데요."

"그래, 맞다, 맞아. 그 힘든 콩쿠르 과정에서 얼마나 긴장하고 많이 떨었겠어. 그런데도 건강하게 잘 있다니 세상에 이 얼마나 고마운 일이야 그래."

"네, 할머니. 우리 아기 아주 튼튼한가 봐요."

"그래, 튼튼해야지, 튼튼하고말고. 고맙다, 아가, 정말 고마워. 네가 우리 집에 복덩이야."

"아니에요, 할머니. 고맙기는요 당연한 일인데. 손주 많이 기다리셨을 텐데 늦어서 죄송해요."

되레 죄송하다 말하는 초롱을 보며 금옥이 고개를 내저었다.

"아니야, 세상에 당연한 일이 어디 있어. 고맙다 아가, 고마워. 앞으로는 각별히 몸조심하는 거 잊지 말고."

"네. 조심 또 조심할게요."

그제야 마음을 놓은 금옥이 자리로 돌아갔다.

산은 초롱의 한 손을 잡고서 가족들을 향해 말했다.

"잠시 모셔 가겠습니다."

이 벅찬 순간 둘이 나눌 얘기가 어디 한두 가지일까. 두 사람의 마음을 이해하고도 남았기에 모두 웃으며 고개를 끄덕였다. 기쁜 소식에 시끌벅적해진 가족들을 뒤로하고 정원 뒤편으로 향한 산은 그들의 시야에서 벗어나자마자 초롱을 가만히 끌어안았다.

"그날…… 맞지? 내가 피임하지 못했던 날."

초롱을 한동안 못 본다는 생각에 마음이 애틋했던 그날, 그 밤, 자제력이 산산이 부서졌던 그때. 그 한 번의 실수로 임신이 될 거라고는 생각지도 않았는데.

"네. 그런 것 같아요."

"너무 좋은데, 너한테 미안해. 아직 너 하고 싶은 일이 많을 텐데…… 괜찮겠어?"

"당연히 괜찮지, 그런 말이 어딨어요? 안 그래도 이번 콩쿠르만 끝나면 아이 갖자고 할 생각이었어요."

다행스러운 말에 산이 초롱의 얼굴을 가만히 어루만지며 물었다.

"정말?"

"그럼요. 그동안 우리 아기 많이 원했을 텐데 나 배려하며 인내하고, 지금까지 불평 한마디 없이 기다려 줘서 정말 고마워요."

"널 위해서라면 더 기다릴 수도 있었는데."

"아니, 이제 내가 기다릴 수 없어요. 막상 임신하려면 잘 안 되는 경우도 있다던데, 얼마나 감사한지 모르겠어요. 어쩌면 이번에 우승한 것도 우리 아기 덕분인지도 몰라요."

산은 초롱의 말이 의아하지 않을 수 없었다.

"고생하지 않았어? 입덧은 없었고?"

"전혀요. 오히려 우리 아기 덕분에 식욕이 돌아 평소보다 더 잘 먹고, 잘 자서 좋은 컨디션 유지할 수 있었던 것 같아요. 평소 실력보다 더 잘했거든요. 우리 아기가 힘을 실어 줬나 봐요. 엄마는 아기가 있는 줄도 몰랐는데. 모든 게

다 기적 같아요."

산은 말없이 고개를 끄덕였다. 너야말로 나에게 일어난 기적 중 최고의 기적
이라고 마음으로 말하며 초롱의 입술에 가만히 다가갔다.

—*The end*